Das Buch

In London zur Zeit der Königin Viktoria herrscht in Regierungskreisen große Aufregung: Im Kolonialministerium gibt es eine undichte Stelle, durch die geheime Informationen zur englischen Afrika-Politik an die Deutschen gelangen. Oberinspektor Thomas Pitt, sonst für Mord und Totschlag zuständig, bekommt den Auftrag, herauszufinden, wer der Verräter ist. Es gibt nur wenige Verdächtige im Ministerium und doch kommen die Ermittlungen nur schleppend voran.

Während er bei seinen Untersuchungen zur Spionageaffäre auf der Stelle zu treten scheint, erfährt Thomas Pitt vom Tod seines Gönners und Mentors Sir Arthur Desmond. Sir Arthur hat angeblich aus Versehen eine Überdosis Beruhigungsmittel eingenommen und ist daran gestorben. Doch Pitt glaubt nicht an die Unfall- oder Selbstmordtheorie, er ist überzeugt, daß Sir Arthur ermordet wurde und daß sein Tod mit den Vorfällen im Ministerium in Zusammenhang steht. Erst ein weiterer Mord – die Ehefrau eines hohen Ministerialbeamten wird tot aufgefunden – bringt Licht in die Zusammenhänge.

Die Autorin

Die gebürtige Britin Anne Perry wuchs in Australien auf, kehrte jedoch inzwischen in die alte Welt zurück, die auch den Hintergrund ihrer Romane bildet, und lebt in Portmahomack in Schottland.

Sie hat sich mit ihren Kriminalromanen um Inspektor Thomas Pitt und seine Frau Charlotte ein Millionenpublikum in aller Welt erobert: *Frühstück nach Mitternacht* (01/8616), *Die Frau in Kirschrot* (01/8743), *Die dunkelgraue Pelerine* (01/8864), *Die roten Stiefeletten* (01/9081), *Ein Mann aus bestem Hause* (01/9378), *Der weiße Seidenschal* (01/9574), *Belgrave Square* (01/9864) und *Mord im Hyde Park* (01/10487).

ANNE PERRY

DER BLAUE PALETOT

Ein Inspektor Thomas Pitt-Roman aus der viktorianischen Zeit

Aus dem Englischen von Susanne Höbel

WILHELM HEYNE VERLAG
MÜNCHEN

HEYNE ALLGEMEINE REIHE
Nr. 01/10911

Titel der Originalausgabe
TRAITORS GATE
erschienen bei Ballantine Books, New York

Umwelthinweis:
Dieses Buch wurde auf
chlor- und säurefreiem Papier gedruckt.

Printed in Germany 1999
Umschlaggestaltung: Hauptmann & Kampa
Werbeagentur, CH - Zug
Gesamtherstellung: Elsnerdruck, Berlin

ISBN: 3-453-14457-0

http://www.heyne.de

Für Donald Maass, in Dankbarkeit

1. Kapitel

Pitt saß auf der Gartenbank und beobachtete mit großem Wohlgefühl, wie die Sonne hinter dem alten Apfelbaum in der Mitte des Rasens unterging und für ein paar Sekunden den knorrigen Stamm vergoldete. Sie wohnten erst seit ein paar Wochen in dem neuen Haus, aber es war ihm bereits so vertraut, daß er das Gefühl hatte, zurückgekehrt statt neu eingezogen zu sein. Es waren viele kleine Dinge, die ihm dieses Gefühl vermittelten: das Licht auf der Steinmauer am Ende des Gartens, die Rinde der Bäume, der Geruch von Gras im Schatten der Äste.

Es war früher Abend, Motten schwirrten durch die Mailuft, die sich jetzt, bei einbrechender Dämmerung, merklich abkühlte. Charlotte war im Haus, wahrscheinlich brachte sie die Kinder zu Bett. Er hoffte, sie würde auch ans Abendessen denken. Er hatte erstaunlich großen Hunger, wenn man bedachte, daß er den ganzen Tag kaum etwas getan, sondern nur einen Sonntag im Kreise der Familie genossen hatte, was selten genug vorkam. Das war einer der Vorteile seiner Beförderung zum Oberinspektor nach Micah Drummonds Pensionierung: Er hatte mehr Zeit. Die Nachteile waren, daß er viel mehr Verantwortung tragen mußte und für sein Gefühl zu oft an seinem Schreibtisch in der Bow Street saß, statt bei Ermittlungen vor Ort aktiv zu sein.

Er lehnte sich bequem zurück und schlug die Beine übereinander; ein unbewußtes Lächeln huschte über sein Gesicht. Er trug seine ältesten Kleider, genau das richtige für die Gartenarbeit, mit der er den Tag angenehm verbracht hatte.

Mit einem Klicken öffnete und schloß sich die Terrassentür hinter ihm.

»Sir ...?«

Es war Gracie, das zierliche junge Mädchen, das schon im alten Haus bei ihnen gewesen war. Gracies neue Rolle vermittelte ihr ein gestärktes Selbstbewußtsein und das Gefühl von Wichtigkeit, denn unter der Woche kam nun eine Zugehfrau für die Wäsche und die schweren Putzarbeiten ins Haus und an drei Tagen ein Junge für die Gartenarbeit. Pitts Beförderung war auch ihre gewesen, und das erfüllte sie mit unendlichem Stolz.

»Ja, was ist, Gracie?« fragte er, stand aber nicht auf.

»Ein Herr möchte Sie sprechen, Sir, ein Mr. Matthew Desmond ...«

Pitt war wie vom Schlag getroffen, dann schoß er hoch und drehte sich zu ihr um.

»Matthew Desmond?« fragte er ungläubig.

»Ja, Sir.« Sie war verwirrt. »Hätt ich ihn nich einlassen sollen?«

»Doch, doch! Natürlich. Wo ist er jetzt?«

»Im Salon, Sir. Ich hab ihm 'ne Tasse Tee angeboten, aber er wollte nich. Er sieht so was von zerschlagen aus, Sir.«

»Gut«, sagte er geistesabwesend und streifte sie auf dem Weg zur Terrassentür. Er ging hinein ins Wohnzimmer. Die letzten Sonnenstrahlen schienen herein und tauchten den Raum in ein seltsam goldenes Licht, trotz der in Grün und Weiß gehaltenen Ausstattung. »Danke«, sagte er noch über seine Schulter zu Gracie und ging in den Flur. Sein Herz klopfte heftig, und eine Ahnung, in die sich eine Portion Schuld mischte, erfüllte ihn. Sein Mund war trocken.

Er zögerte einen Augenblick, ein Wirrwarr von Bildern aus der Vergangenheit schwirrte durch seinen Kopf und führte ihn an den Anfang seiner Erinnerung zurück. Er war auf dem Lande, dem Gut der Desmonds, aufgewachsen, wo sein Vater als Wildhüter gearbeitet hatte. Er war Einzelkind gewesen, so wie auch Sir Arthur's Sohn, der ein Jahr jünger war als Pitt. Als Matthew auf dem riesigen, wunderschönen Gutsgelände nach einem Spielkameraden verlangte, schien es Sir Arthur nur natürlich, den Sohn des Wildhüters dafür auszuwählen. Sie hatten sich leicht angefreundet und auch gemeinsam die Schulbank gedrückt. Sir Arthur hatte Gefallen daran gefunden, ein zweites Kind mit einzubeziehen und die Kenntnisse seines Sohnes, der sich so an seinem Schulkameraden messen konnte, wachsen zu sehen.

Selbst nachdem Pitts Vater in Ungnade gefallen war, weil man ihn ungerechterweise der Wilderei – nicht auf Sir Arthurs Land, sondern auf einem benachbarten Anwesen – bezichtigte, durfte die Familie auf dem Gut der Desmonds bleiben. Sie bezog im Dienstbotentrakt Quartier, und Pitt durfte weiterhin an den Schulstunden teilnehmen, während seine Mutter in der Küche arbeitete.

Doch es war inzwischen fünfzehn Jahre her, daß Pitt dort weggegangen war, und mindestens zehn, seit er von Sir Arthur oder Matthew gehört hatte. Als er im Flur stand, die Hand auf dem Türknauf, war es nicht nur ein Schuldgefühl, das ihn beschlich, sondern eine Vorahnung.

Er öffnete die Tür und ging hinein.

Matthew stand am Kaminsims und drehte sich um. Er hatte sich kaum verändert: Er war groß, immer noch schlank, fast hager, sein langes, unregelmäßiges Gesicht hatte einen humorvollen Ausdruck, obwohl im Moment alles Fröhliche aus seinen Zügen gewichen war und er blaß und angespannt wirkte.

»Hallo, Thomas«, sagte er leise, trat auf ihn zu und reichte ihm die Hand.

Pitt ergriff sie mit festem Druck und musterte Matthews Gesicht. Die Spuren der Trauer waren so offensichtlich, daß es geradezu eine Beleidigung gewesen wäre, so zu tun, als wären sie nicht da.

»Was gibt's?« fragte er und ahnte schon die schreckliche Nachricht.

»Vater«, sagte Matthew schlicht. »Er ist gestern gestorben.« Das Gefühl des Verlustes, das ihn plötzlich überkam, traf Pitt völlig unvorbereitet. Seit seiner Heirat und der Geburt seiner Kinder hatte er Arthur Desmond nicht mehr gesehen. Er hatte anläßlich dieser Ereignisse lediglich geschrieben. Jetzt fühlte er sich plötzlich einsam, so als seien seine Wurzeln herausgerissen worden. Die Vergangenheit, die er als gegeben hingenommen hatte, war auf einmal nicht mehr da. Er hatte immer die Absicht gehabt, einen Besuch zu machen. Am Anfang war es sein Stolz gewesen, der ihn ferngehalten hatte, sein Ehrgeiz, ihnen allen zu zeigen, daß aus dem Sohn des Wildhüters ein erfolgreicher und ehrenwerter Mann geworden war. Natürlich hatte er viel länger dazu gebraucht, als er in seiner Naivität angenommen hatte. Die Jahre zogen ins Land, und es war immer schwieriger geworden, die Entfernung zu überbrücken. Und jetzt war es ohne jede Vorwarnung ganz unmöglich geworden.

»Mein ... mein Mitgefühl«, sagte er.

Matthew versuchte ein Lächeln, als Dank zumindest, aber es war ein armseliger Versuch. Sein Gesicht verlor den gequälten Ausdruck nicht.

»Danke, daß du gekommen bist, um es mir zu sagen«, fuhr Pitt fort. »Das war ... sehr gut von dir.« Es war außerdem mehr, als er verdiente, und das wurde ihm mit der aufwallenden Scham bewußt.

Matthew winkte fast ungeduldig ab.

»Er ...« Er schluckte und atmete tief, seinen Blick auf Pitt gerichtet. »Er ist in seinem Club, hier in London, gestorben.« Pitt wollte wieder sagen, wie leid es ihm tat, aber es schien so sinnlos, also schwieg er.

»An einer Überdosis Laudanum«, fuhr Matthew fort. Sein Blick forschte in Pitts Gesicht nach Verständnis, nach Bestätigung als Antwort auf den Schmerz.

»Laudanum?« wiederholte Pitt, als wolle er sich versichern, daß er richtig gehört hatte. »War er ... war er krank? Hatte er ein Leiden?«

»Nein!« fuhr Matthew dazwischen. »Nein, er war nicht krank. Er war siebzig, aber er erfreute sich guter Gesundheit und war in bester geistiger Verfassung. Es fehlte ihm rein gar nichts.« Er sprach voller Zorn und klang, als müsse er sich heftig zur Wehr setzen.

»Warum hat er dann Laudanum genommen?« Pitts in Ermittlungen geübter Verstand versuchte trotz Matthews und seiner eigenen Gefühle Einzelheiten und Zusammenhänge zu erfassen.

»Er nahm es ja gar nicht«, sagte Matthew verzweifelt. »Das ist es ja gerade! Jetzt sagt man, er war alt und wurde senil, und er habe eine Überdosis genommen, weil er nicht mehr wußte, was er tat.« Seine Augen brannten vor Wut, und er schien bereit, auch auf Pitt loszugehen, wenn der dieser Ansicht nur andeutungsweise zustimmen sollte.

Pitt versuchte, sich an Sir Arthur Desmond zu erinnern, wie er ihn früher gekannt hatte: groß, von unauffälliger und lässiger Eleganz, die typisch ist für Menschen, die sowohl das Selbstvertrauen als auch die natürliche Anmut dafür besitzen – und gleichzeitig fast immer etwas unordentlich. Nie paßten seine Kleider zusammen. Sein Kammerdiener gab sich die größte Mühe, aber Sir Arthur hielt sich nie an das, was für ihn bereitgelegt worden war. Doch die ihm eigene Würde und der Humor in seinem langen, klugen Gesicht bewirkten, daß er damit nicht auffiel, geschweige denn, daß jemand ihn kritisiert hätte. Er war sehr eigen, manchmal gar exzentrisch, doch im Grunde genommen ließ er sich von seinem gesunden Menschenverstand leiten und übte große Nachsicht angesichts menschlicher Schwächen, so daß man in ihm zuallerletzt einen Mann vermutet hätte, der von Laudanum Gebrauch machte. Doch wenn er es genommen hatte, dann war er sicherlich fähig, aus Unaufmerksamkeit eine doppelte Dosis zu nehmen. Doch wäre er nach einer Dosis nicht eingeschlafen? Pitt erinnerte sich undeutlich an Sir Arthurs schlaflose Phasen, die er schon vor dreißig Jahren hatte, wenn Pitt manchmal im Haupthaus übernachtet hatte. Er war dann einfach aufgestanden und hatte in der Bibliothek herumgestöbert, bis er ein Buch fand, das ihn interessierte. Damit hatte er sich in einem der Ledersessel niedergelassen, wo er, das Buch offen auf dem Schoß, einschlief.

Matthew wartete, den Blick auf Pitt gerichtet, während sein Zorn immer größer wurde.

»Wer sagt das?« fragte Pitt.

Matthew war überrascht. Diese Frage hatte er nicht erwartet.

»Ehm – der Arzt, die Männer im Club ...«

»In welchem Club?«

»Oh – ich drücke mich nicht sehr klar aus, wie? Er starb im Morton Club, am späten Nachmittag.«

»Am Nachmittag? Es war gar nicht nachts?« Pitt war ehrlich überrascht und tat nicht nur so.

»Nein! Das ist es ja gerade, Thomas«, sagte Matthew ungeduldig. »Es heißt, er sei geistig verwirrt gewesen, senil. Aber das stimmt nicht, noch nicht einmal ansatzweise! Vater war vollkommen klar im Kopf und im Vollbesitz seiner geistigen Kräfte. Und er hat nie Brandy getrunken! Also, fast nie.«

»Was hat denn Brandy mit der Sache zu tun?«

Matthew ließ die Schultern sinken, er wirkte erschöpft und ganz durcheinander.

»Setz dich doch«, sagte Pitt. »Offenbar ist die Sache verwickelter, als du bisher erzählt hast. Hast du schon gegessen? Du siehst nicht gut aus.«

Matthew lächelte schwach. »Ich habe keinen Hunger. Hör auf, mich zu bemuttern, und hör mir zu.«

Pitt fügte sich und nahm Matthew gegenüber Platz. Matthew saß vorgebeugt auf der Kante seines Stuhles, unfähig, sich zu entspannen.

»Vater ist gestern gestorben, das habe ich ja schon gesagt. Er war in seinem Club. Er war fast den ganzen Nachmittag dort gewesen. Sie haben ihn in seinem Sessel gefunden, als sein Steward ihn fragen wollte, ob er beabsichtige, zum Essen zu bleiben. Es wurde schon spät.« Er schauderte. »Es heißt, er habe eine Menge Brandy getrunken, und sie hätten gedacht, er sei davon eingeschlafen. Deswegen hatte ihn auch bis dahin keiner angesprochen.«

Pitt unterbrach ihn nicht, sondern hörte mit einem wachsenden Gefühl von Traurigkeit zu, weil er wußte, was folgen würde.

»Als er dann angesprochen wurde, stellten sie fest, daß er tot war«, sagte Matthew ausdruckslos. Es kostete ihn große Anstrengung, seine Stimme unter Kontrolle zu halten. Bei jedem anderen wäre es Pitt peinlich gewesen, doch hier war es nur eine Reflexion seiner eigenen Gefühle. Es gab keine Fragen. Es war kein Verbrechen, auch kein Ereignis, das man nicht verstanden hätte. Es war einfach ein Trauerfall, der ganz plötzlich eingetreten war und deshalb eine Art Schock auslöste. Nüchtern betrachtet war es wahrscheinlich ein Ereignis, wie es die meisten Familien früher oder später erleben müssen.

»Es tut mir so leid«, sagte er still.

»Du verstehst nicht!« Wieder braute sich der Zorn in Matthews Miene zusammen, fast lag eine Anschuldigung in seinem Blick. Dann atmete er tief ein und stieß die Luft mit einem Seufzer aus. »Du mußt wissen, daß Vater zu einer Art Gesellschaft gehörte – oh, sie ist wohltätig, zumindest war er immer dieser Ansicht. Sie unterstützten alle möglichen karitativen Einrichtungen...« Er winkte ab. »Ich weiß gar nicht genau, was. Er hat es mir nie erzählt.«

Pitt spürte einen kalten Schauer. Er fühlte sich betrogen, obwohl das unsinnig war.

»Der Innere Kreis«, preßte er zwischen den Zähnen hervor. Matthew war verblüfft. »Das wußtest du? Wieso wußtest du das, und ich nicht?« Er war verletzt, als hätte Pitt sein Vertrauen mißbraucht. Aus dem Obergeschoß war Fußgetrappel und das Schlagen einer Tür zu hören. Sie ließen sich nicht davon ablenken.

»Ich vermute das nur«, sagte Pitt mit einem Lächeln, das seine Anspannung verriet. »Ich weiß ein paar Dinge über diese Organisation.«

Matthews Miene verschloß sich, als wäre es vorbei mit seiner Offenheit, als spräche er jetzt nicht mehr als Freund oder Bruder, der er ja fast gewesen war, sondern als würde er sich nun vor Pitt in acht nehmen.

»Bist du Mitglied? Nein, verzeih. Das ist eine törichte Frage, nicht wahr? Du würdest es mir nämlich nicht sagen, wenn es so wäre. Aber deswegen wußtest du, daß Vater Mitglied war. Seid ihr zusammen eingetreten, vor vielen, vielen Jahren? Mich hat er nie dazu aufgefordert!«

»Nein, ich bin nicht Mitglied«, erwiderte Pitt pikiert. »Bis vor kurzem, als ich im Zusammenhang mit meiner

Arbeit mit ihr zu tun bekam, wußte ich gar nichts von dieser Gesellschaft. Ich habe ein paar Mitglieder vor Gericht gebracht und andere ihrer Beteiligung an Verbrechen wie Betrug, Erpressung und Mord überführt. Wahrscheinlich weiß ich eine ganze Menge mehr über sie als du und kann besser einschätzen, wie verdammt gefährlich sie ist.«

Vor der Tür sprach Charlotte zu einem der Kinder, dann verhallten Schritte.

Ein paar Augenblicke saß Matthew schweigend da. Die Gefühle, die ihn aufwühlten, spiegelten sich in seinen Augen und den erschöpften Gesichtszügen wider. Er stand immer noch unter Schock; noch hatte er es nicht richtig begriffen, daß sein Vater tot war. Die Trauer war überwältigend; eine plötzliche Einsamkeit übermannte ihn, Schuldgefühle kamen auf – obgleich er nicht wußte, weswegen: verpaßte Gelegenheiten, ungesprochene Worte vielleicht. Und er war völlig ausgebrannt von dem Zorn, der ihn verzehrte. Er hatte sich von Pitt enttäuscht, vielleicht sogar hintergangen gefühlt, darauf folgte Erleichterung, gekoppelt an neue Schuldgefühle, weil er ihn fälschlicherweise beschuldigt hatte.

Dies war nicht der Zeitpunkt für Entschuldigungen. Matthew stand am Rande des Zusammenbruchs.

Pitt streckte seine Hand aus. Matthew ergriff sie und drückte sie so heftig, daß er Pitt weh tat.

Pitt überließ ihn für ein paar Augenblicke seinen Gefühlen, bevor er ihn wieder an seine Geschichte erinnerte.

»Wieso hast du den Inneren Kreis erwähnt?«

Matthew riß sich zusammen und nahm die Erzählung mit gefestigter Stimme wieder auf. Immer noch saß er vornübergebeugt auf seinem Stuhl, die Ellbogen auf den Knien, das Kinn in die Hände gestützt.

»Vater hatte immer nur mit der eindeutig karitativen Seite zu tun, bis vor einiger Zeit – es mag ein oder zwei Jahre her sein –, als er innerhalb der Organisation aufstieg. Es war eher Zufall als Absicht, glaube ich. Er erfuhr allerhand über die Organisation, an welchen Projekten sie beteiligt war, zum Beispiel, und wer einige der anderen Mitglieder waren.« Er runzelte die Stirn. »Insbesondere ging es um Afrika ...«

»Afrika?« Pitt war verblüfft.

»Ja – vor allem um das Sambesi-Gebiet. Dort laufen zur Zeit eine Menge Forschungsvorhaben. Es ist eine ziemlich lange Geschichte. Hast du davon gehört?«

»Nein ... nichts.«

»Also, es ist ja klar, daß es um eine Menge Geld und die Möglichkeit unermeßlichen Reichtums in der Zukunft geht. Gold, Diamanten, und natürlich Land. Aber es geht auch um andere Dinge wie Missionierung. Handel und Außenpolitik.«

»Und was hat der Innere Kreis damit zu tun?«

Matthew sah ihn betrübt an. »Macht. Es geht ihm immer um die Macht, und darum, Reichtum unter den Mitgliedern zu verteilen. Auf jeden Fall erkannte Vater, wie ranghohe Mitglieder des Inneren Kreises auf die Politik der Regierung und die Britisch-Südafrikanische Gesellschaft Einfluß nahmen, und zwar in ihrem eigenen Interesse und ohne Rücksicht auf das Wohlergehen der afrikanischen Bevölkerung oder britische Interessen. Das hat ihn sehr unglücklich gemacht, und dann hat er angefangen, davon zu reden.«

»Zu den anderen Mitgliedern seines Ringes?« fragte Pitt, obwohl er Matthews Antwort schon erahnte.

»Nein ..., zu all denjenigen, die bereit waren, ihm Gehör zu schenken.« Matthew sah Pitt mit fragendem Blick an. Er sah die Antwort in Pitts Gesicht. »Ich glaube, sie haben ihn ermordet«, sagte er leise.

Das Schweigen war so intensiv, daß das Ticken der Uhr auf dem Kaminsims den Raum füllte. Draußen auf der Straße rief jemand etwas, und die Antwort kam undeutlich aus einem der Gärten im blauen Dämmerlicht.

Pitt widersprach der Vermutung nicht. Der Innere Kreis würde eine solche Tat begehen, wenn er sich in eine Zwangslage gebracht sah. Er bezweifelte nicht die Entschlossenheit oder Fähigkeit der Organisation ..., nur sah er die Notwendigkeit nicht klar.

»Was genau hat er über den Inneren Kreis gesagt?«

»Du hältst das nicht für Unsinn?« fragte Matthew. »Du scheinst nicht schockiert zu sein, daß erlauchte Mitglieder der britischen Aristokratie, der herrschenden Klasse, die ehrenwerten Gentlemen unseres Landes, jemanden umbringen, bloß weil er sie öffentlich kritisiert hat.«

»Damals, als ich zum ersten Mal vom Inneren Kreis mit seinen Zielen und Methoden gehört habe, war ich schockiert und völlig fassungslos«, gab Pitt zurück. »Vermutlich werde ich im Laufe der Zeit erneut Zorn und Empörung empfinden, aber im Moment bemühe ich mich, die Fakten zu erfassen. Worüber hat Sir Arthur denn gesprochen, daß der Innere Kreis den gefährlichen Schritt wagte, ihn umzubringen?«

Zum ersten Mal entspannte Matthew sich in seinem Sessel und schlug die Beine übereinander, ohne den Blick von Pitt zu wenden. »Er hat die allgemeine Moral des Kreises kritisiert«, sagte er mit viel sicherer Stimme. »Und die Art, wie sie sich zur geheimen gegenseitigen Förderung verpflichten, auf Kosten derjenigen, die nicht Mitglied sind. Sie tun es im Handel, im Bankwesen und in der Politik und, soweit möglich, in der Gesellschaft, obwohl es da schwieriger ist.« Er lächelte steif. »Die ungeschriebenen Gesetze, die bestimmen, wer dazugehört und wer nicht, gelten immer noch. Nichts kann sie durchbrechen. Man kann einen Gentleman auffordern, seinen Verpflichtungen nachzukommen, wenn er einem Geld schuldet, aber man kann ihn niemals dazu zwingen, jemanden als seinesgleichen zu betrachten, ganz gleich, was er ihm verdankt, und sei es sein Leben.« Er fand dies nicht merkwürdig, auch versuchte er nicht, die undefinierbare Qualität der Selbstsicherheit, die einen Gentleman ausmachte, in Worte zu fassen. Es hatte nichts mit Intelligenz, Erfolg, Geld oder Titel zu tun. Man konnte all dies besitzen und dennoch die unsichtbaren Kriterien nicht erfüllen. Matthew war in diese Welt hineingeboren worden, er verstand sie mit derselben Selbstverständlichkeit, mit der andere ein Pferd ritten oder beim Singen den richtigen Ton trafen.

»Es sind zu viele Gentlemen Mitglied«, sagte Pitt, und die Erinnerung an vergangene Fälle und seine Berührung mit dem Kreis stieß ihm bitter auf.

»So ähnlich hat sich Vater auch ausgedrückt«, sagte Matthew und sah Pitt forschend an. »Dann hat er über Afrika gesprochen und darüber, wie sie die Banken kontrollieren, und von wessen Interessen die Gelder für die Forschungsunternehmen und die Besiedlung kontrolliert werden. Sie arbeiten Hand in Hand mit den Politikern, die entscheiden werden, ob wir die Kap-Kairo-Achse ausbauen oder ob wir den Deutschen nachgeben und uns auf den Süden konzentrieren.« Verärgert zuckte er mit den Schultern. »Wie immer ist der Außenminister unentschlossen und spricht mal so, mal so. Ich arbeite ja im Außenministerium und habe keine Ahnung, was er will. Überall treiben sich Missionare, Ärzte, Forscher, Hasardeure, Großwildjäger und Deutsche herum.« Er biß sich auf die Lippen. »Ganz abgesehen von den eingeborenen Königen und Kriegern, deren Land es eigentlich ist..., bis wir sie zu einem Vertrag überredet haben. Oder bis die Deutschen sie soweit bringen.«

»Und der Innere Kreis?« hakte Pitt nach.

»Der manipuliert im Hintergrund«, erwiderte Matthew. »Beruft sich im geheimen auf alte Verpflichtungen, investiert in aller Stille und bereichert sich. Das zumindest hat Vater gesagt.« Er rutschte etwas tiefer in seinen Sessel und entspannte sich zusehends; aber vielleicht war er einfach so müde, daß er sich nicht mehr aufrecht halten konnte. »Was ihn am meisten aufgebracht hat, war die Tatsache, daß alles im geheimen geschieht. Wohltätige Zwecke anonym zu unterstützen ist in Ordnung und äußerst löblich.«

Vom Flur drangen Geräusche in den Raum, doch sie nahmen nichts wahr.

»Anfangs hatte er geglaubt, das sei der Zweck der Gesellschaft«, fuhr er fort. »Eine Gruppe von Männern, die sich zusammengetan hatte, um besser entscheiden zu können, wo Hilfe nottat, und sie dann großzügig und effektiv zu leisten. Waisenhäuser, Krankenhäuser für die Armen, die Erforschung bestimmter Krankheiten, Altenheime für gediente Soldaten... und dergleichen mehr. Dann hat er vor kurzem die andere Seite entdeckt.« Wieder biß er sich auf die Lippen, als wolle er sich entschuldigen. »Vater war ein wenig naiv, glaube ich. Du und ich, wir hätten sicherlich viel früher erkannt, daß mehr dahintersteckt. Er hat auch von vielen Menschen große Stücke gehalten, die ich ganz anders gesehen habe.«

Pitt rief sich in Erinnerung, was er über den Inneren Kreis wußte.

»Haben sie ihn nicht gleich gewarnt, daß sie Kritik nicht gelassen hinnehmen oder, besser gesagt, daß sie sie überhaupt nicht hinnehmen?«

»Doch, schon. Sie haben ihn höflich und diskret gewarnt, aber er hat das völlig mißverstanden. Er hatte nie begriffen, daß es ihnen ernst war.« Matthew zog die Augenbrauen in die Höhe, und in seinen Augen lag ein zutiefst verletzter und gleichzeitig amüsierter Ausdruck. Pitt verspürte tiefen Respekt für ihn und erkannte Matthews Entschlossenheit, nicht nur seinen Vater von dem Ruf eines senilen alten Mannes zu befreien, sondern wenn möglich seinen Tod aufzuklären.

»Matthew«, hob er an und beugte sich spontan vor.

»Wenn du mich warnen willst, die Finger davon zu lassen, dann verschwendest du nur deine Zeit«, sagte Matthew abweisend.

»Ich ...« Genau das hatte Pitt tun wollen. So leicht durchschaut zu werden war ihm unbehaglich. »Du weißt nicht einmal, wer sie sind«, sagte er. »Überleg dir die Sache gründlich, bevor du etwas tust.« Das klang hohl und war nicht mehr als ein wohlmeinender Ratschlag.

Matthew lächelte. »Ach, Thomas, ganz der ältere Bruder! Wir sind keine Kinder mehr, und ein Jahr Unterschied spielt in unserem Alter keine Rolle mehr. Das tut es nicht, seit wir zehn sind. Natürlich werde ich vorsichtig sein. Deswegen bin ich ja zu dir gekommen. Ich weiß sehr gut, daß ich keinen Kontakt zum Inneren Kreis aufnehmen kann. Er ist wie eine Hydra. Schlägt man einen Kopf ab, wachsen zwei neue nach.« Sein Gesicht verschloß sich wieder, das Leuchten verschwand aus seinen Augen. »Aber ich werde beweisen, daß Vater nicht senil war, und wenn ich dabei selbst umgebracht werde.« Mit klarem Blick sah er Pitt unverwandt an.

»Wenn wir zulassen, daß über einen Mann wie Vater gesagt wird, er sei nicht mehr im Vollbesitz seiner geistigen Kräfte gewesen, nachdem er durch einen gewaltsamen Tod zum Schweigen gebracht wurde, was bleibt uns dann noch? Wie weit sind wir dann gesunken? Wo ist dann unser Ehrgefühl?«

»Du hast recht«, sagte Pit geknickt. »Aber es bedarf mehr als nur unseres Ehrgefühls, um diesen Kampf zu gewinnen. Wir brauchen taktisches Geschick und ein paar scharfe Waffen.« Pitt verzog das Gesicht. »Oder vielleicht wäre ein langer Löffel angemessener.«

Matthew zog die Augenbrauen hoch. »Um sich mit dem Teufel zu Tisch zu setzen? Sehr gut gesagt. Hast du einen langen Löffel, Thomas? Bist du bereit, mit mir den Kampf aufzunehmen?«

»Natürlich bin ich das.« Er sagte das, ohne weiter darüber nachzudenken. Erst im nächsten Moment machte er sich all die Gefahren und die Verantwortung bewußt, aber da war es zu spät. Doch auch wenn er alles genau abgewägt hätte, wäre er zu demselben Entschluß gekommen. Der einzige Unterschied hätte darin bestanden, daß er der Bedenken gewahr gewesen wäre und sich seine Angst vor dem Risiko ebenso klargemacht hätte wie die Erfolgschancen. Aber vielleicht wäre das nur Zeitverschwendung gewesen.

Endlich entspannte Matthew sich und lehnte den Kopf an den Sesselschoner. Er lächelte. Niedergeschlagenheit und Müdigkeit standen nicht mehr so deutlich in seinem Gesicht. Fast konnte man den Jüngling von einst in ihm erkennen, mit dem Pitt Abenteuer und Träume geteilt hatte. Sie kamen sich sehr wild und wagemutig vor, wenn sie sich vorstellten, eine Bootsfahrt auf dem Amazonas zu machen oder die Gräber der Pharaonen zu entdecken. Doch gleichzeitig waren sie jungenhaft zahm, hielten sich an die Normen von Recht und Unrecht und hatten ihre eigenen Grenzen für Fehlverhalten: Diebstahl und einfache körperliche Gewalt waren die schlimmsten Verbrechen, die sie kannten. Korruption, Manipulation und Betrug lagen jenseits ihres Vorstellungsvermögens. Aus der Sicht des Erwachsenen schien alles recht unschuldig, als sie Jungen waren.

»Er ist gewarnt worden«, sagte Matthew plötzlich. »Jetzt weiß ich es, aber damals war mir das nicht klar. Zu der Zeit war ich hier in London, und er hat die Zeichen nicht besonders ernst genommen.«

»Wie sahen die aus?« fragte Pitt.

Matthew verzog das Gesicht. »Beim ersten bin ich mir nicht sicher. So wie Vater es mir erzählt hat, fuhr er mit der Untergrundbahn. Zumindest hatte er es vor. Er ging die Treppen hinunter und wartete auf dem Bahnsteig –« Er brach ab und sah Pitt an. »Bist du schon mal mit so einem Ding gefahren?«

»Ja, häufig sogar.« Pitt sah die langen Tunnelröhren vor sich, die Bahnhöfe, wo der Tunnel sich für die Bahnsteige weitete, die dunklen, gewölbten Decken, die hellen Gaslichter. Er hörte den ohrenbetäubenden Lärm, wenn die Maschinen aus dem schwarzen Loch donnerten und im Hellen zum Stehen kamen. Dann wurden die Türen aufgerissen, Menschen strömten heraus, die auf dem Bahnsteig wartenden Fahrgäste quetschten sich in die Wagen, bevor die Türen geschlossen wurden und sich das wurmartige Gebilde wieder in Bewegung setzte und in der Dunkelheit verschwand.

»Dann brauche ich dir nichts über den Lärm und die drängelnden, schiebenden Menschenmengen zu erzählen«, fuhr Matthew fort. »Also, Vater stand ziemlich weit vorne am Bahnsteig. Als er den Zug kommen hörte, spürte er einen Schubs und wurde fast über den Bahnsteig auf die Schienen gestoßen, wo er natürlich überfahren worden wäre.« In Matthews Stimme schwang eine gewisse Schärfe. »In dem Moment, als der Zug einfuhr, packte ihn jemand und riß ihn zurück. Er sagte, er habe sich umgedreht, um der Person zu danken, doch habe er niemanden als seinen Retter erkennen können – oder als seinen Angreifer. Alle versuchten, sich in den Zug zu drängen, und keiner schenkte ihm Beachtung.«

»War er sich sicher, gestoßen worden zu sein?«

»Ganz sicher.« Matthew erwartete, daß Pitt seine Bedenken äußern würde.

Pitt nickte kaum wahrnehmbar. Bei jedem anderen, den er nicht so gut kannte, hätte er vielleicht Zweifel gehabt; doch wenn sich Arthur Desmond nicht zu einem ganz anderen Menschen gewandelt hatte, war er niemand, der unter Verfolgungswahn litt. Für ihn waren alle Menschen so lange gut, bis er gezwungen wurde, seine Einschätzung zu ändern. Dann traf es ihn jedesmal wie ein Schock und machte ihn sehr traurig, und stets war er nur zu bereit, sich selbst im Unrecht zu sehen.

»Und der zweite Vorfall?« fragte Pitt.

»Der hatte was mit einem Pferd zu tun«, sagte Matthew. »Die Einzelheiten hat er mir nicht erzählt.« Er beugte sich wieder vor und legte die Stirn in Falten. »Ich habe nur davon erfahren, weil der Stallbursche es mir erzählt hat. Offenbar ritt Vater durch das Dorf, als so ein Idiot in vollem Galopp auf ihn zukam. Scheinbar hatte er die Kontrolle über sein Pferd verloren. Er galoppierte in wildem Zickzackkurs über die Straße, ruderte mit den Armen, hatte die Peitsche in der Hand und drängte Vater gegen die Steinmauer beim Pfarrhaus. Vaters Pferd hat er mit der Peitsche heftig erwischt und dem armen Tier einen ordentlichen Schrecken eingejagt. Und Vater wurde natürlich abgeworfen.« Er stieß langsam die Luft aus, den Blick unverwandt auf Pitt gerichtet. »Es ist möglich, daß es ein Unfall war. Der Mann kann sturzbesoffen gewesen sein oder völlig verrückt, aber Vater war nicht dieser Ansicht, und ich kann das auch nicht glauben.«

»Nein«, sagte Pitt finster. »Ich auch nicht. Er war ein sehr guter Reiter und neigte nicht zu Wahnvorstellungen.«

Plötzlich erschien ein Lächeln auf Matthews Gesicht, ein freies, großmütiges Lächeln, das ihn um Jahre jünger machte. »Das ist das Schönste, was ich seit Wochen gehört habe. Lieber Gott, ich wünschte, seine Freunde könnten dich hören! Keiner von ihnen traut sich, gut über ihn zu sprechen oder seine Zurechnungsfähigkeit außer Zweifel zu stellen, geschweige denn die Vermutung zu äußern, daß er recht gehabt haben könnte.« Plötzlich war die Kränkung wieder in seiner Stimme. »Thomas, er war doch zurechnungsfähig, oder? Einer der vernunftbegabtesten, ehrenwertesten und anständigsten Menschen überhaupt.«

»Ja, das war er«, pflichtete Pitt ihm bei und meinte es ganz ernst. »Aber sicherlich geht es nicht um seine Zurechnungsfähigkeit. Ich weiß, daß der Innere Kreis diejenigen, die er des Verrats bezichtigt, bestraft. Ich bin Zeuge davon geworden. Manchmal ist es gesellschaftlicher oder finanzieller Ruin – selten Tod, aber das gibt es auch. Nachdem es ihnen offenbar nicht gelungen ist, ihn einzuschüchtern, hatten sie keine andere Wahl. Finanziell konnten sie ihn nicht ruinieren, weil er weder spielte noch spekulierte. Gesellschaftlich konnten sie nichts ausrichten, weil er sich keinem andiente, weder Ämter noch Förderung anstrebte, und sein Ansehen bei Hofe oder in den besten Kreisen Londons bedeutete ihm gar nichts. Dort, wo er lebte, war seine Position unanfechtbar, selbst der Innere Kreis konnte ihm da nichts anhaben. Also mußten sie ihn umbringen, um ihn für immer zum Schweigen zu bringen.«

»Und um alles, was er gesagt hat, zu entkräften, beschmutzen sie sein Andenken.« Matthew klang wütend, ein schmerzlicher Ausdruck stand wieder in seinem Gesicht. »Ich ertrage das nicht, Thomas. Ich weigere mich, es zu ertragen!«

Es klopfte an der Tür. Pitt wurde sich plötzlich wieder bewußt, wo er war, und merkte, daß es draußen schon fast dunkel war. Er hatte noch nicht zu Abend gegessen, und Charlotte fragte sich bestimmt, wer sein Besucher war und warum er bei geschlossener Tür mit ihm im Wohnzimmer saß, ohne sie vorzustellen oder den Besucher einzuladen, zum Essen zu bleiben.

Matthew sah ihn erwartungsvoll an, und Pitt bemerkte überrascht eine momentane Nervosität, als sei Matthew sich nicht sicher, wie er sich verhalten solle.

»Komm herein!« Pitt stand auf und ging zur Tür. Charlotte stand davor und blickte ihn gleichzeitig besorgt und neugierig an. Sie hatte den Kindern vorgelesen, und an ihren geröteten Wangen und einigen Strähnen, die sich aus ihrer Frisur gelöst hatten, erkannte er, daß sie in der Küche gewesen war. Seinen Hunger hatte er ganz vergessen. »Charlotte, das ist Matthew Desmond.« Es war lachhaft, daß sie sich noch nicht kannten. Neben seiner Mutter war Matthew ihm früher am nächsten gewesen, und manchmal war die Bindung der Jungen sogar enger gewesen als die zwischen Mutter und Sohn. Und jetzt verband ihn eine Nähe zu Charlotte, die er zwischen Menschen nicht für möglich gehalten hatte. Aber er war mit ihr nie nach Brackley gefahren, hatte ihr nie sein früheres Zuhause gezeigt, noch sie den Menschen vorgestellt, die seine Familie gewesen waren, bevor er mit ihr eine eigene Familie gründete. Seine Mutter war gestorben, als er achtzehn war, aber das hätte die Bindungen nicht durchtrennen sollen.

»Guten Abend, Mr. Desmond«, sagte Charlotte mit einer Selbstsicherheit, die sie ihrer Herkunft verdankte, nicht einem inneren Gefühl. In ihrem Blick erkannte Pitt ihre Befangenheit und wußte, warum sie einen Schritt näher an ihn herantrat.

»Guten Abend, Mrs. Pitt«, sagte Matthew, und seine Stimme drückte Überraschung aus, weil sie seinen Blick offen erwiderte. In diesem kurzen Moment, in dem nicht mehr als die Begrüßungsformeln und Blicke ausgetauscht wurden, hatten sie sich gegenseitig eingeschätzt und erkannt, welche gesellschaftliche Position jeder einnahm. »Es tut mir leid, daß ich so hereingeplatzt bin, Mrs. Pitt«, fuhr Matthew fort. »Sicherlich war das sehr rücksichtslos von mir. Ich bin gekommen, um Thomas vom Tode meines Vaters zu unterrichten, und ich fürchte, daß damit jeder Gedanke an andere aus meinem Kopf verschwand. Bitte verzeihen Sie mir.«

Charlottes Blick, der Schock und Mitleid ausdrückte, wanderte zu Pitt und dann zurück zu Matthew. »Darf ich Ihnen mein Mitgefühl ausdrücken, Mr. Desmond? Das muß Sie sehr mitgenommen haben. Können wir Sie in praktischer Hinsicht unterstützen? Möchten Sie, daß Thomas mit Ihnen nach Brackley kommt?«

Matthew lächelte. »Um ehrlich zu sein, Mrs. Pitt, ich möchte, daß Thomas herausfindet, was sich genau zugetragen hat, und das hat er bereits versprochen.«

Charlotte atmete tief ein und wollte etwas sagen, ließ es dann aber doch.

»Würden Sie gerne mit uns essen, Mr. Desmond? Ich könnte mir vorstellen, daß Sie keinen Appetit haben, aber wenn Sie zu lange nichts essen, geht es Ihnen möglicherweise noch schlechter.«

»Sie haben völlig recht«, stimmte er ihr zu, »in jeder Hinsicht.«

Sie musterte ihn genau, nahm den Kummer und die Erschöpfung in seinem Gesicht wahr. Einen kurzen Moment lang zögerte sie, dann traf sie ihre Entscheidung.

»Möchten Sie über Nacht bleiben, Mr. Desmond? Es würde uns keinerlei Umstände verursachen. Sie wären sogar unser erster Gast in diesem Haus, und das würde uns sehr gefallen. Wenn Sie etwas brauchen, könnte Thomas Ihnen aushelfen.«

Er brauchte nicht lange für seine Antwort. »Danke«, sagte er sofort. »Das wäre mir viel lieber, als in meine Stadtwohnung zurückzukehren.«

»Thomas kann Ihnen Ihr Zimmer zeigen, und Gracie wird das Bett für Sie richten. In zehn Minuten gibt es Abendessen.« Mit einem kurzen Blick auf Pitt drehte sie sich um und ging wieder in die Küche.

Einen Moment stand Matthew vor Pitt und sah ihn an. Alle möglichen Empfindungen standen deutlich in seinem Gesicht zu lesen: Überraschung, Verständnis, Erinnerungen an die Vergangenheit, an lange Gespräche und wilde Träume in ihrer Jugend und an die Zeit, die dazwischenlag. Nichts mußte erklärt werden.

Zum Abendessen gab es leichte Kost: kaltes Huhn mit Gemüse, und zum Nachtisch ein Früchtesorbet. Nicht, daß es in diesem Moment von Bedeutung gewesen wäre, aber Pitt war trotzdem froh, daß Matthew nach seiner Beförderung aufgetaucht war und nicht in einer Zeit, als Eintopf mit Hammelfleisch und Kartoffeln oder Stockfisch mit Brot und Butter auf dem Speiseplan standen.

Sie sprachen wenig und dann nur über unverfängliche Themen, etwa über ihre Pläne für den Garten, was sie anpflanzen wollten, ob die Obstbäume tragen würden, wie dringend sie beschnitten werden mußten. Es galt nur, das Schweigen zu füllen, nicht so zu tun, als sei alles in Ordnung. Charlotte und Pitt wußten beide, daß Trauer ihre Zeit brauchte. Sie durch ständige Ablenkung zu verhindern, verschlimmerte den Schmerz nur, weil man so die Bedeutung des Ereignisses schmälerte und den Verlust als geringfügig abtat.

Matthew zog sich früh zurück, und Charlotte und Pitt blieben in dem grün-weißen Wohnzimmer zurück. Es einen Salon zu nennen, wäre überheblich gewesen, doch es besaß den Charme und den Komfort, den man von einem solchen erwartete.

»Was hat er gemeint?« fragte sie, sobald Matthew nach oben gegangen war. »Was ist an dem Tod von Sir Arthur ungewöhnlich?«

Langsam berichtete er ihr alles, was Matthew ihm über Sir Arthur und den Inneren Kreis erzählt hatte, über die Warnungen, die er erhalten hatte, und seinen Tod durch Laudanum im Morton Club. Es fiel ihm erstaunlich schwer, die richtigen Worte zu finden.

Sie hörte ihm aufmerksam und ohne ihn zu unterbrechen zu. Er fragte sich, ob sie in seinem Gesicht die Trauer und die Schuldgefühle so deutlich ablesen konnte, wie er sie spürte. Er war sich nicht ganz sicher, ob ihm das angenehm war. Es machte ihn sehr einsam, sie zu verbergen, doch wollte er nicht, daß sie ihn als den gedankenlosen Mann sah, für den er sich hielt, der die ihm über Jahre erwiesene Freundlichkeit nicht einmal mit einem Besuch gelohnt hatte. Jetzt konnte er nur einen Bruchteil seiner Schuld begleichen, indem er die ungerechtfertigte Ehrbeleidigung zurückwies und Sir Arthurs guten Namen wiederherstellte.

Wenn sie diese Gefühle in ihm erkannte, sagte sie es nicht. Charlotte konnte bisweilen unglaublich taktlos sein. Aber wenn sie jemanden liebte, war ihre Bindung so tief, daß sie jedes Geheimnis bewahren und sich in ihrem Urteil zurückhalten konnte, wie nur wenige Menschen sonst.

»Er war sicherlich der letzte, der Laudanum genommen hätte«, sagte er ernst. »Doch selbst wenn er, aus Gründen, die mir unbekannt sind, welches genommen hat, dann kann ich es nicht zulassen, daß man ihn als senil bezeichnet. Es ist – es ist eine Ehrbeleidigung.«

»Ich weiß.« Sie streckte ihre Hand aus und nahm seine. »Du hast nicht oft von ihm gesprochen, doch ich weiß, daß du dich ihm sehr verbunden fühlst. Abgesehen davon ist es eine Ungerechtigkeit, die man bei keinem stehenlassen darf.« Ein besorgter Ausdruck trat in ihr Gesicht, und zum ersten Mal, seit sie zu sprechen begonnen hatte, war sie sich seiner Reaktion nicht sicher. »Thomas ...«

»Was?«

»Laß dich von deinen Gefühlen ...« Sie wählte ihre Worte mit Bedacht und ließ die Schuldgefühle unausgesprochen, obwohl er sicher war, daß sie sie in ihm erkannt hatte. »Laß dich von deinen Gefühlen nicht verleiten, ohne Überlegung und Vorbereitung zu handeln. Das sind Feinde, die man ernst nehmen muß. Sie kennen keine Ehre in ihren Methoden. Und sie werden nicht milder gestimmt sein, bloß weil du einen Verlust erlitten hast oder übereifrig bist oder von Gefühlen der Freundschaft geleitet wirst. Wenn sie erkennen, daß du den Kampf ernst meinst, werden sie dich provozieren, damit du einen Fehler machst. Ich weiß, daß Sir Arthurs Tod dir den Antrieb gibt, sie überführen zu wollen. Aber vergiß nicht, wie er gestorben ist, wie erfolgreich sie ihren Zielen gedient haben und wie erbarmungslos sie waren.«

Ein Zittern durchlief ihren Körper, und sie sah richtig unglücklich aus, als hätten ihre eigenen Worte sie erschreckt. »Wenn sie das einem ihrer Mitglieder antun, wie werden sie dann erst mit einem erklärten Feind verfahren?« Sie sah ihn an, als wolle sie etwas hinzufügen – vielleicht die Bitte, es sich noch einmal zu überlegen, die Erfolgschancen abzuwägen –, ließ es dann aber. Wahrscheinlich wußte sie, daß es zwecklos war, jetzt besonders. Er unterstellte ihr niemals Unaufrichtigkeit – dazu hatte sie nicht das Herz und auch nicht das Temperament –, aber vielleicht lernte sie, mit Takt zu handeln.

Er beantwortete die ungestellte Frage. »Ich muß es tun«, sagte er sanft. »Die Alternative ist unerträglich.«

Sie erwiderte nichts, sondern hielt seine Hand fest und saß eine lange Zeit still neben ihm.

Am nächsten Morgen schlief Matthew lange, und Charlotte und Pitt waren bereits beim Frühstück, als er ins Eßzimmer kam. Jemima und Daniel hatten schon gefrühstückt und waren mit Gracie zur Schule aufgebrochen. Dies war eine der neuen Aufgaben, der sie sich mit großer Genugtuung annahm. Auf der Straße richtete sie sich zu ihrer vollen Größe von einem Meter fünfzig auf und lächelte den Leuten, die sie kannte oder kennenlernen wollte, freundlich zu. Charlotte vermutete, daß Gracie auf dem Rückweg ein paar Worte mit dem Metzgergesellen an der Ecke wechselte, aber das bedeutete nichts. Er schien ein anständiger junger Mann zu sein. Charlotte war absichtlich ein-, zweimal selber in den Laden gegangen, um ihn in Augenschein zu nehmen und seinen Charakter einschätzen zu können.

Matthew sah erfrischt aus, hatte aber immer noch dunkle Ringe unter den Augen. Sein dichtes braunes Haar mit der hellen Strähne über der Stirn wirkte zerzaust und schlecht geschnitten, obwohl es wahrscheinlich eher daran lag, daß er sich nur flüchtig gekämmt hatte.

Man wünschte sich höflich guten Morgen. Charlotte bot Matthew Speck, Eier und Nierchen an sowie Toast und Orangenmarmelade. Sie goß ihm Tee ein, an dem er sich den Mund verbrannte, weil er ihn zu heiß trank.

Nach einigen Minuten, in denen sie schweigsam ihr Frühstück eingenommen hatten, erhob sich Charlotte mit einer Entschuldigung und zog sich zu ihrer Hausarbeit in die Küche zurück. Matthew sah Pitt an.

»Es gibt da noch etwas, worüber ich mit dir sprechen muß«, sagte er mit vollem Mund.

»Und das wäre?«

»Es betrifft deine offizielle Rolle als Polizist.« Ganz vorsichtig nahm er wieder einen Schluck von seinem Tee. »Und meine.«

»Als Mitarbeiter des Außenministeriums?« Pitt war verblüfft.

»Ja. Es geht auch hier um Afrika.« Er runzelte angespannt die Stirn. »Ich weiß nicht, ob du über unsere Verträge informiert bist... nein? Na ja, für das, was ich sagen will, ist es nicht so wichtig. Vor vier Jahren, also 1886, haben wir mit Deutschland einen Vertrag abgeschlossen, und diesen Sommer soll es zu einem weiteren kommen. Natürlich hat sich alles mögliche geändert, als Bismarck entmachtet worden ist und der junge Kaiser die Amtsgeschäfte übernahm. Er hat diesen Carl Peters eingesetzt, ein ganz scharfer Hund und unberechenbar. Und Salisbury mit seinem Wankelmut macht die Sache nicht leichter. Die Hälfte der Mitarbeiter im Außenministerium nimmt an, daß er immer noch an einem britischen Korridor entlang der Kap-Kairo-Achse interessiert ist. Die andere Hälfte denkt, er will darauf verzichten, weil es zu teuer und zu schwierig ist.«

»Schwierig?« fragte Pitt.

»Ja«, sagte Matthew und nahm sich eine weitere Scheibe Toast. »Zum einen liegen zwischen Britisch-Südafrika und dem unter britischem Mandat stehenden Ägypten über dreitausend Meilen. Das bedeutet, daß wir den Sudan und die Äquatorialprovinz – in der zur Zeit ein unsicherer Kandidat, Emin Pasha, herrscht – einnehmen und einen Korridor an Deutsch-Ostafrika vorbei errichten müssen: im gegenwärtigen Klima nicht ganz einfach.« Er blickte Pitt forschend an, um zu sehen, ob der ihn verstand. Dann begann er zur Erklärung mit dem Finger auf dem Eßtisch eine Zeichnung anzudeuten. »Das ganze Gebiet nördlich von Transvaal, und dazu gehören das Sambesi-Gebiet und die Gebiete zwischen Angola und Moçambique, stehen noch unter der Herrschaft eingeborener Stammesfürsten.«

»Ich verstehe«, sagte Pitt. »Und die Alternative, von der du sprachst?«

»Von Kairo nach Calabar«, erwiderte Matthew und biß von seinem Toast ab. »Oder, wenn man will, von der Nigermündung zum Nil. Das führt durch den Tschad-See und dann westlich bis fast zum Senegal, wobei Dahomey und die Elfenbeinküste den Franzosen weggenommen werden müßten...«

»Krieg?« fragte Pitt ungläubig und entsetzt.

»Nein, nein, natürlich nicht«, antwortete Matthew rasch, »im Gegenzug für Gambia.«

»Ich verstehe.«

»Nein, tust du nicht. Es geht auch um Deutsch-Ostafrika, wo es große Unruhen gegeben hat, Aufstände und Morde, und um Helgoland...«

»Wie bitte?« Pitt war jetzt gründlich verwirrt.

»Helgoland«, gab Matthew mit vollem Mund zurück.

»Ich dachte immer, Helgoland sei in der Nordsee. Ich bin mir sicher, so hat es Mr. Tarbet erklärt. Ich hatte keine Ahnung, daß es bei Afrika liegt.«

»Es liegt auch in der Nordsee, so wie Mr. Tarbet gesagt hat.« Mr. Tarbet war Matthews Hauslehrer gewesen und folglich auch Pitts. »Es liegt ideal für eine Marineblockade aller deutschen Häfen entlang des Rheins«, erklärte Matthew. »Wir könnten den Deutschen Helgoland für einige ihrer Gebiete in Afrika abtreten. Und glaube mir, das würden sie nur zu gerne annehmen, wenn wir es klug genug einfädeln.«

Pitt lächelte und sagte trocken: »Ich verstehe, euch beschäftigen eine Menge hochkomplizierter Fragen. Aber worüber willst du dich mit der Polizei beraten? Wir haben keinerlei Befugnis in Afrika, und auf Helgoland auch nicht.«

»Aber in London sehr wohl. Und in London befindet sich das Kolonialministerium sowie die Deutsche Botschaft...«

»Aha.« Gegen seinen Willen begann Pitt zu verstehen, worum es ging.

»... und die Britisch-Südafrikanische Gesellschaft«, fuhr Matthew fort. »Und die verschiedenen Banken, die Forscher und Missionare finanziell unterstützen, ganz zu schweigen von all den Hasardeuren, im wörtlichen wie im finanziellen Sinne.«

»Zweifellos«, gab Pitt zu. »Warum ist das von Bedeutung?« Das kleine belustigte Lächeln schwand aus Matthews Augen, er wurde wieder ernst.

»Weil Informationen vom Kolonialministerium verschwinden, Thomas, und in der Deutschen Botschaft wieder auftauchen. Das wissen wir, weil die Deutschen unsere

Verhandlungspositionen kennen, was nicht der Fall sein dürfte. Manchmal wissen sie die Dinge schon, bevor sie im Außenministerium bekannt sind. Bisher ist kein großer Schaden entstanden, aber wenn das nicht aufhört, könnte das unsere Chance, einen Vertrag erfolgreich abzuschließen, ernstlich gefährden.«

»Das heißt also, daß jemand im Kolonialministerium Informationen an die Deutsche Botschaft weiterleitet?«

»Ich wüßte keine andere Erklärung.«

»Was für Informationen? Könnten sie nicht aus einer anderen Quelle stammen? Die Deutschen haben ja sicher auch Leute in Ostafrika.«

»Wenn du mit dem Thema Afrika etwas vertrauter wärst, würdest du das nicht fragen.« Matthew zuckte mit den Schultern. »Jeder Bericht ist anders als der vorige, und die meisten lassen sich auf verschiedenste Weise deuten, besonders da, wo es um die eingeborenen Prinzen und Häuptlinge geht. Was den Deutschen in die Hände gelangt, ist die Version unseres Kolonialministeriums.«

Matthew leerte seine Teetasse.

»Soweit wir wissen, betrifft es zur Zeit hauptsächlich Erzvorkommen und Handelsabkommen zwischen verschiedenen Interessengruppen und den eingeborenen Stammesführern, insbesondere mit einem im Sambesi-Gebiet namens Lobengula. Wir hatten inständig gehofft, daß die Deutschen keine Kenntnisse über den Stand der Verhandlungen mit ihm hätten.«

»Aber sie haben welche?«

»Schwer zu sagen, aber ich fürchte, ja.«

Pitt trank seinen Tee aus und goß neu ein, dann nahm er eine weitere Scheibe Toast aus dem Ständer. Er hatte eine große Vorliebe für selbstgemachte Orangenmarmelade. Charlotte machte sie so, daß das kräftige Aroma seinen ganzen Kopf zu füllen schien. Ihm war aufgefallen, daß sie auch Matthew gut geschmeckt hatte.

»Ihr habt einen Verräter im Kolonialministerium«, sagte er bedächtig. »Wer außer dir weiß von dem, was du mir erzählt hast?«

»Mein Vorgesetzter und der Außenminister, Lord Salisbury.«

»Sonst niemand?«

Matthew riß die Augen weit auf. »Großer Gott, natürlich! Es soll doch nicht jeder wissen, daß im Kolonialministerium ein Spion sitzt. Und wir wollen auch nicht, daß der Spion selbst weiß, daß wir ihm auf die Schliche gekommen sind. Die Sache muß bereinigt werden, bevor ein echter Schaden entstehen kann, und nichts darf bekannt werden.«

»Ohne Ermächtigung kann ich nicht tätig werden«, sagte Pitt.

Matthew zog die Stirn kraus. »Dazu kommen wir später, aber ich dachte, du bist Oberinspektor. Wer muß dir denn noch Befugnis geben?«

»Der stellvertretende Polizeipräsident, wenn ich Mitarbeitern des Kolonialministeriums Fragen stellen soll«, gab Pitt zurück.

»Ach ja, natürlich.«

»Du glaubst doch nicht, daß zwischen dieser Angelegenheit und der anderen eine Verbindung besteht?«

Matthew legte einen Moment die Stirn in Falten, dann glättete sich sein Gesicht, als er die Frage verstand.

»Großer Gott, das hoffe ich nicht! Der Innere Kreis schreckt zwar vor nichts zurück, aber ich kann mir nicht vorstellen, daß Verrat zu seinem Repertoire gehört, denn nichts anderes ist es. Nein. Soweit ich weiß und nach dem, was Vater gesagt hat, dient es den Interessen des Inneren Kreises am meisten, wenn Großbritannien so mächtig und reich wie möglich bleibt. Großbritanniens Verluste in Afrika wären auch seine. Wenn er uns etwas nimmt, ist das nicht dasselbe, als wenn die Deutschen das tun.« Die Ironie entlockte ihm ein bitteres Lächeln. »Warum fragst du? Glaubst du, im Kolonialministerium sitzen auch Mitglieder des Inneren Kreises?«

»Wahrscheinlich. Daß welche bei der Polizei sitzen, weiß ich mit Sicherheit. Welchen Rang sie haben, weiß ich nicht.«

»Auf der Ebene des stellvertretenden Polizeipräsidenten?« fragte Matthew.

Pitt steckte sich das letzte Stück Toast mit Marmelade in den Mund.

»Auf jeden Fall, aber ich meinte den Rang innerhalb des Inneren Kreises. Zwischen den beiden besteht keine Verbindung, das macht den Kreis so gefährlich.«

»Das verstehe ich nicht.«

»Es kommt vor«, erklärte Pitt, »daß jemand, der eine Position großer wirtschaftlicher oder politischer Macht bekleidet, innerhalb des Kreises eine untergeordnete Stellung einnimmt, einem anderen, der keine besonders hohe Stellung in der Gesellschaft innehat, zu Gehorsam verpflichtet ist. Man weiß nie, wo die wirkliche Macht liegt.«

»Aber das muß ja ...«, hob Matthew an und hielt verwirrt inne. »Das würde ja ein paar sehr merkwürdige Entdeckungen erklären ...«, fing er wieder an. »Ein Netz von Verpflichtungen unter der Oberfläche, die stärker sind als die sichtbaren, mit denen sie manchmal in Konflikt geraten.« Sein Gesicht wirkte angespannt. »Großer Gott, das ist ja furchterregend. So hatte ich mir das nicht vorgestellt. Kein Wunder, daß Vater so beunruhigt war. Daß er erzürnt war, wußte ich wohl, doch seine Hilflosigkeit hatte ich nicht gesehen, nicht in diesem Ausmaß.« Ein paar Momente blieb er still sitzen. Dann fuhr er plötzlich fort: »Auch wenn es hoffnungslos ist, ich muß es trotzdem versuchen. Ich kann es nicht ... einfach auf sich beruhen lassen.«

Pitt schwieg.

»Entschuldigung.« Matthew biß sich auf die Lippe. »Du wolltest mir ja gar nicht davon abraten, oder? Mir ist selbst ein bißchen bange dabei. Aber du kümmerst dich doch um diese Sache im Kolonialministerium, nicht wahr?«

»Natürlich. Sobald ich auf der Wache bin. Ich nehme an, du bittest mich in deiner Eigenschaft als Mitarbeiter im Außenministerium? Ich darf doch deinen Namen erwähnen?«

»Selbstverständlich.« Er holte einen Umschlag aus der Brusttasche und reichte ihn Pitt. »Hier ist ein Ermächtigungsschreiben. Und Thomas ... ich danke dir.«

Pitt wußte nicht, was er erwidern sollte. Es als Kleinigkeit abzutun, hätte auch eine Geringschätzung ihrer Freundschaft bedeutet und würde Pitts Hilfe auf eine Höflichkeitsgeste reduzieren.

»Was wirst du jetzt tun?« fragte er statt dessen.

Matthew wirkte innerlich erschöpft. Die Nachtruhe, wenn er überhaupt Schlaf gefunden hatte, hatte ihm keine ausreichende Erholung gebracht. Er legte seine Serviette zusammen und stand auf.

»Es müssen Vorbereitungen getroffen werden. Es –« Er atmete tief ein. »Übermorgen wird es eine gerichtliche Untersuchung geben.«

»Ich komme.«

»Danke.«

»Und ... die Beerdigung?«

»Zwei Tage danach, am sechsten. Du kommst doch, oder? Selbstverständlich wird er in Brackley beerdigt. Er wird in der Familiengruft beigesetzt.«

»Natürlich komme ich.« Auch Pitt erhob sich. »Wohin fährst du jetzt? Nach Brackley?«

»Nein, nein. Die Untersuchung findet hier in London statt. Ich muß mich um verschiedenes kümmern.«

»Gibt es jemanden ... Möchtest du wieder herkommen?«

Matthew lächelte. »Danke, aber ich sollte jetzt unbedingt zu Harriet gehen. Ich ...« Er wirkte verlegen.

Pitt wartete.

»Ich habe mich vor kurzem verlobt«, sagte er schließlich, und seine Wangen verfärbten sich fast unmerklich.

»Herzlichen Glückwunsch!« Pitt meinte es aufrichtig. Er hätte sich jederzeit für ihn gefreut, aber nun schien es ein besonders glücklicher Umstand, daß es jemanden gab, der Matthew stützen und in dieser schweren Zeit an seiner Seite stehen würde. »Ja, du mußt sie auf jeden Fall besuchen, damit sie es von dir erfährt, bevor sie es in der Zeitung liest oder von jemandem hört.«

Matthew verzog das Gesicht. »Sie liest die Zeitung nicht, Thomas!«

Pitt wurde bewußt, daß er ins gesellschaftliche Fettnäpfchen getreten war. Vornehme Damen lasen keine Zeitung, außer vielleicht den Hofnachrichten und der Modeseite. Er hatte sich daran gewöhnt, daß sich Charlotte und ihre Schwester Emily, nachdem sie das elterliche Haus verlassen hatten, keinerlei Einschränkungen unterwarfen, was ihren Lesestoff betraf. Selbst Lord Ashworth, Emilys erster Mann, hatte ihr diese ungewöhnliche Freiheit gestattet.

»Natürlich. Ich meinte, bis jemand anders, der die Zeitung gelesen hat, es ihr erzählt«, entschuldigte er sich. »Es wäre nicht sehr schön für sie, wenn sie es auf diesem Wege erfährt, und ich bin mir sicher, sie möchte dir, soweit es ihr möglich ist, zur Seite stehen.«

»Ja ... ich ...« Matthew zuckte die Achseln. »Es scheint fast herzlos, überhaupt glücklich zu sein ...«

»Unsinn!« sagte Pitt mit Überzeugung. »Sir Arthur wäre der erste, der dir jeden erdenklichen Trost wünschen würde, und Glück. Sicherlich ist es nicht nötig, daß ich dir das sage, denn du weißt es selbst, es sei denn, du hast schon vergessen, was für ein Mensch er war.« Es war ungewohnt und schmerzhaft, von ihm in der Vergangenheit zu sprechen, und unvermittelt spürte er wieder die Trauer in sich aufsteigen.

Matthew ging es offenbar ähnlich, denn er war plötzlich ganz blaß.

»Natürlich. Aber ... jetzt ... noch nicht. Ich gehe später zu ihr. Sie ist eine bemerkenswerte Frau. Du wirst sie mögen. Sie ist die Tochter von Ransley Soames im Schatzamt.«

»Ich freue mich sehr für dich!« Pitt reichte ihm unwillkürlich die Hand.

Matthew drückte sie mit einem kleinen Lächeln.

»Jetzt sollten wir uns aber auf den Weg machen«, sagte Pitt. »Ich in die Bow Street und dann ins Kolonialministerium.«

»In der Tat. Ich muß mich noch bei deiner Frau für ihre Gastfreundschaft bedanken. Ich wünschte ... ich wünschte, du hättest sie Vater vorgestellt, Thomas. Sie hätte ihm gefallen ...« Er schluckte und wandte sich ab, um zu verbergen, daß er von seiner Trauer übermannt wurde.

»Du hast recht«, sagte Pitt. »Das ist eines von vielen Dingen, die ich bedauern werde.« Er verließ den Raum, damit Matthew die Fassung wiedergewinnen konnte, und ging nach oben zu Charlotte.

In der Polizeiwache der Bow Street hatte er Glück und fand den stellvertretenden Polizeipräsidenten in seinem Büro vor. Giles Farnsworth war nur gelegentlich auf der Wache, da er die Verantwortung für ein großes Gebiet trug, so daß seine Anwesenheit zu diesem Zeitpunkt eher ungewöhnlich war. Pitt hatte gedacht, er würde ihn nur mit Mühe ausfindig machen.

»Ah, guten Morgen, Pitt«, sagte Farnsworth forsch. Er sah gut aus, hatte ausgezeichnete Umgangsformen und war stets glatt rasiert. Sein Haar war hell und glänzte, seine Augen waren graublau. »Gut, daß Sie schon früh kommen. Übler Einbruch in der Great Wild Street gestern nacht. Diamantenraub bei Lady Wharburton. Vollständige Liste liegt noch nicht vor, Sir Robert hat sie gegen Mittag fertig. Sehr unangenehm. Kümmern Sie sich persönlich darum, bitte. Ich habe Sir Robert versprochen, meinen besten Mann zu beauftragen.« Er blickte gar nicht auf, um eine Reaktion von Pitt zu erwarten. Er hatte einen Befehl erteilt, keinen Vorschlag unterbreitet.

Als Micah Drummond in Pension gegangen war, hatte er sich so nachdrücklich für Pitt als seinen Nachfolger eingesetzt, daß Farnsworth diese Wahl akzeptiert hatte, wenn auch widerwillig. Pitt entstammte, im Gegensatz zu Drummond, keiner höheren sozialen Schicht. Auch hatte er keine Erfahrung mit der Führung von Menschen, ganz anders als Drummond, der einen hohen Rang in der Armee bekleidet hatte. Was die Position eines Oberinspektors betraf, so war Farnsworth es gewohnt, mit Männern von Drummonds gesellschaftlichem Rang zusammenzuarbeiten. Das erleichterte die Sache ungemein. Sie verstanden sich, sie kannten die Regeln, die Männern aus unteren gesellschaftlichen Schichten nicht vertraut waren, sie verkehrten miteinander als fast Gleichgestellte.

Pitt würde niemals dieselbe soziale Ebene erreichen wie Farnsworth; zwischen ihnen war keine Freundschaft möglich. Die Tatsache, daß Drummond Pitt als Freund betrachtet hatte, war einer jener unerklärlichen Ausrutscher, die selbst einem Gentleman von Zeit zu Zeit unterliefen. Allerdings betraf dies gewöhnlich eher Menschen, die aufgrund einer besonderen Gabe oder Fähigkeit Aufmerksamkeit erregten, sei es, daß sie edle Pferde züchteten oder großartige Gärten nach französischem Vorbild anlegten, mit kleinen Lustschlössern, Buchsbaumreihen und Lavendelrabatten, oder daß sie neue mechanische Geräte für Wasserfälle und Springbrunnen ersannen. Pit war zuvor noch nie jemandem begegnet, der sich einen solchen Ausrutscher gegenüber einem Untergebenen leistete.

»Mr. Farnsworth«, sagte Pitt, als Farnsworth schon auf dem Wege nach draußen war.

»Ja bitte?« erwiderte Farnsworth überrascht.

»Natürlich kümmere ich mich um Lady Wharburtons Diamanten, wenn Sie es wünschen. Aber lieber würde ich Tellman damit beauftragen, damit ich frei bin und ins Kolonialministerium gehen kann. Dort sind, wie ich gehört habe, wichtige Informationen über unsere Projekte in Afrika verschwunden.«

»Wie bitte?« Farnsworth war entsetzt. Er starrte Pitt an. »Davon weiß ich ja gar nichts! Warum haben Sie mir nicht sofort darüber berichtet? Ich war gestern den ganzen Tag erreichbar, und vorgestern auch. Sie hätten mich ohne weiteres finden können, hätten Sie es versucht. Hier gibt es ein Telefon, und bei sich zu Hause hätten Sie auch eins installieren lassen sollen. Sie müssen mit der Zeit gehen, Pitt. Neue Erfindungen sind zu unserem Nutzen da, nicht zur Unterhaltung für diejenigen, die mehr Geld und Phantasie haben als Verstand. Was ist mit Ihnen los, Mann? Sie sind altmodisch, im Überkommenen verhaftet!«

»Ich habe erst vor einer halben Stunde davon gehört«, gab Pitt mit einiger Befriedigung zurück. »Kurz bevor ich von zu Hause weggegangen bin. Und ich glaube nicht, daß sich dieses Thema für ein Telefongespräch eignet, aber ich habe in der Tat eines dieser Geräte zu Hause.«

»Wenn es sich nicht für ein Telefongespräch eignet, wie haben Sie dann davon gehört?« fragte Farnsworth mit einem ähnlichen Ausdruck der Selbstgerechtigkeit. »Wenn Sie es wirklich mit Diskretion angehen wollen, hätten Sie zunächst zum Kolonialministerium gehen sollen, um die Sachlage zu überprüfen. Sind Sie sicher, daß es sich um wichtige Informationen handelt? Vielleicht fehlen Ihnen ausreichende Kenntnisse, weil Sie sich um Diskretion bemühen, und Sie nehmen an, daß die Lage schlimmer ist als tatsächlich der Fall. Vielleicht wurden Informationen lediglich verlegt.«

Pitt lächelte und ließ die Hände in die Taschen gleiten. »Ein Mitarbeiter des Außenministeriums hat mich persönlich besucht«, erwiderte er, »und zwar auf Anweisung von Lord Salisbury, und er hat mich offiziell gebeten, mich der Sache anzunehmen. Die fraglichen Informationen sind in der Deutschen Botschaft aufgetaucht, daher wurde die Angelegenheit bekannt. Es handelt sich nicht um irgendwelche Papiere, die konkret existieren.«

Farnsworth war entsetzt, aber Pitt gab ihm keine Zeit, etwas zu sagen.

»Die Deutschen sind über einige unserer Verhandlungspositionen bezüglich der Gebiete in Ostafrika und am Sambesi informiert und haben Wind davon bekommen, daß Großbritannien die Möglichkeit einer Kap-Kairo-Achse erwägt«, fuhr er fort. »Doch wenn Sie meinen, Lady Wharburtons Diamanten ...«

»Zum Teufel mit Lady Wharburton und ihren Diamanten«, brauste Farnsworth auf. »Tellman soll sich darum kümmern.« Ein hämischer Ausdruck trat in sein fein geschnittenes Gesicht. »Ich habe von meinem besten Mann gesprochen, Namen habe ich keine genannt. Und der beste ist ja nicht unbedingt der mit dem höchsten Rang. Gehen Sie sofort ins Kolonialministerium. Nehmen Sie sich der Sache an, Pitt. Lassen Sie alles andere liegen, bis das aufgeklärt ist. Habe ich mich klar ausgedrückt? Und seien Sie um Himmels willen diskret, Mann!«

Pitt lächelte. »Jawohl, Mr. Farnsworth. Genau das hatte ich vor, bevor die Sache mit Lady Wharburtons Diamanten dazwischenkam.«

Farnswort blitzte ihn an, sagte aber nichts.

Pitt öffnete die Tür, und Farnsworth verließ das Zimmer. Pitt folgte ihm und bat den Wachtmeister am Schalter, Inspektor Tellman zu ihm zu schicken.

2.

Kapitel

Pitt ging die Bow Street hinunter zum Strand, winkte eine Droschke herbei und gab dem Fahrer Anweisung, ihn zum Kolonialministerium in Whitehall, Ecke Downing Street zu fahren. Der Fahrer sah ihn einen Moment leicht überrascht an, gab dann aber seinem Pferd den Befehl, sich in den Verkehr einzureihen und in westliche Richtung zu trotten.

Auf der Fahrt ließ sich Pitt noch einmal die Dinge durch den Kopf gehen, die Matthew ihm berichtet hatte, und überlegte, wie er auf das Thema zu sprechen kommen sollte. Er hatte Matthews Ermächtigungsschreiben sowie die kurzen Anweisungen und Einzelheiten gelesen, doch konnte er ihnen nicht entnehmen, welcher Art und wie groß die Schwierigkeiten sein würden, wenn er um Kooperation ersuchte.

Die Droschke kam nur langsam voran; häufig blieb sie in dem Geknäuel von Kutschen, Equipagen und Pferdeomnibussen an der Ecke Strand und Wellington Street stecken. Zoll um Zoll schoben sie sich an den Einmündungen der Southampton Street, Bedford Street, King William Street und Duncannon Street vorbei und erreichten so Charing Cross. Alle hatten es eilig und versuchten, sich gegenseitig die Vorfahrt zu nehmen. Die Fahrer beschimpften sich gegenseitig. Ein Zweispänner und ein Leichenwagen blockierten den Weg, da sich ihre Räder ineinander verkeilt hatten. Zwei Jungen mit einem Lastenwagen gaben Ratschläge kund, und ein Straßenhändler stritt mit einem Pie-Verkäufer.

Fünfzehn Minuten waren vergangen, bis Pitts Droschke schließlich in die Whitehall Street einbog und Richtung Downing Street fuhr. Als die Droschke anhielt, kam der Streifenpolizist auf Pitt zu und fragte, was er wolle.

»Oberinspektor Pitt, auf dem Weg ins Kolonialministerium«, sagte Pitt und zog seine Karte hervor.

Der Droschkenführer schaute mit großen Augen zu.

»Jawohl, Sir.« Der Wachtmeister grüßte zackig und stand stramm. »Hab Sie gar nicht erkannt, Sir.«

Pitt bezahlte den Fahrer und erklomm die Stufen. Ihm war bewußt, daß es seinem Aufzug an Eleganz mangelte und er nicht für einen hohen Beamten oder einen Diplomaten gehalten würde. Mit ihren Schwalbenschwänzen, den Vatermördern und gestreiften Hosen eilten sie beiderseits an ihm vorbei, die zusammengerollten Regenschirme unter dem Arm, obwohl es ein sonniger Maimorgen war.

»Ja, bitte, Sir?« fragte ihn ein junger Mann, kaum daß Pitt das Gebäude betreten hatte. »Kann ich Ihnen behilflich sein?«

Pitt zog wieder seine Karte hervor zur Bestätigung seines Ranges, wozu sein Aufzug zugegebenermaßen nicht taugte. Wie immer war sein Haar zu lang, stieß auf seinen Kragen und ringelte sich unter dem Hut hervor. Er trug ein gut geschnittenes Jackett, doch durch seine Angewohnheit, sich die Taschen mit allen möglichen Dingen vollzustopfen, war es aus der Form geraten. Außerdem war sein Kragen weder gestärkt, noch waren die Kragenecken spitz und steif. Seiner Krawatte sah man an, daß sie flüchtig, gewissermaßen nachträglich gebunden worden war.

»Ja, bitte«, sagte er. »Ich komme in einer vertraulichen Angelegenheit und möchte den ranghöchsten Beamten sprechen, der zur Zeit verfügbar ist.«

»Ich gebe Ihnen einen Termin, Sir«, sagte der junge Mann höflich. »Wäre Ihnen übermorgen recht? Dann wird Mr. Aylmer anwesend sein, und ich bin sicher, er würde Sie empfangen. Er ist Mr. Chancellor unmittelbar untergeben und weiß sehr gut Bescheid.«

Wie jeder in London kannte auch Pitt den Namen des Ministers für Koloniale Angelegenheiten, Linus Chancellor. Unter den aufstrebenden Politikern war er einer der brillantesten, und vielerorts nahm man an, daß er eines Tages Premierminister sein würde.

»Nein, das wäre es nicht«, sagte er mit fester Stimme und sah den jungen Mann an, der seinen Blick verdutzt erwiderte. »Es handelt sich um eine sehr dringende Angelegenheit, die keinen Aufschub duldet. Da sie vertraulich ist, kann ich Ihnen nicht erklären, worum es geht. Ich bin auf Wunsch des Außenministeriums hier. Sie können sich das gerne von Lord Salisbury bestätigen lassen. Ich werde so lange auf Mr. Chancellor warten.«

Der junge Mann schluckte. Er war sich unsicher, was zu tun sei, und sah Pitt abweisend an.

»Sehr wohl, Sir. Ich werde Mr. Chancellors Büro unterrichten und Ihnen dann Bescheid geben.« Er warf erneut einen Blick auf Pitts Karte und verschwand dann die Treppe hinauf. Es dauerte fast eine Viertelstunde, bis er zurückkam, und Pitt wurde das Warten lang.

»Wenn Sie bitte in diese Richtung kommen wollen«, sagte der junge Mann kühl. Er drehte sich auf dem Absatz um und stieg wieder die Stufen hinauf; dann klopfte er an eine Tür aus Mahagoniholz und trat zur Seite, um Pitt einzulassen.

Linus Chancellor war Anfang Vierzig, ein dynamisch wirkender Mann mit hoher Stirn und dunklem, zurückgekämmtem Haar, kräftiger Nase und einem vollen Mund, der eine gewisse Sprunghaftigkeit, Humor und Willensstärke ausdrückte. Sein Charme war natürlich, und seine Fähigkeit, sich flüssig zu artikulieren, ermöglichte es ihm, Gedanken auszudrücken, die andere nur mühsam oder gar nicht in Worte zu kleiden vermochten. Er war schlank, von mittlerer Größe und makellos gekleidet.

»Guten Morgen, Oberinspektor Pitt.« Er erhob sich von seinem Stuhl hinter einem beeindruckenden Schreibtisch und reichte Pitt die Hand. Sein Händedruck war fest und kräftig. »Ich habe gehört, daß Sie in einer dringenden und vertraulichen Sache zu mir kommen.« Er deutete auf einen Stuhl auf der anderen Seite des Schreibtisches und setzte sich wieder. »Bitte erklären Sie mir, worum es geht. Ich habe knapp zehn Minuten vor meinem nächsten Termin. Leider kann ich Ihnen nicht mehr Zeit widmen. Man erwartet mich in Number Ten.« Das bedurfte keiner weiteren Erklärungen. Wenn er einen Termin beim Premierminister hatte – und nichts anderes bedeutete seine Aussage –, dann durfte er sich nicht verspäten, da konnte das, was Pitt zu berichten hatte, noch so wichtig sein. Chancellor gab damit auch unmißverständlich zu verstehen, wie wichtig seine eigene Position und die ihm zur Verfügung stehende Zeit war, damit Pitt ihn nicht falsch einschätzte.

Pitt ließ sich in dem großen Stuhl mit geschnitzten Armlehnen und einem Ledersitz nieder und begann unverzüglich.

»Heute morgen bin ich von Matthew Desmond, einem Mitarbeiter im Außenministerium, unterrichtet worden, daß gewisse Informationen, die mit den Verhandlungen des Kolonialministeriums bezüglich unserer gegenwärtigen Forschungsvorhaben und dem Aufbau unserer Handelsverbindungen in Afrika, insbesondere im Sambesi-Gebiet, zu tun haben, in die Hände der Deutschen Botschaft gelangt sind …«

Er brauchte nichts weiter zu erläutern; Chancellor widmete ihm seine ungeteilte Aufmerksamkeit.

»Soweit ich weiß, haben nur Mr. Desmond, sein Vorgesetzter und Lord Salisbury, Kenntnis von diesen Vorgängen«, fuhr Pitt fort. »Ich benötige nun Ihr Einverständnis, um Ermittlungen in diesem Ministerium durchführen zu können …«

»Aber selbstverständlich. Sofort. Das ist eine äußerst ernste Angelegenheit.« Die höfliche Zurschaustellung von Interesse war einer unmißverständlichen Ernsthaftigkeit gewichen. »Können Sie mir sagen, welcher Art die Informationen waren? Hat Mr. Desmond mit Ihnen darüber gesprochen? Weiß er überhaupt Näheres darüber?«

»Nicht in Einzelheiten«, antwortete Pitt. »Soweit ich verstanden habe, handelt es sich um Minenkonzessionen und Verträge mit eingeborenen Stammesfürsten.«

Chancellors Miene war überaus ernst, sein Mund schmal zusammengepreßt.

»Das könnte sehr ernst werden. Die zukünftige Besiedlungspolitik für Afrika hängt zum großen Teil davon ab. Vermutlich hat Mr. Desmond soweit Einblick gewährt? Ja, natürlich. Würden Sie mich bitte auf dem laufenden halten, Mr. Pitt? Persönlich. Sicherlich haben Sie die Möglichkeit schon in Erwägung gezogen, daß die Informationen, in deren Besitz die Deutschen gelangt sind, sie durch ihre eigenen Leute erreicht haben?« Er fragte nicht mit echter Hoffnung, sondern nur der Form halber. »Die Deutschen haben eine Menge Forscher, Abenteurer und Soldaten in Ostafrika, besonders entlang der Küste von Sansibar. Ich werde Sie nicht mit den Einzelheiten der deutschen Verträge mit dem Sultan von Sansibar, mit den Aufständen im Zuge der Besiedlung und den gewalttätigen Übergriffen langweilen. Sie können einfach davon ausgehen, daß es in der Gegend eine Menge Deutsche gibt.«

»Ich habe mich selbst noch nicht mit dem Thema beschäftigt, aber das war meine erste Frage an Mr. Desmond«, erwiderte Pitt. »Er versicherte mir, das sei unmöglich, und zwar aufgrund der Einzelheiten der Informationen und der Tatsache, daß sie genau unserer Version der Ereignisse entsprachen, die doch unterschiedliche Interpretationen zulassen.«

»Ja –« Chancellor nickte. »Sie vermuten also Verrat in unserer Mitte, Mr. Pitt. Wahrscheinlich auf ziemlich hoher Ebene. Erklären Sie mir, wie Sie vorgehen wollen.«

»Ich kann nur gegen jeden, der Zugang zu den fraglichen Informationen hatte, ermitteln. Vermutlich ist das eine begrenzte Anzahl von Personen?«

»Auf jeden Fall. Mr. Thorne ist für die afrikanischen Angelegenheiten zuständig. Fangen Sie bei ihm an. Wenn Sie mich jetzt entschuldigen würden, Oberinspektor, ich werde Fairbrass herbeirufen, der Ihnen weiter behilflich sein wird. Heute nachmittag um Viertel nach vier habe ich ein wenig Zeit. Ich wäre Ihnen sehr dankbar, wenn Sie mir dann darüber Mitteilung machen wollten, wie weit

Sie gekommen sind und welche Eindrücke Sie gewonnen haben.«

»Jawohl, Sir.« Pitt erhob sich, Chancellor ebenfalls. Ein junger Mann, wahrscheinlich Fairbrass, erschien in der Tür, erhielt kurze Anweisungen von Chancellor und führte Pitt dann durch eine Reihe eleganter Korridore zu einem geräumigen, gut eingerichteten Büro, dem ersten nicht unähnlich. Auf dem Schild an der Tür stand JEREMIAH THORNE. Offenbar betrachtete Fairbrass Mr. Thorne mit soviel Ehrfurcht, daß er es nicht für nötig erachtete, Pitt zu erklären, wer dieser war. Er klopfte leise an, und auf das »Herein« drehte er den Türknauf und steckte den Kopf zur Tür hinein.

»Mr. Thorne, Sir, hier ist ein Oberinspektor Pitt, von der Bow Street, soweit ich weiß. Mr. Chancellor hat mich gebeten, ihn zu Ihnen zu bringen.« Dann schwieg er, weil ihm weiter nichts einfiel. Er trat zurück und stieß die Tür weiter auf, damit Pitt hineingehen konnte.

Oberflächlich betrachtet war Jeremiah Thorne seinem Vorgesetzten nicht unähnlich. Der Unterschied in der Haltung fiel unmittelbar auf, war aber gleichzeitig nicht definierbar. Obwohl er hinter seinem Schreibtisch saß, hatte man den Eindruck, daß er recht groß war. Seine Augen standen ziemlich weit auseinander, sein dunkles Haar war voll und glatt, sein Mund weich und edel geformt. Aber er war ein Staatsbeamter, kein Politiker. Der Unterschied war so subtil, daß er sich nicht benennen ließ. Die Selbstsicherheit, mit der er sich bewegte, basierte auf der über Generationen gefestigten Gewißheit, die unsichtbare Macht hinter denjenigen zu sein, die sich um politische Ämter bewarben und deren Positionen von dem Wohlwollen der sie tragenden Staatsdiener abhing.

»Guten Tag, Oberinspektor«, sagte er mit interessiertem Tonfall. »Kommen Sie herein! Was kann ich für Sie tun? Ein Verbrechen in den Kolonien, dessen sich die Metropolitan Police annehmen muß?« Er lächelte. »In Afrika vermutlich, sonst hätte man Sie nicht zu mir geschickt.«

»Nein, Mr. Thorne.« Pitt kam in den Raum und ließ sich auf dem ihm bedeuteten Stuhl nieder. Er wartete, bis die Tür sich geschlossen hatte und Fairbrass' Schritte auf dem Korridor verhallt waren. »Ich fürchte, das Verbrechen nahm hier im Kolonialministerium seinen Ausgang«, antwortete er auf die Frage. »Falls es wirklich ein Verbrechen ist. Mr. Chancellor hat mich ermächtigt, Ermittlungen anzustellen. Ich muß einige Fragen an Sie richten, Sir. Es tut mir leid, daß ich Ihre Zeit in Anspruch nehme, aber es ist unumgänglich.«

Thorne lehnte sich in seinem Stuhl zurück und faltete die Hände.

»Dann fahren Sie bitte fort, Oberinspektor. Können Sie mir berichten, worin das Verbrechen besteht?«

Pitt antwortete nicht direkt. Jeremiah Thorne hatte zu den meisten Informationen im Kolonialministerium Zugang. Mit Sicherheit war er in einer Position, in der er den Verrat begangen haben konnte, auch wenn es sehr unwahrscheinlich war, daß ein Beamter seines Ranges sich darauf einlassen würde. Andererseits bestand die Möglichkeit, daß er den Verräter unabsichtlich warnte, weil er ihm diese Falschheit nicht zutraute oder weil er es nicht gewohnt war, seine eigenen Kollegen zu verdächtigen.

Wenn er aber nicht verstand, worauf Pitt mit seinen Fragen abzielte, war er wohl den Erwartungen an seine Position kaum gewachsen.

»Mir wäre es lieber, nicht konkreter zu werden, bis ich mir sicher sein kann, daß tatsächlich ein Verbrechen vorliegt«, sagte Pitt ausweichend. »Könnten Sie mir etwas über Ihre wichtigsten Mitarbeiter erzählen?«

Thorne sah ihn verdutzt an, aber in seinen Augen war ein humorvolles Leuchten zu sehen, das seine Besorgnis, wenn er welche fühlte, kaschierte.

»Was Afrika angeht, erstatte ich Garston Aylmer, Mr. Chancellors Assistenten, Bericht«, sagte er leise. »Er ist ein ausgezeichneter Beamter, sehr gebildet. Er hat einen sehr guten Abschluß in Cambridge gemacht, aber ich nehme an, akademische Qualifikationen interessieren Sie in diesem

Zusammenhang nicht.« Er zog eine Schulter fast unmerklich hoch. »Nein, natürlich nicht. Nach dem Studium ist er sofort ins Kolonialministerium eingetreten. Das ist jetzt ungefähr vierzehn oder fünfzehn Jahre her.«

»Dann ist er jetzt um die Vierzig?« fragte Pitt dazwischen.

»Sechsunddreißig, glaube ich. Er ist wirklich außergewöhnlich intelligent und hat sein Studium schon mit dreiundzwanzig abgeschlossen.« Anscheinend wollte er noch etwas hinzufügen, unterließ es dann aber. Er wartete geduldig, daß Pitt mit seinen Fragen fortfuhr.

»Was hat er studiert, Sir?«

»Oh – er ist Altphilologe.«

»Verstehe.«

»Das bezweifle ich.« Wieder stand das Leuchten wie ein verstecktes Lachen in Thornes Augen. »Er hat eine hervorragende Allgemeinbildung und umfassende Geschichtskenntnisse. Er lebt in Newington in einem kleinen Haus, das ihm gehört.«

»Ist er verheiratet?«

»Nein.«

Dann war Newington ein eher ungewöhnlicher Wohnort. Es lag südlich der Themse, oberhalb von Westminster Bridge, östlich von Lambeth. Von Whitehall war es nicht weit entfernt, aber für einen Mann in seiner Position und mit seinen Ambitionen war dieser Stadtteil wohl kaum angemessen. Pitt hätte eher erwartet, daß er in Mayfair oder Belgravia, möglicherweise auch in Chelsea ein Haus hatte.

»Was für Aussichten hat er, Mr. Thorne?« fragte er. »Kann er mit einer weiteren Beförderung rechnen?« Thomas' Anspannung verriet sich in seiner Stimme, aber es war unmöglich, seine Gedanken zu erahnen.

»Ich denke schon. Zu gegebener Zeit könnte er meine Position oder auch die Leitung jeder anderen Abteilung im Kolonialministerium übernehmen. Meines Wissens interessiert er sich für Indien und den Fernen Osten. Was hat das mit dem etwaigen Verbrechen zu tun, Oberinspektor, das Sie hierhergeführt hat? Aylmer ist ein ehrenwerter Mann, über den mir nie auch nur die geringste Andeutung hinsichtlich einer Unregelmäßigkeit, geschweige denn einer Unaufrichtigkeit zu Ohren gekommen ist. Meines Wissens trinkt er nicht einmal.«

Es gab noch vieles, was Pitt zu Aylmers finanzieller Situation und zu seinem persönlichen Ruf erfragen wollte, aber nicht von Thorne. Seine Ermittlungen gestalteten sich genauso schwierig, wie er es sich vorgestellt hatte, und bereiteten ihm kein Vergnügen. Doch Matthew Desmond hätte diesen Auftrag nicht erteilt, wenn es nur vage Vermutungen gäbe. Es stand fest, daß ein Mitarbeiter in der Afrika-Abteilung des Kolonialministeriums Informationen an die Deutsche Botschaft weiterleitete.

»Wer sonst noch, Mr. Thorne?« fragte er.

»Wer sonst? Peter Arundell. Er hat sich auf Ägypten und den Sudan spezialisiert«, erwiderte Thorne. Er beschrieb ihn ziemlich genau, und Pitt hörte ihm zu, ohne zu unterbrechen. Zu diesem Zeitpunkt wollte er den Kreis der Mitarbeiter noch nicht auf die einengen, die mit dem Sambesi-Gebiet zu tun hatten. Er hätte Thorne gerne vertraut, aber das konnte er sich nicht leisten.

»Ja?« hakte er nach, als Thorne zögerte.

Thorne runzelte die Brauen, fuhr dann aber fort, weitere Mitarbeiter zu beschreiben, die sich mit Afrika befaßten, unter anderem auch Ian Hathaway, zu dessen Aufgabenbereich Maschonaland und Matabeleland gehörten, die zusammen auch Sambesi-Gebiet genannt wurden.

»Er ist einer unserer erfahrensten Mitarbeiter und dabei sehr zurückhaltend«, sagte Thorne ruhig. Er saß immer noch in bequemer Haltung auf seinem Stuhl und sah Pitt an. »Er ist um die Fünfzig und, seitdem ich ihn kenne, Witwer. Meines Wissens ist seine Frau früh gestorben; er hat nicht wieder geheiratet. Einer seiner Söhne ist im Kolonialdienst im Sudan und der andere als Missionar tätig. Wo, habe ich leider vergessen. Hathaways Vater bekleidete ein ziemlich hohes Amt in der Kirche … Erzdiakon oder so. Er stammte aus dem Westen, ich glaube, Somerset oder Dorset. Hathaway lebt in South Lambeth, in der Nähe der

Vauxhall Bridge. Ich gestehe, daß ich über seine Vermögensverhältnisse nichts weiß. Er lebt sehr zurückgezogen und ist äußerst bescheiden. Er ist wohlgelitten und immer höflich, mit einem freundlichen Wort für jeden.«

»Sehr gut. Besten Dank.« Der Anfang war nicht sehr vielversprechend, aber es wäre unrealistisch gewesen, in diesem Stadium auf einen deutlichen Hinweis zu hoffen. Er zögerte und war unschlüssig, ob er Thorne fragen sollte, welchen Weg Informationen innerhalb der Abteilung nahmen, oder ob er ihm das eigentliche Verbrechen vorenthalten sollte. Im letzteren Fall könnte er sich das Privatleben von Aylmer, Hathaway und Thorne vornehmen, in der Hoffnung, daß er eine Schwachstelle oder einen Betrug aufdeckte, die zur Auflösung des Falles führen würden.

»Das wäre alles, Oberinspektor«, unterbrach Thorne das Schweigen. »Außer denen, die ich erwähnt habe, gibt es nur noch Schreibkräfte, Boten und Assistenten niedrigeren Ranges. Wenn Sie mir nicht sagen können, worin das Vergehen besteht oder welcher allgemeinen Art es ist, weiß ich nicht, was ich noch tun kann, um Ihnen behilflich zu sein.« Es war keine Beschwerde, lediglich eine Beobachtung, und das humorvolle Leuchten stand immer noch in seinen Augen, während er sprach.

»Ein paar Informationen sind in die falschen Hände geraten«, sagte Pitt ausweichend. »Möglicherweise kamen sie aus dieser Abteilung.«

»Ich verstehe.« Im Gegensatz zu Chancellor war Thorne keineswegs entsetzt. Er schien nicht einmal besonders überrascht. »Vermutlich sind es finanzielle Informationen, von denen Sie reden, oder solche, die sich finanziell auszahlen könnten? Ich fürchte, daß dieses Risiko immer dort besteht, wo sich große Möglichkeiten auftun, wie jetzt in Afrika. Der Schwarze Kontinent«, seine Mundwinkel verzogen sich spöttisch, als er diesen Ausdruck benutzte, »hat eine ganze Reihe von Opportunisten angezogen ebenso wie solche, die dort siedeln und Kolonien errichten wollen; auch Forscher, Großwildjäger und diejenigen, die die Seelen der Eingeborenen retten und ihnen das Christentum bringen wollen, ihnen aber gleichzeitig unsere Gesetze und Zivilisation aufstülpen.«

Thornes Vermutung war falsch, aber Pitt hatte nichts dagegen, es dabei zu belassen.

»Dennoch muß dem Einhalt geboten werden«, sagte er ernst.

»Selbstverständlich«, pflichtete Thorne ihm bei. »Sie können sich gerne meiner Hilfe bedienen, wobei ich allerdings nicht weiß, wie ich Ihnen behilflich sein kann. Es fällt mir sehr schwer zu glauben, daß einer von den Männern, die ich erwähnt habe, sich dazu herablassen würde. Aber vielleicht erfahren Sie von ihnen etwas, das Sie auf die richtige Spur bringt. Ich werde entsprechende Anweisungen geben.« Er lehnte sich vor. »Danke, daß Sie zuerst mit mir gesprochen haben. Das war höchst anständig von Ihnen.«

»Das ist doch selbstverständlich«, sagte Pitt gewandt. »Ich denke, ich werde damit beginnen, den Weg der Informationen im allgemeinen zu verfolgen, nicht nur den der finanziellen, um herauszufinden, wer Zugang zu welchen Informationen hat.«

»Ausgezeichnet.« Thorne erhob sich und deutete damit an, daß das Gespräch beendet sei. »Möchten Sie jemanden zur Seite gestellt haben, der Sie mit diesem verzwickten System vertraut macht, oder möchten Sie sich lieber allein zurechtfinden? Ich fürchte, ich kenne mich bei polizeilichen Ermittlungsmethoden nicht aus.«

»Wenn Sie jemanden erübrigen könnten, würde mir das viel Zeit ersparen.«

»Selbstverständlich.« Er griff nach dem hübsch bestickten Klingelzug neben seinem Schreibtisch, und einen Moment später kam ein junger Mann aus dem angrenzenden Büro herein. »Ach, Wainwright«, sagte Thorne betont lässig. »Das ist Oberinspektor Pitt von der Bow Street, der ein paar Ermittlungen durchzuführen hat. Die Sache muß im Moment streng vertraulich behandelt werden. Würden Sie ihn bitte begleiten und ihm zeigen, wo die Informationen aus Afrika direkt und solche, die Afrika betreffen, ankommen und welchen Weg sie nehmen. Anscheinend ist es zu Unregelmäßigkeiten gekommen.« Er benutzte das Wort ohne weitere Erklärung. »Es wäre also ratsam, wenn Sie zu diesem Zeitpunkt niemandem Auskunft darüber geben würden, wer Mr. Pitt ist und was er hier tut.«

»In Ordnung, Sir.« Wainwright schien ein wenig verblüfft, doch als der gute Staatsdiener, der er zu sein wünschte, versagte er sich jede Reaktion in seiner Miene, ganz zu schweigen von einer Bemerkung. Zu Pitt sagte er: »Guten Tag, Sir. Wenn Sie bitte mit mir kommen wollen, zeige ich Ihnen die verschiedenen Mitteilungen, die wir erhalten, und wie wir mit ihnen nach ihrem Eintreffen verfahren.«

Pitt dankte Thorne erneut und folgte Wainwright. Den Rest des Tages verbrachte er damit, sich zu informieren, aus welchen Quellen die verschiedenen Mitteilungen im Haus eintrafen, wer sie in Empfang nahm, wo sie aufbewahrt und wie sie weitergegeben wurden und wer Zugang zu ihnen hatte. Als es halb drei war, konnte er mit ziemlicher Sicherheit sagen, daß die Informationen, von denen Matthew Desmond gesprochen hatte, einzeln einer ganzen Reihe von Menschen zugänglich waren, daß sie aber gesammelt durch die Hände von nur wenigen gingen, nämlich die von Garston Aylmer, Ian Hathaway, Peter Arundell, einem gewissen Robert Leicester und Thorne selbst.

Darüber sagte er aber nichts zu Chancellor, den er, wie versprochen, um Viertel nach vier in seinem Büro vorfand. Er berichtete ihm nur, daß er alle erdenkliche Unterstützung gefunden habe und verschiedene Möglichkeiten ausschließen konnte.

»Und was bleibt?« fragte Chancellor rasch und mit ernstem Blick. »Sie haben immer noch keine Zweifel, daß wir hier einen Verräter haben, der Informationen an den Kaiser weitergibt?«

»Das ist die Einschätzung des Außenministeriums, aber angesichts der Fakten scheint sie die einzig mögliche zu sein«, erwiderte Pitt.

»Sehr unangenehm.« Die Lippen aufeinandergepreßt, die Stirn gefurcht, starrte Chancellor ins Leere. »Wenn ich einem Feind gegenüberstehe, weiß ich, was ich zu tun habe, aber von den eigenen Leuten betrogen zu werden ist für einen Mann die schlimmste Erfahrung. Verräter sind mir mehr verhaßt als alles andere auf der Welt.« Er musterte Pitt mit seinen durchdringenden blauen Augen. »Sind Sie Philologe, Mr. Pitt?«

Das war eine absurde Frage, doch Pitt nahm sie als Kompliment, denn offenbar hatte Chancellor keine Ahnung von Pitts Herkunft. So hätte er auch mit Micah Drummond oder sogar Farnsworth gesprochen. Es war ein Kompliment an Arthur Desmond, der dem Sohn eines Wildhüters eine Bildung vermittelt hatte, die diesen Irrtum möglich machte.

»Nein, Sir. Ich kenne Shakespeare und die großen Dichter, aber nicht die Griechen«, antwortete Pitt sachlich.

»Ich dachte eher an Dante«, sagte Chancellor. »Er klassifiziert alle Sünden in seinem Bild vom Weg hinab zur Hölle. Den Verräter stellt er in den untersten Kreis, weit unter diejenigen, die sich der Gewalt, des Diebstahls, der Wollust oder anderer Laster schuldig gemacht haben. Für ihn ist es die schlimmste der menschenmöglichen Sünden, eine einzigartige Mißachtung der Vernunft und des Gewissens, die uns beide von Gott gegeben sind. Er stellt den Verräter abseits, umgeben von ewigem Eis. Eine schreckliche Strafe, meinen Sie nicht, Mr. Pitt? Aber dem Verbrechen angemessen.«

Pitt spürte ein momentanes Frösteln und dann eine Klarheit, die ihm ein Gefühl von Leichtigkeit gab.

»Ja ...«, sagte er. »Ja, vielleicht ist es das ärgste Verbrechen, der Vertrauensbruch, und man könnte auch sagen, daß die ewige Isolation nicht nur eine Strafe, sondern auch die natürliche Folge des Verrats ist. Eine selbstgewählte Hölle, gewissermaßen.«

»Ich sehe, daß wir viel gemeinsam haben, Mr. Pitt.«

Chancellors Lächeln war von solcher Wärme und Intensität, von einer strahlenden Offenheit. »Vielleicht ist das

das Wichtigste. Wir müssen diese schreckliche Angelegenheit klären. Bis dahin wirft sie ihren Schatten über alles andere.« Er biß sich auf die Lippe und schüttelte leicht den Kopf. »Das Schlimmste ist, daß sie bis zu ihrer Aufklärung jede Beziehung vergiftet. Man kann nicht umhin, auch diejenigen zu verdächtigen, die völlig unschuldig sind. Manch eine Freundschaft ist wegen geringerer Vorwürfe in die Brüche gegangen. Ich gebe zu, daß ich einen Mann, der mich des Verrats für fähig gehalten hat, nie mehr mit denselben Augen betrachten könnte.« Er musterte Pitt. »Und gleichzeitig kann ich, da es meine Pflicht ist, keinen von meinem Verdacht freisprechen. Das wage ich nicht. Was für ein gemeines Verbrechen!« Einen Augenblick verzerrte ein häßliches Lächeln seine Züge. »Sie sehen, welchen Schaden es bereits angerichtet hat, einfach nur, weil es existiert?«

Er lehnte sich über den Schreibtisch. »Passen Sie auf, Pitt, wir können uns keine falschen Rücksichten erlauben. Ich wünschte, es wäre nicht so, doch ich kenne dieses Amt so gut, daß ich weiß, der Täter muß jemand in hoher Position sein, was auf Aylmer, Hathaway, Arundell, Leicester oder sogar – der Himmel verschone uns – Thorne schließen läßt. Sie werden den richtigen nicht ausfindig machen, indem Sie irgendwelchen Akten hinterherjagen.« Ohne es zu merken und fast lautlos trommelte er einen Rhythmus auf den Tisch. »So dumm wird er nicht sein. Sie müssen die Personen kennenlernen, ein Muster ausfindig machen, eine Ungereimtheit entdecken, eine Schwäche, und sei sie noch so klein. Sie müssen also ihr Privatleben kennenlernen.« Er sprach nicht weiter und betrachtete Pitt aufgebracht. »Warum tun Sie so überrascht? Ich bin doch kein Idiot!«

Pitt spürte, wie ihm die Farbe ins Gesicht stieg. Er hatte Chancellor nicht für einen Idioten gehalten, aber auch nicht mit dieser Direktheit gerechnet oder mit Chancellors Fähigkeit, die Ermittlungsmethoden so leicht zu durchschauen.

Chancellor lächelte. »Verzeihen Sie. Ich war zu offen. Dennoch stimmt das, was ich sage. Sie müssen sie alle im gesellschaftlichen Umgang erleben. Können Sie heute abend zum Empfang der Herzogin von Marlborough kommen? Ich kann Ihnen problemlos eine Einladung besorgen.«

Pitt zögerte nur eine Sekunde.

»Ich weiß, daß es viel zu kurzfristig ist«, sagte Chancellor, »aber die Geschichte wartet auf keinen, und unser Vertrag mit Deutschland steht kurz vor dem Abschluß.«

»Natürlich!« nahm Pitt an. Was Chancellor gesagt hatte, war richtig. Es wäre eine einmalige Gelegenheit, die Männer auf persönlicher Ebene einschätzen zu können. »Es ist eine großartige Idee. Ich danke Ihnen für Ihre Unterstützung, Sir.«

»Sie und Ihre Frau? Ich nehme an, Sie sind verheiratet?«

»In der Tat.«

»Wunderbar. Ich schicke meinen Diener um sechs zu Ihnen. Zu welcher Adresse?«

Pitt gab ihm seine Adresse und war froh, daß sie in dem neuen Haus wohnten. Kurze Zeit darauf verabschiedete er sich. Wenn er in wenigen Stunden zu einem Empfang im Marlborough House erscheinen sollte, mußte er sich um einiges kümmern. Und Charlotte erst! Ihre Schwester Emily, von der sie sich sonst für solche gesellschaftliche Anlässe Kleider borgte, war derzeit auf Reisen in Italien. Jack, ihr Ehemann, war seit kurzem Parlamentsabgeordneter, und sie hatten die Sommerpause zu einer Reise genutzt. Folglich konnte sie von ihr nichts ausleihen. Also müßte sie sich an Lady Vespasia Cumming-Gould wenden, Emilys angeheiratete Großtante aus ihrer ersten Ehe mit Lord Ashworth.

»Was?« fragte Charlotte »Heute abend? Das ist unmöglich! Es ist doch schon fast fünf!« Sie stand in der Küche, einen Stapel Teller in den Händen.

»Ich weiß natürlich, daß nicht viel Zeit bleibt…«, hob Pitt an. Erst jetzt wurde ihm richtig klar, worauf er sich eingelassen hatte.

»Nicht viel Zeit?« wiederholte sie, und ihre Stimme stieg in schrille Höhen. Mit einem Klirren setzte sie die Teller ab. »Man braucht ungefähr eine Woche, um sich auf so ein Ereignis vorzubereiten, Thomas. Ich nehme an, du weißt, wer die Herzogin von Marlborough ist? Es könnte sein, daß Mitglieder der königlichen Familie anwesend sind! Alles, was Rang und Namen hat, wird dasein – darauf kannst du wetten!« Plötzlich schwand die Empörung aus ihrem Gesicht und wich unbezähmbarer Neugier. »Wie um alles in der Welt bist du an eine Einladung für den Empfang der Herzogin von Marlborough gekommen? Es gibt Leute in London, die würden ein Verbrechen begehen, um eingeladen zu werden.« Ihre Mundwinkel zuckten amüsiert. »Sag bloß nicht, daß genau das geschehen ist?«

Bei diesem absurden Gedanken, der in völligem Kontrast zur Wirklichkeit stand, spürte er Gelächter in sich aufwallen. Vielleicht sollte er ihr nichts erzählen. Schließlich handelte es sich um eine höchst vertrauliche Angelegenheit. Aber in der Vergangenheit hatte er ihr immer vertraut, allerdings war es da nie um Staatsangelegenheiten gegangen.

Sie bemerkte sein Zögern. »Also ist es so!« Sie machte große Augen und wußte nicht, ob sie lachen sollte.

»Nein, nein«, sagte er hastig. »Die Sache ist viel ernster, als du denkst.«

»Ermittelst du nicht im Zusammenhang mit Sir Arthurs Tod?« fragte sie. »Das kann doch nichts mit der Herzogin von Marlborough zu tun haben. Und selbst wenn, würdest du keine Einladung zu ihrem Empfang bekommen, bloß weil du es willst. Ich glaube, selbst Tante Vespasia könnte das nicht« – und deren gesellschaftlicher Einfluß war unübertrefflich.

In ihrer Jugend war Vespasia eine berühmte Schönheit gewesen, nicht nur wegen ihrer klassischen Züge und dem exquisiten Teint, sondern auch wegen ihrer Anmut, ihrer Schlagfertigkeit und ihres außergewöhnlichen Esprits. Jetzt war sie über achtzig und immer noch schön. Ihr Witz war noch schärfer geworden, denn sie befand sich in gesellschaftlich gesicherter Position, und es kümmerte sie nicht im geringsten, was man von ihr dachte, solange sie mit ihrem Gewissen im reinen war. Sie unterstützte Anliegen, vor denen andere zurückschreckten, gab sich nach ihrem Gutdünken mit Menschen und Dingen ab, und genoß Aktivitäten, die manch jüngerer und weniger wagemutigen Frau angst machten. Dennoch konnte sie sich in so kurzer Zeit keine Einladung zum Empfang der Herzogin von Marlborough beschaffen.

»Ja, es hat schon mit seinem Tod zu tun«, sagte Pitt, womit er die Wahrheit ziemlich weit faßte. Er folgte Charlotte, die plötzlich aktiv wurde, den Flur entlang eilte und die Treppe hinauf.

»Aber ich ermittle noch in einer anderen Angelegenheit, die Matthew mir heute morgen mitgeteilt hat, und das ist der Grund, warum wir heute abend bei der Herzogin von Marlborough eingeladen sind«, sagte Pitt hinter ihr. »Mr. Linus Chancellor vom Kolonialministerium hat uns die Einladung beschafft.«

Sie blieb auf dem Treppenabsatz stehen. »Linus Chancellor. Von dem habe ich schon gehört. Er soll sehr charmant und überaus klug sein. Vielleicht wird er eines Tages Premierminister.«

Er lächelte und wurde wieder ernst, als er ihr ins Schlafzimmer folgte. Charlotte bewegte sich nicht mehr in den Kreisen, in denen man über aufstrebende Politiker sprach. Das war vor ihrer Heirat mit einem Polizisten, was ihre Freunde schockiert und zu dramatischen Einbußen sowohl ihrer finanziellen Mittel als auch ihrer gesellschaftlichen Position geführt hatte.

Sie machte ein langes Gesicht. »Stimmt das etwa nicht? Ist er nicht wirklich charmant?«

»Doch, durchaus, und ich würde denken, auch sehr klug. Wer hat dir von ihm erzählt?«

»Emily«, sagte sie und öffnete die Türen zu ihrem Kleiderschrank. »Jack hat ihn schon einige Male gesehen, aber Mama auch.« Ihr wurde bewußt, was er meinte. »Also gut, das sind nur zwei. Du warst heute bei ihm? Warum?«

Einen Augenblick lang zögerte er noch.

»Es ist streng vertraulich, eine Staatsangelegenheit. Ich gewähre selbst denen, die ich befragen muß, keinen vollen Einblick. Gewisse Informationen sind vom Kolonialministerium in die Hände von Menschen gelangt, die darüber nichts wissen dürfen.«

Sie drehte sich zu ihm um. »Du meinst, im Kolonialministerium sitzt ein Verräter? Das ist ja furchtbar! Warum hast du das nicht gleich gesagt, statt so herumzudrucksen? Thomas, sei nicht so wichtigtuerisch.«

»Na ja, ich...« Er war erschrocken. Wichtigtuerei war ihm verhaßt. Er schluckte. »Findest du was Passendes oder nicht?«

»Ja, natürlich finde ich was«, sagte sie mit großen Augen, als sei das ganz selbstverständlich.

»Wie?«

Sie schloß die Schranktür. »Das weiß ich noch nicht. Laß mich einen Moment nachdenken. Emily ist zwar weg, aber Tante Vespasia ist da. Sie hat ja ein Telefon. Vielleicht rufe ich sie an und frage sie um Rat. Ja, genau. Das mache ich.« Ohne seine Reaktion abzuwarten, ging sie an ihm vorbei zur Treppe und in den unteren Flur, wo das Telefon stand. Sie nahm den Hörer ab. Das Gerät war ihr immer noch nicht vertraut, und sie brauchte einige Minuten, um es in Gang zu bringen. Am anderen Ende nahm natürlich das Mädchen ab, und Charlotte mußte eine Weile warten.

»Tante Vespasia.« Ihre Stimme war ungewöhnlich atemlos, als Vespasia schließlich am Apparat war. »Thomas hat gerade einen äußerst wichtigen Fall übernommen, über den ich jetzt weiter nichts sagen kann, weil ich nicht viel darüber weiß, aber er ist heute kurzfristig zu dem Empfang der Herzogin von Marlborough eingeladen.«

Tante Vespasia gestattete sich nur einen winzigen Moment der Überraschung, für mehr war sie zu wohlerzogen.

»In der Tat? Es muß ja eine sehr ernste Sache sein, wenn die Herzogin von Marlborough es zuläßt, daß ihre Planungen – wenn auch nur geringfügig – verändert werden. Wie kann ich dir helfen, meine Liebe? Ich nehme an, das ist der Grund für deinen Anruf.«

»Das ist richtig.« Bei jedem anderen wäre Charlotte über soviel Direktheit überrascht gewesen, doch Charlotte und Vespasia waren schon immer sehr offen miteinander umgegangen. »Ich weiß nicht, was man bei einem solchen Anlaß trägt«, gestand Charlotte. »Ich war noch nie bei einem so – so förmlichen Ereignis. Und außerdem habe ich sowieso nichts Passendes.«

Vespasia war schlanker als Charlotte, aber ungefähr gleich groß, und dies wäre nicht das erste Mal, daß sie Charlotte ein Abendkleid geliehen hätte. Das Gehalt eines Polizisten von Pitts Rang reichte nicht annähernd dazu aus, daß ihre Frauen sich für die Londoner Saison adäquat einkleiden konnten; abgesehen davon wurden sie ohnehin nicht eingeladen.

»Ich werde etwas für dich heraussuchen und meinen Diener damit zu dir schicken«, sagte Vespasia. »Und mach dir keine Sorgen um die Zeit. Es schickt sich nicht, zu früh zu kommen. So gegen halb elf wäre genau richtig. Das Buffet wird erst gegen Mitternacht eröffnet. Man sollte zwischen einer halben bis anderthalb Stunden nach der auf der Einladung angegebenen Zeit erscheinen, und meiner Meinung nach ist das elf Uhr. Es ist ein förmliches Ereignis.« Sie fügte nicht hinzu, daß ein Empfang privaterer Natur auch schon eine Stunde früher anfangen könnte. Sie erwartete, daß Charlotte das wußte.

»Ganz herzlichen Dank«, sagte Charlotte aufrichtig. Erst als sie den Hörer aufgelegt hatte, fiel ihr auf, daß Vespasia selbst eine Einladung haben mußte, wenn sie die angegebene Zeit wußte.

Das Kleid wurde gebracht. Es war einfach das schönste, das Charlotte je gesehen hatte: Es war von einem dunklen Blaugrün, vorne hochgeschlossen, die Ärmel waren gerade angesetzt, und feine Biesen betonten Hals und Schultern. Die Turnüre war schmal, eng gerafft und mit einer Schleife in Gold und Blaugrün gehalten, das noch dunkler als der Stoff war und fast schwarz wirkte. In dem Paket befand sich auch ein Paar eleganter Schuhe, farblich genau abgestimmt. Der Anblick erinnerte Charlotte an tiefe Wasser, exotische Meere und einen bizarren Morgenhimmel über dem Strand. Wenn sie nur halb so gut aussah, wie sie sich fühlte, würde jede andere Frau im Saal vor Neid erblassen.

Als sie schließlich ein paar Minuten später als angekündigt die Treppe herunterschwebte – sie mußte noch ein paar Haarnadeln suchen, die unerläßlich waren für die von ihr gewünschte Frisur –, war Gracie stumm vor Ehrfurcht. Sie starrte Charlotte bewundernd an, und die beiden Kinder hockten mit großen Augen auf dem Treppenabsatz. Selbst Pitt war überrascht. Er war nervös in der Eingangshalle auf und ab gegangen, und als er ihre Schritte hörte, drehte er sich ungeduldig um.

»Oh«, sagte er, und es fehlten ihm, was selten geschah, die Worte. Er hatte vergessen, was für eine gutaussehende Frau sie war mit ihrem vollen, kastanienbraunen Haar und der Haut, die wie Honig getönt war. An diesem Abend hatte die Aufregung ihr Farbe gegeben und ein Leuchten in ihre Augen gebracht, so daß ihre Schönheit fast vollkommen war. »Das ...« Dann wurde es ihm peinlich, und er änderte seinen Kurs. Dies war nicht die Zeit für Komplimente, und seien sie noch so angebracht. »Es steht dir sehr gut«, sagte er schließlich, was weit hinter dem zurückblieb, was er meinte. Denn plötzlich war er sich ihrer körperlichen Nähe bewußt und spürte eine Spannung und ein Schaudern, als würde er ihr zum ersten Mal begegnen.

Sie sah ihn etwas verunsichert an und sagte nichts.

Er hatte eine Kutsche bestellt. Bei einem solchen Anlaß konnte man nicht in einer Mietdroschke vorfahren. Zum einen würde Charlottes – oder, um genau zu sein – Vespasias Gewand in der Enge zerdrückt, zum anderen würden sie als nicht dazugehörig und minderwertig auffallen.

In der Auffahrt und schon auf der Straße drängten sich viele Kutschen, als Dutzende von Gästen zu genau der Zeit ankamen, die laut Vespasia die beste war. Pitt und Charlotte wurden von der Menge fast die Treppe hinaufgetragen, in das Foyer und den Saal hinein. Auf allen Seiten waren sie von raschelnden Kleidern, nervösem, ein wenig zu lautem Lachen und erregten Stimmen umgeben, die sich zu offensichtlich an die eigene Begleitung wandten und alle anderen nicht wahrzunehmen vorgaben. Das Licht der Kronleuchter wurde von Broschen, Halsketten, Ohrringen, Armreifen und Fingerringen reflektiert. Die Männer trugen die weinroten und purpurfarbenen Schärpen ihrer Verdienstorden, und auf mancher blendendweißen Hemdbrust glitzerten Medaillen.

Sie stiegen die breite Treppe hinauf und wurden in der Empfangshalle von einem Hausdiener angekündigt, dessen Miene, ungeachtet von Namen und Rang der Menschen, die er ankündigte, unbeweglich blieb. Wenn er noch nie von Mr. und Mrs. Thomas Pitt gehört hatte, ließ nichts in seinem Gesicht, weder der Ausdruck seiner Augen, noch die Modulation seiner Stimme, darauf schließen.

Pitt war viel aufgeregter als Charlotte. Sie hatte gelernt, sich bei solchen Ereignissen zu bewegen, wenn auch in bescheidenerem Rahmen. Pitt hatte plötzlich das Gefühl, als schnitte sein steifer Kragen ihm ins Kinn, und er wagte kaum, seinen Kopf zu bewegen. Charlotte hatte darauf bestanden, ihm die Haare zu schneiden, und es wurde ihm plötzlich sehr bewußt, daß er seit Jahren nicht mehr bei einem guten Friseur gewesen war. Seine Stiefel, ein Geschenk von Jack, waren von ausgezeichneter Qualität, doch sein schwarzer Frack war weit weniger fein als die Kleidung der Gäste um ihn herum, und sicherlich würden sie das ebenso bemerken wie jetzt er, bevor sie sich auf ein Gespräch mit ihm einließen.

Die erste Viertelstunde verbrachten sie damit, von einer Gruppe zur nächsten zu schlendern und Konservation der oberflächlichsten Sorte zu betreiben. Sie kamen sich zunehmend lächerlich vor und hatten das Gefühl, ihre Zeit zu verschwenden, die sie viel besser verbringen könnten, und sei es schlafend im Bett, um sich für den nächsten Tag mit seinen Pflichten auszuruhen.

Schließlich erspähte Pitt Linus Chancellor und neben ihm eine Frau von außergewöhnlichem Äußeren. Sie war überdurchschnittlich groß, fast so groß wie Chancellor. Sie hatte eine schlanke, jedoch gut proportionierte Figur und wohlgeformte Schultern und Arme. Sie versuchte nicht, ihre Größe zu verstecken, indem sie eine krumme Haltung einnahm, sondern stand im Gegenteil aufrecht da, mit geradem Rücken und erhobenem Kopf. Ihr Gewand war von einem blassen Perlweiß mit einem leichten Einschlag ins Rosa. Es paßte gut zu dem etwas dunklen Teint ihres länglichen Gesichts mit großen Augen.

»Wer ist das?« fragte Charlotte sofort. »Sie sieht sehr interessant aus, ganz anders als die übrigen Frauen hier. Man kann sie nicht einordnen wie die anderen.«

»Ich weiß es nicht, aber vielleicht ist es Chancellors Frau«, antwortete er flüsternd, weil er nicht wollte, daß die umstehenden Gäste ihn hören konnten.

»Ach! Ist das Linus Chancellor neben ihr? Er sieht sehr gut aus, meinst du nicht?«

Pitt sah sie interessiert an. Er hatte sich keine Gedanken darüber gemacht, ob Chancellor gut aussah oder ob er für Frauen attraktiv war. Ihm war nur der Ausdruck von Stärke und Phantasie in seinem Gesicht aufgefallen, der ungewöhnliche Winkel, in dem Nase und Kiefer zueinander standen und der von seiner Willensstärke zeugte, die klugen Augen und das tief verwurzelte Selbstbewußtsein in seiner Körperhaltung. Er hatte in ihm den Politiker gesehen und versucht, seine Fähigkeiten und seine Menschenkenntnis einzuschätzen.

»Ich denke, du hast recht«, sagte er mit wachsender Überzeugung.

Charlotte sah wieder zu der Frau, die in diesem Moment ihre Hand auf Chancellors Arm legte. Es war keine auffällige Geste, keine Inbesitznahme, sondern geschah diskret und drückte Stolz und Zuneigung aus. Sie trat näher an ihn heran, zog ihn nicht zu sich hin.

»Wenn er verheiratet ist, dann ist das seine Frau«, sagte Charlotte überzeugt. »So etwas würde sie niemals in der Öffentlichkeit tun, wenn sie es nicht wäre oder bald zu sein hoffte.«

»Was würde sie nicht tun?«

Charlotte lächelte, ließ ihrerseits die Hand durch Pitts Arm gleiten und schmiegte sich an ihn.

»Sie ist immer noch in ihn verliebt«, sagte sie fast flüsternd.

Pitt merkte, daß er etwas verpaßt hatte, aber auch, daß es eine Art Kompliment war.

Eine Weiterführung des Gesprächs wurde durch das Erscheinen eines Mannes verhindert, dessen Äußeres von seltener Unansehnlichkeit war. Wollte man ihn schmeichelhaft beschreiben, würde man sagen, daß keinerlei Arglist in seiner Miene stand, kein Hang zur Gereiztheit. Er reichte kaum an Charlotte heran, die allerdings für eine Frau recht groß war. Er war untersetzt, mit kräftigen Armen und Schultern und einem ausgeprägten Doppelkinn, das seinem Gesicht eine seltsame Form gab. Auffallend war sein volles Haar. Über den braunen Augen wölbten sich schmale Augenbrauen, und die untere Gesichtspartie schien übergangslos mit den Schultern zu verschmelzen. Er war jedoch keinesfalls eine unangenehme Erscheinung, und als er sprach, war seine Stimme wunderbar moduliert und von einzigartiger Sanftheit.

»Guten Abend, Mr. Pitt. Wie angenehm, Sie bei einer solchen Veranstaltung anzutreffen!« Er wartete höflich darauf, Charlotte vorgestellt zu werden.

»Guten Abend, Mr. Aylmer«, gab Pitt zurück und sagte dann zu Charlotte: »Ich möchte dir Mr. Garston Aylmer vorstellen, ein Mitarbeiter im Kolonialministerium«, und machte auch Aylmer mit Charlotte bekannt.

»Sehr angenehm, Mrs. Pitt.« Aylmer verneigte sich in einer eleganten Bewegung, die ganz natürlich für ihn zu sein schien, und betrachtete Charlotte interessiert. »Ich hoffe, Sie haben Ihr Vergnügen, obwohl dergleichen Ereignisse sehr öde sein können, wenn man zu lange verweilt. Alle sagen immer dasselbe, und keiner meint es.« Er lächelte spontan, und sein Gesicht strahlte. »Doch da wir uns noch nicht kennen, haben wir uns vielleicht etwas Interessantes zu sagen, das uns fesseln wird.«

»Ich höre gerne fesselnde Geschichten«, erwiderte Charlotte sofort. »Das Wetter interessiert mich nicht im geringsten, noch möchte ich erfahren, wer mit wem diniert hat oder in wessen Gesellschaft gesehen wurde.«

»Ganz meine Meinung«, stimmte Aylmer ihr zu. »Nächste Woche ist ohnehin alles anders, und die Woche darauf ist alles wieder beim alten. Worüber sollen wir sprechen?«

Pitt war nur zu froh, nicht miteinbezogen zu werden. Er trat einen Schritt zurück, wobei er eine unhörbare Entschuldigung murmelte, und bewegte sich auf Linus Chancellor und die Frau an dessen Seite zu.

Charlotte dachte eilig nach. Eine so günstige Gelegenheit durfte sie nicht verstreichen lassen.

»Über ein Thema, das mir ganz fremd ist«, antwortete sie mit einem Lächeln. »Dann können Sie mir erzählen, was Sie wollen, und ich werde Sie nicht berichtigen können, weil ich ja nicht weiß, ob das, was Sie sagen, stimmt.«

»Was für eine originelle und wundervolle Idee«, sagte er und ließ sich begeistert auf ihren Vorschlag ein. »Welches Thema ist Ihnen denn fremd, Mrs. Pitt?« fragte er und bot ihr seinen Arm.

»Ach, da gibt es zahllose Themen«, sagte sie und nahm seinen Arm, »doch viele interessieren mich nicht, was vielleicht erklärt, warum ich mich nicht darüber informiere. Aber andere sind sehr spannend«, sagte sie, während sie auf die Stufen zugingen, die zur Terrasse führten. »Zum Beispiel Afrika? Sie arbeiten doch im Kolonialministerium und wissen bestimmt viel, viel mehr über Afrika als ich.«

»Ganz sicher«, stimmte er ihr zu. »Aber ich warne Sie, vieles hat entweder mit Gewalt oder mit tragischen Umständen zu tun, oder mit beidem natürlich.«

»Aber wenn Menschen für eine Sache kämpfen, lohnt sie sich auch«, argumentierte sie. »Oder man würde nicht dafür kämpfen. Wahrscheinlich ist dort alles ganz anders als in England, nicht wahr? Ich habe Bilder und Stiche gesehen, auf denen Dschungel und endlose Steppen abgebildet waren, mit allen erdenklichen Tieren. Und eigenartigen

Bäumen, die aussehen, als sei die Krone abgeschnitten, sie sind so ... so platt.«

»Akazien«, gab er zurück. »Selbstverständlich unterscheidet es sich von England. Ich gebe es nur ungern zu, Mrs. Pitt, weil ich dann gänzlich uninteressant scheinen muß, aber ich bin noch nie dort gewesen. Zwar weiß ich unendlich viele Fakten über den Kontinent, aber ich habe sie alle aus zweiter Hand erworben. Ist das nicht bedauerlich?«

Sie warf ihm einen kurzen Blick zu und war sich sicher, daß er dies nicht als Manko empfand und die Unterhaltung dennoch genoß. Zu sagen, daß er flirtete, wäre wohl eine Übertreibung gewesen, doch offenbar war die Gesellschaft von Frauen für ihn angenehm und keineswegs anstrengend.

»Vielleicht gibt es keinen wirklichen Unterschied zwischen zweiter und dritter Hand«, antwortete sie, als sie an einer Gruppe von Männern, die in eine ernsthafte Unterhaltung vertieft waren, vorbeischlenderten. »Und für mich ist es ohnehin eine Schilderung, die ich nicht nachprüfen kann. Bitte erzählen Sie alles ganz anschaulich, auch wenn Sie es erfinden müssen! Aber natürlich möchte ich Fakten hören«, redete sie weiter. »Erzählen Sie mir von dem Sambesi-Gebiet, von dem Gold und den Diamanten, von Doktor Livingstone und Mr. Stanley, und von den Deutschen.«

»Du lieber Himmel«, sagte er erschrocken. »Von allen?«

»Von so vielen wie möglich«, erwiderte sie.

Ein Diener bot ihnen auf einem Silbertablett Gläser mit Champagner an.

»Nun ja, zunächst einmal zu den Diamantenvorkommen, von denen alle, die wir bisher kennen, in Südafrika liegen«, sagte Aylmer, nahm ein Glas, das er an Charlotte weiterreichte, und bediente sich dann selbst. »Aber möglicherweise gibt es riesige Goldvorkommen im Sambesi-Gebiet. Man hat umfangreiche Überreste einer Zivilisation gefunden, einer Stadt, die Simbabwe heißt, und wir erkennen erst allmählich, welche Schätze dort liegen. Natürlich sind die Deutschen ebenso daran interessiert wie wir. Wahrscheinlich alle anderen auch.« Er musterte sie mit großen braunen Augen, und sie wußte nicht, ob er die Wahrheit sagte oder ob das, was er erzählte, teilweise zu ihrer Unterhaltung erfunden war.

»Ist es zur Zeit im Besitz von Großbritannien?« fragte sie und nahm einen Schluck aus ihrem Glas.

»Nein«, sagte Aylmer und trat einen Schritt von dem Diener zurück. »Noch nicht.«

»Aber bald?«

»Ah – das ist eine wichtige Frage, zu der ich die Antwort nicht weiß.« Er führte sie die Stufen hinauf.

»Und wenn Sie sie wüßten, wäre sie sicherlich streng geheim«, fügte sie hinzu.

»Aber natürlich.« Er lächelte und fing an, ihr von Cecil Rhodes und seinen Abenteuern und Heldentaten in Südafrika zu erzählen, von der südafrikanischen Hochebene, von Johannesburg und der Entdeckung der Diamantenminen von Kimberley. Dann wurden sie von einem jungen Mann mit langer Nase und energischem Gebaren unterbrochen, der Aylmer mit einer Entschuldigung entführte – sehr zu dessen Verdruß. Charlotte blieb vorübergehend allein zurück.

Sie sah sich um und überlegte, ob sie wohl einige Gesichter von den Photos in der *London Illustrated News* erkennen würde. Ihr Blick blieb an einem überaus imposant wirkenden Mann mit buschigem Backenbart und gelocktem Kinnbart hängen, dessen polierte Glatze das Licht des Kronleuchters widerspiegelte, während seine traurigen, blutunterlaufenen Augen im Saal umherschweiften. Sie dachte, es könne Lord Salisbury, der Außenminister, sein, war sich aber nicht sicher. Ein Photo in verschiedenen Grautönen war eben nicht dasselbe wie ein leibhaftiger Mensch.

Linus Chancellor sprach mit einem Mann, der ihm, oberflächlich betrachtet, nicht unähnlich war, in dessen Zügen jedoch weder derselbe Ehrgeiz noch eine ähnliche Lebhaftigkeit ausgeprägt waren. Die beiden waren in ihr Gespräch vertieft und nahmen das Rascheln von Seide, das Glitzern des Lichts und das Summen der Stimmen um sie herum kaum wahr. Neben dem zweiten Mann stand eine Frau, die zwar in die entgegengesetzte Richtung schaute, aber offenbar zu ihm gehörte. Sie strahlte ein bemerkenswertes Selbstbewußtsein und eine ebensolche Intelligenz aus und war daher eine auffallende Erscheinung. Zugleich mußte man sie aber fast häßlich nennen. Ihre Nasenwurzel war so hoch, daß sie, im Profil betrachtet, mit der Stirn eine Linie bildete. Ihr Kinn war nur schwach ausgeprägt, ihre übergroßen Augen standen weit auseinander und liefen seitlich in einer nach unten geschwungenen Linie aus. Es war ein ungewöhnliches Gesicht, faszinierend und auch ein bißchen furchteinflößend. Sie war überaus elegant gekleidet, doch war man von ihrem Gesicht so gefesselt, daß man darauf nicht achtete.

Charlotte wechselte einige bedeutungslose Worte mit einem Ehepaar, das es sich zur Pflicht machte, mit allen Gästen zu sprechen. Ein Mann mit rötlichem Haar bedachte sie mit ein paar überschwenglichen Komplimenten, dann stand sie wieder allein da. Es machte ihr nichts aus, wußte sie doch, daß Pitt wegen eines besonderen Falles hier war.

Eine Frau von vornehmer Blässe, ungefähr in ihrem Alter, stand ein paar Meter entfernt. Ihr Haar war nach der neuesten Mode frisiert, ihr pastellfarbenes Abendgewand mit Perlen und Pailletten besetzt. Über ihren Fächer hin warf sie Charlotte einen diskreten Blick zu und wandte sich dann an den attraktiven jungen Mann an ihrer Seite.

»Sie muß vom Lande sein, die Arme.«

»Wieso?« fragte der junge Mann überrascht. »Kennst du sie?«

Er machte eine Bewegung, als wolle er auf Charlotte zutreten; er schien sich auf die Begegnung zu freuen.

Die Frau sah ihn aus dramatisch geweiteten Augen an. »Natürlich nicht. Also wirklich, Gerald! Wie sollte ich so jemanden kennen? Ich stellte nur fest, daß sie vom Lande sein muß, weil sie so dunkel ist.« Sie hielt Gerald fest und hinderte ihn daran, sich Charlotte zu nähern.

»Ich finde es sehr hübsch«, sagte er. »Ein bißchen wie poliertes Mahagoni.«

»Nicht ihr Haar. Ihr Teint. Sie kann ja keine Bauernmagd sein, sonst wäre sie nicht hier, aber sie sieht so aus. Wahrscheinlich reitet sie zur Jagd oder so etwas.« Sie rümpfte die Nase ein wenig. »Sie sieht kerngesund aus. Sehr unelegant. Aber sicherlich merkt sie es nicht, die Arme. Vielleicht auch besser so.«

Gerald zog die Mundwinkel nach unten. »Das ist so charakteristisch für dich, Mitleid zu haben, meine Gute. Das ist einer deiner charmantesten Züge, deine Feinfühligkeit anderen gegenüber.«

Sie warf ihm einen kurzen Blick zu und ahnte, daß ihr an der Bemerkung etwas entgangen war, doch schob sie es beiseite, schritt davon und sprach eine Vicomtesse an, die sie kannte.

Gerald warf Charlotte einen Blick unverhohlener Bewunderung zu und folgte dann gehorsam.

Charlotte lächelte vor sich hin und machte sich auf die Suche nach Pitt.

Auf der anderen Seite des Saales erkannte sie Großtante Vespasia, die in ihrem Abendkleid aus stahlgrauem Satin und ihren funkelnden silbergrauen Augen sehr eindrucksvoll aussah. Ihr weißes Haar bildete einen eleganteren Schmuck als viele der glitzernden Tiaren um sie herum.

Als Charlotte ihren Blick erhaschte, blinzelte Vespasia ganz langsam und unauffällig und fuhr dann in ihrer Unterhaltung fort.

Es dauerte noch ein paar Minuten, bis Charlotte Pitt gefunden hatte. Er war nicht mehr in dem großen Saal mit den strahlenden Kronleuchtern, sondern in einem kleineren Raum, der ein paar Stufen höher gelegen war. Dort war er mit dem Mann, der Linus Chancellor ähnelte, und der außergewöhnlich aussehenden Frau in ein Gespräch vertieft.

Charlotte zögerte, weil sie durch ihr Herannahen die Unterhaltung nicht unterbrechen wollte. Doch die Frau sah auf, und ihre Blicke trafen sich mit einem beiderseitigen Interesse, das geradezu freundschaftlich war.

Der Mann folgte ihrem Blick, dann drehte sich auch Pitt um.

Charlotte trat an die Gruppe heran und wurde vorgestellt. »Mr. Jeremiah Thorne vom Kolonialministerium«, sagte Pitt ruhig. »Und Mrs. Thorne. Darf ich Ihnen meine Frau vorstellen?«

»Guten Abend, Mrs. Pitt«, sagte Mrs. Thorne sofort. »Interessieren Sie sich für Afrika? Ich hoffe doch nicht. Mich langweilt es zum Steinerweichen. Bitte sprechen Sie mit mir über etwas anderes. Mir ist fast alles recht, außer Indien, was mir aus dieser Entfernung genauso trostlos vorkommt.

»Christabel ...«, sagte Thorne entsetzt, doch Charlotte erkannte, daß er die Entrüstung nur vortäuschte; wahrscheinlich kannte er dieses Verhalten seiner Frau und war nicht ernstlich beunruhigt.

»Ja, mein Lieber«, sagte sie leichthin. »Ich werde mich mit Mrs. Pitt unterhalten. Wir werden schon ein Thema finden, das uns interessiert. Entweder ein ernstes und erhabenes, wie die Rettung von Leib und Seele, oder wir wenden uns den trivialen Dingen des Lebens zu und spotten über die Kleidung der anderen Gäste. Wir können auch darüber spekulieren, welche Damen ungewissen Alters welche unglücklichen jungen Männer als Ehemänner für ihre Töchter suchen.«

Thorne lächelte und knurrte gleichzeitig, aber darin lag offenbar große Zuneigung. Dann wandte er sich wieder Pitt zu.

Charlotte folgte Christabel Thorne mit wachem Interesse. Die Unterhaltung versprach ungewöhnlich und lebhaft zu werden.

»Wenn Sie so oft wie ich an diesen Abenden teilnehmen, müssen Sie sie inzwischen außergewöhnlich langweilig finden«, sagte Christabel lächelnd. Sie sah ihr Gegenüber aus ihren großen Augen durchdringend an, und Charlotte konnte sich gut vorstellen, daß ein schüchterner Mensch in ihrer Gegenwart verstummen oder zusammenhanglos stammeln würde.

»Das ist mein erster Empfang.« Charlotte beschloß, die Offenheit zu erwidern. Nur so konnte sie verhindern, für anmaßend gehalten und ertappt zu werden. »Seit ich verheiratet bin, habe ich nur selten an solchen Veranstaltungen teilgenommen, und dann immer aus bestimmten Gründen ...« Sie hielt inne. Vielleicht war es selbst in dieser Situation zu freimütig zuzugeben, daß sie sich bei solchen Gelegenheiten in Pitts Fälle eingemischt hatte.

Christabel zog die Augenbrauen in die Höhe, sie schien sehr interessiert. »Ja?«

Charlotte zögerte noch immer.

»Was wollten Sie sagen?« hakte Christabel nach. Ihr Blick war keineswegs unfreundlich, sondern nur voller Interesse.

Charlotte gab sich geschlagen. Sie erkannte, daß Christabel sich nicht mit einer Lüge oder einer Halbwahrheit abspeisen lassen würde. Da sie wußte, daß Thorne über Pitts Beruf im Bilde war, nahm sie an, daß das gleiche auf Christabel zutraf. »Um meinem Mann bei seinen Fällen ein wenig zu helfen«, fügte sie mit einem kleinen Lächeln hinzu. »Es gibt Orte, wo ein Mitglied der Polizei –«

»Wie unvergleichlich aufregend!« unterbrach Christabel sie. »Aber natürlich! Sie brauchen gar nichts weiter zu erklären, meine Gute. Es liegt klar auf der Hand und bedarf keiner Rechtfertigung. Heute abend sind Sie eingeladen worden, weil Ihr Mann sich um das Verschwinden dieser Informationen über Afrika kümmern soll.« Ein verächtlicher Ausdruck stand in ihrem Gesicht. »Aus Gier sind die Menschen bereit, die abscheulichsten Dinge zu tun ..., manche Menschen zumindest.« Sie musterte Charlotte. »Sehen Sie nicht so zerknirscht drein! Ich habe mitgehört, als mein Mann gerade darüber sprach. Die Möglichkeit hat ja schon immer bestanden. Wo es Reichtümer zu ergattern gibt, tauchen auch die auf, die sich ihre Vorteile durch Betrügereien verschaffen wollen. Es ist allerdings ungewöhnlich, daß sie den Mut hatten, die Polizei einzuschalten. Ich heiße das gut. Dennoch wird Ihnen der Abend lang werden, denn die wenigsten Menschen sagen das, was sie wirklich meinen.«

Ein Diener mit einem Tablett voller Champagnergläser trat an sie heran. Christabel nahm sich ein Glas, und Charlotte tat es ihr gleich.

»Wenn Sie einen interessanten Menschen kennenlernen wollen«, fuhr Christabel fort, »– ich habe keine Ahnung, warum sie hier ist –, dann stelle ich Ihnen Nobby Gunne vor.« Sie drehte sich um, als wolle sie vorangehen, Charlottes Zustimmung als gegeben annehmend. »Eine großartige Frau. Sie ist in einem Kanu den Kongo stromaufwärts gefahren, oder so etwas. Vielleicht war es auch der Niger oder der Limpopo. Irgendwo in Afrika auf jeden Fall, wo zuvor noch nie jemand war.«

»Sagten Sie Nobby Gunne?« fragte Charlotte überrascht.

»Ja – ein ungewöhnlicher Name, nicht wahr? Ich glaube, es ist eine Abkürzung für Zenobia…, was ja noch ungewöhnlicher ist.«

»Ich kenne sie!« sagte Charlotte rasch. »Sie ist so um die fünfzig, nicht wahr, mit dunklem Haar und einem ganz außerordentlichen Gesicht, nicht landläufig hübsch, aber sehr ausdrucksvoll und keineswegs unangenehm.«

Eine Gruppe junger Frauen, die sich die Umgebung über ihre Fächer hinweg ansahen, schlenderte kichernd an ihnen vorbei.

»Ja, das stimmt genau. Was für eine großherzige Beschreibung.« Christabel sah sie amüsiert an. »Sie muß Ihnen gefallen haben.«

»Das hat sie auch.«

»Wenn die Frage nicht zu aufdringlich ist: Wie kommt die Frau eines Polizisten dazu, eine Afrikaforscherin wie Nobby Gunne zu kennen?«

»Sie ist die Freundin der angeheirateten Großtante meiner Schwester«, erklärte Charlotte, mußte dann aber lächeln, weil es so unendlich kompliziert klang. »Ich mag Großtante Vespasia auch sehr gerne und besuche sie, so oft ich Gelegenheit habe.«

Sie gingen am Fuß der Treppe vorbei und streiften eine Bodenvase mit Blumen. Christabel zog automatisch ihr Kleid an sich.

»Vespasia?« fragte sie aufmerksam. »Auch ein bemerkenswerter Name. Ihre Großtante ist nicht zufällig Lady Vespasia Cumming-Gould?«

»Doch, das ist sie. Kennen Sie sie?«

»Nur dem Namen nach, leider. Doch ich empfinde tiefen Respekt für sie.« Das Spielerische und der ironische Ton waren verschwunden. »Sie hat sich an wichtigen Bemühungen beteiligt, soziale Reformen in die Wege zu leiten, insbesondere was die Armengesetze angeht, und Bestrebungen im Bereich der Erziehung.«

»Ich erinnere mich daran. Meine Schwester hat sie nach Kräften unterstützt. Wir haben uns alle Mühe gegeben.«

»Sagen Sie nicht, daß sie die Flinte ins Korn geworfen haben!« Das war mehr eine Herausforderung als eine Frage.

»Doch, zumindest was diesen Versuch angeht.« Charlotte wich ihrem Blick nicht aus. »Emilys Mann ist soeben ins Parlament gewählt worden. Und ich unterstütze meinen Mann, der mit Ungerechtigkeiten der unterschiedlichsten Art zu tun hat, über die ich aber nicht sprechen kann.« Sie war klug genug, den Inneren Kreis nicht zu erwähnen, so sehr sie auch das Bedürfnis dazu verspürte. »Tante Vespasia streitet immer noch für diese und jene Sache, allerdings weiß ich nicht, wofür sie sich zur Zeit einsetzt.«

»Ich wollte Sie nicht beleidigen«, entschuldigte Christabel sich aufrichtig.

Charlotte lächelte. »Das haben Sie. Sie dachten, es sei lediglich ein Spiel für mich gewesen, um mir die Zeit zu vertreiben und mir ein gutes Gefühl zu verschaffen, daß ich aber beim ersten Mißerfolg aufgegeben habe.«

»Sie haben natürlich recht.« Christabel lächelte strahlend. »Jeremiah sagt immer, daß ich mich in meine Anliegen zu sehr hineinsteigere und jegliches Gefühl für Proportionen verliere. Würden Sie Zenobia Gunne gerne wiedersehen? Ich habe sie oben an der Treppe entdeckt.«

»Das möchte ich auf jeden Fall«, nahm Charlotte den Vorschlag an. Sie folgte Christabels Blick zu einer Frau mit sehr dunklem Teint in einem grünen Abendkleid, die von der Empore aus die Gäste beobachtete, allerdings mit mäßigem Interesse. Charlottes Erinnerung wurde mit einem Mal wach. Sie hatten sich in der Zeit der Morde auf der Westminster Bridge kennengelernt, als Florence Ivory mit aller Energie für das Frauenwahlrecht kämpfte. Natürlich hatte sie nicht die Spur einer Chance, ihr Ziel zu erreichen, doch Charlotte verstand ihr Anliegen nur zu gut, besonders, nachdem sie sich über die ungerechtesten Ergebnisse der gegenwärtigen Gesetzgebung informiert hatte. »Wir haben uns für das Frauenwahlrecht eingesetzt«, fügte sie hinzu, als sie Christabel die Treppe hinauf folgte.

»Du liebe Güte!« Christabel blieb stehen und drehte sich mit neugierigem Blick um. »Wie fortschrittlich!« sagte sie bewundernd. »Und so völlig unrealistisch.«

»Und womit befassen Sie sich?« drehte Charlotte den Spieß um. Christabel lachte, aber ihre Gefühle spiegelten sich deutlich in ihrem Gesicht wider. »Mit einer ebenso unrealistischen Sache«, erwiderte sie rasch. »Wissen Sie, was im modernen Sprachgebrauch eine ›überzählige Frau‹ ist?«

»Nein, darunter kann ich mir nichts vorstellen.« Charlotte hatte den Ausdruck nie gehört.

»Der Ausdruck wird immer geläufiger...« Christabel kümmerte sich nicht darum, daß sie mitten auf der Treppe standen und die Gäste sich an ihnen vorbeischlängeln mußten. »Damit ist eine Frau gemeint, die nicht zu einem Mann gehört und insofern überflüssig ist; sie ist gewissermaßen unversorgt und füllt ihre traditionelle Rolle nicht aus. Es ist meine Vorstellung, daß diese ›überzähligen Frauen‹ eine Ausbildung machen und einen Beruf ausüben können, genau wie Männer, um sich selbst zu versorgen. Und es soll ihnen eine Stellung in der Gesellschaft offenstehen, die ihnen Würde und Erfüllung gibt.«

»Du meine Güte!« Charlotte war aufrichtig erstaunt über den Mut. Doch die Idee war ausgezeichnet. »Wie recht Sie haben.«

Über Christabels Gesicht huschte ein Anflug von Unmut. »Der Durchschnittsmann ist keinen Deut klüger oder stärker als eine normale Frau, und auf keinen Fall mutiger.« Sie sah Charlotte aufgebracht an. »Sie werden mir hoffentlich nicht mit dieser Weisheit kommen, daß eine Frau nicht gleichzeitig ihren Verstand und ihre Gebärmutter benutzen kann, oder? Diese Vorstellung wird von Männern in die Welt gesetzt, die Angst haben, wir könnten ihnen in ihren Berufen Konkurrenz machen und gelegentlich besser sein. Das ist völliger Blödsinn. Quatsch! Unsinn!«

Charlotte war halb belustigt, halb beeindruckt. Die Idee war auf jeden Fall aufregend.

»Und wie wollen Sie das erreichen?« fragte sie und rückte zur Seite, um einer dicklichen Frau Platz zu machen.

»Durch Bildung«, erwiderte Christabel. Die Überzeugung, mit der sie das sagte, schien in Charlottes Ohren hauchdünn und mit einer kräftigen Spur Trotz unterlegt. In diesem Moment verspürte sie eine grenzenlose Bewunderung für Christabels Mut und ein Bedürfnis, sie angesichts der Verletzbarkeit und der Hoffnungslosigkeit des Unterfangens zu beschützen. »Bildung für Frauen, damit sie Fähigkeiten erwerben und Selbstvertrauen erlangen«, fuhr Christabel fort. »Und für Männer, damit sie lernen, Frauen in einem anderen Licht zu sehen. Das ist schwieriger als alles andere.«

»Dazu brauchen Sie eine Menge Geld…«, sagte Charlotte.

Christabel konnte darauf nichts mehr erwidern, weil sie sich Zenobia Gunne näherten und diese sie bereits bemerkt hatte. Ihr Gesicht strahlte, als sie Christabel Thorne erkannte, und nach einem kurzen Zögern wußte sie auch Charlotte einzuordnen. Gleichzeitig fiel ihr offenbar wieder ein, daß Charlotte nicht immer ihre wahre Identität zu erkennen gab, was zu einer komischen Reaktion führte. Früher hatte Charlotte manchmal geleugnet, daß sie etwas mit der Polizei zu tun hatte, und war sogar unter ihrem Mädchennamen aufgetreten, um Pitt bei seinen Ermittlungen helfen zu können.

Nobby wandte sich an Christabel.

»Wie schön, Sie hier zu sehen, Mrs. Thorne! Ich weiß, daß ich Ihre Begleiterin kenne, doch da es schon eine Weile her ist, daß wir uns gesehen haben, muß ich gestehen, daß mir ihr Name entfallen ist. Ich bitte um Entschuldigung.«

Charlotte lächelte, sowohl aus Freude über das Wiedersehen – sie hatte Nobby Gunne sehr gemocht – als auch aus Erheiterung über Nobbys taktvolle Art.

»Charlotte Pitt«, gab sie freundlich zurück. »Guten Abend, Miss Gunne. Sie scheinen sich bester Gesundheit zu erfreuen.«

»Das ist der Fall«, sagte Nobby, die glücklicher und keinen Tag älter aussah als damals vor mehreren Jahren, als Charlotte ihr begegnet war.

Ein paar Minuten sprachen sie über verschiedene Themen und berührten auch politische und soziale Fragen. Sie wurden unterbrochen, als ein großer, schlanker und sonnengebräunter Mann versehentlich rückwärts mit Nobby zusammenstieß, weil er einer jungen kichernden Frau ausweichen wollte. Er drehte sich zu ihr um und entschuldigte sich. Sein Gesicht war auffallend, wenn auch nach konventionellem Maßstab nicht gutaussehend: Die Nase war gebogen, der Mund etwas zu groß, und das helle Haar wurde schütter; dennoch hatte er eine starke Ausstrahlung und schien ein kluger Mann zu sein.

»Verzeihen Sie, Ma'am, sagte er etwas unbeholfen, und die Farbe stieg ihm ins hagere Gesicht. »Ich habe Ihnen hoffentlich nicht weh getan?«

»Keineswegs«, gab Nobby leicht amüsiert zurück. »Und wenn man bedenkt, welcher Begegnung Sie auszuweichen versuchten, ist Ihre Hast verständlich.«

Seine Wangen färbten sich noch dunkler. »Oh ... war das so offensichtlich?«

»Nur demjenigen, der sich ähnlich verhalten hätte«, sagte sie und sah ihm direkt in die Augen.

»Dann haben wir eine Gemeinsamkeit«, sagte er, doch seine Stimme gab keinen Aufschluß darüber, ob er das Gespräch fortsetzen oder ihre Bekanntschaft machen wollte.

»Ich bin Zenobia Gunne«, stellte sie sich selbst vor. Seine Augen wurden groß, und plötzlich war seine Aufmerksamkeit gefesselt.

»Nicht Nobby Gunne?«

»Meine Freunde nennen mich Nobby.« Ihre Stimme machte deutlich, daß er noch nicht zu diesem Kreis gehörte.

»Peter Kreisler.« Er stand kerzengerade, als hätte er eine militärische Mitteilung zu machen. »Auch ich habe viel Zeit in Afrika verbracht und es zu lieben gelernt.«

Jetzt war auch ihr Interesse geweckt. Nur der Form halber stellte sie Charlotte und Christabel vor und nahm das Gespräch wieder auf. »Wirklich? In welchem Teil Afrikas?«

»Sansibar, Maschonaland, Matabeleland«, antwortete er.

»Ich war im Westen«, sagte sie darauf. »Die meiste Zeit im Kongo-Becken. Außerdem bin ich den Niger hinaufgefahren.«

»Dann hatten Sie mit König Leopold von Belgien zu tun.« Sein Gesicht war ausdruckslos.

Auch Nobby kontrollierte sorgfältig ihre Miene. »Nur ganz am Rande«, sagte sie. »Wäre ich ein Mann, hätte er mich viel ernster genommen, wie zum Beispiel Mr. Stanley.«

Selbst Charlotte hatte von Henry Morton Stanleys triumphierendem Auftritt in London gehört, als er vor weniger als einer Woche, am 26. April, vom Bahnhof in Charing Cross zum Piccadilly Circus geritten war. Die Menschen hatten ihm zugejubelt. Er war der am meisten bewunderte Forscher, zweimal hatte er die Goldmedaille der Royal Geographical Society gewonnen, er war ein Freund des Prince of Wales und bei der Königin zu Gast gewesen.

»Das hat auch sein Gutes«, sagte Kreisler mit einem bitteren Lächeln. »Wenigstens wird er Sie nicht bitten, eine Armee von zwanzigtausend Kannibalen aus dem Kongo-Gebiet im Kampf gegen den ›Verrückten Mahdi‹ anzuführen und den Sudan für Belgien zu erobern!«

Nobby sah ihn ungläubig an. Christabel war schockiert, und Charlotte war ausnahmsweise sprachlos.

»Das können Sie nicht ernst meinen!« rief Nobby mit schriller Stimme aus.

»O nein, das tue ich nicht.« Kreislers Mundwinkel zuckten belustigt. »Aber anscheinend war es Leopold ernst damit. Es war ihm zu Ohren gekommen, daß die Kannibalen aus dem Kongo ausgezeichnete Krieger sind, und er wollte etwas tun, was die Aufmerksamkeit der ganzen Welt erregen würde.«

»Na, das würde er damit auch erreichen«, sagte Nobby. »Ich will mir lieber nicht ausmalen, was das für ein Gemetzel gegeben hätte! Zwanzigtausend Kannibalen gegen die Horden des ›Verrückten Mahdi‹! Du lieber Himmel – armes Afrika!« In ihrem Gesicht spiegelte sich trotz des trockenen und humorvollen Tons echtes Mitgefühl. Es war deutlich, daß sie sich des menschlichen Elends, das bei einer solchen Aktion entstehen würde, bewußt war.

Um nicht unhöflich zu sein, blickte Kreisler immer wieder zu Christabel und Charlotte, aber seine ganze Aufmerksamkeit galt Nobby, und ihre Reaktion hatte sein Interesse noch intensiviert.

»Das ist aber nicht die eigentliche Tragödie, die sich in Afrika abspielt«, sagte er bitter. »Leopold ist ein Phantast und, offen gesagt, ein wenig verrückt. Er stellt aber keine wirkliche Gefahr dar. Zum einen wird es ihm wohl kaum gelingen, die Kannibalen aus ihrem Dschungel zu locken. Zum anderen würde es mich nicht wundern, wenn Stanley jetzt in Europa bliebe.«

»Stanley geht nicht wieder nach Afrika?« Nobby war erstaunt. »Ich weiß, daß er die letzten drei Jahre dort war, und dann drei Wochen in Kairo, habe ich gehört. Aber er will doch sicherlich nach einer Pause wieder zurückkehren? Afrika ist sein Leben! Und soweit ich gehört habe, hat König Leopold ihn wie einen Bruder empfangen, als er in Brüssel war. Stimmt das etwa nicht?«

»Doch, doch«, sagte Kreisler rasch. »Das ist beinahe noch untertrieben. Anfangs war der König sehr zurückhaltend und behandelte Stanley recht abweisend, aber jetzt ist Stanley der Held der Stunde. Man hat ihn über und über mit Medaillen behängt und feiert ihn wie königlichen Besuch. Alle sind ganz aus dem Häuschen angesichts der Nachrichten aus Zentralafrika, und wo immer Stanley auftaucht, jubeln ihm die Leute zu, bis sie heiser sind.« In Kreislers blauen Augen standen Schmerz und Heiterkeit zugleich.

Nobby stellte die folgerichtige Frage.

»Warum sollte er dann nicht wieder nach Afrika gehen? Er ist nicht mehr in Belgien, das kann es also nicht sein, was ihn hält.«

»Ist es auch nicht«, sagte Kreisler. »Er hat sich in Dolly Tennant verliebt.«

»Dolly Tennant! Haben Sie Dolly Tennant gesagt?« Nobby traute ihren Ohren nicht. »Die Gesellschaftsdame? Die Künstlerin?«

»Genau die.« Kreisler nickte. »Sie hat sich sehr verändert. Sie lacht ihn nicht mehr aus. Anscheinend erwidert sie seine Gefühle sogar zum Teil. Die Zeiten und das Schicksal haben sich gewandelt.«

»Gütiger Himmel, das stimmt«, sagte sie.

An dieser Stelle wurde das Gespräch unterbrochen, weil Linus Chancellor und die hochgewachsene Frau, die Charlotte anfangs an seiner Seite bemerkt hatte, zu ihnen traten. Aus der Nähe betrachtet war sie noch auffallender. Ihr Gesicht drückte Verletzbarkeit und Emotionalität aus, was aber der Willensstärke in ihren Zügen keinen Abbruch tat. Es war keine Schwäche, die sich dort zeigte, sondern die Fähigkeit, tiefer zu empfinden als die meisten anderen Menschen. Es war das Gesicht einer Frau, die sich mit Leib und Seele der Sache verschrieb, die sie unterstützte, ohne jede Zurückhaltung und ohne einen Gedanken an die eigene Sicherheit.

Jeder wurde jedem vorgestellt, und sie war tatsächlich Chancellors Frau, wie Charlotte zu Beginn vermutet hatte.

Chancellor und Kreisler schienen sich, wenigstens dem Namen nach, zu kennen.

»Sie sind aus Afrika zurück?« fragte Chancellor höflich.

»Seit zwei Monaten schon«, gab Kreisler zurück. »Und kürzlich aus Brüssel und Antwerpen.«

»Aha.« Chancellor lächelte gelöst. »Als Nachhut des guten Mr. Stanley?«

»Zufälligerweise ja.«

Chancellor war sichtlich amüsiert. Wahrscheinlich hatte auch er von den Plänen König Leopolds zur Eroberung des Sudan gehört. Ohne Zweifel hatte auch er seine Quellen, die ihn ebenso zügig wie Kreisler informierten. Vielleicht war Kreisler sogar seine Quelle. Charlotte hielt das für mehr als wahrscheinlich.

Christabel Thorne griff das Thema wieder auf und richtete den Blick erst auf Kreisler, dann auf Chancellor.

»Mr. Kreisler hat uns erzählt, daß er sich in Ostafrika und dem Sambesi-Gebiet besonders gut auskennt. Er wollte uns gerade erläutern, daß sich die eigentliche Tragödie Afrikas nicht im Westen oder im Sudan abspielt, doch ist er dazu noch nicht gekommen, weil wir abgeschweift sind. Ich glaube, es hatte mit Mr. Stanleys persönlichen Hoffnungen zu tun.«

»Hinsichtlich Afrikas?« fragte Susannah Chancellor rasch. »Ich habe gehört, der belgische König will eine Eisenbahnlinie bauen lassen.«

»Das ist durchaus möglich«, erwiderte Christabel. »Aber wir sprachen mehr über Mr. Stanleys Gefühlsleben.«

»So wurde uns berichtet.«

»Wohl kaum eine Tragödie für Afrika«, murmelte Chancellor. »Eher eine Erleichterung.«

Charlotte war sich jetzt sicher, daß er über König Leopold und die Kannibalen unterrichtet war.

Doch Susannah war aufrichtig interessiert und sah Kreisler ernsthaft an.

»Worin liegt denn Ihrer Meinung nach Afrikas Tragödie, Mr. Kreisler? Das haben Sie uns noch vorenthalten. Wenn es Ihnen so sehr am Herzen liegt, wie Mrs. Thorne gesagt hat, muß es Sie doch stark beschäftigen.«

»Das tut es in der Tat, Mrs. Chancellor«, pflichtete er ihr bei. »Doch das gibt mir leider nicht die Macht, sie zu beeinflussen. Die Tragödie wird stattfinden, was immer ich tue.«

»Inwiefern?« hakte sie nach.

»Cecil Rhodes und seine Wagenkolonne von Siedlern werden vom Kap weiter ins Sambesi-Gebiet vordringen«, antwortete er und erwiderte ihren Blick. »Und nach und nach werden die Stammesführer Verträge abschließen, die sie nicht verstehen und auch nicht einzuhalten gedenken. Wir werden das Land besiedeln und die Rebellen töten, und es wird Mord und Totschlag von wer weiß wie vielen Menschen geben. Es sei denn, die Deutschen, die aus Richtung Sansibar im Westen kommen, sind vor uns da, was nur bedeutet, daß sie dasselbe tun werden, nur schlimmer – wenn die Ereignisse der Vergangenheit ein Anhaltspunkt sind.«

»Unsinn!« sagte Chancellor, ohne sich aufzuregen. »Wenn wir Maschonaland und Matabeleland besiedeln, können wir die Rohstoffvorkommen in diesem Gebiet zum Nutzen aller, Schwarzer und Weißer gleichermaßen, nutzen. Wir können ihnen medizinische Versorgung, Bildung, Handel, zivilisierte Gesetze und eine soziale Ordnung bringen, die die Schwachen wie die Starken schützt. Das wird keineswegs zu einer Tragödie führen, sondern im Gegenteil Afrikas Zukunft bedeuten.«

Kreislers Blick war klar und unnachgiebig, doch er wanderte von Chancellor zu Susannah, die mit großer Aufmerksamkeit zugehört hatte. Sie schien ihrem Gatten jedoch nicht zuzustimmen, sondern hatte eine zunehmend besorgte Miene.

»Das hast du früher nicht gesagt.« Sie sah Chancellor mit einer steilen Falte zwischen den Augenbrauen an.

Seine offensichtliche Zuneigung schien nur minimal getrübt. »Meine Sichtweise hat sich geändert, meine Liebe. Man wird weiser.« Er zuckte fast unmerklich mit den Schultern. »Ich weiß jetzt weit mehr als vor zwei oder drei Jahren. Die anderen europäischen Länder werden Afrika kolonialisieren, ob wir uns nun daran beteiligen oder nicht. Zumindest Frankreich, Belgien und Deutschland. Und der türkische Sultan ist nominell unumschränkter Herrscher über den Khedive von Ägypten, mit allen Konsequenzen, die das für den Sudan und die Äquatorialprovinz hat.«

»Das hat gar keine Konsequenzen«, fuhr Kreisler dazwischen. »Der Nil fließt nach Norden. Es würde mich wundern, wenn die Leute in der Äquatorialprovinz schon mal von Ägypten gehört hätten.«

»Ich denke an die Zukunft, Mr. Kreisler, nicht an die Vergangenheit.« Chancellor war nicht im mindesten verunsichert. »An eine Zeit, wenn die großen Flüsse Afrikas zu den Handelswegen der Welt zählen werden. Die Zeit wird kommen, in der wir Gold und Diamanten, exotische Hölzer, Elfenbein und Tierfelle aus Afrika auf den großen Wasserstraßen transportieren, so wie wir es jetzt mit Kohle und Korn auf dem Manchester-Kanal machen.«

»Oder auf dem Rhein«, fügte Susannah nachdenklich hinzu.

»Genau«, sagte Chancellor. »Oder auf der Donau oder jedem anderen großen Fluß, der uns einfällt.«

»Aber Europa ist so oft in Kriege verstrickt«, fuhr Susannah fort, »in denen es um Landansprüche oder Religion oder sonstige Fragen geht.«

Er sah sie an und lächelte. »Meine Liebe, Afrika ist das auch. Die Stammesfürsten liegen fortwährend in Fehde miteinander. Das ist einer der Gründe, warum unsere Bemühungen, die Sklaverei abzuschaffen, immer wieder fehlgeschlagen sind. Und in der Tat sind die Gewinne enorm und die Kosten ganz gering.«

»Für uns vielleicht«, sagte Kreisler kritisch. »Aber wie steht es mit der afrikanischen Bevölkerung?«

»Auch für die«, antwortete Chancellor. »Wir werden sie aus dem Dunkel der Geschichte ins neunzehnte Jahrhundert führen.«

»Genau daran habe ich gedacht.« Susannah war nicht überzeugt. »Veränderungen dieser Art lassen sich nicht ohne tiefe Einschnitte vollziehen. Vielleicht möchten sie unsere Formen des Zusammenlebens nicht übernehmen? Wir zwingen sie einem ganzen Kontinent auf, ohne die Menschen nach ihrer Meinung zu fragen.«

Einen kurzen Augenblick blitzten Kreislers Augen interessiert auf, dann verschwand der Ausdruck wieder, als hätte er ihn absichtlich zurückgenommen.

»Da sie ja nicht begreifen können, worum es uns geht«, sagte Chancellor unbewegt, »können sie wohl kaum eine Meinung dazu haben.«

»Dann treffen wir die Entscheidung für sie«, sagte sie.

»So ist es.«

»Ich bin mir nicht sicher, ob wir dazu das Recht haben.«

Chancellor sah sie überrascht und ein wenig spöttisch an, aber er hielt sich taktvoll zurück. Anscheinend wollte er seine Frau, auch wenn sie exzentrische Ansichten äußerte, nicht öffentlich bloßstellen.

Im Grunde genommen schien er ein tiefes Vertrauen in sie zu haben, das solche Unterschiede unwesentlich machte.

Nobby Gunne sah Kreisler an. Christabel Thorne blickte von einem zum anderen.

»Vor ein paar Tagen habe ich mit Sir Arthur Desmond gesprochen«, fuhr Susannah mit einem kleinen Kopfschütteln fort.

Charlotte umklammerte ihr leeres Champagnerglas so heftig, daß es ihr fast aus der Hand geschossen wäre.

»Desmond?« Chancellor runzelte die Stirn.

»Vom Außenministerium«, erklärte Susannah. »Zumindest war er da. Ich weiß nicht, ob er immer noch da ist. Aber das Thema der Ausbeutung Afrikas hat ihn sehr beschäftigt. Er war nicht überzeugt, daß wir uns ehrenhaft verhalten ...«

Chancellor legte sanft die Hand auf ihren Arm.

»Meine Liebe, es tut mir leid, dir sagen zu müssen, daß Sir Arthur Desmond vor zwei Tagen verstorben ist, und anscheinend hat er seinen Tod selbst herbeigeführt. Man kann ihn nicht als Autorität auf diesem Gebiet zitieren.« Er machte ein angemessen trauriges Gesicht.

»Nein, er hat nicht Selbstmord begangen«, platzte Charlotte heraus, bevor sie sich überlegt hatte, ob das klug war oder ihr nützen würde. Sie sah nur Matthews erschöpftes Gesicht und dachte an seinen Kummer und an Pitts Liebe für den Mann, der ihn so freundlich aufgenommen hatte. »Es war ein Unfall!« fügte sie zu ihrer Verteidigung hinzu.

»Ich bitte um Verzeihung«, sagte Chancellor rasch. »Ich meine, er hat die Situation selbst herbeigeführt, sei es durch Unachtsamkeit oder mit Absicht. Es scheint leider, daß er nicht mehr die geistige Klarheit besaß, die ihn früher auszeichnete.« Er wandte sich wieder zu seiner Frau. »Sich die Afrikaner als edle Wilde vorzustellen und sich zu wünschen, daß sie so bleiben könnten, ist eine sentimentale Einstellung, die die Geschichte nicht zuläßt. Sir Arthur war ein edler Mensch, aber ein wenig naiv. Afrika wird entweder von uns oder von anderen erschlossen werden. Und sowohl für Großbritannien als auch für Afrika wäre es das beste, wenn wir es wären.«

»Wäre es nicht besser für Afrika, wenn wir Verträge zu seinem Schutz abschlössen und es ließen, wie es ist?« fragte Kreisler mit scheinbarer Naivität, die aber im Gegensatz zu seinem Gesichtsausdruck und der Schärfe in seiner Stimme stand.

»Um es Hasardeuren und Großwildjägern wie Ihnen zu überlassen?« fragte Chancellor mit hochgezogenen Augenbrauen. »So etwas wie ein unerschöpflicher Spielplatz für Forscher, ohne die Gesetze der Zivilisation, die die Dinge ordnen?«

»Ich bin kein Großwildjäger, Mr. Chancellor, und lasse mich nicht für andere als Kundschafter einsetzen«, gab Kreisler zurück. »Forscher bin ich, das stimmt. Und ich belasse sowohl das Land als auch die Leute, wie ich sie vorgefunden habe. Mrs. Chancellor hat auf einen wichtigen moralischen Aspekt hingewiesen. Haben wir das Recht, Entscheidungen für andere zu treffen?«

»Nicht nur das Recht, Mr. Kreisler«, erwiderte Chancellor voller Überzeugung, »sondern auch die Pflicht, wenn diejenigen, um die es geht, weder Wissen noch Macht haben, es für sich selbst zu tun.«

Kreisler sagte nichts darauf. Er hatte seine Ansicht kundgetan. Statt dessen musterte er Susannah mit nachdenklicher Miene.

»Ich weiß ja nicht, wie es mit Ihnen steht, aber ich könnte einen kleinen Happen zu essen vertragen«, sagte

Christabel in das Schweigen, das entstanden war, und zu Kreisler gewandt: »Mr. Kreisler, da die Frauen in der Überzahl sind, muß ich Sie bitten, uns je einen Arm zu reichen und uns die Treppe hinunter zu geleiten. Miss Gunne, würden Sie Mr. Kreisler mit mir teilen?«

Da gab es nur eine mögliche Antwort, und Nobby nahm mit einem charmanten Lächeln an.

»Selbstverständlich. Es wäre mir ein großes Vergnügen. Mr. Kreisler!«

Kreisler bot ihnen jeweils einen Arm und führte sie in den Speisesaal.

Linus Chancellor tat desgleichen für Susannah und Charlotte, und gemeinsam glitten sie die Stufen hinunter. An deren Fuß erspähte Charlotte ihren Mann im Gespräch mit einem sehr still und selbstbeherrscht wirkenden Mann, der kaum noch Haare hatte und ihrer Einschätzung nach Ende Vierzig sein mußte. Er hatte runde, blaßblaue Augen und eine ziemlich lange Nase. Es ging eine Ruhe von ihm aus, als hegte er ein inneres Geheimnis, das ihn mit unendlicher Befriedigung erfüllte.

Pitt stellte ihn als Ian Hathaway vom Kolonialministerium vor, und als Hathaway sprach, gaben seine Stimme und seine perfekte Aussprache ihr das Gefühl, ihn bereits zu kennen oder ihm wenigstens einmal begegnet zu sein.

Charlotte bedankte sich bei Linus Chancellor und Susannah und begab sich in Begleitung der zwei Männer in den Speisesaal, in dem alle nur denkbaren kalten Köstlichkeiten aufgebaut waren: Pasteten, kalter Braten, Fisch, Wild, Aspik, Gebäck aller Art und eine Vielzahl von Eissorten, Sorbets, Götterspeisen und Cremes – all das erwartete sie zwischen Kristallgläsern, Blumenarrangements, Kerzen und Silberbesteck. Sofort geriet die Unterhaltung ins Stocken und wurde zusammenhanglos.

Am nächsten Morgen erwachte Vespasia spät, aber mit einem deutlichen Wohlbehagen. Sie hatte den Empfang mehr als sonst genossen. Es war eine großartige Veranstaltung gewesen, deren Glanz sie an vergangene Zeiten erinnerte: an die Blüte ihrer Jugend, als jeder Mann, der sie sah, ihr Bewunderung gezollt hate; an durchtanzte Nächte, die sie nicht daran hinderten, früh am nächsten Morgen ihren Ritt in der Rotten Row zu genießen, von dem sie mit klopfendem Herzen zurückkehrte, bereit, einen neuen Tag mit tausenderlei Vorhaben und Intrigen anzugehen.

Sie saß noch gemütlich im Bett und aß ihr Frühstück, als ihre Zofe hereinkam und Mr. Eustace March ankündigte.

»Du liebe Güte! Wieviel Uhr ist es denn?« fragte sie.

»Viertel nach zehn, M'Lady.«

»Was um alles in der Welt führt Eustace um diese Zeit hierher? Hat er seine Taschenuhr verloren?«

Eustace March war ihr Schwiegersohn, der Witwer ihrer Tochter Olivia, die ihm eine große Anzahl von Kindern geschenkt hatte und früh verstorben war. Olivia hatte diese Ehe gewollt, was Vespasia nie verstanden hatte, auch war es ihr schwergefallen, Eustace zu mögen. Er war in jeder Hinsicht das Gegenteil von ihr selbst. Aber es war ja Olivia, die ihn geheiratet hatte, und dem Anschein nach zu urteilen, hatte er sie glücklich gemacht.

»Soll ich ihm sagen, er soll warten, M'Lady? Oder soll ich ihm sagen, Sie haben heute keine Zeit, er soll ein andermal wiederkommen?«

»O nein. Wenn er Zeit hat zu warten, sag ihm, daß ich in einer halben Stunde unten sein werde.«

»Ja, M'Lady.« Sie ging und gab diese Mitteilung weiter an das Hausmädchen, das ihrerseits Eustace unterrichtete.

Vespasia trank ihren Tee aus und stellte das Tablett beiseite. Sie brauchte mindestens eine halbe Stunde, um sich angemessen für den Tag zurechtzumachen. Ihre Zofe war wieder ins Zimmer getreten, um ihr behilflich zu sein, und Vespasia erhob sich und begann mit ihrer Toilette, indem sie sich mit warmem Wasser und wohlduftender Seife wusch.

Sie betrat den kühlen, geräumigen Salon und sah Eustace am Fenster stehen. Er war ein kräftig gebauter Mann und kerngesund. Gute Gesundheit hatte für ihn einen hohen

Stellenwert, sie zählte zu den grundlegenden christlichen Tugenden und stellte die Vorbedingung für einen gesunden Verstand und die Ausgewogenheit aller Dinge dar. Er befürwortete lange Spaziergänge und gut gelüftete Räume, ungeachtet des Wetters, und zu seinem Männlichkeitsideal gehörten ein herzhafter Appetit und kalte Bäder ebenso wie Sportlichkeit.

Mit einem Lächeln drehte er sich um, als er Vespasia eintreten hörte. Sein ziemlich krauses Haar war seit seinem letzten Besuch noch etwas grauer geworden und über der Stirn eindeutig dünner, aber wie immer hatte er eine gute Gesichtsfarbe und einen klaren Blick.

»Guten Morgen, Schwiegermama, wie geht es dir? Ich hoffe, gut.« Er war blendender Stimmung und brannte offenbar darauf, ihr etwas zu berichten. Er schien förmlich zu platzen vor Mitteilungsdrang, und sie befürchtete schon, er würde ihre Hand ergreifen und sie schütteln.

»Guten Morgen, Eustace. Ja, es geht mir sehr gut, danke.«

»Bist du dir ganz sicher? Du bist spät aufgestanden. Je früher, desto besser, das ist für den Kreislauf das gesündeste. Ein flotter Spaziergang erfrischt und stärkt die Tatkraft.«

»Damit ich dann gleich wieder ruhen muß«, sagte sie trocken. »Ich bin erst gegen drei Uhr nach Hause gekommen. Ich war auf dem Empfang der Herzogin von Marlborough. Ein sehr angenehmer Abend.« Sie setzte sich in ihren Lieblingssessel. »Was verschafft mir die Ehre deines Besuchs, Eustace? Du bist wohl nicht gekommen, um dich nach meiner Gesundheit zu erkundigen? Das hättest du auch in einem Brief tun können. Setz dich doch. Du siehst so rastlos aus, voller Tatendrang. Als ob du sofort aufbrechen wolltest, noch während du mir das erzählst, was dir auf dem Herzen liegt.«

Eustace gehorchte, setzte sich aber nur auf die Sesselkante, als würde seine Anspannung eine entspanntere Haltung unmöglich machen.

»Ich habe dich seit einiger Zeit nicht besucht, Schwiegermama. In erster Linie bin ich gekommen, um dieses Versäumnis wiedergutzumachen und mich nach deinem Wohlergehen zu erkundigen. Es freut mich, dich wohlauf zu sehen.«

»Unsinn«, erwiderte sie lächelnd. »Du möchtest mir etwas erzählen. Es liegt dir auf der Zunge. Was ist es?«

»Nichts Besonderes, das versichere ich dir«, wiederholte er. »Setzt du dich immer noch für soziale Reformen ein?« Endlich lehnte er sich auf seinem Stuhl zurück und faltete die Hände über dem Bauch.

Sie fühlte sich durch seine Art gereizt, aber vielleicht war das eher in der Erinnerung an die Vergangenheit begründet als in dem, was jetzt geschah. Seine unerträgliche Dominanz und sein mangelndes Einfühlungsvermögen waren wenigstens teilweise an der Tragödie schuld gewesen, die über die ganze Familie im Cardington Crescent hereingebrochen war. Erst im nachhinein wurde ihm sein Anteil ein wenig bewußt. Für kurze Zeit war er verwirrt und beschämt gewesen, doch das verging schnell, und schon bald war er so unanfechtbar und überzeugt von sich und seinen Meinungen wie eh und je. Wie andere Menschen mit unerschöpflicher Energie und robuster Gesundheit fiel es ihm leicht, die Vergangenheit hinter sich zu lassen und voll in der Gegenwart zu leben.

Dennoch, sie fand seine Art bevormundend, wie die eines wohlwollenden Schulmeisters.

»Hin und wieder«, gab sie kühl zurück. »Ich vergnüge mich aber auch damit, daß ich den Kontakt zu alten Bekannten auffrische.« Sie verschwieg, daß Thelonius Quade, Richter am Obersten Gerichtshof, zwanzig Jahre jünger als sie und in der Vergangenheit einer ihrer feurigsten Bewunderer, darunter eine vorrangige Stelle einnahm. Nachdem ihre Freundschaft wiederaufgelebt war, gewann sie zunehmend an Bedeutung. Das war etwas, woran sie Eustace nicht teilhaben lassen wollte. »Und dann sind da noch die Fälle von Thomas Pitt«, fügte sie wahrheitsgetreu hinzu, obgleich sie wußte, daß Eustace das nicht guthieß. Abgesehen davon, daß es gesellschaftlich nicht angemessen war, sich mit der Polizei einzulassen, brachte es auch unangenehme Erinnerungen an seine eigene Trauer und wahrscheinlich auch eigene Schuld zurück.

»Ich bin der Meinung, daß sich das für dich nicht schickt, Schwiegermama«, sagte er mit einem Stirnrunzeln. »Insbesondere, da es so viele ehrenvolle Aufgaben gibt, für die man sich einsetzen kann. Dein exzentrisches Verhalten habe ich gelegentlich hingenommen, aber ...« Er unterbrach sich. Vespasias Blick wurde eiskalt, und der Rest des Satzes erstarb auf seinen Lippen.

»Wie großzügig von dir«, sagte sie eisig.

»Ich meine doch nur –«

»Ich weiß, was du meinst, Eustace. Wir können uns diese ganze Unterhaltung schenken. Ich weiß, was du sagen möchtest, und du kennst meine Antworten. Du heißt meine Freundschaft mit Charlotte und Thomas nicht gut, ganz zu schweigen von der Tatsache, daß ich ihnen gelegentlich helfe. Ich bin fest entschlossen, darin fortzufahren, und bin der Ansicht, daß es dich nichts angeht.« Sie lächelte dünn. »Sollen wir an der Stelle den Faden wieder aufnehmen? Hast du eine ehrenwerte Aufgabe im Sinn, für die ich mich engagieren könnte?«

»Wo du es ansprichst ...« Er gewann sofort die Fassung wieder. Diese Eigenschaft fand sie an ihm bewundernswert und irritierend zugleich. Er war wie ein Stehaufmännchen, das sich immer wieder aufrichtet, selbst wenn man es umwirft.

»Ja?«

Begeisterung trat erneut in seinen Gesichtsausdruck. »Soeben habe ich erfahren, daß ich als Mitglied in einer exklusiven Vereinigung zugelassen worden bin«, sagte er euphorisch. »Ich sage ›zugelassen‹, weil man nur Mitglied werden kann, wenn man von einem anderen, der bereits Mitglied ist, vorgeschlagen wurde und ein Komitee den Vorschlag geprüft hat. Natürlich ist es eine Vereinigung mit rein wohltätigen und überaus hehren Zielen.«

Sie wartete und versuchte, ihm unvoreingenommen zuzuhören. Schließlich gab es Hunderte von Gesellschaften in London, die alle vortreffliche Ziele verfolgten.

Er schlug die Beine übereinander und sah sehr selbstzufrieden aus. Seine runden, graubraunen Augen leuchteten vor Begeisterung.

»Da alle Mitglieder vermögend sind und viele zudem einflußreiche Positionen im öffentlichen Leben, in der Finanzwelt oder in der Verwaltung innehaben, kann vieles bewirkt werden. Selbst Gesetze können geändert werden, wenn dies wünschenswert erscheint.« Seine Stimme hob sich, so angetan war er. »Riesige Summen können bereitgestellt werden, um den Armen und Benachteiligten zu helfen und die Kranken und Schwachen sowie alle, die vom Schicksal geschlagen sind, zu unterstützen. Es ist wirklich sehr aufregend, Schwiegermama. Ich empfinde es als großes Privileg, Mitglied sein zu dürfen.«

»Herzlichen Glückwunsch.«

»Danke.«

»Das klingt sehr lobenswert. Vielleicht könnte ich auch beitreten? Würdest du mich vorschlagen?«

Belustigt beobachtete sie ihn, sein Mund blieb offenstehen, seine Miene drückte leichte Bestürzung aus. Er war sich nicht sicher, ob es sich um einen geschmacklosen Scherz ihrerseits handelte. Er hatte ihren Sinn für Humor nie so recht durchschaut.

Sie wartete und betrachtete ihn ruhig. »Aber Schwiegermama, keine ernstzunehmende Gesellschaft nimmt Frauen als Mitglieder auf! Das ist dir doch sicher bekannt?«

»Warum denn nicht?« fragte sie. »Ich habe Geld und keinen Mann, dem ich Gehorsam schuldig bin, und ich bin so gut wie jeder andere in der Lage, Gutes zu tun.«

»Darum geht es doch gar nicht!« widersprach er.

»Ach. Worum geht es denn?«

»Wie bitte?«

»Worum geht es denn?« wiederholte sie.

Eustace wurde die Rechtfertigung dessen, was er für das Wesen der Welt hielt, das über jede Frage erhaben war sowie keiner Erklärung bedurfte, erspart, da das Hausmädchen eintrat und Mrs. Pitt ankündigte.

»Ach du liebe Güte! Danke, Effie«, sagte Vespasia. »Ich habe gar nicht bemerkt, daß es schon so spät ist. Bitte sie doch herein.« Zu Eustace sagte sie: »Charlotte und ich werden gemeinsam zur Herzogin von Marlborough fahren und unsere Karten dort abgeben.«

»Charlotte?« Eustace war sprachlos. »Zu der Herzogin von Marlborough? Aber das ist doch wirklich absurd, Schwiegermama! Charlotte ist da doch völlig fehl am Platze. Weiß der Himmel, was sie sagt oder tut. Das meinst du doch nicht ernst?«

»Doch, ganz ernst. Thomas ist inzwischen befördert worden. Er ist jetzt Oberinspektor!«

»Und wenn er der Polizeipräsident von Scotland Yard wäre!« sagte Eustace. »Du kannst doch nicht zulassen, daß Charlotte der Herzogin von Marlborough ihre Aufwartung macht!«

»Wir machen ihr nicht unsere Aufwartung«, erklärte Vespasia geduldig. »Wir geben nur unsere Karten ab, was ja, wie du so gut weißt wie ich, die Gepflogenheit ist, wenn man einer Einladung gefolgt ist. So sprechen wir auf angemessene Weise unseren Dank aus.«

»›Unseren Dank‹? Charlotte war auch da?« Er war noch immer fassungslos.

»Selbstverständlich.«

Die Tür öffnete sich, und Charlotte wurde hereingeführt. Als sie Eustace March erblickte, spiegelten sich eine Reihe von widersprüchlichen Gefühlen auf ihrem Gesicht – Überraschung, Zorn, Verlegenheit –, doch Neugier war das stärkste.

Bei Eustace war es viel eindeutiger, seine Miene sagte deutlich, daß ihm die Begegnung peinlich war. Er erhob sich mit glutroten Wangen.

»Welch ein Vergnügen, Sie wiederzusehen, Mrs. Pitt. Wie geht es Ihnen?«

»Guten Tag, Mr. March.« Sie schluckte und trat näher. Vespasia konnte nur vermuten, an welche Begebenheit Charlotte sich erinnerte; wahrscheinlich war es die lächerliche Episode unter dem Bett. Und nach der Reaktion zu urteilen, die Eustace zeigte, erinnerte er sich an dieselbe Situation.

»Mir geht es ausgezeichnet, danke«, antwortete sie. »Ihnen hoffentlich auch.« Vielleicht dachte sie gerade an das Haus am Cardington Crescent, wo die Fenster immer offenstanden, selbst an bewölkten Tagen, wenn der Wind durch das Frühstückszimmer pfiff und alle, außer Eustace, fröstelnd bei eisigen Temperaturen über ihrem Porridge saßen.

»Immer, Mrs. Pitt«, sagte Eustace forsch. »In der Hinsicht habe ich Glück.«

»Eustace hat mir gerade von einer vorbildlichen Gesellschaft erzählt, der er beitreten durfte«, sagte Vespasia und deutete auf einen Sessel für Charlotte.

»Ah – ja«, sagte Eustace. »Sie verpflichtet sich wohltätigen Zwecken und fördert das Gute in der Gesellschaft.«

»Herzlichen Glückwunsch«, sagte Charlotte aus vollem Herzen. »Das muß Sie sehr zufrieden stimmen. Solche Bemühungen sind sehr notwendig.«

»Oh, sehr richtig beobachtet.« Er nahm wieder seinen Platz ein und wirkte recht entspannt. Er konnte sein aktuelles Lieblingsthema wiederaufnehmen, ganz zu seiner Freude. »In der Tat, Mrs. Pitt. Es ist sehr befriedigend zu wissen, daß man gemeinsam mit anderen Männern ähnlicher Gesinnung und Überzeugung um die Durchsetzung der gleichen Ziele ringt. Zusammen bilden wir eine wichtige Kraft in diesem Land.«

»Wie heißt denn Ihre Gesellschaft«, fragte Charlotte unschuldig.

»Ah, Sie dürfen mich nicht weiter fragen, liebe Mrs. Pitt.« Er schüttelte fast unmerklich den Kopf und lächelte. »Unsere Ziele und Vorhaben sind öffentlich und für jedermann erkenntlich, aber die Gesellschaft selbst ist anonym.«

»Sie meinen, geheim?« fragte Charlotte unumwunden.

»Nun ja.« Er sah sie verblüfft an. »So würde ich das nicht ausdrücken. Das Wort erweckt einen ganz fälschlichen Eindruck, aber sie ist anonym. Hat nicht auch unser Herr

Jesus Christus gesagt, daß wir auf diese Weise Gutes tun sollen?« Er lächelte wieder. »›Laß deine linke Hand nicht wissen, was die rechte tut‹?«

»Meinen Sie, er dachte dabei an eine geheime Gesellschaft?« fragte Charlotte vollkommen ernst und wandte ihren Blick nicht von ihm ab.

Eustace starrte zurück, als sei er geschlagen worden. Sein Verstand sagte ihm, daß sie taktlos war, aber er begriff nicht, wie sich diese Taktlosigkeit äußerte. Einen Menschen in Verlegenheit zu bringen war immer unerzogen, und sie brachte ihn fortwährend in Verlegenheit, und zwar mit Absicht, wie er vermutete. Keine Frau konnte so dumm sein, wie sie manchmal schien.

»Vielleicht wäre ›diskret‹ ein besseres Wort«, schlug er schließlich vor. »Ich empfinde es nicht als fragwürdig, wenn Männer sich verbünden, um den Bedürftigen zu helfen. Im Gegenteil, es erscheint mir überaus sinnvoll. Der Herr hat unwirksames Handeln nie als lobenswert hingestellt, Mrs. Pitt.«

Charlotte lächelte plötzlich entwaffnend. »Ganz sicher haben Sie recht, Mr. March. Und wenn man für jede freundliche Tat öffentliche Anerkennung erheischt, beraubt man sie jeder Tugendhaftigkeit. Vielleicht ist es ebenso sinnvoll, daß Sie nur ein paar wenige der anderen Mitglieder kennen, nämlich die in Ihrem Ring. Dann ist die Vereinigung doppelt diskret, nicht wahr?«

»Ring?« Alle Farbe war aus seinem Gesicht gewichen, so daß er trotz seines gesunden Teints, den er sich durch körperliche Ertüchtigung in frischer Luft erworben hatte, merkwürdig blaß erschien.

»Ist das nicht das passende Wort?« fragte Charlotte mit großen Augen.

»Ich – also ...«

»Macht ja nichts.« Charlotte winkte ab. Sie brauchte nicht weiter in ihn zu dringen, die Antwort war klar genug. In aller Unschuld, vielleicht sogar Naivität, war Eustace dem Inneren Kreis beigetreten, wie so viele vor ihm – Micah Drummond und Sir Arthur Desmond, um nur zwei zu nennen. Micah Drummond hatte sich von ihm gelöst und war unbeschadet geblieben, zumindest bisher. Im Fall von Arthur Desmond war der Ausgang weniger glücklich gewesen.

Charlotte sah Vespasia an.

Die war sehr ernst und streckte Eustace die Hand entgegen.

»Ich hoffe, du wirst deinen Einfluß zum Guten geltend machen, Eustace«, sagte sie aufrichtig. »Danke, daß du uns deine Neuigkeit berichtet hast. Möchtest du zum Mittagessen bleiben? Charlotte und ich sind bald wieder zurück.«

»Besten Dank, Schwiegermama, aber ich habe noch weitere Besuche zu machen«, lehnte er prompt ab. Er erhob sich und verneigte sich vor ihr und dann vor Charlotte. »Schön, Sie wieder einmal gesehen zu haben, Mrs. Pitt. Wünsche einen schönen Tag.« Dann verließ er ohne weitere Umschweife den Raum.

Charlotte sah Vespasia an. Sie schwiegen beide.

3. Kapitel

Die gerichtliche Untersuchung über den Tod von Arthur Desmond fand in London statt, weil er dort gestorben war. Pitt, der auf der Empore des Gerichtssaales saß, war fest davon überzeugt, daß ein weiterer Grund der war, daß die Mitglieder des Inneren Kreises die Vorgänge so besser steuern konnten. Hätte die Untersuchung in Brackley stattgefunden, wo Sir Arthur und seine Familie seit drei Jahrhunderten ansässig waren und verehrt wurden, hätte die persönliche Wertschätzung, die ihm entgegengebracht wurde, vielleicht über die Macht des Kreises triumphiert.

So aber saß Pitt neben Matthew, der an diesem Morgen richtig verhärmt aussah, und gemeinsam warteten sie schweigend auf die Eröffnung der Verhandlung. Der Saal war gut gefüllt. Unter großem Gedränge schoben sich die Leute durch den schmalen Eingang unter dem Holzbogen in den Raum. Das Raunen und Scharren verstummte, als jeder einen Platz gefunden hatte. Die Richterbank stand ihnen gegenüber, auf der einen Seite war der Zeugenstand aufgebaut, auf der anderen der Tisch, an dem der Gerichtsschreiber in schwarzer Robe mit gezücktem Stift wartete. Pitt kam das alles unwirklich vor. Seine Gefühle waren zu sehr in Aufruhr, als daß sein Verstand mit der in solchen Situationen gewohnten Klarheit funktionieren konnte. Er wußte schon längst nicht mehr, an wie vielen gerichtlichen Untersuchungen er teilgenommen hatte.

Sein Blick wanderte zur ersten Reihe, wo fünfzehn bis zwanzig Männer, teils ganz in Schwarz, teils in Halbtrauer, eng an eng saßen und gefaßt darauf warteten, daß sie Zeugnis ablegen sollten. Die meisten von ihnen strahlten das Selbstbewußtsein und die Sicherheit aus, die ihnen ihr Reichtum und ihre gesellschaftliche Position verliehen. Er vermutete, daß es sich entweder um Sachverständige handelte oder um die Mitglieder des Clubs, die am Nachmittag von Sir Arthurs Tod dort anwesend gewesen waren. Ein nervös wirkender, jüngerer Mann in weniger teurer Kleidung war sicherlich einer der Stewards des Clubs, der an jenem Nachmittag den Brandy serviert hatte.

Der Vorsitzende war seinem Äußeren nach für diese Aufgabe schlecht ausgewählt, denn er strotzte vor Gesundheit und war voller Lebenskraft. Er war kräftig und hatte flammend rotblondes Haar und einen rötlichen Teint; seine flächigen Züge drückten Lebensfreude aus.

»Also dann«, sagte er energisch, sobald die formale Einleitung abgeschlossen war. »Unangenehme Sache. Sehr betrüblich. Wir wollen sie so schnell wie möglich hinter uns bringen, gründlich und zügig. Gründlich und zügig, so verfährt man am besten mit den Fußangeln des Verlusts. Mein Beileid der Familie.« Er ließ seinen Blick durch den Raum schweifen und entdeckte Matthew. Pitt fragte sich, ob er Matthew kennengelernt hatte oder ob er die Fähigkeit besaß, die Hinterbliebenen auf einen Blick zu erkennen. »Können wir beginnen? Sehr gut. Der erste Zeuge dieses unglückseligen Ereignisses möge vortreten, bitte. Saaldiener, schicken Sie ihn vor.«

Der Saaldiener führte den Steward nach vorn, der, wie Pitt vermutet hatte, der Mann mit dem nicht so teuren Rock war. Seine Befangenheit war jetzt grenzenlos. Er war verunsichert und hatte Angst, etwas falsch zu machen. Seine Verlegenheit drückte sich sowohl in seinen Bewegungen als auch in seiner Stimme aus. Die Erhabenheit des Rechts, selbst auf dieser Ebene, und die Endgültigkeit des Todes erfüllten ihn mit Ehrfurcht. Blaß und mit großen Augen stieg er in den Zeugenstand.

»Sie brauchen sich nicht zu fürchten«, sagte der Vorsitzende freundlich. »In keinster Weise. Sie haben ja nichts falsch gemacht, oder? Haben den armen Mann ja nicht umgebracht?« Er lächelte.

Der Steward war entsetzt. Den Bruchteil einer Sekunde dachte er, der Vorsitzende meine das ernst.

»N-nein, Sir!«

»Gut«, sagte der Vorsitzende zufrieden. »Dann sammeln Sie sich, und erzählen Sie uns, was passiert ist, und Ihnen wird nichts geschehen. Wer sind Sie, und was arbeiten Sie? Was können Sie uns zu dieser Sache berichten? Sprechen Sie laut und deutlich!«

»I-ich heiße Horace Guyler, Euer Ehren. Ich bin Steward im Morton Club und habe Sir Arthur gefunden. Ich meine, natürlich wußten wir alle, wo er war, aber ...«

»Ich verstehe sehr gut«, ermutigte der Vorsitzende ihn. »Sie waren es, der entdeckte, daß er tot war. Und ich bin nicht ›Euer Ehren‹. So nennt man den Richter. Ich leite nur diese Untersuchung. ›Sir‹ ist die richtige Anrede. Fahren Sie fort. Vielleicht sollten Sie mit der Ankunft von Sir Arthur im Club beginnen. Um wieviel Uhr war das? Wann haben Sie ihn gesehen? Wie sah er aus, wie verhielt er sich? Beantworten Sie die Fragen der Reihe nach.«

Horace Guyler war verwirrt. Er hatte die ersten beiden Fragen bereits vergessen.

»Sir Arthurs Ankunft«, half der Vorsitzende nach.

»Ach ja. Also, er kam kurz nach dem Lunch, und das war so um Viertel nach drei, ungefähr. Ich fand, er sah ganz normal aus, aber jetzt weiß ich natürlich, daß er nicht ganz auf dem Damm gewesen sein konnte. Ich meine, er muß ja wegen irgendwas ganz aufgewühlt gewesen sein.«

»Sie sollen mir nicht erzählen, was Sie jetzt wissen, Mr. Guyler, sondern nur das, was Sie zur angegebenen Zeit beobachtet haben. Was hat Sir Arthur zu Ihnen gesagt? Was hat er getan? Wie hat er sich verhalten? Können Sie sich daran erinnern? Es ist erst fünf Tage her.«

»Soweit ich mich erinnere, hat er mir einen guten Tag gewünscht, wie üblich. Er war immer sehr höflich, nicht wie manche andere. Dann ist er in den Grünen Salon gegangen, hat sich in einen Sessel gesetzt und die Zeitung gelesen. Die *Times* war es, glaube ich.«

Ein Rascheln und zustimmendes Murmeln ging durch den Raum.

»Hat er etwas zu trinken bestellt, Mr. Guyler?«

»Erst mal nicht, Sir. So eine halbe Stunde später hat er einen großen Brandy bestellt. Besten Napoleon wollte er.«

»Den haben Sie ihm also gebracht?«

»Ja, natürlich, Sir«, sagte Guyler unglücklich. »Ich habe ja nicht gewußt, daß er so aufgewühlt war und nicht auf dem Damm. Mir schien er ganz normal. Überhaupt nicht aufgewühlt. Er hat seine Zeitung gelesen und ab und zu vor sich hingebrummelt, wenn er nicht einverstanden war.«

»Schien er erzürnt darüber oder niedergeschlagen?«

»Nein, Sir.« Guyler schüttelte den Kopf. »Er hat einfach nur gelesen, das tun ja viele Gentlemen. Ernst genommen hat er es schon. Aber das machen die anderen auch. Und Sir Arthur war ja im Außenministerium gewesen.«

Der Vorsitzende blickte ernst drein. »Hat ihn ein Thema besonders beschäftigt?«

»Nein, Sir. Das habe ich nicht sehen können. Und ich mußte ja auch die anderen Gäste bedienen, Sir.«

»Selbstverständlich. Und Sir Arthur hat nur den einen Brandy getrunken?«

Guyler sah unglücklich aus. »Nein, Sir, ich muß leider sagen, daß er eine ganze Reihe getrunken hat. Ich erinnere mich nicht genau, wie viele, aber bestimmt sechs oder sieben. Fast eine von diesen halben Flaschen. Ich wußte ja nicht, daß er nicht auf dem Damm war, sonst hätte ich sie ihm nicht serviert.« Er sah so kummervoll aus, als sei es tatsächlich seine Verantwortung gewesen, obwohl er als Angestellter des Clubs sicherlich seine Stellung aufs Spiel gesetzt hätte, wenn er ein Mitglied nicht nach dessen Wünschen bedient hätte.

»Und die ganze Zeit war Sir Arthur guter Dinge?« fragte der Vorsitzende mit einem kleinen Stirnrunzeln.

»Ja, Sir, soweit ich sehen konnte.«

»So so. Und wieviel Uhr war es, als Sie ihm den letzten Brandy brachten, wissen Sie das noch?«

»Halb sieben, Sir.«

»Das ist eine präzise Angabe.«

»Ja, Sir. Ein Gast hatte mich gebeten, ihn an eine Verabredung zum Abendessen zu erinnern, deshalb weiß ich das so genau.«

Im Saal war es mucksmäuschenstill.

»Und das nächste Mal, als Sie Sir Arthur sahen?«

»Na ja, ich bin ein paarmal an ihm vorbeigegangen, habe mich aber nicht um ihn gekümmert, weil es so aussah, als schliefe er. Natürlich wünschte ich mir jetzt, ich hätte es getan.«

Er war zutiefst unglücklich und hatte die Augen gesenkt, die Röte stieg ihm ins Gesicht.

»Sie trifft keine Schuld«, sagte der Vorsitzende sanft, die Jovialität war von ihm gewichen. »Selbst wenn Sie bemerkt hätten, daß es ihm nicht gutging, und Sie hätten einen Arzt gerufen, wäre es wahrscheinlich zu spät gewesen, bis der Arzt gekommen wäre.«

Der Steward sah den Vorsitzenden mit einem hoffnungsvollen Blick an.

»Er war ein so netter Herr«, sagte er betrübt.

»Bestimmt.« Der Vorsitzende wollte sich nicht festlegen. »Wieviel Uhr war es, Mr. Guyler, als Sie Sir Arthur ansprachen und bemerkten, daß er tot war?«

Guyler atmete tief ein. »Na ja, erst mal bin ich an ihm vorbeigegangen und habe gedacht, er schläft. Manchmal, wenn Gäste nachmittags einige Brandy trinken, schlafen sie ein und wachen nur schwer wieder auf.«

»Das kann ich mir vorstellen. Wieviel Uhr war es da, Mr. Guyler?«

»Ungefähr halb acht. Ich dachte, wenn er zu Abend essen wollte, sei es an der Zeit, ihm einen Platz zu reservieren.«

»Und was haben Sie getan?«

Seit einer Viertelstunde hatte sich niemand im Saal geregt oder ein Geräusch gemacht; nur das Quietschen der Bänke, wenn jemand sein Gewicht verlagerte, war zu hören sowie das Rascheln der Kleider der wenigen Frauen im Saal. Jetzt ging ein angespanntes Atmen durch den Saal.

»Ich habe ihn angesprochen, und er hat nicht geantwortet«, sagte Guyler mit starrem Blick; er spürte die Blicke aller Anwesenden auf sich ruhen. Der Gerichtsschreiber an seinem Tisch notierte jedes Wort. »Da habe ich ihn noch einmal angesprochen, diesmal lauter. Er hat sich nicht gerührt; da habe ich gemerkt ...« Er atmete tief ein und stieß die Luft langsam wieder aus. Die Erinnerung an das Erkennen des Todes beunruhigte ihn, sie machte ihm angst. Solche Gedanken verdrängte er in seinem normalen Leben.

Der Vorsitzende wartete geduldig. Gefühle wie die Guylers hatte er schon unzählige Male auf den Gesichtern anderer beobachtet.

Pitt hatte zunehmend das Gefühl, nicht dazuzugehören. Heftige Trauer übermannte ihn, ein überwältigendes Gefühl der Verlassenheit, als sei er aus einer Sicherheit, die ihm ein Leben lang vertraut war, herausgerissen worden. Es war Sir Arthur, dessen Tod hier so leidenschaftslos erörtert wurde. Es war lächerlich zu erwarten, daß jemand von seinen Gefühlen überwältigt und mit tränenerstickter Stimme sprechen würde; dennoch wünschte er sich das und wußte zugleich, wie absurd es war.

Er wagte es nicht, Matthew anzusehen. Er wollte es hinter sich bringen und ins Freie laufen, den frischen Wind und den Regen im Gesicht. Die Elemente würden seine Begleiter sein, wo Menschen es nicht konnten.

Doch er mußte bleiben. Sowohl Verantwortung als auch Mitgefühl verlangten es von ihm.

»Und schließlich habe ich ihn geschüttelt«, sagte Guyler und hob sein Kinn. »Nur ganz sanft. Sein Gesicht hatte eine schreckliche Farbe, und ich konnte es nicht ertragen, ihn anzusehen. Es kommt vor, daß ein Gast nach mehreren Brandy einschläft und geräuschvoll atmet ...«

»Schnarchen, meinen Sie?«

»Nun ja – genau, Sir.«

Im Zuschauerraum war ein Kichern zu hören, das gleich wieder unterdrückt wurde.

»Warum kommt er nicht zum Punkt?« fragte Matthew aufgebracht.

»Gleich ist er soweit«, gab Pitt flüsternd zurück.

»Da wußte ich, daß etwas nicht stimmte«, fuhr Guyler fort. Er ließ seinen Blick durch den Gerichtssaal wandern, nicht aus Eitelkeit, sondern um sich zu vergewissern, wo er sich befand, und die Erinnerung an den Salon im Club und die Geschehnisse dort zu vertreiben.

»Da begriffen Sie, daß er entweder krank oder tot war?« drang der Vorsitzende in ihn.

»Jawohl, Sir. Ich habe den Geschäftsführer geholt, und der hat den Arzt gerufen.«

»Danke, Mr. Guyler. Das wäre dann alles. Danke, daß Sie gekommen sind.«

Guyler entfernte sich erleichtert, und der Geschäftsführer des Clubs trat in den Zeugenstand, ein großer, kräftiger Mann mit einem freundlichen Gesicht. Er hatte ein Glasauge, was äußerst verwirrend war, denn man konnte nie sicher sein, ob er einen ansah oder nicht. Er sagte aus, daß er von dem Steward gerufen worden sei und feststellen mußte, daß Sir Arthur tatsächlich tot war. Der Arzt, der immer dann gerufen wurde, wenn einer der Gäste unpäßlich war – was bedauerlicherweise von Zeit zu Zeit geschah, denn das Durchschnittsalter der Clubmitglieder betrug fünfundfünfzig Jahre, und viele waren erheblich älter –, er hatte sofort den Tod festgestellt.

Der Vorsitzende dankte dem Geschäftsführer und entließ ihn.

»Das ist doch sinnlos!« stieß Matthew zwischen den Zähnen hervor. Er beugte sich nach vorn und stützte den Kopf in die Hände. »Das ist doch alles abgekartet und führt zu nichts. Sie werden ungestraft davonkommen, Thomas! Tod eines alten Mannes, der nicht mehr wußte, was er tat, durch eine Überdosis Laudanum.«

»Hast du dir etwas anderes versprochen?« fragte Pitt, so leise es ging.

»Nein.« Matthews Stimme klang resigniert.

Pitt hatte gewußt, daß der Morgen schmerzlich sein würde, doch hatte er sich nicht klargemacht, wie schwer es ihm fallen würde, Matthews Qualen mitanzusehen. Er wollte ihn trösten, wußte aber nicht, wie.

Als nächster Zeuge wurde der Arzt gerufen, der professionell und sachlich auftrat. Vielleicht war das seine Art, mit dem Einschnitt und der Endgültigkeit des Todes umzugehen. Pitt sah den Widerwillen in Matthews Gesicht, wußte aber, daß er gefühlsmäßig begründet war und nicht der Vernunft entsprang, und dies war nicht der Moment für überflüssige Erklärungen. Seine Gefühle hatten damit nichts zu tun. Der Vorsitzende dankte dem Arzt und entließ ihn; dann wurde das erste Clubmitglied gerufen, das sich an jenem Nachmittag in demselben Salon aufgehalten hatte. Es war ein älterer Herr mit einem riesigen weißen Backenbart und einer blanken Glatze.

»General Anstruther«, begann der Vorsitzende, »würden Sie die Freundlichkeit besitzen, uns zu erzählen, was Sie an jenem Tag beobachtet haben und was Sie, soweit es Ihnen wesentlich erscheint, über Sir Arthurs Gesundheit und seinen Geisteszustand wissen?«

Matthew sah auf; der Vorsitzende warf ihm einen Blick zu. Matthews Miene verfinsterte sich, er sagte aber nichts.

General Anstruther räusperte sich und begann.

»Anständiger Kerl, Arthur Desmond. War immer schon der Meinung. War auch nicht mehr der Jüngste, wie wir alle. Wurde vergeßlich. Kommt vor, so was.«

»An jenem Nachmittag, General«, sagte der Vorsitzende. »Wie hat er sich da verhalten? War er ...« Er zögerte. »Verwirrt?«

»Ah ...« Anstruther überlegte, ihm war sichtlich unwohl. Matthew saß kerzengerade und sah Anstruther unverwandt an.

»Ist das wirklich nötig?« fragte Anstruther und sah den Vorsitzenden an. »Der Gute ist tot, schlimm genug! Was soll das noch? Bringt ihn unter die Erde und ehrt sein Andenken. Er war ein guter Mensch.«

»Zweifelsohne, Sir«, sagte der Vorsitzende ruhig. »Das wird hier keineswegs in Frage gestellt. Aber wir müssen feststellen, wie er gestorben ist. Das Gesetz verlangt das von uns. Die Umstände sind ungewöhnlich. Der Morton Club möchte nicht, daß der Vorwurf der Unachtsamkeit oder Pflichtverletzung an seinem Namen haften bleibt.«

»Gütiger Himmel!« Anstruther schnaubte. »Wer sagt denn so etwas? Völliger Unsinn. Der arme Desmond war nicht ganz auf der Höhe und ein wenig verwirrt. Er hat etwas zuviel Laudanum mit seinem Brandy genommen. Ein Unfall. Mehr gibt es da nicht zu sagen.«

Matthew schoß hoch. »Er war nicht verwirrt!« sagte er laut.

Die Zuschauer drehten sich überrascht zu ihm um; sein Einwurf war ihnen peinlich. Man zeigte solche Gefühle nicht, schon gar nicht an diesem Ort. Es gehörte sich einfach nicht.

»Wir haben vollstes Verständnis für Sie, Sir Matthew«, sagte der Vorsitzende deutlich. »Aber wenn Sie sich bitte zurückhalten wollen, Sir. Ich werde keine Aussage zulassen, ohne darauf zu bestehen, daß sie untermauert wird.« Er wandte sich wieder dem Zeugenstand zu. »Nun, General Anstruther, was veranlaßt Sie zu sagen, Sir Arthur sei verwirrt gewesen? Können Sie das präzisieren?«

Anstruther spitzte verärgert die Lippen. Offenbar widerstrebte es ihm zutiefst, dem Ansinnen nachzukommen. Er warf einen kurzen Blick auf die erste Reihe. »Er ... ehm ... er vergaß, was er sagte«, antwortete er. »Wiederholte sich, Sie verstehen? Hat sich gelegentlich geirrt. Hat unsinniges Zeug über Afrika geredet. Schien nicht mehr zu begreifen.«

Matthew stand schon, bevor Pitt ihn zurückhalten konnte. »Sie meinen, er war anderer Meinung als Sie?« rief er ihm zu.

»Sir Matthew!« ermahnte der Vorsitzende ihn. »Ich werde fortgesetzte Unterbrechungen nicht hinnehmen, Sir. Wir sind uns Ihrer Trauer bewußt, doch unsere Geduld hat Grenzen. Diese Untersuchung wird ordentlich und gewissenhaft durchgeführt, mit gebührender Achtung vor der

Wahrheit und dem Anlaß. Ich bin mir sicher, das ist genauso Ihr Wunsch wie der aller hier Anwesenden.«

Matthew holte Luft, möglicherweise wollte er sich entschuldigen, doch der Vorsitzende hob die Hand und bedeutete ihm so zu schweigen.

Zu Pitts Erleichterung setzte Matthew sich wieder.

»General, würden Sie bitte so gut sein und näher erklären, was Sie meinen«, sagte der Vorsitzende zu General Anstruther. »War Sir Arthur in einigen Fragen lediglich anderer Meinung? Wieso kommen Sie zu dem Schluß, daß sein Verstand verwirrt war?«

Anstruthers Wangen färbten sich dunkel, wodurch sein Backenbart noch weißer schien.

»Hat lauter Unsinn von sich gegeben über geheime Verbindungen von Menschen, die Äquatorialafrika erobern wollen, oder was weiß ich.« Er warf wieder einen Blick auf die Zuhörer in der ersten Reihe und sah dann weg. »Hat wilde Anschuldigungen erhoben. Natürlich alles Unfug. Hat sich in Widersprüche verstrickt, armer Kerl. Schrecklich, wenn man vergißt, wem... wem... man Loyalität schuldet und was Anstand bedeutet; wenn man nicht mehr weiß, auf wessen Seite man steht und welche die Werte sind, an denen man sein Leben lang festgehalten hat.«

»Wollen Sie damit sagen, daß Sir Arthur sich in letzter Zeit grundlegend verändert hat?«

»Ich wünschte, Sie würden mich nicht zwingen, so deutlich zu werden!« sagte Anstruther verärgert. »Begraben wir ihn in Frieden, und die Unzulänglichkeiten der letzten Zeit mit ihm. Wir wollen diesen ganzen Unfug vergessen und seiner so gedenken, wie er noch vor einem Jahr war.«

Matthew stöhnte so laut, daß nicht nur Pitt ihn hörte, sondern auch der Mann, der auf der anderen Seite neben ihm saß. Er sah Matthew an und wandte sofort, von Matthews Gefühlsäußerungen peinlich berührt, den Blick wieder ab.

»Danke, General«, sagte der Vorsitzende ruhig. »Das, was Sie uns geschildert haben, hat uns einen ersten Eindruck vermittelt. Sie sind entlassen.«

Anstruther nahm ein weißes Taschentuch heraus, schnaubte hinein und ging, ohne rechts oder links zu gucken, an seinen Platz.

Der Freiherr William Osborne wurde als nächster in den Zeugenstand gerufen. Er sagte im großen und ganzen dasselbe wie Anstruther und fügte noch einige Beispiele von Arthur Desmonds irrationalen und unerklärlichen Ansichten an, allerdings erwähnte er Afrika nicht. Insgesamt war sein Auftreten glatter und selbstsicherer. Obwohl er seine Betroffenheit verbal ausdrückte, verriet sein Verhalten keinerlei Gefühle, außer vielleicht einen Anflug von Ungeduld.

Matthew starrte ihn mit unversöhnlicher Abneigung an; in seinem Schmerz verstärkte sich die Verwirrung. Es war mehr als wahrscheinlich, daß sowohl Anstruther als auch Osborne Mitglieder des Inneren Kreises waren. Und es war auch möglich, obwohl Pitt sich das nur widerstrebend eingestand, daß Arthur Desmond recht eigenwillige Ansichten vertreten hatte, die eher seinen Gefühlen als einer sachlichen Einschätzung entsprangen. Er war immer ein sehr individueller Mensch gewesen, mitunter exzentrisch. Vielleicht war er tatsächlich im Alter etwas wirklichkeitsfremd geworden.

Ein weiteres Mitglied des Morton Clubs wurde aufgerufen, ein dünner Mann mit gelblicher Gesichtsfarbe, der fortwährend mit seiner goldenen Uhrkette spielte, als gebe ihm das Sicherheit. Er wiederholte, was Osborne gesagt hatte, verwendete sogar teilweise dieselben Ausdrücke, um das zu beschreiben, was er für den Verfall der geistigen Fähigkeiten Arthur Desmonds hielt.

Der Vorsitzende hörte ihm zu und unterbrach die Sitzung anschließend für die Mittagspause. Die Untersuchung hatte erst um zehn Uhr begonnen, und jetzt war es nach zwölf geworden.

Pitt und Matthew traten in das helle Sonnenlicht hinaus. Matthew war in trübe Gedanken versunken und schwieg, während sie auf dem Gehweg entlangschritten. Ein Passant rempelte ihn an, doch Matthew schien ihn nicht zu bemerken.

»Wahrscheinlich hätte ich damit rechnen sollen«, sagte er schließlich, als sie um eine Ecke bogen. Er wollte weiterlaufen, doch Pitt hielt ihn am Ärmel zurück. »Was ist?« fragte er.

»Gegenüber.« Pitt zeigte auf das Wirtshausschild des Bull Inn.

»Ich habe keinen Hunger«, sagte Matthew unwirsch.

»Es ist besser, trotzdem etwas zu essen«, sagte Pitt und trat auf die Straße, wobei er einen Haufen Pferdeäpfel vermied. Matthew trat hinein und fluchte.

An einem anderen Tag hätte Pitt vielleicht bei dem Anblick von Matthews Gesichtsausdruck gelacht, aber jetzt wäre es unangemessen gewesen, das wußte er.

»Gibt es keine Straßenkehrer mehr?« fragte Matthew aufgebracht. »So kann ich doch nicht in die Wirtschaft gehen.«

»Doch, kannst du. An der Tür gibt es einen richtigen Fußabtreter. Komm.«

Matthew folgte Pitt zögernd zum Eingang, kratzte sich sorgfältig die Stiefel ab, als ob der Zustand seines Schuhwerks von höchster Wichtigkeit sei, und betrat mit Pitt das Lokal. Pitt bestellte für beide, dann setzten sie sich an einen Tisch in dem vollen, lauten Raum. An den Haken über der Bar funkelten die Zinnbecher, das polierte Holz glänzte dunkel, auf dem Boden lag Sägemehl, und der Geruch von Bier, Wärme und Menschen füllte den Raum.

»Was können wir tun?« fragte Matthew schließlich, als das Essen serviert wurde: dick geschnittenes Brot mit kroß gebackener Kruste, Butter und bröckliger Käse sowie aromatisch duftende Pickles und frischer Apfelmost.

Pitt belegte sein Brot und biß hinein.

»Hast du eigentlich je gedacht, daß wir etwas erreichen würden?« fragte Matthew; seinen Teller hatte er noch nicht angerührt. »Oder wolltest du mich nur trösten?«

»Natürlich denke ich das«, sagte Pitt mit vollem Mund. Auch er war verärgert und besorgt, aber er wußte, daß sie nicht klein beigeben durften, wenn sie in dem Kampf bestehen wollten. »Aber wir können ihnen erst nachweisen, daß sie lügen, wenn wir wissen, was sie zu sagen haben.«

»Und dann?« fragte Matthew skeptisch.

»Dann versuchen wir es«, sagte Pitt.

Matthew lächelte. »Wie präzise von dir. Immer exakt. Du hast dich wohl nicht verändert, Thomas?«

Pitt wollte sich schon entschuldigen, erkannte aber, daß das nicht nötig war.

Matthew wollte eine Frage stellen, unterließ es dann aber und biß in sein Brot. Er hatte erstaunlich guten Appetit und sprach erst wieder, als es Zeit war zu gehen.

Der erste Zeuge des Nachmittags war der Gerichtsmediziner, der einen genauen Befund vorlegte, doch da er in der Ausübung seines traurigen Berufs sehr erfahren war, vermied er unnötige wissenschaftliche Ausdrücke. Seine Erkenntnis war schlicht und einfach, daß Arthur Desmond innerhalb einer Stunde nach Einnahme an einer Überdosis Laudanum gestorben war. Die Dosis hätte auch jedem anderen den Tod gebracht, doch in Sir Arthurs Magen wurde eine gewisse Menge Brandy vorgefunden, der den Geschmack überdeckt haben könnte. Er würde allerdings annehmen, daß das Laudanum den Brandy verdorben hätte. Er persönlich zog einen guten Kognak vor, doch das war wohl Geschmackssache.

»Haben Sie weitere Anzeichen für Krankheit oder Verfall gefunden?« fragte der Vorsitzende.

Der Gerichtsmediziner verzog das Gesicht. »Natürlich gab es Anzeichen für Verfall. Der Mann war siebzig! Doch wenn man das berücksichtigt, war er in ausgezeichneter körperlicher Verfassung. Ich würde mich glücklich schätzen, wenn ich mich in seinem Alter einer solchen Gesundheit erfreuen würde. Und für andere Krankheiten gab es keinerlei Anzeichen.«

»Danke, Doktor. Das wäre alles.«

Der Gerichtsmediziner knurrte leise und verließ den Zeugenstand.

Pitt war bereit zu wetten, daß er nicht dem Inneren Kreis angehörte. Allerdings wußte er nicht, wie ihm diese Erkenntnis nutzen könnte.

Der nächste Zeuge war auch Arzt, aber ein ganz anderer Typ. Er war ernst, aufmerksam und höflich, aber er war sich seiner eigenen Bedeutung sehr bewußt. Er bestätigte seinen Namen und Beruf und wandte sich dem Thema zu.

»Dr. Murray«, begann der Vorsitzende. »Nach meiner Information waren Sie Sir Arthurs Hausarzt. Ist das korrekt?«

»Das ist korrekt.«

»Schon länger?«

»Seit vierzehn Jahren.«

»Dann war Ihnen auch sein geistiger und körperlicher Zustand bekannt?«

Neben Pitt saß Matthew, nach vorne gebeugt, die Hände ineinander verschlungen, das Gesicht angespannt. Auch Pitt hörte angestrengt zu.

»Selbstverständlich«, stimmte Murray ihm bei. »Obwohl ich gestehen muß, daß ich nicht wußte, wie weit der Verfall fortgeschritten war. Denn dann hätte ich ihm kein Laudanum verschrieben. Ich spreche jetzt von dem geistigen Verfall, dem Verfall seines Auffassungsvermögens.«

»Vielleicht können Sie das näher erklären, Dr. Murray. Was meinen Sie genau? War Sir Arthur aus irgendeinem Anlaß deprimiert, niedergeschlagen oder bedrückt?«

Es herrschte atemlose Stille im Saal, die Reporter saßen mit gezückten Stiften.

»Nicht in dem Sinne, wie Sie es meinen«, erwiderte Murray entschieden. »Er hatte schwere Alpträume. Zumindest hat er das gesagt, als er zu mir kam. Sehr schwere Träume, müssen Sie wissen. Ich spreche nicht nur von unangenehmen Vorstellungen, wie wir sie alle nach einem üppigen Mahl oder einem aufrüttelnden Erlebnis kennen.« Er veränderte seine Stellung ein wenig. »Er schien zunehmend desorientiert, wurde Menschen gegenüber, denen er sein Leben lang vertraut hatte, mißtrauisch. Ich gehe in der Tat davon aus, daß es sich um Senilität handelte. Bedauerlicherweise sind auch die Besten unter uns nicht dagegen gefeit.«

»Wirklich sehr bedauerlich«, sagte der Vorsitzende mit ernster Miene.

Matthew ertrug es nicht länger und sprang auf.

»Das ist absoluter Unsinn! Er war völlig klar im Kopf und Herr seiner Sinne!«

Verärgerung zeigte sich auf Murrays Gesicht. Er war es nicht gewohnt, daß man ihm widersprach.

Der Vorsitzende sprach mit ruhiger, aber bestimmter Stimme, so daß jeder im Saal sich ihm zuwandte.

»Sir Matthew, wir verstehen sehr wohl Ihre Trauer und Ihren Kummer anläßlich des Todes Ihres Vaters, der besonders durch die Umstände seines Todes sehr groß sein muß, aber ich kann Ihre Unterbrechungen nicht länger hinnehmen. Ich werde Dr. Murray bitten, seine Beweise darzulegen.« Er drehte sich wieder zu Murray um. »Können Sie mir ein Beispiel seines Verhaltens nennen? Wenn es wirklich so absonderlich war, wie Sie andeuten, dann wundert es mich, daß Sie ihm Laudanum in einer Dosis verschrieben haben, die das Ereignis ermöglichte, das uns hier zusammenführt.«

Murray wirkte nicht im mindesten zerknirscht und schon gar nicht von Schuldgefühlen geplagt. Zwar drückte auch er, wie Osborne zuvor, sein Bedauern aus, doch sein Gesicht blieb gänzlich unbewegt, ohne eine Spur von Mitgefühl oder Schmerz.

»Ich bedaure dies unendlich, Sir«, sagte er geschliffen, ohne Matthew anzusehen. »Es ist sehr betrüblich, die Schwächen eines ehrbaren Mannes öffentlich erörtern zu müssen, besonders, da wir hier sind, um die Art seines Todes festzustellen. Doch ich verstehe die Notwendigkeit und Ihre Gründe dafür, auf diesem Punkt zu beharren. Zu dem Zeitpunkt, da ich ihm das Laudanum verschrieb, waren mir diese Dinge nicht persönlich bekannt. Sonst wäre dieses Verhalten, wie Sie schon sagen, fragwürdig gewesen.«

Er lächelte fast unmerklich. Einer der Männer in der ersten Reihe nickte.

»Sir Arthur hat mir von seinen Alpträumen und seiner Schlaflosigkeit berichtet«, nahm Murray den Faden wieder auf. »Die Träume handelten von wilden Tieren, Dschungeln, Kannibalen und ähnlich beängstigenden Dingen. Er schien von einer inneren Furcht besessen, daß diese Dinge ihn in ihre Gewalt bringen könnten. Zu diesem Zeitpunkt war mir nicht bekannt, daß er sich zwanghaft mit Afrika beschäftigte.« Er schüttelte den Kopf. »Ich habe ihm Laudanum verschrieben, weil ich annahm, er würde dann ruhiger und fester schlafen und weniger von diesen Vorstellungen geplagt werden. Ich habe erst später von einigen seiner Freunde erfahren, daß seine rationalen Fähigkeiten und sein Erinnerungsvermögen rapide nachgelassen hatten.«

»Er lügt!« zischte Matthew, ohne Pitt anzusehen, doch die Worte waren an ihn gerichtet. »Der Mistkerl lügt, um sich zu schützen! Der Vorsitzende hat ihn ertappt, und er dreht seine Aussage nun so hin, um seinen Kopf aus der Schlinge zu ziehen.«

»Das glaube ich auch«, sagte Pitt mit gedämpfter Stimme. »Aber halt dich zurück. Hier werden wir das niemals beweisen.«

»Sie haben ihn umgebracht! Sieh sie dir an! Da sitzen sie und wollen seinen Namen in den Schmutz ziehen und alle glauben machen, daß er ein seniler alter Mann war, der nicht mehr ganz bei Sinnen war und sich versehentlich umgebracht hat.« Matthews Stimme war voller Bitterkeit.

Dem Mann auf der anderen Seite war unbehaglich zumute. Wahrscheinlich hätte er gerne den Platz gewechselt, wenn das nicht Aufmerksamkeit auf ihn gezogen hätte.

»Du richtest nichts aus, wenn du ihn hier angreifst«, sagte Pitt heftig. Eine neue Furcht ließ ihn erschauern, nämlich die, daß sie nicht wissen konnten, wer beteiligt, wer Freund, und wer Feind war.

»Verschieß dein Pulver nicht!«

»Was?« Matthew drehte sich zu ihm um; er verstand ihn offenbar nicht. Dann begriff er die Worte, wenn auch nicht deren vollen Hintergrund. »Oh. Du hast ja recht. Das ist wahrscheinlich genau das, was sie erwarten. Daß ich mich errege und ungeschickt reagiere.«

»Genau«, sagte Pitt.

Matthew verfiel in Schweigen.

Dr. Murray wurde entlassen und ein Mann namens Danforth in den Zeugenstand gerufen, der ein Nachbar von Sir Arthur in Brackley war. Er berichtete mit trauriger Miene, daß Sir Arthur in letzter Zeit tatsächlich sehr zerstreut gewesen sei, anders als früher. Leider schien er seinen Realitätssinn verloren zu haben.

»Könnten Sie das genauer erläutern, Sir?« forderte der Vorsitzende ihn auf.

Danforth sah geradeaus und vermied es, die Augen auf die Zuhörerbänke zu richten, wo er Matthews Blick hätte erwidern müssen. »Nun, ein Beispiel fällt mir ein, das ungefähr drei Monate zurückliegt«, gab er ruhig zurück. »Sir Arthurs Hündin hatte Junge bekommen, und er hatte mir einen Welpen nach meinem Wunsch versprochen. Ich hatte sie mir angesehen, es war wirklich ein feiner Wurf, ausgezeichnet. Ich wählte zwei aus, und er stimmte zu. Er hieß meine Wahl gut, um genau zu sein.« Er biß sich zweifelnd auf die Lippen, bevor er mit gesenktem Blick fortfuhr: »Wir besiegelten alles mit einem Handschlag. Als sie entwöhnt waren, wollte ich mir die beiden Welpen abholen, doch Sir Arthur war in irgendeiner Angelegenheit nach London gefahren. Ich sagte, ich würde eine Woche später wiederkommen. Das tat ich dann, aber er war nicht da, und die Welpen waren alle an Major Bridges in Highfield verkauft worden. Ich war darüber sehr verärgert.« Er sah den Vorsitzenden mit einem Stirnrunzeln an. Die Zuhörer rutschten auf ihren Bänken hin und her.

»Als Sir Arthur schließlich wieder zu Hause war, habe ich ihn zur Rede gestellt.« Es war immer noch Verärgerung in seiner Stimme und der Körperhaltung zu erkennen, als er sich an dem Geländer des Zeugenstandes festklammerte. »Mir war sehr an den Welpen gelegen«, sagte er. »Aber Sir Arthur sah mich verwirrt an und erzählte mir eine unwahrscheinliche Geschichte, er habe von jemand anders gehört, daß ich sie nicht mehr wollte, was überhaupt nicht stimmte. Und dann hat er unsinniges Zeug über Afrika erzählt.« Er schüttelte den Kopf und verschloß die Lippen zu einem schmalen Strich. »Das Schlimme war ja, daß er an das glaubte, was er sagte. Ich fürchte, man nennt das eine Obsession. Er hatte die Wahnvorstellung, daß er von einer geheimen Gesellschaft verfolgt würde. Wissen Sie, Sir ..., das ist doch alles sehr peinlich.«

Danforth trat unruhig von einem Fuß auf den anderen und räusperte sich. In der ersten Reihe nickten zwei oder drei Männer verständnisvoll.

»Arthur Desmond war ein hochanständiger Kerl«, sagte Danforth. »Müssen wir diese unglückselige Angelegenheit hier aufrollen? Der Arme hat versehentlich zweimal sein Schlafmittel eingenommen, und wahrscheinlich war sein Herz nicht so kräftig, wie er dachte. Können wir die Sache nicht auf sich beruhen lassen?«

Der Vorsitzende zögerte einen Moment, dann pflichtete er ihm bei.

»Doch, ich glaube, das können wir, Mr. Danforth. Danke für Ihre Aussage, Sir, die Ihnen sehr schwergefallen sein muß. Es ist für uns alle nicht leicht.« Er sah sich im Raum um, als Danforth aus dem Zeugenstand trat. »Gibt es weitere Zeugen? Jemand, der in dieser Sache etwas Wichtiges zu sagen hat?«

In der ersten Reihe erhob sich ein kleiner, untersetzter Mann.

»Sir, wenn ich bitten darf, damit dieses tragische Ereignis seinen Abschluß finden kann. Ich und meine Kollegen« – er deutete auf die Männer zu beiden Seiten – »hier in der ersten Reihe waren am Nachmittag von Sir Arthurs Tod im Morton Club und können das, was der Steward berichtet hat und auch alles, was heute hier zur Sprache gekommen ist, bestätigen. Wir möchten bei dieser Gelegenheit Sir Matthew Desmond unser herzlichstes Beileid aussprechen.« Er sah sich vage zu der Bank um, wo Matthew vorgebeugt mit aschfahlem Gesicht saß. »Und jedem anderen, der Sir Arthur mit Achtung begegnete, wie wir es auch getan haben. Danke, Sir.« Zustimmendes Gemurmel war zu hören, und er setzte sich wieder. Der Mann zu seiner Rechten legte ihm als Zeichen seiner Zustimmung die Hand auf die Schulter. Der links von ihm nickte deutlich.

»Sehr gut.« Der Vorsitzende faltete die Hände. »Die Aussagen reichen aus, um zu einer traurigen, aber eindeutigen Feststellung des Tatbestandes zu gelangen. Dieses Gericht befindet, daß Sir Arthur Desmond in Folge einer Überdosis von Laudanum, die er sich selbst in einem Moment der geistigen Abwesenheit zugeführt hat, gestorben ist. Möglicherweise hat er das Laudanum für ein Kopfschmerzmittel oder ein Mittel gegen Verdauungsstörungen gehalten. Das werden wir nie erfahren. Ein Unglücksfall mit tödlichem Ausgang.« Er sah zu Matthew auf, in seinem Blick lag so etwas wie eine Warnung.

Sofort wurde es laut im Gerichtssaal. Die Reporter hasteten zum Ausgang. Die Leute auf den Zuhörerbänken tauschten Bemerkungen und Spekulationen aus. Viele erhoben sich und suchten Bewegung nach dem langen Sitzen.

Matthews Gesicht war bleich, sein Mund halb offen, als wolle er etwas sagen.

»Sei still!« flüsterte Pitt erregt.

»Es war kein Unglücksfall!« fauchte Matthew unterdrückt zurück. »Es war eiskalter Mord! Glaubst du etwa, was diese –«

»Nein. Aber bei dieser Beweislage haben wir Glück, daß der Vorsitzende nicht auf Selbstmord erkannt hat.«

Das letzte bißchen Farbe wich aus Matthews Gesicht. Er sah Pitt an. Sie wußten beide, was das bedeutete: Selbstmord galt nicht nur als Schande, sondern auch als Verbrechen gegen Kirche und Staat. Er würde kein christliches Begräbnis erhalten. Man würde ihn als Verbrecher beerdigen.

Der Vorsitzende schloß die Verhandlung. Die Zuhörer verließen den Saal und traten in den Sonnenschein hinaus. Alle redeten, äußerten ihre Zweifel, entwickelten Theorien, suchten Erklärungen.

Matthew ging neben Pitt die staubige Straße entlang. Es vergingen mehrere Minuten, bis er etwas sagte. Seine Stimme war ganz heiser von dem Schmerz und der Verwirrung, die ihn peinigten.

»Noch nie in meinem Leben habe ich mich so gefühlt. Ich wußte nicht, daß man jemanden so hassen kann.«

Pitt erwiderte nichts. Er traute seinen eigenen Gefühlen nicht.

Vespasia verbrachte den Nachmittag so, wie sie es einst häufig, jetzt aber immer seltener tat. Sie bestellte ihre Kutsche für fünf vor drei, dann zog sie sich ein Kleid aus ungebleichter Spitze an und setzte einen Hut auf, der mit seiner hochgeklappten Krempe und der großen Zentifolie, einer hundertblättrigen Rose, aufsehenerregend war. Den Sonnenschirm mit dem elfenbeinernen Griff in der Hand schritt sie schließlich die Stufen hinunter, wo man ihr in die Kutsche half.

Sie wies den Kutscher an, sie zunächst zu Lady Brabazons Haus in der Park Lane zu fahren, wo sie genau fünfzehn Minuten verweilte, was für einen Nachmittagsbesuch die angemessene Zeit war. Weniger wäre zu kurz für den Austausch von Höflichkeiten gewesen, blieb man länger, galt es als aufdringlich und unhöflich. Zu wissen, wann es an der Zeit war aufzubrechen, war noch wichtiger, als zum richtigen Zeitpunkt anzukommen.

Anschließend fuhr sie zu Mrs. Kitchener am Grosvenor Square, wo sie kurz vor halb vier ankam, immer noch innerhalb der Zeitspanne, die für Höflichkeitsbesuche vorgesehen war. Die Stunde von vier bis fünf war den weniger förmlichen Besuchen vorbehalten, und die von fünf bis sechs für Besuche bei Freunden. Vespasia hielt sich an die Gepflogenheiten. Es gab gesellschaftliche Regeln, über die man sich hinwegsetzen durfte, und es gab solche, die zu mißachten unsinnig und inakzeptabel war. Die Einhaltung der Zeiten für Nachmittagsbesuche gehörte der zweiten Gruppe an.

Sie hoffte, ein wenig mehr über die verschiedenen Mitarbeiter des Kolonialministeriums aus dem gesellschaftlichen Rahmen heraus zu erfahren. Wenn sie wollte, daß ihr die entsprechenden Einzelheiten zu Ohren kamen, mußte sie selbst in der Gesellschaft auftreten.

Von Mrs. Kitchener machte sie sich auf den Weg zum Portman Square und dann in die George Street, wo Mrs. Dolly Wentworth wohnte. Sie gab ihre Karte ab und wurde umgehend hereingebeten. Es war jetzt kurz nach vier und damit die Zeit, zu der Tee angeboten werden konnte und ein Besuch die übliche Viertelstunde ein wenig überschreiten durfte.

»Wie reizend von Ihnen, mich zu besuchen, Lady Cumming-Gould«, sagte Dolly Wentworth lächelnd. Es waren bereits zwei andere Damen anwesend, die mit kerzengeradem Rücken auf der Kante ihrer Stühle saßen, den Sonnenschirm an die Seite gelehnt. Die eine war etwas älter und hatte eine hübsche Nase und eine befehlsgewohnte Art zu sprechen, die andere war mindestens fünfundzwanzig Jahre jünger und der Ähnlichkeit in Teint und Gesichtszügen nach vermutlich die Tochter. Dolly Wentworth hatte einen Sohn, der noch unverheiratet war. Vespasia stellte Vermutungen über den Zweck des Besuches der beiden Damen an und wurde rasch darin bestätigt. Sie wurden ihr als Mrs. Reginald Saxby und Miss Violet Saxby vorgestellt.

Mrs. Saxby erhob sich. Es war üblich, daß ein Besucher ging, sobald der nächste kam, und keinesfalls unhöflich. Zögernd erhob sich auch Miss Violet Saxby.

»Sehr bedauerlich, daß George in seinem Club ist«, sagte Mrs. Saxby tadelnd.

»Bestimmt wird er zutiefst betrübt sein, wenn er hört, daß Sie hier waren«, murmelte Dolly Wentworth. »Ich frage mich oft, warum Männer soviel Zeit in ihren Clubs verbringen, oder bei Pferderennen oder beim Kricket und dergleichen.«

»Ich weiß gar nicht, warum es überhaupt Clubs gibt«, schmollte Violet. »Es gibt Hunderte von Clubs für Männer und kaum ein halbes Dutzend für Frauen.«

»Die Gründe dafür liegen doch auf der Hand«, gab ihre Mutter zurück. »Männer haben Clubs, damit sie sich treffen und über Politik und Sport und so weiter reden können, und gelegentlich tauschen sie ein bißchen Klatsch aus oder reden über ihre Geschäfte. Es ist der Ort, wo sich ihr Gesellschaftsleben abspielt.«

»Warum gibt es das dann nicht für Frauen?« Violet ließ nicht locker.

»Sei nicht albern, Kind. Für dergleichen Dinge haben Frauen den Salon.«

»Warum gibt es dann überhaupt Clubs für Frauen?«

»Die sind natürlich für die Frauen, die keinen eigenen Salon haben«, erklärte Mrs. Saxby ungeduldig.

»Ich kenne keine Frauen, die keinen eigenen Salon haben.«

»Natürlich nicht. Eine Frau, die keinen eigenen Salon hat, gehört nicht zur Gesellschaft, folglich taucht sie da auch nicht auf«, erwiderte Mrs. Saxby.

Und damit mußte sich Miss Saxby zufriedengeben.

»Oje«, sagte Dolly, als sie gegangen waren. »Der arme George findet es nicht immer leicht, Junggeselle zu sein.« Eine weitere Erklärung war nicht nötig.

»Ich glaube, daß er ein so umschwärmter Junggeselle ist, findet er nicht leicht«, sagte Vespasia mit einem Lächeln.

»Sie haben natürlich recht. Nehmen Sie doch Platz.« Dolly deutete vage auf einen der blaßblauen Stühle. »Es kommt mir wie eine Ewigkeit vor, daß ich Sie an einem Ort gesehen habe, wo es möglich ist, eine vernünftige Unterhaltung zu führen.«

»Das liegt daran, daß ich nur selten an solchen Orten bin.« Vespasia nahm die Einladung an. »Doch den Empfang bei der Herzogin von Marlborough habe ich sehr genossen. Ich habe Sie aus der Ferne gesehen, aber natürlich gelingt es einem bei solchen Ereignissen nie, an jemanden heranzukommen, außer durch Zufall. Ich habe Susannah Chancellor kennengelernt. Was für eine interessante Frau! Ich fühlte mich an Beatrice Darney erinnert. Sie ist nicht zufällig eine der Darneys aus Worcestershire, oder?«

»Nein, nein. Ich weiß nicht, woher ihre Familie stammt, aber ihr Vater war William Dowling von der Coutts Bank.«

»Ach wirklich? Ich glaube nicht, daß ich ihn kenne.«

»Das versteht sich von selbst, meine Teure. Er ist schon seit einer guten Weile tot. Hat ein beträchtliches Vermögen hinterlassen. Susannah und Maude haben es zu gleichen Teilen geerbt, soweit ich weiß. Söhne hatte er keine. Maude ist bereits verstorben, die Ärmste, und ihr Mann hat ihren Anteil geerbt, zusammen mit den Kapitalanteilen an der familieneigenen Bank. Francis Standish ist sein Name. Kennen Sie ihn?«

»Ich glaube, ich bin ihm schon einmal begegnet«, antwortete Vespasia. »Ein sehr gut aussehender Mann, wenn ich mich recht erinnere. Bemerkenswertes Haar.«

»Genau der. Handelsbankier. Diese Art von Macht gibt Männern immer ein gewisses Selbstvertrauen, das durchaus attraktiv ist.« Sie setzte sich etwas bequemer in ihrem Sessel zurecht. »Natürlich war seine Mutter mit den Salisburys verwandt, allerdings weiß ich nicht genau, wie.«

»Eine Frau von ganz außergewöhnlichem Äußeren namens Christabel Thorne ...«, fuhr Vespasia fort.

»Ah, meine Teure!« Dolly lachte. »Ich glaube, sie ist eine von diesen ›neuen Frauen‹! Ganz ungeheuerlich, aber auch sehr unterhaltsam. Ich kann das nicht gutheißen. Wie auch? Wie sollte man, wenn man nur die Spur von gesundem Menschenverstand hat? Es ist eigentlich ziemlich beängstigend.«

»Eine ›neue Frau‹?« fragte Vespasia interessiert. »Meinen Sie wirklich?«

Dollys Augenbrauen schossen in die Höhe. »Sie etwa nicht? Wenn Frauen ihr Zuhause und ihre Familie verlassen und eine völlig neue Rolle für sich entwickeln wollen, was soll dann mit der Gesellschaft insgesamt geschehen? Keiner kann einfach nur nach seinem Vergnügen handeln. Das ist doch gänzlich unverantwortlich. Haben Sie dieses entsetzliche Stück von Ibsen gesehen? Ein Puppenheim oder so ähnlich. Die Frau ist einfach weggegangen und hat ihren Mann und ihr Kind verlassen, und ohne jeden Grund!«

»Ich glaube, sie war der Meinung, sie hätte einen Grund.« Vespasia war zu alt, um sich Sorgen darüber zu machen, ob sie als streitsüchtig galt. »Ihr Mann war sehr bevormundend und behandelte sie wie ein Kind, das keine Möglichkeit und kein Recht hat, eigene Entscheidungen zu treffen.«

Dolly lachte.

»Gütiger Himmel, meine Teure, die meisten Männer sind so. Man muß eben einen Weg drum herum finden. Man schmeichelt ihnen, ist charmant und taktvoll, und sobald ihre Aufmerksamkeit abschweift, setzt man sich über ihre Anordnungen hinweg und kann fast alles erreichen.«

»Sie wollte für das, was sie als das Recht einer jeden Frau ansah, nicht streiten müssen.«

»Sie klingen ja selbst wie eine ›neue Frau‹!«

»Keineswegs. Ich bin eine sehr alte Frau.« Vespasia ging zum Ausgangspunkt zurück. »Was tut denn diese Christabel Thorne so Radikales? Sie hat ihren Mann bestimmt nicht verlassen.«

»Viel schlimmer als das.« Jetzt war Dollys Mißbilligung ganz deutlich; ihr Lächeln war verschwunden. »Sie hat eine Einrichtung gegründet, die umfangreiche Schriften druckt und verbreitet, in denen Frauen ermutigt werden, sich zu bilden und ins Berufsleben einzutreten. Ich bitte Sie! Wer wird denn schon weibliche Anwälte oder Architekten oder gar Ärzte einstellen? Außerdem ist es sowieso sinnlos. Die Männer werden das niemals hinnehmen. Aber natürlich hört sie darauf nicht.«

»Unglaublich«, sagte Vespasia so neutral wie möglich. »Ganz unglaublich.«

Sie konnten das Thema nicht vertiefen, da eine weitere Besucherin eintraf, und obwohl vier Uhr schon weit überschritten war, war klar, daß Vespasia sich verabschieden sollte.

Als letztes stattete sie Nobby Gunne einen Besuch ab. Sie fand sie im Garten, in die Betrachtung ihrer Schwertlilien versunken. Merkwürdigerweise drückte ihre Miene Besorgnis aus, während ihre Haltung eine innere Zufriedenheit ausstrahlte.

»Wie schön, Sie zu sehen«, sagte sie und wandte sich von den Schwertlilien ab. »Es ist bestimmt schon Zeit für den Tee. Darf ich Ihnen welchen anbieten? Sie bleiben doch?«

»Gerne«, nahm Vespasia die Einladung an.

Nebeneinander gingen sie über den sonnigen Rasen, wobei einige langgebliebene Halme sich im Saum ihrer Röcke verfingen. Eine Hummel taumelte träge von Rose zu Rose.

»Ein englischer Garten ist schon etwas Schönes«, sagte Nobby leise. »Und dennoch denke ich in letzter Zeit immer öfter an Afrika.«

»Aber Sie wollen doch nicht jetzt dorthin zurückkehren?« fragte Vespasia überrascht. Nobby war nicht mehr in dem Alter, in dem ein solches Unternehmen leicht zu planen oder bequem durchzuführen war. Was mit Mitte Dreißig noch ein Abenteuer war, konnte mit fünfundfünfzig zu einer Tortur werden.

»Nein, nein, keineswegs!« Nobby lächelte. »Nur gelegentlich in einem Tagtraum. Die Erinnerung kann oft ein falsches Bild der Süße heraufbeschwören. Nein, ich mache mir Sorgen, besonders nach unserem Gespräch neulich abends. Es geht inzwischen um soviel Geld, um Gewinne aus Besiedlung und Handel. Die Tage, in denen es darum ging, den Kontinent allein aus dem Grund zu erforschen, weil kein Weißer je dort gewesen war, sind vorüber. Jetzt geht es um Verträge, um Rechte an den Bodenschätzen und um Soldaten. Es ist schon soviel Blut geflossen.« Traurig blickte sie zu dem Geißblatt hinüber, das in üppiger Fülle über die niedrige Mauer rankte.

»Keiner spricht mehr von Missionaren. Ich habe keinen gehört, der in den letzten zwei Jahren Moffatt oder Livingstone erwähnt hätte. Jetzt hört man nur noch von Stanley und Cecil Rhodes, und von Geld.« Sie blickte hinauf in die Wipfel der Ulmen, die im Sonnenlicht blinkten und wisperten; die Kletterrosen in ihrem Schatten standen kurz vor der Blüte. Alles war sehr englisch. Afrika, die gleißende Hitze, die unbarmherzige Sonne und der Staub schienen einem Märchen zu entstammen, zu unwirklich, um von Bedeutung zu sein.

Doch ein Blick in Nobbys Gesicht zeigte Vespasia deutlich, wie intensiv ihre Gefühle waren, wie wichtig es ihr immer noch war.

»Die Zeiten ändern sich«, sagte sie laut. »Ich fürchte, die Idealisten werden von den Realisten und den Profitmachern abgelöst. So war es schon immer. Vielleicht ist es unvermeidlich.« Sie ging neben Nobby her und blieb vor einer großen Lupinenstaude stehen, an der Dutzende von Kerzen sich schon rosa verfärbten. »Seien Sie dankbar, daß Sie das Privileg hatten, in der besten Zeit dabeizusein.«

»Wenn das alles wäre«, Nobby runzelte die Stirn, »wenn es nur um das persönliche Bedauern ginge, könnte ich es dabei bewenden lassen. Aber es ist wirklich von großer Bedeutung, Vespasia.« Sie sah sie mit dunklen Augen an. »Wenn die Siedlungspolitik in Afrika fehlschlägt, wenn wir den Wind säen, werden wir den Sturm ernten, und zwar auf Jahrhunderte, das ist gewiß.« Ihr Gesicht war düster und drückte unverhohlen Angst aus, so daß Vespasia in dem sommerlichen Garten einen kalten Schauer spürte; die bunte Blütenpracht schien fern, selbst die Wärme auf ihrer Haut entbehrte der überzeugenden Wirklichkeit.

»Was wird denn Ihrer Meinung nach geschehen?« fragte sie.

Nobbys Blick verlor sich in der Ferne. Sie mußte ihre Gedanken nicht mehr ordnen, das war offensichtlich schon geschehen. Sie sah eine innere Vision, die sie erschreckte.

»Wenn die Pläne von Linus Chancellor umgesetzt werden und die der Männer in seinem Bunde, die riesige Summen für die Kolonialisierung im Landesinneren aufbringen – ich spreche von Maschonaland, Matabeleland, den Ufern des Njassa-Sees und der Äquatorialprovinz –, wenn ihre Pläne aufgehen, weil sie glauben, dort endlose Goldschätze zu finden«, sagte sie, »dann werden ihnen Horden von Menschen folgen, die nicht im mindesten an Afrika und seiner Bevölkerung interessiert sind und die das Land auch nicht für sich oder ihre Kinder urbar machen wollen, sondern die lediglich seine Erze ausbeuten werden.« Ein Schmetterling flatterte vorbei und ließ sich auf einer Blume nieder.

»Es wird Profitmacher jeder Schattierung geben, wobei Betrüger und Halsabschneider noch die harmlosesten sein werden. Gewalttätige Menschen mit ihren eigenen Privatarmeen werden auftauchen, und nach und nach werden sie die Stammesfürsten in ihre Auseinandersetzungen hineinziehen. Die Kriege zwischen den Stämmen sind schlimm genug, aber dort wird nur mit Speeren gekämpft. Stellen Sie sich vor, was passiert, wenn manche mit Gewehren ausgerüstet sind und andere nicht.«

Sie sah Vespasia an. »Und die Deutschen darf man nicht unterschätzen. In Sansibar sind sie bereits sehr mächtig, und von dort wollen sie ins Landesinnere vordringen. Schon jetzt hat es dort schreckliches Blutvergießen gegeben. Und das ist vielleicht noch nicht das Schlimmste. Die arabischen Sklavenhändler werden ihre Interessen mit Gewalt verteidigen, wenn nötig. Schon einmal haben sie sich gegen die Deutschen aufgelehnt.«

»Aber die Regierung weiß doch sicherlich über all dies Bescheid, oder?« fragte Vespasia zweifelnd.

Mit einem leichten Schulterzucken wanderte Nobbys Blick wieder zum Grün des Gartens. »Ich weiß nicht, ob sie es glaubt. Alles ist so anders, wenn man in England darüber spricht. Es sind nur Namen auf Papier und Berichte aus zweiter Hand – alles ist ganz weit weg. Wenn man selbst dort gewesen ist, das Land liebt und die Menschen kennt, ist es nicht dasselbe. Es gibt nicht nur die edlen Wilden mit klaren Augen und schlichten Herzen.«

Langsam schritten sie über den weichen Rasen. Nobby lachte angespannt. »Sie können genauso verschlagen und ausbeuterisch sein wie die Weißen, und ebenso herrschsüchtig. Sie verkaufen ihre Feinde als Sklaven an jeden Araber, der sie haben will. So geht man dort üblicherweise mit Kriegsgefangenen um. Ich glaube, der Unterschied liegt nicht in der Moral, sondern in dem Ausmaß der Macht.« Sie blinzelte in die Sonne. »Mit unseren modernen Erfindungen, mit dem Schießpulver und Stahl, unseren riesigen Organisationen ..., können wir soviel mehr Schaden anrichten, oder auch Gutes bewirken. Und ich fürchte, daß es angesichts der Profitgier, dem Hunger nach Herrschaft hauptsächlich Schlimmes sein wird.«

»Kann man etwas tun, um das zu verhindern?« fragte Vespasia. »Oder es zumindest in Grenzen halten?«

»Das ist es ja, was mich so bekümmert«, erwiderte Nobby und schlenderte in einem Bogen weg von der Rabatte zum Schatten der Zeder. Dort setzten sie sich auf eine weiße Bank.

»Im Moment bin ich noch unsicher und etwas verwirrt, aber ich glaube schon. Ich habe kürzlich mit Mr. Kreisler gesprochen. Er ist gerade erst aus Afrika zurückgekommen, und ich respektiere seine Ansichten.« Ein Hauch von Farbe überzog ihre Wangen, sie sah Vespasia nicht an. »Er kannte Abushiri, den Anführer des Aufstandes gegen die Deutschen in Sansibar. Soweit ich verstanden habe, war es in erster Linie eine Gruppe von Elfenbein- und Sklavenhändlern, die sich in ihren Aktivitäten eingeschränkt fühlten, aber der Aufstand wurde sehr blutig niedergeschlagen. Ich gestehe, daß ich nur wenig weiß. Mr. Kreisler hat es nur nebenbei erwähnt, aber es hat meine Sorge verstärkt.«

Auch Vespasia verspürte Besorgnis, doch aus anderen Gründen. Sie wußte, daß Otto von Bismarck, der brillante deutsche Kanzler, der praktisch die Einheit des Deutschen Reiches geschaffen hatte, gestürzt worden war. Der alte Kaiser, das eigentliche Staatsoberhaupt, war lange krank gewesen und kurz danach an Kehlkopfkrebs gestorben. Jetzt war der jugendliche, starrköpfige und überaus selbstbewußte Kaiser Wilhelm II. der alleinige Herrscher des jungen und ungemein umtriebigen Staates. Deutsche Ambitionen würden nicht von einer mäßigenden und umsichtigen Hand geleitet werden.

»Ich erinnere mich an Livingstone in seinen ersten Jahren in Afrika«, sagte Nobby mit einem verlegenen Lächeln. »Das hört sich an, als sei ich steinalt, nicht wahr? Wie aufregend das alles war! Damals war von Gold oder Elfenbein keine Rede. Alle sprachen davon, daß sie Menschen und neue, wunderbare Landschaften entdecken wollten, große Wasserfälle wie die Victoria-Fälle.« Sie starrte durch die dunkelgrünen Äste der Zeder in den wolkenlos blauen Himmel. »Einmal habe ich jemanden kennengelernt, der sie nur wenige Monate zuvor gesehen hatte. Ich stand eines Abends draußen. Es war immer noch unglaublich heiß. England ist nie so, daß man die Hitze auf der Haut spürt, als Berührung oder als Atem.

Über den Akazien mit ihren flachen Kuppen war der Himmel von Tausenden von Sternen erleuchtet. Ich konnte den

Staub und das trockene Gras riechen, die Luft war voller schwirrender Insekten, und eine halbe Meile entfernt hörte ich das Brüllen einer Löwin. Es war so still, daß ich das Gefühl hatte, ich könne sie berühren.«

Nobby war in ihrer Trauer den Tränen nah. Vespasia unterbrach sie nicht.

»Der Mann war ein Forscher, der mit einer Gruppe aufgebrochen war. Ein Weißer«, sagte sie leise, als spräche sie zu sich selbst. »Als er stolpernd unser Lager erreichte, hatte er Fieber und war so erschöpft, daß er kaum stehen konnte. Er war nur noch Haut und Knochen. Das Fieber hatte seinen Körper ausgezehrt, aber in seinem Gesicht war ein Leuchten, wenn er erzählte, und seine Augen strahlten wie die eines Kindes. Er hatte sie drei Monate zuvor gesehen..., die größten Wasserfälle der Welt, sagte er... Als würde der Ozean sich über die Klippen stürzen und in einem endlosen Sturzbach in den Abgrund rauschen und brausen, dessen Boden man nicht erkennen konnte, weil die Gischt in die Höhe spritzte und sich unzählige Regenbogen bildeten. Der Fluß hatte ein Dutzend Arme, von denen sich jeder einzelne in die Schlucht stürzte. Überall an den Seiten klammerte sich der Dschungel an den Abgrund und wucherte über den Rand in die Schlucht hinein.« Sie schwieg.

»Was wurde aus ihm?« fragte Vespasia.

Über ihnen sang ein Vogel in der Zeder.

»Zwei Tage später starb er an dem Fieber«, sagte Nobby. »Aber so Gott will, werden die Wasserfälle bis ans Ende der Zeiten erhalten bleiben.« Sie erhob sich und ging über den Rasen zum Haus; Vespasia folgte ihr. »Der Tee ist bestimmt fertig. Möchten Sie nun welchen?«

»Ja, gerne.« Vespasia hatte sie eingeholt.

»Mr. Kreisler ist mit Selous auf die Jagd gegangen«, fuhr Nobby fort.

»Wer ist Selous?«

»Oh! Frederick Courtney Selous, ein wunderbarer Mensch, Großwildjäger und Kundschafter«, erwiderte Nobby. »Mr. Kreisler hat mir erzählt, daß Mr. Selous die Rhodes-Truppe in Richtung Norden anführt, die im Sambesi-Gebiet siedeln will.« Wieder legte sich der Schatten auf ihr Gesicht, doch veränderte sich ihre Stimme, die eine hellere Klangfarbe annahm, sobald sie Kreislers Namen erwähnte. »Ich weiß, daß Mr. Chancellor Rhodes unterstützt. Desgleichen die Bank von Francis Standish.«

»Und Mr. Kreisler heißt das nicht gut?« sagte Vespasia. Es war keine echte Frage.

»Ich fürchte, aus guten Gründen«, antwortete Nobby und sah Vespasia an. »Ich glaube, er liebt Afrika wirklich, nicht wegen des Gewinns, den er daraus ziehen kann, sondern ganz ohne Eigennutz, weil es wild und unergründlich ist, schön und schrecklich, und ur-, uralt.« Sie brauchte nicht zu sagen, wie sehr sie ihn dafür bewunderte; das Leuchten in ihrem Gesicht und der zarte Klang ihrer Stimme legten beredt Zeugnis davon ab.

Vespasia lächelte und schwieg. Gemeinsam gingen sie über den Rasen zum Haus, erklommen die Stufen und traten durch die Terrassentür in den Salon zum Tee.

Am Tag darauf fand ein Wohltätigkeitsbasar statt, bei dem Vespasia ihre Teilnahme zugesagt hatte, da er von einer langjährigen Freundin ausgerichtet wurde. Vespasia mochte Veranstaltungen dieser Art nicht, fühlte sich aber verpflichtet, die Bemühungen ihrer Freundin zu unterstützen, obwohl sie viel lieber einfach das Geld gespendet hätte. Vespasia überlegte, ob Charlotte vielleicht ihr Vergnügen daran hätte, und schickte ihre Kutsche, die Charlotte abholen sollte, wenn diese Lust hatte zu kommen.

Vespasia mußte erkennen, daß sie mit ihrer Vorstellung ganz falsch gelegen hatte, denn kaum waren sie und Charlotte angekommen, wußte sie, daß der Nachmittag mindestens kurzweilig, wenn nicht gar aufschlußreich sein würde. Ihre Freundin, Penelope Kennard, hatte vergessen, ihr zu sagen, daß es ein Shakespeare-Basar sein würde, bei dem jeder, der an der Ausrichtung beteiligt war, eine Figur aus einem Shakespeare-Stück darstellte. Daher wurden sie am Gartentor von einem attraktiven Heinrich V. mit blumigen Worten begrüßt. Und kaum waren sie eingetreten, näherte sich ihnen ein niederträchtiger Shylock, der Geld oder ein Pfund Fleisch verlangte.

Vespasia stutzte nur einen Augenblick lang, dann reichte sie ihm einen erklecklichen Betrag als Eintrittsgeld für sich und Charlotte.

»Du lieber Himmel, ob das so weitergeht?« murmelte sie, als sie sich einem Stand näherten, an dem eine junge Frau der angesehenen Gesellschaft als Titania, die Feenkönigin aus dem *Mittsommernachtstraum*, verkleidet war und wirklich bezaubernd aussah. Sie zeigte weit mehr Haut, als auch das gewagteste Abendkleid enthüllt hätte. Mehrere Meter Tüll waren so um sie drapiert, daß ihre Arme, Schultern und Taille frei blieben, und manches mehr konnte unter den durchscheinenden Stoffbahnen erahnt werden. Zwei junge Männer stritten über den Preis einer Lavendel-Parfumkugel, und andere Gäste warteten bereits darauf, ebenfalls bedient zu werden.

»Wie wirkungsvoll!« sagte Charlotte zögernd, aber anerkennend.

»O ja«, pflichtete Vespasia ihr lächelnd bei. »Als Penelope das letzte Mal eine solche Veranstaltung ausrichtete, war jeder nach einer Figur aus Romanen von Dickens verkleidet, was nicht halb so viel Spaß machte. Ich fand, sie sahen alle sehr ähnlich aus. Schau mal! Dort drüben! Da steht Kleopatra und verkauft Nadelkissen.«

Charlotte folgte Vespasias Blick und sah eine überaus attraktive junge Frau mit dunklen Haaren und Augen, einem eigensinnigen Mund und einer griechischen Nase, die an der Nasenwurzel vielleicht ein wenig zu hoch war, um als wahrhaft schön zu gelten. Ein solches Erscheinungsbild könnte zu einer Frau passen, die an Macht gewöhnt war, und Selbstdisziplin und Zügellosigkeit gleichermaßen in sich vereinte. In diesem Moment bot sie einem Herrn in makellosem Rock und Nadelstreifenhosen, der wie ein Bankier oder ein Börsenmakler aussah, ein kleines besticktes Nadelkissen mit Spitzenrand zum Verkauf an.

Ein Bischof mit Gamaschen schlenderte vorüber, lächelte in die Sonne und nickte nach links hinüber, dann nach rechts.

Sein Blick verweilte einen Moment auf Kleopatra. Beinahe wäre er stehengeblieben, um ein Nadelkissen zu erwerben, doch vorsichtige Zurückhaltung gewann die Oberhand, und er schlenderte, immer noch lächelnd, auf Titania zu.

Vespasia warf Charlotte einen Blick zu, den sie auch ohne Worte verstand.

Sie spazierten zwischen den Ständen hindurch, an denen junge Frauen in phantasievollen Gewändern Süßigkeiten, Blumen, Schmuck, Bänder, Kuchen und Bilder verkauften, während andere zu Spielen einluden, bei denen man Preise gewinnen konnte. Eine Bude war mit dunklem Vorhangstoff ausgeschlagen, auf dem silbern glitzernde Sternchen prangten sowie Buchstaben, die verkündeten, daß die Hexen aus Macbeth jedem seine Zukunft und große Taten voraussagen würden. Vor der Bude stand eine lange Schlange kichernder junger Mädchen, die alle darauf warteten, an die Reihe zu kommen. Es fanden sich sogar ein oder zwei junge Männer, die vorgaben, nur als Begleitung erschienen zu sein, aber doch neugierig waren.

Hinter dieser Gruppe sah Charlotte die kräftige Gestalt von Eustace March, der in sehr aufrechter Haltung eindringlich auf einen breitschultrigen Mann mit weißer Mähne und dröhnender Stimme einredete. Beide lachten laut, Eustace verabschiedete sich und ging in ihre Richtung. Sein Blick fiel auf Charlotte, und er erschrak leicht, doch es war zu spät, um so zu tun, als hätte er sie nicht gesehen. Er straffte die Schultern und trat auf sie zu.

»Guten Tag, Mrs. Pitt. Schön, Sie zu sehen. Auch hier, um einen wohltätigen Zweck zu unterstützen, was?« Er lachte affektiert. »Sehr lobenswert!« Vespasia war stehengeblieben, um einen Bekannten zu begrüßen, deshalb hatte Eustace sie noch nicht gesehen. Er zögerte, suchte nach Gesprächsstoff und war sich unsicher, ob er dem Anstand Genüge getan hatte und sich zurückziehen konnte. »Ein schöner Tag. Tut gut, im Freien zu sein. Prachtvoller Garten, meinen Sie nicht auch?«

»Sehr hübsch«, pflichtete Charlotte ihm bei. »Und sehr freundlich von Mrs. Kennard, ihn für den Basar zur Verfügung zu stellen. Ich könnte mir vorstellen, daß es am Ende eine Menge aufzuräumen gibt.«

Er zuckte leicht zusammen, weil sie diese Dinge so freimütig ansprach.

»Alles zu einem guten Zweck, meine Gute. Kleine Opfer dieser Art sind nötig, wenn wir nützlich sein wollen. Ohne Anstrengung erreicht man nichts, nicht wahr?« Er lächelte und zeigte seine Zähne.

»Selbstverständlich«, stimmte sie ihm zu. »Vermutlich kennen Sie eine ganze Reihe der Gäste hier?«

»O nein, kaum jemanden. Ich habe nicht mehr die Zeit, bei gesellschaftlichen Anlässen zu erscheinen, wie früher. Es gibt so viele wichtige Dinge, deren ich mich annehmen muß.«

Es sah aus, als wolle er auf der Stelle entschwinden und sie in Angriff nehmen.

»Ich finde Sie sehr interessant, Mr. March«, sagte sie und sah ihm in die Augen.

Er war entsetzt. Das war nicht die Wirkung, die er erzielen wollte. In ihrer Gegenwart fühlte er sich immer höchst unwohl; selten verlief das Gespräch nach seinen Wünschen.

»Nun, meine Gute, ich versichere Ihnen... ich...« Er sprach nicht weiter.

»Wie bescheiden von Ihnen, Mr. March.« Sie lächelte gewinnend.

Er war verlegen. Es war nicht Bescheidenheit, sondern der dringende Wunsch zu entkommen.

»Aber ich habe lange nachgedacht über das, was Sie gestern über gemeinsames Handeln zu guten Zwecken gesagt haben«, sagte sie ernsthaft. »Ich glaube, in vielerlei Hinsicht haben Sie recht. Wenn wir gemeinsam handeln, können wir soviel mehr erreichen. Wissen ist Macht, das stimmt doch? Wie können wir sinnvoll helfen, wenn wir nicht wissen, wer am bedürftigsten ist? Wir könnten sogar mehr Schaden anrichten, meinen Sie nicht auch?«

»Das könnte durchaus sein«, sagte er zögernd. »Es freut mich, daß Sie erkannt haben, wie falsch ein vorschnelles Urteil oftmals ist. Ich versichere Ihnen, die Organisation, der ich angehöre, ist überaus ehrenwert. Sehr ehrenwert.«

»Und bescheiden«, fügte sie hinzu, ohne die Miene zu verziehen. »Es muß sehr unangenehm für Sie gewesen sein, daß Sir Arthur Desmond so schlecht von ihr gesprochen hat, bevor er starb.«

Eustace war blaß geworden und wand sich sichtlich.

»Eh... durchaus«, stimmte er ihr zu. »Armer Kerl. Natürlich senil. Sehr betrüblich.« Er schüttelte den Kopf. »Brandy«, fuhr er fort und schob die Unterlippe vor. »Alles mit Mäßigung, sage ich immer. *Mens sana in corpore sano*, das ist mein Leitspruch. So bleibt man redlich und zufrieden.« Er atmete tief ein. »Natürlich lehne ich Laudanum und dergleichen ab. Frische Luft, ein kaltes Bad, körperliche Ertüchtigung und ein reines Gewissen. Es gibt keinen Grund, warum ein Mensch nicht jede Nacht ruhig schlafen kann. Von Pulvern und Mixturen halte ich gar nichts.« Er reckte sein Kinn in die Höhe und lächelte.

Ein bedrohlich wirkender Richard III. schob sich humpelnd an ihnen vorbei. Zwei junge Frauen lachten fröhlich bei seinem Anblick, worauf er ihnen mit der Faust drohte. Sie ließen sich auf sein Spiel ein und gaben vor, sich zu fürchten.

»Ein reines Gewissen setzt voraus, daß man ein außergewöhnlich tugendhaftes Leben führt und seine Fehler immer wieder bereut, oder daß man absolut unempfindlich ist«, sagte Charlotte mit einiger Schärfe und sah Eustace erst im letzten Moment an.

Er errötete tief und schwieg.

»Leider kannte ich Sir Arthur nicht«, fuhr sie fort. »Aber ich habe gehört, daß er ein äußerst freundlicher und sehr ehrenwerter Mann war. Vielleicht litt er Schmerzen, und sie waren der Grund für seine Schlaflosigkeit. Oder er hatte Sorgen. Wenn man für andere Verantwortung trägt, kann das Anlaß zu großer Sorge sein.«

»Ja – ja, natürlich«, sagte Eustace betreten. Sie wußte, daß die Erinnerung mit all ihren unangenehmen Aspekten in ihm wach wurde. Wenn er sorgenfrei schlief, so hatte er ihrer Ansicht nach kein Recht darauf.

»Kannten Sie ihn?« beharrte sie.

»Eh – Desmond? Nun ja... ich habe ihn ein paarmal getroffen. Das heißt ja nicht, daß ich ihn kannte.« Er mied ihren Blick.

Sie überlegte, ob er wohl demselben Ring des Inneren Kreises angehörte wie einst Sir Arthur, aber sie wußte nicht einmal, wie viele Menschen in einem Ring waren. Sie meinte sich zu erinnern, daß Pitt gesagt hatte, sie seien nie mehr als sechs oder sieben, aber sie wußte es nicht genau. Um wirkungsvoll auftreten zu können, mußten die Gruppen doch eigentlich größer sein. Vielleicht hatte jeder Ring einen Anführer, der die anderen kannte und so weiter.

»Meinen Sie gesellschaftlich?« fragte sie so unbefangen wie möglich, fand es allerdings nicht unbefangen genug. »Bei Jagdbällen und so weiter, oder im Zusammenhang mit seiner Arbeit?«

In äußerster Verlegenheit warf Eustace einen Blick über seine linke Schulter. »Seine Arbeit?« sagte er verschreckt. »Ich ... ich weiß nicht, was Sie meinen. Natürlich nicht.«

Das reichte. Er hatte verstanden, daß sie auf den Inneren Kreis anspielte. Wäre er ein Bekannter aus seinem gesellschaftlichen Umfeld, hätte er es unumwunden zugegeben, aber sie war sich fast sicher, daß Eustace March nicht in den Kreisen der alten Gesellschaft verkehrte, zu der der Landadel, der echte Adel, gehörte und in denen Arthur Desmond sich bewegt hatte, weil er da hineingeboren war.

»Ich meine das Außenministerium.« Sie lächelte einnehmend. »Aber ich wußte, daß das unwahrscheinlich ist.«

»Richtig. Ganz richtig.« Sein Lächeln war eher gequält. »Nun, meine Gute, wenn Sie mich entschuldigen wollen, die Pflicht ruft. Es gibt soviel zu tun. Man muß sich zeigen, nicht wahr? Hier und dort etwas kaufen, ermutigende Worte sprechen, mit gutem Beispiel vorangehen.« Ohne ihr die Möglichkeit zu geben, etwas zu erwidern, eilte er davon und nickte zu beiden Seiten, wo er Bekannte entweder sah oder zu sehen wünschte.

Ein paar Augenblicke stand Charlotte nachdenklich da, dann drehte sie sich um und ging Vespasia nach. Kurz darauf war sie wieder ganz in der Nähe von Kleopatras Nadelkissen und beobachtete interessiert ein Wechselspiel zwischen einer Frau mittleren Alters, die zwischen Neid und Mißgunst zerrissen schien, und einer jungen Dame, die das heiratsfähige Alter bald überschritten haben würde, wenn sie nicht eine Erbin war. In ihrer Begleitung war ein Herr, dessen Kragen und Manschetten, wie Charlotte mit geübtem Auge feststellte, gewendet worden waren, damit sie noch weitere sechs Monate getragen werden konnten. Oft genug hatte sie die von Pitt gewendet, so daß sie sie an anderen Menschen auf einen Blick erkennen konnte.

Nach einer kurzen Weile bemerkte sie, daß Kleopatra als Miss Soames angesprochen wurde. Sollte dies Harriet Soames sein, mit der Matthew Desmond verlobt war?

Nachdem die drei ihren Kauf getätigt hatten und weitergegangen waren, trat Charlotte an den Stand heran.

»Entschuldigen Sie bitte.«

Kleopatra sah sie hilfsbereit, aber neutral an. Aus der Nähe betrachtet war sie noch ungewöhnlicher. Ihre dunklen Augen blickten ruhig, ihr Mund war keineswegs sinnlich mit einer geraden Oberlippe, die nicht als hübsch gelten konnte, dennoch zeugte ihr Gesicht von tiefer Emotionalität.

»Darf ich Ihnen etwas zeigen?« fragte sie. »Soll es für Sie selbst sein oder ein Geschenk?«

»Die Kunden, die Sie gerade bedient haben, sprachen Sie als Miss Soames an. Ist es möglich, daß Sie Miss Harriet Soames sind?«

Sie war verdutzt. »Ja. So ist es. Aber ich wüßte nicht, daß wir uns kennen.«

Das war die höfliche Antwort einer wohlerzogenen jungen Frau, die nicht voreilig die Bekanntschaft eines Menschen machen wollte, über den sie nichts wußte und dem sie nicht vorgestellt worden war.

»Ich heiße Charlotte Pitt.« Charlotte lächelte. »Mein Mann ist ein alter Freund von Sir Matthew Desmond. Darf ich Ihnen anläßlich Ihrer Verlobung meinen herzlichen Glückwunsch aussprechen und mein Beileid zum Tode von Sir Arthur. Mein Mann ist über den Verlust tief bestürzt. Sir Arthur muß ein außergewöhnlicher Mensch gewesen sein.«

»Oh –« Nach dieser ausführlichen Erklärung war Harriet Soames durchaus bereit, sich freundlich zu zeigen. Ihr Gesicht entspannte sich zu einem offenen Lächeln. »Wie freundlich von Ihnen, Mrs. Pitt. Sir Arthur war wirklich ein ungewöhnlich netter Mensch. Ich hatte erwartet, ihm voller Ehrfurcht entgegenzutreten, aber vom ersten Moment an fühlte ich mich in seiner Gegenwart ganz entspannt.« Die Erinnerung brachte Freude und Schmerz in ihr Bewußtsein.

Charlotte wünschte sich um so mehr, Sir Arthur begegnet zu sein. Sein Tod hätte sie dann zwar stärker getroffen, aber sie wäre eher in der Lage gewesen, Pitts Gefühle zu teilen. Sie wußte, daß seine Trauer tief ging und sich mit Schuldgefühlen vermengte und daß sie nicht daran teilhaben konnte. Keiner von beiden konnte daran etwas ändern.

»Sir Matthew kam vor ein paar Tagen zu uns«, fuhr Charlotte fort, um das Schweigen zu unterbrechen. »Ich hatte ihn bis dahin nicht kennengelernt, aber ich mochte ihn sofort. Ich wünsche Ihnen alles erdenklich Gute.«

»Danke, das ist sehr freundlich von Ihnen.« Harriet wollte noch etwas hinzufügen, kam aber nicht dazu, weil eine junge Frau an ihren Stand herantrat, deren Gesicht gewann, je länger man es betrachtete. Auf den ersten Blick hätte man gesagt, sie sei durchschnittlich hübsch mit regelmäßigen Zügen und dem für Engländerinnen so typischen hellen Haar – nicht flachsblond, sondern von einem warmen Honigton –, während ihr Teint ungewöhnlich dunkel und leuchtend war. Doch bei näherem Hinsehen erkannte man Intelligenz und einen Sinn für Humor in ihren Zügen, wodurch sie sich von dem gewöhnlichen Mittelmaß abhob.

Da sie nicht merkte, daß Harriet und Charlotte als Bekannte miteinander redeten und nicht ein Gespräch zwischen Verkäuferin und Kundin führten, unterbrach sie ohne Zögern und entschuldigte sich dann hastig, als Harriet sie vorstellte. Der Name der neu Hinzugekommenen war Amanda Pennecuick.

»Oh, es tut mir so leid«, sagte Amanda hastig. »Wie schrecklich unhöflich von mir! Verzeihen Sie, Mrs. Pitt. Ich wollte gar nichts Wichtiges sagen.«

»Ich auch nicht«, gestand Charlotte. »Ich habe mich nur vorgestellt, weil mein Mann ein alter Freund von Sir Matthew Desmond ist.« Sie nahm an, daß Amanda über Harriets Verlobung unterrichtet war, was durch ihre Reaktion auch bestätigt wurde.

»Ich ärgere mich so«, sagte Amanda. »Gwendoline Otway bietet wieder diese entsetzlichen astrologischen Sitzungen an, dabei hatte sie versprochen, es nicht zu tun. Manchmal möchte ich sie einfach ohrfeigen! Und sie hat sich als Anne Boleyn verkleidet.«

»Mit oder ohne Kopf?« fragte Harriet und mußte plötzlich kichern.

»Mit ... zumindest im Moment noch«, erwiderte Amanda grimmig.

»Ich wußte nicht, daß Anne Boleyn eine Shakespeare-Figur ist.« Harriet zog mißbilligend die Augenbrauen hoch.

»Adieu ... ›ein langes Adieu all meiner Größe‹«, zitierte eine klangvolle Männerstimme hinter Amandas Schulter, und als sie sich umdrehten, sahen sie in das unschöne, aber freundlich lächelnde Gesicht von Garston Aylmer. »Kardinal Wosley«, sagte er fröhlich mit einem Blick auf Amanda. »*Heinrich der Achte*«, fügte er hinzu.

»Ach, natürlich. Guten Tag, Mr. Aylmer«, erwiderte sie und sah ihn aus klaren Augen fast unbewegt an, was bei ihrem eigentlich sehr ausdrucksvollen Gesicht schwierig war.

»Warum stimmt es Sie so mißmutig, daß sie sich ein wenig in der Astrologie versucht?« fragte Charlotte. »Ist es nicht eine eher harmlose Art, die Leute auf einem Basar zu unterhalten und Geld zu sammeln?«

»Amanda ist streng gegen Astrologie«, sagte Harriet lächelnd. »Selbst als Spiel.«

»Die Sterne sind nicht im mindesten magisch«, sagte Amanda rasch. »Wenigstens nicht in diesem Sinne. Ihre Wahrheit ist viel wunderbarer, als eine Reihe alberner Namen und Vorstellungen von klassischen Helden und erfundenen Tieren ausdrücken können. Wenn Sie nur eine Ahnung hätten, wie großartig...« Sie brach ab, weil sie merkte, daß Garston Aylmer sie mit einer Intensität anstarrte, in der soviel Bewunderung lag, daß es keinem, der ihn beobachtete, entgehen konnte.

»Verzeihen Sie«, sagte sie zu Charlotte. »Ich sollte mich über eine so nichtige Sache nicht so aufregen. Bestimmt ist es unterhaltend für Menschen, die niemals durch ein Teleskop schauen würden, selbst wenn man es ihnen in die Hand drückte.« Sie lachte verlegen. »Vielleicht sollte ich ein Nadelkissen kaufen. Zeig mir doch mal das mit der weißen Spitze.«

Harriet reichte es ihr.

»Vielleicht gestatten Sie mir, Sie zum Tee zu begleiten, Miss Pennecuick? Und Sie auch, Mrs. Pitt?« bot Aylmer an.

Charlotte wußte genau, wann es angeraten war, sich nicht aufzudrängen. Sie hatte keine Ahnung, was Amanda fühlte, aber Aylmers Gefühle lagen auf der Hand, und sie mochte ihn.

»Danke, aber ich bin mit meiner Großtante hier und sollte sie suchen«, sagte sie und lehnte die Einladung ab.

Amanda zögerte einen Moment, erwog das Angebot und nahm dann kühl an, wobei sie sich bei Harriet und Charlotte entschuldigte. Sie tätigte ihren Einkauf und ging an Aylmers Seite, doch ohne seinen Arm zu nehmen, davon. Sie paßten nicht recht zusammen: Sie war so schlank und elegant und er so ungewöhnlich häßlich mit seinen kurzen Beinen und seiner Tendenz zur Rundlichkeit.

»Sie hätten mitgehen sollen«, sagte Harriet flüsternd. »Arme Amanda.«

»Ich bin wirklich mit meiner Großtante hier«, erwiderte Charlotte mit einem offenen Lächeln. »Ehrlich.«

»Oh!« Harriet errötete. »Das tut mir leid! Ich dachte Sie wären ...« Sie lachte, und einen Moment später stimmte Charlotte mit ein.

Eine Viertelstunde später hatte sie Vespasia gefunden, und gemeinsam begaben sie sich zu dem Zelt, in dem Tee serviert wurde. Sie sahen Aylmer und Amanda Pennecuick, die soeben, ins Gespräch vertieft, das Zelt verließen.

»Ein ungewöhnliches Paar«, bemerkte Vespasia.

»Seine Idee, nicht ihre«, sagte Charlotte.

»Verstehe.« Vespasia wandte sich dem jungen Mädchen zu, das ihnen Sandwiches und kleine Kuchen anbot, die auf unterschiedlichste Weise mit Zuckerguß verziert waren. Sie wählten aus, dann goß Vespasia den Tee in die Tassen. Er war so heiß, daß man ihn noch nicht trinken konnte. In dem Moment bemerkte Charlotte Susannah Chancellor am Tisch schräg hinter ihnen, der von einem Samowar auf einem Ständer und einer Topfpflanze, die mit einem Preisschild versehen war, halb verdeckt wurde. Doch als sie und Vespasia einen Moment lang nicht sprachen, war Susannahs Stimme zu hören. Sie klang höflich und neugierig, doch schwang auch Besorgnis darin.

»Ich glaube, Sie ziehen voreilige Schlußfolgerungen, Mr. Kreisler, ohne alle Einzelheiten zu kennen. Die Pläne sind gründlich durchdacht worden, und viele Menschen, die in Afrika waren und die Eingeborenen kennen, wurden zu Rate gezogen.«

»Wie zum Beispiel Mr. Rhodes?« fragte Kreisler. Seine Stimme klang höflich, doch verbarg er weder seine Zweifel noch seine Ablehnung gegenüber Cecil Rhodes und dessen Zielen.

»Er natürlich auch«, bestätigte Susannah. »Aber nicht er allein. Mr. MacKinnon –«

»Ist ein ehrenwerter Mann«, beendete er ihren Satz. Seine Stimme klang immer noch leicht, fast scherzend, als sei es ein Spiel, doch seine Betroffenheit war unüberhörbar. Charlotte konnte ihn nicht sehen, stellte sich aber seinen direkten Blick vor, der trotz eines Lächelns unnachgiebig war. »Aber er muß Gewinne machen. Das ist sein Geschäft, und seine Ehre, ja sogar sein Überleben, hängen davon ab.«

»Mr. Rhodes hat viel eigenes Geld in das Unternehmen investiert«, fuhr Susannah fort. »Weder mein Mann noch mein Schwager hätten ihn unterstützt, wenn er nur ein Hasardeur wäre, ohne eigenen Einsatz.«

»Aber er ist ein Hasardeur mit einem sehr hohen Einsatz«, sagte Kreisler mit einem kleinen Lachen. »Er baut in der ersten Reihe am Empire mit!«

»Das klingt, als hießen Sie das nicht gut, Mr. Kreisler. Warum nicht? Wenn wir es nicht tun, werden andere an unsere Stelle treten, und wir verlieren Afrika, vielleicht an Deutschland. Das kann Ihre Zustimmung doch nicht finden, oder? Noch können Sie den Sklavenhandel gutheißen.«

»Nein, natürlich nicht, Mrs. Chancellor. Aber das Übel ist Jahrhunderte alt und gehört zu dem Leben dort. Die Veränderungen, die wir einführen werden, können es nicht unbedingt abstellen, sondern führen zum Krieg mit den Arabern, die die größten Sklavenhändler sind, zum Krieg mit den Elfenbeinhändlern und den Portugiesen, und zweifellos auch mit den Deutschen und dem Sultan von Sansibar. Und vor allem werden wir in Äquatorialafrika unser eigenes Imperium errichten, das im Laufe der Zeit Emin Pasha, Lobengula, den Kabaka, König von Buganda, und alle anderen Herrscher absetzen wird. Bewaffnete weiße Siedler werden das alte Leben auslöschen, und in weniger als fünfzig Jahren leben die Schwarzen als Unterworfene in ihrem eigenen Land ...«

»Sie übertreiben!« Sie lachte, doch waren Besorgnis und auch Zweifel herauszuhören. »In Afrika gibt es Millionen von Menschen, und wir sind nur eine Handvoll ... ein paar hundert.«

»Heute«, sagte er in unnachgiebigem Ton. »Und morgen, wenn es um Gold und Land geht? Wenn die Kriege beendet sind und all die jüngeren Söhne, die hier kein Land haben, von Abenteuer und Gewinn angelockt werden? Für diejenigen, die in Europa gescheitert sind oder deren Familien sich von ihnen losgesagt haben?«

»So wird es nicht sein«, sagte sie eindringlich. »Es wird wie in Indien sein. Es wird ein richtiges Heer geben und einen Beamtenapparat, der es verwaltet und für Recht und Ordnung sorgt …« Sie brach ab.

»Glauben Sie das wirklich?« fragte er so leise, daß Charlotte sich bemühen mußte, ihn zu verstehen.

»Nun ja …« Susannah zögerte. »Es wird nicht genau so sein. Es wird Zeit brauchen. Aber irgendwann wird es so sein, ja.«

»Indien hat eine Kultur und eine Zivilisation, die viele tausend Jahre älter ist als die unsere. Die Inder konnten lesen und schreiben, haben Städte gebaut, große Kunstwerke hervorgebracht und philosophiert, als wir noch im Wald herumgelaufen sind, uns Farbe ins Gesicht geschmiert und Tierfelle übergehängt haben!« sagte er mit kaum verhohlener Verachtung.

»Trotzdem haben wir ihnen die Früchte unseres Rechtssystems gebracht«, sagte sie. »Wir haben die inneren Unruhen beigelegt und die Menschen zu einem großen Land vereinigt. Vielleicht sind wir in gewisser Weise Emporkömmlinge, aber wir haben ihnen Frieden gebracht. Und dasselbe werden wir in Afrika auch tun.«

Kreisler schwieg. Man konnte sich unmöglich seinen Gesichtsausdruck vorstellen. Weder Charlotte noch Vespasia hatten etwas gesagt, seit sie Susannah Chancellors Stimme erkannt hatten, doch ihre Blicke waren sich mehrfach begegnet, und ihre Gedanken mußten nicht in Worte gekleidet werden.

»Kannten Sie Sir Arthur Desmond?« fragte Susannah nach einer Weile.

»Nein. Warum?«

»Aus keinem besonderen Grund, außer daß er Ihnen zugestimmt hätte. Auch er machte sich Sorgen um Afrika.«

»Dann würde ich ihn gerne kennenlernen.«

»Das ist leider nicht mehr möglich. Er ist letzte Woche gestorben.«

Kreisler sagte nichts, und ein paar Augenblicke später gesellte sich offenbar Christabel Thorne zu ihnen. Das Gespräch wurde allgemeiner und drehte sich um den Basar.

»Ein Mann mit großen Leidenschaften, dieser Mr. Kreisler«, sagte Vespasia und trank ihren Tee aus. »Ein interessanter Mann, aber ich fürchte, auch ein gefährlicher.«

»Glaubst du, daß er recht hat … mit dem, was er über Afrika sagt?« fragte Charlotte.

»Keine Ahnung. Vielleicht teilweise. Doch ich bin mir sicher, daß er keinerlei Zweifel an seiner Sichtweise hat. Ich wünschte, Nobby würde ihn nicht so sehr mögen. Komm, meine Liebe, wir haben unsere Schuldigkeit getan, wir können gehen.«

4.

Kapitel

Charlotte und Pitt kamen am Tage der Beerdigung von Arthur Desmond schon früh in Brackley an. Bei strahlendem Sonnenschein stiegen sie aus dem Zug. Der kleine Bahnhof hatte nur einen Bahnsteig von knapp hundert Metern Länge. Auf halber Strecke befand sich das Bahnhofsgebäude mit dem Wartesaal, dem Fahrkartenschalter und den Räumen des Stationsvorstehers. Zu beiden Seiten der Eisenbahngleise erstreckten sich Felder, auf denen das Getreide stand, und in der Ferne leuchtete das frische Grün der Laubbäume. Schwere Zweige mit wilden Rosen hingen an den Hecken, die Maiglöckchen mit ihrem schweren Duft standen kurz vor der Blüte.

Pitt war fünfzehn Jahre nicht in Brackley gewesen, trotzdem umfing es ihn plötzlich mit einer Vertrautheit, als hätte er es erst gestern verlassen. Alles war so wie früher, die Neigung des Bahnhofsdaches unter dem Himmel, die Biegung der Gleise, die in Richtung Tolworth verschwanden, die riesigen Kohlebunker für die Dampfloks. Er machte sogar wie früher automatisch einen großen Schritt, um die schadhafte Stelle im Pflaster direkt vor der Tür zu vermeiden. Nur daß alles ein wenig kleiner aussah, als er es in Erinnerung hatte, und vielleicht ein bißchen schäbiger.

Der Stationsvorsteher war mit den Jahren ergraut. Beim letzten Mal waren seine Haare noch braun gewesen. Am Arm trug er eine schwarze Trauerbinde.

Er wollte schon eine Begrüßungsfloskel dahersagen, als er stutzte und noch einmal genau hinsah. »Ist's nicht der junge Thomas? Der junge Thomas, hab ich recht? Ja, natürlich! Hab ich Abe doch gesagt, daß Sie kommen würden. Ein trauriger Tag für Brackley, das ist gewiß.«

»Guten Morgen, Mr. Wilkie«, antwortete Pitt. Er hatte absichtlich »Mr.« hinzugefügt. In London war er Oberinspektor bei der Polizei, aber das hier war sein Zuhause, hier war er der Sohn des Wildhüters auf dem Landgut. Der Stationsvorsteher stand mit ihm auf einer Stufe. »Sehr traurig.« Er wollte noch etwas hinzufügen und erklären, warum er so lange nicht dagewesen war, aber es würde hohl klingen, und heute interessierte es keinen. Die Herzen der Menschen waren voll; das Gefühl des Verlustes, das sie zusammenschmiedete, ließ keinen Raum für andere Emotionen. Er stellte Charlotte vor, und Wilkies Gesicht leuchtete auf. Es war ein Akt der Höflichkeit, den er nicht erwartet hatte, über den er sich aber sehr freute.

Sie waren gerade an der Tür zur Straße hinaus angelangt, als drei weitere Passagiere das Bahnhofsgebäude betraten. Anscheinend waren sie am oberen Ende des Bahnsteigs ausgestiegen. Alle drei waren Herren mittleren Alters und, ihrer Kleidung nach zu urteilen, recht vermögend. Pitt versetzte es einen kalten Stich, als er wenigstens einen von ihnen als Zeugen der gerichtlichen Untersuchung erkannte. Eine Welle des Hasses überkam ihn mit solcher Macht, daß er wie angewurzelt auf der Stufe stehenblieb und Charlotte ohne ihn weiterging. Wäre es nicht so lächerlich gewesen, hätte er den Mann gerne zur Rede gestellt. Doch wußte er gar nicht, was er sagen sollte. Er hätte nur seinem Ärger und Schmerz Luft machen können und seinen Zorn darüber ausgedrückt, daß der Mann öffentlich solche Aussagen machen konnte, unabhängig davon, daß er persönlich vielleicht etwas anderes dachte. Er hatte damit die Freundschaft zwischen ihm und Arthur Desmond, welcher Art sie auch gewesen sein mochte, verletzt.

Vielleicht wurde Pitt von dem Gedanken an die Unwürdigkeit seines Handelns zurückgehalten oder von dem Bewußtsein, daß sein Auftritt für Charlotte – obwohl sie ihn verstehen würde – und mehr noch für den Stationsvorsteher peinlich sein würde. Doch dazu kamen noch seine Schuldgefühle. Wäre er in den letzten Jahren manchmal hiergewesen, hätte er die Unterstellungen gegen Sir Arthur aufgrund seiner eigenen Beobachtungen und nicht nur aufgrund seiner Erinnerungen und Zuneigung zurückweisen können.

»Thomas?«

Charlottes Stimme durchbrach seine Gedanken; er folgte ihr auf die Straße hinaus, wo sie den Weg einschlugen, der zur Kirche führen würde.

»Wer war das?« fragte sie.

»Sie waren bei der gerichtlichen Untersuchung.« Er erklärte nicht, in welcher Funktion, und sie fragte nicht nach. Sie konnte den Rest seinem Tonfall entnehmen.

Schweigend setzten sie den Weg fort. Außer dem Geräusch ihrer Schritte, dem fernen Flüstern eines leichten Windes in den Büschen und Bäumen und einigen Vogelstimmen war es still. In der Ferne blökte ein Schaf, ein Lamm antwortete mit hellerem Laut, ein Hund bellte.

Auch das Dorf lag in ungewöhnlicher Stille. Der Kaufladen, das Eisenwarengeschäft und der Bäcker hatten geschlossen, die Fensterläden waren zu, schwarze Bänder und Kränze schmückten die Türen. Ein Kind, vielleicht vier oder fünf, stand mit ernstem Gesicht und großen Augen vor einem Eingang. Niemand spielte draußen. Selbst die Enten auf dem Teich schwammen träge dahin.

Pitt warf einen Blick auf Charlotte und sah die Ehrfurcht in ihrem Gesicht und ein mildes Mitgefühl für die trauernde Gemeinschaft und einen Mann, den sie nicht gekannt hatte.

Am Ende der Dorfstraße standen einige Dorfbewohner in Trauerkleidung, die sich umdrehten, als Charlotte und Pitt sich ihnen näherten. Zunächst sahen sie nur Charlottes schwarzes Kleid und die schwarze Armbinde von Pitt und spürten eine spontane Zugehörigkeit. Dann, nach einem zweiten Blick, sprach einer von ihnen.

»Wenn das nich der junge Tom is!«

»Red nicht so, Zack!« flüsterte seine Frau hastig. »Er ist jetzt ein Herr, sieh ihn dir an. Es tut mir leid, Thomas, Sir. Er wollte nicht despektierlich sein.«

Pitt forschte in seiner Erinnerung und versuchte den Mann einzuordnen, dessen dunkles Haar mit grauen Strähnen durchzogen und dessen wettergegerbtes Gesicht von Falten gefurcht war.

»Das geht in Ordnung, Mrs. Burns. ›Der junge Tom‹ ist genau richtig. Wie geht es Ihnen?«

»Oh, ganz gut eigentlich, und Mary und Lizzy ebenfalls. Sind verheiratet, die zwei, und haben Kinder, jawohl. Daß unser Dick zum Militär gegangen war, wußten Sie schon, oder?«

»Ja, davon habe ich gehört.« Pitt sprach die Lüge aus, bevor er richtig nachgedacht hatte. Sie sollte nicht wissen, wie sehr er den Kontakt verloren hatte. »Das ist ein guter Beruf«, fügte er hinzu. Mehr wagte er nicht zu sagen. Möglicherweise war Dick verstümmelt oder gefallen.

»Bin froh, daß Sie wegen Sir Arthur zurückgekommen sind«, sagte Zack und schniefte ausgiebig. »Wir sollten gehen. Die Glocke läutet schon.«

Und tatsächlich ertönte der volle, schwermütige Klang der Kirchenglocke über den Feldern und war sicherlich noch im nächsten Dorf zu hören.

Weiter unten an der Straße trat eine Gestalt in Schwarz aus einer Tür und bewegte sich auf sie zu. Es war der Schmied, ein krummbeiniger, breitschultriger Mann. Er trug ein Jackett aus grobem Stoff, das sich kaum schließen ließ, doch seine schwarze Armbinde war neu und reinlich und sehr deutlich sichtbar.

Pitt bot Charlotte seinen Arm, und gemeinsam machten sie sich auf den Weg aus dem Dorf hinaus zur Kirche, die eine Viertelmeile entfernt lag. Immer mehr Menschen schlossen sich ihnen an: Dorfbewohner, Pächter und Landarbeiter von den umliegenden Höfen, der Lebensmittelhändler und seine Frau, der Bäcker mit seinen beiden Schwestern, der Eisenwarenhändler mit seinem Sohn, der Böttcher und der Stellmacher. Selbst der Wirt hatte sein Gasthaus geschlossen und trat mit seiner Frau und seinen Töchtern, in feierliches Schwarz gekleidet, den Weg zur Kirche an.

Aus der anderen Richtung kam der Leichenwagen, der von vier Rappen mit schwarzem Federschmuck gezogen wurde. Auf dem Bock saß der Kutscher im schwarzen Rock und mit Zylinder. Hinter dem Sarg ging Matthew; er war blaß und hielt den Hut in der Hand, an seiner Seite Harriet Soames. Ihnen folgten mindestens achtzig bis neunzig Menschen: das gesamte Gesinde vom Landhaus, das Hauspersonal ebenso wie die Gärtner, alle Pächter mit ihren Familien sowie die benachbarten Gutsherren aus einem Umkreis von gut zwölf Meilen.

Die Trauergemeinde begab sich in die Kirche, und wer keinen Platz fand, stand mit gesenktem Kopf am Rand.

Matthew hatte für Pitt und Charlotte einen Platz auf der Familienbank bereitgehalten, so als wäre Pitt der zweite Sohn. Pitt war so überwältigt von Gefühlen der Dankbarkeit, der Schuld und der Geborgenheit, daß ihm die Tränen in die Augen stiegen, so daß er nicht sprechen konnte. Er wagte nicht, den Blick zu senken, damit sie ihm nicht die Wangen hinunterliefen. Als das Läuten der Glocke verklang und der Pfarrer an den Altar trat, empfand er nur noch Trauer und wußte, daß er etwas für immer verloren hatte.

Der Gottesdienst war schlicht, mit all den alten, vertrauten Worten, die tröstend und bewegend zugleich waren und deren Poesie in jedem einzelnen nachwirkte. Worte von der Vergänglichkeit des Lebens, das gleich der Blütezeit einer Blume irgendwann vorüber war und Eingang in die Ewigkeit fand.

Das Besondere an dieser Beerdigung war die Anzahl der Trauergäste, die gekommen waren, nicht weil das ihre Pflicht war, sondern weil sie dabeisein wollten. Die Landbesitzer und die Herren aus London waren Pitt egal; es waren die Dorfbewohner, die es für ihn zu einem bedeutenden Ereignis machten.

Nach dem Gottesdienst begab man sich zur Familiengruft der Desmonds, die unter Eiben am Rande des Friedhofs lag. Es war schattig und still, obwohl immer noch gut hundert Menschen dabei standen. Keiner sprach, während die Pforte geöffnet, der Sarg hineingelassen und die Gruft wieder verschlossen wurde. Im sonnigen Abschnitt des Friedhofs hörte man die Vögel in den Ulmen singen.

Anschließend wurde das Ritual der Danksagungen und Beileidsbezeugungen vollzogen.

Pitt sah zu Matthew hinüber, der auf dem Pfad vor dem Friedhofstor zur Straße stand. Er war sehr blaß, und die Sonne spielte mit den hellen Strähnen in seinem Haar. Harriet Soames stand ganz nah bei ihm, die Hand auf seinem Arm. Ihr Gesicht war ernst und gefaßt, wie es sich geziemte, doch wenn sie zu Matthew aufsah, lag darin auch eine Zärtlichkeit, die großes Verständnis für seinen Zorn und seine Trauer ausdrückte.

»Wirst du dich zu ihm stellen?« flüsterte Charlotte Pitt zu.

Er war sich unschlüssig gewesen, aber in diesem Moment wußte er die Antwort. »Nein. Sir Arthur war zwar wie ein Vater zu mir, aber ich bin nicht sein Sohn. Das ist Matthews Platz. Mich neben ihn zu stellen, wäre vermessen und aufdringlich.«

Charlotte erwiderte nichts darauf. Er fürchtete, daß sie sein Gefühl erspürte, das Recht dazu durch seine lange Abwesenheit verwirkt zu haben. Es war nicht Matthews Verärgerung, die er fürchtete, sondern die der Dorfbewohner. Und sie hätten recht damit. Er war zu lange fort gewesen.

Eine Weile lang stand er da und betrachtete Matthews Gesicht, während der auf sehr vertraute Art mit den Trauergästen sprach und tief empfundene Worte entgegennahm. Harriet stand an seiner Seite, lächelnd und nickend.

Ein, zwei Nachbarn bezeugten ihr Beileid, und Pitt erkannte Danforth, der bei der Untersuchung in London so zögerlich ausgesagt hatte. Matthews Gesichtsausdruck spiegelte eine Vielzahl von Gefühlen wider: Erbitterung, Wachsamkeit, Verlegenheit, Schmerz und wieder Erbitterung. Von seinem Standpunkt aus konnte Pitt nicht hören, was gesagt wurde, und schließlich schüttelte Danforth den Kopf und ging auf das Tor zu.

Ihm folgten andere nach, auch die Männer aus London. Sie wirkten irgendwie fehl am Platze, auch wenn der Unterschied kaum bemerkbar war. Vielleicht zeigte sich in einer Art Befremden angesichts des weiten Blicks über die Felder hinter dem Friedhof und den hohen Bäumen, der Unmittelbarkeit der Jahreszeiten und der körperlichen Arbeit beim Pflügen und Ernten, angesichts des vertrauten Umgangs mit Tieren. Es war nicht der offensichtliche Unterschied in der Bekleidung, aber vielleicht ein sorgfältigerer Haarschnitt und dünnere Sohlen unter den Schuhen, oder der beklommene Blick auf die Straße, die sich unter Bäumen in Richtung Gut schlängelte und Feindesland schien. Eine Entfernung überdies, die man nicht gerne zu Fuß zurücklegte, da man an Kutschfahrten gewöhnt war.

Matthew fiel es sichtlich schwer, mit ihnen zu sprechen, was ihnen entging. Pitt hingegen, der Matthew von Kindheit an kannte und den Jungen in dem Mann sehen konnte, bemerkte es.

Als auch der letzte seine Kondolenz erwiesen und Matthew sich eine Antwort abgerungen hatte, ging Pitt zu ihm hinüber. Die Kutschen waren fortgeschickt worden. Zusammen beschritten sie die helle Straße zum Gut, Matthew und Pitt voran, gefolgt von Charlotte und Harriet.

Zunächst gingen sie in einvernehmlichem Schweigen, obwohl Charlotte das Gefühl hatte, Harriet würde gerne etwas sagen, wußte nur nicht, wie sie beginnen sollte.

»Es ist doch eine große Ehrerweisung, daß das ganze Dorf gekommen ist«, sagte Charlotte, als sie zur Kreuzung gelangten und in den schmaleren Weg einbogen. Sie war noch nie auf dem Gut gewesen und hatte keine Ahnung, wie weit es war, aber ungefähr eine Viertelmeile entfernt sah sie große gemauerte Torpfosten, die offenbar den Eingang zu einem größeren Landsitz markierten. Sicherlich war das Haus von einem Park umgeben und hatte eine längere Einfahrt, die zum Portal führte.

»Er wurde sehr verehrt«, antwortete Harriet. »Er war ein außergewöhnlich freundlicher Mann und sehr aufrichtig. Ich kann mir niemanden vorstellen, der ihm in dieser Hinsicht gleichkäme.« Sie brach ab, und Charlotte hatte das deutliche Gefühl, daß sie ein »aber« anfügen wollte, was ihr aber die Pietät versagte.

»Ich kannte ihn nicht«, sagte Charlotte. »Aber mein Mann hat ihn aufrichtig geliebt. Natürlich ist es viele Jahre her, daß er ihn gesehen hatte, und die Menschen verändern sich ja...«

»Oh, er war nach wie vor ehrlich und großzügig«, sagte Harriet schnell.

Charlotte sah sie an, und Harriet wandte sich errötend ab.

Sie hatten die Torpfosten beinahe erreicht.

»Aber zerstreut?« sagte Charlotte an ihrer Stelle.

Harriet biß sich auf die Lippen. »Ja, ich glaube schon. Matthew will davon nichts hören, und das verstehe ich auch. Ich verstehe es sehr gut... Meine Mutter starb, als ich noch ziemlich klein war. Deshalb stehen mein Vater und ich uns sehr nahe. Weder Matthew noch ich haben Geschwister. Das ist eine Sache, die uns verbindet. Wir kennen die Einsamkeit und haben eine besondere Nähe zu einem Elternteil. Ich könnte es nicht ertragen, wenn jemand schlecht über meinen Vater spräche...«

Sie hatten das Tor erreicht, und Charlotte gab ihrer Freude Ausdruck, als sie die Ulmenallee erblickte, die zu dem großen Haus auf der niedrigen Anhöhe führte. Zur rechten Seite erstreckten sich Rasenflächen bis an das Ufer eines Baches, und zur linken waren die Dächer des Kutschhauses und der Stallungen hinter Bäumen zu sehen. Die Proportionen des Hauses waren gefällig und von großer Anmut für den Betrachter. Das Gebäude erhob sich auf natürliche Weise zwischen den Bäumen aus der Landschaft; nichts Fremdes oder Schwerfälliges störte den Anblick, nichts unterbrach die Schlichtheit seiner Linien.

Harriet schaute nicht auf. Vermutlich war sie schon häufiger zu Besuch gewesen, und obwohl sie schon bald Herrin des Hauses sein würde, waren solche Gedanken jetzt nicht in ihrem Kopf.

»Ich würde ihn mit aller Kraft beschützen wollen, als wäre er mein Kind und ich die Mutter«, sagte sie mit einem kleinen Lächeln. »Das ist absurd, ich weiß, aber für Gefühle gibt es nicht immer eine einleuchtende Erklärung. Ich verstehe Matthews Gefühle.«

Schweigend gingen sie weiter. Über ihnen bot das dichte Laubdach der großen Ulmen einen von Sonnenflecken durchbrochenen Schatten. »Ich habe Angst, daß Matthew Schaden nehmen könnte bei seinem Bemühen zu beweisen, daß Sir Arthur ermordet wurde. Natürlich will er nicht hinnehmen, daß sein Vater so ... so durcheinander war und sich vorgestellt hat, daß irgendeine geheime Vereinigung ihn verfolgte, und daß er versehentlich eine Überdosis genommen hat.«

Sie blieb stehen und sah Charlotte an. »Wenn er darauf beharrt, Nachforschungen anzustellen, könnte es gut sein, daß ihm die Wahrheit vor Augen geführt wird und er sich ihr nicht mehr verschließen kann, und dann ist es noch schwerer als jetzt. Dazu kommt, daß er sich Feinde machen wird. Man wird ihm zunächst mit Verständnis begegnen, aber das wird nicht von Dauer sein, nicht, wenn er anfängt, Anschuldigungen zu erheben. Könnten Sie Ihren Mann überreden, mit ihm zu sprechen? Daß er auf ihn einwirkt und ihn abhält, nach etwas zu suchen, was ..., ich meine, was ihm nur noch mehr weh tut und womit er sich Feinde macht, zu seinem eigenen Schaden? Die Leute werden die Geduld verlieren und ihn auslachen, und dann werden sie böse werden. Das ist das letzte, was Sir Arthur sich gewünscht hätte.«

Charlotte wußte nicht sofort, wie sie antworten sollte. Es hätte sie nicht überraschen sollen, daß Harriet nichts über den Inneren Kreis wußte und sich auch nicht vorstellen konnte, daß so eine Vereinigung existierte. Wüßte sie, Charlotte, es nicht besser, dann würde auch sie eine solche Vorstellung als absurd zurückweisen und für die ausufernde Phantasie eines Menschen halten, der Verschwörungen vermutete, wo keine waren.

Da war es schon schmerzlicher und auch schwerer zu akzeptieren, daß Harriet der Ansicht war, Sir Arthur sei senil gewesen und habe seinen eigenen Tod herbeigeführt. Natürlich war es gut, daß ihre Sorge um Matthew der Liebe für ihn entsprang, doch das wäre nur ein kleiner Trost, wenn er erführe, was sie wirklich dachte. Im Moment war seine Trauer um seinen Vater viel zu frisch, als daß er es hätte akzeptieren können.

»Sprechen Sie bitte nicht mit Matthew darüber«, sagte sie eindringlich, wobei sie Harriets Arm nahm und weiterging, damit sie nicht zu weit zurückfielen. »Ich fürchte, im Moment würde er in Ihrer Haltung einen Angriff auf sich sehen, einen weiteren Betrug gewissermaßen.«

Harriet sah sie verdutzt an, dann begriff sie langsam.

Sie gingen sehr langsam, und Pitt und Matthew entfernten sich immer weiter, ohne ihr Zurückbleiben zu merken.

Harriet beschleunigte ihre Schritte, um den Abstand zu den Nachkommenden zu halten, denn es sollte keiner mithören. Auch wollte sie nicht, daß Matthew zu ihnen zurückkam, weil er dachte, es sei etwas nicht in Ordnung.

»Ja. Wahrscheinlich haben Sie recht. Es scheint absurd, aber ich würde auch lange brauchen, um zu akzeptieren, daß mein Vater nicht mehr derselbe ist wie früher, nicht mehr so ... so edel und stark und so ... weise«, fuhr sie fort. »Vielleicht neigen wir alle dazu, die zu idealisieren, die wir lieben, und wenn wir mit der Wahrheit konfrontiert werden, hassen wir denjenigen, der sie uns gezeigt hat. Ich könnte es nicht ertragen, wenn Matthew so von mir dächte. Und vielleicht verlange ich von Ihrem Mann genau dasselbe, wenn ich ihn bitten würde, Matthew das zu sagen, was er gerade nicht hören mag.«

»Es hat ohnehin keinen Sinn, Thomas darum zu bitten. Er ist derselben Ansicht wie Matthew.«

»Daß Sir Arthur umgebracht wurde?« Harriet war überrascht. »Wirklich? Aber er ist doch von der Polizei! Wie kann er das ernsthaft glauben ... Sind Sie sicher?«

»Ja. Wissen Sie, es gibt tatsächlich solche Vereinigungen ...«

»Natürlich weiß ich, daß es Kriminelle gibt. Jeder, der nicht völlig neben der Wirklichkeit lebt, weiß das«, protestierte Harriet.

Charlotte erinnerte sich plötzlich daran, daß sie, als sie so alt war wie Harriet und Pitt noch nicht kannte, ebenso naiv in die Welt geblickt hatte. Nicht nur hatte sie nicht gewußt, daß es Kriminalität gab, sondern sie hatte auch, was vielleicht schwerwiegender war, keine Ahnung, was Armut oder Mangel an Bildung oder ansteckende Krankheiten tatsächlich bedeuteten, noch war ihr bekannt, daß es Unterernährung gab, die zu Rachitis, Tuberkulose, Skorbut oder ähnlichem führte. Sie hatte sich vorgestellt, daß Verbrechen von denen begangen würden, die gewalttätig, betrügerisch und von Natur aus bösartig waren. Sie hatte die Welt in Schwarz und Weiß gesehen. Deshalb konnte sie von Harriet Soames nicht erwarten, daß sie die Grautöne verstand, die man nur durch Erfahrung zu unterscheiden lernte, oder daß sie die Wirklichkeit jenseits der Grenzen ihres eigenen Lebens kannte. Das wäre nicht fair.

»Aber Sie haben nicht gehört, was Sir Arthur immer sagte«, fuhr Harriet fort. »Wen er da beschuldigte!«

»Wenn es sich wirklich als unwahr herausstellt«, sagte Charlotte mit Bedacht, »dann wird Thomas Matthew das sagen, ganz gleich, wie weh es tut. Aber er will sich erst selbst davon überzeugen. Und dann wird Matthew es auch akzeptieren können, weil es keine Alternative gibt. Außerdem weiß er, daß Thomas auch glauben möchte, daß Sir Arthur recht hatte und im Vollbesitz seiner Kräfte war. Wahrscheinlich wäre es das beste, wenn wir nichts sagen, meinen Sie nicht auch?«

»Ja. Ja, natürlich, Sie haben recht«, sagte Harriet erleichtert. Sie hatten jetzt den letzten Abschnitt der Auffahrt erreicht. Die Allee lag hinter ihnen, und sie gingen im vollen Sonnenschein. Auf der Kiesfläche vor dem Eingang standen mehrere Kutschen. Die Herren vor ihnen gingen zum Leichenschmaus ins Haus. Sie folgten ihnen hinein.

Als es schon fast Zeit war zu gehen, ergab sich für Pitt die Gelegenheit, mit Danforth zu sprechen und ihn über die Angelegenheit mit den Hunden zu befragen. Sir Arthur hatte sich immer sehr gewissenhaft um seine Tiere gekümmert. Wenn er die Aufgabe, für den Wurf seiner Lieblingshündin ein gutes Zuhause zu finden, auf die leichte Schulter genommen hatte, dann war eine grundlegende Veränderung in ihm vorgegangen. Offensichtlich hatte er die Anfrage ja nicht vergessen, sondern die Welpen nach Danforths Aussage an jemand anders verkauft.

Danforth war in der Eingangshalle und verabschiedete sich soeben. Ihm war immer noch unbehaglich zumute, als wisse er nicht recht, ob seine Anwesenheit erwünscht war. Vermutlich war es seine Aussage bei der gerichtlichen Untersuchung, die ihm Gewissensbisse verursachte. Jahrelang war er ein guter Freund und Nachbar der Desmonds gewesen; nie hatte es zwischen den Gutsherren böses Blut gegeben, obwohl Danforths Anwesen viel kleiner war.

»Guten Tag, Mr. Danforth.« Pitt trat wie zufällig auf ihn zu. »Es freut mich, Sie so frisch und munter zu sehen, Sir.«

»Ehm – guten Tag«, gab Danforth zurück und blinzelte Pitt an, während er versuchte, ihn einzuordnen. Pitt konnte ein Besucher aus London sein, schien aber auch hierher zu gehören und weckte eine vage Erinnerung.

»Thomas Pitt«, half Pitt ihm aus.

»Pitt? Pitt – natürlich. Der Sohn des Wildhüters, ich erinnere mich.« Ein Schatten ging über Pitts Gesicht, und plötzlich stand die Vergangenheit wieder lebhaft vor ihm. Er empfand die Schmach, die Angst und die Entwürdigung darüber, daß sein Vater der Wilderei beschuldigt worden war, als wäre es gestern gewesen. Es war nicht um Danforths Ländereien gegangen, aber das war unerheblich. Der Mann, der die Klage vorgebracht und dafür gesorgt hatte, daß Pitts Vater ins Gefängnis geschickt wurde, wo er starb, gehörte derselben gesellschaftlichen Schicht an wie Danforth und war wie dieser Landbesitzer. Und Wilddiebe galten als deren gemeinsame Feinde.

Pitt spürte, wie sein Gesicht brannte und die alte Schmach lebendig wurde, das Gefühl, unterlegen und dumm zu sein und die Regeln nicht zu kennen. Es war verrückt. Er war Polizist, und zwar mit einem sehr hohen Rang. Er hatte Männer verhaftet, die gesellschaftlich über Danforth standen, die weiser, reicher und mächtiger waren als er und aus besseren Familien mit einem älteren Stammbaum kamen.

»Oberinspektor Pitt von der Bow Street«, sagte Pitt kühl, doch die Worte blieben ihm auf der Zunge kleben.

Danforth sah ihn überrascht an.

»Großer Gott! Das ist doch keine Sache für die Polizei. Der Arme ist doch ...« Er seufzte geräuschvoll. »Bei Selbstmord wird doch kein Oberinspektor geschickt. Und das Gegenteil beweisen Sie nie. Nicht mit mir!« Seine Miene war nun ebenso kalt wie verschlossen, sein Blick abweisend.

»Ich bin gekommen, um einem Mann, den ich zutiefst geachtet habe, die letzte Ehre zu geben«, sagte Pitt mit zusammengepreßten Zähnen. »Einem Mann, dem ich fast alles, was ich habe, verdanke. Mein Beruf hat mit meiner Anwesenheit nicht mehr zu tun als der Ihrige.«

»Warum haben Sie dann, verdammt noch mal, gesagt, daß Sie von der Polizei sind?« wollte Danforth wissen. Er fühlte sich bloßgestellt und ärgerte sich darüber.

Pitt hatte es gesagt, um den anderen wissen zu lassen, daß er nicht mehr nur der Sohn eines Wildhüters war. Aber das konnte er wohl kaum zugeben.

»Ich war bei der gerichtlichen Untersuchung dabei.« Er wich aus. »Ich habe gehört, was Sie über die Welpen gesagt haben. Sir Arthur hat sich immer vorbildlich um seine Hunde gekümmert.«

»Um seine Pferde auch«, ergänzte Danforth zustimmend. »Daran habe ich ja gemerkt, daß der Arme nicht mehr Herr seiner Sinne war. Er hat mir nicht nur den besten Hund aus dem Wurf versprochen, sondern war auch dabei, als ich ihn mir ausgesucht habe. Und dann, verdammt, hat er sie an Bridges verkauft.« Er schüttelte den Kopf. »Normale Vergeßlichkeit hätte ich ja noch verstanden. Schließlich vergessen wir alle von Zeit zu Zeit Dinge im Alter. Aber er war überzeugt, ich hätte gesagt, daß ich sie nicht wollte. Hat Stein und Bein drauf geschworen. Das war es ja, was nicht zu ihm paßte. Schrecklich traurig. Bedauernswert, so zu sterben. Aber freue mich, daß Sie gekommen sind, um ihm die letzte Ehre zu erweisen, Mr. ehm – Oberinspektor.«

»Guten Tag, Sir«, verabschiedete sich Pitt und ging, einer spontanen Eingebung folgend, durch die mit grünem Filz bezogene Tür in den Küchentrakt. Er wußte genau, wohin sein Weg führte. Die holzgetäfelten Wände waren ihm so vertraut, daß er alle die glatter und dunkler gewordenen Stellen erkannte, an denen Hände sich tausendfach abgestützt, die Schultern der Diener sich gerieben und die Kleider des Küchenpersonals entlanggestreift waren. Auch er hatte zu der Abnutzung beigetragen, als seine Mutter in der Küche arbeitete. In der langen Geschichte des Hauses war das erst gestern. Er und Matthew hatten sich hinuntergeschlichen, um von der Köchin Milch und Kekse oder Kuchenreste zu erbetteln. Matthew hatte den Küchenmädchen einen Streich gespielt und einen Frosch in den Aufenthaltsraum der Haushälterin gesetzt. Mrs. Thayer haßte Frösche, und Matthew und Pitt hatten sich vor Lachen gebogen, als sie ihren Schrei hörten. Eine Woche lang Grießpudding war kein zu hoher Preis für den geglückten Schabernack.

Der Geruch von Möbelwachs, schweren Vorhängen und blanken Dielen war undefinierbar und gleichzeitig so unverwechselbar, daß er nicht überrascht gewesen wäre, wenn er bei einem Blick in den Spiegel den zwölfjährigen Jungen mit schlaksigen Armen und Beinen, klaren grauen Augen und zerzaustem Haar gesehen hätte.

Als er die Küche betrat, drehte sich die Köchin, die noch ihre schwarze Haube trug, zu ihm um. Sie war damals nicht dagewesen, so daß er für sie ein Fremder war. Sie hatte einen anstrengenden Tag, zuerst die Beerdigung ihres Herrn und gleichzeitig die Verantwortung für den Leichenschmaus.

»Haben Sie sich verlaufen, Sir? Die Empfangsräume sind in diese Richtung da.«

Sie zeigte auf die Tür, durch die er gekommen war. »Komm mal, Lizzie, zeig dem Herrn –«

»Danke, aber ich suche den Wildhüter. Ist Mr. Sturges in der Nähe? Ich möchte ihn wegen Sir Arthurs Hunden sprechen.«

»Na, ich weiß nicht, Sir. Heute ist nicht so der richtige Tag dafür ...«

»Ich bin Thomas Pitt. Ich habe früher hier gelebt.«

»Oh! Der junge Tom. Ich meine ...« Sie wurde rot. »Ich wollte nicht ...«

»Das macht nichts.« Er ging darüber hinweg. »Ich möchte einfach mit Mr. Sturges sprechen. Sir Matthew hat mich gebeten, mich um eine Sache zu kümmern, für die ich Sturges' Hilfe brauche.«

»Oh. Also vor 'ner halben Stunde war er noch hier, und dann ist er zu den Ställen gegangen. Um den Hof muß man sich kümmern, mit und ohne Beerdigung. Vielleicht finden Sie ihn da ja.«

»Danke.« Er ging an ihr vorbei und schenkte den Reihen von Kupferkesseln und Pfannen und dem riesigen gußeisernen Herd, von dem auch bei geschlossenen Platten Wärme ausging, kaum einen Blick. Die Tellerborde waren gefüllt, die Speisekammern geschlossen, die Deckel auf den Holzdosen für Mehl, Zucker, Haferflocken und Linsen saßen fest auf den Öffnungen. Die Gemüsevorräte waren in Lagerregalen draußen in der Spülküche aufgereiht, während man Fleisch, Geflügel und Wild im Erdkeller abhängen ließ. Die Waschküche und die Vorratsräume waren den Gang entlang auf der rechten Seite.

Er trat zur Hintertür hinaus, ging automatisch die Stufen hinunter und links herum zu den Ställen. Er hätte den Weg auch im Dunkeln gefunden.

Er traf Sturges vor der Tür zum Apfellager, einem gut gelüfteten Raum, in dem die Äpfel im Herbst auf Brettern ausgelegt wurden und, vorausgesetzt sie berührten einander nicht, den ganzen Winter über bis weit in den Frühling frisch blieben.

»Hallo, der junge Tom«, sagte Sturges und schien nicht überrascht. »Freut mich, daß du zur Beerdigung gekommen bist.« Er sah Pitt in die Augen.

Die Beziehung zwischen ihnen war schwierig, und es hatte Jahre gedauert, bis eine Entspannung eingetreten war. Sturges hatte das Amt von Pitts Vater übernommen, und

Pitt konnte ihm das zunächst nicht verzeihen. Seine Mutter und er mußten aus dem Wildhüterhaus ausziehen und die Einrichtung, an die sie sich gewöhnt hatten, zurücklassen: der Küchentisch und die Anrichte, die Feuerstelle, der Lehnstuhl und das Wannenbad. Dort hatte Pitt ein eigenes Zimmer mit einem Dachfenster gehabt, vor dem ein Apfelbaum stand. Dann mußten sie in den Dienstbotentrakt im Haupthaus ziehen, und alles war anders. Was war schon ein Zimmer, wenn man einmal ein Haus gehabt hatte, mit eigener Haustür und eigenem Herdfeuer?

Natürlich war ihm klar, welches Glück sie gehabt hatten, daß Sir Arthur entweder Pitts Vater für unschuldig gehalten oder seiner Frau und seinem Sohn trotzdem ein Dach über dem Kopf geboten und sie aufgenommen hatte. Viele Gutsbesitzer hätten das nicht getan, und es gab nicht wenige in der Grafschaft, die ihm das öffentlich vorwarfen. Trotzdem haßte Pitt Sturges und seine Frau, weil die in das Wildhüterhaus gezogen waren und es dort warm und gemütlich hatten.

Und dann war Sturges für die Felder und Wälder verantwortlich, die das Schaffensfeld von Pitts Vater gewesen waren. Manches hatte er verändert, und das war ein weiterer Fehler, den Pitt ihm nicht leicht nachsehen konnte, besonders in den ein oder zwei Fällen, wo es zum Schlechteren war. War es zum Besseren, betrachtete Pitt das als noch größeren Affront.

Doch allmählich verblaßte die Erinnerung, und Sturges war ein ruhiger, langmütiger Mensch. Er kannte die Gewohnheiten und Regeln des Landlebens. Auch er hatte sich als junger Mann gelegentlich zur Wilderei verleiten lassen und wußte, daß es der Gnade Gottes und einem großzügigen Gutsherrn zu verdanken war, der bereitwillig ein Auge zugedrückt hatte, daß er selbst nie dingfest gemacht wurde. Er fällte kein Urteil darüber, ob Pitts Vater schuldig gewesen war oder nicht. Er bemerkte nur, daß der sich, wenn er die Tat wirklich begangen hatte, dümmer angestellt hatte als die meisten anderen Menschen.

Und er liebte Tiere. Er hatte dem jungen Thomas erst zögernd, dann mit wachsender Selbstverständlichkeit erlaubt, ihm zu helfen. In mißtrauischem Schweigen hatten sie begonnen, doch als die Zusammenarbeit enger wurde, war das Eis zwischen ihnen gebrochen. Eines Morgens gegen halb sieben, als das Tageslicht langsam über die taubenetzten Felder kroch, war es endgültig geschmolzen. Es war im Frühling, in den Hecken und unter den Bäumen blühten die Wildblumen, die Kastanien setzten ihre Kerzen auf, und das frische Laub der Buchen und Ulmen sproß. Sie hatten eine verwundete Eule gefunden, die Sturges mit nach Hause nahm. Zusammen hatten sie das Tier gepflegt, bis die Wunde verheilt war und der Vogel davonflog. In jenem Sommer hatten sie mehrfach seinen Schatten mit den breiten Schwingen gesehen, wenn er in der Nähe der Scheune seine Kreise zog, sich auf Mäuse stürzte und wie ein Geist im Licht der Laterne auftauchte und wieder verschwand. Von dieser Zeit an herrschte gutes Einvernehmen zwischen ihnen, auch wenn ihre kritische Haltung nie verschwand.

»Selbstverständlich bin ich gekommen«, sagte Pitt und atmete tief ein. Im Apfellager roch es süß und trocken und ein wenig muffig – ein Geruch voller Erinnerungen. »Ich weiß, ich hätte eher kommen sollen. Ich sage es lieber gleich, bevor Sie das tun.«

»Ach, wenn du es nur weißt«, sagte Sturges und wandte seinen Blick nicht von Pitt ab. »Siehst gut aus. Und schick in den Stadtkleidern. Oberinspektor, hab ich recht? Wahrscheinlich mußt du Leute verhaften.«

»Mord und Verrat«, antwortete Pitt. »Das würden Sie doch auch wollen, daß die verhaftet werden, oder?«

»Ja, sicher. Halt nicht viel von Leuten, die morden, wenigstens meistens nicht. Hast dich ganz schön gemausert, wie?«

»Ja.«

Sturges schürzte die Lippen.

»Hast du geheiratet? Oder bist du zu beschäftigt mit dem eigenen Vorankommen, um auf Freiersfüßen zu gehen?«

»Doch, ich habe eine Frau und zwei Kinder: einen Sohn und eine Tochter.« Sein Stolz war deutlich zu hören.

»Ist das wirklich wahr?« Sturges sah ihm in die Augen. Er versuchte, weiterhin mürrisch zu klingen, aber seine Freude ließ sich nicht verbergen. »Und wo sind sie? Wohl in London?«

»Nein, Charlotte ist hier. Ich hole sie und stelle sie Ihnen vor.«

»Tu das, wenn du magst.« Auf keinen Fall hätte Sturges durchscheinen lassen, daß er sie sehen wollte. Er wandte sich ab und kehrte das alte Stroh zusammen.

»Können Sie mir aber, bevor ich das tue, erzählen, wie sich die Sache mit den Hunden und Mr. Danforth zugetragen hat?« fragte Pitt.

»Nein, Tom, leider nicht, und das ist die Wahrheit. Ich für meinen Teil mochte Danforth nie besonders, aber er war immer fair, soweit ich weiß, Und auch ganz helle.«

»Er ist hergekommen und hat sich zwei Welpen ausgesucht?«

»Richtig, das hat er getan.« Er kehrte das Stroh zu einem Haufen zusammen. »Dann, zwei Wochen später, kommt einer von seinen Dienern mit 'nem Brief, in dem steht, er will sie nicht mehr haben. Und wieder zwei Wochen später kommt er selbst und will sie abholen und ist ganz außer sich, daß wir die Hunde nicht mehr haben. Hat ein paar nicht sehr nette Dinge über Sir Arthur gesagt. Ich hätte ihm gerne meine Meinung gesteckt, aber das wäre Sir Arthur nicht recht gewesen.«

»Haben Sie den Brief gesehen, oder hat Sir Arthur nur davon erzählt?«

Er starrte Pitt an und ließ von dem Stroh ab.

»Natürlich habe ich den Brief gesehen! Er war ja an mich gerichtet, wo ich doch derjenige bin, der sich um die Hunde kümmert, und Sir Arthur war sowieso in London.«

»Sehr merkwürdig«, sagte Pitt, während sich die Gedanken in seinem Kopf überschlugen. »Jemand führt hier etwas Seltsames im Schilde und hat keine guten Absichten.«

»Etwas im Schilde? Sie meinen, es ist gar nicht Mr. Danforth, der ein bißchen schrullig ist?«

»Vielleicht nicht, obwohl es so aussieht. Haben Sie den Brief noch?«

»Wozu denn? Wieso soll ich ihn aufheben? Braucht doch keiner.«

»Um zu beweisen, daß Mr. Danforth sich geirrt hat, und nicht Sir Arthur«, erwiderte Pitt.

»Und wer muß das beweisen?« Sturges verzog das Gesicht. »Die, die Sir Arthur kannten, haben sowieso nicht gedacht, daß er es war!«

Plötzlich fühlte Pitt sich erleichtert und mußte trotz des traurigen Tages lächeln. Sturges war sehr loyal, aber er würde die Wahrheit für niemanden abschwächen.

»Sturges, wissen Sie etwas über den Unfall, den Sir Arthur mit einem durchgegangenen Pferd hatte, wobei der Reiter ihn mit der Peitsche erwischt hat?«

»Ein wenig.« Sturges sah unglücklich aus, in seinem Gesicht standen Zweifel. Er lehnte sich an das Regal mit den Äpfeln. »Warum fragst du, Tom? Wer hat dir überhaupt davon erzählt? Mr. Matthew?« Er hatte sich noch nicht an den Gedanken gewöhnt, daß Matthew jetzt der neue Herr war und den Titel geerbt hatte.

Draußen wieherte ein Pferd, und Pitt vernahm das vertraute Klappern von Hufen auf dem gepflasterten Hof.

»Ja. Er war der Meinung, daß es kein Unfall war.« Er wollte Sturges nicht beeinflussen, indem er sagte, es sei eine Drohung gewesen.

»Kein Unfall?« Sturges sah ihn verblüfft an, wies aber den Gedanken nicht von sich. »Nun ja, in gewisser Weise war es auch keiner. Der Idiot kam die Straße entlanggaloppiert wie ein Verrückter. So einer hätte sowieso nicht auf einem Pferd sitzen dürfen, so wie der da ankam. Für mich ist ein Unfall etwas, was keiner verhindern kann, außer dem Allmächtigen selbst. Aber mit ein bißchen Grips hätte das nicht sein müssen. Ist sowieso ein Wunder, daß keiner verletzt wurde, außer Sir Arthur und seinem Pferd. Hat das arme Tier ganz schön erwischt, am Kopf und an den Schultern. Hat Wochen gedauert, bis es wieder auf dem Damm war. Angst vor der Peitsche hat es immer noch. Wird wahrscheinlich auch so bleiben.«

»Wer war denn der Reiter?«

»Weiß der Himmel«, sagte Sturges angewidert. »Irgendein Idiot von weit weg, so scheint's. Hier kannte ihn keiner.«

»Hat ihn jemand erkannt? Kannten Sie ihn?« bohrte Pitt weiter.

Warm flutete das Sonnenlicht durch die geöffnete Tür. Ein Retriever mit hellem Fell steckte den Kopf durch die Tür und wedelte freundlich mit dem Schwanz.

»Natürlich kannte ich ihn nicht«, erwiderte Sturges verärgert. »Wenn ich ihn gekannt hätte, hätte ich Anzeige erstattet.« Das war tapfer gesprochen und zeugte mehr von dem Wunsch als von dem, was tatsächlich geschehen wäre. Aber Pitt war überzeugt, Sturges hätte nichts unversucht gelassen.

»Wer hat es noch gesehen?« fragte Pitt.

Der Hund kam näher, und Sturges streichelte ihn automatisch. »Soweit ich weiß, keiner. Der Stellmacher hat ihn vorbeireiten sehen, der Schmied auch, aber keiner hat gesehen, wie er Sir Arthur mit der Peitsche erwischt hat. Wieso? Was meinst du damit? Daß Sir Arthur einen Fehler gemacht hat? Den anderen behindert hat?«

»Nein.« Pitt hatte Verständnis für Sturges' Zorn und die verteidigende Haltung, die er an den Tag legte. »Nein, ich will damit sagen, daß es vielleicht überhaupt kein Unfall war. Möglicherweise hat der Mann seinem Pferd absichtlich die Sporen gegeben, weil er Sir Arthur mit der Peitsche schlagen wollte ...«

Sturges sah ihn überrascht und ungläubig an.

»Warum sollte jemand so was tun? Das ist doch Unsinn. Sir Arthur hatte keine Feinde.«

Pitt wußte nicht recht, wieweit er Sturges einweihen sollte. Die Sache mit dem Inneren Kreis würde er auf keinen Fall glauben.

»Wer könnte es denn sonst sein?«

»Sir Arthur hatte keine Feinde. Hier auf jeden Fall nicht.« Sturges' Blick wich seinem nicht aus.

»War er selbst auch dieser Überzeugung?«

Sturges sah ihn durchdringend an. »Was hast du gehört, Tom? Was willst du damit sagen?«

»Daß Sir Arthur für eine bestimmte Gruppe, deren Mitglied er war, eine Gefahr darstellte, weil er ein paar unangenehme Tatsachen über sie herausgefunden hatte und das an die Öffentlichkeit bringen wollte. Der Unfall wurde als Warnung für ihn inszeniert, damit er das Gebot der Geheimhaltung nicht verletzte«, antwortete Pitt.

»Ach ja, dieser Kreis, von dem er gesprochen hatte. Ziemlich gefährlich, so was. Sie hätten ihn umbringen können!«

»Sie wissen von dem Kreis?« sagte Pitt überrascht.

»O ja, darüber hat er gesprochen. Schlimme Männer, was er so erzählt hat, aber alle aus London.« Er zögerte und musterte Pitts Gesicht. »Denkst du, was ich glaube, daß du denkst, Tom?«

»Kommt drauf an. War er denn nicht mehr klar im Kopf, hat er Gespenster gesehen?«

»Nein, auf keinen Fall! Aufgebracht, das ja, und sehr wütend über manche Dinge, die im Ausland passierten, aber so klar im Kopf wie du und ich.« Das klang völlig aufrichtig; kein Versuch sich selbst zu überzeugen oder Zweifel in seinem Herzen zu beschwichtigen. Es war dieser Ton ebenso wie die Worte selbst, die Pitts letzte Bedenken zerstreuten. Plötzlich war er von tiefer Dankbarkeit erfüllt, die einem Glücksgefühl nahekam. Er lächelte Sturges an.

»Dann ja«, sagte er. »Ich denke tatsächlich, was du glaubst, daß ich denke. Es war eine Warnung, die er aus Zorn oder aus dem Bedürfnis heraus, ehrlich zu bleiben, in den Wind schlug, und deshalb haben sie ihn ermordet. Ich weiß zwar noch nicht, wie sie es getan haben, aber wenn es irgendwie geht, werde ich nicht ruhen, bis ich es bewiesen habe.«

»Das freut mich, Tom. Das macht mich richtig froh«, sagte Sturges ruhig und beugte sich ein wenig vor, um den Hund zu kraulen. »Ich finde es traurig, daß die, die ihn nicht kannten, so von ihm denken. Ich bin kein bösartiger Mensch, aber der, der das getan hat, soll hängen. Ganz Brackley wird dir dankbar sein, wenn du das tust, und ich spreche da für alle anderen.« Er fügte nicht hinzu, daß man Pitt auch dafür verzeihen würde, daß er nie zurückgekommen war, doch es stand in seinem Gesicht. Es wäre ihm jedoch seltsam vorgekommen, dieses Gefühl in Worte zu kleiden.

»Ich werde mir die größte Mühe geben«, sagte Pitt. Ein Versprechen abzugeben, von dem er nicht wußte, ob er es halten konnte, wäre wie ein zweiter Verrat gewesen. Sturges war kein Kind, das man zu trösten versucht, statt ihm die Wahrheit zu sagen.

»Ist gut. Wenn ich was tun kann, oder jemand anders, dann weißt du, wo du uns findest. Jetzt solltest du wieder an die Tafel zurückgehen, sonst suchen sie dich noch.«

»Ich hole Charlotte und stelle sie dir vor.«

»Ist gut. Du hast gesagt, du tust es, also geh schon.«

Am nächsten Morgen war Pitt wieder auf der Bow-Street-Wache. Kaum war er in sein Büro getreten, da kam Tellman herein, sein hageres Gesicht verschlossen und mißmutig wie immer. Er war gezwungen, Pitt anzuerkennen, zunächst was die äußeren Umgangsformen betraf, aber auch hinsichtlich Pitts Kompetenz. Trotzdem war er noch immer empfindlich getroffen, weil Pitt, dessen soziale Stellung kaum besser war als seine eigene und dem er sich hinsichtlich der beruflichen Qualifikationen ebenbürtig fühlte, befördert worden war, als Micah Drummond in den Ruhestand trat. Drummond war ein Gentleman gewesen, und darin lag der wesentliche Unterschied. Man konnte erwarten, daß ein Gentleman einen höheren Posten bekam; das hatte nichts mit seinen Fähigkeiten zu tun. Pitts Beförderung dagegen nahm er sehr persönlich.

»Guten Morgen, Mr. Pitt«, sagte er mit einer gewissen Schärfe. »Ich habe Sie gestern vermißt. Gab einiges zu berichten.« Es klang, als hätte er die ganze Nacht gewartet.

»Guten Morgen, Tellman. Ich war bei einer Beerdigung in Hampshire, eine Familienangelegenheit. Was gibt es denn?«

Tellman schürzte die Lippen, sah aber davon ab, sein Beileid auszusprechen. Todesfälle gab es allerorten. Zwar weckte es Gefühle in ihm, aber die würde er Pitt nicht zeigen.

»Diese Leute, die wir überprüfen sollten«, antwortete er. »Nicht so leicht, wenn wir nicht wissen, wonach wir suchen, oder warum. Es sind alles sehr ehrbar wirkende Menschen. Was haben sie denn angeblich verbrochen?«

»Das muß ich noch herausfinden«, sagte Pitt knapp. Es war ihm unangenehm, daß er an Tellman nicht alles weitergeben konnte, was er wußte. Sein Instinkt sagte ihm, er könne Tellman trauen, aber er wollte nichts riskieren. Der Innere Kreis konnte überall auftauchen.

»Erpressung«, sagte Tellman finster. »Das ist schwierig. Man kann jemanden aus tausend verschiedenen Gründen erpressen, aber wahrscheinlich ist es in den meisten Fällen Betrug, Diebstahl oder nicht statthafte geschlechtliche Beziehungen.« Sein Ausdruck blieb derselbe, doch seine Verachtung füllte den ganzen Raum. »Allerdings ist es für uns bei einem Gentleman nicht so leicht zu erkennen, mit wem er es treiben darf und mit wem nicht. Manche tauschen ihre Ehefrauen und Geliebten aus wie andere ein gutes Buch. Das macht alles nichts, solange keiner einen beim Lesen erwischt. Macht auch nichts, wenn alle Welt weiß, daß man es sich geliehen hat. Jeder weiß, was der Prince of Wales treibt, und wen kümmert das schon?«

»Sie könnten die Augen nach Schulden offenhalten«, regte Pitt an und ging über den gesellschaftskritischen Kommentar hinweg. Tellmans Ansichten waren ihm durchaus bekannt. »Nach einem Lebensstil, der das Einkommen übersteigt.«

»Veruntreuung?« sagte Tellman überrascht. »Was kann man denn im Kolonialministerium veruntreuen?« Seine Stimme war voller Spott. »Tut mir leid, mein guter Schneider, diesen Monat kann ich meine Rechnung leider nicht auf die übliche Art begleichen, aber hier sind zwei Telegramme aus Afrika, das sollte wohl reichen.« Plötzlich verstand er, und sein Gesichtsausdruck wechselte. »Holla! Ich hab's, richtig? Informationen sind verschwunden! Sie sind hinter einem Verräter her! Deswegen halten Sie sich so bedeckt ...«

»Ich kann noch nichts dazu sagen«, entgegnete Pitt und

verbarg seine Überraschung, daß Tellman so schnell begriffen hatte. Er sah ihn mit ruhigem Blick unverwandt an. »Sie können nach Belieben Mutmaßungen anstellen, die Sie aber für sich behalten sollten. Der stellvertretende Polizeipräsident wäre sehr erzürnt, wenn er wüßte, daß wir diese Möglichkeit erörterten, und der Premierminister wäre sicherlich außer sich.«

»Mußten Sie beim Premierminister vorstellig werden?« Tellman war gegen seinen Willen beeindruckt.

»Nein. Ich bin dem Premierminister nie begegnet, und in der Downing Street kenne ich nur das Kolonialministerium von innen. Sie haben immer noch nicht berichtet, was Sie herausgefunden haben.«

Tellmans Miene war wieder verschlossen. »Nichts, was irgendwie relevant scheint. Jeremiah Thorne ist die Tugend in Person. Anscheinend mag er seine Frau sehr, die bemerkenswert reizlos ist und viel Geld für so ein Lehrinstitut ausgibt, das irgendwie mit Frauen zu tun hat. Das ruft natürlich große Mißbilligung hervor, außer vielleicht bei den ganz Modernen, aber das ist schlimmstenfalls ein Skandal. Auf keinen Fall ist es illegal, und sie betreibt es auch nicht heimlich. Im Gegenteil, sie ist ziemlich unverfroren. Keiner könnte sie deswegen erpressen, wahrscheinlich würde sie sich für die Bekanntmachung bedanken.«

Pitt wußte bereits, daß das stimmte.

»Was noch?«

»Mr. Hathaway scheint ein echter Gentleman zu sein, der allein lebt und seine Vergnügen sehr ernst nimmt. Er liest viel, geht ab und zu ins Theater, macht bei gutem Wetter lange Spaziergänge.« Tellman zählte das alles so trocken auf, als wäre der Mann ebenso langweilig wie diese Einzelheiten. »Er kennt viele Leute, aber offenbar sind es nur flüchtige Bekannte. Einmal in der Woche diniert er in seinem Cub. Er ist Witwer und hat zwei erwachsene Söhne, die ebenfalls höchst ehrenhaft sind. Der eine ist in den Kolonien, der andere Geistlicher.« Tellman zog die Mundwinkel nach unten. »Er hat einen ausgezeichneten Geschmack, hält viel von Qualität, lebt aber nicht auf großem Fuß, sondern anscheinend im Rahmen seines Einkommens. Keiner weiß etwas Schlechtes über ihn zu sagen.«

Pitt atmete tief ein. »Und Aylmer? Ist der auch so tugendhaft?«

»Nicht ganz so.« Ein fast unmerklicher Hauch von Belustigung erhellte Tellmans ansonsten ausdruckslose Miene. »Hat ein Gesicht wie ein zerfledderter Stiefel, ist aber trotzdem hinter den Damen her. Ein Charmeur, aber ganz harmlos.« Er zuckte mit den Schultern. »Zumindest harmlos, nach dem zu urteilen, was ich sonst noch herausbekommen habe. Ich bin mit Mr. Aylmer noch nicht fertig. Gibt wohl ziemlich viel Geld aus – über das hinaus, was er zur Verfügung zu haben scheint.«

»Mehr als sein Gehalt vom Kolonialministerium?« fragte Pitt mit wachsender Aufmerksamkeit, gepaart mit einem Bedauern.

»Sieht so aus«, sagte Tellman. »Er kann natürlich auch gespart haben, oder vielleicht hat er noch ein Privateinkommen. Das weiß ich noch nicht.«

»Kann man die Damen benennen?«

»Eine Miss Amanda Pennecuick. Sehr hübsche junge Frau, und sehr wohlerzogen.«

»Erwidert sie seine Zuneigung?«

»Offenbar nicht. Das hat ihn aber bisher nicht abgeschreckt.«

Er sah Pitt amüsiert an. »Wenn Sie glauben, daß sie hinter Mr. Aylmer her ist, um Informationen aus ihm herauszubekommen, dann stellt sie das sehr schlau an. Soweit ich sehen konnte, versucht sie ihm aus dem Weg zu gehen, was ihr aber nicht gelingt.«

»Dann wäre das ja auch nicht ihr Ziel, sondern sie würde nur den Anschein erwecken wollen, daß sie es beabsichtige. Sehen Sie sich Miss Pennecuick genauer an. Finden Sie heraus, wer ihre Freunde sind, ihre anderen Verehrer, aus was für einer Familie sie kommt, ob sie eine Verbindung haben kann zu …«

Er brach ab. Sollte er Deutschland erwähnen?

Tellman wartete. Er ließ sich nicht so leicht abschütteln. Er wußte, warum Pitt zögerte, und verhehlte seine Verärgerung darüber nicht.

»Afrika, Belgien oder Deutschland«, beendete Pitt schließlich den Satz. »Oder ob es sonst etwas Ungewöhnliches gibt.«

Tellman steckte die Hände in die Taschen. Es war weniger eine bewußte Beleidigung als ein grundsätzlicher Mangel an Respekt.

»Über Peter Arundell und Robert Leicester haben Sie noch gar nichts gesagt«, sagte Pitt.

»Da gibt's nichts zu sagen«, erwiderte Tellman. »Arundell ist ein junger Mann mit einem hellen Köpfchen aus guter Familie. Der jüngere Sohn. Der älteste hat den Titel, der zweite hat sich in die Armee eingekauft, und der dritte, das ist er, arbeitet im Kolonialministerium. Der jüngste hat die Familienpfründe irgendwo in Wiltshire übernommen.«

»Familienpfründe?« Pitt war einen Augenblick lang verwirrt.

»Eine Pfarrei«, sagte Tellman mit einiger Befriedigung darüber, daß er Pitt etwas voraus hatte. »Wohlhabende Familien haben häufig ihre eigenen Pfründen, die sie nach ihrem Belieben jemandem überlassen können. Stellen kein schlechtes Einkommen dar, manche von diesen Pfarreien auf dem Lande. Ziemlich hohe Abgaben. Wo ich aufgewachsen bin, hatte der Priester drei Pfründen und stellte auf jeder einen Pfarrer ein. Er selbst hat in Italien von den Einkommen gelebt. Das ist heute nicht mehr üblich, aber früher war das gang und gäbe.«

Es lag Pitt auf der Zunge zu sagen, daß er das wohl wisse, ließ aber davon ab. Tellman hätte ihm womöglich sowieso nicht geglaubt.

»Und Arundell?« fragte er. »Was ist das für ein Typ?« Es war unerheblich, da er keinen Zugang zu den Informationen über das Sambesi-Gebiet hatte.

»Was man erwarten würde«, erwiderte Tellman. »Hat eine Wohnung in Belgravia, geht zu allen möglichen gesellschaftlichen Ereignissen, zieht sich gut an, ißt gerne gut, allerdings überwiegend auf Kosten anderer. Er ist Junggeselle und eine sehr gute Partie. Alle Mütter mit unverheirateten Töchtern sind hinter ihm her, außer denen, die sich höhere Ziele gesteckt haben. Bestimmt wird er in den nächsten Jahren heiraten.« Tellman zog die Mundwinkel nach unten. Was er von der gehobenen Gesellschaft wußte, verachtete er und versäumte keine Gelegenheit, das auch zu sagen.

»Und Leicester?«

Tellman schnaubte. »Ungefähr dasselbe.«

»Dann sollten Sie sich besser Amanda Pennecuick vornehmen«, wies Pitt ihn an. »Und, Tellman …«

»Ja, Sir?« Immer noch schwang Spott in seiner Stimme, und nicht Respekt, auch war sein Blick zu direkt.

»Seien Sie diskret.« Auch er sah Tellman herausfordernd direkt in die Augen. Weitere Erklärungen waren nicht nötig. Sie unterschieden sich grundlegend hinsichtlich ihrer Herkunft und Werte. Pitt kam vom Lande und empfand einen natürlichen Respekt, sogar Zuneigung, für die Landbesitzer, die für die Gestaltung und Erhaltung der Welt, in der er aufgewachsen war, verantwortlich waren und die ihm persönlich soviel gegeben hatten. Tellman war in der Stadt geboren und von Armut umgeben groß geworden. Er haßte alle, die in den Reichtum hineingeboren waren, und hielt die meisten für Tagediebe. Sie hatten nichts geschaffen und saßen wie die Maden im Speck, ohne etwas dafür zu tun. Er und Pitt ähnelten sich lediglich in ihrer Begeisterung für die Polizeiarbeit, und das reichte für gegenseitiges Verständnis, zumindest auf dieser Ebene.

»Ja, Mr. Pitt«, sagte er fest und wagte fast ein Lächeln; dann drehte er sich auf dem Absatz um und verließ den Raum.

Kaum eine halbe Stunde später ließ der stellvertretende Polizeipräsident Pitt zu sich bitten. Die Mitteilung war so gefaßt, daß es Pitt unmöglich war, nicht zu gehorchen. Also verließ er die Wache, nahm sich auf dem Embankment eine Droschke und machte sich auf den Weg zu Scotland Yard, um Bericht zu erstatten.

»Ah.« Farnsworth sah von seinem Schreibtisch auf, als Pitt in den Raum geführt wurde. Er wartete, bis Pitt die Tür geschlossen hatte, und fuhr dann fort. »Diese Angelegenheit beim Außenministerium – was haben Sie da vorzuweisen?«

Pitt wollte ihm nur ungerne gestehen, wie wenig er in der Hand hatte.

»Auf den ersten Blick sind alle ohne Fehl und Tadel«, sagte er. »Außer vielleicht Garston Aylmer.« Er sah das Interesse in Farnsworths Miene, beachtete es aber nicht weiter. »Er hat eine Schwäche für eine gewisse Amanda Pennecuick, die ihm aber die kalte Schulter zeigt. Er ist außergewöhnlich häßlich und sie sehr hübsch.«

»Das ist ja nicht gerade selten«, sagte Farnsworth sichtlich enttäuscht. »Und ein Verdachtsmoment ist es auch nicht, Pitt, sondern einfach nur eine der möglichen Enttäuschungen im Leben. Ein wenig attraktives oder gar häßliches Äußeres hat noch nie jemanden davon abgehalten, sich in Schönheit zu verlieben. Das ist häufig sehr schmerzlich und auch tragisch, aber kein Verbrechen.«

»Verbrechen haben häufig ihre Ursachen im Tragischen«, antwortete Pitt. »Die Menschen reagieren unterschiedlich auf das Schicksal, besonders wenn sie sich nach dem Unerreichbaren sehnen.«

Farnsworth sah ihn mit einer Mischung aus Ungeduld und Verachtung an. »Man kann alles, von einem Wurstzipfel bis zu einem diamantenen Halsband, stehlen, Pitt, aber nicht die Liebe einer Frau. Und wir sprechen nicht von einem Mann, der sich zum Stehlen herablassen würde.«

»Natürlich kann man sie nicht stehlen.« Auch Pitt war voller Spott. »Aber manchmal ist es möglich, sie zu kaufen, oder wenigstens etwas Ähnliches. Er wäre nicht der erste häßliche Mann, der das versuchte.«

Farnsworth stimmte Pitt nicht gerne zu, sah sich aber dazu gezwungen. Er kannte das Leben zu gut, um zu widersprechen.

»Sie meinen, er könnte Informationen an die Deutschen verkaufen, um ihr mit dem Geld Geschenke zu kaufen?«

sagte er zögernd. »Möglich. Kümmern Sie sich drum. Aber seien Sie um Himmels willen diskret, Pitt. Wahrscheinlich ist er ein ehrbarer Mensch, der sich einfach in die falsche Frau verliebt hat.«

»Es besteht aber auch die Möglichkeit, daß Miss Pennecuick an Deutschland interessiert ist. Als Preis für ihre Zuneigung könnte sie ihm Informationen entlocken, statt daß er sie für Geld verkauft. Eher unwahrscheinlich, aber wir haben keine bessere Spur.«

Farnsworth biß sich auf die Unterlippe. »Tragen Sie alles über sie zusammen, was Sie finden können«, befahl er. »Wer sie ist, woher sie kommt, mit wem sie zu tun hat.«

»Ich habe Tellman damit beauftragt.«

»Vergessen Sie Tellman, machen Sie sich selbst daran.« Farnsworth zog die Stirn zusammen. »Wo waren Sie gestern, Pitt? Den ganzen Tag hat Sie keiner gesehen.«

»Ich war in Hampshire zu einem Begräbnis, eine Familienangelegenheit.«

»Ich dachte, Ihre Eltern seien schon lange tot?« Die Frage klang sehr kritisch.

»Das ist richtig. Es war der Mann, der mich wie einen Sohn aufgenommen hat.«

Farnsworths Augen waren sehr hart und sehr blau.

»So?« Er fragte nicht, wer das war, und Pitt konnte nicht in seiner Miene lesen.

»Ich habe gehört, daß Sie bei der gerichtlichen Untersuchung von Sir Arthur Desmonds Tod anwesend waren«, fuhr er fort. »Stimmt das?«

»Ja.«

»Warum?« Farnsworth zog die Augenbrauen in die Höhe. »Das ist kein Fall für uns. Es ist tragisch, daß ein Mann wie er so endet, aber Krankheit und Alter machen auch vor den angesehensten Menschen nicht halt. Lassen Sie die Finger davon, Pitt, Sie machen es nur noch ärger.«

Pitt sah ihn aufgebracht an.

Farnsworth hielt Pitts Zorn fälschlicherweise für Unverständnis.

»Je weniger darüber gesagt wird, desto weniger wird bekannt werden.« Pitts langsame Auffassung irritierte ihn. »Breiten Sie diese ganze traurige Angelegenheit nicht vor seinen Freunden und Bekannten aus, ganz abgesehen von der Öffentlichkeit. Lassen wir Gras darüber wachsen, dann können wir ihn als den Mann im Gedächtnis behalten, der er war, bevor seine Obsessionen begannen.«

»Obsessionen?« sagte Pitt mit dünner Stimme. Er wußte, daß es keinen Sinn hatte, wenn er die Sache mit Farnsworth weiterverfolgen würde, aber er konnte es nicht lassen.

»Mit Afrika«, erwiderte Farnsworth ungeduldig. »Dieses Gerede von Verschwörungen und geheimen Absprachen und so. Er glaubte, er würde verfolgt. Es ist ja nicht ungewöhnlich, daß jemand das glaubt, aber dennoch sehr bedrückend. Himmelherrgott, Pitt, wenn Sie Respekt für ihn hatten, dann lassen Sie das nicht an die Öffentlichkeit dringen. Seiner Familie zuliebe zumindest, lassen Sie es mit ihm im Grabe ruhen.«

Pitt wich seinem Blick nicht aus.

»Sir Matthew ist nicht der Ansicht, daß sein Vater verrückt, oder so vergeßlich und zerstreut war, daß er mitten am Nachmittag soviel Laudanum genommen haben könnte, um sich damit umzubringen.«

»Gar nicht ungewöhnlich«, verwarf Farnsworth den Einwand mit einer Geste seiner gepflegten Hand. »Es ist immer schwer zu akzeptieren, daß die Menschen, die wir lieben, geistig abbauen. Hätte ich von meinem Vater auch nicht gerne gedacht. Ich verstehe ihn sehr gut, aber die Fakten sagen etwas anderes.«

»Vielleicht hat er recht«, sagte Pitt hartnäckig.

Farnsworth preßte die Lippen aufeinander. »Er hat nicht recht, Pitt. Ich weiß mehr darüber als Sie.«

Pitt wollte etwas erwidern, aber dann machte er sich klar, daß er in den letzten zehn Jahren nur sporadisch etwas über Sir Arthur erfahren hatte, obwohl Farnsworth das nicht wissen konnte. Dennoch war er damit in keiner guten Argumentationslage.

Seine Gedanken waren sicherlich nicht in seinem Gesichtsausdruck zu lesen, seine Gefühle jedoch mußten sich darin widergespiegelt haben. Farnsworth musterte ihn mit wachsender Gewißheit und einer eher bitteren Belustigung.

»Wie gut kannten Sie denn Sir Arthur, Pitt?«

»Kaum ... in letzter Zeit.«

»Dann glauben Sie mir, ich habe ihn häufig gesehen, und er war mit Sicherheit geistig verwirrt. Er hat überall Verschwörungen und Verfolgungen vermutet, selbst bei Menschen, die seit Jahren seine Freunde waren. Er war ein Mann, für den ich große Achtung hatte, aber Gefühle können die Wahrheit nicht verändern. Lassen Sie ihn in Frieden ruhen, Pitt, der Freundschaft zuliebe, damit die Erinnerung an ihn möglichst wenig Schaden nimmt. Sie sind es ihm schuldig.«

Pitt wollte nicht klein beigeben. Er sah Sturges' wettergegerbtes Gesicht vor sich. Oder war dessen Urteil auf Loyalität gegründet, weil er nicht glauben konnte, daß sein Herr den Bezug zur Wirklichkeit verloren hatte?

»Gut«, sagte Farnsworth forsch. »Machen Sie sich an die Arbeit. Finden Sie heraus, wer die Informationen aus dem Kolonialministerium weitergibt. Lassen Sie nicht locker, Pitt, bis die Sache geklärt ist. Haben Sie mich verstanden?«

»Selbstverständlich«, sagte Pitt und beschloß gleichzeitig für sich, Sir Arthurs Tod nicht auf sich beruhen zu lassen.

5.

Kapitel

»In den meisten Fällen sind Verträge betroffen«, sagte Matthew mit gerunzelter Stirn und schaute Pitt über seinen Schreibtisch im Außenministerium hin an. Er sah nicht mehr so mitgenommen aus wie bei der Beerdigung in Brackley, aber die Anspannung war immer noch da, sie lag in seinen Augen, in seiner Blässe. Pitt kannte Matthew zu gut, um sie zu ignorieren oder mißzuverstehen. Die Vergangenheit war noch immer ein enges Band, ungeachtet dessen, was in der Zwischenzeit geschehen war und welche Erfahrungen sie trennten.

Hätte ihn jemand nach Daten gefragt, dann hätte er sie nicht angeben können, noch hätte er die Ereignisse aufzählen können, die so prägend gewesen waren. Doch die Erinnerung an die Gefühle war so deutlich, als wäre es gestern gewesen: Überraschung, Verständnis, der Wunsch zu beschützen, Verwirrung und der erste Schmerz. Er konnte sich genau erinnern an den Tod eines geliebten Tieres, die Verzauberung und Überraschung der ersten Liebe, die erste Enttäuschung, die Angst vor Veränderungen in Menschen und Orten, die einen festen Platz im Leben hatten. All diese Dinge hatten Matthew und er zusammen erlebt, manche er zuerst, so daß er mit Matthew später dieselben Gefühle mit einer Intensität erlebt hatte, wie es kein anderer konnte.

Er wußte, daß Matthews Trauer über den Tod seines Vaters nicht gemindert war, nur seine Haltung war etwas gefestigter, da er den ersten Schock überwunden hatte. Sie saßen in Matthews geräumigem Büro mit polierten Eichenmöbeln, einem blaßgrünen Teppich und tief eingelassenen Fenstern, die zum St. James' Park hinausblickten.

»Du hast von einem Vertrag mit Deutschland gesprochen«, sagte Pitt. »Eigentlich müßte ich wissen, worum es darin geht, wenn du mir das sagen kannst. Nur so kann ich herausfinden, wo die Informationen herkamen und durch wessen Hände sie gegangen sind.«

Matthew runzelte die Stirn noch mehr. »So einfach ist das nicht, aber ich werde sehen, was sich machen läßt.«

Pitt wartete. Draußen auf der Straße wieherte ein Pferd, und ein Mann schrie etwas. Die Sonne schien durch das Fenster und warf ein helles Muster auf den Boden.

»Ein wichtiger Aspekt ist die Vereinbarung mit König Lobengula vom vorletzten Jahr«, begann Matthew mit Bedacht. »Achtundachtzig. Im September erschien die Delegation von Rhodes, angeführt von einem Mann namens Charles Rudd, im Lager des Königs in Bulawajo – das ist in der Sambesi-Region. Sie gehören dem Ndebele-Stamm an.« Er trommelte einen sanften Rhythmus auf die Tischplatte. »Rudd war Experte für Erzabbaurechte und hatte offenbar keine Ahnung von afrikanischen Herrschern und ihren Bräuchen. Deswegen hatte er einen Mann namens Thompson mitgenommen, der eine Sprache beherrschte, die auch dem König geläufig war. Der dritte im Bunde war ein gewisser Rochfort Maguire, ein Rechtsexperte vom All Soul's College in Oxford.«

Pitt hörte aufmerksam zu. Bisher war das, was Matthew erzählte, nicht hilfreich. Er versuchte sich die Hitze der afrikanischen Steppe vorzustellen, den Mut dieser Männer und die Gier, die sie antrieb.

»Natürlich haben auch andere versucht, sich Bergbaukonzessionen zu sichern«, sagte Matthew. »Wir hätten sie beinahe alle verloren.«

»Wir?« unterbrach Pitt ihn.

Matthew verzog das Gesicht. »Soweit man Cecil Rhodes mit ›wir‹ bezeichnen kann. Er hat mit dem Segen der Regierung Ihrer Majestät gehandelt – und tut das noch immer. Im Februar desselben Jahres hatten wir mit Lobengula eine

Vereinbarung, den Moffat-Vertrag, abgeschlossen, der besagte, daß er keinen Teil seiner Gebiete veräußern würde, ohne, und ich zitiere, ›ohne das vorherige Wissen und Einverständnis‹ der britischen Regierung.«

»Du hast gesagt, wir hätten sie beinahe verloren.« Pitt kam zum Ausgangspunkt zurück. »Weil Informationen an die Deutschen gegangen sind?«

Matthews Augen wurden größer. »Das ist seltsam. An die Deutsche Botschaft auf jeden Fall, aber dann sah es so aus, als hätte auch Belgien Wind davon bekommen. In Zentral- und Ostafrika wimmelt es nur so von Hasardeuren, Großwildjägern, Erzschürfern und Leuten, die sich ihre Chancen als Mittelsmänner in allen möglichen Unternehmungen ausrechnen.« Er lehnte sich ein wenig vor. »Rudd war so erfolgreich, weil Sir Sidney Shippard, der Verwaltungsbeauftragte für Betschuanaland, auf den Plan trat. Er ist ein großer Förderer von Cecil Rhodes und heißt dessen Pläne gut. Das gleiche trifft auch auf Hercules Robinson am Kap zu.«

»Von welchen Informationen weißt du mit Sicherheit, daß sie vom Kolonialministerium zur Deutschen Botschaft gelangt sind?« präzisierte Pitt die Frage. »Laß die Mutmaßungen zunächst einmal beiseite. Sag mir, um welche Informationen es sich handelt, und ich werde versuchen herauszubekommen, wie sie dort angekommen sind, ob mündlich, schriftlich oder als Telegramm, wer sie entgegengenommen hat und wohin sie weitergeleitet wurden.«

Matthew streckte die Hand aus und legte sie auf einen Stapel Papiere auf dem Schreibtisch.

»Hier ist einiges von Interesse für dich. Aber es gibt auch noch anderes, was nur wenig mit dem Außenministerium zu tun hat, nämlich finanzielle Angelegenheiten. Vieles hat einfach mit Geld zu tun.« Er sah Pitt an, um sich zu vergewissern, ob der ihm folgen konnte.

»Geld?« Pitt verstand ihn nicht. »Aber Geld ist doch sicherlich nutzlos, wenn es darum geht, Land von afrikanischen Herrschern zu erwerben? Und die Regierung wird doch die Forscher und Eroberer ausrüsten, die für Großbritannien Land erwerben sollen?«

»Nein! Das ist es ja gerade«, sagte Matthew eindringlich. »Cecil Rhodes stattet seine Leute selber aus. Sie haben fast alles beisammen. Er finanziert seine Unternehmung selbst.«

»Ein einzelner Mann?« Pitt war erstaunt. Solchen Reichtum konnte er sich nicht vorstellen.

Matthew lächelte. »Du verstehst Afrika nicht, Thomas. Nein, er bringt nicht die ganze Summe auf, aber doch einen großen Teil. Es sind auch Banken daran beteiligt, einige in Schottland, und in erster Linie die von Francis Standish. Vielleicht verstehst du jetzt langsam, von welchen Schätzen wir sprechen: Es geht um größere Diamantvorkommen als sonst irgendwo in der Welt, und um mehr Gold, und um das Land eines ganzen Kontinents im Besitz von Menschen, die in grauer Vorzeit leben, was den Gebrauch von Waffen angeht.«

Pitt starrte ihn an. Die Gedanken in seinem Kopf waren unscharf und vage, er erinnerte sich an Worte von Sir Arthur über Ausbeutung und über den Inneren Kreis.

»Als Leute wie Livingstone nach Afrika kamen, war alles anders«, fuhr Matthew mit unbewegtem Gesicht fort. »Sie wollten den Menschen Medizin und das Christentum bringen, wollten Unwissenheit, Krankheit und Sklaverei bekämpfen. Sicherlich haben sie sich damit einen Namen gemacht, aber eigene Interessen verfolgten sie nicht. Selbst Stanley war an Ruhm mehr als an materiellem Gewinn interessiert. Aber Cecil Rhodes will Land, Geld, Macht und noch mal Macht. Und in diesem Stadium der Entwicklung Afrikas brauchen wir Männer wie ihn.«

Seine Miene verfinsterte sich noch mehr. »Ich denke zumindest, daß wir sie brauchen. Vater und ich waren da nicht einer Meinung. Er vertrat die Ansicht, daß die Regierung sich mehr hätte einmischen und unsere eigenen Leute schicken sollen, und zwar ganz offen, und zum Teufel mit dem, was der Kaiser oder König Leopold davon gehalten hätten. Aber Lord Salisbury wollte von Anfang an nichts davon wissen. Er hätte sich ganz von Afrika ferngehalten, wenn das möglich gewesen wäre, aber die Umstände und die Geschichte haben das verhindert.«

»Du meinst, Großbritannien handelt durch Cecil Rhodes?« Pitt konnte immer noch nicht glauben, was Matthew da sagte.

»Mehr oder weniger«, bestätigte Matthew. »Natürlich kommt auch eine Menge Geld aus anderen Quellen in London und Edinburgh. Diese Information ist zum Beispiel in der Deutschen Botschaft gelandet, wenigstens in Bruchstücken.«

Sie hörten Schritte auf dem Flur, doch machten sie nicht vor dem Büro halt, sondern entfernten sich wieder.

»Ich verstehe.«

»Nur zum Teil, Thomas. Es sind noch viele andere Faktoren beteiligt: Bündnisse, Streitigkeiten, alte und neue Kriege. Die Buren darf man nicht außer acht lassen. Wenn wir Paul Krüger nicht ernst nehmen, wird sich das bitter rächen. Dann sind da die Hinterlassenschaften der Zulu-Kriege. Da ist Emin Pascha in der Äquatorialprovinz, da sind die Belgier im Kongo-Becken, der Sultan von Sansibar im Osten, und vor allem sind da Carl Peters und die Deutsch-Ostafrikanische Gesellschaft.« Er berührte den Stapel Papiere neben seinem Ellbogen erneut. »Lies das, Thomas. Ich darf sie dir nicht mitgeben, aber daraus kannst du ersehen, wonach wir suchen.«

»Danke.« Pitt streckte seine Hand danach aus, doch Matthew schob sie ihm nicht herüber.

»Thomas …«

»Ja?«

»Und was ist mit Vater? Du hast gesagt, du würdest dich der Sache annehmen.« Er war verlegen, als wäre es ihm unangenehm, sich kritisch zu äußern, aber als fühle er sich dennoch dazu gezwungen. »Je länger du es ruhen läßt, desto schwieriger wird es werden. Die Leute vergessen so schnell, und sie bekommen Angst, wenn sie erst merken, daß es Menschen gibt, die …« Er atmete schwer und sah Pitt an. Seine Augen waren von einem klaren Braun, voller Schmerz und Verwirrung.

»Ich habe schon damit begonnen«, sagte Pitt leise. »In Brackley habe ich mit Sturges gesprochen. Er ist überzeugt, daß die Sache mit den Welpen Danforths Verschulden war. Danforth habe einen Brief geschrieben, der besagte, er habe es sich anders überlegt und wolle sie nicht. Zumindest gab der Brief vor, von Danforth zu kommen – ob das nun stimmt oder nicht –, aber Sturges hat ihn gesehen, der Brief war an ihn gerichtet. Es hatte nichts mit Sir Arthur zu tun.«

»Das ist ja schon mal etwas.« Matthew hielt sich daran fest, aber die Besorgnis wich nicht aus seinem Gesicht. »Und der Unfall? War das Absicht? Es war eine Warnung, oder?«

»Ich weiß nicht. Es gab keine Zeugen, soweit Sturges sagen kann, obwohl der Schmied und der Stellmacher einen Reiter in wildem Galopp die Straße entlangkommen sahen, der anscheinend die Kontrolle über sein Pferd verloren hatte. Doch selbst ein Pferd, das durchgeht, würde normalerweise nicht mit einem anderen, das es sehen kann, zusammenstoßen oder ihm so nahe kommen, daß der Reiter den anderen mit der Peitsche erwischt. Ich glaube, es war Absicht, aber ich kann es nicht beweisen. Der Mann war fremd, keiner kannte ihn.«

Matthew spannte die Gesichtsmuskeln an. »Und vermutlich trifft das auch auf die Sache in der Untergrundbahn zu. Das werden wir auch niemals beweisen. Nach allem, was wir wissen, war kein Bekannter dabei.« Er senkte den Blick. »Schlau. Sie wissen genau, wie sie es anstellen müssen, daß es, wenn du jemandem davon erzählst, absurd klingt, wie das Geschwafel von jemandem, der Opium nimmt oder gerne einen über den Durst trinkt.« Er sah mit Panik im Blick auf. »Ich fühle mich völlig hilflos. Es ist kein Haß mehr, der mich erfüllt, sondern eher so etwas wie Angst, und eine schreckliche Resignation, als wäre alles hoffnungslos. Wenn es nicht um Vater ginge, würde ich vielleicht ganz die Finger davon lassen.«

Pitt verstand diese Angst sehr gut. Auch er hatte sie schon gespürt, und diesmal hatte sie eine echte Ursache. Er verstand auch das überwältigende Gefühl der Erschöpfung, nachdem der erste Schock überwunden war. Zorn ist ein kräftezehrendes Gefühl, es verschlingt die körperlichen wie die geistigen Kräfte. Matthew war müde, doch in kurzer Zeit würde er sich erholen, dann würde sein Zorn zurückkehren, seine grenzenlose Wut und das leidenschaftliche Bedürfnis zu beschützen, die falschen Anschuldigungen zu entkräften und Gerechtigkeit wenigstens annähernd herzustellen. Er hoffte inständig, daß Harriet Soames so verständnisvoll und großmütig war, daß sie zartfühlend mit ihm umging und geduldig abwartete, bis er seine Erschöpfung und die Verwirrung der Gefühle überwunden hatte; daß sie im Moment keine Forderungen an ihn stellte, sondern in dem Vertrauen und der Gewißheit verharren konnte, daß er, soweit möglich, seine Gefühle mit ihr teilen würde.

»Unternimm nichts auf eigene Faust«, sagte Pitt mit großem Ernst.

Matthew sah ihn erstaunt und fragend an, er schien sogar etwas amüsiert.

»Wofür hältst du mich, Thomas? Ich bin seit fünfzehn Jahren im Außenministerium, ich weiß sehr wohl, wie man sich diplomatisch verhält.«

Pitt hatte seine Worte schlecht gewählt. Der Gedanke entsprang dem Wunsch zu beschützen, der auf die gemeinsame Kindheit zurückging.

»Es tut mir leid«, entschuldigte sich Pitt. »Ich meine, wir sollten gemeinsam handeln und keine Zeit verschwenden oder womöglich Mißtrauen erregen.«

Matthews Gesicht entspannte sich zu einem Lächeln. »Tut mir leid, Thomas, ich bin einfach überempfindlich. Die Sache hat mich härter getroffen, als ich dachte.« Endlich schob er Pitt die Papiere zu. »Sieh sie dir im Nebenzimmer an, und gib sie mir wieder, wenn du fertig bist.«

Pitt nahm sie an sich und stand auf. »Danke.«

Das Nebenzimmer war ein hoher Raum mit langen Fenstern zum Park, durch die das Sonnenlicht hereinströmte. Pitt setzte sich auf einen der drei Stühle und begann mit der Lektüre. Er machte sich keine Notizen, sondern merkte sich die Punkte, die für ihn wichtig waren. Er brauchte bis zum Mittag, um Gewißheit darüber zu erlangen, von welchem Punkt aus er den Weg der Informationen verfolgen mußte, von denen er mit einiger Sicherheit wußte, daß sie in der Deutschen Botschaft aufgetaucht waren. Dann erhob er sich und ging wieder zu Matthew hinüber.

»Hast du alles, was du brauchst?« fragte Matthew und sah von seiner Arbeit auf.

»Ja, im Moment schon.«

Matthew lächelte. »Wie wär's mit Lunch? Hier um die Ecke gibt es ein ausgezeichnetes Wirtshaus, und ein zweites, noch viel besseres, knapp zweihundert Meter weiter.«

»Laß uns zu dem noch viel besseren gehen«, sagte Pitt und versuchte, begeistert zu klingen.

Matthew folgte ihm zur Tür und den Korridor entlang zu der breiten Treppe, dann hinaus auf die belebte Straße.

Sie gingen nebeneinander und schoben sich an den Passanten vorbei, an Männern in Rock und Zylinder oder, seltener, an Frauen in modischem Aufzug mit Sonnenschirm, die lächelnd und Bekannten zunickend vorbeiflanierten. Auf der Straße herrschte dichter Verkehr. Kutschen, Fuhrwerke, Einspänner, Kaleschen und offene Landauer zogen in flottem Tempo an ihnen vorbei, begleitet von lebhaftem Hufgeklapper und dem Rasseln des Geschirrs.

»Ich liebe London an schönen Tagen«, sagte Matthew fast entschuldigend. »Es ist so voller Leben, voller Zielstrebigkeit und anregender Aktivitäten.« Er warf Pitt einen Blick zu. »Ich brauche Brackley, weil es Frieden ausströmt und Dauerhaftigkeit bedeutet. Es steht mir immer ganz klar vor Augen, als hätte ich es eben noch gesehen. Ich kann die klare Winterluft riechen, den Schnee auf den Feldern sehen oder den Frost unter meinen Schuhen knirschen hören. Wenn ich einatme, rieche ich den Duft eines Sommertages, das frische Heu, ich spüre das helle Sonnenlicht und die Wärme auf meiner Haut, und ich erinnere mich genau an den Geschmack von Cider.«

Eine attraktive Frau in Rosa und Grau kam ihnen entgegen und lächelte Matthew zu, nicht als Bekannte, sondern aus Interesse, doch er bemerkte sie kaum.

»Und das schräge Licht und die plötzlichen Regengüsse im Frühjahr«, fuhr er fort. »In der Stadt ist es einfach nur naß oder trocken. Hier kann man kein explodierendes Wachstum verfolgen, nicht den ersten grünen Schimmer auf den Feldern erkennen oder die tiefen, braunen Furchen betrachten; hier hat keiner das Bewußtsein vom Wechsel der Jahreszeiten und der Endlosigkeit von allem, weil es seit Anbeginn der Zeit so war und wahrscheinlich immer so sein wird.«

Eine Kutsche fuhr dicht an ihnen vorbei, und Matthew, der am Bordstein ging, machte einen hastigen Schritt zur Seite, damit die seitlich herausragenden Lampen ihn nicht verletzten.

»Idiot!« knurrte er unterdrückt.

Sie waren kurz vor der Kreuzung.

»Für mich war die schönste Jahreszeit immer der Herbst«, sagte Pitt und lächelte bei der Erinnerung. »Die kürzer werdenden Tage mit den goldenen Abenden, wenn das Licht schräg über die Stoppelfelder fällt und die Heugarben sich gegen den Himmel abheben; oder wenn an klaren Abenden die Wolken den Himmel im Westen säumen und die Hecken voller roter Beeren und Hagebutten hängen und die Luft von dem Geruch von würzigem Holzfeuer und welkem Laub erfüllt ist und die Bäume in feurigen Farben dastehen.« Sie traten an die Kreuzung und blieben stehen. »Den Frühling mit seinem Überschwang und den frischen Blumen habe ich auch geliebt, aber der Herbst hatte immer etwas Besonderes, wenn alles mit einem goldenen Hauch überzogen ist; da ist eine Fülle, eine Vollendung ...«

Matthew warf ihm einen Blick intensivster Zuneigung zu. Sie hätten auch zwanzig Jahre jünger sein und gemeinsam in Brackley stehen können, den Blick über die Felder gerichtet, statt an einer Kreuzung in der Parliament Street, wo sie darauf warteten, die Straße zu überqueren.

Ein Einspänner fuhr zügig vorbei, und danach tat sich eine Lücke auf. Beide traten unverzüglich auf die Straße. Plötzlich kam aus dem Nichts ein Vierspänner um die Ecke gerast mit wild und verängstigt blickenden Pferden. Pitt sprang zur Seite und riß Matthew, so heftig er konnte, mit sich. Dennoch wurde Matthew von dem linken Vorderrad erfaßt und rücklings auf die Straße geschleudert, wobei sein Kopf nur knapp vor der Bordsteinkante aufprallte.

Pitt rappelte sich auf und sah der Kutsche nach, doch es war nur noch das Heck zu sehen, das soeben um die Ecke der St. Margaret Street in Richtung Old Palace Yard verschwand. Matthew lag regungslos auf der Straße.

Pitt stürzte zu ihm. Den Schmerzen in seinem Bein und den Schürfwunden an seiner linken Seite schenkte er in dem Moment keine Beachtung.

»Matthew! Seine Stimme war schrill vor Angst, und sein Magen verkrampfte sich. »Matthew!« Es war kein Blut zu sehen, keine Verrenkung, auch kein ungewöhnlicher Winkel des Halses zum Körper, aber seine Augen waren geschlossen, und er war leichenblaß.

Eine Frau stand schluchzend am Straßenrand und hielt sich die Hand vor den Mund, als wolle sie die Laute ersticken. Eine andere, ältere Frau kniete sich neben Matthew auf die Straße.

»Darf ich Ihnen helfen?« fragte sie ruhig. »Mein Mann ist Arzt, und ich habe ihm oft assistiert.« Sie sah nicht Pitt, sondern Matthew an. Die Frau wartete nicht, ob sie die Erlaubnis erhalten würde, zog sich die Handschuhe aus, berührte Matthews Wange und befühlte seinen Nacken.

Pitt wartete unter großer Anspannung.

Nach ein paar Augenblicken sah sie ihn mit ruhigem Blick an.

»Sein Puls ist sehr stark«, sagte sie lächelnd. »Ich vermute, er wird einen fürchterlichen Brummschädel haben und einige blaue Flecken, die sicherlich sehr schmerzhaft sein werden, aber er ist ganz lebendig, das kann ich Ihnen versichern.«

Pitts Erleichterung war grenzenlos. Er hatte das Gefühl, als würde das Blut wieder in seinen Körper zurückströmen und seinen Verstand und sein Herz neu beleben.

»Sie sollten sich einen kräftigen Brandy genehmigen«, sagte die Frau freundlich. »Ich kann ein heißes Bad empfehlen, und reiben Sie sich die Prellungen mit Arnikaöl ein. Das hilft mit Sicherheit.«

»Danke. Vielen herzlichen Dank!« Es war ihm, als hätte sie ihrer beider Leben gerettet.

»Sie haben wahrscheinlich keine Ahnung, wer der Fahrer war?« fuhr sie fort, ohne sich zu erheben. »Man sollte ihn anzeigen. So zu fahren ist kriminell. Sie können Gott danken, daß Ihr Freund nicht auf der Bordsteinkante aufgeprallt ist, das hätte ihm den Schädel spalten und ihn töten können.«

»Ich weiß«, sagte Pitt und schluckte, er begriff, wie wahr sie gesprochen hatte. Jetzt, da er wußte, daß Matthew lebte, wurde ihm der Vorfall erst klar, und er verstand seine Bedeutung.

Sie sah ihn aufmerksam an, ihre Stirn legte sich in Falten; sie erahnte, daß es hier um mehr ging als den Unfall, den sie gesehen hatte.

Um sie herum sammelte sich eine kleine Menschenmenge. Ein untersetzter Mann mit buschigem Backenbart bahnte sich mit seinen Ellbogen den Weg nach vorne.

»Holla, was ist denn hier passiert?« verlangte er zu wissen. »Brauchen Sie einen Arzt? Sollen wir die Polizei holen? Hat schon jemand die Polizei verständigt?«

»Ich bin von der Polizei.« Pitt sah ihn an. »Und wir brauchen einen Arzt. Ich wäre Ihnen dankbar, wenn Sie einen holen könnten.«

Der Mann sah ihn skeptisch an. »Sie sind von der Polizei?«

Pitt steckte die Hand in die Tasche, um seine Karte hervorzuholen, und stellte entsetzt fest, daß er zitterte. Mühsam beförderte er eine zutage und reichte sie dem Mann, ohne auf dessen Reaktion zu achten.

Matthew regte sich und gab einen kehligen Laut von sich, der in ein Stöhnen überging, dann öffnete er die Augen.

»Matthew!« sagte Pitt steif und beugte sich über ihn.

»Verdammter Idiot!« knurrte Matthew wütend. Dann schloß er die Augen vor Schmerzen.

»Bleiben Sie still liegen, junger Mann«, sagte die ältere Dame entschlossen. »Es wird ein Arzt gerufen, und Sie sollten seinen Rat hören, bevor Sie versuchen aufzustehen.«

»Thomas?«

»Ja ... Ich bin hier.«

Matthew öffnete die Augen und richtete seinen Blick auf Pitt. Er wollte anheben zu sprechen, ließ es aber.

»Ja, ich denke genau dasselbe«, sagte Pitt leise.

Matthew atmete tief ein und stieß die Luft unter Schaudern aus. »Ich hätte nicht so empfindlich reagieren sollen, als du mich gewarnt hast, vorsichtig zu sein. Das war kindisch und, wie sich jetzt herausstellt, ganz falsch.«

Pitt sagte nichts.

Die ältere Dame drehte sich zu dem Mann mit dem Backenbart um. »Können wir annehmen, daß jemand nach einem Arzt geschickt wurde?« fragte sie in einem Ton, wie ihn eine Gouvernante gegenüber einem überheblichen Butler anschlagen würde.

»Das können Sie, Ma'am«, erwiderte er steif und entfernte sich, um – wie Pitt mutmaßte – eben dies zu tun.

»Ich glaube, wenn du mir hilfst, kann ich aufstehen«, sagte Matthew. »Ich behindere ja den Verkehr und errege unnötiges Aufsehen.« Mit Mühe richtete er sich auf und kam auf seine Füße, ohne daß Pitt ihn daran hindern konnte. Er mußte ihm aber helfen und ihn stützen, als Matthew kurz darauf schwankte und das Gleichgewicht zu verlieren drohte. Er klammerte sich einige Sekunden an Pitt, bis das Blut wieder in seinen Kopf stieg und er stehen konnte, zwar nicht ohne Hilfe, aber immerhin aufrecht.

»Ich glaube, wir sollten uns eine Droschke nehmen, nach Hause fahren und dort deinen Arzt holen«, sagte Pitt entschlossen.

»Oh, ich glaube, das ist nicht nötig«, wehrte sich Matthew, schwankte aber immer noch.

»Es wäre sehr leichtsinnig, nicht auf diesen Rat zu hören«, sagte die ältere Dame streng. Jetzt, da Pitt und Matthew standen, fiel auf, daß sie um einiges kleiner war als die beiden und zu ihnen aufschauen mußte, doch tat das ihrer Selbstsicherheit keinen Abbruch. Pitt kam es jedenfalls immer noch so vor, als stünde er in einem Klassenzimmer.

Matthew mußte es ähnlich gegangen sein, denn er widersprach nicht und bedankte sich überschwenglich bei der

Dame, als Pitt eine Droschke herbeiwinkte, die anhielt. Beide verabschiedeten sich und stiegen ein.

Pitt begleitete Matthew zu seiner Wohnung und sorgte dafür, daß ein Arzt geholt wurde. Dann setzte er sich in das kleine Wohnzimmer und wartete auf die Ankunft des Arztes und dessen Diagnose. Währenddessen ließ er sich die Dinge, die er in den Papieren im Außenministerium gelesen hatte, durch den Kopf gehen.

Matthew war froh, sich auf seinem Bett ausruhen zu können.

»Ein schlimmer Unfall«, sagte der Arzt fast eine Stunde später. »Aber zum Glück haben Sie außer einer kleinen Gehirnerschütterung und einigen schmerzhaften Prellungen keine Verletzungen davongetragen. Haben Sie den Vorfall der Polizei gemeldet?«

Er stand in Matthews Schlafzimmer. Matthew lag blaß und mitgenommen im Bett, während Pitt in der Tür stand.

»Mr. Pitt ist Polizist«, erklärte Matthew. »Er war bei mir, als es passierte. Er ist auch gestürzt.«

»Ist das wahr? Sie haben nichts gesagt.« Der Arzt sah ihn mit hochgezogenen Augenbrauen an. »Sollte ich Sie auch untersuchen, Sir?«

»Nicht nötig, sind nur ein paar blauen Flecken«, winkte Pitt ab. »Danke für Ihre Anteilnahme.«

»Dann nehme ich an, Sie werden die Angelegenheit Ihrem Vorgesetzten melden. So zu fahren, zwei Menschen zu verletzen und nicht anzuhalten, ist gegen das Gesetz«, sagte der Arzt mit strenger Miene.

»Da keiner von uns beiden weiß, wer der Fahrer war, und die Zeugen des Unfalls es auch nicht wissen, kann man nur wenig tun«, erklärte Pitt.

Matthew lächelte schwach und sagte: »Und Oberinspektor Pitt hat keine Vorgesetzten, außer dem stellvertretenden Polizeipräsidenten. Das stimmt doch, Thomas?«

Der Arzt schüttelte überrascht den Kopf.

»Schade. Solche Leute sollten bestraft werden. Diesem Mann müßte von Stund an das Fahren verboten werden, das fände ich richtig. Na ja, es gibt noch jede Menge anderer

Dinge, die ich richtig fände.« Er drehte sich zu Matthew um. »Sie brauchen ein, zwei Tage Bettruhe, und rufen Sie mich, wenn die Kopfschmerzen schlimmer werden, Ihr Sehvermögen beeinträchtigt ist oder sich Übelkeit einstellt.«

»Ich danke Ihnen.«

»Auf Wiedersehen, Sir Matthew.«

Pitt führte ihn hinaus und kam in Matthews Schlafzimmer zurück.

»Danke, Thomas«, sagte Matthew mit grimmiger Miene. »Wenn du mich nicht weggerissen hättest, hätten mich die Hufe zu Brei zermalmt. Soll ich annehmen, daß es der Innere Kreis war, der mich warnen wollte?«

»Oder uns beide«, gab Pitt zurück. »Vielleicht auch jemand, der in Afrika eine Menge Geld aufs Spiel gesetzt hat. Obwohl ich das für weniger wahrscheinlich halte. Oder vielleicht war es ein einfacher Unfall, ganz ohne persönlichen Bezug.«

»Glaubst du das?«

»Nein.«

»Ich auch nicht.« Matthew versuchte zu lächeln. Sein längliches Gesicht mit den braunen Augen war äußerst blaß, und er bemühte sich nicht, seine Furcht zu verbergen.

»Lassen wir die Sache für ein, zwei Tage ruhen«, sagte Pitt leise. »Wir erreichen nichts, wenn wir uns in Gefahr begeben, sogar in Todesgefahr. Bleib zu Hause. Wir müssen uns den nächsten Schritt gut überlegen. Er sollte Wirkung haben. Das hier ist kein Kampf, in dem wir Schläge austeilen können, die keinen Schaden anrichten.«

»Im Moment kann ich mich sowieso nicht rühren«, preßte Matthew hervor. »Aber ich werde mich in Gedanken mit nichts anderem beschäftigen.«

Pitt lächelte und verabschiedete sich. Er konnte nichts weiter tun, Matthew brauchte Ruhe. Als er ging, rasten dunkle, angsterfüllte Gedanken in seinem Kopf umher.

Es war schon fast vier Uhr, als er die Downing Street überquerte und die Stufen zum Kolonialministerium hinaufstieg. Er bat darum, Linus Chancellor sprechen zu dürfen, worauf man ihm sagte, daß es möglich sei, wenn er sich etwas gedulden könne.

Er brauchte nur eine halbe Stunde zu warten, dann wurde er in Chancellors Büro vorgelassen. Der saß hinter seinem Schreibtisch, die Stirn sorgenvoll in Falten gelegt, die Augen voller wachem Interesse.

»Tag, Pitt«, sagte er, ohne sich zu erheben. Er deutete auf den Stuhl neben seinem Schreibtisch, und Pitt ließ sich nieder. »Sie sind vermutlich gekommen, um mir Ihre bisherigen Ergebnisse mitzuteilen? Ist es noch zu früh, um nach einem Verdächtigen zu suchen? Ja, Ihr Gesichtsausdruck sagt mir, daß das der Fall ist. Was haben Sie gefunden?« Seine Augen wurden schmal. »Sie bewegen sich so steif. Haben Sie sich verletzt?«

Pitt lächelte gequält. Inzwischen tat ihm tatsächlich alles weh. In seiner Sorge um Matthew hatte er seine eigenen Verletzungen nicht beachtet, doch jetzt ließen sich die Schmerzen nicht länger leugnen.

»Vor ein paar Stunden bin ich von einer Kutsche angefahren worden, aber ich bezweifle, daß es hiermit zu tun hat.«

Chancellors Miene drückte echte Besorgnis und auch Schrecken aus. »Gütiger Himmel! Sie meinen doch nicht, daß jemand absichtlich versucht hat, Sie umzubringen?« Dann wurde sein Gesicht starr, und ein bitterer Ausdruck trat in seine Augen. »Obwohl, eigentlich sollte es mich nicht verwundern. Wenn jemand bereit ist, sein Land zu verraten, warum sollte er davor zurückschrecken, denjenigen aus dem Weg zu schaffen, der ihn entlarven will? Ich glaube, ich muß meine Werte neu ordnen.«

Er lehnte sich zurück, sein Gesicht war voller Anspannung. »Vielleicht denken wir, weil Gewalt für uns so abscheulich ist, sie sei schlimmer als die unsichtbare Korruption des Verrats, der aber im wesentlichen unendlich viel verachtenswerter ist. Es ist Mord mit einem lächelnden Gesicht, der Angriff aus dem Hinterhalt«, er ballte die Hand zur Faust, als wolle er den Schlag selbst austeilen, »wenn man sich abwendet, und dann erkennen muß, daß man sein Vertrauen den Falschen geschenkt hat.

Verrat zerstört all das, was das Leben lebenswert macht, den Glauben an das Gute, die Zuneigung von Freunden, selbst die Ehre. Warum sollte ich glauben, er würde vor einem verdeckten Stoß in der Menge zurückschrecken? Ein Mann stürzt und gerät unter die Räder einer Kutsche.« Er sah Pitt an, unter der besorgten Miene schwelte leidenschaftliche Wut. »Haben Sie einen Arzt aufgesucht? Sollten Sie überhaupt herumlaufen? Sind Sie sicher, daß es keine ernste Verletzung ist?«

Pitt mußte lächeln. »Ja, ich habe einen Arzt aufgesucht.« Das entsprach nicht ganz der Wahrheit. »Ich war mit einem Freund zusammen, dessen Verletzung weit schlimmer ist als meine. In ein paar Tagen haben wir das überstanden, aber ich danke Ihnen für Ihre Anteilnahme. Heute morgen habe ich mit Sir Matthew Desmond gesprochen und von ihm Einzelheiten über die Informationen erhalten, die in die Hände der Deutschen gelangt sind. Ich habe die Papiere im Außenministerium durchgesehen und sie dort zurückgelassen, doch ich habe mir die wesentlichen Punkte gemerkt. Vielleicht können Sie mir jetzt sagen, ob es eine gemeinsame Quelle oder eine Verbindung gibt, oder vielleicht jemanden, den wir ausschließen können, weil er die Informationen nicht kennen konnte.«

»Natürlich. Berichten Sie mir.« Chancellor lehnte sich in seinem Stuhl zurück und wartete mit gefalteten Händen.

Sehr konzentriert wiederholte Pitt die Informationen, die er Matthews Papieren entnommen hatte. In geordneter Reihenfolge ging er sämtliche Punkte durch.

Als er fertig war, sah ihn Chancellor verwirrt und mit neuer Sorge an.

»Was ist?« fragte Pitt.

»Einige dieser Informationen kannte selbst ich nicht«, antwortete Chancellor bedächtig. »Sie gehen nicht durch unser Ministerium.« Die Worte verklangen in der Stille, und er sah Pitt forschend an, der die Tragweite des Gesagten erfaßte.

»Also hat unser Verräter Hilfe von außen, sei es zufällig oder absichtlich«, folgerte Pitt. Dann kam ihm ein neuer Gedanke. »Das kann auch seine Schwäche sein ...«

Chancellor verstand ihn sofort. Er sah ihn hoffnungsvoll an, sein Körper war angespannt. »Das wäre in der Tat möglich! Es könnte ein Ausgangspunkt für die Suche nach Beweisen, nach Mitteilungen, vielleicht sogar Zahlungen oder Erpressungsversuchen. Es gibt eine Vielzahl von Möglichkeiten.«

»Wo soll ich beginnen?«

»Wie bitte?« Chancellor war verwirrt.

»Woher könnten die anderen Informationen stammen?« präzisierte Pitt. »Welche Details sind es, die nicht durch dieses Ministerium gehen?«

»Ach so. Ich verstehe. Finanzielle Angelegenheiten. Sie haben Einzelheiten über die verschiedenen Darlehen und Bürgschaften erwähnt, die unter anderen MacKinnon und Rhodes betreffen. Und über die Unterstützung, die aus der City und von Banken in Edinburgh stammt. Die allgemeinen Fakten kann jeder aufmerksame Mensch mit Kenntnissen im finanziellen Bereich in Erfahrung bringen, aber die genauen Daten, Bedingungen und die genauen Beträge können nur aus dem Schatzamt kommen.«

Seine Lippen wurden schmal. »Die Sache wird immer scheußlicher, Pitt. Es sieht so aus, als säße im Schatzamt auch ein Verräter. Wir werden Ihnen sehr dankbar sein, wenn Sie diese Angelegenheit für uns aufdecken und dabei Diskretion wahren können.« Er musterte Pitt. »Ich muß Ihnen nicht erläutern, welcher Schaden der Regierung, und nicht nur den britischen Interessen in Afrika, zugefügt werden könnte, wenn in der Öffentlichkeit bekannt würde, daß es in den Ministerien Verräter gibt, oder?«

»Nein«, sagte Pitt schlicht und stand auf. »Ich werde mich bemühen, die Sache diskret zu behandeln, wenn möglich sogar geheimzuhalten.«

»Gut, gut.« Chancellors ausdrucksvolles Gesicht entspannte sich ein wenig, und er sah Pitt an. »Halten Sie mich auf dem laufenden. Ich kann mich immer für ein paar Minuten freimachen, um Sie zu sehen, wenn nötig, auch am Abend. Ich vermute, Sie haben genausowenig feste Zeiten wie ich?«

»Richtig. Ich werde Sie unterrichten. Auf Wiedersehen, Mr. Chancellor.«

Pitt ging gleich darauf zum Schatzamt, doch es war schon fast fünf Uhr, und Mr. Ransley Soames, den er sprechen wollte, war bereits nach Hause gegangen. Pitt war erschöpft, alles tat ihm weh. Er war nicht traurig, daß er in seinem Eifer gebremst wurde; so konnte er eine Droschke nehmen und sich nach Hause bringen lassen.

Er hatte hin und her überlegt, ob er Charlotte die volle Wahrheit über den Unfall vom Vormittag erzählen sollte. Es wäre sinnlos, es gar nicht zu erwähnen; sie würde sofort merken, daß er verletzt war. Aber er mußte ihr ja nicht das ganze Ausmaß schildern und daß Matthew noch schwerer verletzt wurde. Er beschloß, daß sie sich nur unnötige Sorgen machen würde.

»Wie ist das geschehen?« fragte sie, als er den Vorfall erwähnte. Sie saßen bei einer Tasse heißem Tee im Wohnzimmer. Die Kinder waren nach dem Abendessen nach oben gegangen, Jemima machte noch Hausaufgaben. Nur noch vier Jahre, dann würde sie die Prüfung ablegen, die über ihre schulische Zukunft entschied. Der zwei Jahre jüngere Daniel brauchte sich diesen strengen Studien noch nicht zu unterziehen. Mit seinen fünfeinhalb Jahren konnte er recht gut lesen, lernte das kleine Einmaleins und übte viel mehr Schreiben, als ihm lieb war. Doch um diese Tageszeit durfte er einfach spielen. Jemima versuchte sich eine Liste aller englischen Könige von Eduard dem Bekenner im Jahre 1066 bis zur amtierenden Königin Viktoria im Jahre 1890 zu merken, und das war eine äußerst schwierige Aufgabe. Wenn die Zeit der Prüfungen kam, würden von ihr nicht nur die Namen und deren Reihenfolge verlangt werden, sondern darüber hinaus auch die Daten und herausragenden Ereignisse ihrer Regentschaft.

»Wie ist das geschehen?« fragte Charlotte noch einmal und sah ihn prüfend an.

»Eine Kutsche war scheinbar außer Kontrolle geraten und hat mich erfaßt, als sie um die Ecke raste. Ich bin gefallen, bin aber, abgesehen von ein paar Prellungen, unverletzt.« Er lächelte. »Es ist wirklich nichts Ernstes. Am liebsten hätte ich es dir gar nicht erzählt, aber ich will nicht, daß du denkst, ich bin über Tag gealtert und gebrechlich geworden.«

Sie erwiderte sein Lächeln nicht.

»Thomas, du siehst furchtbar aus. Du solltest zum Arzt gehen, um sicher zu gehen ...«

»Das ist nicht nötig.«

Sie wollte schon aufstehen. »Ich finde aber doch.«

»Nein, wirklich nicht.« Er hörte die Angst in seiner Stimme und konnte sie nicht unterdrücken.

Sie sah ihn mit sorgengefurchter Stirn an.

»Entschuldigung«, sagte er. »Ich habe schon mit einem Arzt gesprochen.« Auch diesmal legte er die Wahrheit ziemlich weit aus, wie schon bei Chancellor. »Ich habe nichts außer ein paar Prellungen und einem Schreck abbekommen, und ich bin sehr wütend.«

»Das ist nicht alles. Warum warst du beim Arzt?« fragte sie, ohne den Blick von ihm zu wenden.

Zu lügen war viel zu kompliziert, und er war müde. Er hatte sie nicht beunruhigen wollen, aber jetzt erzählte er ihr die ganze Geschichte.

»Matthew war dabei«, antwortete er. »Er ist viel schlimmer verletzt. Der Arzt ist seinetwegen gekommen. Aber er wird es überstehen«, fügte er schnell hinzu. »Er war ein paar Minuten ohnmächtig.«

Sie sah ihn mit sorgenerfülltem Blick an.

»War es wirklich ein Unfall, Thomas? Oder denkst du, der Innere Kreis ist auch hinter Matthew her?«

»Ich weiß es nicht. Ich nehme es nicht an, denn so gerne ich auch glauben möchte, daß er eine Gefahr für sie darstellt, bin ich nicht davon überzeugt.«

Sie sah ihn zweifelnd an, sagte aber nichts weiter. Stattdessen ging sie, um ihm ein Bad zu richten und das Arnikaöl zu suchen.

»Guten Morgen, Oberinspektor.« Es klang wie eine Frage, als Ransley Soames Pitt begrüßte. Er war ein gutaussehender Mann mit regelmäßigen Zügen und dicht gewelltem, hellem Haar, das von der Stirn zurückgekämmt war. Seine

Nasenwurzel war etwas hoch, und sein Mund voll und weich. Ohne Selbstdisziplin hätte er möglicherweise zur Genußsucht tendiert. Doch so war er sehr konzentriert und sah Pitt mit ruhigem Blick und angemessenem Interesse an. »Was kann ich für Sie tun?«

»Guten Morgen, Mr. Soames«, sagte Pitt, schloß die Tür hinter sich und setzte sich auf den ihm bedeuteten Stuhl. Soames saß hinter einem großen, reich geschnitzten Schreibtisch, neben ihm eine rote Akte, die noch mit einem Band verschlossen war.

»Verzeihen Sie, daß ich Sie stören muß, aber ich stelle im Auftrag des Außenministeriums Nachforschungen an über bestimmte Informationen, die fehlgeleitet worden sind. Nun müssen wir herausbekommen, woher die Informationen stammen und wer Zugang zu ihnen hatte, um den Fehler zu korrigieren.«

Soames runzelte die Stirn. »Sie drücken sich sehr diplomatisch aus, Oberinspektor. Um welche Informationen handelt es sich, und wo sind sie irrtümlicherweise gelandet?«

»Es sind finanzielle Informationen über Afrika, und zu diesem Zeitpunkt möchte ich lieber nicht sagen, wo sie aufgetaucht sind. Mr. Linus Chancellor hat mich um äußerste Diskretion gebeten. Ich denke, Sie haben Verständnis dafür.«

»Selbstverständlich.« Doch Soames schien nicht sehr erfreut, daß sich die Vorsichtsmaßnahme auch auf ihn erstreckte. »Und Sie werden verstehen, Oberinspektor, daß ich eine Bestätigung Ihres Auftrags brauche ..., eine reine Formsache.«

Pitt lächelte. »Natürlich.« Er zückte eine vom Außenminister gegengezeichnete Vollmacht, die Matthew ihm gegeben hatte.

Soames warf einen Blick darauf, erkannte die Unterschrift des Außenministers und richtete sich etwas auf. Pitt bemerkte eine gewisse Anspannung in seiner Haltung. Vielleicht wurde ihm der Ernst der Lage bewußt.

»In Ordnung, Oberinspektor. Was genau möchten Sie nun von mir wissen? Über meinen Schreibtisch gehen jede

Menge finanzieller Informationen, wie Sie sich denken können. Vieles davon hat mit Afrika zu tun.«

»Unter anderem bin ich an Einzelheiten im Zusammenhang mit der Finanzierung der Expedition ins Matabeleland von Mr. Cecil Rhodes interessiert, die zur Zeit durchgeführt wird.«

»Aha? Wissen Sie denn nicht, Oberinspektor, daß die zum größten Teil von Mr. Rhodes selbst und seiner Britisch-Südafrikanischen Gesellschaft finanziert wird?«

»Durchaus, Sir. Doch das war nicht immer so. Es wäre sehr hilfreich, wenn Sie mir etwas über die Entstehungsgeschichte der Finanzierung dieser Expedition berichten könnten.«

Soames machte große Augen.

»Grundgütiger! Wie weit soll ich zurückgehen?«

Das Fenster stand offen, und durch die fernen Verkehrsgeräusche drang für einen Moment der Klang eines Leierkastens.

»Sagen wir, zehn Jahre«, erwiderte Pitt.

»Was wollen Sie darüber wissen? Ich kann Ihnen unmöglich die ganze Geschichte erläutern, dazu würde ich den ganzen Tag brauchen.« Soames sah ihn überrascht und auch irritiert an, als halte er das Ansinnen für maßlos.

»Ich möchte nur wissen, wer Zugang zu den Informationen hatte.«

Soames seufzte. »Auch das ist ein Ding der Unmöglichkeit. Zunächst hat Mr. Rhodes versucht, der Kapprovinz das Betschuanaland abzuringen. Im August dreiundachtzig hat er zu diesem Thema vor dem Parlament der Kapprovinz gesprochen.«

Er lehnte sich in seinem Stuhl zurück und faltete die Hände über seiner Weste. »Es war das Tor zu den außerordentlich fruchtbaren Ebenen von Matabeleland und Maschonaland. Doch Scanlen, der Premierminister, war nicht daran interessiert. Die Provinz war aufgrund des Eisenbahnbaus mit vierzehn Millionen Pfund verschuldet, und auch der Krieg mit dem Basutoland hatte riesige Summen verschlungen. Zu dem Zeitpunkt hat sich Rhodes auf der

Suche nach Mitteln zum ersten Mal an London gewandt ..., unfreiwillig, könnte man sagen. Das war natürlich während der liberalen Regierung von Mr. Gladstone. Damals war Lord Derby Außenminister. Doch der war genauso wenig daran interessiert wie Scanlen von der Kapprovinz.« Soames sah Pitt prüfend an. »Sind Sie mit diesen Dingen vertraut, Oberinspektor?«

»Nein, Sir. Sollte ich sie wissen?«

»Wenn Sie die Geschichte der Finanzierung verstehen wollen.« Soames lächelte und fuhr fort: »Nach unseren schrecklichen Verlusten in Majuba wollte Lord Derby nichts davon wissen. Im Jahr darauf veränderte sich die Lage völlig. Das lag hauptsächlich daran, daß man befürchtete, Transvaal würde sich nach Norden hin ausdehnen und unsere Bemühungen, unsere sehr notwendigen Bemühungen, das Empire und die Seewege um das Kap zu sichern, zum Scheitern bringen. Wir konnten es uns nicht leisten, daß die Häfen am Kap in die Hände der Buren fielen. Können Sie mir folgen?«

»Ja.«

»Krüger und die anderen Delegierten aus Transvaal sind im Jahr darauf, also vierundachtzig, nach London gekommen, um die Pretoria-Konvention neu zu verhandeln. In diesem Vertrag – ich werde Sie nicht mit den Einzelheiten langweilen – wurde auch vereinbart, daß Krüger das Betschuanaland aufgibt. Burische Freibeuter zogen Richtung Norden.« Er beobachtete Pitt, um zu sehen, ob der ihm folgen konnte. »Krüger hat Rhodes doppelt hintergangen und Goschen für Transvaal annektiert; dann trat Deutschland auf den Plan. Die Lage wurde immer komplizierter. Verstehen Sie jetzt wenigstens ansatzweise, wie viele Informationen es gibt und wie schwierig es ist herauszufinden, wer was wußte?«

»Schön«, sagte Pitt. »Aber es gibt doch sicherlich etablierte Kanäle, durch die Informationen über das Sambesi-Gebiet und Äquatorialafrika geleitet werden?«

»Selbstverständlich. Doch was ist mit dem Kap, Betschuanaland, dem Kongo und Sansibar?«

Die Geräusche, die durch das geöffnete Fenster drangen, schienen weit weg, wie aus einer anderen Welt.

»Die schließen wir für den Moment aus«, sagte Pitt.

»In Ordnung. Damit wird die Sache etwas leichter.« Soames' Miene verlor aber nicht ihren besorgten und gereizten Ausdruck. Er runzelte die Stirn und war immer noch angespannt.

»Thompson, Chetwynd, MacGregor, Cranbourne und Alderley und ich selbst sind diejenigen, die sich mit diesen Gebieten auskennen. Ich kann mir nur schwer vorstellen, daß einer von ihnen nachlässig gewesen ist oder Informationen an eine nicht autorisierte Person weitergegeben hat, aber möglich ist es.«

»Danke.«

Soames sah ihn fragend an. »Was haben Sie vor?«

»Ich werde die Sache weiterverfolgen«, sagte Pitt mit einem neutralen Lächeln. Er würde sie Tellman übergeben und ihn unter anderem beauftragen herauszufinden, ob zwischen diesen Männern und Miss Amanda Pennecuick eine Verbindung bestand.

Soames sah Pitt unverwandt an. »Oberinspektor, ich nehme an, die Informationen sind unrechtmäßig zur persönlichen Bereicherung oder dergleichen verwandt worden? Ich hoffe doch, daß es unsere Position in Afrika in keiner Weise gefährdet? Ich verstehe den Ernst der Lage.« Er beugte sich vor. »Es ist in der Tat zwingend notwendig, daß wir das Sambesi-Gebiet und die Kap-Kairo-Achse in ihrer ganzen Länge für uns sichern. Wenn beides in falsche Hände gerät – weiß der Himmel, welchen Schaden das anrichten würde! Die ganze Arbeit, die beträchtliche Leistung von Livingstone und Moffat, wird von einer Welle der Gewalt und Barbarei zunichte gemacht werden. Afrika wäre in Blut getränkt. Das Christentum würde nicht mehr Fuß fassen können.« Sein Blick war düster und hoffnungslos. Offenbar galt diesen Plänen seine rückhaltlose und uneingeschränkte Unterstützung.

Plötzlich mochte Pitt den Mann. Seine Absichten waren meilenweit von dem Opportunismus und der Ausbeutung entfernt, die Sir Arthur befürchtet hatte. Zumindest war Ransley Soames nicht in den Inneren Kreis und seine Manipulationen verwickelt. Das allein reichte, um ihn Pitt sympathisch zu machen. Es bedeutete eine unglaubliche Erleichterung. Schließlich würde Soames bald Matthews Schwiegervater sein.

»Es tut mir leid. Ich wünschte, ich könnte Sie beruhigen«, erwiderte er ernst. »Doch die Informationen sind in der Deutschen Botschaft aufgetaucht.«

Die Farbe wich aus Soames' Gesicht; entsetzt starrte er Pitt an. »Informationen ... korrekte Informationen? Sind Sie sicher?«

»Vielleicht ist noch kein irreparabler Schaden entstanden«, versuchte Pitt ihn zu beschwichtigen.

»Aber ... wer würde so ... so etwas tun?« Soames sah ihn fast verzweifelt an. »Werden die Deutschen von Sansibar aus einmarschieren? Sie haben Leute, Waffen, sogar Kanonenboote, müssen Sie wissen. Es ist schon zu Aufständen, Unterwerfung und Blutvergießen gekommen!«

»Vielleicht hindert sie das daran einzumarschieren«, sagte Pitt. »Ich danke Ihnen erst einmal für Ihre Auskünfte.« Er stand auf und hatte schon die Tür erreicht, als er spontan einen Vorstoß wagte. »Sir, kennen Sie zufälligerweise eine junge Frau namens Amanda Pennecuick?«

»Ja.« Soames sah ihn überrascht an. »Wie kommen Sie auf diese Frage? Sie kann damit nichts zu tun haben. Sie ist eine Freundin meiner Tochter. Warum fragen Sie, Oberinspektor?«

»Kennt sie einen der Herren auf der Liste?«

»Ich glaube, ja. Mit Alderley ist sie in meinem Haus zusammengekommen, das weiß ich. Er mochte sie allem Anschein nach sehr. Was nicht verwunderlich ist. Sie ist eine äußerst attraktive junge Frau. Was hat das mit den finanziellen Informationen über Afrika zu tun, Oberinspektor?«

»Möglicherweise nichts.« Pitt lächelte und öffnete die Tür. »Ich danke Ihnen, Sir. Guten Tag.«

Der folgende Tag war ein Sonntag und für Nobby Gunne der glücklichste Tag seit langem. Peter Kreisler hatte sie zu einer Bootspartie auf der Themse eingeladen und zu diesem Zweck ein Ruderboot gemietet. Nach dem Abendessen würden sie mit einer Mietkutsche in die Stadt zurückkehren.

Jetzt saß sie in dem kleinen Boot auf dem hellen Wasser, die Sonne im Gesicht, die Brise angenehm kühl, und über den Fluß hinweg erschollen angeregte Stimmen und Gelächter. Frauen in hellen Musselinkleidern, Männer in Hemdsärmeln und Kinder im Sonntagsstaat lehnten sich begeistert über die Reling der Ausflugsdampfer, winkten von den Brücken oder promenierten an den Ufern.

»Heute ist wohl ganz London auf den Beinen«, sagte sie fröhlich, während ihr Bootsführer sie geschickt zwischen einer vor Anker liegenden Barke und einem Fischerboot hindurchmanövrierte. Sie waren bei der Westminster Bridge unterhalb der Parlamentsgebäude an Bord gegangen, hatten bei beginnendem Niedrigwasser Blackfriars passiert und näherten sich Southwark Bridge und London Bridge.

Kreisler lächelte. »An einem perfekten Maisonntag, warum nicht? Die Tugendhaften sind vermutlich noch in der Kirche.«

Kurz zuvor hatte der Wind den Klang von Kirchenglocken über das Wasser getragen, und in der Ferne konnten sie ein oder zwei der eleganten, von Christopher Wren entworfenen Kirchtürme erkennen.

»Ich kann hier genauso tugendhaft sein«, erwiderte sie mit zweifelhafter Ernsthaftigkeit. »Auf jeden Fall bin ich hier besser gelaunt.«

Diesmal bemühte er sich nicht, sein Lächeln zu verbergen. »Wenn Sie mich davon überzeugen wollen, daß Sie eine konventionelle Frau sind, dann haben Sie den rechten Zeitpunkt verpaßt. Konventionelle Frauen paddeln nicht in einem Kanu den Kongo hinauf.«

»Natürlich nicht!« erwiderte sie frohgemut. »Sie lassen sich am Nachmittag zu einer Vergnügungsfahrt von einem Herrn ihrer Bekanntschaft auf der Themse nach Richmond oder Kew ausführen, oder auch nach Greenwich ...«

»Wären Sie lieber nach Kew gefahren? Ich habe gehört, daß die botanischen Gärten dort zu den Weltwundern gehören.«

»Keineswegs. Ich freue mich sehr, daß wir nach Greenwich fahren. Außerdem wird an einem Tag wie diesem alle Welt nach Kew fahren.«

Er lehnte sich entspannt auf seinem Sitz zurück, hielt das Gesicht in die Sonne und betrachtete die Vielzahl der Boote, die auf dem Wasser hin und her kreuzten, die Kutschen und Pferdeomnibusse am Ufer, die Stände, an denen man Pfefferminzwasser, Pies, Sandwiches und Krabben oder Ballons, Reifen, Trillerpfeifen und andere Spielzeuge kaufen konnte. Ein Mädchen in einem Rüschenkleid rannte einem kleinen Jungen in gestreiftem Anzug hinterher. Ein schwarzweiß gescheckter Hund bellte und sprang aufgeregt umher. Ein Mann mit einer Ziehharmonika spielte eine bekannte Melodie. Ein Ausflugsdampfer zog an ihnen vorbei, an Deck standen die Ausflugsgäste, die zum Ufer hinüber winkten. Ein Mann hatte sich ein rotes Taschentuch um die Stirn gebunden: ein leuchtender Farbtupfer in einem Meer von Gesichtern.

Nobby und Kreisler sahen sich an. Worte waren nicht nötig; sie amüsierten sich beide wunderbar beim Anblick ihrer Mitmenschen.

Sie hatten die Brücke von Southwark hinter sich gelassen. Der alte Swan Pier lag links von ihnen, die London Bridge vor ihnen, anschließend der Custom House Quay.

»Meinen Sie, der Kongo wird je eine der großen Wasserstraßen der Welt werden?« fragte sie nachdenklich. »Vor meinem geistigen Auge kann ich ihn nur als breiten, braunen Strom sehen, der träge dahinfließt und an beiden Seiten von einem riesigen Dschungel gesäumt wird. Nur ab und zu paddelt ein kleines Kanu von einem Dorf zum nächsten.« Sie ließ ihre Hand durchs Wasser gleiten. Die warme Brise strich über ihr Gesicht. »Der Mensch scheint neben der urzeitlichen Stärke Afrikas so winzig. Hier haben wir ja alles erobert und nach unserem Willen geformt.«

»Den Kongo werden wir nie erobern«, sagte er ohne Zögern. »Das läßt das Klima nicht zu. Es gehört zu den wenigen Dingen, die wir nicht zähmen oder uns unterwerfen können. Aber sicherlich werden wir Städte bauen, Dampfschiffe dorthin bringen, und Holz und Kupfer exportieren, und was wir sonst noch alles zu verkaufen hoffen. Eine Eisenbahnstrecke gibt es ja schon. Im Laufe der Zeit werden wir sicherlich eine weitere Linie vom Sambesi zum Kap bauen, damit wir Gold, Elfenbein und dergleichen möglichst effektiv ausführen können.«

»Und diese Vorstellung ist Ihnen verhaßt«, sagte sie mit großem Ernst; die Leichtigkeit war verflogen.

Er sah sie fest an. »Mir ist die Gier und die Ausbeutung verhaßt. Mir ist die Verlogenheit, mit der wir die Afrikaner über den Tisch ziehen, verhaßt. Sie haben Lobengula, den König der Ndebele in Maschonaland, hintergangen. Er ist natürlich Analphabet, aber listig auf seine Art und wahrscheinlich intelligent genug, um sein eigenes tragisches Schicksal zu durchschauen.«

Die beginnende Ebbe zog das Boot mit sich. Gerade passierten sie die London Bridge. Ein Mädchen mit einem großen Hut sah lächelnd von oben herunter. Nobby winkte ihm zu, und das Mädchen winkte zurück.

Links lag der Custom House Quay, dahinter der Tower Hill und der Great Tower of London mit seinen Zinnen und den flatternden Fahnen. Unten am Ufer sahen sie die Stufen von Traitors Gate, wohin in früheren Zeiten die Verurteilten mit dem Boot zu ihrer Hinrichtung gebracht wurden.

»Was er wohl für ein Mensch war?« sagte Kreisler leise, fast zu sich selbst.

»Wer?« fragte Nobby, die diesmal seinen Gedanken nicht gefolgt war.

»Wilhelm der Eroberer«, antwortete er. »Der letzte Eroberer, der dieses Land besetzt und seine Menschen unterworfen hat, der Festungen auf den Hügeln erbaut und mit bewaffneten Soldaten bemannt hat, die für Ordnung sorgten und Abgaben eintrieben. Der Tower gehörte ihm.«

Während er sprach, glitten sie auf dem schnell dahinfließenden Wasser an den Befestigungen vorbei. Der Bootsführer mußte kaum etwas tun, um ihre Geschwindigkeit zu halten.

Sie wußte, woran Kreisler dachte. Es hatte nichts mit Wilhelm dem Eroberer zu tun oder einer Invasion, die vor über acht Jahrhunderten stattgefunden hatte. Er dachte an Afrika und die europäischen Waffen und Kanonen, die sich gegen die Speere der Zulu-Krieger oder der Ndebele richteten; britische Truppen, die über die afrikanische Steppe marschierten; Schwarze unter weißer Herrschaft, so wie die Sachsen unter normannischer Herrschaft. Nur daß die Normannen Blutsverwandte waren, durch Rasse und Religion verbunden, und sich nur in der Sprache unterschieden.

Sie sah ihn an, wich seinem Blick nicht aus. Sie passierten die Docks von St. Catherine und steuerten auf den Pool of London zu. An beiden Ufern erstreckten sich die Lagerhäuser und Werften, führten Stufen zum Wasser hinunter. Manche Barken lagen vor Anker, andere bewegten sich auf die Flußmündung und das offene Meer zu. Sie begegneten jetzt nur noch wenigen Ausflugsbooten, da dieser Abschnitt des Flusses dem Handel vorbehalten war, dem Handel mit der ganzen Welt.

Als hätte er ihre Gedanken erahnt, lächelte er. »Schiffsladungen mit Seide aus China, Gewürzen aus Burma und Indien, Teak und Elfenbein und Jade«, sagte er und rutschte noch tiefer in seinen Sitz. Die Sonne schien auf sein gebräuntes Gesicht und spielte in seinem hellen Haar, das von einem gleißenderen Licht gebleicht war als das der englischen Nachmittagssonne an einem Maitag auf dem schimmernden Wasser. »Wahrscheinlich ist es Zedernholz aus dem Libanon und Gold aus Ophir. Bald schon werden es Gold aus Simbabwe und Mahagoni und Tierhäute aus Äquatorialafrika sein, oder Elfenbein aus Sansibar und Erze aus dem Kongo. Und man wird sie im Tausch gegen Textilien aus Manchester, gegen Waffen und Männer aus halb Europa erwerben. Manche der Soldaten werden wieder zurückkommen, viele nicht.«

»Haben Sie Lobengula kennengelernt?« fragte sie neugierig.

Er lachte und sah auf. »Ja... Er ist ein Riese von einem Menschen. Er wiegt fast 150 Kilo und ist gut eins neunzig groß. Er ist nackt, abgesehen von einem Zulu-Ring auf dem Kopf und einem kleinen Lendenschurz.«

»Um Himmels willen! Wirklich? So groß?« Sie musterte ihn genau, um zu sehen, ob er scherzte, obwohl sie eigentlich wußte, daß er die Wahrheit sagte.

Sein Blick war fest, doch in seinen Augen stand ein Lachen. »Die Menschen des Ndebele-Stammes sind keine Architekten wie die Schona, die Simbabwe erbaut haben. Sie leben von der Viehzucht und von Überfällen und wohnen in Dörfern, die aus Gras- und Lehmhütten bestehen...«

»Ich kenne solche Dörfer«, fiel sie ihm ins Wort, und die Erinnerung war so lebhaft, daß sie fast die trockene Hitze riechen konnte, obwohl um sie herum das Wasser plätscherte und das Licht sich auf seiner Oberfläche brach.

»Ja, natürlich«, konzedierte er. »Verzeihung. Es ist ein seltenes Vernügen für mich, mit jemandem zu sprechen, der keine Erklärungen oder Beschreibungen braucht, um zu verstehen, wovon ich spreche. Lobengula hält sehr auf Förmlichkeiten. Wenn jemand eine Audienz bei ihm erhalten möchte, muß er sich ihm auf Händen und Knien nähern – und in dieser Stellung verharren.« Er verzog das Gesicht. »Das kann sehr heiß und unbequem sein, und der Erfolg ist fraglich. Er ist des Lesens und Schreibens unkundig, hat aber ein enormes Gedächtnis..., was ihm in seinen Verhandlungen mit Europa wahrscheinlich nicht viel nützen wird.«

Sie wartete schweigend ab. Kreisler hing seinen eigenen Gedanken nach, was sie ruhig geschehen ließ. Sie hatte nicht das Gefühl, ausgeschlossen zu sein; es war ein einvernehmliches Schweigen. Das Licht und die Geräusche auf dem Wasser begleiteten sie, und die Werften und Lagerhäuser am Pool of London glitten vorbei, ebenso wie die gemeinsamen Träume der Vergangenheit in einem fremden Land und die gemeinsame Angst um seine Zukunft, während sich der Himmel über Afrika verdüsterte.

»Sie haben ihn hintergangen, versteht sich«, sagte er nach einer Weile. »Sie haben ihm versprochen, nicht mehr als zehn weiße Männer ins Land zu bringen.«

Sie richtete sich auf, ihre Augen sahen ihn fassungslos an.

»Ja.« Er blickte sie aus halb geschlossenen Augen an. »Für Sie oder mich ist es unvorstellbar, aber er hat angenommen. Außerdem haben sie ihm versprochen, nicht in der Nähe von Städten zu graben, sich nach den Gesetzen der Ndebele zu richten und sich wie seine Untertanen zu verhalten.« Erst bei den letzten Worten war seine Bitterkeit unüberhörbar.

»Und welchen Preis hatten sie ausgemacht?« fragte sie leise.

»Hundert Pfund im Monat, eintausend Martini-Henry-Gewehre und einhunderttausend Schuß Munition sowie ein Kanonenboot für den Sambesi.«

Sie sagte nichts. Sie passierten die Wapping Old Stairs zu ihrer Linken, während das Boot der Mündung zustrebte. Im Pool of London wimmelte es von Booten, Barken, Dampfern, Trawlern und Schleppern sowie einigen wenigen Ausflugsdampfern. Würde es auf dem braunen Kongo, der den Dschungel durchzog, jemals so zugehen? Würde er für die Zivilisation gewonnen und für alle Waren dieser Welt schiffbar gemacht werden, die dann an Männer und Frauen verkauft und von ihnen konsumiert werden konnten, die nie ihr Heimatland verlassen hatten?

»Rudd ist in vollem Galopp zu Rhodes nach Kimberley geritten«, fuhr Kreisler fort, »bevor dem Stammesfürsten klar wurde, daß man ihn betrogen hatte. Rudd, dieser Idiot, wäre fast verdurstet, so eilig hatte er es, die Nachricht zu überbringen.« Er klang angewidert, doch in seinem Gesicht stand ein intensiver und ganz persönlicher Schmerz. Er preßte die Lippen aufeinander, als wäre dieser Schmerz tief in ihm, und trotz seines drahtigen Körpers und der Kraft, die darin steckte, wirkte er verletzbar.

Seine Gefühle waren ganz privater Natur. Vielleicht war sie der einzige Mensch, mit dem er sie teilen konnte und die ihn würde verstehen können, dennoch war sie feinfühlig genug, sich nicht aufzudrängen. Ein Aspekt des Verstehens war auch das zarte Schweigen zwischen ihnen.

Sie hatten den Pool of London und die Docks hinter sich gelassen und passierten jetzt Limehouse. Immer noch ragten die Werften und Lagerhäuser mit den Namen der Besitzer in großen Buchstaben auf der Fassade rechts und links am Ufer auf. Stufen führten hinunter zum Wasser. Vor ihnen lagen die West India Docks, dann Limehouse Reach und die Isle of Dogs. Die alten, aus dem zurückgehenden Wasser ragenden Pfähle, an denen in früheren Zeiten Piraten festgebunden wurden, bis sie in der steigenden Flut ertranken, lagen bereits hinter ihnen. Sie hatten sie gesehen, einen Blick gewechselt und geschwiegen.

Es war angenehm, nicht nach Gesprächsthemen suchen zu müssen. Einen solchen Luxus war sie nicht gewöhnt. Fast jeder andere, den sie kannte, hätte das Schweigen als einen Mangel betrachtet und sich genötigt gefühlt, es zu durchbrechen. Kreisler war zufrieden, ab und zu ihren Blick zu erhaschen, zu sehen, daß auch sie den Wind spürte, das Salz in der Luft roch und die Geräusche um sich herum wahrnahm, während sie durch das Wasser zwischen ihnen und dem Ufer von allem abgetrennt waren. Sie glitten ungehindert zwischen den anderen hindurch, nahmen das Geschehen wahr, ohne einbezogen zu sein.

Greenwich war wunderschön, die sanfte, mit Gras bewachsene Böschung, die sich vom Ufer erhob; das grüne Laub der Bäume und der Park zusammen mit der klassizistischen Architektur des Krankenhauses und der Royal Naval Schools dahinter, die Vanburgh entworfen hatte.

Sie gingen an Land und fuhren in einem offenen Einspänner zum Park. Dort spazierten sie einmütig zwischen Rasenflächen und Blumenbeeten umher, blieben unter einem großen Baum stehen und hörten dem sanften Rauschen des Windes in seinen Ästen zu. Ein prachtvoller Magnolienbaum stand in voller Blüte, seine Tulpenblüten bildeten weiße Schaumspitzen gegen den blauen Himmel. Kinder rannten über den Rasen und spielten mit Reifen, Kreiseln und Drachen. Erhobenen Hauptes schoben Kinderschwestern in gestärkten Uniformen Kinderwagen über die Wege. Soldaten in roten Röcken schlenderten umher und betrachteten die Kinderschwestern. Liebespaare, junge und nicht mehr so junge, gingen Arm in Arm durch den Park. Junge Mädchen flirteten und lachten und schwangen ihre Sonnenschirme. Ein Hund rannte mit einem Stock im Maul an ihnen vorbei. Irgendwo spielte eine Drehorgel eine bekannte Melodie.

Sie kehrten ein und tranken Tee und plauderten über Belangloses. Beide wußten um die ernsteren Themen, die immer auch da waren und über die Einverständnis herrschte. Nichts bedurfte einer Erklärung. Sie hatten Trauer und Ängste miteinander geteilt, aber an diesem warmen, freundlichen Nachmittag durften sie im Hintergrund schlummern.

Bei Sonnenuntergang, als die Luft sich abkühlte, die Motten umherschwirrten und der Geruch von Erde und Blättern vom Weg aufstieg, fanden sie die Kutsche, die sie wieder in die Stadt bringen sollte. Er half ihr hinein, und sie fuhren in der Abenddämmerung zurück, nur hie und da ein Wort wechselnd.

Das letzte Sonnenlicht tauchte den Fluß in Orange, Ocker und Türkis und ließ ihn einen Moment lang so malerisch erscheinen wie die Lagunen von Venedig oder die Meerenge am Bosporus, wo Europa und Asien sich berühren, und gar nicht wie London, das Herz des größten Reiches seit dem Imperium Cäsars.

Dann verblaßten die Farben zu Silber. Im Süden, fernab von dem Treiben und den Lichtern der Stadt, wurden die ersten Sterne sichtbar, und sie rückten ein wenig näher zusammen, als die Luft kühl wurde und die Dunkelheit heraufzog. Nie war für sie ein Tag vollkommener gewesen.

6. Kapitel

Den folgenden Montag verbrachte Nobby hauptsächlich in ihrem Garten. Von allen Dingen, die ihr an England gefielen – und wenn sie darüber nachdachte, waren das nicht wenige –, erfreute sie sich am meisten an seinen Gärten. Sie fand häufig Anlaß, sich über das Klima zu ärgern, und zwar immer dann, wenn die langen, grauen Tage im Januar und Februar sie niedergeschlagen machten und sie sich schmerzlich nach der afrikanischen Sonne sehnte. Wenn der Schneeregen in die Falten jeglicher Kleidungsstücke, die für dieses Wetter gedacht waren, eindrang, eisige Tropfen einem in den Kragen rannen und sich zwischen Ärmel und Handschuh zum nackten Handgelenk hindurchmogelten. Es gab keine Stiefel, in denen die Füße wirklich trocken blieben, Rocksäume wurden feucht und schmutzig. Hatten Modeschöpfer eigentlich die geringste Ahnung, was für ein Gefühl das war, wenn man in mehrere Meter feuchter Stoffbahnen gehüllt durchs Leben gehen mußte?

Manchmal wurde die Welt tagelang, sogar über Wochen von Nebel verschluckt; einem klammen, blindmachenden Nebel, der Halskratzen verursachte, alle Geräusche erstickte oder verfremdete und den Rauch aus Hunderttausenden von Schornsteinen niederdrückte, um ihn wie ein kaltes, feuchtes Tuch auf die Gesichter zu legen.

Auch im Sommer gab es Enttäuschungen, wenn man sich nach Wärme und leuchtenden Farben sehnte und es statt dessen ohne Unterlaß regnete und von der Küste ein kalter östlicher Wind blies, der einen frösteln machte.

Doch es gab auch strahlende Tage, an denen die Sonne von einem makellos blauen Himmel schien, in denen große, dreißig bis sechzig Meter hohe Bäume mit ihren Millionen von raschelnden Blättern hineinragten: Ulmen, wispernde Pappeln, Birken mit ihren silbrigen Stämmen und die mächtigen Buchen, die sie am meisten liebte.

Das Land war immer grün. Weder vermochte die Hitze des Hochsommers es zu verdörren, noch erfror es im tiefsten Winter. Und die Fülle der Blumen war sicherlich einzigartig. Sie hätte hundert verschiedene Arten aufzählen können, ohne in einem Buch nachzusehen. Jetzt, da sie im Licht der Nachmittagssonne auf ihrem eigenen kurzgeschnittenen, samtenen Rasen stand, den Blick auf die ihn säumenden Zedern und Ulmen gerichtet, bewunderte sie die Albert-Rose, die in unzähligen Verästelungen über die alte Steinmauer wuchs und deren unzählige Blüten im Begriff waren, sich zu einer Symphonie aus Korallenrot und Rosa zu öffnen. Davor ragten die Spitzen des Rittersporns in die Höhe, der in Kürze in verschiedenen Blautönen blühen würde, und an dem Busch Pfingstrosen standen pralle, blutrote Blüten. Die Maiglöckchen füllten die Luft mit ihrem Duft, ebenso wie der in zarten Pastelltönen blühende Flieder.

An einem Tag wie diesem überließ sie den Erbauern des Reiches gerne ganz Afrika, Indien, den Pazifik, die Gewürzinseln, ja selbst die Westindischen Inseln.

»Verzeihung, Ma'am?«

Aufgeschreckt aus ihren Träumereien drehte sie sich um. Ihr Zimmermädchen stand hinter ihr und sah sie fragend an.

»Ja, Martha?«

»Bitte, Ma'am, eine Mrs. Chancellor wünscht Sie zu sprechen. Mrs. Linus Chancellor. Sie ist ganz ...«

»Ja?«

»Oh, ich glaube, Sie sollten mit ihr sprechen. Soll ich ihr sagen, Sie werden sie empfangen?«

Nobby ließ sich nicht anmerken, daß sie belustigt und einigermaßen überrascht war. Wieso um alles in der Welt stattete Susannah Chancellor ihr einen Nachmittagsbesuch ab? Nobby gehörte wohl kaum zu ihren gesellschaftlichen und politischen Kreisen. »Sag ihr das«, antwortete sie. »Und führe sie auf die Terrasse.«

Martha machte einen flüchtigen Knicks und eilte viel zu hastig über den Rasen zu den Stufen, um den Auftrag auszuführen.

Kurz darauf erschien Susannah Chancellor in der Terrassentür, während Nobby die flachen Stufen vom Garten heraufstieg, wobei ihr Rocksaum die Schale mit der in der Sonne helleuchtenden orange- und scharlachroten Kapuzinerkresse streifte.

Susannah war sehr förmlich gekleidet und trug ein weißes Kleid, das mit einer blaßrosa Litze abgesetzt war und eine karminrote Schärpe hatte. Weiße Spitze bedeckte Hals und Handgelenke, und ihr Sonnenschirm war mit einem Band und einer lachsfarbenen Rose geschmückt. Sie sah bezaubernd aus, aber sehr unglücklich.

»Guten Tag, Mrs. Chancellor«, sagte Nobby höflich, denn dies war die Zeit für förmliche Besuche. »Wie schön, daß Sie mich besuchen.«

»Guten Tag, Miss Gunne«, erwiderte Susannah und klang weniger selbstsicher als sonst. Sie sah an Nobby vorbei in den Garten, als suche sie jemanden. »Habe ich Sie unterbrochen mit... mit einem anderen Besucher?« Sie lächelte gezwungen.

»Nein, ich bin ganz allein«, erwiderte Nobby und fragte sich, was wohl die andere bedrückte. »Ich genieße einfach nur das herrliche Wetter und habe gedacht, welch eine Wonne es ist, einen Garten zu haben.«

»Ja, das ist wohl wahr«, stimmte Susannah ihr zu, überquerte die Terrasse und ging die Stufen zum Rasen hinunter. »Ihrer ist besonders schön. Würden Sie mich für unhöflich halten, wenn ich Sie bitte, mich herumzuführen? Man kann ihn auf einen Blick gar nicht erfassen. Und es sieht so aus, als würde er hinter der Steinmauer und dem Torbogen noch weiterführen. Stimmt das?«

»Ja, ich habe Glück, einen so großen Garten mein eigen nennen zu können«, sagte Nobby. »Natürlich würde ich mich freuen, Ihnen alles zu zeigen.« Für eine Erfrischung war es noch viel zu früh, außerdem schickte es sich nicht, in der ersten Stunde der Besuchszeit welche anzubieten. Natürlich blieb man auch nur eine Viertelstunde. Im Garten umherzuschlendern, was mindestens eine halbe Stunde in Anspruch nehmen würde, schickte sich allerdings auch nicht.

Nobby machte sich jetzt wirklich Gedanken über den Grund für Susannahs Erscheinen. Es war kaum möglich, daß es sich um einen normalen Höflichkeitsbesuch handelte. Es hätte gereicht, wenn Susannah ihre Karte abgegeben hätte; das wäre, in Anbetracht der Tatsache, daß sie eigentlich nicht richtig miteinander bekannt waren, sogar angemessen gewesen.

Sie gingen gemächlichen Schrittes, und alle paar Meter blieb Susannah stehen, um eine Pflanze zu bewundern. Anscheinend wußte sie von den meisten nicht den Namen, sondern war nur von Farbe und Form angetan und von der Zusammenstellung mit anderen Pflanzen. Sie trafen auf den Gärtner, der im Löwenmaulbeet Unkraut jätete und einige Gräser aus dem blaublühenden Salbei herausrupfte.

»Natürlich haben wir dort, wo wir wohnen, so nahe bei Westminster, keinen Platz für einen großen Garten. Das ist etwas, das ich sehr vermisse. Sooft mein Mann es einrichten kann, fahren wir aufs Land hinaus, aber das ist nicht sehr häufig. Seine Arbeit nimmt ihn sehr in Anspruch.«

»Das kann ich mir vorstellen«, murmelte Nobby.

Ein kleines Lächeln huschte über Susannahs Gesicht und verschwand wieder. Dann nahm es einen sehr merkwürdigen Ausdruck an; ihr Blick war sanft und drückte Freude und Schmerz zugleich aus, ihre Lippen waren fest aufeinandergepreßt und deuteten auf eine innere Anspannung hin. Die Worte »mein Mann« hatte sie mit dem Stolz einer Frau gesagt, die ihren Mann liebt. Jedoch spielten ihre Finger unablässig mit dem Band ihres Sonnenschirms und zogen daran, als sei es ihr gleichgültig, ob es riß.

Nobby blieb nichts anderes übrig, als abzuwarten.

Susannah drehte sich um und schritt auf die schlanke Zeder und die weiße Gartenbank in ihrem Schatten zu. Dort, wo die Nadeln auf den Boden fielen, war das Gras dünn, und um den Stamm herum trat die bloße Erde zum Vorschein, da die Wurzeln dem Boden alle Nährstoffe entzogen hatten.

»Sie haben sicherlich viele wunderbare Dinge gesehen, Miss Gunne.« Susannah sah sie nicht an, sondern schaute durch den steinernen Torbogen neben den Rosen hindurch. »Manchmal beneide ich Sie um Ihre Reisen. Aber dann wiederum – und zugegebenermaßen ist das meistens – ist mir das bequeme Leben in England doch lieber.« Sie warf einen Blick zur Seite auf Nobby. »Würden Sie mir etwas über Ihre Abenteuer erzählen, oder ist Ihnen das zu langweilig?«

»Keineswegs, wenn Sie das wirklich hören möchten? Aber ich versichere Ihnen, Sie müssen nicht höflich sein.«

»Höflich?« Susannah war überrascht und blieb stehen, um Nobby anzusehen. »Denken Sie das?«

»Viele Menschen denken, daß es angemessen wäre, mich darum zu bitten«, erwiderte Nobby lächelnd und erinnerte sich an solche, damals peinlichen, jetzt aber nur noch absurd wirkenden Gelegenheiten.

»Aber das bin ich ganz und gar nicht«, versicherte Susannah ihr. Sie standen noch immer im kühlen Schatten der Zeder.

»Ich finde Afrika faszinierend. Mein Mann hat viel damit zu tun, müssen Sie wissen.«

»Ja, ja, ich weiß, wer er ist.« Nobby wußte nicht recht, was sie weiter sagen sollte. Je mehr sie über die Unterstützung erfuhr, die Linus Chancellor Cecil Rhodes gewährte, desto unglücklicher machte sie das. Die Frage der Besiedlung des Sambesi-Gebiets beunruhigte sie, seit sie Peter Kreisler kennengelernt hatte. Der Gedanke an ihn brachte ein Lächeln auf ihre Lippen, trotz der Sorgen und offenen Fragen.

Susannah bemerkte den Tonfall, zumindest schien es so. Sie sah sie an und wollte schon etwas sagen, ließ es dann aber und blickte wieder in den Garten. Zehn Minuten waren bereits vergangen. Ein förmlicher Besuch verlangte es, daß sie sich jetzt verabschiedete.

»Vermutlich kennen Sie Afrika ziemlich gut – die Menschen dort, meine ich?« fragte sie nachdenklich.

»In manchen Gegenden habe ich sie kennengelernt«, erwiderte Nobby aufrichtig. »Aber es ist ein unvorstellbar riesiges Land, ein ganzer Kontinent, mit Entfernungen, die wir uns hier in Europa kaum vorstellen können. Es wäre vermessen zu sagen, ich kenne mehr als einen winzigen Teil. Aber wenn es Sie interessiert, es gibt Leute in London, die sich viel besser auskennen und vor nicht allzu langer Zeit dort waren. Soweit ich weiß, haben Sie Mr. Kreisler schon kennengelernt?« Es machte sie etwas verlegen, seinen Namen auszusprechen. Das war albern. Sie brachte ihn ja nicht in das Gespräch, wie es eine junge Frau tut, die den Namen des Mannes, in den sie verliebt ist, in jedem Zusammenhang erwähnt. In diesem Fall war es nur natürlich; im Gegenteil es wäre ganz unnatürlich, ihn nicht zu erwähnen.

»Ja.« Susannah wandte sich von dem Rosenbogen ab und sah wieder zum Haus hinüber. »Ja, ich habe ihn kennengelernt. Ein interessanter Mann mit festen Überzeugungen. Was halten Sie von ihm, Miss Gunne?« Sie blickte sie mit ernstem Gesicht an. »Stört es Sie, daß ich das frage? Ich wüßte nicht, wessen Meinung sonst mir etwas bedeuten würde, wenn nicht Ihre.«

»Vielleicht überschätzen Sie mich.« Nobby spürte, wie sie rot wurde, was es für sie noch unangenehmer machte. »Doch das bißchen, was ich weiß, erzähle ich Ihnen gerne.«

Susannah schien erleichtert, als sei das der eigentliche Zweck ihres Besuches gewesen.

»Danke. Ich hatte schon befürchtet, es wäre Ihnen nicht recht.«

»Was genau möchten Sie denn wissen?« Die Unterhaltung wurde zunehmend künstlich. Susannah war immer noch sehr nervös, und Nobby fühlte sich zunehmend verunsichert. Es war so still im Garten, daß sie den Wind in den Baumwipfeln hörte, wie das Rauschen der Wellen am Strand, das Plätschern des Wassers auf Kies. Eine Biene flog von einer geöffneten Blüte zur nächsten. Es war ein ziemlich warmer Nachmittag, selbst im Schatten der Zeder war es warm, und in der Luft lag der Geruch von zertretenem Gras, feuchtem Laub unter der Hecke und von Fliederblüten und Maiglöckchen.

»Er hält nicht viel von Cecil Rhodes«, sagte Susannah schließlich. »Und ich weiß nicht genau, warum. Meinen Sie, es hat persönliche Gründe?«

Nobby glaubte herauszuhören, daß Susannah sich eine Bestätigung erhoffte. Da Linus Chancellor soviel Vertrauen in das Unternehmen von Rhodes gesetzt hatte, war das nicht verwunderlich. Doch was hatte Kreisler zu ihr gesagt, daß sich Zweifel in ihr regten und sie Nobbys Meinung hören wollte, statt der ihres Mannes? Das war an sich schon ungewöhnlich. Eine Frau teilte automatisch den sozialen Status ihres Mannes sowie seine religiöse Haltung, und ihre politischen Ansichten, so sie welche hatte, waren auch die ihres Mannes.

»Ich weiß nicht einmal, ob er Mr. Rhodes überhaupt kennengelernt hat«, antwortete Nobby bedächtig und verbarg ihre Überraschung. Sie suchte nach Worten, die die Fakten vermittelten und gleichzeitig ihr eigenes Mißtrauen gegenüber den Plänen für eine Besiedlung Afrikas verbargen und auch ihre Befürchtung, daß man die Menschen dort ausbeuten würde, verschleierten. »Er ist natürlich, genau wie ich, ein bißchen verliebt in das geheimnisvolle Afrika, so wie es jetzt ist«, fuhr sie mit einem entschuldigenden Lächeln fort. »Aus unserer Sicht sind Veränderungen bedenklich, weil dadurch etwas davon verlorengeht. Wenn man der erste Mensch ist, der etwas sieht, und man ist zutiefst bewegt und überwältigt davon, dann hat man das Gefühl, daß kein anderer diesen Anblick mit derselben Ehrfurcht erleben wird wie man selbst. Und es macht einem angst, vielleicht unnötige. Mit Sicherheit teilt Mr. Kreisler nicht Mr. Rhodes' Traum von der Kolonialisierung und Besiedlung Afrikas.«

Ein Lächeln huschte über Susannahs Gesicht.

»Das ist doch wohl eine Untertreibung, Miss Gunne. Wenn er die Wahrheit sagt, dann befürchtet er, daß es der Ruin der gesamten Sambesi-Region sein wird. Ich habe einige seiner Argumente gehört und wollte Sie bitten, mir Ihre Meinung dazu zu sagen.«

»Oh ...« Nobby war überrascht. Die Bitte war so direkt, daß sie nur nach einigem Nachdenken darauf würde eingehen können. Zudem mußte sie ihre Gefühle zurückhalten, besonders vor Susannah Chancellor. Sie mußte genau abwägen, durfte das Vertrauen, das Kreisler in sie gesetzt hatte, nicht mißbrauchen, auch nicht zufällig, indem sie seine Gefühle und Befürchtungen verriet, die er anderen vielleicht nicht mitgeteilt hätte. Bei der Bootsfahrt auf der Themse waren sie ganz offen miteinander umgegangen, ihr Gespräch dort war für keinen Dritten gedacht. Sie ihrerseits wäre auf jeden Fall sehr enttäuscht gewesen, wenn er mit anderen darüber gesprochen und seinen Freunden von ihren Gedanken und Äußerungen berichtet hätte, ganz gleich aus welchem Anlaß.

Sie dachte nicht im entferntesten daran, daß er sich seiner Ansichten schämen könnte. Das Gegenteil war der Fall. Doch man gab nicht die Dinge weiter, die ein Freund in einem Moment des gegenseitigen Vertrauens aussprach.

Gleichzeitig war sie sich jedoch einer großen Verletzbarkeit der Frau neben sich bewußt, die träumerisch auf die bunte Vielfalt der blühenden Lupinen in Rosa, Lachsrot, Violett, Blau und Perlweiß blickte. Der Duft war überwältigend. Susannah war von so starken Zweifeln geplagt, daß sie sie nicht still für sich ertragen konnte. Entsprangen sie der Sorge um den Mann, den sie liebte, der Angst um das Geld, das ihr Schwager investiert hatte, oder war es ihr eigenes Gewissen, das Anlaß zu diesen Zweifeln gab?

Über diese Erwägungen hinaus ging es Nobby auch um Ehrlichkeit gegenüber dem, was sie von Afrika in ihrem tiefsten Inneren wußte, so daß es in ihr Wesen übergegangen und Teil ihres Verständnisses von der Welt geworden war. Würde sie ihre Überzeugungen verleugnen, auch wenn es aus Mitleid geschah, so würden sie dadurch zerstört. Susannah wartete und beobachtete sie.

»Sie wollen mir nicht antworten?« fragte sie langsam. »Heißt das, Sie glauben, er hat recht und mein Mann macht einen Fehler, indem er Cecil Rhodes unterstützt? Oder wissen Sie etwas über Mr. Kreisler, was ihn in Mißkredit bringen würde, was Sie mir aber nicht anvertrauen möchten?«

»Nein«, sagte Nobby fest. »Nichts dergleichen. Es heißt nur, daß die Frage zu schwierig ist, als daß man sie ohne nachzudenken beantworten könnte. Ich kann darüber nicht leichtfertig sprechen. Ich glaube, daß Mr. Kreisler von seinen Ansichten fest überzeugt ist und daß er sich in diesen Fragen sehr gut auskennt. Er befürchtet, daß die Stammesfürsten übertölpelt worden sind –«

»Ich weiß, daß das der Fall ist«, unterbrach Susannah sie. »Selbst Linus bestreitet das nicht. Er sagt, es würde in der Zukunft zum Guten führen, in zehn Jahren vielleicht. Die Besiedlung Afrikas ist beschlossen, müssen Sie wissen. Es ist unmöglich, die Zeit zurückzudrehen und so zu tun, als sei der Kontinent noch nicht entdeckt worden. In Europa weiß man, daß es dort Gold gibt, und Diamanten und Elfenbein. Es geht nur darum, wer als erster an Ort und Stelle ist: Großbritannien, Belgien oder Deutschland. Oder, was vielleicht viel schlimmer ist, eines der arabischen Länder, die immer noch Sklaverei betreiben.«

»Was beunruhigt Sie dann an den Ansichten, die Mr. Kreisler vertritt?« fragte Nobby mit rückhaltloser Offenheit. »Es versteht sich, daß wir uns Großbritannien in dieser Rolle wünschen, nicht nur aus reinem Egoismus und zu unserem eigenen Nutzen, sondern auch, weil wir glauben, wir könnten es besser, wir hätten höhere Werte anzubieten und eine ehrenhaftere Regierungsform im Vergleich zu dem, was dort besteht, eine, die in jedem Fall besser ist als die Sklaverei, von der Sie sprachen.«

Susannah sah sie aus sorgenerfüllten Augen an.

»Mr. Kreisler hat gesagt, daß wir die Afrikaner in ihrem eigenen Land zu Untertanen machen. Wir haben Mr. Rhodes unterstützt und ihm erlaubt, eine Menge Geld sowie seine Bemühungen in dieses Unternehmen zu stecken und das Risiko zu tragen. Wenn er Erfolg hat – was ja wahrscheinlich ist –, haben wir keinerlei Kontrolle über ihn. Wir werden ihn zu einem Herrscher mitten in Afrika gemacht haben, und das mit unserem Segen. Wird er der Richtige sein? Weiß er wirklich soviel darüber, und kann er die Lage so gut einschätzen?«

»Ich glaube, Sie haben es recht gut geschildert«, sagte Nobby mit einem traurigen Lächeln.

»Und vielleicht würden diese Gedanken jeden beängstigen.«

Susannah drehte den Griff ihres Sonnenschirms unablässig im Kreis.

»Es war übrigens Sir Arthur Desmond, der die Lage so geschildert hat. Kannten Sie ihn? Er starb vor etwa zwei Wochen. Er war einer der nettesten Männer, die ich kannte. Er war Mitarbeiter im Außenministerium.«

»Nein, ich kannte ihn nicht. Es tut mir sehr leid.«

Susannah starrte auf die Lupinen. Eine Hummel taumelte zwischen den Kerzen umher. Der Gärtner war am unteren Ende der Rasenfläche mit einer Schubkarre voller Unkraut zu sehen, die er in Richtung Küchengarten schob.

»Es ist absurd, um jemanden zu trauern, den ich nur knapp sechsmal im Jahr gesehen habe«, sagte Susannah mit einem Seufzen. »Aber ich muß gestehen, daß ich ihn schmerzlich vermisse. Es macht mich ungeheuer traurig zu denken, daß ich ihn nie wieder sehen werde. Er war einer der Menschen, von denen man mit einem erhebenden Gefühl wegging.« Sie warf Nobby einen Blick zu, um zu sehen, ob diese sie verstand. »Er machte einen nicht unbedingt fröhlich, aber man hatte das Gefühl, daß er die Dinge richtig sah, und das in einer Welt, deren Werte oft fragwürdig sind und die oberflächlich urteilt, wo die Menschen jeder Kritik ausweichen, sich über die falschen Dinge lustig machen und nie optimistisch in die Zukunft blicken.«

»Er war offenbar ein bemerkenswerter Mensch«, sagte Nobby leise. »Es wundert mich nicht, daß Sie um ihn trauern, auch wenn Sie ihn nur selten gesehen haben. Wichtig ist ja nicht die Zeit, die wir mit jemandem verbringen, sondern was in dieser Zeit geschieht. Manche Menschen kenne ich seit Jahren, habe aber das Gefühl, nie dem wirklichen Menschen, seinem Inneren, begegnet zu sein, wenn es denn existiert. Mit anderen habe ich nur ein oder zwei Stunden gesprochen, und doch war das, was gesagt wurde, wichtig sowie ehrlich und von Dauer.« Sie hatte an keinen speziellen Menschen gedacht, als sie anfing zu sprechen, doch war es Kreislers Gesicht im Sonnenschein auf dem Fluß, das sie nun vor ihrem geistigen Auge sah.

»Es ... es war sehr plötzlich.« Susannah berührte eine der frühen Rosen mit den Fingerspitzen. »Die Dinge können sich so schnell verändern ...«

»So ist es.« Nobby dachte dasselbe; doch nicht nur die Umstände, auch Gefühle veränderten sich schnell. Gestern war der Himmel wolkenlos gewesen, jetzt konnte sie nicht verhindern, daß sich Ansätze von Zweifel in ihre Gedanken einschlichen. Susannah war offenbar tief beunruhigt und schwankte zwischen der Loyalität zu den Plänen ihres Mannes und den Fragen, die Kreisler in ihr aufgeworfen hatte. Sie wollte nicht glauben, daß er recht hatte, doch drückte sich Angst in ihrem Gesicht aus, in der Haltung ihres Körpers, in der Hand, die den Griff des Sonnenschirms fest umschlossen hielt, als sei er eine Waffe und kein Schmuckstück.

Was genau hatte er zu ihr gesagt, und was noch wichtiger war, warum hatte er es gesagt? Er war nicht so unbedarft, daß er sorglos dahergeredet hätte. Er wußte, mit wem er es zu tun hatte und daß Linus Chancellor maßgeblich daran beteiligt war, die Finanzierung von Cecil Rhodes' Unternehmung zu sichern sowie ihm die Unterstützung der Regierung zu verschaffen. Er wußte, daß Susannah mit Francis Standish verwandt war und ein Teil der Bankgeschäfte ihr gehörten. Sie mußte über einige der Einzelheiten Bescheid wissen. Hatte er sie um Informationen gebeten? Oder hatte er begonnen, ihr falsche Informationen, Lügen und Halbwahrheiten zukommen zu lassen, die Linus Chancellor und das Kolonialministerium und schließlich den Premierminister erreichen sollten? Kreisler war ein deutscher Name. Vielleicht lagen ihm, obwohl er so englisch wirkte, nicht die Interessen Großbritanniens am Herzen, sondern die Deutschlands?

Vielleicht benutzte er sie beide, Susannah und Nobby?

Sie war überrascht, wie sehr dieser Gedanke ihr einen Stich versetzte.

Susannah beobachtete sie, in ihren Augen stand eine wachsende Unsicherheit und die Ahnung eines tiefen Schmerzes. Es herrschte vollkommenes Einverständnis zwischen ihnen. In diesem Moment begriff Nobby, daß Susannah einer sehr bitteren Desillusionierung ins Auge schauen mußte, und die Furcht davor ließ sie fast verzagen. Aber ebenso schnell war der Gedanke verschwunden, und ein neuer trat an seine Stelle. Susannah war doch nicht auch in Kreisler verliebt, oder?

Auch? Was meinte sie bloß damit? Sie mochte ihn ..., mehr war es nicht. Sie kannte den Mann doch kaum ... Ähnliche Erinnerungen, ein Traum, dem sie beide in der Jugend gefolgt waren, der sie, getrennt zwar, auf dasselbe große Abenteuer in die Mitte des Schwarzen Kontinents geführt hatte, wo sie Licht von einer besonderen Leuchtkraft kennengelernt hatten, ein Land, das sie liebten. Sie waren zurückgekommen und trugen sein Fieber und seine Magie für immer in sich. Und jetzt bangten sie beide um dieses Land.

Ein Nachmittag auf dem Fluß, an dem das gegenseitige Verständnis so umfassend war, daß es keiner Worte bedurfte, nur einige wenige Stunden in einem Leben – genug, um sie zu verzaubern, aber nicht, um ihre Liebe zu wecken. Liebe war weniger vergänglich, nicht so voller Magie.

»Miss Gunne?«

Sie riß sich aus ihren Gedanken zurück zu Susannah in ihrem Garten.

»Ja?«

»Meinen Sie, daß Mr. Rhodes uns nur benutzt? Daß er sein eigenes Reich in Zentralafrika aufbauen, das Sambesi-Gebiet zum Cecil-Rhodes-Land machen wird und uns dann eine lange Nase zeigt? Er wäre reich genug, um das zu tun. Keiner kann sich die Schätze an Gold und Diamanten vorstellen, ganz abgesehen von dem Land, dem Elfenbein, dem Holz und all den anderen Dingen. Es ist voller wilder Tiere, habe ich gehört, Geschöpfe aller Art.«

»Ich weiß es nicht.« Nobby erschauderte, als sei es im Garten plötzlich kalt geworden. »Aber es ist nicht unmöglich.« Sie konnte keine andere Antwort geben. Susannah hatte es nicht verdient, belogen zu werden, außerdem würde sie eine Lüge nicht glauben.

»Sie sagen das mit aller Vorsicht.« Ein winziges Lächeln huschte über Susannahs Gesicht.

»Das ist ein sehr großer Gedanke, und ein zu gefährlicher, als daß man achtlos damit umgehen dürfte. Doch wenn Sie nur ein wenig in der Geschichte zurückgehen, so waren unsere größten und erfolgreichsten Eroberungen die Leistungen eines einzigen Mannes«, antwortete Nobby. »Clive in Indien ist vielleicht das beste Beispiel.«

»Da haben Sie natürlich recht.« Susannah drehte sich um und sah über das lange Rasenstück zum Haus. »Und ich bin schon fast eine Stunde hier. Ich danke Ihnen für Ihre … Offenheit.« Doch sie sagte nicht, daß sie klarer sähe oder sich besser fühlte, und Nobby war sich sicher, daß das nicht der Fall war.

Nobby ging mit ihr zur Terrasse zurück, nicht weil sie weitere Besucher erwartete – zum Glück, sie war nicht in der Stimmung, sie zu empfangen –, sondern aus Freundschaft und vielleicht aus dem hoffnungslosen Gefühl heraus, jemanden zu beschützen, der ihr so sehr verletzlich schien.

Für diejenigen, die die Saison in London voll ausschöpfen wollten, war ein Abend im Theater oder in der Oper eine echte Erholung. Ein Tag konnte bereits mit einem Ausritt im Park vor dem Frühstück beginnen, dann mit einem Einkaufsbummel, der Erledigung der Post und einem Besuch bei der Schneiderin oder der Putzmacherin fortgeführt werden, gefolgt von einer Einladung zum Lunch und den Besuchen am Nachmittag, die man entweder empfing oder abstattete; vielleicht ging man auch in ein Museum oder zu einer Ausstellung, besuchte eine Hundeschau oder eine Gartenparty, folgte Einladungen zum Nachmittagstee oder Abendessen, zu einer literarischen Abendgesellschaft oder einer Soirée, oder ging auf einen Ball. Abends dann auf einem Fleck sitzen zu können, ohne Konversation machen zu müssen, vielleicht sogar etwas zu dösen, während man gleichzeitig als anwesend registriert wurde, war kein kleiner Luxus. Ohne ihn würde mancher vor Erschöpfung schier zusammenbrechen.

Doch da Vespasia schon vor langer Zeit einen so hektischen Tagesablauf aufgegeben hatte, besuchte sie das Theater allein aus dem Wunsch heraus, ein interessantes Stück zu sehen. In diesem Mai stand unter anderen Lillie Langtry in einem neuen Stück mit dem Titel *Esther Sandraz* auf der Bühne. Sie verspürte allerdings nicht das Bedürfnis, Mrs. Langtry zu sehen. Am Savoy wurde selbstverständlich *The Gondoliers* von Gilbert und Sullivan gegeben, doch sie war nicht in der Stimmung dafür. Gerne hätte sie Henry Irving in *The Bells* gesehen, oder *The Cabinet Ministers*, eine Farce von Pinero. Bei ihrer Einstellung zu Politikern konnte das recht amüsant werden. Zumindest war es vielversprechender als die französischen Stücke, die zur Zeit in französischer Sprache am Her Majesty's gegeben wurden, mit der Ausnahme, daß Sarah Bernhardt in *Joan of Arc* auftrat. Das war in der Tat verlockend.

Auf dem Opernprogramm standen *Carmen, Lohengrin* oder *Faust.* Sie liebte italienische Opern, konnte aber Wagner nichts abgewinnen, trotz seiner gegenwärtigen und überraschenden Beliebtheit. Keiner hatte das erwartet. Wäre *Simon Boccanegra* oder *Nabucco* zur Aufführung gekommen, so wäre sie gegangen, selbst wenn sie nur einen Stehplatz bekommen hätte.

Doch an diesem Abend hatte sie sich für *Sie beugt sich, um zu siegen* von Oliver Goldsmith entschieden und konnte feststellen, daß eine erstaunliche Anzahl ihrer Bekannten dieselbe Entscheidung getroffen hatten. Auch wenn ein Theaterbesuch eine eher ruhige Angelegenheit war, verlangte er doch förmliche Garderobe, zumindest in den drei Monaten der Saison, von Mai bis Juli. In der restlichen Zeit konnte man auch weniger festlich gekleidet erscheinen.

Theaterbesuche wurden häufig in Gruppen organisiert. In der gehobenen Gesellschaft unternahm man nicht gerne etwas allein oder zu zweit. Gruppen von zehn oder, besser noch, zwanzig waren viel beliebter.

An diesem Abend hatte Vespasia Charlotte aus freiem Wunsch und Eustace aus Pflichtgefühl eingeladen. Er war dabeigewesen, als sie den Entschluß faßte, und hatte mit unverhohlener Neugier reagiert, so daß es unhöflich gewesen wäre, ihn nicht einzuladen. Obwohl sie oft verärgert war über ihn, gehörte er doch zu ihrer Familie.

Sie hatte natürlich auch Thomas gefragt, doch der mußte wegen Arbeitsüberlastung absagen. Er würde nicht rechtzeitig genug aus der Bow Street wegkommen, und die Loge nach Beginn des Stückes zu betreten war nicht hinnehmbar.

So kam es also, daß, lange bevor sich der Vorhang hob, Vespasia, Charlotte und Eustace in ihrer Loge saßen und sich auf angenehmste Weise die Zeit damit vertrieben, die Ankunft der anderen Besucher zu beobachten.

»Ah!« Eustace lehnte sich ein wenig vor und deutete auf einen grauhaarigen Mann von eleganter Erscheinung, der zu ihrer Linken eine Loge betrat. »Sir Henry Rattray. Ein vortrefflicher Mensch. Vorbildlich für seine Höflichkeit und sein Ehrgefühl.«

»Vorbildlich?« fragte Vespasia leicht verblüfft.

»Aber ja.« Eustace lehnte sich in seinem Sitz zurück und lächelte voller Befriedigung. Überhaupt schien er äußerst selbstzufrieden, so daß er mit geschwollener Brust und glänzendem Gesicht dasaß. »Er verkörpert die ritterlichen Tugenden, zeigt Mut vor dem Feind, übt Milde im Sieg und begegnet dem zarten Geschlecht mit Ehrlichkeit, Reinheit und Feingefühl; den Schwachen gewährt er Schutz und bewahrt so alle Werte, die uns am Herzen liegen. Das ist es, was das Rittertum der Vergangenheit und einen Gentleman heute auszeichnet – nur die besten natürlich!« Er sprach mit unumstößlicher Überzeugung.

»Sie müssen ihn gut kennen, um so überzeugt über ihn sprechen zu können«, sagte Charlotte erstaunt.

»Offenbar weißt du sehr viel von ihm, das ich nicht weiß«, sagte Vespasia zweideutig.

Eustace hielt einen Finger in die Höhe. »Ah, meine gute Schwiegermama, das ist genau richtig. Ich weiß in der Tat eine Menge über ihn, was in der Öffentlichkeit nicht bekannt ist. Er vollbringt seine guten Taten hauptsächlich im geheimen, wie sich das für einen christlichen Gentleman geziemt.«

Charlotte wollte schon eine Bemerkung über Heimlichtuerei machen, biß sich aber noch rechtzeitig auf die Zunge. Sie blickte in das glatte Gesicht von Eustace und fröstelte vor Angst. Er war so selbstbewußt, so sicher, daß er genau verstand, worauf er sich eingelassen hatte, wer seine Bündnisgefährten waren und daß sie denselben nebulösen Idealen anhingen wie er. Er bediente sich sogar der Sprache aus der Artus-Sage. Vielleicht hielten sie ihre Zusammenkünfte an einem runden Tisch ab – an dem ein Platz leer blieb, der »Platz der Gefahr«, falls ein herumwandernder Galahad auf der Suche nach dem Gral erfolgreich gewesen war. Es war so klug eingerichtet, daß es beängstigend war.

»Ein vollendeter Ritter«, sagte Charlotte laut.

»So ist es!« pflichtete Eustace ihr bei. »Meine Gute, Sie haben es erfaßt!«

»Das hat man von Lancelot gesagt«, erläuterte Charlotte.

»Natürlich.« Eustace nickte lächelnd. »Der engste Freund von Artus, seine rechte Hand und sein Verbündeter.«

»Und der Mann, der ihn hintergangen hat«, ergänzte Charlotte.

»Was?« Eustace drehte sich herum; er war völlig perplex.

»Mit Ginevra«, erklärte Charlotte. »Hatten Sie das vergessen? Es war ja in jeder Hinsicht der Anfang vom Ende.«

Ganz offensichtlich war es ihm entfallen. Die Röte stieg ihm ins Gesicht, zum einen aus Verlegenheit über das anstößige Thema, aber auch aus Verwirrung darüber, daß man ihn bei einem so unpassenden Vergleich ertappt hatte.

In ihrer Überraschung tat er Charlotte leid, doch sie wollte auf keinen Fall etwas sagen, was als Lob auf den Inneren Kreis verstanden werden konnte, und darum ging es ja in ihrem Gespräch. Eustace war so naiv, daß er ihr manchmal wie ein Kind vorkam, rein und unschuldig.

»Aber die Ideale der Tafelrunde waren die besten«, sagte sie sanft. »Und Galahad war frei von Sünde, sonst hätte er nie den heiligen Gral erblickt. Die Schwierigkeit ist die, daß man das Gute und das Schlechte nebeneinander finden kann und sich vielleicht beide zu denselben Überzeugungen bekennen. Wir alle haben Schwächen und sind verletzlich und neigen dazu, in anderen das zu sehen, was wir sehen wollen, besonders dann, wenn wir sie bewundern.«

Eustace zögerte.

Sie sah ihm ins Gesicht und in die Augen und erkannte, daß er versuchte, die Bedeutung ihrer Worte zu erfassen; dann gab er es auf und begnügte sich mit einer einfachen Antwort.

»Selbstverständlich, meine Gute, da haben Sie zweifellos recht.« Er wandte sich zu Vespasia, die schweigend zugehört hatte. »Wer ist denn diese bemerkenswerte Dame in der Loge neben der von Lord Riverdale? Sie hat sehr ungewöhnliche Augen. Sie sind sehr groß und müßten hübsch wirken, tun es aber nicht.«

Vespasia folgte seinem Blick und sah Christabel Thorne, die neben Jeremiah saß und sich angeregt mit ihm unterhielt. Er hörte ihr zu und sah sie unentwegt an; in seinem Blick lag nicht nur Zuneigung, sondern auch offensichtlich Interesse.

Vespasia erklärte Eustace, wer sie waren. Dann entdeckte sie Harriet Soames zusammen mit ihrem Vater, deren Verhalten ebenfalls Zuneigung füreinander und Stolz ausdrückte.

Wenige Augenblicke später ging ein Raunen durch das Publikum. Einige Köpfe drehten sich um, die Unterhaltungen verstummten, und jeder flüsterte seinem Nachbarn eine Bemerkung zu.

»Der Prince of Wales?« fragte Eustace erregt. Ein Verhalten wie das des Prinzen hätte er an jedem anderen als moralisch verwerflich gebrandmarkt. Doch ein Prinz war eine Ausnahme. Man beurteilte ihn nicht nach denselben Kriterien wie normale Sterbliche. Zumindest tat Eustace das nicht.

»Nein«, sagte Vespasia schnippisch. Sie wandte dieselben Maßstäbe auf alle Menschen an; Prinzen machten da keine Ausnahme, außerdem mochte sie die Prinzessin. »Der Minister für Koloniale Angelegenheiten, Mr. Linus Chancellor, und seine Frau. Und, soweit ich weiß, ihr Schwager, Mr. Francis Standish.«

»Oh.« Eustace war sich nicht sicher, ob ihn das interessierte.

Charlotte hatte da keinerlei Zweifel. Seit sie und Pitt Susannah Chancellor bei dem Empfang der Herzogin von Marlborough kennengelernt hatten, war ihr Interesse für sie geweckt. Nachdem sie auf dem Shakespeare-Basar Zeuge der Diskussion zwischen Kreisler und Susannah geworden war, hatte sich dieses Interesse noch verstärkt. Sie beobachtete, wie das Paar seine Plätze einnahm. Chancellor war aufmerksam und höflich. Er wirkte entspannt wie ein Mann, der sich in der Nähe seiner Frau sehr wohl fühlt und das Beisammensein mit ihr genießt. Charlotte mußte lächeln und wußte genau, was Susannah fühlte, als sie den Kopf drehte und ihm dafür dankte, daß er ihre Stola über die Sessellehne gelegt hatte. Er lächelte, und ihre Blicke trafen sich einen Moment lang.

Im Saal wurde es dunkel, die Nationalhymne wurde angestimmt. Jetzt galt es, die Aufmerksamkeit auf die Geschehnisse auf der Bühne zu lenken.

Als der Applaus nach den ersten beiden Akten verklang und die erste Pause begann, konnte man sich wieder einander zuwenden.

Eustace drehte sich zu Charlotte um. »Und wie geht es Ihrer Familie?« fragte er aus reiner Höflichkeit und um zu verhindern, daß sie das Thema von König Artus wieder aufgriff oder irgendeiner Gesellschaft, sei es eine der Gegenwart oder der Vergangenheit.

»Es geht uns sehr gut, danke«, erwiderte sie.

»Und Emily?« wollte er wissen.

»Sie ist im Ausland. Es sind ja Parlamentsferien.«

»Richtig. Und Ihre Frau Mama?«

»Sie ist auch auf Reisen.« Sie fügte nicht hinzu, daß es ihre Hochzeitsreise war. Das würde Eustace niemals verkraften. Sie bemerkte ein belustigtes Zucken um Vespasias Mundwinkel und wandte den Blick ab. »Großmutter ist zu Emily ins Ashworth House gezogen«, fuhr sie hastig fort. »Obwohl dort zur Zeit außer den Bediensteten niemand ist. Es gefällt ihr ganz und gar nicht.«

»Verstehe.« Eustace hatte das Gefühl, daß er etwas nicht mitbekommen hatte, wollte aber nicht nachforschen. »Möchten Sie gerne eine Erfrischung zu sich nehmen?« fragte er galant.

Nachdem Vespasia das Angebot angenommen hatte, konnte auch Charlotte ja dazu sagen. Gehorsam erhob sich Eustace von seinem Platz und ging, um sie zu besorgen.

Charlotte und Vespasia sahen einander an und wandten dann ihre Blicke so diskret wie möglich zu der Loge von Linus und Susannah Chancellor. Francis Standish war verschwunden, doch eine andere Person stand in der Loge, offensichtlich ein Mann, groß, schlank, von sehr aufrechter, fast militärischer Haltung.

»Kreisler«, flüsterte Charlotte.

»Das denke ich auch«, sagte Vespasia.

In dem Moment drehte er sich zu Susannah um, und sie erkannten, daß sie mit ihrer Vermutung recht gehabt hatten.

Aus der Entfernung konnten sie natürlich nicht hören, was gesagt wurde, doch aus dem Ausdruck der Gesichter konnte man verschiedene Schlußfolgerungen ziehen.

Kreisler verhielt sich gegenüber Chancellor mit der gebotenen Höflichkeit, doch herrschte zwischen den Männern eine deutliche Kühle, die wahrscheinlich auf ihre unterschiedlichen politischen Ansichten zurückzuführen war. Chancellor stand dicht neben seiner Frau, als würde er sie in seine Anschauungen und Überzeugungen automatisch mit einbeziehen. Kreisler stand ihnen nicht genau gegenüber, so daß Charlotte und Vespasia sein Gesicht nicht sehen konnten. Er schenkte Susannah ein Maß an Aufmerksamkeit, das über gutes Benehmen hinausging, und schien seine Worte an sie zu richten, obwohl es fast jedesmal Chancellor war, der antwortete.

Ein- oder zweimal wollte Susannah etwas sagen, doch Charlotte sah, wie ihr Mann dazwischenfuhr und sie mit einem flüchtigen Blick oder einer Geste in seine Antwort einschloß. Wieder entgegnete Kreisler etwas, wieder mehr zu ihr als zu ihm.

Weder Charlotte noch Vespasia sagten etwas, doch Charlotte stellte eine Reihe Mutmaßungen an. In dem Moment kam Eustace zurück. Ganz zerstreut dankte sie ihm und widmete sich gedankenverloren ihrer Erfrischung, bis die Lichter gelöscht wurden und das Drama auf der Bühne seinen Fortgang nahm.

Während der zweiten Pause verließen sie ihre Loge und schlenderten ins Foyer, wo Vespasia sofort von mehreren Bekannten begrüßt wurde. Mit einer älteren Marquise in einem leuchtendgrünem Gewand sprach sie etwas länger.

Charlotte war froh, die Menschen einfach nur beobachten zu können. Sie wandte wieder ihre ganze Aufmerksamkeit Linus und Susannah Chancellor sowie Francis Standish zu. Besonders interessant wurde es, als Chancellor für ein paar Minuten abgelenkt war und Standish allein bei Susannah stand. Sie schienen in einen Streit verwickelt zu sein. Nach ihrem Gesichtsausdruck zu schließen, blieb sie fest bei ihrer Einstellung, während er mehrfach einen verärgerten Blick zur anderen Seite des Foyers hinüberwarf, wo Peter Kreisler stand.

Einmal faßte Standish sie beim Ellbogen, doch sie schüttelte ihn unwirsch ab. Als Chancellor sich wieder zu ihnen gesellte, machte Standish einen zufriedenen Eindruck, als hätte er sich durchgesetzt. Chancellor näherte sich Susannah mit einem vergnügten, warmen Lächeln und bot ihr seinen Arm. Sie hängte sich bei ihm ein und schmiegte sich an ihn, doch war sie sichtlich angespannt, ein Schatten lag auf ihrem Gesicht. Der Anblick berührte Charlotte so sehr, daß sie ihn nicht wieder los wurde und sich auch nicht auf den Rest des Theaterstückes konzentrieren konnte.

Der nächste Tag war windig und klar, und am späten Vormittag ließ Vespasia ihre Kutsche vorfahren und begab sich zum Hyde Park. Es war nicht notwendig zu erwähnen, daß sie zu der Ecke beim Prince Albert Memorial fahren wollte. Die Wahl bestand ohnehin nur zwischen Marble Arch und dem Denkmal, wenn man Mitglieder der gehobenen Gesellschaft sehen wollte, die üblicherweise morgens im Park ausritten oder spazierengingen. Auf dem breiten Weg zwischen dem Denkmal und Grosvenor Gate begegnete man allen und jedem, der sich dazu entschieden hatte, an die frische Luft zu gehen.

Vespasia hätte sich auch in jedem anderen Teil des Parks wohl gefühlt, aber sie war aus dem einzigen Grund hergekommen, um Bertie Canning, einen ihrer Bewunderer, zu treffen. Am Vorabend im Theater hatte ihre Bekannte, die Marquise, ihr erzählt, daß er bestens über alle möglichen Menschen unterrichtet war. Besonders über die, deren guter oder schlechter Ruf sich auf ihren Einsatz in den auswärts liegenden Gebieten des Reiches gründete, und nicht auf ihre Tätigkeiten im engen England. Wenn ihr jemand das über Peter Kreisler berichten konnte, was sie jetzt dringend in Erfahrung zu bringen wünschte, dann er.

In ihrer Kutsche fahren wollte sie nicht: So könnte sie Canning verpassen, außerdem hatte man keine Gelegenheit zu einer Unterhaltung. Sie stieg also aus und spazierte anmutig auf eine der vielen Bänke auf der Nordseite der Rotten Row zu. Natürlich war dies die feine Seite, von der aus sie bequem zusehen konnte, wie die Welt an ihr vorbeiflanierte. Diese Art des Zeitvertreibs genoß sie auch dann, wenn sie keinen Zweck verfolgte. Die Beobachtungen, die sie am Abend zuvor gemacht hatte, zusätzlich zu dem Gespräch, das sie auf dem Basar hatte mithören können, waren jedoch Anlaß für eine innere Unruhe, die sie so bald wie möglich beschwichtigen wollte.

Sie trug ein Kleid in Silbergrau, ihrer Lieblingsfarbe, das mit Taubenblau abgesetzt war, dazu einen Hut nach der letzten Mode. Er ähnelte einem Reithut, hatte eine hohe Krone, eine ganz leicht nach oben gebogene Krempe und war mit einer Seidenschärpe umwickelt. Beides stand ihr ausgezeichnet. Zufrieden bemerkte sie, daß sie die Aufmerksamkeit mancher erregte, die in ihren leichteren Gespannen, wie sie für diese frühe Tageszeit üblich waren, an ihr vorüberzogen, unsicher, ob sie sie kennen und ob sie sie grüßen müßten.

Der spanische Botschafter und seine Frau lustwandelten vorüber. Er legte grüßend die Hand an den Hut und lächelte, überzeugt, daß er sie kannte, und wenn nicht, sie kennen sollte.

Amüsiert erwiderte sie sein Lächeln.

Andere Gespanne kamen vorbei, Tilburys, Buggys. Vierspänner, und alle waren klein, leicht und elegant. Jedes Gefährt war auf Hochglanz poliert, das Leder sauber, die Griffe glänzend, die Pferde perfekt gestriegelt. Selbstverständlich waren auch die Ausfahrenden und Kutscher tadellos gekleidet, die Bediensteten, soweit sie dabei waren, in vollem Livree. Manch ein Gentleman saß selbst auf dem Kutschbock und war stolz darauf, die Zügel in der Hand zu halten. Viele der Passanten kannte sie aus dem einen oder anderen Grunde. Aber die gehobene Gesellschaft war auch so klein, daß fast jeder mit jedem wenigstens entfernt bekannt war.

Sie erkannte einen europäischen Prinzen, mit dem sie vor rund dreißig Jahren recht gut bekannt war, und als er vorüberging, tauschten sie Blicke aus. Er zögerte, Erinnerungen wurden in ihm wach, ein warmes Lachen stand in seinen Augen. Aber neben ihm ging seine Prinzessin, und ihre Hand, die fest auf seinem Arm lag, sagte ihm, wohin er gehörte. Vielleicht war es auch besser, die Vergangenheit unter dem Schleier des Glücks, von der Gegenwart ungestört, zu belassen. Er ging seines Wegs und ließ Vespasia zurück, die vor sich hin lächelte, den Sonnenschein warm auf ihrem Gesicht.

Fast eine dreiviertel Stunde verging so auf angenehme, wenn auch weitgehend ereignislose Art, bis sie Bertie Canning endlich erblickte. Er ging allein, was nicht ungewöhnlich war, da seine Frau das Haus ungern verließ, und dann nur in der Kutsche, während er lieber zu Fuß ging. Zumindest behauptete er das und sagte, seine Gesundheit erfordere es. Doch Vespasia wußte nur zu gut, daß er die Freiheit, die ein Spaziergang ihm bot, sehr hoch schätzte. Er hätte seine Gewohnheit auch dann nicht aufgegeben, wenn er sich mühsam am Stock vorwärtsbewegen müßte.

Sie dachte schon, sie müsse ihn ansprechen, und hätte es auch mit allem Charme getan, aber zum Glück war das nicht nötig. Als er sie sah, lächelte er freundlich und nicht nur aus Höflichkeit und kam zu ihrer Bank.

Er sah recht gut aus auf seine kernige, vitale Art. Früher hatte er durchaus einen Reiz auf sie ausgeübt, so daß es ihr nicht schwerfiel, erfreut zu wirken.

»Guten Morgen, Bertie! Sie sehen sehr gut aus.«

Er war gut zehn Jahre jünger als sie, aber die Zeit war nicht so glimpflich mit ihm umgegangen. Es ließ sich nicht leugnen, daß er rundlich wurde, und sein Gesicht war deutlich röter als in seinen besten Jahren.

»Meine liebe Vespasia. Wie erfreulich, Sie zu sehen! Sie haben sich überhaupt nicht verändert. Wie neidisch Sie Ihre Altersgenossinnen machen müssen! Wenn es etwas gibt, was eine schöne Frau nicht erträgt, so ist es eine andere schöne Frau, an der die Jahre spurlos vorübergehen.«

»Wie immer verstehen Sie es, ein Kompliment auf etwas andere Weise zu präsentieren«, sagte sie mit einem Lächeln und rückte eine Idee zur Seite, als Aufforderung an ihn, sich neben sie zu setzen.

Er nahm augenblicklich an, vielleicht nicht nur, um mit ihr zu plaudern, sondern auch, um sich auszuruhen. Ein paar Minuten lang sprachen sie über Belanglosigkeiten und gemeinsame Bekannte. Sie hatte ihren ehrlichen Spaß daran. Für diese wenigen Augenblicke verlor die voranschreitende Zeit jede Bedeutung. Es hätte auch dreißig Jahre früher sein können. Zwar paßten die Kleider nicht – die Röcke waren zu eng, es gab keine Krinolinen, keine Reifröcke mehr; außerdem waren zu viele Halbweltdamen auf der Straße, überhaupt zu viele Frauen –, aber die Stimmung war dieselbe: die Schönheit der Pferde, das erregte Treiben, die Maisonne, der Geruch von Erde und den großen Bäumen über ihnen. Die Londoner Gesellschaft flanierte und bewunderte sich selbst mit uneingeschränktem Vergnügen.

Doch Nobby Gunne war keine fünfundzwanzig mehr und paddelte nicht mehr stromaufwärts in einem Kanu auf dem Kongo; sie war fünfundfünfzig, hier in London und sehr verletzlich; und sie war im Begriff, sich in einen Mann zu verlieben, über den Vespasia kaum etwas wußte und der ihr angst machte.

»Bertie …«

»Ja, meine Liebe?«

»Sie kennen doch alle, die mit Afrika zu tun haben …«

»Das war früher einmal. Aber jetzt sind es unglaublich viele.« Er zuckte mit den Achseln. »Sie kommen aus dem Nichts, die unterschiedlichsten Menschen, und viele von ihnen möchte ich am liebsten nicht kennenlernen. Hasardeure der widrigsten Art. Warum? Denken Sie an jemand Bestimmten?«

Sie machte keine Ausflüchte. Dazu war keine Zeit, und er würde es auch nicht akzeptieren.

»Peter Kreisler.«

Ein nicht mehr ganz junger Finanzmagnat fuhr in einem offenen Vierspänner vorbei, Frau und Töchter an seiner Seite. Weder Vespasia noch Bertie schenkten ihnen Beachtung. Ein ehrgeiziger junger Mann legte seine Hand zum Gruß an den Hut und wurde mit einem ermunternden Lächeln belohnt.

Zwei junge Leute, Mann und Frau, ritten vorbei.

»Endlich verlobt«, murmelte Bertie.

Vespasia verstand ihn sogleich. Das Mädchen würde

nicht mit dem jungen Mann ausreiten, wären sie nicht verlobt.

»Peter Kreisler?« erinnerte sie ihn.

»Ah ja. Seine Mutter war eine von den Calders aus Aberdeenshire, soweit ich weiß. Merkwürdige Frau, sehr merkwürdig. Hat einen Deutschen geheiratet, wenn ich mich recht erinnere, und auch eine Weile in Deutschland gelebt. Ist dann aber wieder zurückgekommen, glaube ich. Und dann gestorben, die Ärmste.«

Vespasia fröstelte plötzlich. Unter anderen Umständen wäre es völlig irrelevant, wenn jemand zur Hälfte Deutscher war. Die königliche Familie war zu mehr als der Hälfte von deutschem Blut. Doch angesichts der gegenwärtigen Beunruhigung über Ostafrika und der Tatsache, daß Nationalität durchaus etwas zur Sache tat, lagen die Dinge anders.

»Ich verstehe. Was war sein Vater?«

Ein beliebter Schauspieler ritt vorbei, das attraktive Profil in die Höhe gereckt. Vespasia dachte flüchtig an Charlottes Mutter Caroline und deren Heirat mit einem siebzehn Jahre jüngeren Schauspieler, der nicht so gut aussah wie dieser hier, aber ein viel attraktiverer Mensch war. Die Eheschließung war ein Skandal, und Vespasia wünschte Caroline alles Glück.

»Keine Ahnung«, gestand Bertie. »Aber er war ein persönlicher Freund des alten Kanzlers, soviel weiß ich.«

»Ein Freund von Bismarck?« sagte Vespasia überrascht und zunehmend beunruhigt.

Bertie sah sie von der Seite her an. »Natürlich Bismarck! Warum beschäftigt Sie das so, Vespasia? Sie können ihn kaum kennen. Er ist ständig in Afrika. Obwohl, vielleicht ist er ja zurückgekommen. Er hat sich mit Cecil Rhodes zerstritten – was ja nicht sehr schwierig ist – und mit den Missionaren, die versucht haben, alle Eingeborenen in europäische Kleider zu stecken und zu Christen zu machen – und das ist viel schwieriger.«

»Die Kleider oder das Christentum?«

»Der Streit.«

»Ich hätte keine Schwierigkeiten, mich mit jemandem zu überwerfen, der alle in europäische Kleider stecken will«, sagte Vespasia. »Oder sie zu Christen machen will, gegen ihren Willen.«

»Dann würde Ihnen Kreisler bestimmt gefallen.« Bertie verzog das Gesicht.

Ein für seine radikalen Ansichten bekannter Parlamentsabgeordneter ging, tief in das Gespräch mit einem erfolgreichen Autor versunken, an ihnen vorbei.

»Dummkopf«, sagte Bertie verächtlich. »Der Kerl sollte bei seinen Leisten bleiben.«

»Wie bitte?«

»Ein Politiker, der versucht, Bücher zu schreiben, und ein Schriftsteller, der einen Sitz im Parlament anstrebt«, erklärte Bertie.

»Haben Sie sein Buch gelesen?« fragte Vespasia.

Bertie zog die Augenbrauen in die Höhe. »Nein. Warum?«

»Schrecklich. Und John Dacre würde weniger Unheil anrichten, wenn er seinen Abgeordnetensitz aufgäbe und Romane schriebe. Ich finde, insgesamt ist das eine gute Idee. Reden Sie es ihnen nicht aus.«

Einen Moment starrte er sie verwirrt an, dann lachte er.

»Außerdem hat er sich mit MacKinnon zerstritten«, sagte er nach einer kurzen Pause.

»Dacre?« fragte sie.

»Nein, nein, dieser Kreisler. Mit MacKinnon, dem Bankier. Es ging um Ostafrika, versteht sich, und wie man vorgehen soll. Mit Standish hat er sich noch nicht zerstritten, aber das liegt sicherlich an seiner Beziehung zu Chancellor.« Bertie runzelte nachdenklich die Stirn. »Dabei hat er ja nicht ganz unrecht, verdammich! Ein fragwürdiger Kerl, dieser Rhodes. Kann sich gut ausdrücken, hat aber was Verschlagenes. Zu machthungrig für meinen Geschmack. Treibt die Dinge zu schnell voran. Viel zu schnell. Kannten Sie Sir Arthur Desmond? Vernünftige Ansichten. Anständig. Schade, daß er tot ist.«

»Und Kreisler?« fragte sie, während sie sich erhob. Es wurde etwas kühl, und sie wollte lieber ein paar Schritte gehen.

Auch er erhob sich und bot ihr seinen Arm.

»Bin mir nicht so sicher. Hinter dem Namen habe ich ein Fragezeichen. Bin mir seiner Motive nicht sicher, verstehen Sie?«

Vespasia verstand ihn nur zu gut.

Ein berühmter Porträtmaler berührte grüßend den Hut, als er vorbeiging. Sie erwiderte den Gruß mit einem Lächeln. Jemand murmelte, daß der Prince of Wales und der Duke of Clarence in ihre Richtung kämen, doch da sie hier recht häufig ritten, erregte das nur geringe Aufmerksamkeit.

Ein älterer Mann mit fahlem Gesicht trat an Bertie heran und sprach zu ihm. Da er sie offensichtlich begleiten wollte, stellte Bertie ihn vor. Vespasia bedankte sich bei Bertie Canning und verabschiedete sich. Sie wollte mit ihren Gedanken allein sein. Was sie über Peter Kreisler erfahren hatte, beruhigte sie in keinster Weise.

Was waren seine Beweggründe dafür, daß er Susannahs Gegenwart suchte? Warum verfocht er seinen Standpunkt mit dieser Hartnäckigkeit? Er konnte nicht so naiv sein zu glauben, daß er Chancellor beeinflussen würde, da der sich bereits öffentlich hinter Cecil Rhodes gestellt hatte.

Wo stand Kreisler selbst? Engagierte er sich für Afrika und das Recht auf Selbstbestimmung, von dem er sprach, oder vertrat er die Interessen Deutschlands? Versuchte er, eine Indiskretion herbeizuführen, aus der er etwas erfahren würde? Oder wollte er seine eigene Version der Fakten verbreiten und andere in die Irre führen? Und warum bemühte er sich um Nobby Gunne?

Vespasia wäre noch um einiges besorgter gewesen, hätte sie Nobby und Kreisler in der Lyric Music Hall gesehen, wo sie auf den Rängen gemeinsam über den Komödianten lachten, dem Jongleur, der immer noch einen Teller mehr in die Luft warf, mit angehaltenem Atem zusahen, wo sie die

Künste des ganz in Gelb gekleideten Schlangenmenschen bewunderten und mit den Füßen den Rhythmus der tanzenden Mädchen klopften.

Was sie taten, entsprach nicht ihrem sozialen Status, und sie genossen es über die Maßen. Immer wieder tauschten sie Blicke, wenn ein Witz sie erheiterte oder entsetzte. Die politischen Witze waren gleichzeitig böse und zum Schreien komisch.

Die letzte Nummer, der Publikumsrenner, war eine irische Sopranistin mit einer vollen, wohltönenden Stimme, die das Publikum mit »Silver Threads Among the Gold«, »Bedouin Love Song«, »The Lost Chord« von Sullivan in ihren Bann zog und schließlich, während die Zuhörer lächelten und zu Tränen gerührt waren, noch das »Goodbye« von Tosti zum besten gab.

Das Publikum applaudierte, daß es von den Wänden hallte, und als endlich der Vorhang fiel, traten sie hinaus auf die warme, belebte Straße, wo die Gaslaternen ihr Licht verbreiteten, Pferdehufe über das Pflaster klapperten, Passanten eine freie Droschke herbeiriefen und die Nachtluft mit einer Vorahnung von Regen milde über ihr Gesicht strich. Weder Nobby noch Kreisler sprachen. Es herrschte ein tiefes Einverständnis zwischen ihnen.

7.

Kapitel

»Nichts«, sagte Tellman und schob seine Unterlippe vor. »Auf jeden Fall nichts, was uns weiterbringt.« Er bezog sich auf die Ermittlungen gegen Ian Hathaway vom Kolonialministerium. »Ein ruhiger, gesetzter Mann, eher ein Büchernarr, mittleren Alters. Sein Lebensstil bewegt sich im Rahmen des Normalen.« Er setzte sich auf den Stuhl Pitt gegenüber, ohne dazu aufgefordert worden zu sein. »Aber auch nicht so normal, daß er keine Eigenheiten hätte. Gibt für Käse soviel aus wie ich für einen Braten. Fisch ist ihm zuwider. Würde er um nichts in der Welt essen.«

Pitt runzelte die Stirn. Er saß hinter seinem Schreibtisch, die Sonne im Rücken.

»Kauft normale Hemden«, fuhr Tellman fort. »Gibt nicht gern viel Geld dafür aus. Streitet sogar mit dem Hemdennäher darüber. Ist höflich, aber hartnäckig.« Tellmans Miene drückte sein Erstaunen darüber aus. »Am Anfang habe ich gedacht, er ist ganz blaß und unauffällig, einer von diesen grauen Männern, die durch nichts auf sich aufmerksam machen.« Er öffnete die Augen weit. »Aber ich habe festgestellt, daß es Mr. Hathaway an Entschlußkraft nicht mangelt. Er ist immer sehr ruhig, sehr höflich, wird nie laut. Aber er muß etwas an sich haben, etwas in seinem Blick, denn sein Schneider hat nur ein paar Worte mit ihm gewechselt und dann plötzlich klein beigegeben, und danach hieß es nur noch: ›Ja, Sir, Mr. Hathaway; nein, Sir, natürlich nicht; ganz wie Sie wünschen, Sir‹.«

»Schließlich hat er einen ziemlich hohen Posten im Kolonialministerium«, sagte Pitt.

Tellman schnaubte und brachte seine ganze Verachtung dadurch zum Ausdruck. »Ich habe schon erlebt, daß wichtigere Männer als er von ihrem Schneider herumkommandiert wurden. Nein, Sir, Mr. Hathaway hat mehr Rückgrat, als man auf den ersten Blick glauben möchte.«

Pitt sagte nichts darauf. Es war nur ein Eindruck, den Tellman gewonnen hatte, und kein handfestes Ergebnis. Je nachdem, welche Einschätzung er zunächst gehabt hatte, war der Eindruck mehr oder weniger wichtig.

»Er kauft sehr gute Socken und Nachthemden«, fuhr Tellman fort. »Wirklich sehr gute. Und hat nicht nur *ein* seidenes Halstuch.«

»Ist er verschwenderisch?« fragte Pitt.

Tellman schüttelte bedauernd den Kopf. »Nicht so, wie Sie es meinen. Gibt auf keinen Fall mehr aus, als er verdient. Bleibt eher noch was übrig. Geht seinem Vergnügen im stillen nach, speist manchmal im Club, manchmal bei Freunden. Geht abends im Park spazieren.«

»Damenbekanntschaften?«

Tellmans Gesichtsausdruck gab eine deutliche Antwort, Worte erübrigten sich.

»Was ist mit den Söhnen? Hat er sonst Verwandtschaft? Brüder oder Schwestern?«

»Der Lebenswandel der Söhne ist genauso makellos wie seiner, soweit man sehen kann. Sie leben ja im Ausland, aber keiner hat ein böses Wort über sie gesagt. Keine weiteren Verwandten, soweit ich weiß. Auf jeden Fall besucht er niemanden und schreibt auch nicht.«

Pitt lehnte sich weiter zurück in den Sonnenschein. »Diese Freunde, mit denen er ein- oder zweimal in der Woche speist, wer sind die? Besteht da eine Verbindung zu Afrika oder Deutschland? Oder zur Großfinanz?«

»Ich kann keine finden.« Tellmans Ausdruck drückte gleichzeitig Triumph und Mißmut aus. Es bereitete ihm Vergnügen, Pitt vor ein weiteres Problem zu stellen, doch andererseits wäre er gern erfolgreicher gewesen. Seine zwiespältigen Gefühle erheiterten Pitt.

»Und wie sehen Sie ihn?« fragte Pitt mit dem Anflug eines Lächelns.

Tellman war überrascht. Mit dieser Frage hatte er offensichtlich nicht gerechnet. Er mußte schnell nachdenken.

»Ich bin der Meinung, daß er schwer zu durchschauen ist und bei ihm einiges unter der Oberfläche liegt.« Sein Gesicht war mürrisch. »Aber er ist andererseits auch nur ein sehr gewöhnlicher Mann mit Glatze, der ein normales, überschaubares und langweiliges Leben führt wie zehntausend andere auch. Es gibt keinen einzigen Anhaltspunkt, warum ich denken sollte, er sei ein Spion oder nicht das, was er darstellt.«

Pitt hielt einiges auf Tellmans Urteilsvermögen. Der war zwar dickköpfig und voller Groll persönlicher Art, außerdem unzufrieden wegen seines sozialen Standes, doch wenn es darum ging, ein Verbrechen einzuschätzen beziehungsweise die Fähigkeit eines Menschen, eines zu begehen, war er sehr scharfsichtig und selten im Irrtum.

»Danke«, sagte er ehrlich und verblüffte Tellman damit. »Wahrscheinlich haben Sie recht.«

Dennoch richtete er es sich ein, selbst noch einmal zum Kolonialministerium zu gehen, um Hathaway kennenzulernen.

Er wollte einfach einen eigenen Eindruck gewinnen, weil er noch keinen hatte. Nicht noch einmal mit ihm zu sprechen wäre einer Unterlassung gleichgekommen, und da er in diesem Fall so wenige Anhaltspunkte hatte, konnte er sich keine Unterlassung leisten, auch nicht die kleinste.

Hathaways Büro war kleiner als das von Chancellor oder Jeremiah Thorpe, war aber dennoch gediegen und bot einigen Komfort. Auf den ersten Blick schien nichts in dem Raum neu, Alter und Qualität hatten allen Dingen eine leichte Patina verliehen: das Holz, von Generationen immer wieder blank poliert, das Leder war abgegriffen und glänzte, und der Teppich war auf dem Streifen zwischen Tür und Schreibtisch ganz abgetreten. Auf dem Bücherbord standen Lederbände mit Goldschrift.

Hathaway sah ihn hinter seinem Schreibtisch wohlwollend und höflich an. Außer ein paar weißen Haaren über den Ohren war er vollständig kahl und glatt rasiert. Er hatte eine kräftige Nase und runde Augen von einem klaren Blau. Erst wenn man ihn genauer ansah, erkannte man seinen Scharfblick und seine Intelligenz.

»Guten Morgen, Oberinspektor«, sagte er leise. Er hatte eine fein modulierte Stimme und eine klare Aussprache. »Wie kann ich Ihnen behilflich sein? Nehmen Sie doch Platz.«

»Guten Morgen, Mr. Hathaway.« Pitt nahm das Angebot an und setzte sich auf einen Stuhl dem Schreibtisch gegenüber. Es war ein überaus bequemer Stuhl, weich und gut gefedert, als Pitt sich zurücklehnte, und doch fest und stabil. Doch allzu gemütlich durfte er es sich nicht machen, war Hathaway doch ein Regierungsbeamter von höherem Rang, der sicherlich keine Zeit zu verschwenden hatte. »Es handelt sich um diese unangenehme Angelegenheit der fehlgeleiteten Informationen«, fuhr Pitt fort. Wozu sollte er sich unscharf ausdrücken? Hathaway war zu klug, um die Bedeutung der Ermittlungen nicht zu erfassen.

Hathaways Ausdruck blieb unverändert.

»Ich habe darüber nachgedacht, Oberinspektor, doch ist mir leider nichts eingefallen.« Der Anflug von einem Lächeln umspielte seinen Mund. »Es ist ja eine Mitteilung, die man nicht leicht vergißt. Beim ersten Mal haben Sie die Sache heruntergespielt, aber es ist mir sehr wohl bewußt, daß es sich nicht um eine leichtzunehmende Angelegenheit handelt. Ich weiß nicht genau, um welche Informationen es sich handelt, noch an wen sie weitergeleitet wurden, doch ist das Prinzip immer dasselbe. Beim nächsten Mal könnte es etwas sein, was die Interessen und das Wohlergehen Großbritanniens empfindlich berührt. Und natürlich können wir nicht immer wissen, wer unsere Feinde sind. Heute sind sie vielleicht Freunde, aber morgen …«

Der Gedanke ließ einen erschaudern. Der freundliche, komfortable Raum verstärkte die Wirkung dieses Gedankens nur noch. Pitt wußte nicht, ob Hathaway im engeren

Sinne von den Feinden Großbritanniens sprach oder von Feinden im allgemeinen. Der Gedanke an Arthur Desmond stellte sich ein. Wie viele seiner Feinde hatte er erkannt? Wäre er sehr überrascht gewesen, wenn er die Aussagen bei der gerichtlichen Untersuchung zu seinem eigenen Tode mitverfolgt hätte? Welche Gesichter hätten ihn erschreckt, welche Aussagen?

Das war das Schlimmste an einer geheimen Gesellschaft – die Alltagsmasken, hinter denen sich ganz andere Gesichter verbargen. Im Inneren Kreis gab es Vollstrecker von Todesurteilen, obwohl *Mörder* ein treffenderes Wort wäre. Es waren Männer, die dazu ausgesucht waren, Strafen zu vollstrecken, die der Wahrung der Interessen der Gesellschaft dienten. Manchmal handelte es sich »nur« um persönlichen oder finanziellen Ruin, aber im Fall von Arthur Desmond war es ein Todesurteil gewesen.

Doch wer waren diese Vollstrecker? Selbst die Mitglieder des Rings, dem er angehörte, wußten es mit Sicherheit nicht. Nur so war er geschützt und konnte seine Arbeit effektiv ausführen. Er konnte sich seinem Opfer mit einem Lächeln und einem Handschlag nähern und ihm gleichzeitig den Todesstoß versetzen. Und der Rest des Inneren Kreises hatte sich per Eid verpflichtet, ihm zu helfen, ihn zu schützen und Schweigen zu bewahren.

Hathaway sah Pitt an und wartete geduldig. Pitt zwang sich dazu, wieder an die Informationen und Afrika zu denken.

»Sie haben selbstverständlich recht«, sagte er rasch. »Das ist eine besonders bittere Erkenntnis. Wir haben einen Großteil der Informationen vom Empfang im Kolonialministerium bis zu dem Punkt verfolgt, wo sie zu den Akten gelegt werden. Soweit ich weiß, kenne ich alle, die Zugang dazu haben ...«

Hathaway lächelte verdrießlich. »Aber es sind natürlich mehrere Personen. Vermutlich werde auch ich verdächtigt?«

»Sie gehören zu den Personen, die Zugang zu den Informationen haben«, formulierte Pitt vorsichtig. »Ich habe keinen anderen Grund, die Ermittlungen auf Sie zu erstrecken. Sie haben meines Wissens einen Sohn in Zentralafrika?«

»Ja, mein Sohn Robert ist als Missionar tätig.« Hathaways Gesicht blieb ausdruckslos. Man konnte nicht erkennen, ob er auf seinen Sohn und dessen Arbeit stolz war. Das Leuchten in seinen Augen konnte Vergnügen, Liebe oder Stolz bedeuten oder schlicht und einfach eine Reflexion des Sonnenlichts sein, das durch das Fenster zu seiner Linken hereinfiel. Aus seiner Stimme war nichts herauszuhören außer Höflichkeit und, angesichts des wichtigen Themas, leichte Besorgnis.

»Wo?« fragte Pitt.

Ein kurzes Zucken ging über Hathaways Gesicht. »Am Njassa-See.«

Pitt hatte die Karten im Atlas genau studiert. Die Küste Afrikas war, mit wenigen Ausnahmen, ganz gut kartographiert, doch im Landesinneren gab es riesige Gebiete, die nur von vereinzelten Pfaden durchzogen waren. Die Karte wurde nur langsam ausgefüllt: Pfade von Ost nach West, die Routen der großen Forscher, hier ein See, dort eine Gebirgskette. Nirgendwo waren Grenzen eingezeichnet. Die meisten Gebiete hatte nie ein Kartograph gesehen oder vermessen, vielleicht hatte kein Weißer je seinen Fuß dort hineingesetzt. Er wußte, daß der Njassa-See in dem Landstrich lag, den Cecil Rhodes besiedeln wollte und in dessen Nähe Simbabwe, die Stadt des schwarzen Goldes, angeblich zu finden war.

Hathaway musterte ihn genau, seinen runden, blaßblauen Augen entging nichts.

»Das ist also das Gebiet, um das es geht.« Es war eine Feststellung, keine Frage. Er bewegte sich nicht, noch veränderte sich sein Gesichtsausdruck, doch seine Konzentration nahm zu. »Oberinspektor, hören wir doch auf, mit Worten zu spielen. Wenn Sie mich nicht korrigieren, gehe ich jetzt davon aus, daß es die deutschen Interessen in Maschonaland und Matabeleland sind, die Sie beschäftigen. Ich bin darüber unterrichtet, daß ein neuer Vertrag über die Einflußbereiche ausgehandelt wird, daß Helgoland in die

Waagschale geworfen wurde, daß der Sturz des Kanzlers beträchtliche Auswirkungen auf die Angelegenheit der Deutschen in Sansibar sowie der Aufstand dort und seine rasche, aber blutige Niederschlagung weitreichende Bedeutung haben. Das gleiche trifft auf Rhodes' Expedition vom Kap und seine Verhandlungen mit Krüger und den Buren zu. Unsere Position wäre erheblich geschwächt, wenn alles, was uns bekannt ist, auch dem Kaiser bekannt wäre.«

Pitt schwieg. Von außen drangen keine Geräusche in den Raum, dessen Fenster nicht zur Straße oder zum Park, sondern zu einem Innenhof lagen.

Hathaway lächelte und lehnte sich weiter zurück. »Es handelt sich hier nicht nur um jemanden, der sich auf unehrliche Weise persönliche Vorteile beim Gold- oder Erzabbau sichern will«, sagte er ernst. »Es handelt sich um Verrat. Alle persönlichen Bedenken müssen außer acht gelassen werden bei der Bemühung, denjenigen aufzuspüren, der das tut.« Seine Stimme war nicht lauter oder schriller als zuvor, doch hatte sie eine andere Qualität; aus ihr sprach rückhaltlose Aufrichtigkeit. Er hatte sich nicht vom Fleck gerührt, doch seine Haltung war voller Tatkraft.

Es hatte keinen Sinn, die Wahrheit zu verschweigen. Pitt wäre nicht glaubhaft gewesen, sondern hätte lediglich sein Gegenüber brüskiert und Offenheit verhindert.

»Wenn man es mit Verrat zu tun hat«, sagte Pitt und wählte seine Worte sorgfältig, »bedeutet das, daß man jedem mißtraut. Manchmal richtet das Mißtrauen ebenso großen Schaden an wie der Verrat selbst. Unsere Befürchtungen können uns genauso lähmen wie die Wahrheit.«

Hathaway machte große Augen. »Sehr gut erkannt, Oberinspektor. Das ist tatsächlich der Fall. Doch wollen Sie sagen, daß es vielleicht kein Verrat ist, sondern nur etwas, das so scheint und den Zweck hat, uns handlungsunfähig zu machen?« Er klang überrascht, doch begriff er im selben Moment, daß es möglich war. »Wer hätte das dann ausgeheckt?«

Auf dem Flur waren Schritte zu hören, die sich näherten, verlangsamten und wieder entfernten.

Pitt schüttelte kaum merklich den Kopf. »Ich meine nur, daß wir die Sache nicht noch schlimmer machen dürfen, als sie es ohnehin schon ist, und dem Verräter die Arbeit nicht erleichtern dürfen, indem wir grundlos Mißtrauen säen. Es gibt nur wenige, die Zugang zu den Informationen haben.«

»Aber sie bekleiden alle hohe Positionen«, schlußfolgerte Hathaway sofort. »Thorne, ich oder Chancellor! Gütiger Himmel, wenn es Chancellor ist, stecken wir tief im Dreck.« Er lächelte belustigt. »Und ich weiß, daß ich es nicht war.«

»Es gibt noch andere Möglichkeiten«, fiel Pitt ihm ins Wort. »Wenn auch nur wenige. Aylmer, zum Beispiel. Oder Arundell. Oder Leicester.«

»Aylmer. Natürlich, den hatte ich vergessen. Ein relativ junger Mann, sehr ehrgeizig. Allerdings hat er die Erwartungen seiner Familie noch nicht ganz erfüllt. Das kann großen Antrieb bedeuten.« Sein Blick wich nicht von Pitts Gesicht. »Je älter ich werde, desto froher bin ich, daß meine Mutter eine sanftmütige Frau war, die sich nur wünschte, daß ihre Söhne umgängliche Frauen heiraten sollten. Ich hatte das Glück, ihr diesen Wunsch zu erfüllen, bevor ich dreißig war.« Einen Moment lang lächelte er bei der Erinnerung, doch dann richteten sich seine ungewöhnlichen Augen wieder direkt auf Pitt. »Ich bin mir darüber im klaren, daß Sie hier sind, um sich ein Bild von meiner Persönlichkeit zu machen. Doch gibt es abgesehen davon eine Möglichkeit, Sie praktisch zu unterstützen?«

Pitt hatte sich das schon überlegt.

»Ja, Mr. Hathaway, wenn Sie dazu bereit wären. Meine Ermittlungen haben ergeben, daß die meisten Informationen zuerst zu Ihnen gelangen, noch bevor auch Mr. Chancellor sie zu sehen bekommt.«

»Das stimmt. Ich glaube, ich durchschaue Ihren Plan: Ich soll sie unerheblich verändern, so daß kein Schaden entsteht, und unterschiedliche Versionen an Chancellor, Aylmer, Thorne, Arundell und Leicester weiterreichen. Gleichzeitig werde ich die korrekte Version für Lord Salisbury zurückhalten, um einen ernsthaften Fehler auszuschließen.« Er schob die Lippe vor. »Das will gut überlegt sein. Es muß eine geeignete Information sein. Aber es ist ein notwendiger Zug, das gebe ich zu.« Er sah Pitt erwartungsvoll an, fast als wäre er froh, eine Aufgabe übernehmen zu können.

Pitt mußte lächeln. »Das wäre also möglich? Und je schneller es durchgeführt werden kann, desto früher haben wir vielleicht ein Ergebnis.«

»So ist es! Es muß sorgfältig eingefädelt sein, sonst ist es auffällig.« Er beugte sich nach vorn. »Es muß zu allen Informationen passen, die wir bereits haben, oder darf ihnen wenigstens nicht widersprechen. Ich werde Sie auf dem laufenden halten, Oberinspektor.« Er lächelte offen und wirkte fast glücklich. Pitt dankte ihm und erhob sich. Er war sich unschlüssig darüber, ob er klug gehandelt hatte, konnte jedoch keinen besseren Plan anbieten, um die Sache voranzubringen. Er hatte Matthew und den stellvertretenden Polizeipräsidenten von seinem Vorhaben noch nicht informiert.

»Was haben Sie getan?« fragte Farnsworth mit entsetztem Gesicht. »Großer Gott, wissen Sie auch, welche Folgen eine solche ... eine solche ...«

»Nein«, sagte Pitt unbeeindruckt. »Welche Folgen könnte das haben?«

Farnsworth starrte ihn an. »Also zumindest, daß diese Fehlinformation den Ministern der königlichen Regierung zugetragen werden! Das wird sogar mit ziemlicher Sicherheit passieren!«

»Höchstens Chancellor ...«

»Höchstens? Höchstens Chancellor!« Farnsworth lief rot an. »Wissen Sie auch, daß er der ranghöchste Minister im Amt für koloniale Angelegenheiten ist? Unser Empire erstreckt sich über ein Viertel der Erdoberfläche! Begreifen Sie eigentlich, was das bedeutet? Wenn Chancellor gefälschte Informationen erhält, dann weiß der Himmel, was daraus folgen kann.«

»Nichts«, erwiderte Pitt. »Die Veränderung wird unbedeutend sein. Hathaway kennt die korrekte Version, und desgleichen der Außenminister. Entscheidungen werden erst getroffen, wenn einer von ihnen, wahrscheinlich sogar beide, konsultiert worden sind.«

»Möglich«, gab Farnsworth zögernd zu. »Dennoch, das war ziemlich leichtfertig von Ihnen, Pitt. Sie hätten sich zuvor mit mir absprechen sollen. Ich wage zu bezweifeln, daß Ihr Vorgehen die Zustimmung des Premierministers findet.«

»Wenn wir nicht auf diese Art und Weise etwas provozieren«, gab Pitt zurück, »werden wir, bevor es zur Unterzeichnung des Vertrags kommt, wahrscheinlich nicht herausfinden, wer die Informationen weiterleitet.«

»Das ist alles sehr unbefriedigend.« Farnsworth biß sich auf die Lippen. »Ich hatte gehofft, Sie würden auf dem Wege gewöhnlicher Ermittlungen entscheidende Erkenntnisse gewinnen.« Sie waren in Farnsworths Büro. Der hatte nach Pitt geschickt und einen Bericht über den Stand der Ermittlungen angefordert. Das gute Wetter war vorbei, der Regen prasselte heftig gegen die Fensterscheiben. Pitts Hosenbeine waren feucht von den Spritzern der Kutschen und Droschken auf der Straße. Er hatte die Beine übergeschlagen und absichtlich eine entspannte Haltung eingenommen.

Farnsworth beugte sich vor und blickte ihn mit zusammengezogenen Augenbrauen an. »Wissen Sie, Pitt, Sie haben ein, zwei dumme Fehler gemacht, aber es ist nicht zu spät, sie zu korrigieren.«

»Zu spät?« Einen Augenblick verstand Pitt ihn nicht.

»Sie wollen sich allein durchsetzen gegen feindselige und mißtrauische Beobachter im Hintergrund«, fuhr er fort und musterte Pitt eindringlich. »Sie werden als Eindringling, als Polizist unter Diplomaten, Politikern und Staatsbeamten betrachtet.«

Pitt starrte ihn an; er war sich nicht sicher, ob er, während sich ein vertrauter Schatten über seine Gedanken legte, die falschen Schlüsse zog.

»Es gibt Männer, die Ihnen helfen würden!« Farnsworth sprach leise und eindringlich, seine Stimme war fordernd und hoffnungsvoll zugleich. »Männer, die mehr über diese Dinge wissen, als Sie oder ich in jahrelangen Ermittlungen und nach mühseligen Fragen und Schlußfolgerungen zusammentragen könnten. Ich hatte Ihnen dieses Angebot bereits gemacht, jetzt mache ich es Ihnen wieder.«

Der Innere Kreis. Farnsworth bedrängte ihn, dem Inneren Kreis beizutreten, wie damals, kurz nachdem Pitt Micah Drummonds Stelle übernommen hatte. Pitt hatte abgelehnt, in der Hoffnung, daß das Angebot nicht wiederholt werden würde. Vielleicht hätte ihm klar sein müssen, daß er die Augen absichtlich verschloß, was dumm war und sich nicht auszahlte. Früher oder später würde dieselbe Frage wieder auf ihn zukommen.

»Nein«, sagte Pitt leise. »Meine Gründe sind die gleichen. Der Preis für die Hilfe ist zu hoch.«

Farnsworths Gesichtsausdruck verhärtete sich. »Das ist sehr unklug von Ihnen, Pitt. Es würde nichts von Ihnen verlangt, was ein anständiger, patriotisch gesinnter Mann nicht tun könnte. Sie versagen sich Erfolg und Beförderung, wenn der Zeitpunkt gekommen ist.« Er lehnte sich ein bißchen weiter vor. »Mit der entsprechenden Hilfe, müssen Sie wissen, sind Ihrem Vorankommen keine Grenzen gesetzt. Die Türen würden sich Ihnen im Laufe der Zeit öffnen. Sie würden nach Ihrer Leistung belohnt. Und Ihre Leistung ist hervorragend. Im anderen Falle wird der Bund Ihr Vorankommen zu verhindern wissen. Dessen müssen Sie sich bewußt sein! Wie können Sie sich weigern, das Gute darin zu sehen?« Er wollte eine Antwort hören und sah Pitt aus blaugrauen Augen forschend an.

Pitt erkannte nicht nur die Willensstärke hinter der ruhigen, verbindlichen Miene, sondern auch die Intelligenz, die er bisher nicht wahrgenommen hatte. Ihm wurde bewußt, daß er Farnsworth bis zu diesem Zeitpunkt eher verachtet hatte, in der Annahme, daß dieser sein Amt wegen seiner Herkunft und nicht seiner Fähigkeiten bekleidete. Er hatte Farnsworths Intelligenz aufgrund seiner Schwierigkeiten, bestimmte Problemstellungen, Eigenheiten oder Ausdrucksweisen zu verstehen, für begrenzt gehalten. Jetzt wurde ihm plötzlich klar, daß vielmehr ein Mangel an Erfahrung dafür verantwortlich war. Wie Tausende andere konnte er sich nicht in eine andere Klasse oder das andere Geschlecht hineinversetzen, geschweige denn, die Gefühle anderer nachempfinden. Das ist ein Zeichen für mangelndes Einfühlungsvermögen oder Mitgefühl, aber mit Sicherheit nicht für Dummheit.

»Sie unterstützen eine geschlossene Gruppe, die ihre Mitglieder gegenüber einer anderen Gruppe begünstigt, die ihrerseits dasselbe tut«, sagte er mit einer Offenheit, die er Farnsworth gegenüber bisher nicht gezeigt hatte, und noch während er sprach, war er sich der Tatsache bewußt, daß er sich gefährlich weit vorwagte.

Farnsworths Geduld war am Ende, doch sein Ärger hielt sich in Grenzen. Vielleicht hatte er nichts anderes erwartet. »Ich bin durchaus für Idealismus, aber in Grenzen. Wenn er wirklichkeitsfremd wird, nützt er keinem und ist nur hinderlich.« Er schüttelte den Kopf. »So funktioniert die Welt. Wenn Sie das nicht wissen, dann gestehe ich, daß ich nicht begreife, wie Sie so weit gekommen sind. Sie haben jeden Tag mit Verbrechen aller Art zu tun. Sie sehen die schlechten Seiten der Menschen, ihre Schwächen und Niederträchtigkeiten. Wieso sind Sie dann so blind, wenn von höheren Motiven die Rede ist, von Männern, die sich gemeinsam für eine gute Sache einsetzen, von der wir letzten Endes alle einen Nutzen haben?«

Es lag Pitt auf der Zunge zu sagen, daß seiner Überzeugung nach die Motive der Anführer des Inneren Kreises dieser Beschreibung keineswegs entsprachen. Ursprünglich hatten sie vielleicht eine Vision des Guten, doch war die inzwischen so verwoben mit der Durchsetzung der eigenen Macht und dem eigenen Ruhm nach vollbrachter Tat, daß viel von der Idee verlorenging. Doch er wußte, daß er Farnsworth nicht beeinflussen konnte, der sich dieser Überzeugung ganz und gar verschrieben hatte. Es würde nur Widerspruch und Konflikt heraufbeschwören.

Dennoch war dies ein Moment, in dem Verständnis greifbar, eine Annäherung möglich schien. Er durfte ihn nicht verstreichen lassen. Moralische und menschliche Überlegungen geboten das.

»Es geht nicht um die Gerechtigkeit oder Ehrenhaftigkeit dieser Ziele«, entgegnete er bedächtig. »Weder an sich noch in bezug auf andere. Und ich bezweifle nicht, daß viele einen Nutzen aus dem haben, was diese Menschen vollbringen …«

Farnsworths Augen leuchteten auf. Fast hätte er unterbrochen, dann zügelte er sich und wartete darauf, daß Pitt weitersprach.

»Es geht darum, daß sie entscheiden, was gut ist, ohne uns, die anderen, darüber zu unterrichten«, fuhr Pitt fort und wählte seine Worte sorgfältig. »Und sie erreichen ihre Ziele auf geheime Weise. Wenn sie gut sind, haben wir den Nutzen, sind sie es nicht, entsprechen sie nicht unseren Vorstellungen, dann ist es zu spät, wenn wir davon erfahren.« Er beugte sich unwillkürlich vor. »Man kann niemandem Einhalt gebieten, niemanden ansprechen, weil wir nicht wissen, wer verantwortlich ist und an wen wir uns wenden können. Der Mehrheit, all denjenigen, die außerhalb des Kreises stehen, wird das Recht verweigert, für sich selbst zu entscheiden.«

Farnsworth sah ihn verdutzt an, die Stirn gerunzelt.

»Aber Sie können doch dazugehören, Mann. Das ist es doch, was ich Ihnen anbiete.«

»Und die anderen?« fragte Pitt. »Was ist mit deren Entscheidungsfreiheit?«

Farnsworth machte große Augen. »Sind Sie wirklich der Meinung, daß alle anderen, die Mehrheit«, mit einer Handbewegung deutete er an, daß er die Masse der Bevölkerung außerhalb seines Büros meinte, »die Fragen verstehen, geschweige denn, Entscheidungen darüber treffen können, was richtig, weise und nützlich ist … oder auch nur möglich?« Er sah Pitt an. »Nein, das sind Sie nicht. Was Sie fordern, ist Anarchie. Jeder Mann für sich. Und wer weiß, vielleicht sogar jede Frau und jedes Kind?«

Bis zu diesem Punkt war Pitt seiner Intuition gefolgt: Er brauchte seine Einstellung nicht begründen, keiner hatte das von ihm verlangt.

»Es gibt doch einen Unterschied zwischen der offenen Macht der Regierung und der geheimen Macht einer Gesellschaft, deren Mitglieder keiner kennt«, sagte er mit Überzeugung und war sich Farnsworths spöttischer Miene bewußt. »Natürlich gibt es Unterdrückung, Korruption und Inkompetenz, aber wenn wir wissen, wer die Machthaber sind, können wir sie zur Rechenschaft ziehen. Das, was wir sehen, können wir bekämpfen.«

»Rebellion«, folgerte Farnsworth scharf. »Und wenn wir uns insgeheim dagegen auflehnen, ist es Verrat! Ist Ihnen das tatsächlich lieber?«

»Ich will die Regierung nicht stürzen.« Pitt wollte nicht zulassen, daß ihm eine extremere Position untergeschoben wurde, als er sie eigentlich vertrat. »Aber ich bin nicht dagegen, sie abzusetzen, wenn das erforderlich ist.«

Farnsworth zog die Augenbrauen hoch.

»Wer soll das beurteilen? Sie?«

»Die Mehrheit der Menschen, deren Regierung es ist.«

»Und Sie glauben, daß die Mehrheit recht hat?« Farnsworth blickte ihn ungläubig an. »Daß sie informiert, klug, wohlwollend und diszipliniert ist und daß sie, verdammt noch mal, lesen und schreiben kann –«

»Nein«, fuhr Pitt dazwischen. »Aber sie wird es nie sein, wenn es eine geheime Führung gibt, die keine Fragen stellt und nicht erklärt. Ich bin überzeugt, daß die Mehrheit aus anständigen Menschen besteht und wie Sie und jeder andere auch das Recht hat, ihre Geschicke soweit wie möglich selbst zu bestimmen.«

»Gemäß einer Ordnung«, Farnsworth ließ sich mit einem sarkastischen Lächeln zurücksinken, »und unter Wahrung der Rechte und Privilegien anderer. Genau. Unsere Ziele unterscheiden sich nicht, Pitt, lediglich unsere Methoden bei deren Umsetzung. Und Sie sind hoffnungslos naiv. Sie sind ein Idealist und erkennen weder die menschliche Natur noch die Gegebenheiten von Wirtschaft und Handel. Im

Wahlkampf gäben Sie einen guten Politiker ab und würden den Menschen all die Dinge erzählen, die sie gerne hören möchten, aber im Amt wären Sie ein hoffnungsloser Fall.« Er verschränkte die Finger der Hände ineinander. »Vielleicht haben Sie recht, die Mitgliedschaft auszuschlagen. Sie haben keinen Mut und auch keine Visionen. Im Grunde Ihres Herzens sind Sie immer noch der Sohn eines Wildhüters.«

Pitt war sich nicht sicher, ob das als Beleidigung gemeint war. Die Worte klangen danach, doch in Farnsworths Stimme schwang eher Enttäuschung als der Wunsch zu verletzen.

Pitt erhob sich. »Wahrscheinlich haben Sie recht damit«, gestand er ein und wunderte sich, wie wenig ihm das ausmachte. »Aber Wildhüter beschützen und bewahren das, was gut ist.« Er lächelte. »Und darüber haben Sie doch gesprochen, nicht wahr?«

Farnsworth sah ihn verblüfft an. Er wollte schon Einspruch erheben, sah dann aber, wie wahr Pitt gesprochen hatte, und schwieg.

»Auf Wiedersehen, Sir«, sagte Pitt an der Tür.

Was das Kolonialministerium anging, gab es nur eine Sache, deren Pitt sich annehmen konnte. Aber die routinemäßige Überprüfung von Mitarbeitern und deren persönlichen Gewohnheiten sowie die Suche nach Schwachstellen konnte ebensogut von Tellman und seinen Leuten durchgeführt werden. Er versprach sich ohnehin nicht viel davon. Doch ganz abgesehen davon war es Sir Arthurs Tod, der ihn in ruhigen Momenten beschäftigte, und eine stille Trauer begleitete ihn durch den Tag. Es wurde immer zwingender, daß er, Matthew zuliebe, aber auch seiner selbst wegen, die Umstände des Todes aufdeckte.

Charlotte hatte kaum etwas zu diesem Thema gesagt, aber ihre ungewöhnliche Zurückhaltung war beredter als Worte. Sie war sehr zartfühlend mit ihm umgegangen und geduldiger, als es sonst ihre Art war, so als könne sie nicht nur seinen Verlust, sondern auch sein Schuldbewußtsein nachempfinden. Dafür war er dankbar. Ihre Kritik wäre schmerzlich, weil gerecht, für ihn gewesen, und wenn man besonders verletzbar ist, kann man Schmerz nur schwer verkraften.

Aber er sehnte sich auch nach der Offenheit, die sonst typisch für ihren Umgang miteinander war.

Seine Bemühungen setzten bei General Anstruther ein, dessen Weg er von einem Club zu einem zweiten verfolgte, um ihn dann schließlich in dem stillen Leseraum eines dritten Clubs zu finden. Um korrekt zu sein, sagte ihm der Steward, daß er sich dort befände. Pitt wurde nicht in diesen privaten und nur Mitgliedern vorbehaltenen Bereich eingelassen.

»Könnten Sie General Anstruther bitte fragen, ob er ein paar Minuten seiner Zeit erübrigen könnte?« fragte Pitt höflich. Es war ihm zuwider, betteln zu müssen. Er hatte keinerlei Befugnisse in dem Fall und konnte sich folglich nicht auf seine Position berufen. Das irritierte ihn mehr, als angemessen gewesen wäre.

»Ich werde ihn fragen, Sir«, sagte der Steward mit ausdrucksloser Miene. »Wen darf ich melden?«

»Oberinspektor Pitt von der Bow Street.« Pitt reichte ihm seine Karte.

»Sehr gut, Sir. Ich werde nachfragen.« Er ließ Pitt in der großen und sehr üppig ausgestatteten Eingangshalle zurück und verschwand mit der Karte auf einem Silbertablett die Treppe hinauf.

Pitt ließ seinen Blick durch die Halle schweifen, die mit Marmorbüsten längst dahingeschiedener Soldaten geschmückt war. Er erkannte Marlborough, Wellington, Moore, Wolfe, Hastings, Clive und Gordon. Zwei weitere konnte er nicht einordnen. Er stellte belustigt fest, daß Cromwell nicht dabei war. Über den Türen hingen die Wappen von Richard Löwenherz und Heinrich dem Fünften. An der gegenüberliegenden Wand zeigte ein düsteres, aber gut ausgeführtes Gemälde das Begräbnis von Moore nach der Schlacht von La Coruña und ein weiteres den Sturm der Scots Greys bei Waterloo. Im oberen Bereich waren die Wände mit Erinnerungsstücken an jüngere Schlachten bei Inkerman, an der Alma und Balaklava geschmückt.

General Anstruther kam die Treppe herunter, sein weißer Schnauzbart war borstig, sein Gesicht gerötet, sein Rücken kerzengerade.

»Guten Tag, Sir. Was kann ich für Sie tun?« Es klang beinahe wie eine Forderung. »Muß verdammt dringend sein, wenn Sie einen Mann in seinem Club aufsuchen, wie?«

»Nicht unbedingt dringend, General Anstruther, aber doch wichtig, denke ich«, erwiderte Pitt respektvoll. »Und ich kann die Antworten auf meine Fragen von keinem anderen bekommen, ansonsten hätte ich Sie nicht bemüht.«

»Soso! Und worum geht es, Mr… Oberinspektor? Wir können hier nicht herumstehen wie zwei Butler, außer die Sache ist sehr schnell erledigt. Kommen Sie in den Gästeraum.« Mit seiner breiten, roten Hand deutete er auf eine der vielen Eichentüren, die von der Halle abgingen, und Pitt folgte ihm widerspruchslos.

In dem Raum standen einige sehr bequeme Sessel, aber die Bilder und die Dekoration waren eher abschreckend. Vielleicht sollten sie den Besucher an die militärische Größe der Clubmitglieder gemahnen und ihm die unermeßliche Unterlegenheit der Zivilisten ins Bewußtsein rufen, die diesen Raum betreten durften.

General Anstruther deutete auf einen Sessel und ließ sich, nachdem Pitt Platz genommen hatte, selbst tief in die Polster des Sessels gegenüber sinken.

»Nun, Oberinspektor, was liegt Ihnen am Herzen?«

Pitt hatte sich genau überlegt, was er sagen wollte.

»Der Tod von Sir Arthur Desmond«, antwortete er freimütig. Pitt sah, wie sich Anstruthers Gesichtsmuskeln anspannten, fuhr aber fort: »Es schweben gewisse Fragen im Raum, und ich möchte mich aller Fakten vergewissern, so daß ich eventuelle unangenehme oder nicht gerechtfertigte Unterstellungen zurückweisen kann.«

»Von wem, Sir? Unterstellungen welcher Art?« verlangte Anstruther zu wissen. »Erklären Sie sich, Sir. Dies ist sehr bedauerlich.«

»Gewiß«, pflichtete Pitt ihm bei. »Die Mutmaßungen betreffen Sir Arthurs Geisteszustand und die Möglichkeit, daß es sich entweder um Selbstmord oder – was mindestens ebenso schlimm wäre – um Mord handelt.«

»Großer Gott!« Anstruther war aufrichtig entsetzt. Der Schrecken in seinem Gesicht, die zunächst ungläubige Miene und dann das Begreifen aller Konsequenzen dieser Möglichkeit – nichts davon war gekünstelt. »Das ist ein Skandal! Wer wagt es, so etwas zu äußern? Sagen Sie es mir, Sir!«

»Zu diesem Zeitpunkt ist es nicht mehr als eine Mutmaßung, General Anstruther«, erwiderte Pitt nicht ganz aufrichtig. »Ich möchte in der Lage sein, sie aus dem Weg zu räumen, sollte sich daraus mehr entwickeln.«

»Das ist grotesk! Warum sollte jemand Desmond umbringen? Habe in meinem Leben keinen anständigeren Menschen gekannt.«

»Ich habe keinen Zweifel, daß dem so ist, zumindest bis vor ein paar Monaten«, sagte Pitt selbstbewußter, als er sich fühlte. Er befürchtete, daß Anstruther seine Empörung öffentlich äußern würde und Farnsworth Wind davon bekommen könnte. Dann wäre Pitt ernstlich in Schwierigkeiten. Vielleicht hatte er sich zu weit vorgewagt und eher Schaden angerichtet, als Gutes zu bewirken?

Jetzt gab es kein Zurück mehr.

»Nun ja ...«, sagte Anstruther vorsichtig. »Ah – ja.« Offenbar erinnerte er sich an seine Aussage bei der gerichtlichen Untersuchung. »Das stimmt – in gewissem Maße.«

»Das ist der Grund, warum ich mir Sorgen mache.« Pitt hatte das Gefühl, Land gewonnen zu haben. »Inwiefern war sein Verhalten unberechenbar, Sir? Bei der Untersuchung waren Sie verständlicherweise sehr diskret, wie es sich für jemanden geziemt, der öffentlich über einen Freund spricht. Aber das hier ist privat und verfolgt einen anderen Zweck.«

»Nun ja ... Ich weiß nicht recht, was ich sagen soll, Sir.« Anstruther war gänzlich verwirrt.

»Damals hatten Sie berichtet, daß Sir Arthur vergeßlich

und zerstreut war«, half Pitt ihm. »Können Sie mir dafür Beispiele nennen?«

»Ich... ehm. Man erinnert sich nicht gern an solche Dinge, Mann! Zum Kuckuck, man versucht, die Fehler seiner Freunde zu übersehen. Man behält sie nicht im Gedächtnis.«

»Sie erinnern sich nicht an ein Beispiel?« Pitt spürte Hoffnung in sich aufkeimen, zu schwach, um ihn zu beflügeln, und zu stark, um übersehen zu werden.

»Nun... ehm..., es ist mehr ein Eindruck als eine Liste von Vorfällen, verstehen Sie mich?« Anstruther war jetzt zutiefst unglücklich.

Pitt hatte plötzlich das deutliche Gefühl, daß er log und gar nichts zu der Sache sagen konnte. Er hatte nur das wiederholt, was ihm von anderen Mitgliedern des Kreises vorgesagt worden war.

»Wann haben Sie denn Sir Arthur zum letzten Mal gesehen?« frage Pitt ganz leise. Anstruther war in Verlegenheit. Es hatte keinen Sinn, ihn sich zum Feind zu machen, dann würde Pitt gar nichts in Erfahrung bringen.

»Ah...« Anstruther war rot angelaufen. »Bin mir nicht sicher. Ist soviel passiert seither. Aber ich erinnere mich deutlich, daß ich ungefähr drei Wochen vor seinem Tod mit ihm gespeist habe.« Seine Stimme gewann an Selbstvertrauen. Hier war er auf sicherem Boden. »Hatte sich sehr verändert. Redete wirres Zeug über Afrika.«

»Wirres Zeug?« fragte Pitt dazwischen. »Sie meinen, was er sagte, ergab keinen Sinn, war unzusammenhängend?«

»Ah – das ginge zu weit, Sir. Keineswegs. Ich meine nur, daß er das Thema immer wieder aufgriff, auch wenn alle anderen schon längst zu einem neuen Thema übergegangen waren.«

»Er war ein Langweiler?«

Anstruther sah ihn aus großen Augen an. »Wenn Sie es so sagen wollen, Sir, ja. Er hatte kein Gefühl dafür, wann er eine Sache ruhen lassen sollte. Hat lauter Anschuldigungen gemacht, die höchst bedauerlich waren. Und natürlich völlig unbegründet.«

»Waren sie das wirklich?«

»Großer Gott, selbstverständlich.« Anstruther war entsetzt. »Sprach davon, daß die Eroberung Afrikas in geheimen Verschwörungen beschlossen wurde, und weiß der Himmel, was sonst noch. Verrückt – versponnen.«

»Sie kennen sich in der afrikanischen Frage gut aus, Sir?« Pitt gab sich alle Mühe, den sarkastischen Unterton aus seiner Stimme herauszuhalten, und hoffte, es war ihm gelungen.

»Was?« Anstruther war perplex. »Afrika? Wieso fragen Sie das, Oberinspektor?«

»Weil Sie so sicher sind, daß es keine Verschwörungen hinsichtlich der Pläne für die Besiedlung dort gibt. Es geht um viel Geld und großen Reichtum für diejenigen, die sich Minenrechte sichern können.«

»Ah... nun ja...« Anstruther wollte in seiner Verärgerung den Gedanken schon von der Hand weisen, erkannte aber noch rechtzeitig, daß es dafür keinen Grund gab, wie sehr es ihn auch abstieß. Pitt beobachtete den wechselnden Ausdruck in seinem Gesicht und wußte, daß Anstruthers Reaktion auf die Anschuldigungen, die Sir Arthur vorgebracht hatte, von Gefühlen und nicht von der Vernunft bestimmt waren. Es war die Bestürzung und Empörung eines aufrechten Mannes über Intrigen und Verflechtungen, die er nicht verstand, und Korruption, die er verachtete.

»Ich hoffe, daß das nicht stimmt«, sagte Pitt leise. »Doch die Vermutungen scheinen mir nicht so weit hergeholt, daß man jemanden, der sie äußert, als verrückt bezeichnen könnte. Unermeßlicher Reichtum zieht normalerweise Hasardeure und zweifelhafte Gestalten genauso an wie ehrliche Personen, und die Aussicht auf Macht hat die Menschen schon immer korrumpiert. Als Politiker kannte Sir Arthur einige der Skandale der Vergangenheit und war verständlicherweise besorgt um die Zukunft.«

Anstruther atmete geräuschvoll ein. Sein Gesicht war noch röter geworden; offenbar war er zwischen Loyalitäten hin und her gerissen. Pitt wußte nicht, ob er auch in der Pflicht des Inneren Kreises stand, nahm es aber an. Mit ziemlicher Sicherheit sah Anstruther die Organisation, wie Farnsworth sie dargestellt hatte: als Gruppe intelligenter, aufgeklärter Männer, die sich zusammengetan hatten, um das Beste für ihr Land zu bewirken, einschließlich der Mehrheit der blinden und dummen Männer und Frauen, die keine eigenen Entscheidungen treffen konnten, weil es ihnen an Wissen und Weisheit mangelte. Ehre und Pflichtgefühl verlangten, daß diejenigen, die diese Eigenschaften besaßen, den Schwächeren zu deren eigenem Nutzen Schutz gewährten. Anstruther hatte sicherlich einen Treueeid geleistet und war von seiner Herkunft und Erziehung ein Mann, der zu uneingeschränkter Loyalität bereit war. Ein Leben beim Militär hatte bewirkt, daß unbedingter Gehorsam für ihn ein verinnerlichter Wert war. Desertion war ein Kapitalverbrechen und die schlimmste Sünde, deren ein Mann fähig war.

Doch jetzt sah er sich einer Wahrheit gegenübergestellt, die er nicht leugnen konnte, und sein angeborenes Ehrgefühl sowie sein Anstand stritten mit dem gegebenen Treueversprechen und lebenslanger Gewohnheit.

Pitt wartete auf seine Entscheidung.

Draußen auf der Straße fuhr eine Droschke vor, ein untersetzter Mann in Militäruniform stieg aus, zahlte den Fahrer und stieg die Stufen zum Club hinauf. Eine Kutsche fuhr in raschem Trab vorbei.

»Was Sie sagen, ist sicherlich richtig«, gestand Anstruther schließlich mit einiger Überwindung und rang nach Worten. »Vielleicht war es weniger die Tatsache, daß Desmond von der Existenz einer Verschwörung überzeugt war, die so lächerlich war, sondern gegen wen sich seine Anschuldigungen richteten. Das, Sir, überschritt auf jeden Fall die Gebote der Vernunft. Anständige Männer, tüchtige und ehrbare Männer, die ich mein ganzes Leben lang gekannt habe.« Sein Gesicht war immer noch hochrot, und in seiner Stimme lag ein Ton der Überzeugung, der keinen Irrtum zuließ. »Männer, die ihren Mitmenschen, ihrem Land, ihrer Königin gedient haben, ohne Anerkennung oder persönlichen Gewinn.«

Aber gegen den Lohn geheimer und uneingeschränkter Macht, dachte Pitt für sich, vielleicht eine Anerkennung, die wirklich zu Kopf steigt. Doch er sagte es nicht. »Ich kann mir vorstellen, daß das für Sie schwer erträglich war, General«, sagte er statt dessen.

»So ist es, Sir«, bestätigte Anstruther mit Nachdruck. »Sehr bedrückend. Mochte Desmond schon seit langem. Sehr angenehmer Mensch. Anständig, muß man schon sagen. Tragisch, daß es so ein Ende mit ihm nehmen mußte. Wirklich tragisch.« Er war mit der Lösung seines Zwiespalts sichtlich zufrieden und sah Pitt direkt an. Er ließ in den Worten seinen Gefühlen freien Lauf, denn wenigstens darüber gab es keinen Zweifel, und sie bereiteten auch keine Schwierigkeiten. »Sehr betrüblich«, fuhr er fort. »Bedauerlich für die Familie. Ich hoffe, Sie können das zurückhalten. Seien Sie diskret. Das braucht keiner zu erfahren. Besser so. Für alle am besten. Keiner hat den Unsinn geglaubt, den er am Schluß von sich gab. Hat ja keinem geschadet, wie?«

Pitt erhob sich. »Danke, daß Sie sich Zeit für mich genommen haben, General Anstruther. Sie waren sehr aufrichtig, und ich danke Ihnen dafür, Sir.«

»Das ist das Wenigste. Schmerzliche Angelegenheit.« Auch Anstruther erhob sich und begleitete Pitt aus dem Raum hinaus in die Halle. »Am besten, man läßt Gras drüber wachsen. Auf Wiedersehen, Oberinspektor.«

»Auf Wiedersehen, General Anstruther.« Als Pitt auf die Straße und in den hellen Sonnenschein trat, fühlte er sich leicht und belebt. Er beachtete weder die Kutschen und Pferde, die an ihm vorbeizogen, noch die modisch gekleidete Frau, die ihn am Ellbogen streifte, während er auf dem Gehweg entlanglief. Er war kurz vor Piccadilly und hörte leise Klänge von Musik aus dem Green Park.

Er ging rasch, mit federnden Schritten, ohne sich dessen bewußt zu sein. Anstruther hatte das gesagt, was er sich erhofft hatte. Sir Arthur war nicht wunderlich geworden, sondern hatte seine Mitmenschen befremdet und schockiert. Das war der Grund, weshalb er nicht mehr gut gelitten gewesen war. Anstruther war ein Mann mit Anstand, der mit einer Situation konfrontiert wurde, die er nicht meistern konnte. Er war es nicht gewohnt, daß unterschiedliche Loyalitätsansprüche miteinander in Konflikt gerieten. Er sah sich außerstande, seine Werte, seine Freundschaften und Treueverpflichtungen zu überprüfen, ohne sich darüber in völlige Verwirrung zu stürzen, und bemühte sich nach Kräften, das zu vermeiden.

Es gab keine Beweise für das, was Pitt gehört hatte, außer in seinem eigenen Kopf, und vielleicht würden seine Gefühle jetzt ein wenig zur Ruhe kommen. Sir Arthur war entlastet ..., wenigstens zunächst einmal.

Anschließend suchte er den Freiherrn William Osborne auf, der ein ganz anderer Typ von Mann war. Es war schon später Nachmittag, als er Pitt empfing, und es war in seinem eigenen Haus in Chelsea. Das luxuriöse Haus hatte einen üppigen Garten und lag ganz in der Nähe der Themse in einer ruhigen, von Bäumen gesäumten Straße. Osborne begrüßte Pitt mit einiger Ungeduld. Offensichtlich hatte er eine Verabredung für den Abend und ärgerte sich über die Störung.

»Ich weiß wirklich nicht, was ich für Sie tun kann, Mr. Pitt.« Er stand in der mit Eichenholz getäfelten Bibliothek, in die Pitt geführt worden war, setzte sich nicht und bot auch Pitt keinen Stuhl an. Er machte unmißverständlich klar, daß das Gespräch nur von kurzer Dauer sein und daher auch im Stehen geführt werden könne. »Ich habe alles, was ich über diese bedauerliche Angelegenheit weiß, bei der gerichtlichen Untersuchung gesagt, wo es auch zu Protokoll genommen wurde. Weiter weiß ich nichts und würde es auch mit Ihnen nicht besprechen, wenn ich etwas wüßte.«

»Sie haben ausgesagt, daß Sir Arthur in letzter Zeit wirre Ansichten geäußert habe«, sagte Pitt und versuchte, seinen Ärger zu bezähmen.

»Wie ich bereits sagte, Mr. Pitt, ist das im Protokoll nachzulesen.« Er stand auf dem in Blau gehaltenen türkischen Teppich und wippte leicht auf den Fußballen. Pitt erinnerte er vage an Eustace March bei schlechter Laune.

»Können Sie mir sagen, was das für Ansichten waren, Sir?« fragte Pitt und sah ihm ins Gesicht, wobei er seiner Stimme einen lockeren und verbindlichen Ton gab.

»Ich möchte sie nicht wiederholen«, entgegnete Osborne. »Sie waren hanebüchen und können nur Schaden anrichten.«

»Es ist wichtig, daß ich mehr erfahre«, beharrte Pitt.

»Wieso?« Osbornes dünne Augenbrauen gingen in die Höhe. »Der Mann ist tot. Wieso soll es von Bedeutung sein, welche Ungereimtheiten er in den letzten Monaten von sich gegeben hat?«

»Da er tot ist«, sagte Pitt ruhig und fest, »kann er sie nicht mehr zurücknehmen.« Er traf eine spontane Entscheidung. Ein schwaches Lächeln ging über sein Gesicht. »Er hat die Namen wohlwollender, ehrenhafter Männer, die nicht genannt werden möchten, in Verruf gebracht: indirekt wenn nicht direkt. Ich weiß, daß Sie mich sehr gut verstehen, Sir. Es ist Mr. Farnsworth ...«, er sprach den Namen deutlich aus, »ein Anliegen, daß keinerlei Makel haften bleibe ...« Er ließ die Andeutung wirken.

Osborne sah ihn aus kalten, grauen Augen unverwandt an.

»Warum sagen Sie das nicht gleich, Herrgottnochmal, Sir? Es ist ja wohl nicht nötig, daß Sie sich so zieren.«

Pitts Magen krampfte sich zusammen. Osborne hatte ihn verstanden und seine Lüge geglaubt. Er dachte, sein Gegenüber sei auch Mitglied des Inneren Kreises.

»Ich bin es gewohnt, mit Vorsicht zu handeln«, erwiderte Pitt mit einem Körnchen Wahrheit. »Man legt die Gewohnheit nur schwer ab.«

»Hat auch sein Gutes«, gab Ostborne zu. »Schlimme Sache. Natürlich hat der Bejammernswerte alle möglichen überhasteten Anschuldigungen gemacht. Hatte die ganze Sache in den falschen Hals bekommen.« Seine Miene war undurchdringlich, sein Mund eine schmale Linie. »Keine Vision. Überhaupt keine Vision. Anständiger Mensch, aber im Grunde seines Herzens ein Bourgeois. Überhaupt nicht pragmatisch. Ein wohlmeinender Holzkopf kann mehr Schaden anrichten als eine ganze Fuhre voller Halunken, die wissen, was sie vorhaben!« Er sah Pitt eigensinnig an. Er war immer noch mißtrauisch. Sein Eindruck sagte ihm, daß Pitt nicht zum Inneren Kreis taugte. Er war weder ein Gentleman noch ein loyaler Staatsdiener.

Er hatte recht mit dem, was er gesagt hatte. Den ersten Punkt wollte Pitt nicht aufgreifen, aber den zweiten.

»Ich stimme Ihnen zu, Sir«, sagte er ehrlich. »Ein wohlmeinender, aber naiver Mensch kann sehr gefährlich sein, wenn man ihm Macht gibt, und kann andere in den Ruin führen, auch wenn das keineswegs seine Absicht war.«

Osborne sah ihn erstaunt an. Anscheinend hatte er nicht erwartet, daß Pitt seine Meinung teilen würde. Er schnaubte. »Dann verstehen Sie also, worauf ich hinauswill.« Er hielt abrupt inne. »Was genau wollen Sie nun wissen, und wer läuft Gefahr, durch diesen ganzen Unsinn in Verruf zu geraten?«

»Ich möchte keine Namen nennen«, erwiderte Pitt. »Und um ehrlich zu sein, ich kenne sie nicht alle. Aus Gründen der Diskretion wurden mir nicht alle mitgeteilt.«

»Richtig so.« Osborne nickte. Pitt war vielleicht Mitglied, aber doch nur auf einem niedrigen Rang. »Die Anschuldigungen, die Sir Arthur erhoben hatte, besagten, daß einige Herren, unsere Freunde, insgeheim zusammenkamen, um die Finanzierung der Besiedlungs-Expedition in Zentralafrika zu regeln«, erklärte er, »eine Expedition, die einerseits die afrikanischen Stammesführer schamlos ausnutzen und sich andererseits der finanziellen und moralischen Unterstützung der britischen Regierung bedienen würde. Nach erfolgreich abgeschlossener Besiedlung, so deutete er an, und nach der Erschließung unermeßlicher Reichtümer, würden sich diese Männer in materieller Hinsicht auf ungerechte Weise bereichern und die politische Macht ergreifen. Die wiederum würde nominell unter britischer Oberhoheit stehen, aber doch nach eigenen Gesetzen funktionieren. Weiterhin würden sie andere von Macht und Reichtum ausschließen, und zwar durch geheime Abkommen und Vereinbarungen.« Osbornes Gesicht zeigte seinen unverhohlenen Ärger, während er auf Pitts Reaktion wartete.

»Das sind in der Tat törichte Mutmaßungen«, sagte Pitt ehrlich, obwohl er glaubte, daß sie wahrscheinlich genau so zutrafen. »Es liegt auf der Hand, daß er seinen Realitätssinn verloren hatte.«

»So ist es«, pflichtete Osborne ihm überschwenglich bei. »Völlig absurd! Und unverantwortlich, zum Kuckuck. Man hätte ihm glauben können.«

»Das bezweifle ich«, sagte Pitt plötzlich mit einem Gefühl der Bitterkeit. »Der Gedanke ist entsetzlich, aber nur wenige Menschen glauben Dinge, die sie nicht glauben wollen, besonders dann nicht, wenn sie bisher keine Angst davor hatten und es keine Beweise gibt, daß es tatsächlich so eintreffen könnte.«

Osborne musterte ihn, als ob er ihn des Sarkasmus verdächtige, doch Pitts Blick war ganz offen. Es bereitete ihm keine Gewissensbisse, daß er so hintertrieben argumentierte oder gar die Unwahrheit sagte.

Osborne räusperte sich.

»Das ist alles, was ich Ihnen sagen kann, Pitt. Mehr weiß ich nicht. Afrika ist nicht mein Fachgebiet.«

»Sie waren sehr hilfreich, ich danke Ihnen, Sir«, sagte Pitt. »Ich glaube, ich werde die ganze Wahrheit mit Hilfe von anderen, die ihn kannten, ans Licht bringen. Ich danke Ihnen, daß Sie Zeit für mich hatten. Auf Wiedersehen.«

»Auf Wiedersehen.« Osborne machte Anstalten, noch etwas zu sagen, schwieg dann aber.

Als Pitt bei Calvert vorsprach, dem dritten Mann, der bei der gerichtlichen Untersuchung eine Aussage gemacht hatte, war es, obwohl schon Mitte Mai, fast dunkel. Von ihm hörte er eine ähnliche Geschichte, die aus irgendwo aufgeschnappten Gerüchten sowie aufgebracht vorgetragenen Anschuldigungen bestand und zudem von Unwissenheit über die Afrika-Thematik zeugte. Aber auch er brachte seine Überzeugung zum Ausdruck, daß der Kontinent Großbritannien zustand, wenn nicht aus politischen, so doch aus moralischen Gründen.

Pitt war erschöpft, seine Füße taten ihm weh, und vor Anspannung spürte er auch Schmerzen im Nacken und im Kiefer. Es war eine undurchsichtige Sache, voller Eindrücke und Vermutungen, in denen sich Ärger ausdrückte und das Gefühl, von jemandem betrogen worden zu sein, dem man vertraut hatte. Bei allen Bezeugungen des Mitgefühls war doch die Schuldzuweisung immer sehr deutlich herauszuhören. Arthur Desmond hatte öffentlich Andeutungen darüber gemacht – ob richtig oder falsch, sei dahingestellt –, daß es unter seinesgleichen Korruption gab. Sie wurden nun von Menschen, die ihnen Respekt schuldig waren, geschnitten. Menschen, die keine Ahnung von der Existenz des Inneren Kreises haben dürften, stellten jetzt Mutmaßungen darüber an. Das war in Calverts Augen das größte Vergehen, nämlich daß Sir Arthur für alle sichtbar gemacht hatte, was im Privaten bleiben sollte. Worin auch immer die Sünde oder das Verbrechen bestand, man wusch seine schmutzige Wäsche nicht in der Öffentlichkeit. So verhielt sich kein Gentleman. Wenn man sich darauf nicht verlassen konnte, daß ein Gentleman sich dem Kodex gemäß verhielt, was blieb dann noch an Werten?

Pitt wußte nicht, ob der Mann Mitglied des Inneren Kreises war. Was er gesagt hatte, könnte auch auf Loyalität innerhalb der sozialen Klasse beruhen. Das gleiche galt auch für das, was Osborne gesagt hatte, doch bei dem war sich Pitt nahezu sicher.

Wer noch? Hathaway, Chancellor, Thorne, Aylmer? Bei Farnsworth hatte er keinen Zweifel, gegen den hatte er außerdem eine tiefe Abneigung. Doch Arthur Desmond hatte er geliebt, und auch er war Mitglied gewesen. Desgleichen Micah Drummond, den er schätzen gelernt hatte und dem er bedingungslos vertraute. Er sollte mit ihm sprechen. Wahrscheinlich war er der einzige, der ihm weiterhelfen konnte. Als er seine Schritte auf dem Gehweg beschleunigte, hatte er seine Entscheidung getroffen. Er würde ihn auf der Stelle besuchen!

Pitt war die Mitgliedschaft angeboten worden. Sie war also nicht allein Gentlemen vorbehalten. Jeder konnte beitreten, konnte sogar zum Vollstrecker werden. Es hätte der Steward im Club ebensogut wie der Geschäftsführer sein können. Oder der Arzt, der herbeigerufen worden war.

Er ging eilenden Schrittes durch die milde Abendluft. Ihm hätte warm sein müssen, doch er fröstelte innerlich, und seine Beine waren so müde, daß jeder Schritt eine Willensanstrengung war. Aber er war fest entschlossen, Drummond zu besuchen, und dieser Vorsatz trieb ihn an.

Eine Droschke fuhr so schnell um die Ecke, daß er einen Satz machen mußte, um nicht erfaßt zu werden. Dabei prallte er mit einem dicken Mann zusammen, der nicht auf den Weg geachtet hatte.

»Passen Sie doch auf!« sagte der Mann erzürnt und sah Pitt aus hervorquellenden Augen an. In der Hand hielt er einen geschnitzten Spazierstock fest umklammert, als wäre er bereit, ihn zu seiner Verteidigung einzusetzen.

»Passen Sie auf, wo Sie gehen!« gab Pitt zurück.

»Sie Rüpel, Sie!« Der Mann hob den Stock zu einer Drohgebärde. »Wie können Sie es wagen, so mit mir zu sprechen! Ich werde die Polizei rufen, Sir! Und ich warne Sie, ich werde den Stock benutzen, wenn Sie mich nötigen.«

»Ich bin Polizist! Und wenn Sie mich damit berühren, werde ich Sie verhaften und wegen Körperverletzung anzeigen. Wenn Sie nicht Ihre Zunge im Zaum halten, kann ich Sie wegen Erregung öffentlichen Ärgernisses anzeigen.«

Der Mann war so verdutzt, daß er nichts erwidern konnte, aber er hielt den Stock fest umklammert.

War Pitt bei Osborne zu weit gegangen? Vielleicht hatte Osborne einen so hohen Rang inne, daß er sehr wohl wußte, wer Mitglied war und wer nicht. Schon einmal hatte Pitt dem Inneren Kreis Schaden zugefügt. Es war dumm von ihm zu denken, sie würden ihn nicht kennen. Sie hatten Arthur Desmond umgebracht – warum nicht Pitt? Ein Angriff auf der Straße, ein Sturz unter die Räder eines vorbeifahrenden Fuhrwerks. Ein äußerst bedauerlicher Verkehrsunfall. Auch das war schon einmal geschehen, mit Matthew – oder etwa nicht?

Er drehte sich auf dem Absatz um und ging weiter. Der Mann blieb bebend vor Zorn zurück.

Das war absurd. Er mußte seine Phantasie zügeln. Er sah überall Feinde, dabei gab es ungefähr drei Millionen Menschen in London. Wahrscheinlich waren davon nicht mehr als dreitausend Mitglieder im Inneren Kreis. Allerdings würde er nie wissen, welche dreitausend.

An der nächsten Ecke hielt er eine Droschke an und nannte Micah Drummonds Adresse. Er setzte sich und versuchte, sich zu beruhigen und seine verwirrten Gedanken zu ordnen. Er würde Drummond fragen, wie groß der Kreis war. Er fürchtete sich vor der Antwort, doch würde sie ihm vielleicht weiterhelfen. Ihm wurde nun klar, daß er ihn gleich nach Sir Arthurs Tod hätte aufsuchen sollen. Am Anfang hatte Naivität Drummonds Haltung bestimmt, und vielleicht durchschaute er auch jetzt die Machenschaften nur unzureichend, aber er war viele Jahre Mitglied gewesen. Vielleicht konnte er sich an Vorfälle oder Rituale erinnern und in der Rückschau neu beurteilen.

Selbst wenn er keine neuen Ideen, keine konkreten Vorschläge machen könnte, würde Pitt sich weniger allein fühlen, wenn er einfach nur mit ihm redete.

Die Droschke kam zum Stehen, und Pitt zahlte das Fahrgeld mit einem enormen Gefühl der Erleichterung.

Dann sah er, daß die Fenster nicht erleuchtet waren, wenigstens nicht zur Straße hin. Drummond und Eleanor waren vielleicht für den Abend ausgegangen, aber dann hätten die Bediensteten die Außenlampen brennen lassen. Und um zu Bett zu gehen, war es noch zu früh. Blieb nur die Möglichkeit, daß sie verreist waren. Enttäuschung schlug über ihm zusammen wie eine große Welle.

»Wurden Sie erwartet, Sir?« fragte der Droschkenfahrer hinter ihm. Er hatte sicherlich das dunkle Haus gesehen und seine eigenen Schlüsse daraus gezogen. Vielleicht war er aus Mitgefühl noch nicht weitergefahren, vielleicht auch wegen der Aussicht auf eine weitere Fahrt. »Soll ich Sie woanders hinbringen?«

Pitt gab ihm seine eigene Adresse, stieg ein und schloß die Tür.

»Thomas, du siehst schrecklich aus«, sagte Charlotte, als er hereinkam. Sie hatte den Schlüssel gehört und war in den Flur getreten, um ihn zu begrüßen. Sie trug ein altrosa Kleid, ihre Haltung strahlte Wärme aus. Als er sie in den Arm nahm, roch er Maiglöckchenduft in ihrem Haar. Er konnte hören, wie eines der Kinder im Obergeschoß Gracie etwas zurief, und im nächsten Moment erschien Jemima im Nachthemd auf dem Treppenabsatz.

»Papa!«

»Warum bist du noch nicht im Bett?« rief er nach oben.

»Ich wollte mir was zu trinken holen«, antwortete sie selbstsicher.

»Kommt gar nicht in Frage«, sagte Charlotte. »Du hast vor dem Zubettgehen etwas getrunken. Jetzt geh schlafen.«

Jemima machte einen neuen Versuch. »Mein Bett ist ganz zerwühlt. Kannst du es wieder glattziehen, Mama, bitte?«

»Du bist groß genug, um es selbst glattzuziehen«, sagte Charlotte fest. »Ich mache Papa etwas zu essen. Gute Nacht.«

»Aber Mama ...«

»Gute Nacht, Jemima!«

»Kann ich Papa nicht gute Nacht sagen?«

Pitt wartete Charlottes Antwort nicht ab, sondern lief, immer eine Stufe überspringend, die Treppe nach oben und nahm seine Tochter in den Arm. Sie war so zierlich, so klein, daß sie ihm ganz zerbrechlich vorkam, obwohl sie sich mit erstaunlicher Kraft an ihn klammerte. Sie roch nach reiner Baumwolle und Seife, und die Haare über der Stirn waren noch etwas feucht. Was zum Teufel trieb ihn dazu, den Inneren Kreis zu jagen? Das Leben war zu kostbar, zu köstlich, um sich in Gefahr zu bringen. Er würde ihn nicht zerstören, sondern sich nur selbst weh tun. Afrika war in einer anderen Welt.

»Gute Nacht, Papa.« Jemima lockerte ihre Umarmung nicht.

»Gute Nacht, mein Herz.« Er ließ sie hinunter, drehte sie um und gab ihr einen kleinen Schubs.

Diesmal wußte sie, daß es keinen Aufschub mehr gab, und verschwand widerspruchslos.

Pitt kam wieder herunter. Er war zu aufgewühlt, um zu sprechen. Charlotte sah ihn an und beschloß abzuwarten, bis er ihr alles erzählen würde.

Am nächsten Morgen schlief er aus, ließ Wache Wache sein und machte sich direkt auf den Weg zum Morton Club, um dort den Steward Horace Guyler aufzusuchen, der bei der gerichtlichen Untersuchung ausgesagt hatte. Er war zu früh dran. Der Club hatte noch geschlossen. Wahrscheinlich waren die Zimmermädchen und Diener damit beschäftigt, die Teppiche zu bürsten, die Möbel abzustauben und zu polieren. Daran hätte er denken sollen. So mußte er sich eine Stunde lang die Zeit vertreiben, bis er eingelassen wurde. Danach mußte er noch eine halbe Stunde warten, bis man Guyler gestattete, mit ihm zu sprechen.

»Ja, Sir?« sagte Guyler etwas angespannt. Sie standen in dem kleinen Aufenthaltsraum der Stewards, in dem bis auf sie selbst keiner war.

»Guten Morgen, Mr. Guyler«, sagte Pitt freundlich. »Könnten Sie mir vielleicht ein bißchen mehr über den Tag erzählen, an dem Sir Arthur Desmond hier starb?«

Guyler sah ihn voller Unbehagen an, doch Pitt spürte deutlich, daß nicht Schuldgefühle der Grund waren, sondern eine tiefsitzende Angst vor dem Tod und allem, was damit zu tun hatte.

»Ich weiß nicht, was ich noch darüber sagen kann, Sir.« Er verlagerte das Gewicht von einem Fuß auf den anderen. »Ich habe schon alles bei der gerichtlichen Untersuchung gesagt.«

Wenn er Mitglied des Inneren Kreises war, dann konnte er vorzüglich Theater spielen. Oder vielleicht war er das Werkzeug? Und der Vollstrecker hatte ihn nur benutzt?

»Sie haben alle Fragen beantwortet.« Pitt lächelte, doch

auch das machte es für Guyler nicht leichter. »Ich möchte Ihnen gern ein paar Fragen stellen, an die der Untersuchungsrichter damals nicht gedacht hat.«

»Warum? Ist etwas passiert?«

»Ich möchte sichergehen, daß nichts passieren kann«, sagte Pitt vieldeutig. »An dem Tag haben Sie die Gäste im Salon bedient?«

»Jawohl, Sir.«

»Waren Sie allein?«

»Wie meinen Sie?«

»Waren Sie der einzige Steward, der Dienst hatte?«

»Aber nein, Sir. Wir sind immer mindestens zu zweit oder dritt.«

»Immer? Was geschieht, wenn einer krank wird?«

»Dann heuern wir zusätzliche Kräfte an. Kommt recht häufig vor. Ich glaube sogar, an dem Tag habe ich auch jemanden gesehen.«

»Aha.«

»Aber ich hatte den Teil des Salons, Sir, in dem Sir Arthur saß. Ich habe ihn bedient, zumindest die meiste Zeit.«

»Aber es hat ihn zeitweise auch jemand anders bedient?« Pitt versuchte, seine Stimme so normal wie möglich klingen zu lassen, aber er hörte den Nachdruck ebenso heraus wie Guyler. »Vielleicht eine der zusätzlichen Kräfte?«

»Ich weiß es nicht genau, Sir.«

»Wie meinen Sie das?«

»Na ja … Ich kann nicht sehen, was die anderen Stewards machen, wenn ich jemandem ein Getränk serviere, eine Bestellung entgegennehme oder Anweisungen, Sir. Es ist ein ständiges Kommen und Gehen. Die Herren gehen zu den Waschräumen oder zum Billardraum, manche gehen in die Bibliothek oder den Leseraum und so weiter.«

»Ist Sir Arthur in verschiedenen Räumen gewesen?«

»Soweit ich weiß, nein, Sir. Aber ich weiß es nicht genau. Ich könnte nicht drauf schwören.«

»Das würde ich auch nicht von Ihnen verlangen«, versuchte Pitt ihn zu beruhigen.

Guylers ängstlicher Gesichtsausdruck veränderte sich nicht.

»Sie haben gesagt, daß Sir Arthur an jenem Tag eine Menge Brandy getrunken hat«, nahm Pitt den Faden wieder auf.

»Ja, Sir. Mein Eindruck war, daß er mindestens fünf oder sechs Gläser getrunken hat«, sagte Guyler und klang überzeugt.

»Wie viele davon haben Sie ihm gebracht?«

»Vier vielleicht, Sir, soweit ich mich erinnere.«

»Also hat jemand anders ihm einen, vielleicht zwei Brandy serviert?«

Guyler hörte den hoffnungsvollen, schon fast erregten Klang in Pitts Stimme.

»Das weiß ich nicht, Sir, ich nehme es nur an«, sagte er rasch und biß sich auf die Lippe; die Hände waren zu Fäusten geballt.

»Das verstehe ich nicht ...« Pitt war wirklich verwirrt, er mußte es nicht vortäuschen.

»Nun, Sir, sehen Sie ... Ich habe gesagt, Sir Arthur hat ungefähr fünf oder sechs Gläser Brandy getrunken, weil ich das nach dem, was die anderen gesagt haben, zusammengezählt habe.«

»Was die anderen gesagt haben?« unterbrach Pitt ihn. »Welche anderen? Wie viele Brandy haben Sie ihm persönlich gebracht, Guyler?«

»Einen, Sir. Ein Glas Brandy kurz vor dem Abendessen. Das letzte ...« Er schluckte. »Ich nehme es an. Aber ich schwöre bei Gott, Sir, daß ich niemals etwas anderes in das Glas gefüllt habe als den besten Brandy aus der Karaffe, genau wie es von mir verlangt wird.«

»Das bezweifle ich auch nicht«, sagte Pitt beruhigend und sah in Guylers verängstigtes Gesicht. »Aber erklären Sie mir doch diese anderen Brandys, die Sir Arthur angeblich getrunken hat. Wenn Sie sie ihm nicht gebracht haben und Sie nicht wissen, ob es die anderen Stewards waren, wieso glauben Sie dann, daß er sie getrunken hat?«

»Nun, Sir …« Guyler sah Pitt ängstlich, aber nicht ausweichend an. »Ich erinnere mich, daß Sir James Duncansby sagte, Sir Arthur und er wollten noch einen Brandy. Ich habe ihn eingeschenkt und ihm das Glas für Sir Arthur gegeben, da Sir James sagte, er würde ihn Sir Arthur bringen. Man schlägt einem Gast nichts ab, Sir.«

»Nein, selbstverständlich nicht. Das wäre also einer. Was ist mit den anderen?«

»Nun, ehm … Mr. William Rodway hat einen zweiten Brandy bei mir bestellt und gesagt, den ersten, den ihm einer der anderen Stewards gebracht hatte, hätte er Sir Arthur gegeben.«

»Das sind zwei. Fahren Sie fort.«

»Mr. Jenkinson hat gesagt, er würde Sir Arthur einladen, und hat zwei genommen, einen für sich.«

»Drei. Es fehlen noch ein oder zwei.«

»Ich bin mir nicht sicher, Sir.« Guyler sah ihn geknickt an.

»Ich habe mitgehört, daß Brigadier Allsop sagte, Sir Arthur habe einen Brandy bei einem der anderen Stewards bestellt. Ich glaube, es war einer, aber ich bin mir nicht sicher. Vielleicht waren es auch zwei.«

Pitt hatte das Gefühl, eine große Last sei von ihm genommen. Der Steward hatte Sir Arthur nur einen Brandy gebracht! Alles andere war Hörensagen. Vielleicht hatte er sie nie bekommen. Mit einem Mal ordnete sich der alptraumähnliche Wirrwarr und erhielt einen Sinn. Die Vernunft kehrte zurück.

Damit erhielt auch die finstere, häßliche, doch viel weniger schmerzliche Folgerung ihre Berechtigung, daß Sir Arthur, wenn dies tatsächlich eine Verschwörung war, ermordet worden war, genau wie Matthew glaubte.

Und wenn Pitt sich um ihn gekümmert hätte, wenn er nach Hause nach Brackley gefahren wäre und Sir Arthur sich gleich zu Anfang wegen seines schrecklichen Verdachts gegen den Inneren Kreis an ihn hätte wenden können, dann wäre es möglich gewesen, ihn zu warnen und zu beraten, dann wäre er jetzt vielleicht nicht tot.

Er dankte Guyler und ging nachdenklicher und verwirrter, als er gekommen war.

Dr. Murray hingegen ließ sich nicht so leicht ausfragen. Pitt hatte einen Termin in seiner Praxis in Wimpole Street machen und dafür bezahlen müssen. Dr. Murray war nicht im geringsten erfreut, als sich herausstellte, daß Pitt gekommen war, um Fragen zu stellen, und nicht, um ärztlichen Rat und Beistand zu suchen. Die Räumlichkeiten waren beeindruckend, die Möbel edel, und es herrschte eine Atmosphäre von Vornehmheit und Exklusivität. Pitt fragte sich, was Sir Arthur wohl bewogen hatte, diesen Arzt zu konsultieren, und wie lange er bei ihm Patient gewesen war.

»Ihre Bitte war zunächst etwas irreführend, Mr. Pitt, und das ist eine höfliche Formulierung.« Murray lehnte sich hinter seinem ausladenden Schreibtisch aus Walnußholz zurück und sah Pitt ungnädig an. »Welche Befugnis haben Sie, Fragen zu dem bedauerlichen Verscheiden von Sir Arthur Desmond zu stellen? Der Untersuchungsrichter hat sein Urteil hinsichtlich der Todesursache gefällt und den Fall abgeschlossen. Ich vermag nicht zu erkennen, was eine weitere Diskussion der Angelegenheit erbringen könnte.«

Pitt hatte Schwierigkeiten dieser Art erwartet. Selbst wenn Murray Mitglied des Inneren Kreises war, was er vermutete, würde der Trick, den er bei Osborne angewendet hatte, hier nicht funktionieren. Murray war viel zu selbstsicher, als daß er sich hinters Licht führen ließ. Außerdem vermutete er, daß Murray einen recht hohen Rang in der Hierarchie des Kreises einnahm. Womöglich kannte er Pitt und wußte Bescheid über dessen Auseinandersetzung mit dem Kreis und seine Ablehnung des Angebots, dem Kreis beizutreten. Pitt verdrängte den Gedanken, daß Murray der Vollstrecker des Todesurteils gewesen sein könnte. Doch fühlte er sich in diesem Behandlungszimmer mit der geschlossenen Tür hinter sich und den Fenstern, die wegen der dicken, doppelten Scheiben keinen Laut des vormittäglichen Treibens durchließen, eingesperrt und klaustrophobisch.

Er überlegte kurz, ob er sagen sollte, der Untersuchungsrichter sei mit den Aussagen nicht zufrieden, was gelogen wäre, wagte es aber nicht. Auch dieser konnte dem Kreis angehören. Jeder konnte Mitglied sein, auch seine eigenen Leute. Er hatte immer gedacht, daß Tellman zu zornig und zu widerborstig sei, um sich einer Sache zu verschreiben, der es in erster Linie um Macht ging, aber vielleicht war er da blind.

»Ich bin ein persönlicher Freund von Sir Matthew«, sagte er laut. Zumindest das entsprach der Wahrheit. »Er hat mich gebeten, für ihn ein paar weiteren Fragen nachzugehen. Es geht ihm zur Zeit nicht sehr gut. Vor ein paar Tagen hatte er einen Verkehrsunfall und wurde verletzt.« Er musterte Murray genauestens, sah aber nicht das leiseste Flackern in dessen Augen.

»Das tut mir leid«, sagte Murray. »Sehr bedauerlich. Es ist hoffentlich nichts Ernstes?«

»Wahrscheinlich nicht, doch recht schmerzhaft. Es hätte tödlich ausgehen können.«

»Leider geschieht dergleichen viel zu häufig.«

War das eine versteckte Drohung? Oder nur eine unschuldige, den Tatsachen entsprechende Bemerkung?

»Welche Fragen möchten Sie gerne stellen, Mr. Pitt?« fuhr Murray fort, faltete die Hände über dem Bauch und sah Pitt würdevoll an. »Wenn Sie wirklich ein Freund von Sir Matthew sind, würden Sie ihm einen großen Dienst erweisen, wenn Sie ihn davon überzeugen könnten, daß der Tod seines Vaters in vielerlei Hinsicht eine Gnade war. Er trat glücklicherweise ein, bevor Sir Arthur seinen Ruf völlig ruinieren konnte und in seinen hellen Momenten um so heftiger gelitten hätte. Es ist eine schwierige Wahrheit, doch mit der Zeit wird es leichter, sie zu akzeptieren, als sich dagegen aufzulehnen und sich möglicherweise dabei viele Unannehmlichkeiten einzuhandeln.« Ein Lächeln glitt über sein Gesicht und verschwand. »Eine ganze Reihe von wohlwollenden Männern möchte die Erinnerung an Sir

Arthur, so wie er war, bewahren, doch wenn man die Angelegenheit immer wieder aufrührt, wird das nicht möglich sein.« Sein Blick wich nicht von Pitt.

In diesem Augenblick war Pitt überzeugt, daß es eine Warnung war; die wohlwollenden Männer waren die Mitglieder des Inneren Kreises, von denen es eine große Anzahl gab und deren Macht unermeßlich war und viel größer, als die Zahl erahnen ließ. Sie würden zurückschlagen, wenn Matthew nicht lockerließ.

Im nächsten Moment wurde ihm bewußt, daß es dafür keine Beweise gab. Murray war Arzt und drückte nur das aus, was ohnehin offensichtlich war. Pitt war es, der sich der Wahnvorstellung hingab, daß er verfolgt wurde und es um ihn herum Verschwörungen gab. Er war es, der unbescholtene Menschen beschuldigte.

»Ich werde ihn davon eher überzeugen können, wenn ich ihm ein paar Fakten und Details nennen kann«, antwortete er und erwiderte den Blick. »Zum Beispiel die Antwort auf die Frage, ob Sie Sir Arthur schon zuvor Laudanum verschrieben hatten. Oder war dies Ihres Wissens das erste Mal, daß er es nahm?«

»Es war das erste Mal«, antwortete Murray. »Das hat er mir selbst gesagt. Aber ich habe ihm sowohl die Eigenschaften als auch die Gefahren genauestens erläutert, Mr. Pitt. Ich habe ihm gezeigt, wann und wie man es nimmt und welche Menge einen ausreichend tiefen Schlaf von normaler Dauer herbeiführt.« »Selbstverständlich«, entgegnete Pitt. »Aber in seinem Zustand der Verwirrung... Er war doch verwirrt, oder? Sprach zuzeiten unzusammenhängend und widersprüchlich?«

»Nicht bei mir.« Murray mußte das sagen, um sich zu schützen. Pitt hatte es nicht anders erwartet. »Doch ich habe im nachhinein erfahren, daß er sich obsessiv, und nicht unbedingt im Rahmen der Vernunft, mit einigen merkwürdigen Fragen beschäftigte. Ich verstehe, was Sie sagen wollen, Mr. Pitt. Er könnte vergessen haben, was ich ihm gesagt hatte, und eine tödliche Dosis genommen haben, in der Annahme, daß es nur einen kleinen Schlummer bewirken würde. Wir wissen nicht, was zu dem Zeitpunkt in seinem Kopf vorging.«

»In welcher Form wurde das Laudanum verabreicht?«

»In Pulverform, wie es üblich ist.« Er lächelte flüchtig. »Jede Dosis war getrennt in ein Papierbriefchen eingeschlagen. Es ist nicht leicht, mehr als eine Dosis zu nehmen, es sei denn, man hat die erste vergessen und nimmt eine zweite. Ich bedaure, daß ich Ihre Theorie nicht besser unterstützen kann. Diese Vorsichtsmaßnahme ergreife ich immer.«

»Ich verstehe.« Pitts Theorie war dadurch keineswegs geschwächt. Es wäre trotzdem ein leichtes für Murray, eine tödliche Dosis zu den anderen zu legen. Sein Gesicht drückte auch jetzt lediglich interessierte Aufmerksamkeit aus. »Wann ist Sir Arthur zu Ihnen gekommen, Mr. Murray?«

»Das erste Mal konsultierte er mich im Herbst 1887 wegen Atembeschwerden. Ich konnte ihm helfen und eine Heilung herbeiführen. Wenn Sie diesen letzten Besuch meinen, dann war das ... Lassen Sie mich mal schauen.« Er blätterte in seinem Terminkalender auf dem Schreibtisch. »Am siebenundzwanzigsten April.« Er lächelte. »Um zehn vor fünf, um genau zu sein. Er war eine halbe Stunde hier, vielleicht länger. Er war sehr besorgt, muß ich leider sagen. Ich habe alles getan, um ihn zu beruhigen, doch ich muß gestehen, daß ich diesmal keinen Erfolg hatte. Ich glaube nicht, daß ich mir nur einbilde, daß für ihn jede medizinische Hilfe zu spät kam.«

»Haben Sie das Laudanum für ihn selbst vorbereitet, Dr. Murray?«

»Nein, nein. Ich habe nicht alle Mittel, die ich meinen Patienten verschreibe, vorrätig, Mr. Pitt. Ich habe ihm ein Rezept gegeben, mit dem er vermutlich in eine Apotheke gegangen ist. Ich empfahl ihm Mr. Porteous in der Jermyn Street. Er ist ein ausgezeichneter Fachmann, sehr kundig und äußerst umsichtig. Es ist mir sehr wichtig, aus genau dem Grund, den Sie erwähnten, daß das Laudanum präzise abgewogen und die Dosen einzeln verpackt werden. Sir Arthur war schon häufig bei ihm gewesen und sagte, er würde auch diesmal wieder zu ihm gehen.«

»Ich verstehe. Ich danke Ihnen, Dr. Murray. Sie haben sich viel Zeit genommen.« Pitt erhob sich. Viel Nützliches hatte er nicht erfahren, aber ihm fielen keine weiteren Fragen ein, wenn er keinen Verdacht erwecken oder gar einen deutlichen Hinweis darauf geben wollte, daß er sich mit dem Inneren Kreis befaßte und an Mord glaubte. Damit würde er nichts erreichen, und ihm war klar, daß er sich selbst in Gefahr bringen würde.

So überkam ihn ein Gefühl der Erleichterung, als er auf der Straße stand, die frische Luft einatmete, um sich herum lebhaftes Treiben, das Klappern der Hufe und das Rattern der Kutschen.

Er machte sich unverzüglich auf den Weg in die Jermyn Street und fand dort die Apotheke.

»Sir Arthur Desmond?« Der alte Mann hinter der Theke nickte gütig. »So ein netter Herr. So traurig, daß er tot ist. Sehr traurig. Was kann ich für Sie tun, Sir? Ich habe fast alles da, was ein Körper zur Heilung eines Leidens oder Erleichterung eines Übels bedarf. Haben Sie einen Arzt aufgesucht, oder darf ich Sie beraten?«

»Ich möchte nichts kaufen. Verzeihen Sie, wenn ich Sie in die Irre geführt habe. Ich möchte vielmehr Ihr Gedächtnis bemühen.« Pitt tat es leid, daß er ein schlechter Kunde war, aber er brauchte nichts. »Wann haben Sie Sir Arthur zum letzten Mal hier gesehen?«

»Sir Arthur? Warum wollen Sie das wissen, junger Mann?« Er blinzelte Pitt neugierig, jedoch nicht unfreundlich an.

»Ich – ich befasse mich mit seinem Tod..., wie er gestorben ist«, sagte Pitt etwas unbeholfen. Ganz entfernt ähnelte der Mann Sir Arthur, und ihn hinter der Theke in dem dunklen Laden zu sehen, verzerrte die aufkommende Erinnerung auf merkwürdige Weise.

»Ach so. Das geht mir auch so, und es ist ein Trauerspiel. Wenn er mit seinem Rezept hierher gekommen wäre, wie er es sonst immer tat, hätte ich ihm das Laudanum schön einzeln verpackt gegeben, wie ich es für alle meine Kunden tue, und dann wäre dieser tragische Unfall nicht passiert.« Der Mann schüttelte bekümmert den Kopf.

»Er war nicht hier?« fragte Pitt aufgeregt. »Wissen Sie das genau?«

Der alte Herr zog die Augenbrauen in die Höhe. »Natürlich weiß ich das genau. Nur ich bediene hinter dieser Theke, und ich habe ihn nicht bedient. Ich habe Sir Arthur seit letztem Winter nicht gesehen. Das war so im Januar. Er hatte eine Erkältung. Ich gab ihm ein paar Kräuter für einen Aufguß, um die Atemwege freizumachen. Wir haben uns über Hunde unterhalten. Ich erinnere mich genau.«

»Danke. Ich danke Ihnen, Mr. Porteous. Sie haben mir sehr geholfen, Sir! Auf Wiedersehen.«

»Auf Wiedersehen, junger Mann. Ich an Ihrer Stelle würde nicht so rennen. Das ist schlecht für die Verdauung. Zuviel Aufregung ...«

Doch Pitt war aus dem Laden gestürmt und lief eilenden Schrittes die Jermyn Street entlang. Er war schon in die Regent Street eingebogen, als er merkte, daß er nicht wußte, welches Ziel er ansteuerte. Wo hatte Sir Arthur das Laudanum bekommen? Wenn nicht in der Jermyn Street, dann von einem anderen Apotheker. Oder hatte Murray es ihm doch gegeben? Und gab es irgendeine Möglichkeit, das zu beweisen?

Vielleicht wußte Matthew das? Auf den Apothekertüten stand oft der Name. Das war sowohl eine Sicherheitsmaßnahme als auch eine Reklame. Er ging ein paar Schritte zurück, rief eine Droschke herbei und ließ sich zu Matthews Wohnung bringen.

»Was ist geschehen?« fragte Matthew sofort. Er saß in dem kleinen Raum, der ihm gleichzeitig als Eßzimmer und Studierzimmer diente, am Tisch. Er trug einen Hausmantel und sah immer noch ziemlich blaß aus. Um die Augen lag ein Schatten, als kämen versteckte Prellungen langsam zur Oberfläche.

»Du siehst krank aus«, sagte Pitt besorgt. »Solltest du nicht im Bett bleiben?«

»Ich habe nur ein bißchen Kopfschmerzen«, sagte Matthew wegwerfend. »Worum geht's? Was hast du herausgefunden?«

Pitt ließ sich auf einem der Stühle nieder. »Ich habe verschiedene Leute aufgesucht. Es scheint, daß man Sir Arthur für wunderlich gehalten hat, weil entweder Gerüchte darüber im Umlauf waren oder weil er die Vorurteile und festgefügten Ideen der Leute durcheinandergebracht hat ...«

»Hab ich's dir nicht gesagt!« sagte Matthew triumphierend. Zum ersten Mal seit er mit der Nachricht vom Tode seines Vaters zu Pitt gekommen war, strahlte sein Gesicht wach und aufmerksam. »Er war überhaupt nicht schwachsinnig oder senil. Er wußte ganz genau, wovon er sprach. Was sonst noch? Was ist mit dem Brandy und dem Laudanum? Hast du da schon Beweise gefunden?« Er lächelte wie zur Entschuldigung. »Verzeihung. Ich erwarte Wunder von dir. Du hast Großartiges geleistet, Thomas. Ich bin dir sehr dankbar.«

»Auch das mit dem Brandy ist Hörensagen. Der Steward hat ihm nur einen Brandy gebracht; die restlichen wurden von anderen Gästen für ihn bestellt ..., vielleicht.«

Matthew zog die Stirn kraus. »Vielleicht? Was meinst du damit?«

Pitt berichtete, was Guyler ihm erzählt hatte.

»Ach so«, sagte Matthew leise und lehnte sich zurück. »Gott, ist es nicht furchtbar? Der Innere Kreis ist überall. Aber es können doch nicht alle, mit denen du gesprochen hast, dazugehören, oder? Ist das möglich?« Bei dem Gedanken wich die Farbe aus seinem Gesicht.

»Ich weiß es nicht«, gestand Pitt. »Ich nehme an, daß Mitglieder wenn nötig, zusammengetrommelt werden können. Schließlich war dies ja so eine Art Notfall. Sir Arthur hatte sich schließlich nicht an die Geheimhaltungspflicht gehalten und sie beschuldigt, eine Verschwörung zum Zwecke des Betrugs, ja sogar des Landesverrats gebildet zu haben.«

Matthew saß schweigend und tief in Gedanken versunken da.

»Matthew ...«

Er sah auf.

»Ich habe auch Dr. Murray aufgesucht. Er hat gesagt, er hätte Sir Arthur empfohlen, das Laudanum bei einem Apotheker in der Jermyn Street zu holen, doch Mr. Porteous ist sich sicher, daß Sir Arthur nicht bei ihm war. Hast du eine Ahnung, wo er es sonst besorgt haben könnte?«

»Ist das wichtig? Glaubst du, es war die falsche Dosierung oder so etwas? Der Apotheker als Vollstrecker des Kreises?« Seine Miene drückte Abscheu aus. »Was für ein abschreckender Gedanke ..., gibt aber dem Ganzen einen Sinn.«

»Oder der Arzt«, fügte Pitt hinzu. »Weißt du es?«

»Nein. Aber wenn wir eine von den Tüten finden könnten, wären wir etwas schlauer.« Er stand auf. »Vielleicht sind unter seinen Sachen welche. Ich sehe mal nach. Komm, wir können beide nachschauen.«

Auch Pitt stand auf. »Er hatte das Laudanum nur ein oder zwei Tage. Am siebenundzwanzigsten April war er bei Murray in der Praxis.«

Matthew drehte sich um und sah Pitt an.

»Am siebenundzwanzigsten? Ganz sicher?«

»Ja. Warum?«

»Er hat mir nichts davon erzählt. Er kann es gar nicht geholt haben, denn an dem Nachmittag sind wir zusammen nach Brighton gefahren.«

»Um wieviel Uhr?«

»Nach Brighton? Ungefähr halb drei. Wieso?«

»Und wann seid ihr zurückgekommen?«

»Gar nicht, wir haben bei Freunden gegessen und sind erst am nächsten Morgen zurückgefahren.«

»Murray hat gesagt, an dem Tag hätte er Sir Arthur zum letzten Mal gesehen, um zehn vor fünf. Bist du sicher, daß ihr am siebenundzwanzigsten nach Brighton gefahren seid und nicht einen Tag früher oder später?«

»Ganz sicher. An dem Tag hat Tante Mary Geburtstag, und es wurde gefeiert. Wir fahren jedes Jahr am siebenundzwanzigsten April nach Brighton.«

»Dann hat Murray gelogen. Er hat Sir Arthur an dem Tag nicht gesehen.«

Matthew runzelte die Stirn. »Vielleicht hast du das Datum mißverstanden?«

»Nein. Er hat in seinem Terminkalender nachgesehen. Ich war dabei.«

»Dann hat der ganze Arztbesuch nicht stattgefunden«, sagte Matthew mit trauriger Stimme. »Und wenn das der Fall ist, wo kam dann das Laudanum her?«

»Weiß der Himmel!« sagte Pitt mit rauher Stimme. »Jemand im Club…, jemand, der ihm einen Brandy gebracht hat, den er nicht bestellt hat.«

Matthew schluckte und sagte nichts.

Pitt setzte sich wieder. Ihm war schwach und ängstlich zumute, und als er in Matthews bleiches Gesicht sah, wußte er, daß es diesem genauso ging.

8.

Kapitel

Pitt wachte langsam auf: Das Pochen in seinem Kopf wurde immer lauter, bis er zu Bewußtsein kam und den Schlaf ganz abschüttelte. Er öffnete die Augen. Durch den Schlitz in den Vorhängen drang das fahle Morgenlicht. Neben ihm schlief Charlotte, warm und zusammengerollt, das Haar zu lockeren Zöpfen geflochten, die sich zu lösen begannen.

Das Pochen hörte nicht auf. Draußen auf der Straße war es still: keine Kutschen, keine Lastkarren, keine Schritte oder Stimmen.

Er drehte sich um und sah auf den Wecker auf dem Nachttisch. Es war zehn Minuten vor fünf.

Das Pochen wurde heftiger. Es war unten an der Haustür.

Unwillig setzte er sich auf und fuhr sich mit den Fingern durch die Haare, dann zog er eine Jacke über sein Nachthemd und ging auf bloßen Füßen zum Fenster. Charlotte regte sich, wachte aber nicht auf. Er schob das Fenster hoch und sah hinunter.

Das Pochen hörte auf. Eine Person trat zurück und sah hinauf. Es war Tellman. Im frühen Morgenlicht war sein Gesicht ganz weiß. Er war ohne seinen üblichen Bowler gekommen und sah zerzaust und bestürzt aus.

Pitt deutete durch eine Geste an, daß er herunterkommen würde. Nachdem er das Fenster geschlossen hatte, ging er, so leise er konnte, zur Tür, verließ das Zimmer und stieg die Treppe hinunter. Er schob den Riegel zurück und öffnete die Haustür.

Tellman sah aus der Nähe noch schlimmer aus. Sein Gesicht war aschfahl und wirkte hagerer als sonst. Er wartete die Frage nicht ab.

»Etwas Entsetzliches ist passiert«, sagte er, sobald er Pitt sah. »Sie müssen selbst kommen und sich der Sache annehmen. Ich habe noch keinem etwas gesagt, aber Mr. Farnsworth wird außer sich sein, wenn er es erfährt.«

»Kommen Sie herein«, befahl Pitt und trat zurück. »Worum geht es?« Er befürchtete Schlimmes; wahrscheinlich waren aus der Deutschen Botschaft schreckliche Nachrichten gekommen. Obwohl, wie sollte Tellman davon erfahren haben? War jemand verschwunden und hatte wichtige Akten mitgenommen? »Was ist?« fragte er eindringlich.

Tellman blieb auf der obersten Stufe stehen. Er war so blaß, daß man annehmen mußte, er würde jeden Moment zusammenbrechen. Das allein schon beunruhigte Pitt sehr. Er hatte Tellman für gänzlich unempfindlich gehalten.

»Mrs. Chancellor«, sagte Tellman, hustete heiser und schluckte dann. »Wir haben ihre Leiche gefunden, Sir.«

Pitt war wie vor den Kopf geschlagen. Sein Atem stockte, und mit heiserer Stimme brachte er hervor: »Ihre Leiche?«

»Jawohl, Sir. Am Fluß, beim Tower ans Ufer gespült.« Er sah Pitt aus leeren Augen an.

»Selbstmord?« fragte Pitt langsam; er konnte es nicht glauben.

»Nein.« Tellman stand regungslos da; nur ein kleines Zittern durchfuhr ihn, obwohl der Morgen mild war. »Mord. Sie ist erwürgt und dann in die Themse geworfen worden. Gestern abend irgendwann, so scheint es. Aber wir müssen auf den Bericht des Gerichtsmediziners warten, um es genau zu wissen.«

Ein Gefühl der Trauer übermannte Pitt mit solcher Wucht, daß es in furchtbare Wut mündete. Sie war eine so schöne, empfindsame Frau gewesen, so voller Leben und so einzigartig. Er erinnerte sich lebhaft an sie beim Empfang der Herzogin von Marlborough. Während Tellman weitersprach, sah er vor seinem geistigen Auge ihr Gesicht. Es war bisher so selten vorgekommen, daß er ein Opfer gekannt hatte, daß er einen persönlichen Verlust empfand und nicht das Mitleid, das ihn sonst erfüllte.

»Warum?« fragte er heftig. »Warum würde jemand eine Frau wie sie umbringen? Das ist ganz und gar widersinnig.« Unbewußt hatte er die Hand zur Faust geballt, sein ganzer Körper war angespannt von aufgestauter Wut. Daß seine nackten Füße auf dem Steinfußboden kalt wurden, bemerkte er ebensowenig wie die Tatsache, daß er keine Hosen anhatte.

»Der Verrat im Kolonialministerium ...«, sagte Tellman verstört. »Vielleicht wußte sie etwas davon?«

Pitt schlug mit der Faust gegen den Türrahmen und fluchte.

»Sie sollten sich anziehen und mitkommen«, sagte Tellman leise. »Bisher weiß noch keiner davon, außer dem Schiffer, der sie gefunden hat, und dem Wachtmeister, der mir Bericht erstattet hat. Aber wir können es nicht lange zurückhalten. Egal, was Sie denen sagen über Diskretion und so weiter, einer wird darüber reden, ganz bestimmt.«

»Wissen die denn, wer es ist?« fragte Pitt verblüfft.

»Ja, Sir. Deswegen wurde ich gerufen.«

Pitt ärgerte sich über sich selbst. Das hätte ihm gleich einfallen müssen.

»Wie?« fragte er. »Wie konnte ein Themseschiffer sie erkennen?«

»Der Wachtmeister«, erklärte Tellman geduldig. »Der hat sie erkannt. Es war klar, daß sie aus der höheren Gesellschaft kommt, das konnte jeder sehen, aber sie hat ein Medaillon um den Hals mit einem Bild drin.« Er seufzte, und einen Moment lang stand auch in seinen Augen Trauer. »Da war Linus Chancellor drauf, kein Zweifel. Deswegen hat er uns gerufen. Egal, wer sie war, mit dem Bild konnte es nur Ärger bedeuten.«

»Verstehe. Und wo ist sie jetzt?« Pitt sah ihn an.

»Immer noch beim Tower, Sir. Sie haben sie zugedeckt und dort liegen gelassen, wo sie gefunden wurde, mehr oder weniger, damit Sie selbst sehen können.«

»Ich bin sofort fertig«, sagte Pitt und ließ Tellman auf der

Treppe stehen. Eilig ging er hinauf, streifte sich das Jackett ab und zog sich das Nachthemd über den Kopf, sobald er ins Schlafzimmer getreten war.

Charlotte war wieder fest eingeschlafen, und es schien grausam, sie zu wecken, aber er mußte ihr sagen, wohin er ging. Erst einmal zog er sich an. Zeit zum Rasieren hatte er keine. Er wusch sich das Gesicht mit kaltem Wasser und rieb es kräftig mit dem Handtuch trocken – das mußte reichen.

Er beugte sich über Charlotte und berührte sie zart.

Vielleicht war seine Anspannung zu spüren, oder seine Hand war vom Wasser kalt – auf jeden Fall wachte sie sofort auf.

»Was ist? Ist was passiert?« Sie machte die Augen auf und sah ihn in Straßenkleidung vor sich. Mühsam richtete sie sich auf. »Was ist passiert?«

Er konnte es ihr nicht schonend beibringen. »Tellman ist hier und hat berichtet, daß Susannah Chancellors Leiche am Themseufer angespült worden ist.«

Sie starrte ihn an und verstand im ersten Augenblick nicht, was er gesagt hatte.

»Ich muß los.« Er beugte sich über sie und gab ihr einen Kuß.

»War es Selbstmord?« fragte sie und ließ den Blick nicht von ihm ab. »Die Ärmste ... Ich ...« Ihr Blick war voller Mitleid.

»Nein ... nein. Sie wurde ermordet.«

In ihrer Miene standen Erleichterung und Schock zugleich.

»Warum hast du gemeint, es sei Selbstmord?« fragte er.

»Ich ... ich weiß nicht. Etwas schien sie zu quälen.«

»Nach dem, was Tellman sagt, ist es eindeutig Mord.«

»Wie ist sie ermordet worden?«

»Ich habe sie noch nicht gesehen«, wich er aus, weil er es nicht sagen wollte. Er gab ihr einen kleinen Kuß auf die Wange und trat zurück.

»Thomas!«

Er zögerte.

»Du hast gesagt: ›Nach dem, was Tellman sagt.‹ Was hat er denn gesagt?«

Er stieß den Atem langsam aus. »Sie ist erwürgt worden. Es tut mir leid. Er wartet unten auf mich.«

Sie saß still mit trauererfülltem Blick. Er konnte nichts tun. Als er ging, fühlte er sich traurig und hilflos.

Tellman, der im Flur gewartet hatte, ging voran zur Haustür und zur Straße hinaus, als er Pitt kommen sah. Pitt schloß die Tür und beeilte sich, mit ihm Schritt zu halten. An der Ecke bogen sie in die Hauptstraße und hielten wenige Minuten später eine Droschke an. Tellman gab Anweisung, sie zum Tower zu fahren.

Es war ein langer Weg von Bloomsbury. Zunächst fuhren sie in südlicher Richtung zur Oxford Street und bogen dann nach Osten in die High Holborn ein. Nach einer guten Meile ging es rechts um die Ecke zur Themse, entlang der St. Andrews Street, Shoe Lane und St. Bride's, bis sie zum Ludgate Circus kamen.

Tellman saß und schwieg. Er war nicht besonders umgänglich. Offenbar wollte er seine Gedanken nicht mitteilen und saß verkrampft auf dem Sitz, den Blick stur geradeaus gerichtet.

Mehrfach wollte Pitt ihn etwas fragen, aber ihm fiel keine sinnvolle Frage ein. Tellman hatte ihm das, was er sicher wußte, gesagt. Alles andere wäre Spekulation gewesen. Außerdem wollte Pitt nicht Tellmans Ansichten über Susannah Chancellor hören. Ihr schönes, intelligentes Gesicht stand klar vor seinem geistigen Auge, und er wußte, welcher Anblick auf ihn wartete, wenn sie beim Tower ankamen.

Sie fuhren den Ludgate Hill herunter und um St. Paul's herum, die mächtige Masse der Kathedrale über ihnen. Ihre Kuppel erhob sich dunkel gegen den blaßblauen Morgenhimmel, in dem ein paar Wolkenfetzen hingen wie Fahnen. Nur wenige Menschen waren schon unterwegs. Auf der Cannon Street begegneten ihnen etwa ein halbes Dutzend anderer Droschken, ein Lastkarren und ein Müllkarren. Die Cannon Street ging in East Cheap über, dann in die Great Tower Street.

Plötzlich beugte Tellman sich vor und klopfte gegen die Trennwand, um den Kutscher auf sich aufmerksam zu machen.

»Biegen Sie nach rechts ab!« wies er ihn an. »In die Water Street zur Lower Thames Street.«

»Da is doch nix, da unten, außer Queen's Stairs und Traitors Bridge«, gab der Kutscher zurück. »Wenn Sie zum Tower woll'n, wie Sie gesagt ham, dann isses besser, Sie fahren bis Trinity Square, das liegt jetzt links von uns.«

»Bringen Sie uns zu den »Queen's Stairs, da steigen wir aus«, erwiderte Tellman knapp.

Der Kutscher brummelte etwas, was sie nicht verstanden, tat aber, wie ihm geheißen.

Richtung Westen konnten sie das Zollamt sehen, wo schon ein reges Treiben herrschte. Dann bogen sie nach rechts ab und fuhren auf die trotzigen Gemäuer des Tower of London zu – steinernes Relikt einer Eroberung, die ins dunkle Mittelalter zurückführte, in eine Zeit, die nur durch wenige Handschriften, durch ungewöhnliche Kunstwerke, Berichte über blutige Schlachten sowie Geschichten über einzelne, leidenschaftliche Inseln der Christenheit verbrieft war.

Bei den Queen's Stairs hielt die Droschke. Nachdem Pitt gezahlt hatte, machte der Wagen kehrt und fuhr in flottem Trab davon. Es war zwei Minuten vor sechs. Das breite, silberne Band des Flusses lag ganz still. Selbst die Lastkähne, die sich schwarz gegen die glitzernde Wasseroberfläche abhoben, schwankten kaum. Die Luft war frisch und etwas feucht; die Flut hatte einen Salzgeruch mitgebracht.

Tellman führte ihn den Weg am Ufer entlang zu den Stufen, wo ein Schiffer sie erwartete. Der sah zu ihnen hinauf und manövrierte das kleine Boot herum, so daß sie einsteigen konnten.

Pitt sah Tellman fragend an.

»Traitors Gate«, sagte er knapp, stieg vor Pitt ein und setzte sich. Boote mochte er nicht, das konnte man an seinem Gesichtsausdruck ablesen.

Pitt folgte ihm leichten Schrittes und dankte dem Schiffer, der das Boot vom Ufer abstieß.

»Sie ist bei Traitors Gate an Land gespült worden?« fragte er mit heiserer Stimme.

»Die Strömung hat sie bei Ebbe dort abgesetzt«, erwiderte Tellman. Es war nur eine kurze Fahrt zu dem Tor, dem Eingang zum Tower, durch den die Menschen früher zu ihrer Exekution geführt wurden und das sich direkt zum Wasser hin öffnete.

Pitt sah die kleine Menschenansammlung davor: ein Wachtmeister in Uniform, der trotz des milden Morgens zu frösteln schien, der rote Rock eines Yeoman of the Guard, einer der traditionellen Beefeater, die den Tower bewachten, und der zweite der Schiffer, der sie gefunden hatte.

Pitt kletterte aus dem Boot und hätte sich auf dem abschüssigen Weg beinahe nasse Füße geholt. Susannah lag oberhalb des Wasserspiegels, wo die abnehmende Flut sie zurückgelassen hatte. Nur ihre Füße waren im Wasser, ihr langer, schlanker Körper war kaum beschädigt, das Gesicht zur Seite gedreht. Eine weiße Hand ragte aus dem Stoff des nassen, triefenden Kleides. Ihr Haar hatte sich gelöst und lag wie Seealgen um ihren Kopf und über den Stufen.

Der Wachtmeister drehte sich herum, als er Pitt kommen hörte, erkannte ihn und gab den Weg zur Leiche frei.

»Morgen, Sir.« Er war kreidebleich.

»Guten Morgen, Wachtmeister«, sagte Pitt. Der Name des Mannes, wenn er ihn je gewußt hatte, fiel ihm nicht ein. Sein Blick wanderte zu Susannah. »Wann wurde sie gefunden?«

»So gegen halb vier, Sir. Kurz vor drei war Flut, sagen die Schiffer hier. Wahrscheinlich sind die als erste hier vorbeigekommen, nachdem sie angespült worden war. Das war kein Selbstmord, Sir. Die Ärmste ist erwürgt worden, das steht schon mal fest.« Er machte ein trauriges, fast feierliches Gesicht mit seinen kaum mehr als zwanzig Jahren. Sein Revier war das Flußufer, und dies war nicht die erste Leiche, die er gesehen hatte, auch nicht die erste weibliche Leiche, aber vielleicht die erste Frau mit vornehmen Kleidern und –

wenn das Haar zurückgestrichen war, wie jetzt – einem so leidenschaftlichen und verletzbaren Gesicht. Pitt ging in die Knie, um sie näher zu betrachten. Er sah die unverkennbaren Fingerabdrücke dunkelviolett an ihrem Hals, doch da ihr Gesicht nicht angeschwollen war, vermutete er einen Genickbruch als Todesursache und nicht Erwürgen. Es war nur eine Winzigkeit, doch die Tatsache, daß sie nicht entstellt war, machte den Schmerz erträglicher. Vielleicht hatte sie nur kurz gelitten. Daran würde er, so lange es ging, glauben.

»Wir haben sie nicht angerührt, Sir«, sagte der eine Schiffer nervös. »Nur, um zu sehen, ob sie wirklich tot war und wir nix mehr tun konnten.« Er wußte genug über die Umstände, die einen Menschen in den Selbstmord treiben konnten, um kein Urteil abzugeben. Ginge es nach ihm, würde er sie alle in geweihtem Boden beisetzen und Gott die Entscheidung überlassen. Doch er ging nicht aus Überzeugung in die Kirche, sondern seiner Frau zuliebe.

»Danke«, sagte Pitt zerstreut, den Blick immer noch auf Susannah gerichtet. »Wo hat man sie wohl ins Wasser geworfen, wenn sie hier angespült worden ist?«

»Kommt drauf an, Sir. Die Strömungen sind da ganz eigenwillig. Besonders hier, wo es Strudel gibt und so. Meistens gehen die Leichen unter und kommen da wieder hoch, wo sie reingeworfen wurden. Aber wenn sie beim Übergang von Flut zu Ebbe reingelassen wurde, ins Wasser meine ich, und wenn sie sich überhaupt weiter bewegt hat, dann war's wahrscheinlich flußaufwärts von hier. Das heißt, wenn sie aus einem Boot ins Wasser geworfen wurde. Wenn sie allerdings vom Ufer aus reingeworfen wurde, dann kann das mit der Flut gewesen sein, und dann ist sie flußaufwärts getrieben. Das hängt dann davon ab, wann sie reingeworfen wurde und wo, wenn Sie mir folgen können, Sir.«

»Wir wissen also nur, daß sie hier war, als die Flut zurückging?«

»Genau so isses«, bestätigte der Schiffer. »Leichen bleiben unterschiedlich im Wasser. Kommt drauf an, ob ein Schiff vorbeikommt und sie ins Kielwasser geraten, oder ob sie an irgendwas hängenbleiben, das dann an ihnen zerrt.

Und es gibt Strudel und Strömungen, die man nicht richtig kennt. Vielleicht kann der Doktor Ihnen sagen, wie lange sie schon tot ist. Nach der Uhrzeit, zu der sie ins Wasser geworfen wurde, können wir Ihnen dann sagen, wo das ungefähr gewesen sein muß.«

»Danke.« Pitt wandte sich an Tellman. »Haben Sie nach dem Leichenwagen geschickt?«

»Jawohl, Sir. Der wartet am Trinity Square. Ich wollte nicht, daß viel geredet wird«, sagte Tellman, ohne den Schiffer anzusehen. Es war besser, sie wußten nicht, wer die Tote war. Die Nachricht würde sich noch schnell genug verbreiten. Es wäre furchtbar für Chancellor oder für jeden anderen, der ihr nahestand, wenn er es so erführe.

Pitt richtete sich mit einem Seufzen auf. Er würde Chancellor die Nachricht überbringen müssen. Schließlich kannte er ihn, im Gegensatz zu Tellman. Außerdem war es keine Aufgabe, die man delegieren konnte.

»Sie sollen hier runterkommen und sie zur medizinischen Untersuchung bringen. Ich muß so schnell wie möglich Bericht erstatten.«

»Jawohl, Sir, selbstverständlich.« Tellman warf einen letzten Blick auf Susannah, drehte sich dann auf dem Absatz um und ging mit angewidertem Gesicht zum Boot zurück.

Wenig später ging auch Pitt. Er stieg die Queen's Stairs nach oben und machte sich auf den Weg zum Great Tower Hill. Er mußte bis zur East Cheap gehen, bevor er eine freie Droschke fand. Der Himmel bewölkte sich vom Norden her, und die Straßen waren belebter als zuvor. Ein Zeitungsverkäufer gab mit lauter Stimme ein politisches Tagesthema bekannt. Ein Nachrichtenschreier nahm sein Frühstück an einem Pie-Stand ein, während er gleichzeitig die Tagesereignisse studierte und seine Knittelverse erdachte. Zwei Männer kamen, in ein angeregtes Gespräch vertieft, aus einem Stehcafé. Auch sie wollten eine Droschke nehmen, doch Pitt erreichte den freien Wagen knapp vor ihnen, was sie sichtlich verärgerte.

»Zum Berkley Square, bitte«, sagte er und stieg ein. Der Fahrer nickte und fuhr los. Pitt ließ sich in den Sitz sinken und versuchte, sich seine Worte zurechtzulegen. Aber es war sinnlos, was er gleich gewußt hatte. Es gab einfach keine freundliche oder höfliche Art, eine solche Nachricht zu übermitteln und den Schmerz zu verhindern. Man konnte ihn nicht einmal mindern. Es war absolut und unwiderruflich schrecklich.

Dann versuchte er sich einige Fragen auszudenken, die er Chancellor stellen würde, doch auch das klappte nicht. Was er sich auch zurechtlegte, er würde es angesichts Chancellors Verfassung neu formulieren und abwarten müssen, ob er überhaupt in der Lage war, Fragen zu beantworten. Eine Schreckensnachricht wie diese löste unterschiedliche Reaktionen aus. Bei manchen Menschen saß der Schock so tief, daß die Trauer zunächst nicht zum Ausdruck kam. Sie waren manchmal tagelang ganz gefaßt, bevor die Trauer sie übermannte. Andere reagierten hysterisch, gerieten außer sich vor Zorn, oder sie waren in Tränen aufgelöst und konnten nur an den Verlust denken und keinen klaren Gedanken fassen.

»Welche Nummer, Sir?« fragte der Kutscher und unterbrach Pitts Gedanken.

»Siebzehn«, antwortete er. »Glaube ich.«

»Sie wollen zu Mr. Chancellor, Sir?«

»Richtig.«

Der Kutscher wollte noch etwas sagen, unterließ es aber und schloß die Klappe wieder.

Kurz darauf stieg Pitt aus, zahlte und stand dann auf den Stufen. Ein Zittern durchlief ihn trotz der warmen Morgensonne. Rund um den Platz waren die Zimmermädchen eifrig dabei, Teppiche in den Hof zu tragen, um sie dort auszuklopfen und abzubürsten; Stiefelknechte und Diener eilten hin und her und machten ihre Erledigungen. Auch ein paar Lieferanten waren schon mit ihren Karren unterwegs, und die Zeitungsjungen reichten den Zimmermädchen die Zeitung, die sie bügelten, damit der Herr des Hauses sie beim Frühstück lesen konnte, bevor er zu seinen Geschäften in der City aufbrach.

Pitt zog am Klingelzug.

Fast augenblicklich wurde die Tür von einem Diener geöffnet, der überrascht war, so früh am Morgen jemanden an der Haustür zu sehen.

»Ja, Sir?« fragte er höflich.

»Guten Morgen. Mein Name ist Pitt.« Er reichte ihm seine Karte. »Ich muß in einer dringenden Angelegenheit umgehend mit Mr. Chancellor sprechen. Die Sache duldet keinen Aufschub. Würden Sie ihm bitte Bescheid geben?«

Der Diener hatte bereits längere Zeit im Haushalt eines Kabinettsministers gearbeitet und war daran gewöhnt, daß Angelegenheiten von äußerster Dringlichkeit waren.

»Jawohl, Sir. Wenn Sie im kleinen Salon warten wollen, teile ich Mr. Chancellor mit, daß Sie ihn erwarten.«

Pitt zögerte.

»Sir?« fragte der Diener höflich.

»Ich fürchte, ich bringe sehr schlechte Nachrichten. Vielleicht könnten Sie zunächst den Butler zu mir schicken?« Der Diener wurde blaß.

»Ja, Sir, wenn Sie es für nötig erachten?«

»Steht er schon lange in Mr. Chancellors Diensten?«

»Ja, Sir. Seit ungefähr fünfzehn Jahren.«

»Dann schicken Sie ihn bitte.«

»Ja, Sir.«

Wenige Augenblicke später erschien der Butler mit sorgenvollem Gesichtsausdruck. Er schloß die Tür des kleinen Salons hinter sich und sah Pitt mit gerunzelter Stirn an.

»Ich bin Richards, Sir, Mr. Chancellors Butler. Von dem Diener höre ich, daß etwas sehr Unangenehmes vorgefallen ist. Geht es um einen der Herren vom Kolonialministerium? Hat es einen … Unfall gegeben?«

»Nein, Richards. Ich fürchte, es ist viel schlimmer«, sagte Pitt leise mit rauher Stimme. »Ich muß Ihnen sagen, daß Mrs. Chancellor …, daß sie eines gewaltsamen Todes gestorben ist.« Weiter kam er nicht. Der Butler wankte, als würde er im nächsten Moment in Ohnmacht fallen. Alle Farbe war aus seinem Gesicht gewichen.

Pitt machte einen Satz nach vorn, fing ihn auf und führte ihn zu einem der Stühle.

»Ver… Verzeihung, Sir«, keuchte Richards. »Ich weiß nicht, was über mich gekommen ist. Ich…« Er sah Pitt flehentlich an. »Ist das wahr, Sir? Könnte es nicht ein Irrtum sein…, eine Verwechslung der Identität?« Noch während er sprach, war in seinem Gesicht deutlich abzulesen, daß er nicht daran glaubte. Wie viele Frauen in London konnten mit Susannah Chancellor verwechselt werden?

Pitt antwortete nichts darauf. Es war auch nicht nötig.

»Ich glaube, es wäre besser, Sie blieben in der Nähe, wenn ich Mr. Chancellor die Nachricht unterbreite«, sagte Pitt leise. »Vielleicht sollten Sie einen Brandy bereitstellen? Und Sie könnten dafür sorgen, daß Besucher und Anfragen von ihm ferngehalten werden, bis er wieder imstande ist, sich ihnen zuzuwenden.«

»Ja. Selbstverständlich. Danke, Sir.« Immer noch blaß und leicht unsicher auf den Beinen erhob sich Richards und verließ das Zimmer.

Einige Augenblicke später kam Linus Chancellor mit schwungvollem Schritt und einem fragenden Blick herein, was Pitt einen bitteren Stoß versetzte. Es war klar, daß Chancellor Neuigkeiten über die fehlgeleiteten Informationen über Afrika erwartete. Und der offene Blick sagte Pitt deutlich, wenn er überhaupt je gezweifelt hatte, daß Chancellor mit der Sache nichts zu tun hatte.

»Es tut mir sehr leid, Sir, aber ich habe sehr ernste Nachrichten«, sagte Pitt, noch bevor Chancellor die Tür geschlossen hatte. Er konnte die falsche Erwartung nicht länger ertragen.

»Ist es einer der ranghohen Beamten?« fragte Chancellor. »Es ist sehr freundlich von Ihnen, daß Sie persönlich gekommen sind. Wer ist es? Aylmer?«

»Nein, Sir. Ich bin wegen Mrs. Chancellor gekommen.« Er sah die Überraschung in Chancellors Gesicht und fuhr gleich fort: »Es tut mir unendlich leid, aber ich bin gekommen, um Ihnen mitzuteilen, daß sie tot ist.«

»Tot?« Chancellor wiederholte das Wort, als kenne er seine Bedeutung nicht. »Gestern abend ging es ihr noch sehr gut. Sie wollte ausgehen, zu…« Er drehte sich um und ging zur Tür. »Richards?« Der Butler war sofort zur Stelle, ein Silbertablett mit einer Brandykaraffe und einem Glas in der Hand, das Gesicht leichenblaß.

Chancellors Blick wanderte von Richards zu Pitt und zurück. »Haben Sie heute morgen Mrs. Chancellor gesehen?«

Richards sah Pitt fragend an.

»Mr. Chancellor, es gibt keinen Zweifel«, sagte Pitt leise. »Sie wurde beim Tower of London gefunden.«

»Beim Tower?« fragte Chancellor ungläubig. Seine weit geöffneten Augen waren voller Skepsis, und seiner Miene nach war er dem Lachen nah, so als sei die bloße Idee völlig absurd.

Pitt hatte schon öfter erlebt, daß jemand mit einem hysterischen Anfall reagierte. Es war nicht so ungewöhnlich.

»Bitte setzen Sie sich doch«, sagte er. »Es ist ein schwerer Schlag für Sie.«

Richards setzte das Tablett ab und bot Chancellor ein Glas Brandy an.

Chancellor nahm es und leerte es in einem Zug, dann mußte er husten, und es dauerte einige Sekunden, bis er sich wieder in der Gewalt hatte.

»Was ist geschehen?« fragte er und bemühte sich, die Worte deutlich zu artikulieren. »Was kann sie denn am Tower gewollt haben? Sie wollte zu Christabel Thorne gehen. Ich weiß, daß Christabel ausgefallene Ideen hat, aber der Tower? Wo denn, zum Teufel noch mal? Sie kann ja wohl kaum drinnen gewesen sein zu nachtschlafender Zeit?«

»Könnte sie mit Mrs. Thorne eine Bootsfahrt gemacht haben?« fragte Pitt, obwohl ihm die Vorstellung merkwürdig schien, daß zwei Frauen allein eine solche Fahrt unternommen haben könnten. Würde Christabels Leiche auch auftauchen, irgendwo am Ufer?

»Und dann ..., ein Bootsunfall?« fragte Chancellor skeptisch. »Hat Mrs. Thorne davon gesprochen?«

»Wir haben Mrs. Thorne noch nicht befragt. Wir wußten ja nicht, daß Mrs. Chancellor mit ihr zusammengewesen ist. Doch es war kein Unfall, Sir. Es tut mir wirklich leid, aber es war Mord. Der einzige Trost ist, daß es sicherlich schnell vorbei war. Es ist unwahrscheinlich, daß sie gelitten hat.«

Chancellor starrte ihn an. Erst war er blaß, dann lief er rot an. Er schien an seinem eigenen Atem zu ersticken.

Richards reichte ihm einen zweiten Brandy, den er auch leerte. Das Blut wich aus seinem Gesicht. Es sah aus, als würde ihm übel.

»Und Christabel?« fragte er mit starrem Blick auf Pitt.

»Im Moment wissen wir nichts über sie, aber natürlich werden wir uns erkundigen.«

»Wo... wo haben Sie sie gefunden..., meine... Frau?« Chancellor brachte die Worte nur mit Mühe über die Lippen.

»Beim Traitors Gate. Von dort führt eine Rampe ins Wasser –«

»Ich weiß! Ich weiß, Oberinspektor. Ich habe es oft gesehen. Ich weiß, wie es da aussieht.« Er schluckte wieder, schluckte Luft. »Danke, daß Sie persönlich gekommen sind. Es muß eine sehr unangenehme Aufgabe für Sie sein. Ich bin Ihnen sehr dankbar. Sicherlich werden Sie den Fall übernehmen? Wenn es Ihnen nichts ausmacht, dann möchte ich jetzt allein sein. Richards, geben Sie bitte im Kolonialministerium Bescheid, daß ich heute morgen nicht kommen werde.«

Von Linus Chancellors Haus ging Pitt zu dem von Jeremiah Thorne. Er überquerte den Platz und ging den unteren Abschnitt der Mount Street entlang in nördlicher Richtung zur Upper Brook Street. Nach knapp zwanzig Minuten stand er vor der Haustür und betätigte den Klingelzug. Sein Herz klopfte, als hätte er die doppelte Entfernung im Laufschritt zurückgelegt, seine Zunge klebte trocken am Gaumen.

Auf das Klingeln wurde die Tür von einem Diener geöffnet, der nach Pitts Begehren fragte. Als Pitt ihm seine Karte überreichte, führte der Diener ihn in die Bibliothek und bat ihn zu warten. Er würde nachsehen, ob Mrs. Thorne zu Hause war. Um diese frühe Stunde war das eine absurde Ausrede, er mußte ganz genau wissen, ob sie zu Hause war.

Doch war dies die gewöhnliche höfliche Formulierung, bevor man einen Besucher vorließ. Wenn der Zeitpunkt ungelegen war oder der Besuch unerwünscht, konnte der Diener wohl kaum mit dieser Auskunft zurückkehren.

Pitts Anspannung war so stark, daß er weder sitzen, noch auf einem Fleck stehen bleiben konnte. Ohne seine unmittelbare Umgebung wahrzunehmen, schritt er auf und ab und schrammte sich seine Fingerknöchel bei einer Kehrtwendung an einem geschnitzten Tisch. Nur dumpf nahm er den Schmerz war. Seine Ohren warteten gierig darauf, Schritte zu hören. Als ein Zimmermädchen an dem Raum vorbeiging, wollte er schon die Tür aufreißen, merkte aber noch rechtzeitig, wie absurd das war. Dann hörte er ein Kichern und eine männliche Stimme. Ein kleiner Flirt unter Dienstboten.

Er stand noch bei der Tür, als Christabel hereinkam. Sie trug ein hellgraues Morgenkleid und war offenbar bei bester Gesundheit, wenn auch in zweifelhafter Stimmung. Noch wurde ihr Unmut von Neugier gezügelt, zumindest so lange, bis sie den Grund für seinen Besuch um diese Zeit erfahren würde.

»Guten Morgen, Oberinspektor«, sagte sie kühl. »Sie haben meinen Diener durch Ihr Beharren, mich sprechen zu wollen, in Sorge versetzt. Ich hoffe, die Gründe für Ihr Kommen rechtfertigen das. Es ist keine sehr angemessene Zeit für einen Besuch.«

Er war zu mitgenommen, um mit Schärfe zu parieren. Das tragische Ereignis war sehr gegenwärtig. Vor seinem geistigen Auge sah er immer noch Susannahs Gesicht, während das Wasser der Themse ihre Fuße umspülte.

»Ich bin sehr erleichtert, Sie wohlauf vor mir zu sehen, Mrs. Thorne.«

Der ernste Ausdruck auf seinem Gesicht mußte ihr einen Schrecken eingejagt haben, denn plötzlich veränderte sich ihr Verhalten, der Ärger verpuffte.

»Was ist los, Mr. Pitt? Ist etwas geschehen?«

»Ja, Ma'am. Leider muß ich Ihnen mitteilen, daß Mrs. Chancellor letzte Nacht gestorben ist. Von Mr. Chancellor habe ich erfahren, daß sie mit Ihnen zusammengewesen sein soll, deswegen bin ich sofort hierhergekommen, um mich zu vergewissern, daß Ihnen nichts ...«

»Susannah?« Sie war entsetzt und sah ihn aus aufgerissenen Augen an. Alle Arroganz war verschwunden. »Susannah ist tot?« Sie trat einen Schritt zurück, dann noch einen, bis sie zu einem Stuhl gelangte, auf dem sie sich niederließ. »Wie? Wenn ... wenn Sie befürchtet haben, daß ich auch ... War es ... gewaltsam?«

»Ja, Mrs. Thorne, ich muß Ihnen leider sagen, daß sie ermordet wurde.«

»Du lieber Gott!« Sie schlug die Hände vors Gesicht und saß einige Sekunden regungslos da.

»Soll ich nach jemandem rufen?« bot er an.

Sie sah auf. »Was? Nein, nein danke. Meine arme Susannah. Wie ist das geschehen? Wo war sie denn, um Himmels willen, daß sie ... Wurde sie überfallen? Beraubt?«

»Das wissen wir noch nicht. Sie wurde am Themseufer gefunden.«

»Ist sie ertrunken?«

»Nein, sie wurde erwürgt, und zwar so gewaltsam, daß ihr möglicherweise das Genick gebrochen wurde. Wahrscheinlich ging alles sehr schnell. Es tut mir leid, Mrs. Thorne, doch da Mr. Chancellor meinte, sie wollte Sie gestern besuchen, muß ich Sie fragen, ob Sie Susannah gestern gesehen haben.«

»Nein. Wir haben zu Hause gegessen, aber Susannah war nicht da. Sie muß vorher überfallen worden sein ...« Sie seufzte, und der Schatten eines Lächelns, klein und traurig, umspielte ihre Lippen. »Das heißt natürlich, wenn sie vorhatte, zu uns zu kommen. Viellleicht ist sie woanders hingegangen. Es wäre unklug anzunehmen, sie wollte tatsächlich zu uns kommen. Aber ich glaube nicht, daß sie eine Verabredung mit einem Mann hatte. Sie liebte Linus viel zu sehr, als daß so etwas ... wahrscheinlich wäre.«

»Sie sagen nicht ›möglich‹, Mrs. Thorne?« fragte er sofort.

Sie stand auf und sah aus dem Fenster, den Rücken zu ihm gewandt. »Nein. Es gibt nicht viel, was unmöglich wäre, Oberinspektor. Das lernt man, wenn man älter wird. Beziehungen sind nicht immer so, wie man sie gerne hätte, und selbst wenn man jemanden liebt, verhält man sich nicht immer so, daß der andere einen versteht.«

»Meinen Sie das im allgemeinen, oder denken Sie dabei an Mrs. Chancellor?« fragte Pitt ruhig.

»Ich weiß es nicht genau. Aber Linus ist kein einfacher Mensch. Er ist klug, charmant, attraktiv, ehrgeizig und zweifellos sehr begabt. Aber ich habe mich oft gefragt, ob er sie so liebt wie sie ihn. Natürlich gibt es nicht viele Ehen, in denen sich beide Partner gleichermaßen lieben, außer im Märchen.« Sie kehrte ihm immer noch den Rücken zu, und ihre Stimme ließ vermuten, daß es ihr gleichgültig war, ob er sie verstand. »Nicht jeder kann gleich viel geben. Meistens muß einer der beiden sich auf einen Kompromiß einlassen und das, was ihm gegeben wird, annehmen, ohne bitter oder einsam zu werden. Das trifft besonders auf Frauen zu, die mit mächtigen und ehrgeizigen Männern verheiratet sind. Susannah war so klug, das zu verstehen, und ich glaube, auch so weise, sich nicht dagegen aufzulehnen und das aufs Spiel zu setzen, was ihre Ehe ihr bot ... Und ich glaube, das war sehr viel.«

»Aber Sie halten es nicht für unmöglich, daß sie Freundschaft oder Bewunderung bei einem anderen gefunden hat?«

»Nicht unmöglich, aber unwahrscheinlich.« Sie drehte sich zu ihm um. »Ich mochte Susannah sehr, Mr. Pitt. Sie war intelligent und mutig und sehr integer. Sie liebte ihren Mann, aber sie war durchaus fähig, unabhängig von ihm zu sprechen und zu handeln. Sie wurde nicht ... bevormundet. Sie hatte Esprit, Leidenschaft und Humor ...« Plötzlich füllten sich ihre Augen mit Tränen, die ihr über die Wangen liefen. Sie stand ganz still und weinte mit unbewegtem Gesicht, versunken in das unermeßliche Gefühl der Trauer.

»Es tut mir sehr leid«, sagte Pitt leise und ging zur Tür. In der Eingangshalle traf er auf Jeremiah Thorne, der ihn überrascht und etwas besorgt ansah.

»Was zum Teufel spielt sich hier ab?« fragte er.

»Mrs. Chancellor ist ermordet worden«, sagte Pitt ohne Einleitung. »Ich hatte Grund anzunehmen, daß auch Ihre Frau zu Schaden gekommen ist, und bin sehr erleichtert, daß ich sie wohlbehalten vorgefunden habe. Aber sie ist sehr aufgewühlt und braucht Trost. Mr. Chancellor wird heute nicht ins Kolonialministerium kommen.«

Thorne sah ihn an, ohne recht zu begreifen, was Pitt gesagt hatte.

»Es tut mir leid«, wiederholte Pitt.

»Susannah?« Thorne stand wie vom Donner gerührt. An der Echtheit seiner Reaktion bestand kein Zweifel. »Sind Sie sich sicher? Verzeihung, eine absurde Frage. Natürlich sind Sie es, sonst wären Sie wohl nicht gekommen. Aber wie? Warum? Was ist geschehen? Warum nur haben Sie gedacht, Christabel sei auch etwas zugestoßen?« Er sah Pitt durchdringend an, als würden in dessen Gesicht die Antworten zu lesen sein, bevor er sie formuliert hatte.

»Mr. Chancellor war der Ansicht, daß seine Frau gestern abend vorhatte, Mrs. Thorne zu besuchen«, gab Pitt zurück. »Doch allem Anschein nach kam sie nie hier an.«

»Nein. Nein, sie wurde nicht erwartet.«

»Das sagte Mrs. Thorne auch.«

»Lieber Gott, das ist ja entsetzlich! Arme Susannah. Sie war eine der liebreizendsten Frauen, die ich kannte – liebreizend im eigentlichen Sinn, Pitt. Ich meine nicht ihr Aussehen, sondern den Geist, der aus ihr leuchtete, die Leidenschaft und der Mut ..., das Herz. Verzeihen Sie. Kommen Sie später wieder, und stellen Sie die Fragen, die Sie stellen müssen, aber jetzt muß ich zu meiner Frau. Sie mochte Susannah sehr ...« Dann ging er unvermittelt in die Bibliothek und überließ es Pitt, den Weg nach draußen zu finden.

Es war noch zu früh, um von dem Gerichtsmediziner Neuigkeiten zu erwarten. Die Leiche hatte ihn wahrscheinlich gerade erst erreicht. Körperliche Spuren gab es nur wenige. Wie der Schiffer gesagt hatte, war es möglich, daß sie nach dem Höhepunkt der Flut zwischen halb drei und drei Uhr flußaufwärts ins Wasser geworfen und flußabwärts getrieben worden war. Umgekehrt konnte sie flußabwärts ins Wasser geworfen worden sein und war dann mit der Flut stromaufwärts getrieben und von der einsetzenden Ebbe angespült worden. Oder, und das war so wahrscheinlich wie die anderen beiden Möglichkeiten, sie war mehr oder weniger an derselben Stelle, wo man sie gefunden hatte, ins Wasser geworfen worden. Nach dem Tower lagen in Richtung Flußmündung noch Wapping, Rotherhithe, Limehouse, die Surrey Docks und die Isle of Dogs. Deptford und Greenwich waren zu weit entfernt für die kurze Zeitspanne des Gezeitenwechsels. Was um alles in der Welt hatte Susannah Chancellor in diesem Teil Londons zu suchen gehabt?

Oberhalb des Towers lagen Orte, die schon eher in Frage kamen: London Bridge, Blackfriars, Waterloo; selbst Westminster war nicht zu weit entfernt. Er dachte hier in Meilen. Doch wahrscheinlich war sie entweder von einer Brücke oder von einem Punkt am nördlichen Ufer ins Wasser geworfen worden, da sie auch am Nordufer angespült worden war.

Die dritte Möglichkeit, daß sie dort ins Wasser geworfen worden war, wo sie gefunden wurde, schien doch etwas unwahrscheinlich. Warum hätte sie sich dort aufhalten sollen? Auch in der unmittelbaren Gegend gab es dort außer dem Customs House Quay auf der einen Seite und den St. Catherine's Docks auf der anderen nichts. Als erstes mußte er herausfinden, um welche Zeit sie ihr Haus am Berkeley Square verlassen hatte und wie. Niemand hatte erwähnt, ob sie in einer ihrer eigenen Kutschen gefahren war. Vermutlich besaßen die Chancellors mindestens eine. Wohin hatte der Kutscher sie gebracht? War es denkbar, daß einer ihrer eigenen Hausangestellten sie umgebracht hatte? Das konnte er sich nicht vorstellen, aber er mußte alle diese Fragen abklären.

Er war bereits wieder auf dem Weg zurück zum Berkley Square, und nach wenigen Minuten hatte er die Nummer siebzehn erreicht. Diesmal ging er durch den Hof um das Haus herum, statt an der Haustür zu klingeln.

Der Stiefelknecht öffnete ihm mit bleichem, verängstigtem Gesicht.

»Heute kaufen wa nix«, sagte er tonlos. »'n andermal vielleich.« Er wollte die Tür schon schließen.

»Ich komme von der Polizei«, sagte Pitt in ruhigem Ton. »Ich muß hereinkommen. Du weißt ja, was geschehen ist. Ich muß herausbekommen, wer es getan hat, und deswegen mußt du mir alles sagen, was du weißt.«

»Ich weiß nix!«

»Weißt du auch nicht mehr, wann Mrs. Chancellor ausgegangen ist?«

»Wer ist da, Tommy?« rief eine Männerstimme aus dem Inneren.

»Die Polypen sin hier, George.«

Die Tür wurde weiter geöffnet, und ein Diener, der den rechten Arm in einer Schlinge trug, musterte Pitt mißtrauisch.

Pitt reichte ihm seine Karte.

»Kommen Sie herein«, sagte der Mann unwillig. »Allerdings weiß ich nicht, was wir Ihnen sagen können.«

Der Stiefelknecht trat zur Seite, um Pitt einzulassen. In der Spülküche lag Gemüse herum und im Spülstein standen Töpfe und Pfannen. In der Ecke hielt ein junges Dienstmädchen mit verweinten Augen eine Schürze zusammengeknäult in der Hand.

»Mr. Richards ist beschäftigt«, sagte der Mann und führte Pitt durch die Küche in den Anrichteraum des Butlers. »Und die Diener sind vorne. Die Zimmermädchen sind zu verstört, um an die Tür gehen zu können.«

Pitt hatte angenommen, daß der Mann ein Diener wäre, doch offenbar lag er damit falsch.

»Wer sind Sie?« fragte er.

»Der Kutscher, George Bragg.«

Pitt blickte auf den Arm in der Schlinge. »Wann haben Sie sich verletzt?«

»Gestern abend.« Er lächelte bitter. »Ist nur eine Verbrühung. Das wird schon wieder.«

»Dann haben Sie Mrs. Chancellor nicht gefahren, als sie ausging?«

»Nein, Sir. Sie hat eine Droschke genommen. Mr. Chancellor ist mit ihr hinausgegangen, um eine zu suchen. Sie wollte den ganzen Abend fortbleiben, und Mr. Chancellor wollte später selber mit der Kutsche wegfahren.«

»Es gibt nur eine Kutsche?« fragte Pitt überrascht. Kutschen, Pferde und ihr Geschirr sowie Livreen waren Zeichen von sozialem Status. Die meisten Leute leisteten sich soviel davon und von so ausgesuchter Qualität, wie es ihre Mittel gestatteten. Manche verschuldeten sich sogar, um den Unterhalt zu gewährleisten.

»O nein, Sir«, sagte Bragg hastig. »Aber Mrs. Chancellor hatte nicht beabsichtigt auszugehen, deswegen war die große Kutsche nicht angespannt, und Mr. Chancellor brauchte den Einspänner später selber. Sie wollte nicht weit weg. Am Tage wäre sie sicher zu Fuß gegangen.«

»Es war also schon dunkel, als sie ging?«

»Ja, Sir. So ungefähr halb zehn, würde ich sagen. Und es sah nach Regen aus. Aber Lily hat sie gesehen, wie sie ging. Sie könnte es Ihnen genauer sagen. Aber nur, wenn sie sich zusammenreißen kann. Sie mochte Mrs. Chancellor sehr und ist ganz aufgelöst.«

»Wenn Sie sie suchen würden, bitte«, sagte Pitt.

George ließ Pitt allein, um Lily zu suchen, und kam erst nach einer Viertelstunde mit einem Mädchen von ungefähr achtzehn Jahren zurück, deren rotes Gesicht und verquollene Augen deutlich zeigten, wie betroffen sie war.

»Guten Morgen, Lily«, sagte Pitt ruhig. »Setz dich doch bitte.«

Lily war es nicht gewöhnt, in der Gegenwart von Bessergestellten zum Sitzen aufgefordert zu werden, so daß sie die Bitte nicht verstand.

»Setz dich, Lily.« George schob sie mit sanftem Griff auf einen Stuhl.

»George hat gesagt, du hast gestern abend gesehen, wie Mrs. Chancellor das Haus verließ«, hob Pitt an. »Stimmt das?«

»Ja, Sir.« Sie zog die Nase hoch.

»Weißt du, um wieviel Uhr das war?«

»Ungefähr um halb zehn, Sir. Ich weiß es nicht genau.«

»Erzähl mir, wie das war.«

»Ich war oben an der Treppe, weil ich die Betten zurückgeschlagen hatte, und da hab ich die Missus gesehen, wie sie zur Tür ging.« Sie schluckte. »Sie hatte ihren blauen Paletot an, den sie so mag. Ich hab gesehen, wie sie zur Tür rausgegangen ist. So war es wirklich, ich schwör's.« Sie fing wieder an zu weinen, leise und erstaunlich würdevoll.

»Und du schlägst normalerweise um halb zehn die Betten zurück?«

»Ja, ja ..., Sir.«

»Danke. Mehr will ich gar nicht von dir wissen. Oh – vielleicht noch eins. Mrs. Chancellor hast du gesehen. Hast du auch Mr. Chancellor gesehen?«

»Nein, Sir. Der war wohl schon rausgegangen.«

»Gut. Danke schön.«

Mit Georges Unterstützung erhob sie sich und ging. Die Tür schloß sie hinter sich.

»Möchten Sie noch jemanden befragen, Sir?« fragte der Kutscher.

»Sie haben gesagt, Mr. Chancellor sei später ausgegangen?«

»Jawohl, Sir.«

»Aber Sie haben ihn nicht gefahren?« Pitt warf einen Blick auf den Arm in der Schlinge.

»Nein, Sir. Ich habe mich, kurz bevor er wegging, verletzt, also genau davor. Mr. Chancellor ist selbst gefahren. Er ist ganz geschickt mit einem leichten Gefährt. Den Einspänner kann er ohne weiteres fahren. Und natürlich hatte er vorher Bescheid gegeben, und es war angespannt.«

»Gut. Danke. Wissen Sie, wann er zurückkam?«

»Nein, Sir. Aber es wird oft spät. Kabinettssitzungen dauern manchmal die halbe Nacht, wenn die Regierung in Schwierigkeiten ist ..., und wann ist sie das nicht?«

»Das stimmt. Danke. Ich glaube, ich habe keine weiteren Fragen, wenigstens nicht jetzt. Es sei denn, Sie können mir noch etwas sagen, was uns weiterbringt?«

»Nein, Sir. Ich habe nie etwas so Entsetzliches erlebt. Ich weiß nicht, was da passiert ist.« Er sah traurig und verwirrt aus.

Pitt verließ das Haus. Sein Kopf war voller Zweifel und häßlicher Spekulationen. Den Weg zurück zur Bruton Street legte er tief in Gedanken zurück. Susannah hatte ihrem Mann gesagt, sie wolle zu Christabel Thorne gehen, doch anscheinend stimmte das nicht. Außer sie war irgendwo auf der Mount Street überfallen worden, zehn Minuten, nachdem sie das Haus verlassen hatte?

Doch warum sollte sie lügen, es sei denn, es war etwas, das sie ihrem Mann verheimlichen wollte? Wohin konnte sie gegangen sein, und mit wem, ohne ihren Mann darüber in Kenntnis setzen zu wollen? War es möglich, daß sie den Verräter im Kolonialministerium kannte? Oder daß sie einen Verdacht hatte? War es denkbar, daß sie selbst die Informationen an sich genommen hatte, ohne daß Chancellor es gemerkt hatte? Nahm er Unterlagen mit nach Hause, und sie hatte sie gesehen? Oder besprach er die Dinge mit ihr, da ihre Familie eine so wichtige Rolle bei der Finanzierung spielte? War sie womöglich auf dem Weg zur Deutschen Botschaft gewesen? Wer hatte sie dann aufgehalten? Wer hatte sie zwischen Berkeley Square und Upper Brook Street abgefangen, zum Themseufer geschleppt und getötet? Der Täter mußte ihr aufgelauert haben, wenn es sich so abgespielt hatte.

Oder gab es eine viel einfachere und normalere Erklärung, nämlich daß sie eine Verabredung mit einem Mann hatte? Christabel hatte ihre Zweifel daran geäußert, aber es nicht für unmöglich gehalten. War es das, was sich zwischen Susannah und Kreisler abspielte, und die Diskussionen über Afrika waren nur zweitrangig oder gänzlich bedeutungslos? Waren es solche Emotionen, die Schuldgefühle in ihr geweckt hatten? Und warum war der Droschkenfahrer nicht zur Polizei gegangen? Sicherlich würde er es noch tun, wenn erst einmal die Entdeckung der Leiche bekannt wurde, nachdem die Zeitungen an die Stände kamen. Die Meldung müßte bereits in den Redaktionen angekommen sein, und mittags würden die Zeitungsjungen die Nachricht ausrufen.

Es war ein freundlicher Tag. Die Leute lächelten im Sonnenschein, Frauen gingen in Musselin- und Spitzenkleidern und spannten die Sonnenschirme auf, das Zaumzeug der Kutschen glänzte, doch er nahm nichts davon wahr, als er mit gesenktem Kopf den Weg zur Oxford Street einschlug.

Bestand die Möglichkeit einer Verbindung zum Inneren Kreis? Sie hatte Sir Arthur gekannt und offenbar sehr gemocht. Hatte sie vielleicht etwas über seinen Tod gewußt? War das Geheimnis, das sie belastete, ein schrecklicher Verdacht, der sich erhärtet hatte?

Wenn dem so war, gegen wen richtete er sich? Nicht gegen Chancellor. Pitt würde jederzeit schwören, daß Chancellor kein Mitglied war. Wie war es mit Thorne? Susannah und Christabel waren eng befreundet. Susannah müßte das Gefühl gehabt haben, ihre Freundschaft zu mißbrauchen, doch gleichzeitig würde sie angesichts eines Mordes nicht schweigen können. Kein Wunder, daß Charlotte gesagt hatte, Susannah wirke zermürbt.

Zwei junge Frauen gingen an ihm vorbei, ihre Röcke streiften seine Beine. Sie waren wie aus einer anderen Welt.

Wußte Christabel etwas davon? Oder war es die Wahrheit, als sie sagte, Susannah sei nicht bei ihnen gewesen? Vielleicht war ihr nicht bewußt, daß ihr Mann eine Freundin umbringen konnte, um sie daran zu hindern, die Machenschaften des Kreises zu entlarven. Wie würde sie es ertragen, wenn sie die Wahrheit erführe?

War auch Jeremiah Thorne in gewisser Weise ein Opfer des Inneren Kreises, zerstört von einem Treueschwur, den er in Unwissenheit, vielleicht sogar Unschuld, geleistet hatte? Ein Mann, der sich selbst nicht treu bleiben konnte, weil er zuviel zu verlieren hatte..., aber was? Seine Position, seinen sozialen Status, sein Vermögen, sein Leben?

In der Oxford Street hielt er eine Droschke an und gab dem Fahrer die Adresse seiner Wache. Der Gerichtsmediziner hatte vielleicht einen vorläufigen Bericht mit der vermutlichen Todeszeit abgeliefert; außerdem sollte er zu Farnsworth gehen.

Auf der Fahrt überlegte er sich, was als nächstes zu tun sei. Es würde nicht leicht werden. Die Ermittlungen im Zusammenhang mit dem Tod der Frau eines Regierungsministers, der auch noch besonders beliebt war, waren eine sehr delikate Angelegenheit. Die Leute würden ihre eigenen Theorien aufstellen über das, was geschehen war. Sie hatten ihre festgeformten Ansichten, die sie nicht leicht aufgaben. Gefühle würden hohe Wellen schlagen. Und er stünde in der Schußlinie und müßte als Zielscheibe für ihre Trauer und ihren Zorn herhalten. Wenn die Frau eines Regierungsministers in einer aus Mayfair kommenden Droschke ermordet werden konnte, wer war dann noch sicher?

Als er in der Bow Street ausstieg, wurde die zweite Ausgabe der Morgenzeitungen gerade an die Stände gebracht, und ein Zeitungsjunge rief die Nachricht mit klarer, durchdringender Stimme aus.

»Sonderblatt! Schrecklicher Mordfall! Frau eines Ministers! Linus Chancellors Frau tot beim Tower! Extrablatt! Extrablatt!« Er senkte die Stimme. »He, Mr. Pitt. Woll'n Se 'ne Zeitung? Steht alles drin!«

»Nein, danke«, lehnte Pitt ab. »Wenn ich es nicht schon selbst weiß, ist es erlogen.« Der Junge kicherte, und Pitt ging die Stufen zur Wache hinauf.

Farnsworth war schon da; sein Gesicht war angespannt, seine Kleidung weniger sorgfältig als sonst. Er kam gerade herunter, als Pitt im Begriff war, nach oben zu gehen.

»Ah, da sind Sie ja«, sagte Farnsworth sofort. »Ich habe schon auf Sie gewartet. Mein Gott, das ist ja schrecklich!« Er biß sich auf die Lippen. »Der arme Chancellor. Der beste Minister für koloniale Angelegenheiten, den wir seit Jahren haben. Vielleicht sogar zukünftiger Premierminister – und jetzt das. Was haben Sie erfahren?« Er drehte sich um und ging die Treppe wieder hinauf zu Pitts Büro.

Pitt folgte ihm und schloß die Tür, bevor er die Frage beantwortete.

»Sie ist gestern abend um halb zehn von zu Hause weggegangen. Chancellor hat das Haus mit ihr verlassen, aber nur um eine Droschke für sie zu holen. Angeblich hat sie gesagt, sie würde zu Christabel Thorne in der Upper Brook Street gehen, ein Weg von höchstens fünfzehn Minuten. Aber Mrs. Thorne gibt an, daß sie nie dort angekommen ist und auch nicht erwartet wurde.«

»Das ist alles?« fragte Farnsworth finster. Er stand mit dem Rücken zum Fenster, dennoch war sein Ausdruck deutlich erkennbar und bestand aus einer Mischung von Schock und haltloser Verzweiflung.

»Bisher ja«, erwiderte Pitt. »Ach, und sie trug einen blauen Paletot, als sie das Haus verließ. So sagt das Mädchen, das sie weggehen sah, aber sie hatte ihn nicht mehr an, als sie gefunden wurde. Möglicherweise ist der immer noch im Wasser. Wenn er an anderer Stelle gefunden wird, könnte das Aufschluß darüber geben, wo sie in den Fluß geworfen wurde.«

Farnsworth dachte einen Moment nach. Er wollte etwas sagen, doch vielleicht wußte er bereits die Antwort und grunzte einfach nur. »Je nach den Gezeiten wird man den Ort nicht genau feststellen können, richtig?«

»Ja, aber nach dem, was der Schiffer gesagt hat, kommen sie relativ häufig dort wieder an die Oberfläche, wo sie hineingeworfen wurden.«

Farnsworth machte ein angewidertes Gesicht.

»Vielleicht hilft uns der Todeszeitpunkt da weiter«, fuhr Pitt fort. »Wenn er früh liegt, muß es lange vor dem Gezeitenwechsel gewesen sein.«

»Wann war der?«

»Ungefähr halb drei.«

»Was für eine entsetzliche Sache! Vermutlich haben Sie keine Ahnung, was als Motiv in Frage kommt? Wurde sie beraubt ... oder ...« Sein Gesicht drückte Abscheu aus, doch er sprach den zweiten Gedanken nicht aus.

Daran hatte Pitt noch gar nicht gedacht. Seine Überlegungen kreisten um Verrat und den ungeklärten Mord an Arthur Desmond.

»Ich weiß es nicht, Sir«, gab er zu. »Der Gerichtsmediziner wird uns dazu etwas sagen können. Ich habe seinen Bericht noch nicht. Dazu ist es noch zu früh.«

»Raubmord?« Farnsworth sah ihn erwartungsvoll an.

»Auch das weiß ich nicht. Sie hatte ein Medaillon um den Hals, als sie gefunden wurde. Daher wußte man, wer sie ist. Ich habe Chancellor nicht gefragt, ob sie andere Wertsachen bei sich trug.«

Farnsworth legte die Stirn in Falten. »Vielleicht besser so. Der arme Mann. Er muß am Boden zerstört sein. Eine schreckliche Angelegenheit, Pitt! Es ist unbedingt notwendig, daß wir sie so schnell wie möglich aufklären.« Er kam vom Fenster weg in den Raum. »Sie sollten die Sache mit dem Kolonialministerium Tellman überlassen. Konzentrieren Sie sich hierauf. Es ist entsetzlich ... einfach entsetzlich. Ich kann mich an keinen Fall erinnern, der so ... so furchtbar war, seit ...« Er brach ab.

Pitt hätte sagen können: Herbst achtundachtzig und die Morde von Whitechapel, aber wozu? Man konnte zwei Schrecken nicht miteinander vergleichen.

»Es sei denn, es besteht eine Verbindung«, sagte er statt dessen.

Farnsworth riß den Kopf hoch. »Was?«

»Es sei denn, es besteht eine Verbindung zwischen dem Tod von Mrs. Chancellor und dem Verrat im Kolonialministerium«, präzisierte er.

Farnsworth sah ihn an, als hätte Pitt eine gotteslästerliche Äußerung gemacht.

»Es ist nicht unmöglich«, sagte Pitt leise und sah ihm in die Augen. »Vielleicht hat sie zufälligerweise etwas entdeckt, ohne sich schuldig gemacht zu haben.«

Farnsworth entspannte sich.

»Möglicherweise ist sie auch involviert«, fügte Pitt hinzu.

»Ich hoffe, Sie sind klug genug, diesen Gedanken nirgendwo zu äußern, außer hier«, sagte Farnsworth langsam. »Auch keine Andeutung, daß Sie diesen Gedanken haben.«

»Keine Frage.«

»Ich vertraue darauf, daß Sie die Sache aufklären, Pitt.« Das war gewissermaßen eine Frage, und Farnsworth sah Pitt bittend an. »Ich kann Ihre Methoden nicht immer gutheißen und teile auch nicht unbedingt Ihr Urteil, aber Sie haben im Laufe der Zeit einige der schwierigsten Fälle in London gelöst. Lassen Sie hier nichts unversucht. Denken Sie an nichts anderes, bis die Sache aufgeklärt ist ... Sie verstehen mich?«

»Selbstverständlich.« Er hätte auch ohne Farnsworths eindringlichen Auftrag nichts anderes getan, und vielleicht wußte Farnsworth das auch.

Ihr Gespräch wurde durch ein Klopfen an der Tür unterbrochen, und ein Wachtmeister steckte den Kopf herein.

»Ja?« fragte Farnsworth knapp.

Der Wachtmeister sah ihn verlegen an. »Eine Dame möchte Mr. Pitt sprechen, Sir.«

»Sagen Sie ihr, sie soll warten!« schnaubte Farnsworth. »Pitt hat zu tun.«

»Aber Sir, ich meine – ich meine, eine richtige Dame.« Er rührte sich nicht von der Stelle. »Ich trau mich nicht, ihr das zu sagen, Sir. Sie sollten sie sehen!«

»Herrgottnochmal, Mann! Fürchten Sie sich vor einer Frau, bloß weil sie sich aufspielt?« brüllte Farnsworth. »Sagen Sie ihr, sie soll gefälligst warten.«

»Aber Sir ...« Weiter kam er nicht. Eine herrische Stimme hinter ihm machte seiner Verlegenheit ein Ende.

»Danke, Wachtmeister. Wenn dies das Büro von Mr. Pitt ist, sage ich ihm selbst, daß ich hier bin.« In dem Moment wurde die Tür aufgestoßen, und Tante Vespasia maß Farnsworth mit funkelnden Augen. Sie sah großartig aus in einem Kleid aus naturfarbener Spitze und Seide und einer mehrreihigen Perlenkette, die ein Vermögen wert war. »Ich glaube nicht, daß wir uns schon kennen, Sir«, sagte sie kühl. »Ich bin Lady Vespasia Cumming-Gould.«

Farnsworth atmete tief ein; vor Überraschung verschluckte er sich und wurde von einem Hustenanfall geschüttelt.

Vespasia wartete.

»Der stellvertretende Polizeipräsident Farnsworth«, sagte Pitt an seiner Stelle und versuchte mit Mühe, sein Erstaunen sowie seine Erheiterung zu verbergen.

»Erfreut, Sie kennenzulernen, Mr. Farnsworth.« Vespasia rauschte an ihm vorbei und ließ sich auf dem Stuhl vor Pitts Schreibtisch nieder. Sie stellte den Sonnenschirm auf den Teppich und wartete, daß Farnsworth sich erholte oder sich zurückzog, oder besser noch beides.

»Wolltest du mit mir sprechen, Tante Vespasia?« fragte Pitt sie.

Sie musterte ihn kühl. »Selbstverständlich. Wieso sollte ich sonst an diesen düsteren Ort kommen? Ich besuche Polizeiwachen nicht zu meinem Vergnügen, Thomas.«

Farnsworth war immer noch nicht wieder zu Atem gekommen, Tränen rannen ihm die Wangen hinunter.

»Wie kann ich dir behilflich sein?« fragte Pitt Vespasia und setzte sich hinter den Schreibtisch, den er von Micah Drummond übernommen hatte, einen wunderschönen Eichentisch mit einer Schreibeinlage aus grünem Leder. Pitt war sehr stolz darauf, ihn geerbt zu haben.

»Gar nicht«, antwortete sie, und das Glitzern in ihren Augen wurde ein wenig milder. »Ich bin gekommen, um dir zu helfen, oder wenigstens, um dir Informationen zu geben, egal ob sie hilfreich sind oder nicht.«

Farnsworths Hustenanfall dauerte an. Er hielt sich sein Taschentuch vor das rot angelaufene Gesicht.

»In welcher Angelegenheit?« fragte Pitt.

»Hilf doch dem armen Mann, bevor er erstickt!« befahl sie. »Kannst du ihm nicht einen Brandy oder wenigstens ein Glas Wasser geben?«

»Im Eckschrank ist eine Flasche Cider«, sagte Pitt.

Farnsworth zog eine Grimasse. Micah Drummond hätte Brandy gehabt. Pitt konnte sich keinen leisten und mochte ihn überdies nicht.

»Wenn… Sie mich… entschuldigen würden«, brachte Farnsworth zwischen Hustenanfällen heraus.

»Aber natürlich.« Vespasia neigte ihren Kopf verständnisvoll, und sobald Farnsworth gegangen war, sagte sie zu Pitt: »Bezüglich des Mordes an Susannah Chancellor. Kannst du etwa an anderes denken?«

»Nein. Ich wußte nur nicht, daß du davon gehört hast.«

Darauf ging sie gar nicht ein. »Ich habe sie vorgestern abend gesehen«, sagte sie ernst. »Ich konnte ihr Gespräch nicht hören, aber ich habe sie beobachtet, und es ist mir nicht entgangen, daß es tiefe Gefühle in ihr aufwühlte.«

»Mit wem sprach sie?«

Sie sah ihn an, als wüßte sie genau, was er befürchtete. Ihr Gesicht drückte tiefen Kummer aus.

»Peter Kreisler«, sagte sie.

»Wo war das?«

»Im Haus von Lady Rattray am Eaton Square, bei einer musikalischen Soiree. Es waren ungefähr fünfzig oder sechzig Menschen da, nicht mehr.«

»Und du hast Kreisler und Mrs. Chancellor beobachtet?« hakte er nach; ein intensives Gefühl der Enttäuschung stieg in ihm auf. »Kannst du mir die Begegnung so präzise wie möglich beschreiben?«

Ein Anflug von Verärgerung huschte über ihr Gesicht. »Ich weiß sehr wohl, daß dies ein ernster Fall ist, Thomas, und werde nichts ausschmücken. Ich stand drei bis vier Meter von ihr entfernt und hörte einer sehr langweiligen Bekannten zu, die über ihre Wehwehchen sprach. Sehr geschmacklos, so etwas. Keiner möchte die Einzelheiten der Krankheit eines anderen erfahren. Zunächst habe ich Mrs. Chancellor beobachtet. Sie sprach sehr eindringlich mit jemandem, dessen Gesicht zum größten Teil von einer sehr ausladenden Topfpalme verdeckt wurde. Man kam sich im ganzen Haus wie in einem Dschungel vor. Ich war ständig auf der Hut vor Insekten, die ich schon aus den Pflanzen in meinen Ausschnitt fallen sah. Die jungen Damen mit den tiefen Dekolletés habe ich zutiefst bedauert.« Sie zuckte mit den Achseln.

Pitt konnte sich die Szene lebhaft vorstellen, aber dies war nicht der Zeitpunkt, darauf einzugehen.

»Sie sah sehr besorgt aus, fast gequält«, fuhr Vespasia fort. »Es war deutlich, daß es beinahe zum Streit kam. Ich habe meinen Standort etwas verändert, um zu erkennen, mit wem sie sprach. Er schien um ihre Zustimmung zu werben, war aber gleichzeitig fest entschlossen, keinen Zoll von seiner Meinung abzuweichen. Dann nahm das Gespräch eine andere Wendung, und sie war nun diejenige, die bittend zu ihm sprach. Es kam mir vor, als sei sie der Verzweiflung nahe. Doch nach seinem Gesichtsausdruck zu urteilen, ließ er sich nicht überzeugen. Nach ungefähr einer Viertelstunde trennten sie sich. Er sah sehr zufrieden mit sich aus, als sei das Gespräch erfolgreich für ihn verlaufen, während sie ganz aufgewühlt schien.«

»Aber du weißt nicht, worum es in dem Gespräch ging?« fragte er, obwohl er die Antwort kannte.

»Überhaupt nicht, und ich werde mich keinen Spekulationen hingeben.«

»War das das letzte Mal, daß du Mrs. Chancellor gesehen hast?«

»Ja, und auch das letzte Mal, daß ich Mr. Kreisler gesehen habe.« Vespasia sah sehr unglücklich aus, und ihre Betroffenheit machte ihm Kummer.

»Was befürchtest du?« fragte er ganz direkt. Sie war kein Mensch, bei dem man mit Raffinesse oder Ausweichmanövern Erfolg hatte. Außerdem konnte sie ihn zu gut durchschauen.

»Ich fürchte, daß Mr. Kreislers Liebe für Afrika und sein Streben, das Beste für Afrika zu erreichen, alle anderen Überlegungen und auch alle Loyalitäten in den Hintergrund rücken lassen«, gab sie zurück. »Es ist eine Eigenschaft, unter der auch Nobby Gunne leiden wird. Ich habe einige Männer in meinem Leben gekannt, die in der Hingabe an eine Sache das edlere und höhere Ideal sahen und damit jedes Verhalten einem einzelnen Menschen gegenüber vor sich selbst rechtfertigen konnten.« Sie seufzte und sah zu, wie ihr Sonnenschirm seitlich gegen ihr Kleid fiel.

»Sie alle hatten eine besondere Lebendigkeit und einen Charme, der dem Feuer und der Unerschrockenheit ihres Wesens entsprang. Und sie hatten die Fähigkeit, einem Menschen für kurze Zeit das Gefühl zu geben, daß der Wagemut ihres Geistes für den anderen erreichbar und für die Liebe empfänglich sei. Aber jedesmal mußte ich feststellen, daß in ihrem Kern eine Kälte war, eine Besessenheit, die sich aus sich selbst nährte und Opfer ohne Gegenleistung verschlang. Das ist es, was ich befürchte, Thomas – nicht für mich, sondern für Nobby. Sie ist ein guter Mensch, und ich mag sie sehr gern.«

Es gab keine Erwiderung, keine ehrlichen Gegenargumente. »Ich hoffe, du irrst.« Er lächelte leicht. »Aber danke, daß du gekommen bist und mir berichtet hast.« Er bot ihr die Hand, doch sie erhob sich, ohne sie anzunehmen. Aufrecht und erhobenen Hauptes ging sie zur Tür, die er ihr aufhielt. Er geleitete sie die Treppe hinunter und auf die Straße, wo er ihr in die wartende Kutsche half.

»Bevor sie ins Wasser geworfen wurde, ohne Zweifel«, sagte der Gerichtsmediziner, schob die Unterlippe vor und atmete tief ein. Er sah Pitt an, gefaßt auf eine kritische Bemerkung. Er hatte ein langes Gesicht und war von hagerer Gestalt; seinen Beruf mitsamt den tragischen Aspekten nahm er ernst. »Eins muß man dem Hund ja zugute halten, der sie umgebracht hat: Er war schnell. Hat ihr ein, zwei Schläge versetzt, mit aller Wucht.«

»Das habe ich nicht gesehen«, sagte Pitt.

»Konnten Sie auch nicht. War seitlich am Kopf, von den Haaren so gut wie verdeckt. Dann hat er sie so heftig gewürgt, daß er ihr den Wirbel« –, er legte die Hand auf die Stelle in seinem Nacken, »gebrochen hat. Sie war auf der Stelle tot. Wahrscheinlich hat sie nur den ersten Schlag mitbekommen und ein Würgegefühl gespürt, dann war's vorbei. Sie wurde also nicht erwürgt.«

Pitt sah ihn erschaudernd an. »Also sehr gewaltsam?«

»Sehr. Entweder wollte er sie umbringen, oder er war so außer sich, daß er nicht merkte, welche Kräfte er entwickelte. Sie suchen da nach einem äußerst gefährlichen Mann, Pitt. Er ist entweder ganz und gar gnadenlos und tötet, um sein Opfer auszurauben, auch wenn das nicht nötig wäre – er hätte sie auch wehrlos machen können, ohne ihr das anzutun –, oder in ihm wohnt ein abgrundtiefer Haß, der sich in einer Art Wahnsinn Bahn bricht.«

»Wurde sie … mißhandelt?«

»Gütiger Himmel, natürlich wurde sie mißhandelt! Wie soll man das sonst nennen?« Mit einer heftigen Kopfbewegung deutete er auf die Leiche auf dem Tisch, die jetzt wieder mit einem Tuch bedeckt war. »Wenn Sie meinen, ob sie vergewaltigt wurde, dann reden Sie nicht um den heißen Brei herum. Gott, wie ich diese beschönigende Sprache hasse! Geben Sie einem Verbrechen seinen richtigen Namen, und seien Sie dem Opfer gegenüber ehrlich. Nein, sie wurde nicht vergewaltigt.«

Pitt seufzte erleichtert. Das hatte ihm mehr am Herzen gelegen, als er zugeben wollte. Die Verspannung in seinen Schultern ließ etwas nach, und der Schmerz in seinem Inneren beruhigte sich.

»Wann ist sie gestorben? Können Sie etwas über den Zeitpunkt sagen?« fragte er.

»Nicht so exakt, daß es Ihnen weiterhilft«, sagte der Gerichtsmediziner mit einem Schnauben. »Irgendwann zwischen acht und Mitternacht. Daß sie im Wasser gelegen hat, macht es nur schwieriger. Das Wasser ist kalt, auch um diese Jahreszeit. Bringt die Leichenstarre ganz durcheinander. Bringt alles durcheinander! Wo wir schon vom Durcheinander sprechen …« Er zog die Stirn kraus und sah Pitt mit einem fragenden Ausdruck an. »Auf ihrem Körper habe ich ein paar seltsame Flecken gefunden, nicht sehr deutlich, im Schulterbereich. Oder, genauer gesagt, unter den Armen und am oberen Rücken. Sie muß im Wasser herumgeschleift worden sein. Vielleicht hatten sich ihre Kleider verfangen, und sie wurde gezerrt. Wann wurde sie gefunden?«

»Gegen halb vier.«

»Und wann wurde sie zuletzt lebend gesehen?«

»Halb zehn.«

»Da haben Sie es ja. Mehr, als Sie sich ausrechnen können, kann ich Ihnen auch nicht sagen. Sie müssen einen sehr gefährlichen Mann ausfindig machen, und dabei wünsche ich Ihnen viel Glück. Das werden Sie brauchen. Hübsche Frau. Sehr bedauerlich.« Damit wandte er sich einer zweiten Leiche zu, die er noch zu untersuchen hatte.

»Können Sie mir sagen, wie lange sie im Wasser war?« fragte Pitt.

»Auch nicht genauer, als Sie schon wissen. Ich würde sagen, mehr als eine halbe Stunde und weniger als drei Stunden. Tut mir leid.«

»Wurde sie mit den Händen umgebracht?«

»Wie? O ja. Er hat sie mit den bloßen Händen umgebracht, es sind keine Striemen zu sehen, nur Fingerabdrücke auf ihrem Hals. Wie ich schon sagte, ein sehr kräftiger Mann oder einer, der von einer unbändigen Leidenschaft getrieben wurde, wie ich sie nie erleben möchte. Ich beneide Sie nicht um Ihre Arbeit, Pitt.«

»Und ich Sie nicht um Ihre«, gab Pitt aufrichtig zurück.

Der Gerichtsmediziner lachte auf, aber es klang eher wie ein Kläffen. »Wenn ich sie sehe, ist schon alles vorbei. Keine Schmerzen, keine Gewalt mehr, keine Haßgefühle, nur noch Ruhe und ein langes Schweigen. Der Rest liegt in Gottes Hand ..., wenn es Ihm wichtig ist.«

»Mir ist es wichtig«, sagte Pitt mit zusammengepreßten Zähnen. »Und Gott muß besser sein als ich.«

Der Gerichtsmediziner lachte erneut, und diesmal klang es etwas weicher, aber er sagte nichts.

Es ging um einen langen Zeitraum, von halb zehn bis Mitternacht. Nicht viele Menschen konnten eindeutig belegen, wo sie sich in dieser Zeit aufgehalten hatten. Pitt setzte zwei seiner Männer ein, die mit anderen Ermittlungsarbeiten beschäftigt gewesen waren, und überließ Tellman die Angelegenheit mit dem Kolonialministerium. Auch er selbst übernahm Befragungen und Überprüfungen, fand aber keine Hinweise, die ihn weiterführten.

Linus Chancellor sagte, er sei ausgegangen und habe die Kutsche selbst gefahren, da sich sein Kutscher kurz zuvor verletzt hatte. Er wollte Garston Aylmer eine Sendung mit wichtigen Papieren überbringen, doch traf er diesen nicht an. Chancellor war darüber verärgert und übergab die Sendung Aylmers Diener, der bestätigte, daß Chancellor kurz vor elf dort gewesen war.

Chancellors Bedienstete hatten ihn nicht zurückkommen hören, aber er hatte ihnen Anweisungen gegeben, nicht auf ihn zu warten.

Susannahs Kammerzofe hatte auf ihre Rückkehr gewartet, wie es ihre Pflicht war, um ihr beim Auskleiden zu helfen und die Kleider aufzuhängen. Gegen halb vier war sie auf ihrem Stuhl eingeschlafen, und erst am Morgen wurde ihr bewußt, daß Susannah nicht zurückgekommen war. Sie weigerte sich aber, mehr darüber zu sagen oder zu erklären, warum sie nicht früher Alarm geschlagen hatte.

Pitt erkannte, daß sie angenommen hatte, ihre Herrin sei zu einem Stelldichein gegangen, und auch wenn sie damit nicht einverstanden war, verlangte ihre Auffassung von Loyalität, daß sie Susannah schützte. Obwohl Pitt und der Butler sie eindringlich befragten, blieb sie bei ihrer Aussage.

Pitt suchte Kreisler auf, um ihn zu fragen, wo er sich an dem Abend aufgehalten habe, doch als er bei dessen Wohnung ankam, wurde ihm mitgeteilt, daß er ausgegangen war und nicht so bald zurückerwartet wurde. Pitt mußte also auf diese Antwort warten.

Aylmer gab an, unter freiem Himmel Sterne beobachtet zu haben. Er war ein begeisterter Hobby-Astronom. Keiner konnte seine Aussage bestätigen. Diese Freizeitbeschäftigung hatte nur wenige Anhänger, und man konnte ihr sehr gut allein nachgehen. Er sei mit einem kleinen Teleskop und einem Dreifuß auf dem Herne Hill, abseits der Lichter der Stadt, gewesen. Er war in seinem Einspänner gefahren, den er für diesen Zweck besaß, und niemandem begegnet, den er kannte. Wenn die Geschichte stimmte, würde man auch nichts anderes erwarten. Die allerwenigsten Mitarbeiter des Kolonial- oder Außenministeriums trieben sich wahrscheinlich mitten in der Nacht auf dem Herne Hill herum.

Jeremiah und Christabel Thorne hatten den Abend zu Hause verbracht. Sie war früh zu Bett gegangen; er war bis nach Mitternacht aufgeblieben und hatte Akten studiert. Die Bediensteten konnten das bestätigen. Sie bestätigten auch, daß keiner von ihnen es bemerkt hätte, wenn entweder Mr. oder Mrs. Thorne das Haus durch die Tür vom Eßzimmer zum Garten verlassen hätte, da sie sich nach dem Abendessen in die Dienstbotenräume hinter der mit grünem Filz beschlagenen Tür zurückgezogen hatten. Weder mußte Kohle in den Kaminen nachgelegt, noch mußten Gäste empfangen oder hinausgeführt werden, und Mr. Thorne hatte gesagt, er würde die Vorhänge zuziehen und sich versichern, daß alles verriegelt war.

Ian Hathaway hatte in seinem Club gespeist und war gegen halb zwölf dort aufgebrochen. Er sagte, er sei direkt nach Hause gegangen, doch da er allein lebte und keiner der Dienstboten auf ihn gewartet hatte, konnte auch keiner Zeugnis für ihn ablegen. Er hätte genausogut wieder fortgehen können, wenn er das vorgehabt hatte.

Im Zuge der Ermittlungen war auch Francis Standish, Susannahs Schwager, von ihrem Tod informiert worden und nach seinem Aufenthaltsort an diesem Abend befragt worden. Er hatte geantwortet, daß er früh nach Hause gekommen sei, sich umgezogen habe und dann allein ins Theater gegangen sei. Nein, keiner könne das für ihn bestätigen.

Was hatte er sich angesehen?

Esther Sandraz. Er konnte den Inhalt des Stückes grob zusammenfassen, doch das bedeutete nichts, er hätte dies auch einer Besprechung in der Zeitung entnehmen können.

Natürlich wurde alles unternommen, um den Droschkenfahrer ausfindig zu machen, bei dem Susannah Chancellor am Berkeley Square eingestiegen war. Er war der einzige, der etwas über ihren Verbleib wußte von dem Zeitpunkt an, da sie das Haus verlassen hatte, bis zu dem Moment, da sie auf ihren Mörder traf.

Der Wachtmeister, der von Pitt mit der Suche beauftragt worden war, verbrachte den ganzen Nachmittag und Abend mit der Suche, ohne jeden Erfolg. Am Tag darauf zog Pitt Tellman von der Angelegenheit im Kolonialministerium ab und beauftragte ihn mit der Suche. Der war ebenso erfolglos.

»Vielleicht war es keine echte Droschke?« mutmaßte Tellman säuerlich. »Vielleicht war es der Mörder, der sich als Droschkenfahrer ausgegeben hat?«

Der Gedanke war Pitt auch schon gekommen. »Dann müssen wir herausfinden, woher er die Droschke hatte«, verlangte Pitt. »Und wenn es so war, dann verringert sich die Zeitspanne. Wir wissen, daß die meisten Mitarbeiter vom Kolonialministerium, die wir verdächtigen, für die Zeit gegen halb zehn ein Alibi haben.«

Tellman schnaubte verächtlich. »Glauben Sie wirklich, es war einer von denen? Warum? Warum sollte einer von ihnen Mrs. Chancellor umbringen?«

»Warum sollte sie überhaupt jemand umbringen?« gab Pitt zurück.

»Raubmord. Es fehlen zwei Ringe, sagt Bailey. Er hat ihre Zofe gefragt.«

»Was ist mit dem Medaillon? Warum hat er das nicht mitgenommen?« bohrte Pitt weiter. »Hat die Zofe gesagt, sie hätte die Ringe an dem Abend getragen?«

»Wie?«

»Hat die Zofe gesagt, sie hätte die Ringe an dem Abend getragen?« wiederholte Pitt ungeduldig. »Es ist nicht so ungewöhnlich, daß eine Dame ihren Schmuck verliert, selbst wertvolle Stücke, oder sie versetzt oder verschenkt.«

»Ich glaube nicht, daß er danach gefragt hat.« Tellman ärgerte sich, weil er nicht selbst daran gedacht hatte. »Ich schicke ihn noch einmal los.«

»Tun Sie das. Aber suchen Sie auch weiter nach dem Droschkenfahrer.«

Der letzte der Verdächtigen, den Pitt endlich antraf, war Peter Kreisler. Dreimal hatte Pitt am Tag zuvor bei ihm geklingelt. Jedesmal war Kreisler nicht zu Hause gewesen, und sein Diener hatte keine Ahnung, ob und wann er nach Hause kommen würde. Bei Pitts zweitem Erscheinen berichtete ihm der Diener, daß Kreisler auf die Nachricht von Mrs. Chancellors Tod mit Erschütterung reagiert und umgehend das Haus verlassen habe, ohne zu erwähnen, wohin er zu gehen beabsichtigte, noch wann er zurückkehren würde.

Als Pitt am Tag nach Tellmans erfolgloser Suche nach dem Droschkenfahrer Kreisler erneut aufsuchte, war dieser zu Hause und empfing ihn erwartungsvoll. Er wirkte erschöpft, als hätte er wenig geschlafen, und war nervös und unruhig. Aber er hatte seine Trauer, wie tief auch immer empfunden, gut unter Kontrolle. Pitt konnte sich vorstellen, daß Kreisler seine Gefühle immer gut verbergen konnte und sowohl glückliche wie auch tragische Momente schon oft erlebt hatte.

»Kommen Sie herein, Oberinspektor«, sagte er rasch und führte Pitt in einen erstaunlich geschmackvollen Raum mit blankem Dielenfußboden und hübschen afrikanischen Holzfiguren auf dem Kaminsims. Es gab keine Tierfelle oder Hörner, dafür aber ein sehr gelungenes Gemälde von einem Geparden. Er deutete auf einen der Sessel. »Dobson, bringen Sie dem Oberinspektor etwas zu trinken. Was hätten Sie gern, Tee, Ale oder lieber etwas Stärkeres?«

»Haben Sie Cider?«

»Natürlich. Dobson, bringen Sie dem Oberinspektor ein Glas Cider. Für mich auch eines.« Wieder deutete er auf den Sessel und setzte sich ihm gegenüber. Er lehnte sich vor und sah Pitt mit ernstem Gesicht an. »Haben Sie eine wichtige Spur? Ich habe mir die Wasserstände der Themse angesehen, um abschätzen zu können, wo sie hineingeworfen wurde. So könnte man vielleicht herausbekommen, wo sie umgebracht wurde, und damit natürlich auch, wohin sie vom Berkeley Square gefahren ist. Von dort ist sie, glaube ich, am Abend allein aufgebrochen.« Seine Hände waren zu Fäusten geballt. »Allein, ich meine, nachdem Chancellor eine Droschke für sie gerufen hatte. Wenn sie zur Upper Brook Street wollte, muß sie fast umgehend überfallen worden sein. Meinen Sie, es war als Entführung geplant und ging schief?«

Dieser Gedanke war Pitt noch nicht gekommen, und er mußte zugeben, daß er plausibel erschien.

»Um ein Lösegeld zu erpressen?« fragte er und hörte die Überraschung aus seiner Stimme heraus.

»Warum nicht?« fragte Kreisler. »Das ergibt meiner Meinung nach mehr Sinn als ein Mord. Chancellor ist sowohl reich als auch einflußreich. Desgleichen Standish, ihr Schwager. Vielleicht wollte man ihn unter Druck setzen. Ein häßlicher Gedanke, aber nicht völlig abwegig.«

»Nein ..., das ist wahr«, sagte Pitt etwas zögernd. »Obwohl es ziemlich schiefgelaufen sein muß, bei diesem Ausgang. Sie wurde eindeutig nicht zufällig umgebracht.«

»Wieso?« Kreisler sah ihn eindringlich an. »Wieso sagen Sie das, Oberinspektor?«

»Das geht aus der Art, wie sie gestorben ist, hervor«, sagte Pitt. Er hatte nicht die Absicht, die Sache näher mit Kreisler zu besprechen, der ja einer der Hauptverdächtigen war.

»Steht das fest?« hakte Kreisler nach. »Wem würde ihr Tod denn nützen? Doch sicherlich ...« Er sprach nicht weiter.

»Wenn ich wüßte, wem es nützt, Mr. Kreisler, wäre ich auf der Suche nach dem Mörder ein gutes Stück weitergekommen«, antwortete Pitt. »Sie sind offenbar sehr interessiert an der Geschichte. Kannten Sie sie näher, als ich bisher angenommen hatte?« Er musterte Kreisler genau, sah die Blässe in dessen Gesicht, das Glänzen seiner Augen und das kleine Zucken im Kiefer.

»Ich bin ihr einige Male begegnet und habe sie als charmante, intelligente Frau von Empfindsamkeit und großem Ehrgefühl kennengelernt«, sagte Kreisler mit angespannter, überlauter Stimme. »Ist das kein hinreichender Grund, über ihren Tod entsetzt zu sein und sich inniglichst zu wünschen, daß ihr Mörder ausfindig gemacht wird?«

»Selbstverständlich ist es das«, sagte Pitt leise. »Doch die meisten Menschen, ungeachtet der Intensität ihrer Gefühle, sind bereit, das der Polizei zu überlassen.«

»Ich nicht«, sagte Kreisler heftig. »Ich werde mich mit all meinen Kräften bemühen herauszubekommen, wer es war, und ich werde dafür sorgen, daß die Welt es erfährt. Und um offen zu sein, Oberinspektor, es ist mir egal, ob Ihnen das paßt oder nicht.«

9.

Kapitel

Nach einem Tag, der sowohl körperlich als auch psychisch ermüdend war, kam Pitt spät nach Hause. Er freute sich darauf, die ganze Sache für eine Weile vergessen zu können, im Wohnzimmer zu sitzen und die Füße hochzulegen, während die Tür zum Garten offenstand und die milde Frühlingsluft ins Zimmer strömte. An ruhigen, warmen Abenden wie diesem lag der Geruch von Erde schwer in der Luft und verdrängte den Gedanken an die riesige Stadt jenseits der Gartenmauer. Er würde nur an Blumen, geschnittenes Gras, Schatten spendende Bäume und die in der Stille herumschwirrenden Falter denken.

Doch er hatte kaum das Haus betreten, als ihm klar wurde, daß der Abend nicht nach diesen Vorstellungen verlaufen würde. Charlotte kam aus dem Wohnzimmer, mit ernstem Gesicht und einem Blick, der ihn vorwarnte.

»Was ist los?« fragte er, von einer Ahnung befallen.

»Matthew möchte dich gerne sprechen«, sagte sie sanft in dem Bewußtsein, daß die Tür hinter ihr offenstand. »Er sieht sehr besorgt aus, wollte mir aber nicht erzählen, warum.«

»Hast du ihn gefragt?«

»Nein, natürlich nicht. Aber ich habe ... angedeutet, daß ich zuhören würde.«

Er mußte lächeln und berührte sie zärtlich, als er an ihr vorbei ins Wohnzimmer ging.

Matthew saß in Pitts Lieblingssessel und starrte durch die geöffnete Terrassentür über den Rasen zum Apfelbaum hinüber. Als er spürte, daß Pitt, obwohl kein Geräusch zu hören war, den Raum betreten hatte, drehte er sich um und erhob sich. Er war blaß und hatte noch immer Ringe unter den Augen. Man hatte den Eindruck, er sei von einer schweren Krankheit genesen und habe sich gerade soweit erholt, daß er sein Bett zum ersten Mal verlassen konnte.

»Was ist passiert?« fragte Pitt und schloß die Tür hinter sich.

Matthew schreckte auf, als überraschte ihn die Direktheit der Frage.

»Nichts. Zumindest nichts Neues. Ich... ich wollte hören, ob du mehr über Vaters Tod in Erfahrung bringen konntest.« Er sah Pitt aus großen Augen fragend an.

Pitt beschlich ein Schuldgefühl, obwohl er gute Gründe hatte, diese Frage hintangestellt zu haben.

»Nein, leider... leider nicht. Der stellvertretende Polizeipräsident hat mir den Mordfall Susannah Chancellor übertragen, und ich hatte alle Hände –«

»Natürlich, ich verstehe, das ist klar«, unterbrach Matthew ihn. »Du brauchst mir nichts zu erklären, Thomas, ich bin kein Kind mehr.« Er schritt auf die Terrassentür zu, als wolle er in den Garten hinausgehen. »Ich dachte nur...«

»Bist du deswegen gekommen?« fragte Pitt zweifelnd und ging zu Matthew an die Tür.

»Ja.« Matthew trat über die Schwelle auf die gepflasterte Terrasse hinaus.

Pitt folgte ihm, und gemeinsam gingen sie langsam über den Rasen zum Apfelbaum und der Gartenmauer hinüber. Tiefgrünes Moos, weich wie Samt, überzog die Steine. Am Fuße der Mauer wuchs ein Rankengewächs mit gelben, sternförmigen Blüten.

»Das ist aber nicht alles«, sagte Pitt. »Du siehst schrecklich aus.«

»Ich bin gestürzt.« Matthew verzog das Gesicht und schauderte leicht. »Du warst dabei.«

»Sind die Schmerzen schlimmer geworden? War der Arzt noch einmal da?«

»Nein, nein, es wird besser. Es braucht nur seine Zeit. Das mit Chancellors Frau ist ja entsetzlich.« Er runzelte die

Stirn und ging weiter. Das Gras war hier, unter dem Baum, dicht und weich wie ein Kissen. Ganz schwach konnte man den Duft der Apfelblüten wahrnehmen, ein klarer, reiner Geruch. »Hast du eine Ahnung, was passiert sein könnte?«

»Nein, noch nicht. Warum? Weißt du etwas?«

»Ich?« Diesmal war Matthew wirklich überrascht. »Nein, nicht das geringste. Ich denke nur, daß es für einen so brillanten Mann, dessen Privatleben so ungewöhnlich glücklich war, ein schrecklicher Schlag sein muß. Es gibt viele Politiker, die, wenn ihre Frau sterben sollte, schnell damit fertig würden, aber Chancellor gehört nicht dazu.«

Pitt sah ihn interessiert an. Die Bemerkung paßte nicht recht zu Matthew. Er machte den Eindruck, als sei er nicht ganz bei der Sache. In Pitt wuchs die Überzeugung, daß Matthew sich über irgend etwas Sorgen machte.

»Kanntest du Chancellor denn gut?« fragte er.

»Einigermaßen«, erwiderte Matthew und ging weiter, ohne Pitt anzusehen. »Er ist einer der wenigen hochrangigen Politiker, die ansprechbar sind. Angenehm im Gespräch. Er kommt aus einer ganz gewöhnlichen Familie. Aus Wales, glaube ich, zumindest ursprünglich. Vielleicht sind sie jetzt schon eine Weile in London. Es gibt doch keine politischen Gründe für den Mord, oder?« Er drehte sich zu Pitt um, Neugier und Verwirrung standen in seinem Gesicht geschrieben. »Ich meine, das ist doch sicher unmöglich, oder?«

»Ich weiß es nicht«, gestand Pitt ihm. »Im Moment habe ich noch keine Vermutung.«

»Gar keine?«

»Wieso fragst du?«

»Red nicht um den heißen Brei herum, Thomas«, sagte Matthew gereizt. »Ich bin nicht einer der Verdächtigen!« Im nächsten Moment regte sich sein schlechtes Gewissen. »Verzeihung. Ich weiß nicht, wovon ich rede. Vaters Tod läßt mir keine Ruhe. Ich bin überzeugt davon, daß er ermordet wurde, und zwar vom Inneren Kreis. Zum einen, damit er nichts mehr über sie in der Öffentlichkeit sagen konnte, zum anderen als Warnung für weitere potentielle

Verräter. Loyalität ist eine verdammt schwierige Sache, Thomas. Welches Maß an Loyalität kannst du von jemandem verlangen? Ich bin mir nicht sicher, ob ich wirklich weiß, was Loyalität bedeutet. Wenn du mich vor sechs Monaten oder vor einem Jahr gefragt hättest, hätte ich bestimmt gesagt, was für eine dumme Frage! Die braucht man nicht zu stellen, weil die Antwort klar auf der Hand liegt. Jetzt weiß ich keine Antwort mehr.« Er blieb stehen. Er wirkte verunsichert, und in seinen Augen lag ein fragender Blick. »Weißt du sie?«

Pitt dachte lange nach, bevor er zu einer Antwort ansetzte, und auch dann war er sich noch immer unschlüssig.

»Ich würde sagen, es heißt, daß man zu seinen Versprechen steht«, sagte er bedächtig. »Aber es bedeutet auch, daß man zu seinen Verpflichtungen steht, auch wenn man kein spezielles Versprechen abgegeben hat.«

»Genau«, stimmte Matthew ihm zu. »Aber wer bestimmt, worin diese Verpflichtungen bestehen? Und wer steht an erster Stelle? Was geschieht, wenn jemand denkt, du hast dich ihnen verpflichtet, und du siehst das anders? Das kann passieren, weißt du.«

»Sir Arthur und der Innere Kreis?«

Matthew hob vage zustimmend die Schultern. »Egal, wer. Manchmal nehmen wir Dinge als gegeben hin und gehen davon aus, daß andere das auch tun ... Aber vielleicht tun sie es nicht. Ich meine, wie gut kennen wir die anderen und auch uns selbst, bevor wir eine Prüfung zu bestehen haben? Du denkst, du wirst dich, wenn du vor die Wahl gestellt wirst, auf eine bestimmte Art verhalten, und wenn der Moment da ist, tust du es nicht.«

Pitt war sich immer sicherer, daß Matthew auf etwas Bestimmtes hinauswollte. Es schwang zu viel Leidenschaft in dem, was er sagte, als daß es nur die Erörterung eines philosophischen Problems sein konnte. Doch es war ebenso deutlich, daß er noch nicht offen darüber sprechen konnte. Pitt wußte nicht, ob es tatsächlich um Sir Arthur ging oder ob Matthew ihn nur erwähnt hatte, weil das Thema eine gemeinsame Ausgangsbasis darstellte.

»Du meinst widersprüchliche Loyalitäten?«

Matthew wich einen Schritt zur Seite. Pitt erkannte, daß er einen wunden Punkt getroffen hatte, und zwar zu früh.

Matthew zögerte einen Moment, bevor er antwortete. Im Garten war es still. Irgendwo hinter der Hecke bellte ein Hund. Eine getigerte Katze stolzierte auf der Mauer entlang und verschwand lautlos im Obstgarten.

»Einige von den Männern bei der gerichtlichen Untersuchung waren ehrlich der Ansicht, daß er das Vertrauen mißbraucht hatte«, sagte Matthew schließlich. »Das Vertrauen, das ihm ihre geheime Gesellschaft entgegenbrachte, aber vielleicht auch das ihrer Klasse. Im Kolonialministerium sitzt jemand, der ihr Land verrät, aber vielleicht sehen sie das nicht so.« Er atmete tief ein und hatte den Blick auf das Laub des Apfelbaums gerichtet, das sich in der Brise leicht bewegte.

»Vater war der Überzeugung, daß er alles, was ihm im Leben am wichtigsten war, verraten würde, wenn er zu dem Inneren Kreis geschwiegen hätte. Obwohl er es vielleicht nicht benennen konnte. Ich weiß auch nicht, ob ich alles benennen will. Klingt das, als wolle ich mich weigern, den Dingen ins Gesicht zu sehen? Wenn du eine Sache beim Namen nennst und dich ihr verpflichtest, hast du einen Teil deiner selbst weggegeben. Dazu bin ich nicht bereit.« Er sah Pitt mit gerunzelter Stirn an. »Verstehst du das, Thomas?«

»Die meisten Dinge verlangen keine uneingeschränkte Verpflichtung«, stellte Pitt richtig. »Das ist einer der Fehler, den der Innere Kreis macht; er nimmt seinen Mitgliedern ein Treueversprechen ab, bevor sie wissen, was genau von ihnen verlangt werden wird.«

»Ein Gewissensopfer, so nannte Vater es.«

»Dann hast du deine eigene Frage beantwortet«, sagte Pitt. »Du brauchtest mich nicht zu fragen, und meine Antwort sollte dir auch egal sein.«

Plötzlich sah Matthew ihn mit einem strahlenden Lächeln an.

»Das stimmt«, gab er zu und steckte die Hände in die Hosentaschen.

»Aber da ist doch noch was, das dich beunruhigt«, sagte Pitt, denn Matthew wirkte immer noch niedergedrückt und angespannt, und das Lächeln schwand so schnell, wie es gekommen war.

Matthew seufzte, drehte sich um und begann, an der Mauer entlangzugehen. »Du und ich, wir können das leicht sagen, denn zwischen uns gibt es nichts, wo wir gegensätzlicher Meinung sind. Aber wie würdest du dich fühlen, wenn ich etwas täte, wodurch du dich betrogen fühltest? Würdest du mich nicht dafür hassen?«

»Sprechen wir nur theoretisch über diese Frage, oder gibt es etwas, von dem du nicht den Mut hast, es zu sagen?« Pitt ging jetzt neben ihm.

Matthew wandte den Blick ab und sah zurück zum Haus. »Ich weiß gar nicht, ob es etwas gibt, worüber du und ich so unterschiedlicher Meinung sein könnten. Ich dachte mehr an Vater und seine Kollegen im Inneren Kreis.« Von der Seite her warf er Pitt einen Blick zu. »Einige von ihnen waren auch seine Freunde. Deswegen war er so sehr im Zwiespalt.«

Alles, was Matthew sagte, traf zu, doch Pitt hatte immer noch das Gefühl, daß er nicht ganz aufrichtig war. Gemeinsam gingen sie wieder über den Rasen zum Haus zurück, ohne das Thema noch einmal aufzugreifen. Charlotte lud Matthew zum Essen ein, aber er lehnte ab und verabschiedete sich von ihnen mit bedrückter Miene. Pitt sah ihm nach und wurde den ganzen Abend sein banges Gefühl nicht los.

Nachdem Matthew gegangen war, sah Charlotte Pitt fragend an. »Ist alles in Ordnung? Er wirkte so ...« Sie suchte nach dem richtigen Wort.

»Bedrückt«, ergänzte Pitt, setzte sich in seinen Sessel, lehnte sich zurück und streckte sich. »Ja, ich bin mir ziemlich sicher, daß ihn etwas beschäftigt, aber er kann sich nicht überwinden, es zu sagen.«

»Was meinst du, womit es zu tun hat?« Sie sah ihn besorgt an. Er wußte nicht genau, ob ihre Sorge Matthew oder ihnen beiden galt. In ihren Augen sah er deutlich, daß sie sein Bedauern, vermischt mit dem Gefühl des Verlusts, verstand.

Er wandte den Blick ab. »Ich weiß nicht. Irgendwas mit Verpflichtungen ...«

Sie atmete heftig ein und wollte etwas sagen, doch dann ließ sie es taktvoll sein. Fast hätte er gelacht, es war so untypisch für sie, doch zu leicht wäre sein Lachen umgeschlagen.

»Wahrscheinlich hat es mit dem Kreis zu tun«, sagte er, obwohl er keineswegs sicher war, daß es das war, was Matthew so sehr plagte. Doch wie auch immer, für den Abend wollte er nicht weiter darüber nachdenken. »Was gibt's zum Abendessen?«

»Das ist ja nicht viel«, sagte Farnsworth grimmig, als Pitt ihm am nächsten Tag Bericht erstattete. »Der Kerl kann ja nicht vom Erdboden verschwunden sein.« Er meinte den Kutscher der Droschke, in die Susannah Chancellor am Berkeley Square eingestiegen war. »Wer hat sich darum gekümmert, sagten Sie?«

Sie waren in seinem Büro, nicht in Pitts in der Bow Street. Farnsworth stand am Fenster und sah zum Embankment und zur Themse hinaus. Pitt saß ihm gegenüber. Farnsworth hatte ihm einen Stuhl angeboten, als Pitt hereingekommen war, und war dann selbst einen Moment später aufgesprungen. Anscheinend fühlte er sich auf diese Weise körperlich überlegen.

»Tellman«, sagte Pitt und lehnte sich ein bißchen mehr zurück. Ihm machte es nicht das geringste aus aufzusehen.

»Und dann habe ich mich selbst darum gekümmert. Ich weiß, daß der Mann von äußerster Bedeutung sein kann, aber bisher haben wir keinen Anhaltspunkt, was mich zu der Annahme geführt hat –«

»Wenn Sie sagen wollen, daß Chancellor gelogen hat, dann sind Sie ein Dummkopf«, unterbrach Farnsworth ihn gereizt. »Sie können Ihren Realitätssinn nicht soweit verloren haben, daß Sie glauben, Chancellor hätte –«

»Das Ganze ist irrelevant«, fiel Pitt ihm seinerseits ins Wort.

»Chancellor ist sofort wieder ins Haus gegangen und wurde zehn Minuten, nachdem er ihr die Droschke besorgt hatte, gesehen. Das weiß ich von seinem eigenen Personal. Nicht, daß ich ihn verdächtigt hätte. Es ist lediglich eine Formsache, daß man feststellt, wo jeder zur Tatzeit war.«

Farnsworth erwiderte darauf nichts.

»Was mich zu der Annahme geführt hat«, nahm Pitt den Faden dort wieder auf, wo Farnsworth ihn unterbrochen hatte, »daß der Fahrer irgendwie an der Tat beteiligt war. Möglicherweise war er kein richtiger Droschkenfahrer, sondern gab sich nur als einer aus.«

»Und wo hatte er die Droschke her?« wollte Farnsworth wissen. »Chancellor sagt, es war eine Droschke. Er kennt ja wohl den Unterschied zwischen einer Droschke und einer privaten Kutsche.«

»Tellman kümmert sich gerade darum. Bisher wissen wir das nicht, aber irgendwoher muß sie ja gekommen sein, sei es gemietet oder gestohlen. Er klappert alle Droschkenunternehmen ab.«

»Gut, gut. Vielleicht gelingt uns damit der entscheidende Durchbruch.«

»Kreisler vermutet, daß es eine versuchte Entführung war, die fehlgeschlagen ist«, sagte Pitt.

Farnsworth war überrascht, ein Anflug von Ärger huschte über sein Gesicht.

»Was? Wer zum Teufel ist Kreisler?«

»Peter Kreisler. Ein Afrikaexperte.« Pitt ließ sich Zeit. »Er macht sich offenbar ziemlich viele Gedanken über diesen Fall. Er hat sogar eigene Nachforschungen angestellt.«

»Warum?« wollte Farnsworth wissen. Er kam zu seinem Schreibtisch zurück und setzte sich. »Hat er sie gekannt?«

»Ja.«

»Dann ist er auch ein Verdächtiger, verdammt noch mal!« Er hatte die Hand zur Faust geballt. »Ich hoffe, Sie nehmen ihn sich gründlich vor.«

»Selbstverständlich.« Pitts Stimme wurde lauter, obwohl er sich bemühte, sie zu kontrollieren. »Er sagt, er war an dem entsprechenden Abend zu Hause, kann es aber nicht beweisen. Sein Diener hatte frei.«

Farnsworth entspannte sich. »Na, vielleicht ist das ja die Lösung der Geschichte! Ganz einfach, keine Entführung, kein politischer Hintergrund, einfach nur die Eifersucht eines Mannes, der abgewiesen wurde.« Er klang sehr zufrieden mit sich. Das wäre die ideale Lösung.

»Möglich«, stimmte Pitt ihm zu. »Lady Vespasia Cumming-Gould hatte sie am Abend zuvor bei einem erregten Gespräch beobachtet. Doch damit sind wir noch weit davon entfernt zu beweisen, daß Kreisler gewalttätig und labil genug ist, um sie zu ermorden, nur weil sie ihn zurückgewiesen hat.«

»Dann kümmern Sie sich darum, Mann!« herrschte Farnsworth ihn an. »Nehmen Sie sich seine Vergangenheit vor. Schreiben Sie nach Afrika, wenn nötig. Es muß schließlich noch andere Frauengeschichten geben. Bringen Sie in Erfahrung, wie er sich da verhalten hat. Finden Sie heraus, was für ein Mensch er ist, was er liebt und haßt, ob er Streit oder Schulden hat, welche Ambitionen, alles, was es über ihn zu wissen gibt! Ich werde es nicht zulassen, daß der Mord an der Frau eines Regierungsministers ungelöst zu den Akten gelegt wird ... Und Sie auch nicht!«

Das klang wie ein Schlußwort. Pitt erhob sich.

»Und das Kolonialministerium«, fuhr Farnsworth fort. »Wie kommen Sie damit weiter? Erst gestern hat Lord Salisbury mich gefragt, wie die Dinge stehen.« Sein Gesichtsausdruck verfinsterte sich. »Von Ihren Manipulationen, verschiedene Fassungen gefälschter Zahlen weiterzugeben, habe ich ihm nichts berichtet. Weiß der Himmel, wie er reagiert hätte. Ich nehme an, Sie haben mit diesem Schachzug nichts erreicht, sonst hätten Sie mir davon Mitteilung gemacht?«

»Es ist noch zu früh dazu«, sagte Pitt. »Und im Kolonialministerium geht es ein bißchen drunter und drüber, wegen Chancellors Abwesenheit.«

»Wann wird Ihrer Einschätzung nach dieser kleine Betrug Früchte tragen?« fragte Farnsworth mit einer beträchtlichen Portion Sarkasmus.

»Spätestens in drei oder vier Tagen«, gab Pitt zurück.

Farnsworth runzelte die Stirn. »Also, hoffentlich haben Sie recht. Ich finde, Sie nehmen das zu sehr auf die leichte Schulter. Was haben Sie als nächstes vor, wenn das fehlschlägt?«

Soweit hatte Pitt noch nicht geplant. Seine Gedanken waren ganz und gar auf Susannah Chancellor konzentriert, und im Hinterkopf beschäftigte ihn fortwährend der Tod von Arthur Desmond. Seit seinem Gespräch mit Doktor Murray war die Überzeugung gewachsen, daß Sir Arthur vom Inneren Kreis ermordet worden war. Das wollte er immer noch beweisen, und zwar sobald der Fall Chancellor es ihm gestattete.

»Ich habe noch keine weiteren Pläne«, sagte er. »Abgesehen davon, daß wir die normalen Ermittlungen weiterführen werden, um soviel wie möglich über jeden einzelnen Verdächtigen in Erfahrung zu bringen. Ich hoffe darauf, daß ein Tatbestand oder eine Lüge den Täter überführen wird, entweder im Kolonialministerium oder im Schatzamt. Eine Verbindung, die nicht offen zugegeben wird, würde uns weiterbringen.«

»Nicht sehr beeindruckend, Pitt. Was ist mit dieser Frau, dieser Pennecuick?« Er stand wieder auf und wanderte rastlos zum Fenster hinüber. »Für mich sieht es so aus, als sei Aylmer unser Mann.«

»Möglich ist es.«

Farnsworth steckte die Hände in die Taschen und sah nachdenklich vor sich hin. »Sie haben mir gesagt, daß Aylmer kein Alibi für den Abend hat. Ist es möglich, daß Mrs. Chancellor auf irgendeine Weise von seiner Schuld erfuhr, daß er das gewußt und sie deshalb ermordet hat, um sich zu schützen? Besteht zwischen ihm und Kreisler eine Verbindung?«

»Ich weiß es nicht ...«, hob Pitt an.

»Dann kümmern Sie sich drum, Mann! Das sollte Ihre Fähigkeiten nicht übersteigen.« Er sah Pitt mit kaltem Bedauern an.

Pitt war überzeugt, daß er an den Inneren Kreis dachte und daran, wieviel leichter sich solche Nachforschungen anstellen ließen, wenn man sich auf die Hilfe eines weitverzweigten, geheim arbeitenden Netzes berufen konnte. Doch wer wüßte dann bei all den miteinander verknüpften Verpflichtungen und Vereinbarungen und dem hierarchisch geordneten Loyalitätssystem, welche Lügen gedeckt werden mußten und wo Geheimhaltungspflicht verlangt wurde? Oder welche Polizeidienstmitarbeiter dem Kreis angehörten. Dieser Gedanke war besonders erschreckend. Er erwiderte Farnsworths Blick mit ablehnender Haltung.

Farnsworth knurrte und wandte sich ab.

»Sie sollten sich an die Arbeit machen«, sagte er und sah wieder auf das silberne Band des Flusses hinaus.

»Es gibt noch eine weitere Möglichkeit«, sagte Pitt ruhig.

Farnsworth sah sich nicht um, sondern wandte Pitt und dem Raum weiterhin den Rücken.

»Und?«

»Daß sie tatsächlich die Thornes besucht hat«, antwortete Pitt. »Wir suchen immer noch nach ihrem blauen Paletot. Sie trug ihn, als sie das Haus verließ, aber er wurde nicht bei ihrer Leiche gefunden. Wenn wir ihn finden, gibt er uns vielleicht Aufschluß.«

»Kommt vermutlich drauf an, wo«, konzedierte Farnsworth.

»Also weiter. Was, wenn sie tatsächlich bei den Thornes war?«

Farnsworths Schultern versteiften sich.

»Dann hat entweder Thorne sie umgebracht«, führte Pitt aus, »oder er und seine Frau zusammen, obwohl ich zu dieser Annahme weniger neige. Mrs. Thorne war ehrlich betroffen, als ich ihr von dem Tod erzählte.«

»Wieso um alles in der Welt sollte Thorne Mrs. Chancellor umbringen? Sie denken doch nicht etwa an eine Affäre?« Diesmal war der spöttische Ton nicht zu überhören.

»Nein.« Pitt fügte nicht hinzu, daß er das für gänzlich unwahrscheinlich hielt.

Farnsworth drehte sich zu ihm um. »Was dann?« Seine Augen wurden kreisrund. »Der Verrat im Kolonialministerium? Thorne?«

»Möglicherweise. Aber es gibt noch eine zweite Variante, die mit der ersten in Verbindung stehen könnte...«

»Was meinen Sie damit, in Verbindung stehen?« Farnsworth sah ihn fragend an. »Erklären Sie, Pitt. Sie reden in Rätseln. Meinen Sie, es gibt eine Verbindung – oder nicht?«

Pitt richtete sich auf. »Ich glaube, der Tod von Sir Arthur Desmond hatte etwas mit seinen Überzeugungen zu tun –«

Weiter kam er nicht. Farnsworths Miene verfinsterte sich, seine Augen wurden schmal. »Ich dachte, das hätten wir längst erledigt und zu den Akten gelegt. Arthur Desmond war ein ausgezeichneter Mann, der bedauerlicherweise, tragischerweise, wenn Sie so wollen, gegen Ende seines Lebens senil wurde und unter beträchtlicher geistiger Verwirrung litt. Die wohlwollendste Version, der man hier anhängen kann, ist die, daß er aus Versehen eine Überdosis seines Schlafmittels genommen hat.«

Er preßte die Lippen aufeinander. »Weniger wohlwollend könnte man annehmen, daß er sehr wohl wußte, daß er geistig abbaute, seinen Ruf schon arg ruiniert und manchen ehemaligen Freund düpiert hatte, und daß er in einem Moment der geistigen Klarheit seinem Leben ein Ende gesetzt hat.«

Er schluckte. »Vielleicht sollte ich nicht sagen, daß diese Version weniger wohlwollend ist. Schließlich war es ein sehr ehrenhafter Akt, der seinem Charakter entsprach und außerdem einigen Mut erforderte. Wenn Sie ihn wirklich so sehr schätzen, wie Sie sagen, dann werden Sie sich damit zufriedengeben und die Sache ruhen lassen. Wenn Sie sie immer wieder aufwühlen, machen Sie es für seine Familie nur um so schwerer. Ich kann Sie nur sehr deutlich warnen, daß Sie einen großen Fehler begehen. Habe ich mich klar ausgedrückt?«

»Sehr klar«, sagte Pitt und erwiderte seinen Blick. Er spürte Farnsworths Entschlossenheit und nahm sich dennoch vor, sich nicht einschüchtern zu lassen. »Doch all das ist irrelevant in bezug auf das, was Mrs. Chancellor gedacht haben mag, und darum geht es ja hier.«

»Sie haben diesen Unsinn doch nicht mit Mrs. Chancellor besprochen, oder?« Farnsworth war entgeistert. Er stand immer noch mit dem Rücken zum Fenster, so daß sein Gesicht in seinem eigenen Schatten lag und nur die Umrisse klar hervortraten.

»Nein«, sagte Pitt unbewegt. »Aber ich weiß, daß Mrs. Chancellor Sir Arthur kannte und ihn sehr schätzte und daß er seine Ansichten über Afrika mit ihr diskutiert hat. Das hat mir Lady Cumming-Gould erzählt.«

Bei Vespasias Namen verzog Farnsworth das Gesicht. Er hatte zunehmend das Gefühl, daß er sie nicht leiden konnte.

»Und woher weiß sie das, bitte? Wahrscheinlich ist sie mit Mrs. Chancellor bekannt? Sie ist wohl eher eine Wichtigtuerin, niemand, den man ernst nehmen kann.« Kaum hatte er das gesagt, bedauerte er es. Es war ein Fehltritt, was er auch an Pitts Gesichtsausdruck erkannte. Seiner gesellschaftlichen Herkunft nach hätte er ihren Namen schon einmal gehört haben und eine wirkliche Aristokratin auf Anhieb erkennen müssen. Seine Gereiztheit hatte über seinen Intellekt triumphiert.

Pitt lächelte leicht, nahezu herablassend. Eine heftige Erwiderung seinerseits hätte ihn auf eine Stufe mit Farnsworth gestellt. So hatte er sich als überlegen erwiesen.

»Also?« fuhr Farnsworth ihn barsch an. »Wollen Sie aufgrund dieser Auskunft behaupten, daß Mrs. Chancellor der Ansicht war, Thorne habe Desmond umgebracht, daß er es tatsächlich getan hat, und sich gezwungen sah, sie auch zu töten, um sie zum Schweigen zu bringen? Wäre es nicht einfacher und genauso wirkungsvoll gewesen, wenn er die Anschuldigungen geleugnet hätte? Und hätte es nicht viel weniger Wirbel verursacht?« Sein Ton war voller Sarkasmus.

So kraß ausgedrückt klang es in der Tat absurd. Pitt spürte, wie ihm die Farbe ins Gesicht stieg, und sah Farnsworths zufriedene Miene. Farnsworths Haltung entspannte sich, er drehte sich wieder zum Fenster um.

»Die Sache entgleitet Ihnen, Pitt. Da haben Sie sich nicht mit Ruhm bekleckert.«

»Sie haben diese Vermutung geäußert, nicht ich«, wies Pitt ihn zurück. »Meine Vermutung ist, daß Sir Arthur etwas über die Informationen wußte, die aus dem Kolonialministerium verschwunden sind. Schließlich war er oft genug im Außenministerium und hatte auch noch bis zu seinem Tod enge Verbindungen dahin. Vielleicht war ihm selber die Tragweite seines Wissens nicht bewußt, aber er könnte die Sache gegenüber Susannah Chancellor erwähnt haben. Wenn sie begriffen hat, worum es ging, weil Standish und ihre Familie an der Finanzierung afrikanischer Projekte beteiligt sind und sie durch Chancellor über die Arbeit im Kolonialministerium Bescheid wußte, dann könnte sie aufgrund ihrer Freundschaft mit Mrs. Thorne ...«

»Sie hat das ganze Bild zusammengesetzt und es Thorne vorgehalten?« Farnsworth sah ihn mit wachsender Aufmerksamkeit an. »Und wenn Thorne doch der Verräter ist ... Ja, ja, da könnten Sie eine Spur haben!« Seine Stimme klang erregt. »Gehen Sie der Sache weiter nach, Pitt, aber seien Sie vorsichtig. Achten Sie um Himmels willen auf Diskretion, zum einen, falls Thorne unschuldig ist, und zum anderen – vielleicht noch wichtiger –, um ihn nicht zu warnen, falls er der Täter ist.«

Er rang sich zu einem Eingeständnis durch. »Ich möchte mich bei Ihnen entschuldigen, Pitt. Ich hätte Ihre Mutmaßungen nicht so hastig verurteilen dürfen. Sie scheinen wirklich plausibel. Gehen Sie der Spur unverzüglich weiter nach. Vernehmen Sie die Bediensteten im Haushalt der Thornes. Und suchen Sie weiter nach diesem Droschkenfahrer. Wenn er sie dort abgesetzt hat, braucht er nichts zu befürchten und kann als Zeuge bei Thornes Entlarvung auftreten.«

»Jawohl, Sir.« Pitt erhob sich, um die Anweisungen auszuführen.

Die Bediensteten im Haushalt der Thornes konnten ihm jedoch nichts berichten, was ihn weitergebracht hätte. Er befragte jeden einzelnen, aber keiner hatte Susannah Chancellor am Abend ihres Todes gesehen oder gehört. Er fragte wiederholt, ob Mrs. Chancellor ohne ihr Wissen ins Haus gekommen sein könnte. Das aber war schier unvorstellbar, es sei denn, sie war ausdrücklich gebeten worden, nicht direkt vor dem Haus auszusteigen und sich nicht an der Haustür zu melden. Dann hätte sie statt dessen seitlich um das Haus und durch den Garten gehen müssen, um durch die Terrassentür ins Studierzimmer zu gelangen. Oder vielleicht hatte jemand sie abgefangen.

Natürlich war es praktisch möglich, doch warum sollte sie das getan haben? Wenn jemand sie gebeten hatte, heimlich zu erscheinen, so daß die Bediensteten sie nicht bemerkten, was für eine Erklärung hätte man ihr für diesen absonderlichen Wunsch geben können? War es Thorne oder war es Christabel gewesen, oder gar beide?

Wenn einer von den beiden etwas mit der Sache zu tun hatte, war es viel wahrscheinlicher, daß sie sie auf der Straße abgefangen und zu dem Ort gebracht hatten, wo sie auch umgebracht wurde, um das Haus danach durch den Hintereingang wieder zu betreten.

Doch beim Anblick von Christabel Thornes klaren, offenen Augen und dem Ausdruck von Zorn und Kummer auf ihrem Gesicht konnte er sich nicht vorstellen, daß sie sich auf so eine Tat einlassen würde.

Andererseits, wenn sie ihren Mann liebte und er sie überredet hatte, daß es notwendig war, sei es zu einem höheren politischen oder moralischen Zweck, sei es, um ihn vor Enthüllung und Schande zu bewahren?

»Es tut mir wirklich leid, Oberinspektor, Ihnen nicht weiterhelfen zu können«, sagte sie mit ernster Miene. Sie waren im Studierzimmer, dessen Flügeltüren in den Garten hinausführten. Von seinem Platz aus konnte er die blühenden Stauden sehen. »Glauben Sie mir«, fuhr sie fort, »ich habe mir den Kopf zerbrochen und versucht, mir alles, was von Bedeutung sein könnte, in Erinnerung zu rufen. Mr. Kreisler war auch schon hier und hat mir dieselben Fragen gestellt wie Sie jetzt, und ich konnte ihm nichts sagen, was hilfreich war.«

»Kreisler war hier?« fragte er rasch.

Ihre Augen wurden größer.

»Wußten Sie das nicht? Anscheinend will er unbedingt die Wahrheit herausbekommen. Ich muß gestehen, daß ich nicht wußte, wie sehr er Susannah mochte.« Er konnte ihren Gesichtsausdruck nicht so leicht deuten; er las Verwunderung sowie Trauer und auch einen Anflug von Verletztheit und Ironie darin.

Pitts Gedanken gingen in eine andere Richtung. Er wollte die Motive für Kreislers Nachforschungen ergründen. War es der Wunsch, Susannahs Tod zu rächen, indem er entweder die Polizei unterstützte oder private Nachforschungen anstellte? Wollte er herausfinden, wieviel sie bereits wußten, um sich oder eine andere Person schützen zu können? Oder wollte er falsche Fährten legen, um die Ermittlungen zu erschweren und die Polizei in die Irre zu führen? Je mehr er über Kreisler erfuhr, desto mehr Zweifel kamen ihm.

»Nein«, sagte er laut. »Ich glaube, es gibt noch eine Menge offener Fragen zu diesem Thema.«

Sie sah ihn interessiert an. »Verdächtigen Sie ihn, Oberinspektor?«

»Selbstverständlich, Mrs. Thorne.«

Sie sah ihn mit unverhohlener Belustigung an. »O nein«, sagte sie. »Ich werde keine Spekulationen nähren. Sie können denken, was Sie wollen. Ich habe nichts gegen harmlosen Tratsch, aber wenn es um Dinge geht, die wichtig sind, ist er mir zuwider.«

»Und Mr. Kreisler ist wichtig?«

Sie zog ihre Augenbrauen in die Höhe. »Nicht im geringsten, Oberinspektor. Aber der Verdacht, daß jemand an einem Mordfall beteiligt sein könnte, ist sehr wichtig.« Ihr Gesicht nahm einen düsteren Ausdruck an. »Und Susannah war wichtig, für mich. Ich mochte sie sehr. Freundschaften sind wichtig, fast so wichtig wie Ehre.«

Sie war sehr ernst, und er antwortete mit gleicher Ernsthaftigkeit.

»Und wenn die beiden miteinander in Konflikt geraten, Mrs. Thorne?«

»Dann führt das zu einer der tragischsten Situationen im Leben«, sagte sie, ohne zu zögern. »Doch zum Glück befinde ich mich nicht in einer solchen Situation. Ich weiß nichts über Susannah, das unehrenhaft wäre. Auch nicht über Linus übrigens. Er ist ein Mensch mit festen Überzeugungen, und er hat seine Absichten sowie die Mittel, mit denen er sie zu verwirklichen hoffte, immer offen dargelegt. Und glauben Sie mir, Oberinspektor, er hatte nie irgendwelche unehrenhaften Absichten anderen Frauen gegenüber.«

Das war eine klare und vorhersehbare Aussage, wie sie eine Freundin unter den gegebenen Umständen machen würde. Normalerweise klang sie hohl und war nur eine Loyalitätsbekundung, doch wenn er in Christabels intelligentes und stolzes Gesicht sah, war er nicht geneigt, leichtfertig darüber hinwegzugehen. Sentimentalität lag ihr fern; sie sprach nicht aus dem Überschwang der Gefühle, sondern aufgrund von Beobachtung und Überzeugung.

Keiner der beiden nahm den stillen Raum und den sonnendurchfluteten Garten jenseits der Flügeltüren, wo der Wind die Blätter bewegte und ab und zu einen Schatten auf das Fensterglas warf, bewußt wahr.

»Und Mr. Kreisler?« fragte er.

»Ich habe keine Ahnung. Ein streitbarer Mensch«, sagte sie nach kurzem Überlegen. »Ich dachte, er fühlte sich zu Miss Gunne hingezogen, was ja sehr verständlich wäre. Aber er hat zweifellos auch Susannah nachgestellt. Trotz seiner offenkundigen Arroganz kann ihm kaum entgangen sein, daß sie seinen Avancen keine Aufmerksamkeit schenken würde.«

Pitt war davon nicht ganz so überzeugt. Auch wenn Susannah ihren Mann noch immer liebte, die Menschen waren doch zu den unterschiedlichsten Handlungen fähig. Sobald es um Leidenschaft, Einsamkeit und körperliche Bedürfnisse ging. Und Susannah hatte an jenem Abend offenbar ein Ziel, über das sie lieber Stillschweigen bewahren wollte.

»Was dann?« fragte er und beobachtete sie genau, während sie nach einer Antwort suchte.

Aber ihre Gedanken verschwanden hinter einem Schleier. Ihre Augen sahen ihn offen an, doch gaben sie nichts mehr von ihrem Inneren preis.

»Es ist Ihr Beruf, das herauszufinden, Oberinspektor. Wenn ich etwas wüßte, was Ihnen helfen würde, hätte ich es Ihnen schon gesagt.«

Von Thorne, den Pitt im Kolonialministerium aufsuchte, erfuhr er auch nichts Neues. Da war Garston Aylmer mitteilungsfreudiger.

»Eine entsetzliche Geschichte«, entgegnete er aus tiefstem Herzen, als Pitt sagte, er sei wegen des Mordes an Susannah Chancellor gekommen. »So ziemlich das Schlimmste, was ich je gehört habe.« Er wirkte sehr betroffen. Als Pitt in sein blasses Gesicht sah und in die tiefliegenden Augen, die seinen Blick offen erwiderten, konnte er sich schwerlich vorstellen, daß der Ausdruck unaufrichtig war oder Aylmer Schuld auf sich geladen hatte.

»Ich kannte sie recht gut, versteht sich«, sagte Aylmer, während er gedankenverloren mit seinen kurzen, dicken Fingern einen Bleistift auf dem Schreibtisch hin und her rollte.

»Eine besonders charmante Frau und von außergewöhnlicher Charakterstärke.« Er sah auf, der Bleistift kam zu einem abrupten Halt. »Ihr wohnte eine Aufrichtigkeit inne, die sehr anziehend und gelegentlich sehr verwirrend war. Es schmerzt mich wirklich sehr, daß sie uns genommen wurde, Oberinspektor.«

Pitt glaubte ihm jedes Wort und kam sich gleichzeitig naiv vor.

»Wissen Sie etwas über die Beziehung zwischen ihr und Mrs. Thorne?« fragte Pitt.

Aylmer lächelte. »Ah – Christabel. Eine ungewöhnliche Dame… zum Glück! Zwei Dutzend von ihrer Sorte, und London wäre komplett auf den Kopf gestellt und bis zur Unkenntlichkeit reformiert.« Er hob die breiten Schultern. »Nein, Oberinspektor, das wäre unfair. Christabel ist zuzeiten sehr charmant und immer interessant. Aber Frauen mit einem dermaßen starken Antrieb, Gutes zu bewirken, machen mir angst. Es kommt mir immer ein bißchen so vor, als brauste plötzlich ein Wirbelsturm über einen hinweg.«

»Ein Wirbelsturm ist zerstörerisch«, sagte Pitt und sah ihn prüfend an, um zu sehen, ob er die Analogie so weit führen wollte.

»Nur für den eigenen Seelenfrieden«, sagte Aylmer mit einem kleinen Lächeln. »Zumindest in Christabels Fall. Die Leidenschaftlichkeit, mit der sie für die Bildung von Frauen eintritt, ist sehr beunruhigend. Sie versetzt viele Menschen in Angst und Schrecken damit. Und wenn Sie sie ein bißchen kennen, wissen Sie auch, daß sie sich nicht mit Halbheiten zufriedengibt.«

»Was genau möchte sie denn reformieren?«

Aylmer hob beide Hände und sagte: »So gut wie alles. Anschauungen, Überzeugungen, die Rolle der Frau in dieser Welt, was natürlich auch die des Mannes mit einbezieht.« Er lächelte. »Und im besonderen? Da möchte sie die Rolle der ›überzähligen Frau‹ radikal verbessern ...«

»Der ›überzähligen Frau‹?« Pitt konnte damit nichts anfangen. »Was für eine ›überzählige Frau‹?«

Aylmers Lächeln wurde breiter. »Alle ›überzähligen Frauen‹, mein lieber Oberinspektor. ›Überzählige Frauen‹ sind diejenigen, die nicht unter der Haube sind und von denen es eine große und ständig wachsende Anzahl gibt. Sie haben keinen Mann, der sie finanziell versorgt, ihnen zu einer sozialen Stellung verhilft und ihnen eine Aufgabe gibt, nämlich sich um ihn und die Kinder, wenn welche da sind, zu kümmern.«

»Was in Gottes Namen will sie da tun?«

»Na, ihnen eine Ausbildung geben! Sie sollen einen Beruf ergreifen, Wissenschaftlerin, Künstlerin werden können, oder was sie sonst wollen. Wenn die überzähligen Frauen das wünschen und die Fähigkeiten dazu haben, soll ihnen alles offenstehen. Wenn Christabel Erfolg hat, könnten Sie das nächste Mal, wenn Sie Ihren Zahnarzt, Ihren Klempner oder Ihren Architekten aufsuchen, vor einer Frau stehen.

Gott bewahre, daß nicht auch der Arzt oder der Priester eine Frau sein könnte!«

Pitt war völlig konsterniert.

»Ganz abgesehen davon, daß Frauen emotional und intellektuell nicht dazu geeignet sind, solche Aufgaben zu übernehmen – von der körperlichen Beschaffenheit ganz zu schweigen –, würde es dazu führen, daß Tausende von Männern ihre Arbeit verlieren. Ich habe ja gesagt, daß sie eine Revolutionärin ist.«

»Und... man läßt es zu, daß sie dies betreibt?« Pitt war verblüfft.

»Nein, natürlich nicht. Aber haben Sie je versucht, eine entschlossene Frau daran zu hindern, sich durchzusetzen? Und erst recht Christabel Thorne!«

Pitt stellte sich vor, er wolle Tante Vespasia Einhalt gebieten, und wußte genau, was Aylmer meinte.

»Ich verstehe«, sagte er.

»Das bezweifle ich.« Aylmer schüttelte den Kopf. »Um die volle Tragweite zu erfassen, müßten Sie Christabel Thorne kennen. Sie hat unglaublichen Mut. Schert sich den Teufel darum, wenn es einen Skandal gibt.«

»War Mrs. Chancellor auch daran beteiligt?« fragte Pitt.

»Gütiger Himmel, was für ein schrecklicher Gedanke! Ich habe keine Ahnung, aber ich glaube, nicht. Nein ... Susannah hat sich hauptsächlich mit ihrer Familie, dem Bankwesen, mit Investitionen und Finanzierung und so weiter beschäftigt. Wenn sie umstürzlerische Ideen hatte, dann in diesem Bereich. Aber sie war viel konventioneller, zum Glück.« Plötzlich verdunkelte sich sein Blick. »Darüber hat sie auch mit Kreisler Streit gehabt, soweit ich mich erinnere. Ein merkwürdiger Mann. Er war auch hier und hat mich über sie ausgefragt. Um ehrlich zu sein, Oberinspektor, hat er viel mehr gebohrt als Sie.«

Pitt richtete sich ein wenig auf. »Über Mrs. Chancellors Tod?«

»Ja. Er scheint sich viele Gedanken zu machen. Ich konnte ihm nichts erzählen, was ich Ihnen nicht auch gesagt habe ..., und das ist ja wenig genug. Er hat auch nach

Mr. und Mrs. Thorne gefragt.« Er lachte ein wenig verlegen. »Und nach mir. Ich bin mir nicht ganz sicher, ob er mich verdächtigt oder ob er einfach jeder Möglichkeit nachgehen wollte.«

Dieselben Fragen stellten sich Pitt auch, sowohl was Aylmer anging als auch Kreisler. Daß Kreisler Aylmer aufgesucht hatte, beunruhigte Pitt doch einigermaßen.

Seine Beunruhigung nahm noch zu, als er Ian Hathaway einen Besuch abstattete, einmal, um von ihm zu erfahren, ob es bei den gefälschten Dokumenten einen Fortschritt gegeben hatte, aber auch, um zu sehen, ob er von ihm mehr über Mr. und Mrs. Thorne und deren Verbindung mit Susannah und Arthur Desmond in Erfahrung bringen konnte.

Hathaway machte einen etwas verwirrten Eindruck. Er saß in seinem ruhigen, gediegen eingerichteten Büro mit den soliden Möbeln, die bereits Spuren der Abnutzung zeigten, aber geschmackvoll waren.

»Nein, Oberinspektor. Das finde ich ja gerade so merkwürdig, und ich verstehe es auch nicht, offen gestanden. Ich wäre heute nachmittag zu Ihnen gekommen, wenn Sie mich nicht aufgesucht hätten. Wir haben Informationen von der Deutschen Botschaft ...«

Unwillkürlich sog Pitt die Luft ein, sein Pulsschlag beschleunigte sich, obwohl er sich bemühte, ganz gelassen zu erscheinen.

Hathaway merkte ihm die Erregung an und lächelte, der Blick aus seinen klaren, blauen Augen war fest.

»Das Dokument enthält ziemlich genaue Zahlen, und das ist ja das Geheimnisvolle. Sie entsprechen nicht denen, die ich ausgeteilt hatte, noch sind es die richtigen Zahlen, die ich zurückgehalten und an Lord Salisbury weitergegeben hatte.«

»Wie bitte?« Pitt traute seinen Ohren kaum. Er verstand überhaupt nichts. »Was soll das heißen?«

»Das ist die Frage«, sagte Hathaway. »Ich kann darin keinen Sinn erkennen. Deshalb habe ich gezögert, Sie zu benachrichtigen.« Er bewegte sich nicht. Sogar seine Hände auf dem Schreibtisch lagen still. »Ich habe mich doppelt versichert, daß ich die Botschaft korrekt empfangen habe. Mein erster Gedanke war, daß es einen Irrtum in der Übermittlung der Zahlen gegeben hat, doch das war nicht der Fall. Die Botschaft war klar und korrekt, die Zahlen sind ganz andere, und wenn auf ihrer Basis gehandelt wird, sind sie sehr irreführend. Zu diesem Zeitpunkt habe ich keinen Anlaß, die Deutsche Botschaft über ihren Irrtum aufzuklären. Gleichzeitig kann ich mir im Moment nicht erklären, was geschehen ist. Ich habe mir erlaubt, Lord Salisbury von der Angelegenheit zu unterrichten, um sicherzugehen, daß er die richtigen Zahlen hat. Ich brauche nicht zu betonen, daß er sie erhalten hat.«

Pitt saß ganz still und dachte über das nach, was Hathaway ihm berichtet hatte. Er versuchte, sich den Sachverhalt zu erklären, doch gelang es ihm nicht.

»Es hat nicht geklappt, Oberinspektor, und ich gestehe, daß ich gänzlich verwirrt bin«, sagte Hathaway bedauernd, lehnte sich in seinem Stuhl zurück und betrachtete Pitt nachdenklich. »Ich bin natürlich bereit, einen neuen Versuch zu starten, wenn Sie meinen, es sei sinnvoll.«

Pitts Enttäuschung war größer, als er zugeben wollte. Er hatte fest damit gerechnet, daß dieser Schachzug ein Ergebnis erbringen würde, auch wenn es nur ein kleiner Hinweis oder eine schwer zu verfolgende Spur gewesen wäre. Er hatte keine Ahnung, was er als nächstes tun sollte. Der Gedanke, Farnsworth berichten zu müssen, daß das, was er für einen ausgezeichneten Plan gehalten hatte, fehlgeschlagen war, behagte ihm gar nicht. Er konnte sich dessen Reaktion und den verächtlichen Ton gut vorstellen.

»Was den Tod von Mrs. Chancellor angeht«, sagte Hathaway ruhig, »so fürchte ich, kann ich Ihnen auch nicht helfen. Ich wünschte, ich könnte Ihnen nützlich sein. Es ist so ein sinnloser Tod.« Er wirkte ehrlich; ein aufrichtiger Mann, der sein tiefes Bedauern kundtat, und dennoch spürte Pitt, daß Hathaways Vernunft seine Gefühle unter Kontrolle hatte. Traf er eine Unterscheidung zwischen sinnlosen Todesfällen und solchen, die nötig waren und einen Sinn hatten?

»Hat sie Ihnen gegenüber je Sir Arthur Desmond erwähnt, Mr. Hathaway?« fragte Pitt.

Kein noch so winziges Zucken war auf Hathaways Gesicht zu erkennen.

»Sir Arthur Desmond?« wiederholte er.

»Ja. Er war früher Mitarbeiter im Außenministerium. Vor kurzem ist er in seinem Club gestorben.«

»Ja, ja, ich weiß, wen Sie meinen.« Er entspannte sich, doch war es nicht mehr als eine kaum wahrnehmbare Bewegung der Muskeln in seinen Schultern. »Sehr bedauerlich. Vermutlich geschieht dergleichen von Zeit zu Zeit, wenn die Mitglieder eines Clubs überaltert sind. Nein, ich kann mich nicht entsinnen, daß sie ihn je erwähnt hätte. Warum? Desmond kann doch nichts mit dieser neuerlichen Tragödie zu tun haben? Sein Tod war ein nicht ungewöhnliches Unglück. Ich war selbst an jenem Nachmittag im Club, im Schreibsaal mit einem Geschäftskollegen.«

Er ließ ein leichtes Seufzen hören. »Den Zeitungen habe ich entnommen, daß Mrs. Chancellor Gewalt angetan wurde, vermutlich in einer Droschke, und daß sie dann in die Themse geworfen wurde. Ist das richtig?«

»Ja, das stimmt«, sagte Pitt. »Es ist nur so, daß Sir Arthur deutlich gegen die Entwicklung in Zentralafrika, so wie Mr. Rhodes sie plant, Stellung bezogen hatte, und das gleiche trifft auch auf Mr. Kreisler zu, der...« Er brach ab. Hathaways Gesichtsausdruck hatte sich deutlich verändert.

»Kreisler?« sagte Hathaway langsam und musterte Pitt genau. »Er war bei mir, müssen Sie wissen. Auch im Zusammenhang mit Mrs. Chancellors Tod, obwohl das nicht der Grund war, den er nannte. Er hat mir eine Geschichte von Minenrechten und Verträgen und so weiter aufgetischt, aber im Grunde genommen wollte er etwas über Mrs. Chancellor und ihre Ansichten erfahren. Ein ungewöhnlicher Mann. Passioniert und mit festen Überzeugungen.«

Seine ungewöhnliche Art, sich unbewegt zu zeigen, vermittelte den Eindruck höchster Konzentration. »Ich vermute, Sie sehen in ihm einen möglichen Verdächtigen, Oberinspektor? Ich will Ihnen nicht vorschreiben, wie Sie vorgehen sollten, aber jemand, der so viele Fagen stellt und so viele Einzelheiten wissen will wie Mr. Kreisler, ist mehr als nur flüchtig an dem Ergebnis interessiert.«

»Ja, Mr. Hathaway, er ist einer der Verdächtigen«, sagte Pitt mit Engagement. »Und ich schließe keineswegs die Möglichkeit aus, daß es zum Streit zwischen ihm und Mrs. Chancellor kam, entweder über Afrika und die Tatsache, daß Mr. Chancellor die Unternehmungen von Mr. Rhodes unterstützt, oder aber über eine persönlichere Angelegenheit. Die Auseinandersetzung könnte, ohne jede Absicht der beiden, eskaliert sein. Ich kann mir vorstellen, daß Mr. Kreisler vor einem Angriff genausowenig zurückschrecken würde wie vor einem Verteidigungsschlag, je nach Sachlage. Und möglicherweise läßt er sich zu solchem Verhalten hinreißen, wenn er in Wut gerät, und hat in diesem Fall vielleicht erst im nachhinein erkannt, daß er einen Mord begangen hat.«

Hathaways Miene verzog sich angewidert.

»Was für ein schlimmes und unzivilisiertes Verhalten. Ein zu Gewalt neigendes Temperament und der völlige Verlust von Kontrolle sind wohl kaum Zeichen menschlichen Verhaltens, schon gar nicht bei einem Mann von Ehre und Intellekt. Welch traurige Verschwendung. Ich hoffe ernstlich, daß Ihre Mutmaßungen sich als falsch erweisen, Oberinspektor. Kreislers Möglichkeiten liegen doch wohl auf einem anderen Gebiet.«

Sie unterhielten sich noch eine Weile, doch zehn Minuten darauf erhob sich Pitt, ohne etwas Neues über Susannah Chancellor erfahren zu haben und ohne die verwirrende Neuigkeit über die Deutsche Botschaft besser zu verstehen.

»Und was hat das miteinander zu tun?«

Charlotte war zu einem Pflichtbesuch bei ihrer Großmutter, die seit der erneuten Heirat von Charlottes Mutter – eine Tatsache, die sie mit intensivster Heftigkeit mißbilligte – notgedrungen bei Charlottes Schwester und deren Ehemann lebte. Emily und Jack waren nicht sehr begeistert von dieser Regelung, da die alte Dame überaus schwierige Launen hatte. Doch in der Cater Street bei Caroline und Joshua konnte sie auch nicht bleiben – sie hatte sich sogar strikt geweigert, obwohl ihr die Möglichkeit gar nicht angeboten worden war. Und in Charlottes Haus war kein Platz für die Großmutter, obwohl sie auch dorthin nicht gezogen wäre. Sie dachte nicht im Traum daran, im Haus eines Polizisten zu wohnen, selbst wenn der kürzlich befördert worden war, was ihn nahezu salonfähig gemacht hatte. Polizist war schließlich nur einen winzigen Deut besser als Theaterschauspieler, wenn man mal ganz ehrlich war. In der Geschichte der Ellisons war noch nie ein Familienmitglied mit einem Schauspieler verheiratet gewesen, bis Caroline den Verstand verloren und genau das getan hatte. Aber schließlich hatte sie in die Ellison-Familie nur eingeheiratet. Was der arme Edward, Charlottes Vater, dazu gesagt hätte, konnte man nicht einmal erahnen. Es war eine Gnade für ihn, daß er unter der Erde lag.

Charlotte wies darauf hin, daß sich die Frage, wen Caroline in zweiter Ehe heiratete, nicht gestellt hätte, wenn ihr Vater nicht gestorben wäre. Darauf wurde ihr nur beschieden, nicht so frech zu sein.

Da Emily und Jack zur Zeit in Italien waren und Großmutter somit, abgesehen vom Personal, allein war, fühlte Charlotte sich verpflichtet, ihr wenigstens alle vierzehn Tage einen Besuch abzustatten. Zur Belohnung hatte sie sich vorgenommen, nach erfüllter Pflicht mit Harriet Soames eine Blumenschau zu besuchen.

Großmama wollte unbedingt all den Tratsch hören, den Charlotte aufgeschnappt hatte. Jetzt, da Caroline in der Cater Street wohnte und sie nur selten besuchte – da sie ja mit ihrem neuen Mann beschäftigt war – und Emily und Jack im Ausland weilten, lechzte sie geradezu nach aktuellen Gesprächsthemen.

Charlotte hatte gerade flüchtig Amanda Pennecuick und die Tatsache erwähnt, daß Garston Aylmer, der außergewöhnlich häßlich war, ihr den Hof machte.

»Das hat eine Menge damit zu tun, wenn man sich überlegt, ob man ihn heiraten soll«, hatte Charlotte freimütig erwidert. Sie saßen in Emilys großem, luftigem und etwas überladenem Salon. An den Wänden hingen Porträts der Ashworths aus früheren Generationen, und der Fußboden war mit einem Aubusson-Teppich bedeckt, der speziell für diesen Raum gewebt worden war.

»Kompletter Unsinn!« fuhr die alte Dame auf. »Das zeigt mal wieder, wie oberflächlich du bist! Wie ein Mann aussieht, ist doch völlig egal.« Sie funkelte Charlotte an. »Und wenn es nicht egal ist, warum hast du dann Thomas geheiratet? Er sieht wohl kaum gut aus, und wohlerzogen kann man ihn auch nicht nennen. Ich kenne keinen anderen Mann, der sich so schlecht anzieht wie er! An ihm sieht noch der beste Anzug von einem Schneider aus der Savile Row wie ein Lumpensack aus. Sein Haar ist zu lang, und mit dem Zeug in seinen Jackentaschen könnte er einen Kramladen aufmachen. Und seit dem Tag, als er zum ersten Mal auftauchte, war seine Krawatte nicht ein einziges Mal ordentlich gebunden.«

»Das ist aber nicht dasselbe, wie häßlich zu sein«, verteidigte sich Charlotte.

»Dann wüßte ich gerne, worin der Unterschied besteht«, gab Großmama zurück. »Außer natürlich darin, daß ein Mann nichts für sein Aussehen kann, aber auf seine Kleidung achten kann jeder. Ich sage immer, schlampige Kleidung ist Ausdruck einer nachlässigen Gesinnung.«

»Das sagst du nicht immer. Du hast es noch nie zuvor gesagt.«

»Nur, um deine Gefühle zu schonen, aber da du das Thema angeschnitten hast, bist du selbst schuld. Wer ist denn diese Amanda Shilling oder Sixpence, oder wie sie nun auch heißen mag?«

»Pennecuick.«

»Sei nicht spitzfindig. Das ist doch keine Antwort. Also, wer ist sie?« wollte die alte Dame wissen.

»Das weiß ich nicht, aber sie ist sehr hübsch.«

»Das ist auch völlig nebensächlich. Aus welcher Familie

kommt sie? Was weißt du über ihre Herkunft, ihre Manieren, ihr Vermögen? Kann sie sich benehmen? Hat sie Verwandte, mit denen man sich sehen lassen kann?«

»Das weiß ich nicht, und ich glaube nicht, daß es Mr. Aylmer interessiert. Er ist in sie verliebt, nicht in ihre Familie«, erklärte Charlotte. »Und er verdient sicherlich ganz gut. Er hat eine hohe Position im Kolonialministerium und wird es sicherlich noch weit bringen.«

»Da hast du es doch schon, du dummes Mädchen. Was bedeutet es dann, daß er häßlich ist? Er hat eine gute Erziehung und hervorragende berufliche Aussichten. Er ist doch ein sehr guter Fang für diese Penny wie-immer-auch, und sie ist so vernünftig, das zu begreifen. Hat er ein angenehmes Wesen?« Ihre kleinen, schwarzen Augen glänzten bei diesem Kreuzverhör. »Trinkt er übermäßig? Bewegt er sich in übler Gesellschaft?«

»Er scheint ein sehr angenehmer Mensch zu sein, und ob er trinkt, weiß ich nicht.«

»Dann sollte man ihn, solange er in diesen Punkten passabel ist, nicht verwerfen.« Sie sprach so, als sei die Sache damit entschieden. »Ich weiß gar nicht, warum du damit angefangen hast. Es ist überhaupt nicht aufregend.«

Charlotte gab noch nicht auf. »Sie interessiert sich für Astronomie.«

»Wofür? Kannst du dich nicht klar ausdrücken? Du murmelst immer vor dich hin. Seitdem du geheiratet hast, sprichst du so undeutlich und gibst dir keine Mühe. Das liegt wahrscheinlich daran, daß du dich mit minderwertigen Typen abgibst. Man kann die Herkunft eines Menschen immer an seiner Art zu sprechen erkennen.«

»Jetzt hast du dir widersprochen«, sagte Charlotte und meinte damit, daß ihre Großmutter ja mit ihr verwandt war.

»Sei nicht so frech!« sagte die alte Dame von oben herab, doch die Verärgerung in ihrem Ausdruck zeigte Charlotte, daß sie den Fehler in ihrer Argumentation bemerkt hatte. »In jeder Familie gibt es ein schwarzes Schaf«, fügte Großmama mit einem stechenden Blick hinzu. »Selbst unsere arme Königin ist davon nicht verschont. Sieh dir nur den Herzog von Clarence an. Ich bitte dich. Die Frauen, die er sich als Geliebte aussucht, sind kein bißchen wohlerzogen, das habe ich zumindest gehört. Und du kommst hierher und faselst von einer jungen Frau, die kein Mensch kennt und einen Mann heiraten will, der eine gute Erziehung, eine ausgezeichnete Position und noch bessere Aussichten hat. Ist doch egal, wenn er nicht besonders gut aussieht. Was soll das?«

»Ich habe nicht gesagt, daß sie ihn heiratet.«

Die alte Dame schnaubte heftig. »Dann ist sie dumm, mehr kann ich dazu nicht sagen! Warum sprichst du nicht von etwas Vernünftigem? Du hast mich kaum gefragt, wie es mir geht. Weißt du auch, daß diese Köchin hier mir gestern abend Geflügel vorgesetzt hat? Und am Abend davor gebratene Makrele. Und es gab keine Fleischfüllung und nur ganz wenig Wein. Sie schmeckte nach Fisch und sonst gar nichts. Ich hätte gern gebratenen Hummer gegessen. Wenn Emily da ist, gibt es das.«

»Vielleicht hatte der Fischhändler keinen guten Hummer«, vermutete Charlotte.

»Erzähl mir nicht, daß sie versucht hat, welchen zu bekommen, denn das glaube ich dir nicht. Oder ich hätte gern einen leckeren Hasenbraten. Hasenbraten mag ich wirklich sehr.«

»Es ist jetzt nicht die Zeit dafür«, erläuterte Charlotte. »Hasenbraten gibt es erst im September wieder.«

Die alte Dame sah sie mit einem vernichtenden Blick an und ließ das Thema fallen. Statt dessen kam sie noch einmal auf Amanda Pennecuick zu sprechen. »Wieso sagst du, sie ist dumm, dieses Moneyfast-Mädchen?«

»Du hast das gesagt, nicht ich.«

»Du hast gesagt, daß sie den Mann nicht heiraten will, weil er häßlich ist, obwohl er in jeder Hinsicht ein guter Fang wäre. Deswegen ist sie dumm. Und woher weißt du, daß sie ihn nicht heiratet? Was sie gesagt hat, tut ja nichts zur Sache. Was soll sie sonst sagen, frage ich dich? Sie kann ja schließlich nicht sagen, *daß* sie ihn heiratet. Das wäre voreilig und vulgär. Und vulgäres Benehmen ist unverzeihlich. Außerdem wäre es sehr unklug.«

»Unklug?« fragte Charlotte.

Die alte Dame sah sie angewidert an. »Natürlich wäre es unklug, du dummes Mädchen. Sie will doch nicht, daß er denkt, sie ist leicht zu haben.« Sie stieß einen lauten Seufzer der Ungeduld aus. »Wenn sie es zuläßt, daß er ihren Wert zu niedrig ansetzt, ist damit das Muster für den Rest ihres Lebens festgelegt. Soll er doch denken, sie zögert. Soll er sie doch umwerben. Wenn er sie schließlich für sich gewinnt, hat er das Gefühl, einen großen Sieg errungen zu haben, und nicht, daß er eine bekommen hat, die kein anderer wollte.

Wirklich, manchmal treibst du mich zur Verzweiflung, Charlotte. Du hast deine ganze Weisheit aus Büchern, aber was nützt das einer Frau? Ihr Leben spielt sich zu Hause ab, nachdem sie den besten Mann geheiratet hat, den sie finden konnte und der sie wollte. Sie sollte ihn glücklich machen und dafür sorgen, daß er in seinem Beruf so weit kommt, wie seine Fähigkeiten, aber auch ihre, es erlauben. Oder wenn sie klug genug ist, sich einen Gentleman zu ergattern, soll sie zusehen, daß er in der Gesellschaft aufsteigt und keine Schulden macht.«

Sie knurrte und rutschte auf ihrem Sitz herum, wobei ihre Röcke raschelten und das Korsett krachte. »Kein Wunder, daß du einen Polizisten nehmen mußtest. Für ein Mädchen, das von Natur aus so unbegabt ist wie du, hattest du Glück, überhaupt jemanden zu finden. Deine Schwester Emily hingegen hat genug Verstand für euch zwei. Sie kommt nach ihrem armen Vater. Du dagegen nach deiner törichten Mutter.«

»Da du doch so klug bist, Großmama, ist es wirklich sehr schade, daß wir keinen Titel, kein Landgut und auch kein Vermögen haben«, sagte Charlotte giftig.

Die alte Dame sah sie mit boshaftem Vergnügen an. »Ich hatte nicht den Vorteil, so hübsch zu sein wie du.«

Das war das erste Kompliment, das ihr die Großmutter, soweit sie sich erinnern konnte, je gemacht hatte, zumal zu diesem Punkt. Es verschlug ihr glatt die Sprache, was – wie sie im nächsten Moment bemerkte – auch die Absicht war.

Doch als sie sich von ihrer Großmutter verabschiedet hatte und in einer Droschke zu Harriet Soames' Haus fuhr, um mit ihr, wie verabredet, zu der Blumenschau zu gehen, fragte sie sich, ob Amanda Pennecuick genau das tat, was die alte Dame beschrieben hatte; ob sie also durchaus beabsichtigte, Mr. Aylmers Werben nach angemessener Frist nachzugeben.

Diese Frage stellte sie Harriet, während sie einige frühblühende Chrysanthemen in einer Kristallvase bewunderten.

Zunächst sah Harriet sie verdutzt an, doch als sie über die Frage nachdachte, änderte sich ihre Haltung.

»Wissen Sie ...«, sagte sie nachdenklich. »Wissen Sie, das ist gar nicht so absurd, wie es klingt. Mir ist aufgefallen, daß Amanda sich manchmal widerspricht, wenn sie davon erzählt, daß sie Mr. Aylmers Werben zurückweist. Sie sagt, sie hätten nichts gemeinsam außer ihrem Interesse an Astronomie. Aber ich habe bisher nicht geglaubt, daß das ausreichen würde, sich auf jemanden einzulassen, den sie eigentlich nicht leiden kann.« Sie kicherte. »Was für ein verführerischer Gedanke. Die Schöne und das Biest. Ja, vielleicht haben Sie recht. Ich hoffe es sogar.« Sie strahlte vor Begeisterung, als sie in den nächsten Raum schlenderten und einen Strauß bunter Tulpen betrachteten, deren grazile Blütenblätter sich scharlachrot und orange geflammt aufbogen.

Als Pitt spät am Abend nach Hause kam, wartete Matthew Desmond schon auf ihn. Er war blaß, und sein blondes Haar fiel strähnig nach vorn, als wäre er wiederholt vor lauter Nervosität mit den Fingern hindurchgefahren. Er wollte nicht mit Charlotte im Wohnzimmer sitzen, sondern hatte darum gebeten, allein in den Garten gehen zu dürfen. Angesichts seiner offensichtlich sorgenzerfurchten Miene konnte Charlotte ihm den Wunsch nicht abschlagen. Das war eindeutig nicht der Moment, da man auf Höflichkeitsritualen bestehen sollte.

»Er ist schon fast eine Stunde hier«, sagte Charlotte leise zu Pitt, der an der Terrassentür des Wohnzimmers stand und Matthews hagere Gestalt beobachtete, die unter dem Apfelbaum auf und ab ging. Anscheinend hatte Matthew noch nicht bemerkt, daß Pitt nach Hause gekommen war.

»Hat er gesagt, was geschehen ist?« fragte Pitt. Es war deutlich, daß irgend etwas Matthew akute Seelenpein verursachte. Wäre es ein kleines Kümmernis gewesen, so hätte er sicherlich ruhig im Wohnzimmer gewartet. Wahrscheinlich hätte er Charlotte davon erzählt, da er wissen mußte, daß Pitt sie sowieso einweihen würde. Er kannte Matthew gut genug, um zu erkennen, daß es nicht mehr die Unentschlossenheit war, die er beim letzten Mal in ihm gespürt hatte, sondern etwas, das viel stärker und noch ungelöst war.

»Nein«, antwortete Charlotte. Ihr Gesicht drückte Anteilnahme aus, wahrscheinlich für Matthew, aber auch für Pitt. Sie sah ihn zärtlich an und wollte noch etwas sagen, ließ es aber, weil sie wußte, daß es nicht helfen würde. Man mußte sich dem Problem, worin es auch bestand, stellen. Es hatte keinen Sinn, darüber nachzudenken, wie man es vermeiden konnte.

Er strich ihr in zärtlicher Übereinstimmung über den Arm und ging in den Garten hinaus. Der weiche Rasen verschluckte seine Schritte, so daß Matthew Pitt erst bemerkte, als sie auf gleicher Höhe waren.

Matthew drehte sich plötzlich um. Einen Augenblick lang stand ein Ausdruck des Entsetzens in seinem Gesicht, dann kaschierte er seine Gefühle und versuchte, Pitt mit gewohnter Höflichkeit zu begrüßen.

»Nicht doch«, sagte Pitt.

»Was?«

»Spiel mir nichts vor. Es geht um etwas Ernstes. Erzähl mir, was es ist.«

»Oh, ich ...« Matthew versuchte ein Lächeln, doch sein Gesicht verschloß sich wieder, und ein schmerzlicher Ausdruck trat in seine Augen.

Pitt stand hilflos neben ihm. Er spürte eine große Besorgnis und den heftigen Wunsch zu beschützen, wie man es nur gegenüber einem Jüngeren erlebt, den man über lange Jahre gekannt und aufwachsen gesehen hatte. Als sie zusammen unter dem Apfelbaum standen, war es, als seien die dazwischenliegenden Jahre wie weggeblasen und sie seien um ein Vierteljahrhundert zurückversetzt, als der Altersunterschied von einem Jahr so wichtig war. Es drängte ihn, etwas zu tun, und sei es nur, die Hand auszustrecken und den Arm um ihn zu legen, als seien sie noch Kinder. Doch er durfte die vergangenen Jahre nicht ignorieren, und wußte, daß eine solche Geste nicht passend war. Er konnte also nur abwarten. »Die Sache mit dem Kolonialministerium ...«, sagte Matthew schließlich. »Du weißt noch nicht, wer es war, oder?«

»Nein.«

»Doch die Informationen kommen zum Teil ...« Er brach ab, als sei es ihm auch jetzt, da er im Begriff war, die Sache zu benennen, unerträglich, darüber zu sprechen.

Pitt wartete. In der Krone des Apfelbaums zwitscherte ein Vogel. Irgendwo jenseits der Mauer wieherte ein Pferd.

»... vom Schatzamt«, beendete Matthew seinen Satz.

»Ja«, stimmte Pitt ihm zu. Er wollte schon die Namen derjenigen erwähnen, die Ransley Soames in den engeren Kreis der Verdächtigen gezogen hatte, empfand das dann aber als Vorgriff und sagte nichts. Es war besser, Matthew ohne Unterbrechung sprechen zu lassen.

Matthew starrte auf einen Zweig mit Apfelblüten, der auf den Rasen gefallen war. Er hatte Pitt halb den Rücken zugewandt.

»Vor zwei Tagen hat mir Harriet erzählt, sie hätte ein Gespräch ihres Vaters – Ransley Soames – mitgehört. Sie wollte zu ihm ins Studierzimmer gehen und merkte nicht gleich, daß er am Telefon sprach.« Wieder hielt Matthew inne.

Pitt schwieg.

Matthew atmete tief ein und fuhr mit rauher Stimme

fort, so als sei seine Kehle zugeschnürt und er habe Mühe, die Worte hervorzubringen.

»Er sprach mit jemandem über die von der Regierung bereitgestellten Gelder für die Erforschung und Besiedlung des Sambesi-Gebiets, und soweit Harriet sich erinnert, betraf es verschiedene Aspekte, angefangen mit Cecil Rhodes bis zu MacKinnon, dann Emin Pasha und die Kap-Kairo-Achse sowie die Bedeutung einer Marinebasis in Simonstown. Was es Großbritannien kosten würde, wenn wir sie verlören.«

Soweit war das, was Matthew berichtete, ein Thema, das Soames mit jedem Kollegen besprechen konnte, und von daher nichts Ungewöhnliches.

Matthew hielt seinen Blick noch immer auf den Blütenzweig gerichtet. »Dann hat er wohl gesagt: ›In Zukunft werde ich Ihnen nichts mehr sagen können. Dieser Pitt von der Polizei war hier, und ich wage nicht, Ihnen weitere Informationen zu geben. Sie müssen sehen, was Sie mit dem, was Sie bereits haben, anfangen können. Tut mir leid.‹ Und dann hat er anscheinend den Hörer aufgelegt. Sie hat nicht verstanden, worum es da ging – aber ich wußte es sofort.«

Endlich drehte Matthew sich um und sah Pitt ins Gesicht. Sein Blick war gequält, als erwarte er, daß jemand zum Schlag gegen ihn aushole.

Plötzlich lag alles offen da. Ransley Soames war der Verräter im Schatzamt. Ohne es zu wissen, hatte seine Tochter Matthew gegenüber das Geheimnis gelüftet, und Matthew war, nachdem Gewissenskonflikte in ihm getobt hatten, zu Pitt gekommen. Und natürlich wußte er, was das alles bedeutete, und sah die Konsequenzen seines Verhaltens klar vor sich, doch war er außerstande, anders zu handeln.

Pitt entgegnete nichts. Er brauchte nicht zu sagen, daß er aufgrund dieser Kenntnisse handeln müsse. Matthew hatte das gewußt, als er zu ihm kam. Es nutzte auch nichts, zu versprechen, daß er Matthews oder Harriets Namen aus der Sache heraushalten würde, weil Matthew wußte, daß das unmöglich war. Er brauchte auch keine tröstenden und verständnisvollen Worte zu sagen. Er erkannte die Tragweite. Was Matthew fühlte oder welche Überwindung es ihn gekostet hatte, konnte keiner wissen.

So streckte er schlicht die Hand aus für einen Bruder und in Bewunderung für einen Mann, dessen Redlichkeit sich auch gegen den Wunsch seines Herzens durchsetzte.

10.

Kapitel

Pitt konnte nicht schlafen. Eine Weile lag er still im Bett, unsicher, ob Charlotte auch wach lag, und bemüht, sie nicht zu stören. Doch schließlich war er sicher, daß sie schlief und es nicht merken würde, wenn er aufstünde.

Er schlich die Treppe hinunter, ging ins Wohnzimmer und betrachtete das sanfte Licht der Mondsichel über dem Garten. Die Apfelblüten leuchteten schwach, und der Baum warf seinen dunklen Schatten auf den Rasen. Die Sterne wurden zum Teil von vorüberziehenden Wolken verdeckt, zum Teil konnte Pitt sie als winzige Lichtflecken ausmachen. Die Nachtluft war warm. In ein paar Wochen war Mittsommer, weshalb in den Millionen von Häusern nicht mehr geheizt wurde. Nur an den Herdstellen, in den Gaswerken und den Fabriken wurde noch gefeuert, so daß die leichte Brise nach sauberer Luft roch.

Natürlich war es nicht vergleichbar mit Brackley, wo man mit einem Atemzug den Duft von Heu und Laub, von feuchtem Holz und frisch gepflügter Erde riechen konnte. Aber es war besser als sonst, und über der Stadt lag eine Ruhe, die sich unter anderen Umständen auf ihn übertragen hätte.

Doch morgen früh mußte er Ransley Soames gegenübertreten. Es gab wirklich keine Alternative. Er kannte alle Informationen, die vom Schatzamt weitergegeben worden waren. Matthew hatte sie ihm selbst gegeben. Soames hatte in alles Einblick gehabt. Das traf auch auf mehrere andere Mitarbeiter des Schatzamts zu, aber Matthew hatte den genauen Wortlaut des Telefongesprächs wiedergeben können, einschließlich der Bemerkung über Simonstown und die Buren, die Soames gemacht hatte, wie auch die über Pitt selbst.

Es würde eine sehr unerquickliche Begegnung werden, soviel stand fest. Der nächste Tag war ein Samstag. Pitt würde ihn also zu Hause vorfinden, was so ungefähr das einzig Gute an der Sache war. So brauchte Pitt ihn nicht vor seinen Kollegen festnehmen und unter Anklage stellen, sondern konnte diskret handeln.

Für Harriet würde es wohl nahezu unerträglich sein. Aber das war immer so, daß der Sturz eines Menschen anderen weh tat. Immer gab es eine Ehefrau, Eltern oder Kinder – Menschen, die erschrocken und enttäuscht, voller Scham und Trauer dabeistanden. Man durfte das nicht zu sehr auf sich wirken lassen, sonst würde man sich vor Mitleid verzehren und völlig handlungsunfähig werden.

Es war kurz nach neun, als Pitt das Haus von Ransley Soames betrat. Der Butler sah ihn fragend an.

»Ich fürchte, die Angelegenheit läßt sich nicht aufschieben«, sagte Pitt ernst. Tellman wartete draußen. Er hatte ihn mitgenommen, falls die Situation zu entgleiten drohte und er sie allein nicht bewältigen konnte. Natürlich wollte er ihn nur dann herbeirufen, wenn es nicht zu vermeiden war.

»Ich sehe nach, ob Mr. Soames Sie empfangen kann«, sagte der Butler. Zwar war es nicht die übliche ausweichende Antwort, aber sie erfüllte denselben Zweck.

Nach kurzer Zeit kam er mit ausdruckslosem Gesicht zurück.

»Wenn Sie mir bitte folgen wollen. Mr. Soames wird Sie in seinem Studierzimmer empfangen.«

Trotzdem dauerte es noch weitere zehn Minuten, bis Soames eintrat. Pitt wartete in dem stillen, hellgrünen Zimmer mit dem verschnörkelten Mobiliar. An den Wänden hingen zu viele Bilder und Photos, und in der Ecke stand eine Topfpflanze, die überreichlich gegossen worden war. Normalerweise hätte er sich die Bücher im Regal angesehen, da sie Aufschluß über den Charakter eines Menschen und seine Interessen gaben. Doch an diesem Morgen konnte er nur an die unmittelbar vor ihm liegende Zukunft denken. Sein Blick fiel auf zwei idealisierende Bücher über Afrika. Das eine war ein Roman von H. Rider Haggard, das andere ein Sammelband mit Briefen von Missionaren.

Die Tür öffnete sich, Soames trat ein und schloß sie hinter sich. Er wirkte leicht verärgert, aber nicht besorgt.

»Wie kann ich Ihnen helfen, Mr. Pitt?« fragte er kühl. »Ich nehme an, es ist dringend, sonst wären Sie nicht an einem Samstagmorgen zu mir nach Hause gekommen.«

»Das ist es in der Tat, Mr. Soames«, bekannte Pitt. »Und da es sich nicht angenehm umschreiben läßt, werde ich gleich zur Sache kommen. Ich habe Anlaß zu der Annahme, Sir, daß Sie es sind, der Informationen über Finanzierungspläne vom Schatzamt an einen Mitarbeiter im Kolonialministerium weitergeleitet hat, die dieser dann der Deutschen Botschaft zukommen lassen sollte.«

Das Blut stieg Soames ins Gesicht und verfärbte es dunkelrot. Nach einem schrecklichen Moment der Stille wich es wieder aus seinen Adern, und er war leichenblaß. Er öffnete den Mund, um etwas zu sagen, vielleicht um zu leugnen, aber die Worte erstarben auf seinen Lippen. Vielleicht erahnte er, daß die Schuld ihm ins Gesicht geschrieben stand und ein Leugnen sinnlos, sogar lachhaft wäre.

»Es – es ist nicht …«, hob er an und gab dann auf. »Sie verstehen das nicht«, sagte er mit gebrochener Stimme. »Es ist nicht …«

»Das stimmt«, gab Pitt ihm recht. »Ich verstehe es nicht.«

»Die Informationen stimmen nicht!« Soames sah aus, als würde er jeden Moment die Besinnung verlieren, so blaß war er, und auf Oberlippe und Stirn stand kalter Schweiß. »Der Zweck war, Deutschland in die Irre zu führen!«

Pitt zögerte einen Moment und überlegte, ob er ihm Glauben schenken sollte, doch dann wurde ihm bewußt, wie leicht es war, das zu sagen, und gleichzeitig wie unwahrscheinlich.

»Ach so«, sagte er mit kalter Stimme. »Vielleicht könnten Sie mir die Namen der Regierungsmitglieder nennen, die darüber unterrichtet sind. Bedauerlicherweise sind der Außenminister, der Minister für koloniale Angelegenheiten und der Premierminister nicht darunter.«

»So bin ich ... nicht ... nicht vorgegangen.« Soames war verzweifelt, ein wilder Blick stand in seinen Augen, doch war auch eine Spur von Aufrichtigkeit darin. War dies ein letzter, verzweifelter Versuch, sich selbst zu überzeugen?

»Dann sollten Sie genau erklären, wie es gemacht wurde und wer noch daran beteiligt ist«, schlug Pitt vor.

»Aber Sie wissen doch ...« Soames starrte ihn an und wurde zum ersten Mal gewahr, daß er nicht wußte, über welche Kenntnisse Pitt verfügte und auf welche Weise er sie erworben hatte.

»Wenn es nicht so ist, wie ich vermute, Mr. Soames, dann müssen Sie mir genau erklären, wie die Sache sich verhält«, sagte Pitt und wechselte geschickt seinen Standpunkt. »Aus meiner Sicht sieht es wie einfacher Verrat aus, wenn man Regierungsinformationen an jemanden aushändigt, von dem man weiß, daß er sie an einen Landesfeind, oder wenigstens eine rivalisierende Macht, weiterreicht. Wie man Ihnen diesen Dienst gedankt hat, muß noch aufgedeckt werden.«

»Gar nicht!« Soames war empört. »Großer Gott, das ist ... das ist eine abscheuliche Unterstellung! Ich habe die Informationen an einen Mann von Feingefühl und großem Geschick weitergegeben, der sie soweit verfälscht hat, daß sie irreführend waren, aber nicht unglaubwürdig. Nicht gegen die Interessen Großbritanniens, sondern vielmehr zu ihrem Schutz, sowohl in Ostafrika und in Zentralafrika als auch in der Nordsee. Ich erwarte nicht, daß Sie das verstehen ...«

»Helgoland«, bemerkte Pitt.

Soames war offensichtlich überrascht. »Ja. Ja, das stimmt genau.«

»Sie haben diesem Mann die richtigen Informationen gegeben, damit er sie verfälschte?«

»So ist es.«

Pitt seufzte. »Und woher wissen Sie, daß er das getan hat?«

»Was?«

»Woher wissen Sie, daß er sie verfälscht hat, bevor er sie weitergab?«

»Er hat mir sein Wort gegeben ...« Er sprach nicht weiter. Plötzlich verdunkelte sich sein Blick, als er begriff. »Sie glauben mir nicht ...«

»Ich glaube, das Netteste, was ich dazu sagen kann, Mr. Soames«, sagte Pitt müde, »ist, daß Sie naiv sind.« Soames sank in seinen Stuhl.

»Wer ist es?« fragte Pitt.

»Ich ... ich kann es nicht glauben.« Soames machte einen letzten Versuch, seine Unschuld zu beteuern. »Er ... war ...«

»Vertrauenswürdig«, ergänzte Pitt den Satz. »Ich kann kaum glauben, daß Sie sich so leicht hinters Licht haben führen lassen.« Doch noch während er sprach, wurde er Lügen gestraft. Ein Blick in Soames' aschfahles und unglückliches Gesicht überzeugte ihn, daß er tatsächlich naiv war.

»Seine Gründe waren ...« Soames machte einen neuen Versuch.

»Seine Gründe waren so einleuchtend. Die Deutschen sind keine Dummköpfe.« Er fuhr sich mit der Hand über die schweißbenetzte Oberlippe. »Die Informationen mußten den richtigen sehr ähnlich sein. Frei erfundene Einzelheiten hätten ihren Zweck nicht erfüllt.«

»Das würde ich auch so sehen«, stimmte Pitt ihm zu. »Selbst die Beweggründe für diese Irreführung leuchten mir ein. Schließlich sind die Deutschen auch in Ostafrika, im Sambesi-Gebiet und in Sansibar, und ich weiß, daß zwischen ihnen und uns ein größeres Vertragswerk ausgehandelt wird.«

Soames' Miene hellte sich etwas auf.

»Aber für derlei Dinge haben wir einen Geheimdienst«, fuhr Pitt fort.

»Der aber über das Außenministerium und das Kolonialministerium arbeitet!« Soames rückte nach vorn, seine Augen leuchteten. »Wirklich, Oberinspektor, ich glaube, hier liegt eine Fehleinschätzung Ihrerseits vor.«

»Nein, Mr. Soames, das ist nicht der Fall«, sagte Pitt mit Schärfe. »Wenn diese Handlungsweise gewünscht worden wäre, dann hätte entweder Mr. Chancellor oder Lord Salisbury Sie dazu aufgefordert. Es wäre nicht nötig gewesen, daß Sie im geheimen handeln und sich vor meinen Nachforschungen fürchten mußten. Im Gegenteil, es hätte überhaupt keine Nachforschungen gegeben. Wie Sie sicher noch wissen, hat mir das Außenministerium in Zusammenarbeit mit dem Kolonialministerium den Auftrag erteilt. Und dort war man in Sorge, weil Informationen zu den Deutschen gelangten. Man wußte nicht, daß sie gefälscht waren.«

Soames saß auf der Stuhlkante, sein Körper sackte für einen Moment verzweifelt in sich zusammen. Dann richtete er sich auf, sprang vom Stuhl und ging zum Telefon. Er nahm den Hörer ab und sah Pitt trotzig an. »Ich kann es erklären!« Beim Amt bat er um eine Verbindung mit Lord Salisbury und gab dessen private Nummer an. Keinen Augenblick wandte er den Blick von Pitt. Pitt hatte Mitleid mit ihm. Soames war eitel und leicht verführbar, aber er war kein Verräter aus Überzeugung.

Ein Krachen am anderen Ende der Leitung war zu vernehmen.

Soames atmete ein und wollte sprechen, aber dann wurde ihm die Sinnlosigkeit klar.

Langsam legte er den Hörer wieder auf.

Pitt brauchte nichts zu sagen. Es sah aus, als würden Soames' Knie nachgeben.

»An wen haben Sie die Informationen gegeben?« fragte Pitt.

»An Jeremiah Thorne«, sagte Soames mit unbeweglichem Gesicht. »Ich habe sie an Jeremiah Thorne weitergegeben.«

Bevor Pitt darauf etwas sagen konnte oder überlegt hatte, ob das der Wahrheit entsprach, klopfte es, und Harriet Soames stand mit blassem Gesicht, großen Augen und anklagendem Gesichtsausdruck in der Tür. Sie sah ihren Vater und erkannte seine Verzweiflung, dann sah sie Pitt durchdringend an.

»Papa, dir geht es nicht gut. Was ist passiert? Mr. Pitt, warum sind Sie hier, und das zu dieser Tageszeit? Hat es mit dem Mord an Mrs. Chancellor zu tun?« Sie trat ein und schloß die Tür hinter sich.

»Nein, Miss Soames«, antwortete Pitt. »Es handelt sich um eine Sache, die, soweit ich weiß, nicht damit in Zusammenhang steht. Ich glaube, es wäre besser, wenn Sie uns gestatten würden, sie unter vier Augen zu Ende zu führen; dann kann Mr. Soames Sie anschließend nach seinem Gutdünken ins Bild setzen.«

Sie trat näher an ihren Vater heran; ihre Augen funkelten, langsam stieg die Angst in ihr empor.

»Nein, ich gehe erst, wenn ich weiß, was geschehen ist. Papa, was ist los?« Ihre Stimme wurde schrill. Er wirkte völlig verzweifelt, der Elan und das Selbstbewußtsein, die man noch vor einer Stunde so deutlich spüren konnte, waren von ihm gewichen. Es war, als sei alle Lebendigkeit aus seinen Adern geflossen.

»Mein Liebes… Ich…« Er wollte sich erklären, doch überstieg es seine Kräfte. Die Wahrheit lastete schwer auf ihm und ließ für nichts anderes mehr Raum. »Ich war sehr… naiv… Man hat mich benutzt, mich mit einer sehr plausiblen Lüge getäuscht, ein Mann, dessen Ehre für mich nie in Frage stand.«

»Wer?« Ihre Stimme verriet einen Anflug von Panik. »Wer hat dich benutzt? Ich verstehe nicht, wovon du redest. Warum ist Mr. Pitt gekommen? Warum hast du die Polizei geholt? Wenn du hintergangen worden bist, wie kann er dir dann helfen? Wäre es nicht besser…, ich weiß auch nicht…, eine vertrauliche Lösung zu suchen?« Ihr Blick wanderte von ihrem Vater zu Pitt und zurück. »Ging es um eine große Summe Geld?«

Soames war offensichtlich nicht in der Lage, eine verständliche Erklärung abzugeben. Pitt ertrug die Pein des anderen nicht länger. Soames so verzweifelt kämpfen zu sehen bedeutete, seiner Beschämung mehr ansichtig zu werden als nötig. Ein sauberer Hieb wäre gnädiger.

»Mr. Soames hat geheime Informationen an einen Spion weitergeleitet«, sagte er zu Harriet, »in der Überzeugung, daß dieser Mann die Informationen benutzte, um die Interessen Großbritanniens in Afrika zu fördern. Angeblich fälschte er sie, bevor er sie dann an die Deutschen weitergab. Jedoch war dieses Vorgehen weder vom Kolonialministerium noch vom Außenministerium abgesegnet worden. Im Gegenteil, man hat mich dort gebeten herauszufinden, woher die Informationen kommen.« Sie sah ihn verständnislos an.

»Sie irren sich! Sie müssen sich irren.« Sie drehte sich zu ihrem Vater um und wollte ihn um eine Erklärung bitten. Da sah sie das Ausmaß seiner Verzweiflung und erkannte mit einem Mal, daß dies die Wahrheit sein mußte. Sie drehte sich wieder zu Pitt um. »Wie auch immer«, sagte sie bebend vor Zorn, »wenn mein Vater hintergangen worden ist, so hat er nicht unehrenhaft gehandelt. Sie sollten sich vorsehen, was Sie zu ihm sagen.« Sie trat noch näher an ihren Vater heran, als brauche er körperlichen Schutz, den sie ihm geben wollte.

»Ich beschuldige ihn nicht der Unehrenhaftigkeit, Miss Soames«, sagte Pitt leise, »nicht Ihren Vater.«

»Und warum sind Sie dann hier? Sie sollten den suchen, der ihn belogen und die Informationen weitergeleitet hat.«

»Ich habe erst von Ihrem Vater erfahren, wer das ist.«

Sie reckte das Kinn in die Höhe. »Wenn Sie das nicht wußten, woher wußten Sie dann, daß das Ganze mit meinem Vater zu tun hatte? Vielleicht stimmt das gar nicht. Haben Sie daran schon gedacht, Oberinspektor?«

»Ich habe durchaus daran gedacht, Miss Soames, und es verhält sich nicht so.«

»Beweisen Sie es«, forderte sie ihn heraus und sah ihn mit funkelnden Augen an, den Unterkiefer nach vorn gestreckt und ihr bemerkenswertes Profil so starr wie eine Steinbüste.

»Es nützt nichts, Harriet«, unterbrach Soames sie. »Der Oberinspektor hat mein Gespräch mitgehört, als ich die Informationen weitergab. Ich weiß zwar nicht, wie, aber er konnte den Wortlaut wiederholen.«

Sie stand wie erstarrt. »Welches Gespräch? Mit wem?«

Soames warf Pitt einen fragenden Blick zu.

Pitt schüttelte den Kopf.

»Mit dem Mann vom Kolonialministerium«, erwiderte Soames, vermied es aber, den Namen zu nennen.

»Welches Gespräch?« Ihre Stimme klang heiser. »Wann war das?«

»Am Mittwoch, am späten Nachmittag. Warum? Was macht das jetzt noch?«

Sie drehte sich langsam zu Pitt um; Entsetzen und Widerwillen standen in ihren Augen und verzerrten ihr Gesicht zu einer Fratze.

»Matthew«, flüsterte sie. »Matthew hat es Ihnen gesagt, oder nicht?«

Pitt wußte nicht, was er sagen sollte. Er konnte es nicht leugnen, und gleichzeitig brachte er es nicht über sich zu sagen, daß ihr Verdacht korrekt war. Vorzugeben, daß Matthew die Bedeutung des Gesprächs nicht erfaßt oder die Konsequenz nicht erkannt hatte, wäre dumm und unglaubwürdig.

»Sie können es nicht leugnen, oder?« beschuldigte sie ihn.

»Harriet…«, hob Soames an.

Sie drehte sich zu ihm um. »Matthew hat dich verraten, Papa…, und mich auch. Er hat uns beide für sein heißgeliebtes Außenministerium verraten. Ihn werden sie befördern, und du bist ruiniert.« Sie war den Tränen nahe und konnte sie nur noch mit Mühe zurückhalten.

Pitt wollte Matthew verteidigen und ihn rechtfertigen, aber ihr Gesicht sagte ihm, daß es keinen Sinn hatte. Außerdem war es Matthews gutes Recht, das zu seiner Erklärung zu sagen, was er für richtig hielt. Pitt sollte da besser nicht vorgreifen, ganz gleich, wie sehr es ihm am Herzen lag. In Harriets Augen standen Wut, Verletzung und Verwirrung und das große Bedürfnis, ihren Vater zu beschützen. Er verstand sie viel besser, als Worte und Argumente es hätten ausdrücken können. Er war versucht, demselben wilden Instinkt zu folgen, der in ihr aufflammte. Auch er wollte den Schwächeren und Verletzbaren schützen und Matthew vor dem Schmerz bewahren, der unweigerlich auf ihn zukam.

Und beide waren sie machtlos.

»Das ist ja widerwärtig«, preßte sie hervor. Die Kehle war ihr fast zugeschnürt. »Wie kann man sich nur so ... so verabscheuungswürdig verhalten?«

»Indem man die Geheimnisse seines Landes, die einem anvertraut worden sind, verrät, oder indem man diesen Verrat den Behörden meldet, Miss Soames?« fragte er ganz ruhig.

Das Blut war auch aus ihren Lippen gewichen. »Es ... es ist kein ... Verrat.« Das Wort kam ihr nur schwer über die Lippen. »Er ist ... er ist hintergangen worden ... Das ist kein Verrat ... Und ... zu Matthews Entschuldigung werden Sie nichts sagen können. Nicht vor mir. Niemals!«

Soames kam mit Mühe auf die Füße. »Ich werde selbstverständlich meinen Rücktritt einreichen.«

Pitt widersprach ihm nicht, noch wies er darauf hin, daß ihm wohl keine andere Wahl bliebe.

»Jawohl, Sir«, sagte er. »Doch jetzt, denke ich, wäre es ratsam, wenn Sie mit mir zur Wache in der Bow Street kämen und eine Aussage über den Inhalt unseres Gesprächs zu Protokoll gäben.«

»Vermutlich läßt sich das nicht umgehen«, sagte Soames zögernd. »Ich ... ich spreche am Montag vor.«

»Nein, Mr. Soames, Sie werden jetzt mitkommen«, sagte Pitt fest. Soames schreckte hoch.

Harriet kam noch näher an ihren Vater heran und schob ihren Arm durch seinen. »Er hat Ihnen doch gesagt, daß er am Montag kommen wird. Sie haben gesiegt, was wollen Sie mehr? Er ist ruiniert! Reicht Ihnen das nicht?«

»Es geht nicht darum, daß ich zufrieden bin, Miss Soames«, erklärte Pitt mit aller Geduld, die er aufzubringen vermochte. Er bezweifelte, daß sie so naiv war. »Ihr Vater ist nicht allein in diese Sache verstrickt. Es müssen noch andere festgenommen werden ...«

»Dann gehen Sie, und nehmen Sie sie fest! Tun Sie Ihre Pflicht! Hier hält Sie nichts mehr!«

»Das Telefon.« Pitt blickte auf das Gerät, das auf der Gabel lag.

»Was ist damit?« Sie betrachtete ihn mit Abscheu. »Wenn Sie es benutzen wollen, können Sie das tun!«

»Und Sie desgleichen«, erklärte er. »Sie könnten die anderen warnen. Wenn ich dann bei ihnen ankomme, sind sie verschwunden. Sicher verstehen Sie, warum es nötig ist, jetzt zu handeln und nicht erst am Montag?«

»Oh …«

»Mr. Soames?« sagte er mit wachsender Ungeduld.

»Ja … ich, eh …« Er sah sich verwirrt um, ein gebrochener Mann, und in dem Moment tat er Pitt genauso leid wie Harriet, obwohl er ihn auch wegen seiner Dummheit verachtete. Aufgrund seiner Arroganz hatte er geglaubt, einen besseren Durchblick zu haben als seine Kollegen, und vielleicht hatte auch eine gewisse Wichtigtuerei eine Rolle gespielt, weil er Geheimnisse kannte, zu denen die anderen keinen Zugang hatten. Doch nun würde er einen hohen Preis für einen ganz gewöhnlichen Fehltritt bezahlen.

Pitt öffnete ihm die Tür.

»Ich komme mit!« erklärte Harriet voller Auflehnung.

»Nein, das tun Sie nicht«, sagte Pitt.

»Ich …«

»Bitte!« Soames sah sie an. »Bitte … nimm mir nicht alle meine Würde, mein Liebes. Ich möchte es lieber allein durchstehen.«

Sie blieb zurück und ließ ihren Tränen freien Lauf. Pitt führte Soames zur Tür hinaus, während sie voller Zorn und Gram auf der Schwelle stehenblieb.

Pitt nahm Soames mit zur Bow Street und überließ ihn dort Tellman, der ein detailliertes Protokoll von allen Informationen aufstellen sollte, die Soames an Thorne weitergegeben hatte. Pitt hatte gezögert, Soames mit auf die Wache zu nehmen; es handelte sich um eine heikle Angelegenheit, und er war von höherer Stelle beauftragt worden.

Doch zu Matthew, der ja ursprünglich die Ermittlungen eingeleitet hatte, konnte er ihn wegen der Beziehung zwischen den beiden nicht bringen. Auch Linus Chancellor, der zwar um diese Zeit an einem Samstag zu Hause sein würde, schied aus, da er nicht in der Verfassung war, sich dieser Sache anzunehmen. Und den anderen Mitarbeitern des Kolonialministeriums traute er nicht ganz, noch konnte er sicher sein, sie dort vorzufinden.

Er hatte keine Befugnis, sich direkt an Lord Salisbury zu wenden, und schon gar nicht an den Premierminister. Er würde Thorne festnehmen und dann Farnsworth einen ausführlichen Bericht zukommen lassen.

Er nahm zwei Wachtmeister mit, für den Fall, daß Thorne sich zur Wehr setzen würde. Die Möglichkeit war nicht auszuschließen. Außerdem mußten sie das Haus durchsuchen und dafür sorgen, daß keine Beweismittel zerstört wurden, die in einem Prozeß mit Sicherheit herangezogen werden würden. Allerdings war es möglich, daß die Regierung es vorziehen würde, die Sache in aller Diskretion beizulegen, damit die Öffentlichkeit nicht Kenntnis von Fehlern und einer Schwachstelle in den Ministerien erhielt.

Zusammen mit den Wachtmeistern kam er in einer Droschke bei dem Haus der Thornes an und postierte einen der beiden am Hintereingang, sollte Thorne zu fliehen versuchen. Zwar wäre das würdelos und absurd, doch nicht ganz abwegig. Jeder kann in Panik geraten, und manchmal gerade diejenigen, von denen man es am wenigsten erwartete.

Ein Diener öffnete mit ernster Miene die Tür – aufgrund seiner Blässe konnte man annehmen, daß er soeben einen bösen Schock erlitten und sich von ihm noch nicht wieder erholt hatte.

»Ja bitte, Sir?« fragte er ausdruckslos.

»Ich möchte Mr. Thorne sprechen.« Pitt formulierte seinen Wunsch nicht als Bitte, sondern als Aufforderung.

»Es tut mir leid, aber er ist nicht zu Hause«, sagte der Diener weiterhin ausdruckslos.

»Wann erwarten Sie seine Rückkehr?« Pitt spürte Enttäuschung, wahrscheinlich, weil er sowohl Thorne selbst als auch Christabel mochte und seine Aufgabe nicht gern erfüllte. Die Aussicht, die Konfrontation verschieben zu müssen, machte das Ganze nur schlimmer.

»Gar nicht, Sir.« Der Diener sah sehr unglücklich aus und erwiderte Pitts Blick zum ersten Mal.

»Was meinen Sie damit?« fuhr Pitt ihn an. »Meinen Sie, daß Sie nicht wissen, wann er zurückkommen wird? Und Mrs. Thorne? Ist sie zu Hause?«

»Nein, Sir, sowohl Mr. als auch Mrs. Thorne sind gestern nach Portugal abgereist, und nach meinen Informationen werden sie nicht nach England zurückkehren.«

»Gar nicht?« Pitt war sprachlos.

»Nein, Sir, gar nicht. Die Hausangestellten sind entlassen worden, außer mir und dem Butler, und wir sind nur noch so lange hier, bis Mr. Thornes Anwalt das Haus und die persönlichen Gegenstände veräußert hat.«

Pitt war wie vor den Kopf geschlagen. Thorne war geflohen. Und wenn Thorne schon gestern abend abgereist war, dann hatte Soames nichts damit zu tun. Im Gegenteil, Thorne war gegangen, ohne Soames zu warnen, was er hätte tun können.

»Wer war gestern hier?« fragte er barsch. »Wer hat gestern Mr. Thorne einen Besuch abgestattet?«

»Mr. Aylmer, Sir. Er kam am Nachmittag, kurz nachdem Mr. Thorne vom Kolonialministerium zurückgekehrt war. Das war gegen vier Uhr, und eine halbe Stunde später war ein Mr. Kreisler –«

»Kreisler?« unterbrach Pitt ihn sofort.

»Ja, Sir. Er war ungefähr eine halbe Stunde hier, Sir.«

Pitt stieß einen Fluch aus. »Und wann hat Mr. Thorne Ihnen mitgeteilt, daß er nach Portugal reisen werde? Wann hat er seine Vorbereitungen getroffen?«

Auf der Straße rumpelte ein Lieferkarren vorbei, ein paar Häuser weiter kam ein Zimmermädchen mit einem Läufer in den Hof und begann ihn auszuklopfen.

»Ich weiß nicht, wann er die Vorbereitungen getroffen hat, Sir«, antwortete der Diener.

»Aber wann hat er gepackt? Wann hat er sein Dienstpersonal entlassen?«

»Sie haben nur zwei große Koffer mitgenommen, Sir, und soweit ich weiß, wurden die nach Mr. Kreislers Besuch gepackt. Zur selben Zeit hat Mr. Thorne uns gesagt, daß wir entlassen seien, Sir. Es kam alles sehr plötzlich –«

»Gestern abend?« unterbrach Pitt. »Sie wurden alle gestern abend entlassen? Aber die Dienstboten können nicht alle gestern das Haus verlassen haben? Wo sollten sie hingehen?«

»O nein, Sir.« Er schüttelte den Kopf. »Eines der Zimmermädchen ist sowieso gerade bei ihrer Familie, wegen eines Todesfalles. Und das andere Zimmermädchen ist heute morgen gegangen. Die beiden waren Schwestern. Mrs. Thornes Zofe ist in die Ferien geschickt worden...« Er klang unsicher, während er sprach. Es war sehr ungewöhnlich, Dienstboten hatten keine Ferien. »Und die Köchin geht heute nachmittag. Sie ist eine sehr gute Köchin und sehr begehrt.« Das sagte er mit zufriedener Miene. »Lady Brompton wird sich freuen. Seit Jahren schon hat sie versucht, unsere Köchin zu bekommen. Nebenan wird ein neuer Stiefelknecht gesucht, und Mrs. Thorne hat jemanden angerufen und dem Küchenmädchen eine neue Stelle verschafft.«

Es war also keine so plötzliche Entscheidung! Sie waren auf die Möglichkeit vorbereitet gewesen. Kreisler hatte ihnen lediglich den Tip gegeben, daß der Zeitpunkt gekommen war. Aber warum? Warum hatte Kreisler Thorne gewarnt, statt darauf zu warten, daß er verhaftet würde? Seine Rolle in der Sache und in dem Mordfall Susannah Chancellor wurde immer undurchsichtiger.

Der Diener starrte ihn an.

»Entschuldigen Sie, Sir, aber sind Sie nicht Oberinspektor Pitt?«

»Doch, der bin ich.«

»Dann hat Mr. Thorne einen Brief für Sie hiergelassen. Er liegt auf dem Kaminsims im Salon. Wenn Sie einen Moment warten, Sir, hole ich ihn.«

»Lassen Sie ruhig«, sagte Pitt schnell. »Ich fürchte, ich muß das Haus ohnehin durchsuchen.«

»Das Haus durchsuchen?« Der Diener war verblüfft. »Warum? Ich weiß nicht, ob ich das zulassen kann..., außer...« Er brach ab, offensichtlich wußte er nicht, was er sagen sollte. Sein Dienstherr war auf Nimmerwiedersehen verschwunden, und er war ohne Stellung, obgleich er eine großzügige Abfindung und ein ausgezeichnetes Zeugnis erhalten hatte. Aber Pitt war von der Polizei.

»Eine weise Entscheidung«, sagte Pitt, der in der Miene des Dieners las. Er rief nach dem Wachtmeister, der unten an der Treppe gewartet hatte. »Holen Sie Hammond vom Hintereingang, und beginnen Sie mit der Durchsuchung. Mich finden Sie im Salon.«

»Was ist mit Mr. Thorne, Sir?«

Pitt lächelte bedauernd. »Leider sind Mr. und Mrs. Thorne gestern abend nach Portugal abgereist. Und sie werden nicht zurückerwartet.«

Der Wachtmeister machte ein langes Gesicht. Er wollte etwas sagen, überlegte es sich aber anders. »In Ordnung, Sir. Ich hole Hammond, Sir.«

»Danke.« Pitt betrat die Eingangshalle und folgte dem Diener in den Salon.

Es war ein angenehmer Raum, schlicht, mit dunkelgrünen Vorhängen und hellen Damasttapeten. Die Bilder waren seltsam gehängt, und erst nach ein paar Momenten erkannte Pitt, daß drei oder vier fehlten. Entweder waren es die wertvollsten oder die mit dem größten Erinnerungswert gewesen. Die Möbel waren alt; die Politur des Bücherschranks aus Mahagoni glänzte auch nach vielen Jahren noch, lediglich eine der Glastüren hatte einen Sprung. Die Sessel wirkten ein wenig abgenutzt, als hätte man viele Abende darin am Kaminfeuer verbracht; das Kamingitter hatte eine Delle, und auf dem Teppich war ein kleines, von einem Funken verursachtes Brandloch. In einer Vase stand ein Strauß bunter, weitgeöffneter Tulpen, die den Raum belebten und mit ihrem Duft erfüllten.

Eine junge rotweiße Katze lag zu einer Kugel zusammengerollt und fest schlafend auf einem Kissen. Ein zweites Kätzchen, ebenfalls höchstens neun oder zehn Wochen alt, lag auf einem der Sessel. Es war rauchgrau, hatte sich zu voller Länge ausgestreckt und schlief ebenfalls tief und fest.

Pitts Blick fiel sofort auf den Brief. Er stand auf dem Kaminsims und war mit seinem Namen versehen.

Pitt nahm den Umschlag, riß ihn auf und las.

Mein lieber Pitt!

Wenn Sie diesen Brief lesen, sind Christabel und ich auf der Fähre nach Frankreich, unterwegs nach Portugal. Das heißt natürlich, daß Sie herausgefunden haben, daß ich derjenige war, der die Informationen vom Kolonialministerium und dem Schatzamt an die Deutsche Botschaft weitergeleitet hat.

Aber Sie kennen meine Gründe dafür nicht. Noch wissen Sie, glaube ich, daß fast alle Informationen gefälscht waren. Natürlich mußten sie anfangs korrekt sein, und später, als ich ihr Vertrauen hatte, waren sie geringfügig abgeändert, aber doch genügend, um ihnen nicht dienlich sein zu können.

Ich bin selbst nie in Afrika gewesen, doch in meinen Jahren im Kolonialministerium habe ich viel über den Kontinent gelernt. Aus Briefen und Berichten weiß ich mehr Einzelheiten über die Schandtaten, die von Weißen im Namen der Zivilisation begangen wurden, als Sie sich vorstellen können. Ich rede nicht von einem Mord hier oder gar einem Massaker dort. Das hat es immer schon gegeben und wird es wohl immer geben. Und sicherlich ist der Schwarze zu diesen Greueltaten ebenso fähig wie jeder andere auch. Ich spreche von der Gier und der Dummheit, der Ausbeutung des Landes, der Unterjochung und Vernichtung von Völkern, der Zerstörung ihrer Kulturen und Religionen, der Erniedrigung einer ganzen Rasse.

Ich habe keine großen Hoffnungen, daß Großbritannien die Besiedlung klug und umsichtig vorantreiben wird. Im Gegenteil, ich bin mir sicher, daß das nicht der Fall sein wird. Aber es wird immer diejenigen unter uns geben, die es versuchen wollen, die eine gewisse Menschlichkeit üben und an einem Verhaltenskodex und ihrem Ehrgefühl festhalten, um damit das Schlimmste abzuwenden.

Wenn aber Deutschland Ostafrika, Sansibar und den ganzen Küstenstreifen einnimmt – wozu es durchaus in der Lage ist, zumal, wenn Großbritannien so unentschlossen ist –, wird es mit Sicherheit zum Krieg zwischen Großbritannien in Zentralafrika und Deutschland im Osten kommen. Belgien im Westen wird mit hineingezogen werden und zweifelsohne auch die alten arabischen Sultanate, soweit noch vorhanden. Was einst ein paar Stammesfehden waren, die mit Speeren und Wurfspießen ausgetragen wurden, wird sich zu einem richtigen Krieg auswachsen, mit Maschinengewehren und Kanonen, der Afrika in ein blutgetränktes Schlachtfeld verwandeln wird. Und das vor allem deshalb, weil Europa seine alten Konkurrenzkämpfe ausfechten und seine neuen Machtgelüste befriedigen möchte.

Wenn eine europäische Macht aus ihrer Dominanz heraus dieses verhindern kann, ist das vorzuziehen. Es versteht sich von selbst, daß ich mir Großbritannien in dieser Rolle wünsche, sowohl aus moralischen als auch aus politischen Gründen. Zu diesem Zwecke habe ich der Deutschen Botschaft Fehlinformationen über Erzvorkommen, Infektionskrankheiten und deren Verbreitung, über die Gebiete, in denen sie auftreten, über die Kosten verschiedener Expeditionen und deren Verluste sowie über die Begeisterung und Ernüchterung der Geldgeber übermittelt. Ich glaube, Sie verstehen jetzt, welches Ziel ich im Auge hatte?

Muß ich noch erklären, warum ich nicht über die offiziellen Kanäle des Kolonialministeriums gehandelt habe? Gewiß nicht! Der Erfolg einer solchen Aktion ist fraglich und die Geheimhaltung schwierig, sobald mehr Menschen davon wissen. Außerdem bin ich davon überzeugt, daß Linus Chancellor den Plan nicht unterstützt hätte. Ich habe in dieser Richtung sehr vorsichtig vorgefühlt.

Wie Sie sicherlich wissen, ist Lord Salisburys Einstellung zu Afrika sehr ambivalent, und man kann nicht darauf vertrauen, daß seine derzeit eher begeisterte Haltung von Dauer sein wird.

Ransley Soames ist sehr leichtgläubig und schnell hinters Licht zu führen. Doch er hat sich keiner größeren Vergehen schuldig gemacht als Arroganz und Eitelkeit. Seien Sie nicht zu unnachgiebig. Die Tatsache, daß er ein Tölpel ist, wird schon Strafe genug für ihn sein, von der er sich nicht erholen wird.

Wer für den Mord an Susannah verantwortlich ist und warum sie umgebracht wurde, weiß ich nicht. Wenn ich es wüßte, hätte ich es Ihnen gesagt.

Nehmen Sie sich vor dem Inneren Kreis in acht! Seine Macht zieht größere Kreise, als Sie sich vorstellen können, und seine Gier nach mehr ist grenzenlos. Im übrigen verzeiht er niemals. Arthur Desmonds Tod ist Zeugnis dafür, eines, das Sie nie vergessen werden. Er hat die Geheimnisse des Kreises preisgegeben und dafür mit seinem Leben bezahlt. Aber auch das weiß ich nur, weil er mir von seinen Überzeugungen erzählt hat, und ich kenne den Inneren Kreis gut genug, um zu wissen, daß sein Tod kein Zufall war. Er wußte, daß er in Gefahr schwebte. Er hatte Warnungen erhalten, glaubte aber, daß sich das Risiko in Anbetracht der Sache lohnte. Er war ein von Grund auf guter Mensch, und ich vermisse ihn sehr. Ich weiß nicht, wer seinen Tod herbeigeführt hat oder auf welche Art, sondern nur die Gründe dafür.

Ich habe meinem Personal mit der Kündigung einen Monatslohn und gute Zeugnisse gegeben. Mein Anwalt wird das Haus und unsere persönlichen Sachen veräußern, der Erlös soll Christabels wohltätigem Verein zugute kommen. Er wird viel Gutes bewirken. Da gegen sie keine Beweise vorliegen, daß sie sich des Verrats schuldig gemacht hat, werden Sie dieses Vermächtnis nicht zu verhindern versuchen?

Meine Dienstboten sind gute Menschen, aber sie werden sich in einem Zustand der Verwirrung und Bestürzung befinden. Deswegen möchte ich Sie in einer persönlichen Angelegenheit um etwas bitten. Wir mußten Christabels Kätzchen, Angus und Archie, notgedrungen zurücklassen. Ich kann sie nicht guten Gewissens einem der Dienstboten überlassen, da die keine Möglichkeit haben, sich um sie zu kümmern. Würden Sie sich ihrer annehmen und dafür sorgen, daß sie ein gutes Zuhause finden? Zusammen, wenn irgend möglich, sie sind Geschwister. Archie ist der Rote und Angus der Schwarze. Dafür bin ich Ihnen sehr dankbar. Mit ›Ihr‹ zu schließen, scheint absurd, wo Sie doch meiner nicht habhaft geworden sind! Doch ich habe offen das Wort an Sie gerichtet, als ein Mann mit Überzeugungen, der sich, da bin ich sicher, an einen ebensolchen wendet.

Jeremiah Thorne.

Pitt hielt den Bogen Papier in der Hand, als könne er nicht glauben, was er da gelesen hatte. Doch wenn er die Dinge aus dieser Sicht betrachtete, fügte sich alles zu einem sinnvollen Ganzen. Er konnte weder Thornes Handeln noch die Mittel, die er eingesetzt hatte, gutheißen. Thorne hatte sich gegen den Inneren Kreis ebenso aufgelehnt wie gegen Deutschland, doch blieb sein Handeln ohne Wirkung. Letztendlich konnte er nur so deutlich wie möglich warnen.

Er hatte Sir Arthur gekannt. Wenn in Pitts Gedanken noch ein Schimmer von Zweifel bestand, so war der nun endgültig fortgewischt.

Noch immer war Thorne der Ansicht, daß eine britische Vorherrschaft in Afrika besser wäre als die deutsche und besser als ein geteilter Kontinent. Was er über die Möglichkeit eines Krieges gesagt hatte, war mit Sicherheit richtig und würde zu einer Katastrophe unerhörten Ausmaßes führen.

Warum hatte Kreisler ihn gewarnt? Sie waren nicht der gleichen Überzeugung. Oder war es keine Absicht gewesen? Hatte Kreisler Fragen gestellt, und Thorne hatte die Zusammenhänge erfaßt?

Diese Fragen waren jetzt müßig. Klar war jetzt, warum Hathaways Zahlen die Deutsche Botschaft nicht erreicht hatten. Sie waren von Thorne alle noch einmal abgeändert worden.

Pitt ließ den Blick durch den anmutigen, behaglichen Raum schweifen: Auf dem Kaminsims, wo er auch den Brief vorgefunden hatte, tickte die goldbronzene Standuhr; die Bilder an den Wänden waren meist düstere holländische Landschaften mit Tier- und Wassermotiven. Nie war ihm aufgefallen, wie anmutig Kühe mit ihren behäbigen Körpern wirken konnten, welche Ruhe sie ausströmten.

Auf dem Sessel neben ihm streckte sich Archie, das rote Kätzchen, spreizte die Krallen, gab einen kleinen, zufriedenen Quiekser von sich und fing an zu schnurren.

»Was soll ich denn bloß mit euch machen?« sagte Pitt laut und bewunderte die Perfektion des kleinen Tieres. Es hatte ein sternförmiges Gesicht, blaugrüne Augen und riesige Ohren. Es sah ihn neugierig, aber keineswegs ängstlich an.

Er streckte die Hand nach dem Klingelzug aus und läutete. Im nächsten Moment war der Diener zur Stelle. Offenbar hatte er in der Eingangshalle gewartet.

»Mr. Thorne bittet darum, daß ich mich dieser Kätzchen annehme«, sagte Pitt und legte die Stirn in Falten.

»Da bin ich aber froh.« Die Erleichterung des Dieners war offensichtlich. »Ich dachte schon, wir müßten sie einschläfern lassen. Das wäre doch sehr schade. Niedliche kleine Dinger sind das. Ich hole Ihnen einen Korb. Ich denke, es läßt sich ein geeigneter finden.«

»Danke.«

»Kein Ursache, Sir. Ich erledige es sofort.«

Da Pitt keine andere Lösung sah, nahm er die Kätzchen mit nach Hause. Außerdem wollte er Charlotte die Sache mit Soames erzählen, wohl wissend, daß Matthew darüber am Boden zerstört sein würde. Am Abend zuvor hatte er ihr nichts darüber gesagt, weil er wohl hoffte, daß sich alles als Fehler entpuppen würde. Sie hatte gespürt, daß ihn etwas bedrückte. Matthew war gegangen, ohne mit ihnen zu essen oder sich zu ihnen beiden zu gesellen. Charlotte hatte mit tiefbesorgter Miene dabeigestanden, als er sich verabschiedete.

Zunächst einmal überreichte er ihr den Korb mit den Katzen. Den Tierchen gefiel das Eingesperrtsein gar nicht, und sie verlangten zornig, befreit zu werden. Darüber wurden alle anderen Neuigkeiten kurzzeitig verdrängt.

»Sind die süß«, rief sie voller Freude aus und stellte den Korb auf den Boden. »Oh, Thomas, sie sind göttlich! Wo hast du sie bloß her? Ich wollte gleich nach unserem Einzug eine Katze haben, aber keiner hatte welche zu verschenken.« Sie sah ihn mit strahlenden Augen an und wandte sich sogleich wieder dem Korb mit den Kätzchen zu. Archie spielte mit ihrem Finger, während Angus sie aus großen, goldenen Augen ansah. »Wir müssen uns Namen für sie ausdenken.«

»Sie haben schon Namen«, sagte er rasch. »Sie gehörten Christabel Thorne.«

»Gehörten?« Sie riß den Kopf herum. »Warum sagst du das? Was ist mit ihr? Du hast gesagt, ihr sei nichts geschehen!«

»Das nehme ich auch an. Jeremiah Thorne ist der Verräter im Kolonialministerium, wenn man ihn Verräter nennen kann. Ich bin mir nicht so sicher.«

»Jeremiah Thorne?« Sie war bestürzt; ihr Gesicht füllte sich mit Trauer. Die Kätzchen waren für einen Moment vergessen, obwohl Archie ihren Finger zwischen seinen Pfoten hielt, daran herumbiß und ihn dann leckte. »Ich nehme an, du bist dir ganz sicher. Hast du ihn schon festgenommen?«

Er setzte sich auf einen der Holzstühle am Küchentisch.

»Nein. Sie sind zusammen nach Portugal abgereist. Gestern abend. Ich glaube, Kreislers beharrliche Fragen haben ihn gewarnt.«

»Sie sind geflohen?« Ihr Ausdruck entspannte sich. »Oh, Verzeihung. Ich ...«

Er lächelte. »Du brauchst dich nicht dafür zu entschuldigen, daß du froh darüber bist. Mir geht es nicht anders, aus vielerlei Gründen, nicht zuletzt, weil ich sie mochte.«

Ihr Gesicht drückte eine Mischung aus Neugier, Schuldgefühlen und Verwirrung aus. »Was noch? Ist es nicht schlecht für dich und für England, daß sie geflohen sind?«

»Für mich vielleicht. Farnsworth könnte verärgert sein, aber vielleicht wird ihm auch klar, daß es ganz schön schwierig geworden wäre zu entscheiden, wie wir bei einer Festnahme mit ihnen hätten verfahren sollen.«

»Man hätte Anklage gegen sie erheben müssen«, sagte sie, ohne zu zögern. »Wegen Verrats.«

»Und unsere eigene Schwachstelle offen darlegen?«

»Ach so. Ja klar. Das wäre nicht so gut, wenn wir gleichzeitig versuchen, einen Vertrag auszuhandeln. Wir würden ziemlich unfähig aussehen, stimmt's.«

»Sehr sogar. Und dazu kommt, daß die Informationen, die er weitergegeben hat, alle gefälscht waren.«

»Absichtlich? Oder war er auch unfähig?« Sie setzte sich ihm gegenüber auf einen Stuhl und überließ die Kätzchen sich selbst, die mit großer Begeisterung die Küche erforschten.

»Oh, ganz sicher mit Absicht«, antwortete er. »Und wenn er das bei seiner Verteidigung sagen würde, dann wäre die gute Wirkung, die er erzielt hat, zunichte gemacht und wir gleichzeitig bloßgestellt. Nein, alles in allem glaube ich, es ist besser, daß er nach Portugal abgereist ist. Allerdings hat er die Kätzchen zurückgelassen und mich gebeten, sie zu versorgen, damit seine Dienstboten sie nicht einschläfern lassen. Sie heißen Archie und Angus. Der da, der gerade versucht, in die Mehlkiste zu klettern, ist Archie.«

Ihr Gesicht nahm wieder den freudig erregten Ausdruck an, als sie zu dem Tier hinuntersah und dann das andere mit dem schwarzen Gesicht und den neugierig dreinblickenden Augen betrachtete. Es kam einen Schritt heran, sprang zurück und näherte sich wieder mit steil erhobenem Schwanz.

Ein friedlicher Moment, zu schön, um ihn zu zerstören.

»Ich werde Matthew heute abend besuchen ...«, fing er an.

Sie erstarrte, ihre Hand blieb bewegungslos über dem Kätzchen. Dann sah sie zu ihm auf und wartete auf das, was er zu sagen hatte.

»Soames war der Verräter im Schatzamt«, sagte er. »Matthew wußte davon.«

Sie sah ihn fassungslos an. »Oh, Thomas! Das ist ja schrecklich! Die arme Harriet. Wie hat sie reagiert? Mußtest du ihn festnehmen? Kann Matthew bei ihr sein? Wäre es nicht besser, wenn ... wenn du nicht zu ihm gingest?« Sie lehnte sich über den Tisch und legte ihre Hand auf seine. »Das ist ja schlimm, mein Lieber. Wahrscheinlich kann er nicht gleich einsehen, warum du Soames verhaften mußtest. Nach einiger Zeit wird er es aber vermutlich begreifen ...« Sie brach ab, weil sein Gesichtsausdruck ihr sagte, daß sie etwas nicht verstanden hatte. »Was ist? Was hast du?«

»Matthew hat es mir gesagt«, sagte er sanft. »Harriet Soames hatte ihm aus Unwissenheit den Inhalt eines Telefongesprächs ihres Vaters anvertraut. Sie hatte es zufällig mitgehört, ohne allerdings zu verstehen, worum es ging. Er wiederum hat sich verpflichtet gefühlt, es mir weiterzusagen. Ich denke nicht, daß sie ihm das verzeihen wird. In ihren Augen hat er sowohl sie als auch ihren Vater hintergangen.«

»Das ist nicht fair!« sagte sie spontan. Dann schloß sie die Augen und schüttelte mit kleinen, abrupten Bewegungen den Kopf. »Ich verstehe, wie sie sich fühlt, aber es ist trotzdem nicht fair. Was hätte er tun sollen? Sie kann nicht erwarten, daß er sein Lebenswerk und seine Überzeugungen verleugnet und sich zum Mittäter von Mr. Soames' Verrat macht! Das würde nicht zu Matthew passen!«

»Das weiß ich«, sagte er sanft. »Und vielleicht weiß sie das in ihrem Inneren auch, aber das nützt im Moment nichts. Ihr Vater ist in Ungnade gefallen und ruiniert. Das Kolonialministerium wird ihn nicht vor Gericht bringen, das Schatzamt auch nicht, aber es wird an die Öffentlichkeit dringen.«

Sie sah zu ihm auf. »Was wird mit ihm geschehen?« Hoffnungslosigkeit stand in ihrem Gesicht. »Selbstmord?« flüsterte sie.

»Das ist nicht unmöglich, aber ich hoffe, es geschieht nicht.«

»Arme Harriet! Gestern noch gehörte ihr soviel. Die Zukunft lag endlos und hell vor ihr, und heute hat sie nichts mehr: keine Heirat, keinen Vater, kein Geld, kein soziales Ansehen und keinen Hoffnungsschimmer. Nur die wenigen Freunde, die den Mut haben werden, sich auf ihre Seite zu stellen. Natürlich kann sie Matthew nicht verzeihen, und von dieser Wunde wird er sich auch nicht erholen können. Was für eine entsetzliche Sache. Ja, geh zu Matthew, jetzt braucht er dich dringender als je zuvor.«

Pitt machte sich wieder auf den Weg und fand Matthew in seinem Büro. Matthew saß leichenblaß, mit schwarzen Ringen unter den Augen an seinem Schreibtisch und war unfähig, sich auf seine Arbeit zu konzentrieren. Er war sich der Gefahr der Zurückweisung bewußt gewesen, als er damals zu Pitt gekommen war. Aber ein Teil seiner selbst hatte sich an die Hoffnung geklammert, daß es nicht so kommen würde, daß Harriet sich in ihrer Scham und Verzweiflung an ihn wenden würde, trotz allem, was er getan und wozu er sich verpflichtet gefühlt hatte. Sein eigenes Ehrgefühl hatte ihm keine Wahl gelassen.

Matthew wollte es Pitt erklären, aber der hatte ihn auch ohne Worte verstanden. Nach einigen Augenblicken gab Matthew auf und ließ das Thema fallen. Eine Weile lang saßen sie zusammen und sprachen ab und zu von der Vergangenheit, von glücklichen, unbeschwerten Zeiten, an die sie sich gerne erinnerten. Als Pitt sich erhob, um zu gehen, wandte Matthew sich wieder seinen Akten, Briefen und Anrufen zu. Pitt nahm sich eine Droschke zu Farnsworths Büro am Embankment.

»Soames?« Farnsworth war überrascht, erzürnt und besorgt zugleich. »Wie idiotisch von ihm. Wirklich, der Mann ist ein Dummkopf. Wie konnte er sich auf so eine – so eine hanebüchene Sache einlassen? Er ist ein kompletter Idiot.«

»Merkwürdig daran ist nur«, sagte Pitt mit gleichbleibender Stimme, »daß es im großen und ganzen stimmt.«

»Wie bitte?« Farnsworth drehte sich von dem Bücherregal um, vor dem er stand, und sah ihn aus großen Augen empört an. »Was erzählen Sie denn da für einen Unsinn, Pitt? Das ist doch absurd. Selbst ein Kind hätte das niemals als Erklärung akzeptiert.«

»Vielleicht nicht, aber ein Kind ist auch nicht so raffiniert …«

»Raffiniert?« Farnsworth verzog angewidert das Gesicht. »Soames ist ungefähr so raffiniert wie mein Stiefelknecht. Obwohl, auch der hätte das nicht geschluckt, und er ist erst vierzehn.«

»… und läßt sich von einer Argumentation überzeugen, in der es um die Folgen eines möglichen Zusammenpralls europäischer Mächte in Schwarzafrika geht und die Notwendigkeit, diesen Zusammenprall zu verhindern, sowohl aus moralischen Gründen als auch aus Sorge um unser aller Zukunft«, beendete Pitt seinen Satz, als wäre er nie unterbrochen worden.

»Fabrizieren Sie eine Rechtfertigung für ihn?« Farnsworth blickte ihn fragend an. »Wenn das der Fall ist, verschwenden Sie nur Ihre Zeit. Wie werden Sie vorgehen? Wo ist er jetzt?«

»Auf der Wache in der Bow Street«, antwortete Pitt. »Vermutlich werden seine eigenen Leute sich seiner annehmen. Die Sache fällt nicht in meinen Bereich.«

»Seine eigenen Leute? Wie meinen Sie das? Etwa das Schatzamt?«

»Die Regierung«, erläuterte Pitt. »Es ist auf jeden Fall an der Regierung zu sagen, was geschehen soll.«

Farnsworth stieß einen Seufzer aus und biß sich auf die Lippen. »Wahrscheinlich gar nichts«, sagte er bitter. »Die Regierung wird natürlich nicht zugeben, daß sie inkompetent war und so etwas ermöglicht hat. Das gilt wahrscheinlich für die Sache insgesamt. Wem hat er die Informationen zukommen lassen? Das haben Sie noch nicht gesagt. Wer ist der selbstlose Verräter?«

»Thorne.«

Farnsworth war konsterniert.

»Jeremiah Thorne? Großer Gott, ich hätte auf Aylmer getippt. Daß es Hathaway nicht war, wußte ich, trotz dieser verrückten Idee, alle Verdächtigen mit gefälschten Informationen zu versorgen. Das hat sowieso nichts gebracht!«

»Doch, hat es, indirekt zumindest.«

»Was meinen Sie damit: indirekt? Hat es was gebracht oder nicht?«

»Indirekt schon«, wiederholte Pitt. »Wir haben die Informationen von der Deutschen Botschaft zurückbekommen, und sie enthielten nicht die Zahlen, die Hathaway abgeändert weitergegeben hatte. Das bestätigt Soames' Aussage über Thorne. Thorne hat die ganze Zeit gefälschte Informationen weitergegeben.«

»Möglich ist es, aber dafür will ich Beweise sehen, bevor ich es glaube. Ist Thorne auch in der Bow Street?«

»Nein, der ist wahrscheinlich inzwischen in Lissabon.«

»In Lissabon?« Verschiedene Reaktionen spiegelten sich in Farnsworths Miene wider. Er war aufgebracht und voller Verachtung, aber gleichzeitig erleichtert, daß ihm die Peinlichkeit erspart blieb, Thorne vor Gericht zu bringen.

»Er ist gestern abend abgereist«, sagte Pitt.

»Hat Soames ihn gewarnt?«

»Nein, wenn überhaupt, dann Kreisler ...«

Farnsworth stieß einen Fluch aus.

»... aber wenn, dann vermutlich unbeabsichtigt«, fuhr Pitt fort. »Ich glaube, Kreisler ging es mehr darum herauszufinden, wer Susannah Chancellor ermordet hat.«

»Oder herauszufinden, ob Sie etwas darüber wissen, daß er sie umgebracht hat«, sagte Farnsworth barsch. »Also gut, wenigstens haben Sie die Sache mit dem Verrat aufgeklärt – nicht zu meiner vollen Zufriedenheit übrigens, aber immerhin. Und vermutlich wäre es sehr unerfreulich geworden, wenn Sie Thorne verhaftet hätten. Recht geschickt also, das muß ich Ihnen lassen.«

Er seufzte und ging zu seinem Schreibtisch. »Jetzt sollten Sie sich wieder um den Mordfall Susannah Chancellor kümmern. Ganz abgesehen von der Presse verlangt auch die Regierung eine rasche Aufklärung.« Er sah auf. »Welche Spuren verfolgen Sie? Was ist mit dem Droschkenfahrer? Wurde ihr Paletot inzwischen gefunden? Wissen Sie, wo sie in den Fluß geworfen wurde? Haben Sie überhaupt schon herausgefunden, wo sie umgebracht wurde? Es könnte Thorne gewesen sein, weil sie von seinem Verrat wußte?«

»Er hat gesagt, er wisse nichts darüber.«

»Hat gesagt? Gerade haben Sie mir erzählt, er sei gestern abend nach Portugal abgereist. Sie sind doch erst heute morgen zu seinem Haus gegangen!«

»Er hat mir einen Brief geschrieben.«

»Wo ist er? Zeigen Sie ihn mir!« verlangte Farnsworth.

Pitt reichte ihm den Brief, und Farnsworth las ihn aufmerksam.

»Katzenviecher!« sagte er, als er zu Ende gelesen hatte, und legte den Brief auf den Tisch. »Wahrscheinlich glauben Sie ihm das mit Mrs. Chancellor?«

»Allerdings.«

Farnsworth biß sich auf die Lippen. »Um ehrlich zu sein, ich auch. Heften Sie sich diesem Kreisler an die Fersen, Pitt. An dem ist so einiges, was mir nicht schmeckt. Er hat sich Feinde gemacht, hat ein leicht aufbrausendes Temperament und ist vertraut mit Gewalt. Finden Sie heraus, welchen Ruf er in Afrika hat. Keiner hier weiß, wofür er steht oder wem er sich verpflichtet fühlt. Soviel habe ich selbst schon herausbekommen.« Er machte eine wegwerfende Handbewegung. »Vergessen Sie die Verbindung mit Arthur Desmond. Das ist Unsinn, war es von Anfang an.

Ich weiß, es fällt Ihnen nicht leicht zu akzeptieren, daß er senil wurde. Ich verstehe das, aber es läßt sich nicht ändern. Tut mir leid. Die Fakten liegen auf der Hand. Er hat sich von allen Brandy spendieren lassen, und als er schon so beduselt war, daß er nicht mehr klar denken konnte, nahm er eine Überdosis Laudanum. Wahrscheinlich war es ein Unfall. Vielleicht wollte er aber auch seinem Leben ein einigermaßen würdevolles Ende setzen, bevor er gänzlich die Kontrolle über sich verlor und irgendwann Dinge sagen, Anschuldigungen und Gerüchte verbreiten würde, die seinen Ruf völlig ruiniert hätten.«

Pitt erstarrte. Farnsworth hatte gesagt, Desmond habe sich den Brandy *spendieren* lassen. Woher wußte er, daß Sir Arthur sich nicht, wie üblich, seinen Brandy selbst bestellt hatte? Darauf gab es nur eine Antwort – weil er wußte, was an jenem Nachmittag im Morton Club geschehen war. Farnsworth war nicht dort gewesen. Bei der gerichtlichen Untersuchung war in den Zeugenaussagen nichts darüber gesagt worden. Im Gegenteil, es hatte geheißen, Sir Arthur habe sich mehrfach Brandy bestellt.

Pitt wollte Farnsworth schon fragen, ob er mit dem Steward gesprochen habe, doch dann – die Worte lagen ihm schon auf der Zunge – erkannte er, daß Farnsworth diese Fakten, ohne den Steward befragt zu haben, nur wissen konnte, wenn er demselben Ring des Inneren Kreises angehörte, der den Tod von Sir Arthur beschlossen hatte.

»Nun?« sagte Farnsworth ungeduldig und starrte Pitt aus seinen blaugrauen Augen durchdringend an. Auf den ersten Blick schien es, als wäre er aufgebracht, doch hinter der äußeren Fassade, hinter der sichtbaren Reaktion erkannte Pitt einen Moment lang den kalten, klar kalkulierenden Verstand, der auf der Lauer lag und darauf wartete, daß Pitt einen Fehler machte.

Wenn Pitt die Frage stellte, wüßte Farnsworth genau, was Pitt vermutete und wie weit er in seinen Überlegungen schon gekommen war. Er wüßte, daß Pitt nach dem Vollstrecker des Todesurteils suchte und daß er im Bilde war, daß Farnsworth demselben Ring angehörte.

Pitt senkte den Blick, ihm brach der kalte Schweiß aus. Wie leicht wäre es doch für einen Passanten auf der Straße, mit ihm zusammenzuprallen und ihn unter die Räder einer vorbeifahrenden Kutsche zu stoßen. Mit Leichtigkeit könnte ein Gast in einer Wirtschaft ihm in einem unbeobachteten Moment etwas in seinen Cider tun, und er würde die tödliche Mischung trinken.

»Also?« sagte Farnsworth und lächelte.

Pitt wußte, wenn er zu schnell klein beigab, würde Farnsworth ihn durchschauen und erkennen, daß er begriffen hatte. Plötzlich wurde ihm bewußt, daß Farnsworth schlauer war, als er bisher vermutet hatte. Er war kein herausragender Ermittler; die Kleinarbeit machte ihm zuviel Mühe. Aber er wußte sich der Männer zu bedienen, die gute Ermittler waren: Tellman, Pitt, und damals auch Micah Drummond. Wie viele von ihnen hatte er in den Inneren Kreis eingeführt? Wer waren sie? Pitt würde es wahrscheinlich nie erfahren. Selbst im letzten Moment würde er nicht wissen, wer ihm den tödlichen Hieb versetzt hatte.

Er wartete ab. Die Strahlen der Nachmittagssonne fielen auf sein helles Haar.

»Meinen Sie wirklich, es könnte Selbstmord gewesen sein?«

Pitt stellte die Frage, als fiele es ihm schwer, sich mit dem Gedanken anzufreunden. »Lieber in den Tod gehen, als den Verlust von Würde hinnehmen zu müssen ... für sich selbst, meine ich?«

»Wären Sie dann zufrieden?« gab Farnsworth zurück.

»Nicht zufrieden, das nicht.« Pitt zwang sich, diese Worte zu sagen, die Rolle zu spielen, sich selbst zu überzeugen, während er sprach. Innerlich fror ihn. »Aber es läßt sich leichter mit den bekannten Fakten in Einklang bringen.«

»Fakten?« Farnsworths Blick durchbohrte ihn noch immer.

»Ja ...« Pitt schluckte. »Daß er überhaupt Laudanum genommen hat an einem Nachmittag, in seinem Club. Man muß schon ziemlich betrunken sein, um es versehentlich zu tun, schließlich ... gehört sich das nicht. Aber Selbstmord wäre nachvollziehbar. Das würde er nicht zu Hause tun wollen.« Ihm war bewußt, daß er abschweifte, sich zu weit vorwagte. Ihm schwindelte; der Raum erschien ihm riesig. Er mußte auf der Hut sein. »Wo seine Dienstboten ihn finden würden«, fuhr er fort, »und vielleicht in Panik geraten würden. Möglicherweise ein Zimmermädchen – vielleicht ist ihm da klargeworden, welchen Schaden sein Verhalten schon angerichtet hatte.«

»So wird es wohl gewesen sein«, stimmte Farnsworth ihm zu. Er entspannte sich fast unmerklich. Und wieder nahm sein Gesicht einen gereizten, ungeduldigen Ausdruck an. »Ja, ich denke, damit liegen Sie richtig, Pitt. Also, lassen Sie die Sache auf sich beruhen, Mann. Nehmen Sie sich den Fall Chancellor vor. Der hat absolute Priorität. Haben Sie mich verstanden?«

»Ja, Sir. Ich mache mich sofort daran.« Pitt erhob sich mit weichen Knien. Er mußte erst ein paar Sekunden stehen, bevor er sich wieder sicher auf den Beinen fühlte und sich verabschieden konnte. Er schloß die Tür. Auf der Treppe hielt er sich am Geländer fest.

11.

Kapitel

Nobby Gunne war über den Tod von Susannah Chancellor tief betroffen, nicht nur, weil sie in ihr einen charmanten und einzigartigen Menschen kennengelernt hatte, sondern auch, weil sie befürchtete, daß Peter Kreisler etwas damit zu tun hatte. Und das belastete sie mit großen Schuldgefühlen. Manchmal dachte sie sogar, er könne direkt dafür verantwortlich sein.

Sie hatte ihn seit mindestens drei Tagen nicht gesehen, was die häßlichen Gedanken nur verstärkte, die ihr durch den Kopf gingen. Seine Anwesenheit hätte sie vielleicht beruhigen können. Dann würde sie in sein Gesicht sehen, sich seiner Rationalität vergewissern und ihre Befürchtungen als ungerecht und überspannt abtun. Sie würde mit ihm sprechen können und hören, wie sehr ihm Susannahs Tod naheging. Vielleicht könnte er sogar sagen, wo er in jener Nacht gewesen war und so seine Unschuld beweisen.

Doch sie hatte nur eine kurze Mitteilung von ihm erhalten, in der es hieß, er sei sehr traurig darüber und habe deswegen so viel zu tun, daß alles andere zweitrangig wäre, zumindest für eine Zeit. Sie konnte sich nicht vorstellen, was er als Folge von Susannahs Tod zu erledigen hatte, aber möglicherweise stand es im Zusammenhang mit der Finanzierung afrikanischer Projekte und den Bankgeschäften, an denen ihre Familie ja beteiligt war.

Dann sah sie ihn doch, denn eines Nachmittags stattete er ihr einen Besuch ab. Es sprengte den Rahmen der Konventionen, aber schließlich hatten sie sich beide nie um deren Einhaltung gekümmert. Er fand sie im Garten, wo sie dabei war, einige frühe Rosen zu schneiden. Die meisten waren noch geschlossen, doch ein paar standen schon in voller Blüte. Den Zweig einer Rotbuche hatte sie bereits abgeschnitten, dessen kupferfarbene Blätter einen viel intensiveren Kontrast zu den rosa Blüten bildeten als jedes grüne Blatt.

Er kam über den Rasen auf sie zu. Sein Besuch war ihr nicht gemeldet worden, worüber sie später mit ihrem Mädchen zu sprechen haben würde. Im Moment zählten nur ihre Freude, ihn zu sehen, sowie die nagende Angst, die ihren Pulsschlag zum Rasen brachte und ihr die Kehle zuschnürte.

Er vertat keine Zeit mit einer förmlichen Begrüßung, der Nachfrage nach ihrer Gesundheit oder ein paar Bemerkungen über das schöne Wetter. Er blieb vor ihr stehen und sah sie direkt aus sorgenerfüllten Augen an, doch die Freude darüber, sie zu sehen, war deutlich.

Einen Moment lang wurde ihr Kummer von dem Glücksgefühl, das sie bei seinem Anblick durchströmte, und dem Vertrauen in ihn, das sie schon fast vergessen hatte, zur Seite gedrängt.

»Verzeihung, daß ich Sie unangemeldet besuche«, sagte er, die Handflächen der ausgestreckten Hände nach oben zeigend.

Sie legte ihre Hände hinein, und seine warmen Finger umschlossen sie. Für diesen Augenblick vergaß sie ihre Ängste. Sie waren absurd. Niemals könnte er eine so schreckliche Tat begehen. Wenn er etwas damit zu tun hatte, dann gäbe es eine unschuldige Erklärung dafür, die ihr vielleicht noch nicht zu Ohren gekommen war.

Sie antwortete nicht mit einer Floskel, wie sie das vielleicht bei jedem anderen getan hätte.

»Wie geht es Ihnen?« Sie sah forschend in sein Gesicht. »Sie sehen sehr erschöpft aus.«

Er gab ihre Hände frei und ging neben ihr langsam an dem mit Stauden bewachsenen Pflanzstreifen entlang. »Das kann schon sein«, sagte er. »Ich habe in den letzten Tagen, seit dem Tod von Mrs. Chancellor, nur wenig geschlafen.«

Obwohl das Thema all ihre Gedanken beherrschte, war sie dennoch überrascht, daß er es sofort ansprach und ihr damit die Möglichkeit nahm, die Worte, die sie sagen wollte, vorzubereiten. Sie wandte den Blick von ihm ab und richtete ihn auf einen fernen Punkt im Garten, wo jedoch nichts zu sehen war, außer einem kleinen Vogel, der von Zweig zu Zweig hüpfte.

»Ich habe nicht gewußt, daß sie Ihnen soviel bedeutete.« Sie hielt inne, weil sie befürchtete, er könne sie mißverstehen und denken, sie beklage sich. Oder wäre das gar kein Mißverständnis? War sie eifersüchtig? Wie absurd, und schlimmer noch, wie scheußlich! »Sie war wirklich eine charmante Frau.« Das klang banal und flach. »Und so lebendig. Ich kann mich an den Gedanken, daß es sie nicht mehr gibt, nicht gewöhnen. Ich hätte sie gerne besser kennengelernt.«

»Ich mochte sie«, sagte er darauf und fixierte seinen Blick auf die Spitzen des Rittersporns. Die Blüten waren schon soweit entwickelt, daß man erkennen konnte, welche dunkelblau, hellblau, weiß oder rosa blühen würden. »Sie war auf eine Art ehrlich, die sehr selten ist. Aber das ist nicht der Grund, warum mir ihr Tod keine Ruhe läßt.« Er runzelte die Stirn und sah sie an. »Ich dachte, das wüßten Sie. Sie drücken sich nicht so klar aus, wie es Ihrer Intelligenz entsprechen würde. Das werde ich mir merken. Sehr weiblich. Ich glaube, es gefällt mir.«

Jetzt war sie gänzlich verwirrt und spürte, wie die Röte ihr ins Gesicht stieg. Sie vermied es, ihn anzusehen. »Ich glaube nicht, daß ich Sie verstehe. Warum bedrückt ihr Tod Sie so sehr, wenn ich Ihnen mit der Frage nicht zu nahetrete? Ich glaube kaum, daß es Mitgefühl für Linus Chancellor ist. Mein Eindruck war es, daß Sie ihn nicht besonders mögen.«

»Das stimmt«, bekannte er. »Obwohl, gegen den Mann selbst habe ich nichts. Ich bewundere ihn sogar sehr. Er besitzt Durchsetzungsvermögen, Intelligenz und Talent, dazu den Willen, seine Fähigkeiten auf ein Ziel zu richten, und das ist der Schlüssel zu allem anderen. Viele Männer haben alle Eigenschaften, die zum Erfolg führen könnten, außer dieser. Ein starker Wille und Disziplin können einen Mann groß machen.« Er ging ein paar Schritte, bevor er fortfuhr: »Aber ich bin absolut nicht mit seinen Plänen für Afrika noch mit seinen Absichten einverstanden. Doch das wissen Sie bereits.«

»Warum sind Sie dann so betroffen?« fragte sie.

»Weil ich mich mit ihr am Abend vor dem Tag, an dem sie ermordet wurde, gestritten habe.«

Nobby schrak auf. Sie hatte ihm nicht ein so zartes, ja fast abergläubisches Gewissen zugetraut. Das paßte nicht zu den anderen Dingen, die sie über ihn wußte. Natürlich gab es Brüche im Charakter eines Menschen. Züge, die im Widerspruch zu allem anderen standen, aber dies traf sie völlig überraschend.

»Das ist unsinnig«, sagte sie lächelnd. »Ich bezweifle, daß Sie so unfreundlich waren, daß Sie jetzt Schuldgefühle haben müßten, bloß weil der Streit nicht beigelegt war. Sie hatten unterschiedliche Ansichten über die Besiedlung des Sambesi-Gebietes. Es war eine offene Meinungsverschiedenheit. Sicherlich hätte sie nicht –«

»Um Himmels willen!« unterbrach er sie mit einem spöttischen Lachen. »Ich würde mit meiner Ansicht auch vor den Schöpfer treten! Auf jeden Fall vor Susannah Chancellor, ob tot oder lebendig! Nein – es war an einem öffentlichen Ort, und ich bin mir ziemlich sicher, daß uns jemand beobachtet hat und die Sache der Polizei gemeldet wurde. Der eifrige Pitt ist bestimmt bestens darüber unterrichtet. Er hat mich schon aufgesucht. Er war natürlich höflich, aber gleichzeitig, bei allen guten Manieren, auch sehr mißtrauisch. Einer Reihe von Leuten würde es gut passen, wenn ich des Mordes angeklagt würde. Es wäre ...« Er unterbrach sich, als er ihr verstörtes Gesicht sah.

Er lächelte wieder spöttisch. »Kommen Sie, Nobby. Tun Sie nicht so, als wüßten Sie das nicht. Je schneller die Sache aufgeklärt ist, desto mehr wird es dem Ansehen der Polizei dienen, die Presse wird sie in Ruhe lassen und keiner wird sich zu sehr mit Susannahs Leben befassen müssen. Obwohl ich mir sicher bin, daß es untadelig war, wie das der meisten Menschen. Trotzdem ist es unangenehm und würde denjenigen schaden, die mit ihr zu tun hatten, vielleicht auf weniger ehrenhafte Art.«

»›Weniger ehrenhaft‹?« Sie war überrascht, unsicher, ob sie ihn verstand.

»Ich zum Beispiel«, gestand er bedauernd. »Der Streit war durchaus harmlos, nicht persönlich, sondern eine Frage der Überzeugungen. Doch in den Augen anderer, die nicht gehört haben, was gesagt wurde, könnte es anders ausgesehen haben. Ich bin mir sicher, daß es auch andere Menschen gibt, die nicht darüber erfreut wären, wenn ein mißgünstiger und übelgesinnter Mensch jedes ihrer Worte, jede Geste auf die Waagschale legte.« Er sah sie zärtlich an. Seine Warmherzigkeit ließ ihr Herz schneller schlagen. »Haben Sie sich nie eine Dummheit zuschulden kommen lassen, an die Sie nicht so gerne erinnert werden möchten? Oder ein Wort, eine Tat, die übereilt und häßlicher war, als Sie beabsichtigt hatten?«

»Ja, natürlich.« Mehr brauchte sie dazu nicht zu sagen; sie verstanden sich vollkommen, ohne lange Erklärungen.

Sie gingen noch ein paar Schritte und bogen dann in den Weg ein, der zur Mauer führte, über die die frühblühenden Rosen üppig herabhingen. Das Sonnenlicht, von kleinen Schattenflecken unterbrochen, hob die glatten Flächen der einzelnen Steine hervor. In den feuchten Ritzen dazwischen wuchsen winzige Farne und Moos mit ebenso winzigen, sternförmigen Blüten. Über ihnen raschelte das Laub, als eine sachte Brise durch die Ulmen fuhr und den Geruch von Gras und vermodertem Laub mit sich trug.

Sie sah in sein Gesicht und wußte, daß er daran dachte, wie froh er war, wieder zu Hause in England zu sein und die zeitlose Schönheit eines alten Gartens genießen zu können. Afrika mit seiner Wildheit, seiner üppigen Vegetation, die so oft von einer erbarmungslosen Sonne verbrannt und verdörrt wurde, mit seinen wilden Tieren – all dies wurde unwirklich angesichts dieser durch die Zeiten gewachsenen Beständigkeit und des Wechsels der Jahreszeiten, die seit Hunderten von Generationen den natürlichen Wachstumskreislauf bestimmten.

Doch die Tatsache von Susannahs Tod blieb. Auch das Gesetz war hier keine willkürliche Angelegenheit. Nobby kannte Pitt so gut, daß sie wußte, er würde den Fall bis zum Ende verfolgen, egal, wie dieses Ende aussah. Er beugte sich keinem Druck, keinen Sachzwängen, auch keinem emotionalen Schmerz.

Wenn die Wahrheit allzu abscheulich war, würde er vielleicht nicht unbedingt alle Einzelheiten an die Öffentlichkeit bringen. Wenn die Aufklärung tragische Verzweiflung nach sich ziehen würde, wenn sie Menschen ohne jeden Sinn in den Ruin stürzte, wenn die Motive sein Mitleid stark erregten, hätte er vielleicht ein Nachsehen. Obwohl sie sich keinen Grund ausdenken konnte, der den Mord an Susannah in milderem Licht erscheinen ließ.

Doch diese Argumentation brachte sie nicht weiter. Sie fürchtete sich ja nicht vor Pitt, vor einem Prozeß oder der Gerechtigkeit, sie fürchtete sich vor der Wahrheit. Es wäre in jedem Fall schrecklich, wenn Kreisler schuldig war, ob er nun vor Gericht gebracht würde oder nicht.

Aber warum gab sie diesem Gedanken Raum? Es war schrecklich, abscheulich! Sie fühlte sich schuldig, nur weil ihr dieser Gedanke gekommen war. Wieviel schlimmer, daß er sich bei ihr einnistete!

Als ob er ihre Gedanken lesen und die Verwirrung in ihren Zügen deuten könnte, blieb er nach dem Torbogen in dem schattigen kleinen Garten stehen, in dem Primeln, Silberblatt und geschwungenes Salomonssiegel wuchsen.

»Was bedrückt Sie, Nobby?«

Sie war beschämt und suchte nach einer Antwort, die keine Lüge war, aber auch nicht zu schmerzlich für sie beide.

»Haben Sie etwas entdeckt?« Sie klammerte sich an die praktischen Dinge.

»Über den Tod von Susannah? Nicht viel. Anscheinend ist es spät am Abend passiert, als sie allein mit einer Droschke unterwegs war, aber keiner weiß, wohin. Sie hatte gesagt, sie würde die Thornes besuchen, ist aber nie dort angekommen, soweit bekannt. Es sei denn, die Thornes haben gelogen.«

»Warum sollten die Thornes ihr schaden wollen?«

»Wahrscheinlich geht es zurück auf den Tod von Sir Arthur Desmond – das wenigstens vermutet Pitt. Ich kann darin keinen Sinn erkennen.«

Sie standen ganz still; ein kleiner brauner Vogel flog aus einem Baum auf, setzte sich kaum einen Meter vor ihnen auf den Weg, und sah sie aus seinen blanken Augen neugierig an.

»Warum dann?« sagte sie leise und spürte noch immer große Angst. Sie wußte, daß Männer, die in die Wildnisse dieser Erde vordrangen, eine innere Stärke haben mußten, um zu überleben; eine Bereitschaft anzugreifen, um sich verteidigen zu können, die Entschlossenheit zu töten, wenn ihr Leben bedroht war, und eine Zielstrebigkeit, die keine Hindernisse duldete. Menschen, die zarter besaitet waren, umsichtiger und im Grunde ihres Herzens zivilisierter, wurden nur allzu leicht von der Wildheit eines erbarmungslosen Landes vernichtet.

Er musterte sie intensiv. Langsam wichen das beglückende Gefühl und die Heiterkeit einem schmerzhaften Ausdruck.

»Sie sind nicht überzeugt, daß ich nicht der Täter bin, Nobby?« sagte er mit heiserer Stimme. »Sie glauben, ich hätte diese wunderbare Frau ermorden können? Nur weil ...« Er brach ab, Schuldgefühle übermannten ihn.

»Nein«, sagte sie beherrscht und hatte Mühe, die Worte hervorzubringen. »Nicht nur, weil sie unterschiedlicher Meinung hinsichtlich der Besiedlung Afrikas war, natürlich nicht. Das wäre ja absurd. Wenn, dann weil sie Anteile an einem der großen Bankhäuser hatte und weil sie möglicherweise Einfluß auf Francis Standish ausübte. Außerdem wegen der Position ihres Mannes. Ihm galt ihre ungeteilte Unterstützung, was heißt, daß sie gegen Sie war.«

Er war kreidebleich, sein Gesicht war von Schmerz gezeichnet.

»Liebe Güte, Nobby! Was hätte es denn genutzt, wenn ich sie umgebracht hätte?«

»Es wäre eine Förderung weniger...« Sie sprach nicht weiter und wendete sich ab. »Ich denke nicht, daß Sie sie getötet haben, sondern daß die Polizei das denken könnte. Ich habe Angst um Sie.« Das stimmte zwar, war aber nicht die ganze Wahrheit. »Und Sie hatten sich über sie geärgert.«

»Wenn ich all diejenigen umbringen würde, über die ich mich im Laufe meines Lebens geärgert habe, dann hätte ich eine Spur von Leichen hinterlassen«, sagte er leise, und aus seinem Ton erkannte sie, daß er nur die Wahrheit glaubte, die sie auch ausgesprochen hatte; die Lügen und Auslassungen verstand er als solche.

Der Vogel saß immer noch auf dem Weg vor ihnen, den Kopf zur Seite geneigt.

Kreisler legte die Hände auf ihren Arm, und sie spürte seine Wärme durch den dünnen Stoff ihres Kleides.

»Nobby, ich weiß, daß Sie Afrika so verstehen wie ich auch, Sie wissen, daß die Menschen dort manchmal Gewalt anwenden, um bestehen zu können, in einem Land voller Gewalt und unvorhersehbarer Gefahren, in dem es keine Gesetze gibt und wo es nur ums Überleben geht. Aber ich habe die Unterschiede zwischen Afrika und England nicht vergessen. Und die Moral, das grundlegende Wissen über Gut und Böse, ist überall dieselbe. Man bringt einen Menschen nicht um, bloß weil er einem im Weg steht oder weil er zu einer Frage, und sei sie noch so wichtig, eine andere Meinung hat. Ich habe mit Susannah gestritten, aber ich habe ihr nicht weh getan, noch habe ich den Anlaß gegeben, ihr weh zu tun. Sie tun mir unrecht, wenn Sie das nicht glauben... Und Sie verursachen mir großen Kummer. Das brauche ich doch nicht weiter zu erklären? Verstehen wir einander nicht ohne große Ansprachen und Erklärungen?«

»Doch.« Die Antwort kam von Herzen, wo sie eine tiefere, beharrlichere Sicherheit spürte, und brachte ihren Verstand zum Schweigen. »Doch, das ist wahr.« Sollte sie sich dafür entschuldigen, daß sie solche Gedanken gehegt hatte? Wollte er das von ihr hören?

Als hätte er in ihren Augen gelesen, sprach er mit einem kleinen Lächeln.

»Gut. Dann lassen wir es dabei. Wir wollen nicht wieder daran rühren. Sie mußten über das, was Ihnen durch den Kopf ging, sprechen. Zwischen uns soll es keine Unaufrichtigkeit geben oder die Notwendigkeit, sich aus Furcht vor der Wahrheit hinter Falschheit und Höflichkeit zu verstecken.«

»Nein«, pflichtete sie ihm bei, und ein Lächeln breitete sich über ihr Gesicht aus, obwohl ihr gesunder Menschenverstand ihr etwas anderes sagte. »Das will auch ich nicht.«

Er neigte sich vor und küßte sie mit einer Zärtlichkeit, die sie beseligte und überraschte.

Pitt saß noch am Frühstückstisch und aß seinen Toast mit Orangenmarmelade. Der Toast war knusprig und die Butter leicht gesalzen – eine Kombination, die man bis zum letzten Happen auskosten mußte.

Da er am Abend zuvor fast bis Mitternacht unterwegs gewesen war, konnte er sich erlauben, etwas später zur Wache zu kommen. Die Kinder waren schon zur Schule gegangen, und Gracie hatte oben zu tun. Die Zugehfrau schrubbte die hintere Treppe und würde in Kürze den Herd reinigen und schwärzen, eine Aufgabe, die Gracie ihr gerne abgetreten hatte.

Charlotte stellte die Einkaufsliste zusammen.

»Wirst du heute abend wieder spät nach Hause kommen?« fragte sie und sah zu ihm auf.

»Ich glaube nicht«, sagte er mit vollem Mund. »Obwohl wir den Droschkenfahrer immer noch nicht gefunden haben ...«

»Dann hat er was damit zu tun«, sagte sie voller Überzeugung. »Wenn er unschuldig wäre, hätte er sich inzwischen längst gemeldet. Wenn er nicht ausfindig gemacht werden möchte, wie wollt ihr ihn dann finden?«

Er trank seinen Tee aus. »Indem wir jeden Droschkenfahrer in London befragen« sagte er, »und nachprüfen, ob sein Alibi stichfest ist. Wenn wir Glück haben, gibt uns jemand einen Hinweis. Aber wir wissen nicht, wo sie ins Wasser geworfen wurde. Es könnte ebensogut stromaufwärts gewesen sein wie stromabwärts. Wir wissen nur, daß sie wahrscheinlich eine Strecke von etwas mitgeschleppt wurde, da sich ihre Kleider verhakt hatten.« Charlotte schüttelte sich. »Verzeihung«, sagte er.

»Ist ihr Paletot aufgetaucht?« fragte sie.

»Nein, noch nicht.«

Genüßlich steckte er sich den letzten Bissen in den Mund.

»Thomas ...«

Er schob seinen Stuhl zurück und stand auf. »Ja?«

»Werden häufig Leichen beim Traitors Gate angespült?«

»Nein – warum?«

Sie atmete tief ein und stieß dann die Luft aus.

»Meinst du, daß der Täter wollte, daß man sie dort findet?«

Die Idee war ungewöhnlich, sie war ihm selbst noch nicht gekommen.

»Traitors Gate? Das bezweifle ich. Warum? Wahrscheinlich war ihm die Stelle wichtig, wo er sie ins Wasser werfen konnte: möglichst nah an dem Ort, wo er sie auch umgebracht hatte, und unbeobachtet. Es waren eher der Zufall, die Gezeiten und die Strömungen, die sie auf den Stufen beim Tower an Land gespült haben. Und natürlich das, woran sie sich verhakt hatte.«

»Aber wenn das nicht stimmt?« beharrte Charlotte. »Wenn es beabsichtigt war?«

»Das ändert doch nicht viel, außer daß er die richtige Stelle finden mußte, um sie hineinzuwerfen, was bedeutet haben kann, daß er sie transportieren mußte. Aber warum sollte jemand dieses Risiko eingehen?«

»Ich weiß nicht«, gestand sie. »Vielleicht hat sie jemanden betrogen?«

»Wen? Ihren Mann? Dem war sie immer treu, nicht nur, weil sie seine Ehefrau war, sondern weil sie ihn wirklich geliebt hat. Das hast du mir selbst erzählt.«

»Ja, ja«, stimmte sie ihm zu. »Ich meinte nicht diese Art von Betrug. Ich dachte, vielleicht hat es wieder etwas mit dem Inneren Kreis zu tun.«

»Es gibt keine weiblichen Mitglieder, und ich bin überzeugt, Chancellor ist nicht Mitglied.«

»Und was ist mit ihrem Schwager, Francis Standish?« bohrte sie weiter. »Kann der nicht etwas mit Sir Arthurs Tod zu tun haben, und sie hat das irgendwie herausgefunden? Susannah mochte Sir Arthur sehr. Sie hätte nicht geschwiegen, auch nicht, um sich selbst zu schützen. Vielleicht war es das, was sie so bedrückt hat.«

»Familienloyalität ... und Betrug«, sagte Pitt bedächtig und ließ sich die Idee durch den Kopf gehen. Harriet Soames' Gesicht stand klar und deutlich vor seinem inneren Auge, die bedingungslose Art, mit der sie ihren Vater verteidigt hatte, auch im Bewußtsein seiner Schuld. »Vielleicht ...«

»Hilft es weiter?«

Er sah sie an. »Nicht viel. Beabsichtigt oder nicht, die Stelle, an der sie ins Wasser geworfen wurde, ist dieselbe.« Er schob den Stuhl unter den Tisch und küßte sie auf die Wange, bevor er zur Tür ging. Sein Hut lag auf der Ablage im Eingang. »Und die zu finden, werde ich heute alle Anstrengungen unternehmen. Vielleicht sollte ich den Droschkenfahrer einfach vergessen und mich darauf konzentrieren, jemanden zu finden, der gesehen hat, wo der Täter sie ins Wasser geworfen hat.«

»Ich kann nur davon berichten, was nicht passiert ist«, sagte Tellman mürrisch, als Pitt ihn nach dem Stand der Dinge fragte. Sie standen in Pitts Büro, von der Straße her drangen Geräusche durch das offene Fenster.

Tellman war müde und frustriert. »Und keiner hat die verdammte Droschke gesehen, weder am Berkeley Square noch in der Mount Street oder sonst wo«, fuhr er fort. »Oder es sieht sich keiner veranlaßt, uns davon zu berichten. Natürlich gibt es Tausende von Droschken in London, und jede einzelne hätte Mrs. Chancellor befördern können!« Er lehnte sich an den Bücherschrank. »Zwei wurden ungefähr zur richtigen Zeit in der Mount Street gesehen. Die eine war für einen Mr. Garney, der bei seiner Mutter speisen wollte. Seine Geschichte deckte sich mit den Aussagen seiner und ihrer Bediensteten. Die andere war für Lieutenant Salsby und Mrs. Latten, die im West End zum Essen ausgehen wollten. Das haben sie zumindest gesagt.«

»Sie glauben ihnen nicht?« Pitt setzte sich auf seinen Stuhl hinter dem Schreibtisch.

»Klar glaube ich ihnen nicht!« Tellman lächelte. »Ein Blick in sein Gesicht, und Sie hätten ihm auch nicht geglaubt. Und ein Blick in ihres, dann hätten Sie genau gewußt, was sie wirklich vorhatten. Sie ist kein bißchen besser, als sie aussieht, aber sie würde nicht die Frau eines Ministers entführen. So verdient sie sich nicht ihren Unterhalt!«

»Sie kennen sie?«

Tellmans Gesicht sprach Bände.

»Sonst noch was?« fragte Pitt.

»Weiß nicht, wonach ich noch suchen soll.« Tellman zog die Schultern hoch. »Wir haben Tage damit zugebracht, die Stelle zu suchen, wo sie ins Wasser geworfen wurde. Am ehesten noch Limehouse. Etwas ruhiger als flußaufwärts. Es wird so gegen elf gewesen sein, als er sie reingeworfen hat. Das wären vier Stunden, bevor sie gefunden wurde. Ist auch nicht so wichtig, ob sie mit der steigenden Flut auf den Stufen abgesetzt wurde oder ob sie erst weiter flußaufwärts getragen wurde und dann mit der beginnenden Ebbe bei den Stufen ankam. In jedem Fall wurde sie irgendwo südlich hineingeworfen.« Er stieß den Atem langsam aus und verzog das Gesicht. »Und auf dem Stück gibt es jede Menge Werften und Stufen zum Wasser, außerdem entsprechend viele Straßen, die dorthin führen. Von den Anwohnern kann man keine Hilfe erwarten. Die Leute, die dort herumhängen, würden nur in äußerster Not mit uns sprechen. Eher schlitzen sie einem die Kehle auf.«

»Ich weiß, Tellman. Haben Sie eine bessere Idee?«

»Nein. Ich habe alles mögliche ausprobiert, und nichts hat funktioniert, aber man kennt mich da unten. Das war unser Revier. Vielleicht haben Sie mehr Glück.« Ausdruck und Stimme drückten eher das Gegenteil aus.

Doch Pitt gab sich nicht zufrieden. Wenn Susannah Chancellor innerhalb einer Stunde nach ihrem Tod – laut dem Bericht des Gerichtsmediziners nicht nach elf, allerspätestens um halb zwölf – in den Fluß geworfen worden war, hätte sie mit der eintretenden Flut nur von der Gegend um Limehouse angeschwemmt werden können – so die Aussage der Flußpolizei. Wahrscheinlicher war eine Stelle, die näher dranlag, aber das würde Wapping und den Pool of London bedeuten.

Tellman war schon bei der Flußpolizei gewesen, die ihre Wache direkt am Ufer hatte. Die Polizisten waren sehr hilfsbereit, konnten jedoch nichts ausrichten. Sie hatten ausgezeichnete Patrouillen, die jeden Zentimeter des Ufers kannten und mit Bestimmtheit sagen konnten, daß eine Frau von der Beschreibung Susannah Chancellors in jener Nacht nicht ins Wasser geworfen wurde. Die Behauptung ging sehr weit, doch Pitt war geneigt, ihnen zu glauben. In der Hafengegend war immer viel los, auch gegen Mitternacht. Warum sollte jemand dieses Risiko eingehen?

Das brachte ihn zu der Frage zurück, warum überhaupt jemand Susannah Chancellor ermorden wollte. War es eine Entführung, bei der etwas dramatisch schiefgelaufen war?

War das Motiv schlicht und einfach Habgier, weil man glaubte, Chancellor würde ein stattliches Lösegeld zahlen? Oder gab es ein politisches Motiv… Damit war er wieder bei Kreisler.

Tellman hatte bereits mehrere Tage in Limehouse verbracht, ohne jeden Erfolg. Wenn jemand gesehen hatte, wie eine Leiche ins Wasser geworfen wurde, dann behielt er es für sich. Wenn jemand eine Droschke oder einen Mann, der eine Frau trug, gesehen hatte, schwieg er dazu. Tellman war sogar südlich der Themse in Rotherhithe gewesen, aber auch das hatte nichts ergeben, außer daß es in der Tat möglich war, daß jemand ein kleines Boot von einer der vielen Werften oder Anlegestellen genommen haben könnte, um darin eine Leiche zu transportieren. Pitt hatte sogar mit dem Gedanken gespielt, ob Tellman, als geschicktes, kluges Mitglied des Inneren Kreises, an der Verschwörung beteiligt war. Doch wenn er dessen erregtes Gesicht sah und seine aufgebrachte Stimme hörte, mochte er nicht glauben, daß er ihn so falsch einschätzte.

»Was sollen wir tun?« fragte Tellman mit sarkastischem Ton und unterbrach Pitts Gedanken. »Soll ich mir die Surrey Docks vornehmen?«

»Nein, das lohnt sich nicht.« In Pitts Kopf nahm ein Gedanke Gestalt an, der mit dem zu tun hatte, was Charlotte über Betrug und das Traitors Gate gesagt hatte. »Versuchen Sie, etwas über ihren Schwager herauszufinden.«

Tellman zog die Augenbrauen in die Höhe. »Mrs. Chancellors Schwager – Francis Standish? Warum? Warum sollte der sie ermorden wollen? Ich glaube immer noch, daß es Kreisler war.«

»Vielleicht, aber nehmen Sie sich trotzdem Standish vor.«

»Ja, Sir. Und was werden Sie tun?«

»Ich werde mich flußaufwärts, irgendwo zwischen Westminster und Southwark, umsehen.«

»Aber das würde heißen, daß jemand sie umgebracht und dann gewartet hat, bevor er die Leiche ins Wasser warf«, sagte Tellman zweifelnd. »Warum würde er das tun? Wieso ein solches Risiko eingehen?«

»Man wird nicht so leicht gesehen, gegen Mitternacht«, führte Pitt an.

Tellman sah ihn spöttisch an. »Auf dem Fluß sind ständig Leute unterwegs. Da ist jeder Zeitpunkt recht. Hauptsache, man wird seine Last schnell los. Besser, man fährt zu einer Zeit in einer Droschke durch die Straßen, zu der viele unterwegs sind«, räsonierte er. »Wem würde da die eine schon auffallen? Aber um ein Uhr morgens, da fällt sie einem auf. Die Theater haben dann schon lange geschlossen. Leute, die bis in den Morgen zu Gesellschaften oder Bällen gehen, fahren in ihren eigenen Kutschen.«

Pitt überlegte, ob er Tellman von Charlottes Idee erzählen sollte. Im ersten Moment klang sie absurd, doch je länger er darüber nachdachte, desto plausibler erschien sie ihm.

»Wenn der Täter nun aber wollte, daß sie beim Traitors Gate angespült wurde?«

Tellman starrte ihn an. »Eine neue Warnung für jeden, der es wagt, den Inneren Kreis zu verraten?« fragte er mit einem Leuchten in den Augen. »Vielleicht. Aber das wäre gar nicht so leicht! Es ist ja nicht sicher, daß sie überhaupt angespült würde? Oft kommen sie nicht an Land. Auch wenn er die Gezeiten wußte, könnte sie trotzdem irgendwo hängengeblieben sein. So war es ja auch. Er hätte auf die Ebbe warten müssen, falls sie wieder weggetrieben würde.« Seine Stimme wurde lebhafter. »Also wartet er an einer Stelle und wirft sie bei Flut ins Wasser, um sicher zu sein, daß sie nicht wieder weggetrieben wird.«

Doch dann verfinsterte sich sein Gesicht. »Aber er konnte sich in keinem Fall sicher sein, daß sie wieder an Land kommen würde. Sie hätte einfach weitergetragen werden können, um die Biegung, bis nach Wapping oder zu den Surrey Docks.« Er schüttelte den Kopf. »Er hätte sie selbst dort absetzen müssen, vom Boot aus. Nur ein Verrückter würde es riskieren, sie bei den Queen's Steps zum Wasser hinunterzutragen.«

»Na gut, dann könnte er nicht vom nördlichen Ufer gekommen sein«, spann Pitt den Faden weiter. »Also die Gegend um Custom's House Quay und Billingsgate Fishmarket. Da hätte man ihn auf jeden Fall gesehen.«

»Auf der anderen Seite vom Fluß«, sagte Tellman sofort. »Horselydown. Da ist keiner! Er hätte sie in einem kleinen Boot rüberrudern können. Hat sie einfach da abgelegt, wo wir sie gefunden haben. Die Ebbe konnte ihr nichts anhaben.«

»Dann gehe ich jetzt zum Südufer«, sagte Pitt entschlossen, stand auf und kam um den Tisch herum.

Tellman sah ihn zweifelnd an. »Scheint mir sehr aufwendig, um nicht zu sagen, gefährlich, nur damit sie beim Tower ankommt. Ich glaub nicht daran.«

»Es lohnt aber den Versuch«, erwiderte Pitt unbeeindruckt.

»Der Gerichtsmediziner sagt, sie hat sich irgendwo verhakt«, entgegnete Tellman, der seine Zweifel nicht gleich fallenlassen wollte. »Die Kleider waren zerrissen. Er kann sie nicht einfach abgesetzt haben.«

»Wenn er von der anderen Seite des Flusses kam, vielleicht hat er sie gezogen?« sagte Pitt. »Hinter dem Boot her, um den Anschein zu erwecken, daß sie die ganze Zeit im Wasser war.«

»Mann!« Tellman sog die Luft durch die Zähne ein. »Dann haben wir es mit einem Verrückten zu tun!« Er sah Pitts Gesichtsausdruck. »Beziehungsweise, er ist noch verrückter, als wir schon angenommen hatten.«

Pitt nahm sich eine Droschke. Es war eine lange Fahrt. Sie fuhren in südlicher, dann in östlicher Richtung am Fluß entlang, überquerten die London Bridge und bogen unmittelbar nach dem Fluß links in die Tooley Street ein.

»Was genau such'n Se denn?« fragte ihn der Droschkenfahrer skeptisch. Er hatte nichts dagegen, daß ein Fahrgast mehrere Stunden herumgefahren werden wollte und bereit war, für das Herumstehen zu bezahlen, aber er wollte wissen, was vor sich ging, und hier handelte es sich um höchst seltsame Wünsche.

»Ich suche nach einer Stelle, wo jemand in Ruhe in einer Kutsche warten kann, bis Ebbe eintritt, um dann eine Leiche in einem Boot über den Fluß zu rudern und sie beim Traitors Gate abzuladen«, erwiderte Pitt.

Der Droschkenfahrer stieß einen gotteslästerlichen Fluch aus. »'tschuldigung, Meister«, sagte er gleich darauf, »aber wenn das man nich was ganz Schreckliches is, was Se sich da ausgedacht ham.« Er sah sich ängstlich am ruhigen, sonnigen Ufer um.

Pitt lächelte traurig. »Es geht um den Mord an Mr. Chancellors Frau«, erklärte er und zeigte dem Mann seine Karte.

«Oha! Mann, ja, war furchtbar, das, arme Frau.« Der Mann machte runde Augen. »Se meinen, se wurde hier umgebracht und dann rübergeschafft, wie?«

»Nein, ich denke, sie wurde in einer Kutsche hergebracht, der Mörder hat gewartet, bis Ebbe eintrat, und sie dann hinübergerudert und beim Traitors Gate abgesetzt.«

»Aber warum? Das versteh ich nich! Warum wirft er se nich gleich ins Wasser und verdünnisiert sich! Wär doch blöd, wenn ihn jemand sehen würd. Is doch piepegal, wo se ankommt!«

»Vielleicht war es ihm nicht egal.«

»Warum soll er auf Ebbe warten? Ich hätt se einfach reingeschmissen und wär verduftet, bevor mich einer sehen könnte.« Er erschauderte. »Suchen Se 'n Verrückten?«

»Einen Mann mit einem verrückten Haßgefühl, aber nicht verrückt im allgemeinen.«

»Dann isser zu den Horselydown Steps gegangen, is 'n Stück mit der Flut gerudert und hat sie da reingeworfen«, sagte der Droschkenfahrer entschieden. »Un dann isser zurück zur Little Bridge weiter oben gerudert, immer schön mit der Flut, so mußt er nich dagegenhalten, quasi.« Er war mit seiner Antwort zufrieden.

»Wenn er sie mit der steigenden Flut zurückgelassen hätte, wäre sie vielleicht wieder weggetrieben und wäre woanders gelandet«, argumentierte Pitt.

»Vielleicht«, stimmte ihm der Droschkenfahrer zu. »Trotzdem, alles in allem hätt ich's so gemacht.«

»Möglich ist es. Aber möglicherweise kann ich herausfinden, ob jemand in jener Nacht eine Kutsche hat warten sehen. Horselydown Steps und Little Bridge Stairs, haben Sie gesagt?«

»Jawohl, Meister. Wolln Se da jetz hin?«

»Ja.«

»Dauert aber ganz schön lange!«

»Wahrscheinlich«, stimmte Pitt ihm mit einem gequälten Lächeln zu. »Machen Sie sich keine Sorgen, ich lade Sie zum Essen ein. Kennen Sie hier in der Nähe ein gutes Wirtshaus?«

Das Gesicht des Droschkenfahrers hellte sich auf. »Klar doch! War hier schon ma, oder in der Nähe. Es gibt den Black Bull bei London Bridge, da noch 'n bißchen weiter.

Oder das Triple Plea inner Queen Elizabeth Street, hier ganz inner Nähe.« Er deutete die Richtung mit einer verschwollenen Hand an. »Un hinter der Eisenbahn is man schon in Bermondsey, wo es alles mögliche gibt.«

»Wir nehmen das Triple Plea«, sagte Pitt. »Doch zunächst will ich zu den Horselydown Steps.«

»Geht in Ordnung, Meister. Sin sofort da.« Und er trieb sein Pferd voran.

Sie fuhren im flotten Trab die Tooley Street entlang bis zu dem Punkt, wo sie in die Queen Elizabeth Street überging; dann bog der Fahrer scharf nach links ein, in Richtung Fluß hinunter. Auf der rechten Seite stand ein großes Gebäude, das wie eine Schule aussah. Hier hieß die Straße Potters' Field – Armenfriedhof –, und Pitt fragte sich, ob dem Fahrer mit seinem makabren Sinn für Humor die Bedeutung auffiel. Sie fuhren bis zu einer Straße, die kaum mehr als ein Weg war und parallel zum Ufer verlief. Zwischen ihnen und dem Fluß lag nur noch eine schmale Böschung, wo auch um diese Tageszeit keine Menschenseele anzutreffen war. Sie überquerten ein oder zwei Stichstraßen, die wieder zurück zur Queen Elizabeth Street führten, bevor sie die Horselydown Steps erreichten. An dieser Stelle war es ein leichtes, in ein Boot zu steigen.

Die Freeman's Lane mündete in einen kleinen freien Platz, wo zwei Männer müßig herumstanden und jeden, aber in erster Linie den Verkehr auf dem Fluß beobachteten.

Pitt stieg aus der Droschke und trat auf sie zu. Er hatte verschiedene Einleitungen erwogen, von denen ihm diejenige, in der er sich zu erkennen gab, am wenigsten gefiel. In dieser Situation war sein nachlässiger Aufzug durchaus von Vorteil.

»Wo kann ich hier in der Nähe ein Boot mieten?« fragte er ohne Umschweife.

»Was für'n Boot?« fragte einer der beiden und nahm die Tonpfeife aus dem Mund.

»Ein kleines, nur um über den Fluß zu rudern«, sagte Pitt.

»Da drüben is doch London Bridge.« Der Mann deutete mit seiner Pfeife in die Richtung. »Warum laufen Se nich?«

Der andere lachte.

«Weil ich vielleicht jemandem begegnen würde, und das möchte ich vermeiden«, sagte Pitt mit todernstem Gesicht. »Und vielleicht möchte ich etwas Persönliches transportieren«, fügte er ergänzend hinzu.

»So sieht das also aus«, sagte der erste Mann, jetzt schon interessierter. »Na ja, ich denke, ich könnt Ihnen 'n Boot vermieten.«

»Machen Sie das öfter?« fragte Pitt beiläufig.

»Was geht Sie das an?«

»Nichts.« Pitt tat unbeteiligt und drehte sich um, als wolle er gehen.

»Wenn Se 'n Boot wollen, kann ich Ihnen eins besorgen«, rief der Mann ihm nach.

Pitt blieb stehen. »Kennen Sie sich mit den Gezeiten aus?« fragte er.

»Klar doch. Schließlich wohn ich hier!«

»Was ist die beste Zeit, wenn ich zum Tower hinüber will?«

»Holla! Sie woll'n den Tower ausrauben? Ham's auf die Kronjuweln abgesehen, was?«

Wieder lachte der zweite Mann laut.

»Ich will etwas rüberbringen, nicht herholen«, sagte Pitt und hoffte, daß er nicht zuviel verraten hatte.

»Niedrigwasser«, sagte der erste Mann und sah ihn prüfend an.

»Is doch klar. Keine Strömung, die einen zieht.«

»Ist die Strömung stark?«

»Klar, Mensch. Is doch 'n Fluß mit Ebbe und Flut, oder? Wo leben Sie denn, Mann? Hinterm Mond, oder wie?«

»Wenn ich zu früh bin, wo könnte ich dann warten?« fragte Pitt und überging die beleidigende Bemerkung.

»Na ja, hier nich, wenn Se nich gesehen wern wolln, das steht schon mal fest«, sagte der Mann trocken und steckte sich die Pfeife wieder zwischen die Zähne.

»Wieso? Wer würde mich hier sehen?«

»Na, ich, wenn keiner sonst!«

»Aber Niedrigwasser ist mitten in der Nacht«, sagte Pitt.

»Ich weiß, wann Niedrigwasser is! Bin schließlich oft genug hier in der Nacht.«

»Warum?«

»Hier is ja nich viel, aber 'n paar hundert Meter weiter«, er zeigte das Ufer entlang, »da sin massenhaft Werften. Da is Baker's Wharf, Sufferance, Bovel und Sons, Landells, West Wharf, Coal Wharf un jede Menge Treppen zum Wasser. Un dann kommt man zu Saint Saviour's Dock. Da gibt's immer was zu holen.«

»Mitten in der Nacht?«

»Klar doch. Passen Se auf, Meister, wenn Se was übern Fluß schippern wollen, was se nich sollten, dann is das hier nich der geeignete Ort. Wenn Se zum Tower wollen, dann sollten Se flußaufwärts zu den Little Bridge Stairs gehen. Da isses ruhiger, un oft finden Se dort 'n kleines Boot vor Anker, was Se für umsonst haben können, wenn Se's wieder rüberbringen. Kein Problem. Wundert mich, dasse das nich von London Bridge aus gesehen haben, wenn Se so gekommen sin. Is nur 'ne Viertelmeile oder so entfernt. Von da kann man sehen, ob ein Boot da is.«

»Danke«, sagte Pitt mit freudig erregter Stimme, die er kaum unter Kontrolle hatte. »Ein ausgezeichneter Tip.« Er suchte in seiner Tasche und beförderte einen Schilling zutage. »Hier, für ein Bier. Danke.«

»Danke, Meister.« Der Mann nahm den Schilling und ließ ihn in seine Tasche gleiten. Als Pitt sich zum Gehen wandte, schüttelte der Mann den Kopf und murmelte: »Plemplem. Völlig abgedreht.«

»Zurück zu den Little Bridge Stairs«, wies Pitt den Droschkenfahrer an.

»Geht in Ordnung.«

Sie fuhren wieder zur Tooley Street zurück und bogen dann in die Mill Lane ein, die wieder zum Fluß führte. Hier verlief keine Straße am Fluß. Mill Lane endete am Ufer und führte zu den Stufen hinunter. Ein paar Meter flußaufwärts war eine kleine Anlegestelle, sonst nichts. Pitt stieg aus.

Der Droschkenfahrer rieb sich die Nase und betrachtete ihn erwartungsvoll.

Pitt sah sich um und inspizierte den Boden. Hier käme man nur her, wenn man zu den Stufen und zum Wasser wollte. Eine Kutsche könnte hier stundenlang warten, ohne daß es unbedingt auffallen würde.

»Wer benutzt diese Stufen?« fragte Pitt.

Der Droschkenfahrer sah ihn entrüstet an.

»Fragen Se mich? Wie soll ich'n das wissen? Das müssen Se schon verstehen, Meister, das hier is nich mein Revier.«

»Natürlich«, sagte Pitt. »Gehen wir im nächsten Wirtshaus was essen, vielleicht kann man uns da Auskunft geben.«

»Das klingt ma ganz vernünftig«, stimmte ihm der Fahrer eifrig zu. »Da um die Ecke hab ich eins gesehen. Heißt Three Ferrets und sah aus, als wärn 'ne Menge Leute drin.«

Es erwies sich als durchaus sinnvoll, denn nachdem sie ihre Mahlzeit, bestehend aus Flunder und Zwiebeln, gefolgt von Dampfnudeln mit Sirup und begleitet von einem Glas Cider, verspeist hatten, gingen sie wieder zu den Stufen und hatten mehr Auskünfte erhalten, als Pitt sich erhofft hatte. Anscheinend wurden die Stufen nur selten benutzt, aber ein Frederick Lee war in der fraglichen Nacht vorbeigefahren und hatte gegen Mitternacht eine wartende Kutsche gesehen: Der Kutscher hatte rauchend auf dem Bock gesessen, und die Kutsche war verschlossen gewesen. Auf seinem Heimweg, ungefähr eine Stunde später, hatte er dieselbe Kutsche gesehen. Das war ihm seltsam vorgekommen, doch er fühlte sich nicht verantwortlich, und da der Kutscher ziemlich groß wirkte, wollte Lee sich keinen Ärger einhandeln. Er war der Meinung, daß man sich nicht in anderer Leute Dinge einmischen sollte. Aufsehen zu erregen war ihm zuwider; es schickte sich nicht.

Pitt hatte sich bedankt, ihm ein Glas Cider spendiert und sich dann verabschiedet.

Am Ende von Mill Lane, wo es die Stufen hinunter und ins Wasser hineinging, lief Pitt, die Augen auf den Boden geheftet, auf und ab und suchte nach Spuren der Kutsche, die dort so lange gewartet hatte, während die Flut anstieg, ihren Höhepunkt erreichte und wieder zurückging. Auf der Straße waren keine Spuren zu entdecken, sie bestand aus Kopfsteinpflaster und neigte sich beidseitig zur Gosse hinab.

Aber es war Sommer. Innerhalb der letzten Woche hatte es nur ein oder zwei kurze Schauer gegeben, keinen ausgiebigen Regen, der Unrat fortwaschen würde. Langsam ging er auf der einen Seite zum Wasser hinunter und dann auf der anderen Seite hinauf, wo er nach knapp zwanzig Metern einen Zigarrenstummel entdeckte, und dann noch eins. Er bückte sich, hob sie auf und hielt sie auf der flachen Hand. Am abgebrannten Ende rollte sich das Blatt auf, der Tabak war fransig und lose. Er zupfte leicht daran und roch ein deutliches Aroma. Sie war bestimmt teuer, sicherlich keine Zigarrenmarke, die ein Droschkenfahrer oder ein Werftarbeiter rauchen würde. Er betrachtete das obere Ende des Stummels. Es war merkwürdig geschnitten, und zwar nicht mit einem Messer, sondern mit einem Zigarrenschneider, bei dem sich zwei Klingen in der Mitte trafen. Außerdem war es etwas verdreht und wies den Abdruck eines schiefen Schneidezahnes auf, wo jemand in einem Moment der Spannung zu fest zugebissen hatte.

Er wickelte beide Stummel in sein Taschentuch und steckte sie ein, dann setzte er seine Suche fort. Doch da er nichts weiter fand, ging er wieder zu seiner Droschke, wo der Fahrer auf dem Bock saß und jede seiner Bewegungen verfolgte.

»Ham Se was gefunden?« fragte er und brannte darauf, zu erfahren, was es war und was es bedeutete.

»Ich glaube schon«, sagte Pitt.

»Und?« Der Mann gab sich nicht so leicht zufrieden.

»Einen Zigarrenstummel«, sagte Pitt lächelnd. »Von einer teuren Sorte.«

»Holla ...« Der Droschkenfahrer stieß die Luft aus. »Der Mörder hat da eine geraucht, die Leiche in der Kutsche, und gewartet, daß er se rüberfahren kann. Ganz schön kaltblütig, was?«

»Das glaube ich nicht.« Pitt kletterte wieder in die Droschke. »Ich glaube eher, daß er von Gefühlen übermannt war, wie er sie in seinem ganzen Leben noch nicht gekannt hat. Fahren Sie mich nach Belgravia, in die Ebury Street.«

»Belgravia! Sie glauben doch nicht, daß der Mörder in Belgravia wohnt, oder?«

»Doch. Und jetzt lassen Sie uns bitte losfahren.«

Es war eine lange Fahrt, zunächst zurück über den Fluß, dann Richtung Westen, und immer wieder gerieten sie in dichten Verkehr. Pitt hatte viel Zeit zum Nachdenken. Wenn Susannahs Mörder in ihr eine Verräterin gesehen hatte, und diese Erkenntnis seine Gefühle so hoch hatte schlagen lassen, daß er sie umbrachte, dann mußte es jemand sein, mit dem sie eng verbunden war. Entweder jemand aus ihrer Familie, etwa Francis Standish oder ihr Mann.

Worin könnte ihr Verrat bestanden haben? Hatte sie doch Arthur Desmond und Peter Kreisler Glauben geschenkt? Oder hatte sie sich kritisch zu den Investitionen ihres Schwagers in das Unternehmen von Cecil Rhodes oder zu der Einmischung des Inneren Kreises geäußert? Wenn Standish dem Kreis angehörte, vielleicht sogar in einem gehobenen Rang, könnte er dann auch der Vollstrecker sein? Und hatte Susannah das gewußt oder geahnt? Mußte sie deshalb aus dem Weg geschafft werden, weil sie zuviel wußte, weil sie ihr Wissen nach außen tragen wollte, statt ihrer Familie, ihrer Klasse und deren Interessen gebührende Loyalität zu erweisen?

Das fügte sich zu einem schrecklichen Bild. Standish konnte sie in der Mount Street abgepaßt haben. Sie hätte mit einem Streit, mit seinem Drängen gerechnet, aber nicht mit Gewalt. Das einzige, wovor sie sich gefürchtet hätte, wäre ein unangenehmes Gespräch gewesen. Sie wäre, ohne daß er hätte Druck ausüben müssen, in seine Kutsche gestiegen. Die Version paßte zu allen ihm bekannten Fakten.

Außer, daß der Verbleib ihres Paletots ungeklärt blieb. Jetzt, da er überzeugt war, daß sie gar nicht ins Wasser geworfen wurde, sondern daß es lediglich so aussehen sollte, als sei sie von der einsetzenden Ebbe zufällig bei den Stufen angeschwemmt worden, war es unwahrscheinlich, daß ihr Paletot durch die Strömung fortgerissen wurde.

Hatte der Täter ihn ins Wasser geworfen? Warum? Es bewies nichts. Und wenn, warum war der Paletot nicht irgendwo aufgetaucht – hatte er sich in einem Ruder verheddert? Ohne einen beschwerenden Körper wäre er nicht gesunken. Außerdem war es dumm. Die Polizei würde einfach nach einem weiteren Gegenstand suchen, der keinerlei Bedeutung hatte.

Es sei denn, er hatte eine Bedeutung! Gab es irgendwelche Spuren darauf, die zu Standish hinführten? Pitt konnte es sich nicht erklären. Keiner wollte den Anschein erwecken, daß es Selbstmord oder ein Unfall gewesen war. Die Methode und die Mittel sprachen eine deutliche Sprache, selbst das Motiv lag jetzt klar auf der Hand. Der Täter hatte ganz bewußt die Aufmerksamkeit darauf gelenkt.

Je länger er darüber nachdachte, desto plausibler erschien ihm alles. Trotz des milden Tages zitterte er innerlich, weil er die Macht des Inneren Kreises um sich herum spürte, eine Geheimgesellschaft, die nicht nur mit finanziellem oder politischem Ruin drohte, sondern bereit war, wenn sie sich hintergangen fühlte, erbarmungslos zuzuschlagen und sogar eine Frau zu ermorden.

»Ebury Street, Sir!« rief der Droschkenfahrer. »Welche Nummer?«

»Zwölf«, sagte Pitt, der aufgeschreckt war.

»Da wär'n wir dann, zwölf is da vorne. Soll ich warten?«

»Nein, danke«, sagte Pitt und stieg aus. »Es könnte länger dauern.« Er suchte in seinen Taschen die beträchtliche Summe zusammen, die er jetzt dafür schuldete, daß er die Droschke fast den ganzen Tag in Anspruch genommen hatte.

Der Fahrer nahm das Geld und zählte es nach. »Muß sein«, entschuldigte er sich und steckte es in die Tasche. »Macht doch nichts«, sagte er und bezog sich darauf, daß es länger dauern könnte. »Ich würd die Sache gern bis zum Ende mitkriegen, wenn Se nichts dagegen haben.«

»Wie Sie wollen.« Pitt lächelte und ging dann die Stufen zur Haustür hinauf.

Ein livrierter Diener von großem Wuchs öffnete die Tür. »Ja bitte, Sir?«

»Oberinspektor Pitt von der Bow Street. Ist Mr. Standish zu Hause?«

»Ja, Sir, aber er hat Besuch. Wenn Sie warten möchten, werde ich fragen, ob er Zeit hat, Sie zu sehen.« Er trat zur Seite, damit Pitt hereinkommen konnte, und führte ihn ins Studierzimmer. Anscheinend waren Standish und sein Besucher im Salon.

Das Studierzimmer war, gemessen an den in Belgravia üblichen Standards, klein und von angenehmen Proportionen: Möbel aus Walnußholz und ein rotgemusterter türkischer Teppich verbreiteten, zusammen mit den roten Vorhängen, eine warme Atmosphäre. Offensichtlich wurde in diesem Zimmer auch gearbeitet. Der Schreibtisch war praktisch und schön zugleich: Tintenfaß, Federkiele, Brieföffner, Löschpulver und Siegelwachs standen auf der Schreibfläche zur Benutzung bereit. Ein paar Bögen Papier waren ausgebreitet, als hätte erst kürzlich jemand hier gearbeitet. Vielleicht war Standish von seinem Besucher unterbrochen worden. Ein Aschenbecher aus rotem Jaspis stand auf einer Ecke des Schreibtisches. Darin lagen die Asche einer Zigarre sowie der Stummel, der bis auf einen Zentimeter heruntergebrannt war.

Mit spitzen Fingern nahm Pitt ihn hoch und hielt ihn sich unter die Nase. Er unterschied sich deutlich von dem, den er an den Little Bridge Stairs aufgehoben hatte, sowohl im Aroma als auch in der Beschaffenheit des Tabaks. Selbst das Ende paßte nicht dazu: Es war mit dem Messer geschnitten, und die schwachen Zahnabdrücke waren regelmäßig.

Er zog an der Klingel.

Der Diener kam herein, überrascht, daß ein Gast, von dem er wußte, daß es lediglich ein Polizist war, ihn herbeirief. »Ja bitte, Sir?«

»Hat Mr. Standish außer diesen noch andere Zigarren?« fragte Pitt und hielt den Stummel für den Diener hoch.

Der Diener verbarg seine Abneigung gegen diese Allüren, so gut es ging, doch der Ausdruck in seinen Augen verriet ihn.

»Ja, Sir, soweit ich weiß, hat er eine andere Sorte für seine Gäste. Wenn Sie gerne eine Zigarre rauchen möchten, werde ich sehen, ob ich eine finden kann.«

»Ich bitte darum.«

Mit hochgezogenen Augenbrauen ging der Diener zu einer Schublade im Schreibtisch, zog sie auf und holte eine Schachtel Zigarren heraus, die er Pitt entgegenhielt.

Er nahm eine, obwohl er, ohne daran zu riechen, wußte, daß sie nicht von derselben Sorte war wie der Stummel in seiner Tasche. Sie war schmaler, dunkler, und das Aroma war farblos und schwach.

»Danke.« Er legte die Zigarre wieder in die Schachtel. »Fährt Mr. Standish manchmal seine Kutsche selbst? Sagen wir, einen Vierspänner?«

Der Diener zog die Augenbrauen so hoch, daß seine Stirn in Falten lag. »Nein, Sir. Er hat leichtes Rheuma in den Händen, was es sehr schwierig und auch gefährlich macht, Pferde führen zu wollen.«

»Ach so. Wie äußert sich sein Rheuma?«

»Ich glaube, er kann Ihnen das besser selbst schildern, Sir. Und ich bin mir sicher, daß ihn sein Besucher nicht länger als eine Stunde festhalten wird.«

»Wie sehen die Symptome aus?« fragte Pitt so eindringlich, daß der Diener erstaunt zurückwich. »Wenn Sie es mir sagen können, brauche ich Mr. Standish vielleicht nicht zu belästigen.«

»Ich bin mir sicher, daß ein Arzt Ihnen viel besser Auskunft geben könnte ...«

»Ich will es nicht im allgemeinen wissen«, fuhr Pitt ihn schroff an. »Ich will genau wissen, wie sich das Rheuma bei Mr. Standish bemerkbar macht. Können Sie es mir nun sagen oder nicht?«

»Ja, Sir.« Der Diener trat noch einen Schritt zurück. Er betrachtete Pitt mit Unbehagen. »Es äußert sich in einem plötzlichen, scharfen Schmerz in den Daumen und einem Verlust der Muskelkraft.«

»So daß ihm etwas, das er gerade festhält, entgleiten würde, wie die Zügel einer Kutsche?«

»So ist es. Deswegen fährt Mr. Standish nicht selbst. Ich dachte, ich hätte das erklärt, Sir.«

»Das haben Sie auch, das haben Sie in der Tat.« Pitt sah zur Tür. »Ich brauche Mr. Standish nicht zu belästigen. Wenn Sie ihm mitteilen müssen, daß ich hier war, dann sagen Sie ihm doch bitte, daß Sie alle meine Fragen beantworten konnten. Es gibt keinen Grund zur Aufregung.«

»Aufregung?«

»Genau. Überhaupt keinen Grund«, erwiderte Pitt und ging an ihm vorbei durch die Eingangshalle und zur Tür.

Standish war es nicht. Er glaubte nicht, daß es Kreisler war – der hatte keinen Grund für diese Art von Heftigkeit –, aber er mußte sich versichern. Der Droschkenfahrer hatte auf ihn gewartet und wunderte sich, ihn so schnell wiederzusehen. Pitt gab ihm keine Erklärung, sondern nannte Kreislers Adresse und fügte hinzu, er möge sich beeilen.

»Mr. Kreisler ist nicht zu Hause«, sagte der Diener.

»Besitzt er Zigarren?« fragte Pitt.

»Wie bitte, Sir?«

»Hat er Zigarren?« fragte Pitt spitz. »Die Frage ist doch klar gestellt?«

Die Miene des Mannes verfinsterte sich. »Nein, er hat keine. Er raucht nicht, Sir. Ihm behagt der Rauch von Zigarren überhaupt nicht.«

»Das können Sie ganz sicher sagen?«

»Selbstverständlich kann ich das. Ich arbeite seit mehreren Jahren für Mr. Kreisler und war auch mit ihm in Afrika.«

»Danke. Mehr brauche ich nicht zu wissen. Auf Wiedersehen.«

Der Diener brummelte etwas zum Abschied, das aber an Höflichkeit zu wünschen übrigließ.

Jetzt war es schon früher Abend. Pitt bestieg wieder die Droschke. »Berkeley Square«, befahl er.

»Geht in Ordnung, Meister.«

Es war eine kurze Strecke; Pitt war tief in Gedanken. Da war noch eine Sache, die er finden wollte, und wenn es so war, wie er erwartete, dann gab es bei den Beweisen, die er zusammengetragen hatte, nur eine Schlußfolgerung. Auf emotionaler Ebene bedeutete dies eine Tragödie, die bei weitem das überstieg, was er vorausgesehen oder sich vorgestellt hatte. Der Gedanke daran betrübte ihn und überschattete seine Vorstellung mit einer dunklen Furcht. Seine Ziele und Überzeugungen gerieten in Verwirrung. Außerdem schreckte er vor den Schritten, die er unternehmen, dem Weg, den er beschreiten mußte, zurück.

Der Fahrer unterbrach seine Gedanken. »Welche Nummer, Sir?«

»Keine Nummer. Bleiben Sie gleich beim ersten Kanaldeckel stehen.«

»Was ham Se gesagt? Ich hab nich recht verstanden. Klang nach Kanal oder so.«

»Das stimmt. Halten Sie beim nächsten Kanaldeckel«, wiederholte Pitt.

Die Droschke fuhr noch knapp vierzig Meter weiter und hielt dann erneut.

»Danke.« Pitt kletterte hinaus und sah zu dem Fahrer. »Diesmal möchte ich, daß Sie warten. Es könnte eine Weile dauern.«

»Ich würd nich fahren, un wenn Se mir Geld geben würden, daß ich abhaue«, sagte der Fahrer in Brustton der Überzeugung. »So was is mir ja im Leben nich passiert! Damit kann ich mir für die nächsten Monate mein Mittag kaufen. Brauchen Se Licht, Meister?« Er kletterte vom Bock, hob eine seiner Kutschlampen aus der Halterung, zündete sie an und gab sie Pitt.

Pitt nahm die Lampe entgegen und dankte ihm. Dann schob er den Kanaldeckel zur Seite und kletterte vorsichtig den Einstieg hinunter in die Abwasserkanäle. Das Tageslicht war schließlich nur noch ein kleines, rundes Loch über ihm, und er war froh, daß er die Lampe hatte, die ihm einen Lichtfleck bescherte. Er drehte sich von der Leiter weg und ging den gemauerten Tunnel entlang, von dessen

Wölbung die Feuchtigkeit tropfte und auf dem Schmutzwasser im Kanal ein unheimliches Echo hervorrief. Die Tunnel verzweigten sich, es ging treppauf, treppab, durch Schleusen und um Kurven. Überall rauschte das Wasser, hing der saure Geruch des Abwassers in der Luft.

»Tosher!« rief er, und seine Stimme hallte aus allen Richtungen zurück. Dann war es wieder still, nur das unablässige Tropfen des Wassers war zu hören, durchbrochen von dem Quieken der Ratten.

Er ging ein paar Schritte und rief dann wieder. »Tosher« war das Wort für die Männer, die ihren Lebensunterhalt damit bestritten, daß sie die Abwasserkanäle nach Brauchbarem absuchten. Er befand sich jetzt in der Nähe einer großen Schleuse, von der aus das Wasser gute drei Meter in die Tiefe fiel. Es ging weiter und rief ein drittes Mal.

»Heda.«

Die Stimme war so nah und laut, daß Pitt überrascht stehenblieb und beinahe ins Wasser gefallen wäre. An seinem Ellbogen tauchte ein Mann in schenkelhohen Gummistiefeln aus einem Seitentunnel auf; sein Gesicht war schmutzverschmiert, das Haar klebte ihm an der Stirn.

»Ist das Ihr Revier?« fragte Pitt und zeigte mit dem Arm in die Richtung, aus der er gekommen war.

»Klar isses. Was meinen Se denn, was ich hier mache? Daß ich nach den Nilquellen suche?« sagte der Mann verächtlich. »Wenn Se auch 'n Stück wollen – das hier können Se nich haben. Is nich zu verkaufen.«

»Polizei«, sagte Pitt deutlich. »Von der Bow Street.«

»Da sind Se aber hier falsch«, sagte der Mann trocken. »Was woll'n Se denn?«

»Den blauen Paletot einer Frau, der so ungefähr vor einer Woche heruntergeworfen wurde.«

In dem trüben Licht erkannte Pitt den wachsamen Blick des Mannes, der aber nicht überrascht war. Pitt wußte, daß er auf der richtigen Spur war, und plötzlich ging sein Atem ganz kurz, als seine Vermutung sich unvermittelt als richtig erwies.

»Vielleicht«, sagte der Mann zurückhaltend. »Wieso? Was isses Ihnen wert?

»Mithilfe nach begangenem Mord, wenn Sie nicht die Wahrheit sagen«, entgegnete Pitt. »Wo ist er?«

Der Mann zog pfeifend die Luft ein, musterte Pitt eine Weile und beschloß dann, sich nicht länger zu sträuben.

»Da war nix dran, war noch nich mal naß«, sagte er bedauernd. »Hab ihn meiner Frau gegeben.«

»Bringen Sie ihn in die Bow Street. Wenn Sie Glück haben, kriegen Sie ihn nach dem Prozeß zurück. Wichtig ist Ihre Aussage. Wo haben Sie ihn gefunden, und wann?«

»Dienstag, ganz früh. Er hing an den Sprossen, die zum Berkeley Square hochgehen. Jemand hat ihn wohl runtergeworfen und nich mal abgewartet, um zu sehen, ob er ganz reingefallen war. Aber warum jemand den weggeworfen hat, is mir schleierhaft.«

»Bow Street«, wiederholte Pitt und drehte sich um. Eine Ratte flitzte an ihm vorbei und sprang in die Kloake. »Vergessen Sie es nicht«, fügte er noch hinzu. »Mithilfe zieht eine ziemlich lange Haftstrafe in Coldbath nach sich. Unterstützung der Ermittlungsarbeit bedeutet Ruhe und Sicherheit für mindestens ebenso lange.«

Der Mann seufzte und spuckte aus, dann murmelte er etwas vor sich hin.

Pitt ging den Weg, den er gekommen war, zurück zu dem Einstieg und dem Licht entgegen. Der Droschkenfahrer erwartete ihn mit einem gespannten Gesichtsausdruck.

»Und?« fragte er.

Pitt verankerte die Lampe wieder in ihrer Halterung.

»Warten Sie vor der Nummer vierzehn auf mich«, gab er zurück, atmete tief ein und suchte nach seinem Taschentuch, um sich zu schneuzen. Eiligen Schrittes machte er sich auf den Weg über den Platz zu Chancellors Haus, stieg die Stufen hinauf und läutete. Der Laternenanzünder war schon unterwegs, und eine Kutsche fuhr mit klingendem Geschirr an ihm vorbei.

Der Diener öffnete und sah ihn erstaunt und naserümpfend an, nicht nur aufgrund von Pitts Erscheinungsbild, sondern auch wegen des unangenehmen Geruchs, der ihn umgab.

»Guten Abend, Oberinspektor.« Er ließ Pitt eintreten. »Mr. Chancellor ist soeben vom Kolonialministerium zurückgekehrt. Ich werde ihm melden, daß Sie hier sind. Darf ich sagen, Sir, daß Sie gute Nachrichten bringen?« Anscheinend hatte er Pitts Gesichtsausdruck nicht richtig gedeutet.

»Ich habe weitere Informationen«, erwiderte Pitt. »Deshalb ist es nötig, daß ich mit Mr. Chancellor spreche. Doch vielleicht könnte ich, bevor Sie ihm Bescheid geben, noch einmal mit der Zofe sprechen – ich glaube, sie heißt Lily –, die gesehen hat, wie Mrs. Chancellor das Haus verließ.«

»Ja, Sir, natürlich.« Er zögerte. »Oberinspektor, sollte ich wissen ... eh ... Sollte Richards dabeisein?« Vielleicht hatte er doch Pitts aufgewühlte Verfassung bemerkt, seine Betroffenheit gespürt und erahnt, daß es hier um unberechenbare Gefühle von Gewalt und Tragik ging.

»Ich glaube nicht«, erwiderte Pitt. »Aber danke für Ihre Rücksichtnahme.« Der Mann stand seit fünfzehn Jahren in Chancellors Diensten. Er würde bestürzt, erschrocken und voller zwiespältiger Loyalitätsgefühle zurückbleiben. Es war nicht nötig, ihn dem auszusetzen, was nun kam. Er würde nicht helfen können.

»Ist in Ordnung, Sir. Ich hole Lily für Sie. Wollen Sie im Zimmer der Wirtschafterin mit ihr sprechen?«

»Nein, danke, die Halle eignet sich besser.«

Der Diener drehte sich um, zögerte dann einen Moment und überlegte, ob er Pitt die Möglichkeit anbieten solle, sich zu waschen oder seine Kleider zu säubern. Dann muß ihm die Situation zu ernst für solche trivialen Überlegungen vorgekommen sein.

»Ach –«, sagte Pitt plötzlich.

»Ja, Sir?«

»Können Sie mir sagen, was mit Braggs Arm geschehen ist?«

»Meinen Sie unseren Kutscher, Sir?«

»Ja.«

»Er hat sich verbrüht, Sir. Ein Mißgeschick.«

»Wie ist es passiert? Waren Sie dabei?«

»Nein, Sir, aber ich kam kurz darauf hinzu. Wir waren alle da und haben aufgeräumt und ihm geholfen. Es war ein ziemliches Durcheinander.«

»Durcheinander? Hat er etwas Heißes fallen gelassen?«

»Nein, das war Mr. Chancellor. Sie ist ihm einfach aus den Händen geglitten, hat die Köchin gesagt.«

»Was ist ihm aus den Händen geglitten?«

»Eine Tasse mit heißem Kakao. Heiße Milch verursacht schlimme Verbrühungen. Der arme George war ganz aufgelöst.«

»Wo ist es geschehen?«

»Im Salon. Mr. Chancellor hatte George geschickt, damit er den Einspänner anspannt. Er sollte ihm persönlich Bescheid geben, wenn er fertig war, weil er etwas über eines der Pferde wissen wollte. Deshalb sollte George selbst kommen und nicht jemand anderen schicken. Mr. Chancellor trank gerade eine Tasse Kakao –«

»Eigentlich ein bißchen warm für Kakao, oder?«

»Ja, das stimmt. Ich würde auch lieber Limonade trinken«, stimmte der Diener ihm zu. Er schien perplex, beantwortete aber folgsam alle Fragen.

»Trinkt Mr. Chancellor gerne Kakao?«

»Davon hatte ich noch nie gehört. Aber an dem Abend hat er welchen getrunken. Das kann ich beschwören. Ich habe den armen George ja auch gesehen. Auf jeden Fall ist Mr. Chancellor ausgerutscht und George ist zugesprungen und hat sich dabei verbrüht. Mr. Chancellor hat sofort geläutet, und Richards kam und erfaßte die Situation auf einen Blick. Im Handumdrehen sind wir alle in der Küche und helfen George, seine Jacke auszuziehen, schneiden ihm den Hemdsärmel auf und verarzten seinen Arm. Die Köchin und die Wirtschafterin haben sich gestritten, was besser ist, Butter oder Mehl. Die Mädchen waren hysterisch, und Richards meinte, wir sollten einen Arzt holen. Die Zimmermädchen waren schon zu Bett gegangen, und keiner hat daran gedacht sie zum Aufräumen zu holen. Und dabei wollte Mr. Chancellor doch ausgehen.«

»Also ist er selbst gefahren?«

»Richtig.«

»Wann ist er nach Hause gekommen?«

»Weiß ich nicht, Sir. Spät, wir sind erst gegen Mitternacht ins Bett gegangen, weil George doch verletzt war, und Mrs. Chancellor war noch nicht zurück ...« Sein Gesicht verfinsterte sich, als ihm die Ereignisse dieser Nacht wieder einfielen.

»Wo war Lily während des Durcheinanders?«

»Mit uns in der Küche, bis Mr. Chancellor sie nach oben geschickt hat und gesagt hat, sie solle ein altes Laken zerreißen, um daraus einen Verband für George zu machen.«

»Aha, Danke.«

»Soll ich Lily jetzt holen?«

»Ja, bitte.«

Pitt stand in der Eingangshalle und ließ seinen Blick schweifen, allerdings nicht über die Gemälde oder das polierte Parkett, sondern über die Treppe und den Treppenabsatz sowie den Kronleuchter mit seinem Dutzend Kerzen.

Lily kam durch die mit grünem Filz beschlagene Tür. Sie sah verängstigt und noch immer sehr mitgenommen aus.

»Sie ... Sie wollten mit mir sprechen, Sir? Ich weiß nichts, ich schwör's, sonst hätte ich es Ihnen gesagt. Ich weiß nicht, wohin Mrs. Chancellor gegangen ist. Sie hat mir kein Wort darüber gesagt. Ich wußte ja nicht einmal, daß sie ausgehen wollte!«

»Nein, das weiß ich, Lily«, sagte er so sanft er konnte. »Ich möchte, daß du dich so genau wie möglich erinnerst. Weißt du noch, wo du warst, als sie ging? Erzähl mir ganz genau, was du gesehen hast ..., ganz genau.«

Sie sah ihn konzentriert an. »Ich kam den Flur entlang, nachdem ich die Betten zurückgeschlagen hatte, und hab nach unten geschaut ...«

»Warum?«

»Verzeihung, Sir?«

»Warum hast du nach unten geschaut?«

»Wahrscheinlich, weil ich gehört habe, wie jemand durch die Halle zur Tür ging ...«

»Und was genau hast du gesehen?«

»Wie Mrs. Chancellor zur Tür ging, Sir, das habe ich doch schon erzählt.«

»Hat sie etwas zu dir gesagt?«

»Nein, sie war doch am Hinausgehen.«

»Sie hat nicht auf Wiedersehen gesagt oder eine Zeit angegeben, wenn sie zurück sein wollte? Schließlich mußtest du ja auf sie warten.«

»Nein, Sir, sie hat mich nicht gesehen, weil sie sich nicht umgedreht hat. Ich hab nur ihren Rücken gesehen, als sie zur Tür ging.«

»Aber du wußtest, daß sie es war?«

»Aber ja. Sie trug doch ihren besten Paletot, den aus dunkelblauem Samt mit weißem Seidenfutter. Es ist so ein schöner Paletot...« Sie brach ab, ihre Augen füllten sich mit Tränen. Sie zog die Nase hoch. »Sie haben ihn nicht gefunden, oder, Sir?«

»Doch«, sagte Pitt fast flüsternd. Noch nie zuvor, bei keinem anderen Fall, hatte er eine solche Mischung von Trauer und Wut empfunden.

Sie sah ihn an. »Wo war er ?«

»Ich glaube nicht, daß du das wissen mußt, Lily.« Warum sie unnötig verstören? Sie hatte ihre Herrin geliebt, sie tagtäglich umsorgt, war mit all ihren Eigenheiten vertraut gewesen. Warum sollte er ihr sagen, daß der Paletot in die Abwasserkanäle geworfen worden war, die ein dichtes Netz unter den Straßen Londons bildeten?

Vielleicht verstand sie seine Überlegungen. Auf jeden Fall akzeptierte sie seine Antwort.

»Du hast also Mrs. Chancellors Kopf und den Paletot von hinten gesehen, als sie zur Haustür ging. Hast du darunter ihr Abendkleid gesehen?«

»Nein, Sir, er reicht bis zum Boden.«

»Du hättest also nur ihr Gesicht sehen können?«

»Ja.«

»Aber sie hatte dir den Rücken zugekehrt?«

»Wenn Sie sagen wollen, daß es nicht sie war, Sir, dann stimmt das nicht. Es gibt keine andere Dame, die so groß ist! Außerdem war gar keine andere Dame hier, weder damals noch überhaupt. Mr. Chancellor macht so was nicht. Er ist ein treuer Mann.«

»Daran habe ich auch nicht gedacht, Lily.«

»Dann ist ja gut ...« Sie sah ihn unbehaglich an. Vielleicht dachte sie an Peter Kreisler und die häßlichen Verdächtigungen, die allen im Zusammenhang mit Susannah durch den Kopf gegangen waren.

»Danke, Lily, das wäre alles.«

»Ja, Sir.«

Sobald Lily gegangen war, kam der Diener aus der Nische hinter der Treppe hervor. Sicherlich hatte er dort gewartet, um Pitt zu Chancellor zu begleiten.

»Mr. Chancellor hat mich gebeten, Sie in sein Studierzimmer zu führen, Oberinspektor«, erklärte er und ging voran durch eine große Eichentür und einen Verbindungsgang in einen anderen Flügel des Hauses, wo er an eine Tür klopfte. Sobald die Stimme aus dem Inneren ertönte, öffnete er die Tür und trat zurück.

Das Zimmer unterschied sich sehr von den förmlichen Empfangsräumen, die von der Eingangshalle abgingen und wo Pitt die anderen Male mit Chancellor gesprochen hatte. Die Vorhänge vor den tief eingelassenen Fenstern waren zugezogen. Der Raum war in Gelb und Creme gehalten und mit Möbeln aus dunklem Holz, gleichzeitig praktisch und elegant. An drei Wänden gab es Bücherregale, und in der Mitte stand ein Schreibtisch aus Mahagoni mit einem großen Stuhl dahinter. Pitts Blick fiel sofort auf die Zigarrenkiste auf dem Schreibtisch.

Chancellor wirkte angespannt und müde. Um seine Augen lagen tiefe Schatten, und sein Haar war nicht so ordentlich gekämmt wie bei früheren Gelegenheiten, aber er wirkte sehr gefaßt.

»Haben Sie weitere Neuigkeiten, Mr. Pitt?« fragte er und zog eine Augenbraue hoch. Er warf nur einen flüchtigen Blick auf Pitts beschmutzte Kleidung und schenkte dem unangenehmen Geruch keinerlei Beachtung. »Sicher ist alles Weitere ohne Nutzen? Thorne ist entkommen, was vielleicht nicht ganz so schlecht ist, wie es zunächst schien. Es enthebt die Regierung der Frage, wie sie mit ihm verfahren soll.« Er verzog die Mundwinkel zu einem kleinen Lächeln. »Ich hoffe, es ist keiner sonst daran beteiligt? Außer Soames natürlich?«

»Nein, keiner«, sagte Pitt. Ihm war dieses Gespräch zuwider. Sie spielten Katz und Maus, aber es gab keine Alternative dazu. Doch er fand keinen Gefallen daran, empfand keine Genugtuung.

»Was führt Sie dann zu mir, Mann?« Chancellor runzelte die Stirn. »Um ehrlich zu sein, steht mir der Sinn nicht nach einer längeren Unterhaltung. Ich zolle Ihnen Anerkennung für Ihre Arbeit. Gibt es sonst noch etwas?«

»Ja, Mr. Chancellor, es gibt noch etwas. Ich habe einiges über den Tod Ihrer Frau in Erfahrung gebracht ...«

Chancellors Blick wich nicht von ihm. Pitt hatte vergessen, wie blau seine Augen waren.

»So?« Seine Stimme zitterte ein wenig und klang ein bißchen schrill, aber das war zu erwarten.

Pitt holte tief Luft. Seine eigene Stimme klang fremd in seinen Ohren, fast unwirklich. Das Ticken der Uhr auf dem Pembroke-Tisch an der Wand war so laut, daß es im ganzen Zimmer widerzuhallen schien. Die zugezogenen Vorhänge erstickten jegliches Geräusch aus dem Garten und von der Straße.

»Sie wurde nicht in die Themse geworfen und zufällig beim Traitors Gate angespült ...«

Chancellor schwieg, blickte Pitt aber unverwandt an.

»Sie wurde schon vorher umgebracht, am frühen Abend«, fuhr Pitt fort und wägte seine Worte und die Reihenfolge, in der er die Fakten ausbreitete, sorgfältig ab. »Dann wurde sie in einer Kutsche zum südlichen Themseufer in der Nähe der London Bridge gebracht, zu einer Stelle, die Little Bridge Stairs heißt.«

Chancellors Hand auf dem Schreibtisch verkrampfte sich. Pitt stand ihm immer noch gegenüber.

»Ihr Mörder hat dort gewartet«, redete Pitt weiter, »ziemlich lange sogar, bis halb zwei Uhr morgens, als der Gezeitenwechsel einsetzte. Dann hat er die Leiche in ein kleines Boot gelegt, das dort oft vertäut liegt und das er beim Überqueren der London Bridge gesehen hatte. Es ist nur wenige hundert Meter entfernt.«

Chancellor sah ihn mit merkwürdig ausdrucksleerem Gesicht an. Es machte den Eindruck, als stünde er vor einem schrecklichen Abgrund und schwanke an seinem Rand.

»Als er eine Zeitlang gerudert war«, sagte Pitt, »hat er sie ins Wasser gelassen und mit den Armen und dem Rücken am Boot festgebunden. Dann ist er den Rest des Weges gerudert und hat sie hinterhergezogen, damit es den Anschein erweckte, daß ihr Körper schon lange im Wasser war. Als er am anderen Ufer ankam, hat er sie beim Traitors Gate abgesetzt, weil er wollte, daß man sie dort findet.«

Chancellors Augen weiteten sich so minimal, daß es auch eine Täuschung durch das Licht gewesen sein konnte.

»Woher wissen Sie das? Haben Sie ihn gefunden?«

»Ja, ich habe ihn«, sagte Pitt leise. »Und ich weiß es, weil die Kutsche gesehen wurde.«

Chancellor rührte sich nicht.

»Und während er wartete, rauchte er mindestens zwei Zigarren«, sagte Pitt und richtete seinen Blick auf die Zigarrenkiste nur wenige Zentimeter von Chancellors Hand entfernt, »von einem besonders starken Aroma.«

Chancellor räusperte sich und hüstelte. »Und das ... haben Sie alles herausbekommen?

»Es war nicht leicht.«

»Wurde sie ...«, Chancellor beobachtete Pitt ganz genau, »Wurde sie in der Droschke umgebracht? War sie überhaupt auf dem Weg zu Christabel Thorne?«

»Nein, sie wollte nie dorthin«, erwiderte Pitt. »Es gab keine Droschke. Sie wurde hier in diesem Haus umgebracht.«

Chancellors Miene wurde starr. Er öffnete seine Hand auf dem Schreibtisch und schloß sie wieder, aber er berührte nicht die Zigarrenkiste.

»Ihr Mädchen hat gesehen, wie sie das Haus verließ«, sagte er und schluckte.

»Nein, Mr. Chancellor, Lily hat Sie gesehen, in Mrs. Chancellors Paletot«, stellte Pitt richtig. »Sie war eine Frau von großem Wuchs, so groß wie Sie. Auf der Straße gingen Sie zu einem Kanaldeckel, hoben ihn hoch und warfen den Paletot hinunter. Dann kamen Sie ins Haus zurück und teilten mit, daß Sie Ihrer Frau eine Droschke geholt haben. Sie läuteten und gaben Anweisung, Ihre Kutsche anzuschirren. Kurz darauf führten Sie einen Unfall herbei, bei dem Sie Ihrem Kutscher Verbrühungen zufügten. Und noch während die Hausangestellten sich um ihn kümmerten, haben Sie die Leiche von Mrs. Chancellor hinuntergetragen und in die Kutsche gebracht. Sie sind dann in südöstlicher Richtung gefahren, haben die Themse überquert und, wie ich bereits sagte, auf den Gezeitenwechsel gewartet, weil Sie sie beim Traitors Gate absetzen wollten, nachdem das Wasser seinen höchsten Stand erreicht hatte und sie nicht mehr mit sich forttragen würde.«

Pitt lehnte sich vor, öffnete die Zigarrenkiste und nahm eine Zigarre heraus, deren Aroma ihm erschreckend bekannt war. Er hielt sie sich unter die Nase und sah Chancellor an.

Plötzlich war jede Maske verschwunden. Ein Ausdruck von Leidenschaftlichkeit breitete sich auf Chancellors Gesicht aus, der so wild und so ungestüm war, daß er ihn völlig veränderte. Die Selbstsicherheit, das gewandte Auftreten – sie waren wie fortgewischt; seine Lippen gaben die Zähne frei, die Farbe wich aus seinem Gesicht, und in seinen Augen stand flammende Wut.

»Sie hat mich betrogen«, sagte er mit rauher Stimme, die schrill wurde angesichts des Unfaßbaren. »Ich habe sie bedingungslos geliebt. Wir haben uns gegenseitig alles bedeutet. Sie war nicht nur meine Frau, sie war meine Gefährtin, meine Partnerin in all meinen Träumen. Sie war Teil all dessen, was ich tat und was ich bewunderte. Sie teilte meine Überzeugungen in vollem Maße..., sie verstand mich..., und dann hat sie mich betrogen! Das ist das schlimmste Vergehen, Pitt..., die Liebe zu verraten. Vertrauen zu mißbrauchen! Sie ist von mir gewichen, hat meinem Urteil nicht getraut. Ein paar Gespräche mit Arthur

Desmond, zusammenhanglos, übertrieben emotional und voller falscher Fakten, und sie begann, mich in Zweifel zu ziehen! Mich – in Zweifel zu ziehen! Als ob ich nicht mehr über Afrika wüßte als er, als alle zusammen! Dann kam dieser Kreisler daher, und sie hat ihm zugehört!« In seiner Stimme schwang die Wut, die ihn zu verzehren drohte, und machte sie schrill und laut.

Pit trat einen Schritt vor, doch Chancellor beachtete ihn gar nicht. Die erlittene Verletzung hatte ihn ganz in Besitz genommen, so daß er Pitt nur noch als Zuhörer wahrnahm.

»Nach allem, was ich gesagt hatte, was ich erklärt hatte«, fuhr er fort, erhob sich und starrte auf Pitt, »hat sie nicht mir vertraut, sondern hat diesem Kreisler zugehört – Peter Kreisler! Ein Hasardeur, mehr nicht! Sie hat mir gesagt, sie würde Standish dazu bringen, seine Investitionszusage für das Projekt von Rhodes zurückzuziehen. Das allein wäre ja nicht so wichtig gewesen...«

Er lachte wild, schon fast hysterisch, auf. »Aber wenn das bekannt geworden wäre..., daß meine eigene Frau mich nicht mehr unterstützt! Dutzende hätten zurückgezogen – Hunderte! Bald hätte jeder Zweifel gehabt. Salisbury sucht ja nur einen Vorwand. Ich hätte als Trottel dagestanden, dem seine eigene Frau in den Rücken gefallen ist!«

Er ließ sich wieder in seinen Stuhl sinken, zog die Schublade auf und sah Pitt unverwandt an. »Ich habe nicht geglaubt, daß Sie das herauskriegen! Sie haben sie gemocht ..., bewundert sogar! Ich habe nicht geglaubt, daß Sie je in ihr diejenige erkennen würden, die an ihrem Mann Verrat geübt hat, an allem, was für uns so wichtig war, obwohl ich sie beim Traitors Gate, dem Tor der Verräter, abgesetzt hätte. Das war der ideale Ort..., sie hat es verdient.«

Pitt wollte sagen, daß er die Wahrheit nie herausgefunden hätte, wenn er sie nicht dorthin gebracht hätte, aber das hatte jetzt keinen Sinn mehr.

»Linus Chancellor –«

Chancellors Hand kam mit einer kleinen, schwarzen Pistole aus der Schublade hervor. Er richtete den Lauf auf sich und drückte ab. Der Schuß war wie ein Peitschenknall in dem Raum und explodierte in seinem Kopf, so daß Blut und Knochen verspritzten.

Pitt war vor Schreck erstarrt. Der Raum schwankte wie ein Schiff auf hoher See; das Licht des Kronleuchters schien zu zersprühen. Ein ekelhafter Geruch lag in der Luft, und ihm wurde schlecht.

Draußen hörte er Schritte herannahen. Ein Bediensteter riß die Tür auf, jemand schrie, aber er wußte nicht, ob es ein Mann war oder eine Frau. Er stolperte über einen Stuhl und schlug sich das Bein an, bevor er aus dem Zimmer rannte, und seine Stimme klang wie die eines Fremden, als er um Hilfe rief.

12.

Kapitel

»Warum nur?« Nobby Gunne stand mit gramerfülltem Gesicht in Charlottes Wohnzimmer. Die Zeitungen hatten natürlich ausführlich über den tragischen Tod von Linus Chancellor berichtet. Bei allem Takt und aller Diskretion war es unmöglich, die Tatsache zu verheimlichen, daß er seinem Leben plötzlich ein gewaltsames Ende gesetzt hatte, noch dazu in der Gegenwart eines Oberinspektors der Polizei. Eine beschönigende Erklärung hätte auch den naivsten Menschen nicht zufriedengestellt. Die Polizei mußte ihm also Nachrichten überbracht haben, die nicht nur unerträglich, sondern auch bedrohlich waren. Deshalb war seine Reaktion so plötzlich gewesen.

Wäre es eine tragische Nachricht von normalem Ausmaß gewesen – die Aufklärung des Todes seiner Frau, mit der sein Vertrauen in sie zerstört worden wäre oder die weiteres Unglück ankündigte –, hätte er vielleicht ebenfalls keinen anderen Weg gesehen, als sich das Leben zu nehmen; aber dann hätte er gewartet, bis er allein gewesen wäre. Er hätte es nicht in Anwesenheit eines Oberinspektors der Polizei getan, wenn der nicht außer den erschütternden Nachrichten auch einen Haftbefehl für ihn gebracht hätte und ihn in Gewahrsam nehmen wollte, so daß diese spontane Tat der einzige Ausweg war.

Vielleicht gab es noch andere Antworten, aber alle dachten nur an den Mord an Susannah und daran, daß Chancellor selbst der Schuldige war.

»Warum!« sagte Nobby wieder mit einem flehentlichen Blick auf Charlotte, der ihren übergroßen Kummer ausdrückte. »Was hatte sie getan, daß er ihr nicht verzeihen konnte? Er hat sie doch geliebt, das hätte ich schwören mögen. War es ...« sie schluckte mühsam, als schnürte ihr etwas die Kehle zu, »war es wegen eines anderen Mannes?«

Charlotte wußte, was Nobby befürchtete, und wünschte sich sehnlichst, daß sie eine beruhigende Antwort hätte geben können. Aber es hatte keinen Zweck zu lügen.

»Nein«, sagte sie rasch. »Es war nicht wegen eines anderen Mannes. Sie haben recht, sie haben sich geliebt, jeder auf seine Weise. Bitte ...« Sie zeigte auf den nächsten Sessel. »Es scheint ...«

»Ja?«

»Ich wollte nur sagen, daß es mir so ... förmlich und kalt vorkommt, wenn wir uns hier gegenüberstehen und etwas so Wichtiges besprechen.«

»Ist es ... wichtig?« fragte Nobby.

»Menschliche Gefühle sind immer wichtig.«

Widerstrebend ließ Nobby sich nieder, blieb aber auf der Sesselkante sitzen. Charlotte setzte sich ihr gegenüber und machte es sich ein wenig bequemer.

»Sie wissen bestimmt, warum, oder?« bohrte Nobby. »Ihr Mann hat es Ihnen sicher erzählt. Ich weiß, daß Sie an seinen Fällen mitgearbeitet haben ..., damals, als ...«

»Ja, er hat es mir erzählt.«

»Dann sagen Sie es mir bitte, es ist von äußerster Wichtigkeit für mich. Warum hat Mr. Chancellor Susannah umgebracht?«

Charlotte sah in Nobbys kreidebleiches Gesicht und wußte mit Bestimmtheit, daß die Antwort, die sie geben mußte, nicht die war, die Nobby am meisten fürchtete, aber auf ihre Art ebenso schwer wog.

»Weil er das Gefühl hatte, sie hätte ihn betrogen«, sagte sie ernst. »Nicht mit einem anderen Mann! Wenigstens nicht so, wie man das gemeinhin versteht, sondern mit den Ideen eines anderen Mannes. Für ihn war das unerträglich. Es wäre an die Öffentlichkeit gekommen, weil sie beabsichtigte, ihre finanzielle Unterstützung und die der Bank ihrer Familie, auf die sie ja Einfluß hatte, zurückzuziehen.

Das hätte sich nicht verbergen lassen.« Ihr Blick ruhte auf Nobbys blassem Gesicht. »Wissen Sie, Susannah hatte ihn immer bewundert und mit großem Engagement unterstützt. Ihr Rückzug wäre allgemein bekannt geworden, alle hätten darüber geredet.«

»Aber ... wenn sie doch ... ihre Ansichten geändert hatte?« Nobby begann einen Gedanken, den sie, noch während sie ihn zu formulieren versuchte, wieder fallenließ. Es war etwas, dem noch keiner versucht hatte, Ausdruck zu verleihen, weil es allgemein als selbstverständlich galt. Eine Frau schuldete ihrem Mann Loyalität, nicht nur, indem sie ihn in allen seinen Vorhaben unterstützte. Weit darüber hinaus und viel tiefgreifender bestimmte die stillschweigende Annahme über das Verhältnis von Männern und Frauen, daß die Frau dem Urteil des Mannes in allen Dingen vertraute, die dem männlichen Bereich zugeordnet waren, wie Philosophie, Politik und Geldgeschäfte. Es verstand sich von selbst, daß verheiratete Frauen kein Wahlrecht forderten, da sie von ihrem Mann vertreten wurden. Darüber gab es keine Diskussion, auch nicht im Privatleben eines Ehepaares. Das öffentlich in Frage zu stellen, war ein Verrat an allen unausgesprochenen Vereinbarungen, an die sich jeder hielt, die Partner in einer Ehe ohne Liebe, ganz zu schweigen von den Ehen, die sich auf eine ausdauernde und intensive Liebe gründeten.

»Für sie war es eine Gewissensfrage«, erläuterte Charlotte. »Sie wollte nicht ihre Loyalität aufs Spiel setzen. Ich habe sie einmal beobachtet, wie sie mit ihm diskutieren wollte. Er hat sie einfach nicht gehört, weil für ihn die Vorstellung, daß sie nicht dachte wie er, einfach nicht faßbar war. Wer weiß, wie oft sie es versucht hat.«

Nobby sah aus, als sei sie es, der ein geliebter Mensch entrissen worden war. Sie wirkte benommen, ihr Blick verlor sich in der Ferne, ihre Konzentration ging nach innen. Als sie aufstand, schwankte sie sogar ein wenig.

»Ja ... ja, natürlich. Ich weiß, daß sie nichts aus bösem Willen oder leichtfertig getan hat. Danke. Sie waren sehr freundlich zu mir. Wenn Sie mich jetzt entschuldigen wollen ..., ich muß, glaube ich, noch einen Besuch machen ...« Charlotte zögerte und wollte schon fragen, ob sie etwas für sie tun könne, aber sie erkannte, daß der Schmerz Nobbys Gefühle betraf und sie ihn aushalten mußte. Keiner konnte ihr helfen. Sie murmelte eine Abschiedsfloskel und begleitete Nobby, die sehr aufrecht ging und geistesabwesend ihre Kleider ordnete, aus dem Wohnzimmer zur Tür.

Nobby fuhr nach Hause, ohne die Welt um sich wahrzunehmen. Ein Teil von ihr wollte Kreisler gleich sehen, von einer irrigen Hoffnung geleitet, es könne eine andere Antwort geben. Der andere, größere Teil wußte, daß das nicht nur sinnlos, sondern auch absurd war. Es würde nur für beide peinlich. Sie konnte nicht zu einem Mann in seine Wohnung gehen, um ihm zu sagen, daß sie ... ja was denn – enttäuscht? Verzweifelt? – war. Daß sie ihn liebte, was bis dahin nicht ein einziges Mal angesprochen, niemals in Worte gekleidet worden war, daß sie aber sein Verhalten nicht gutheißen konnte.

Er hatte sie nicht darum gebeten.

Zutiefst unglücklich kam sie zu Hause an. Es war schon später Nachmittag und keine Zeit mehr für förmliche Besuche, als das Hausmädchen ihr meldete, daß Mr. Kreisler sie zu sprechen wünsche.

Sie erwog, ihn im Salon zu empfangen. Der Gedanke an den Garten war zu schmerzlich, zu deutlich beschwor er eine andere Stimmung, die Stunde der Hoffnung und der Nähe herauf.

Aber andererseits war der Salon – oder jeder andere Raum in ihrem Haus – zu klein. Sie wären zu nah beieinander.

»Ich bin im Garten«, sagte sie und ging rasch aus der Tür, bevor er noch den Raum betrat, als wäre es ihr Fluchtweg.

Sie stand bei dem Pflanzstreifen, wo die Rosen inzwischen blühten, als er zu ihr trat. Er hielt sich, wie immer, nicht mit Höflichkeitsfloskeln auf.

»Ich nehme an, Sie haben von Linus Chancellor gehört?« sagte er leise. »Ganz London weiß Bescheid. Ich wünschte, es würde einen Aufschub bedeuten, eine kurze Verschnaufpause für Afrika, aber der Vertrag wird zur Unterzeichnung kommen, und ich denke, daß Rhodes bereits in Maschonaland angekommen ist.«

Sie blieb mit dem Rücken zur Wiese stehen und drehte sich nicht zu ihm um.

»Haben Sie es deswegen getan?«

»Was getan?« Er wirkte ehrlich überrascht. Er wich nicht aus, gab nichts vor.

Sie hatte erwartet, daß ihr Ton vorwurfsvoll oder gar tränenerfüllt sein würde, doch als sie ihre Frage stellte, war ihre Stimme ruhig und erstaunlich klar.

»Susannah so lange zu bedrängen, bis sie es nicht mehr aushielt.«

Er war sprachlos. Einen Moment lang herrschte Schweigen. Sie spürte seine körperliche Nähe sehr deutlich.

»Das habe ich nicht getan!« sagte er schließlich. »Ich habe nur ... Ich habe nur meine Position vertreten.«

»Doch, das haben Sie«, erwiderte Nobby. »Sie haben sie unablässig bedrängt, haben Chancellors Argumente zerpflückt, Szenen ausgemalt von selbstsüchtigem Streben und dem Ruin von Afrika, von der moralisch verwerflichen Vernichtung eines ganzen Volkes ...«

»Sie wissen, daß das stimmt!« fuhr er dazwischen. »Genau das wird geschehen. Sie, mehr als jeder andere, wissen so gut wie ich, was mit den Bewohnern von Maschonaland und Matabeleland passiert, wenn Rhodes das Land besiedelt. Er wird sich nicht an Lobengulas Gesetze halten! Es ist lachhaft ..., wenn es nicht so schrecklich tragisch wäre.«

»Ja, das weiß ich, aber darum geht es nicht!«

»Nicht. Ich denke, genau darum geht es!«

Sie drehte sich zu ihm um. »Ich kritisiere nicht Ihre Überzeugungen. Das würde ich auch dann nicht tun, wenn ich sie nicht teilte. Sie haben ein Recht auf Ihre Ansichten ...«

Seine Augenbrauen gingen in die Höhe, seine Augen wurden groß, aber sie schenkte dem keine Beachtung. Beißender Spott lag unter ihrer Leidenschaftlichkeit und der Ernsthaftigkeit ihrer Argumente.

»Es geht um Ihre Methoden. Sie haben Chancellor dort angegriffen, wo er am verletzbarsten war.«

»Selbstverständlich«, sagte er erstaunt. »Was hatten Sie denn gedacht? Daß ich ihn da angreife, wo er sich am besten verteidigen kann? Daß ich es als fairen Sport betrachte? Das hier ist kein Spiel, in dem man irgendwelche Spielmarken gewinnt oder verliert. Das hier ist das Leben, und der Preis fürs Verlieren ist Unglück und Zerstörung.«

Sie war sich ihrer Haltung sicher und antwortete, ohne zu zögern.

»Und Susannah zu zerstören, ihr Herz und ihre Loyalität so lange zu verunsichern, bis sie brachen, wie Susannah auch, war das ein fairer Preis?«

»Liebe Güte, Nobby! Ich wußte nicht, daß er sie umbringen würde!« protestierte er mit schreckerfülltem Gesicht. »Das glauben Sie doch nicht wirklich. Sie kennen mich besser!«

»Ich glaube nicht, daß Sie es wußten«, sagte sie, und ihre Wehmut wurde vorübergehend von einem Gefühl der Sicherheit verdrängt. »Ich glaube, daß es Ihnen ziemlich gleichgültig war.«

»Es war mir nicht gleichgültig!« Sein Gesicht war bleich bis an die Lippen. »Ich habe mir diesen Ausgang nicht gewünscht. Ich hatte keine Wahl.«

»Sie mußten sie nicht so lange bedrängen, bis ihr kein Ausweg mehr blieb, als sich gegen ihren Mann zu stellen, um sich selbst treu zu bleiben.«

»Das ist Luxus. Der Einsatz ist viel zu hoch.«

»Zentralafrika gegen die Seelenqualen und den Tod einer Frau?«

»Ja …, wenn Sie so wollen. Zehn Millionen Menschen gegen einen.«

»Ich will es nicht so. Was ist mit fünf Millionen gegen zwanzig?«

»Ja …, natürlich.« Sein Blick war fest.

»Eine Million gegen einhundert? Eine halbe Million gegen tausend?«

»Das ist doch absurd!«

»Wann ist es ausgeglichen, Peter? Ab wann lohnt es sich nicht mehr? Wenn die Zahlen die gleichen sind? Wer trifft die Entscheidung? Wer zählt?«

»Lassen Sie das, Nobby! Das ist doch lächerlich!« Jetzt war er böse. Er hatte nicht das Gefühl, sich entschuldigen oder verteidigen zu müssen. »Wir reden von einem einzelnen Menschen und einem ganzen Volk. Es geht nicht darum abzuzählen. Sie wollen doch für Afrika dasselbe wie ich. Warum streiten wir dann?« Er streckte seine Hand aus und wollte sie berühren.

Sie wich ihm aus.

»Das wissen Sie wirklich nicht, stimmt's?« sagte sie und begriff langsam. Traurigkeit übermannte ihre Gefühle, nur der Verstand war klar. »Es ist nicht das, was Sie wollen, wogegen ich mich sträube, sondern das, was Sie in Kauf zu nehmen bereit sind, um Ihr Ziel zu erreichen, und wie Sie das verändert. Sie sprechen von den Zielen und den Methoden, als wären sie dasselbe. Das sind sie aber nicht.«

»Ich liebe Sie, Nobby ...«

»Und ich liebe Sie, Peter ...«

Wieder strebte er auf sie zu, und wieder wich sie zurück, nur einen winzigen Schritt, aber die Geste war deutlich. »Aber zwischen dem, was für Sie annehmbar ist, und dem, was ich glaube, ist eine Kluft, und die kann ich nicht überwinden.«

»Aber wenn wir uns lieben«, sagte er, und sein Gesicht war voller Drängen und Nichtbegreifen, »dann ist das doch genug.«

»Nein, es ist nicht genug.« Ihre Stimme klang endgültig, mit einer Spur Bitterkeit. »Sie haben darauf gesetzt, daß Susannahs Ehrgefühl und die Kraft Ihrer Überzeugung größer sind als ihre Liebe für Chancellor ..., und Sie hatten recht. Warum glauben Sie nicht, daß es bei mir ebenso ist?«

»Das tue ich. Es ist nur so ...«

Sie lachte, und es klang abgehackt und hohl; sie war sich der Ironie schmerzlich bewußt. »Es ist nur so, daß Sie, so wie Linus Chancellor, noch nie daran gedacht haben, daß ich mit Ihnen nicht einer Meinung sein könnte. Nun, ich bin anderer Meinung. Und vielleicht werden Sie nie ermessen können, wie sehr ich mir wünschte, daß das nicht so wäre.«

Er wollte etwas erwidern, weitere Argumente anführen; dann erkannte er in ihren Augen, daß es vergeblich war, und ersparte sich die unwürdige Situation und ihr den zusätzlichen Schmerz, ihn erneut zurückweisen zu müssen.

Er biß sich auf die Lippen. »Ich hatte nicht erwartet, diesen Preis zahlen zu müssen. Das tut weh.«

Plötzlich konnte sie ihm nicht mehr in die Augen sehen. Demut war das letzte, womit sie gerechnet hatte. Sie drehte sich zu den Rosen und dann zum Apfelbaum um, damit er die Tränen auf ihrem Gesicht nicht sehen konnte.

»Adieu, Nobby«, sagte er zärtlich mit rauher Stimme, als ob auch er von Gefühlen übermannt wurde, deren er nicht Herr war. Dann hörte sie seine Schritte, als er über das Gras davonging, und sie waren kaum mehr als ein kleines Wispern.

Charlotte war in Gedanken bei Matthew Desmond und der schrecklichen, überwältigenden Einsamkeit, die in sein Leben getreten war, weil Harriet ihm nicht verzeihen konnte, daß er den Inhalt des von ihr mitangehörten Telefongesprächs weitergegeben hatte. Sie ließ ihn nicht einmal in ihr Haus ein und nahm ihm damit die Möglichkeit, sich zu verteidigen oder zu erklären oder ihr Trost zu geben. Sie hatte sich mit ihrer Scham, ihrem Zorn und dem Gefühl, auf unverzeihliche Weise verraten worden zu sein, eingeschlossen.

Charlotte betrachtete die Sache von allen Seiten. Sie zweifelte keinen Moment daran, daß Matthew richtig gehandelt hatte. Mit seiner Entscheidung verlor er Harriet, doch hätte er gegen sein eigenes Gewissen geschwiegen, ihr zu Gefallen, dann wäre er sich selbst nicht treu geblieben. Er hätte das, was gut und teuer an ihm war, verloren, diesen Kern der Wahrhaftigkeit, der letztendlich der Schlüssel zu allen Entscheidungen und Werten ist und die Persönlichkeit prägt. Wer leugnet, was er für richtig erachtet, kann vor sich selbst nicht bestehen. Und schließlich hätte das auch die Liebe zerstört.

Doch die ganze Zeit, während sie ihren Aufgaben, den leichten wie den unangenehmeren, nachging – ob sie nun Brotteig knetete oder die Verzierung für eine Pie vorbereitete, ob sie Gracie beim Gemüseputzen beobachtete oder die Wäsche zusammenlegte, ob sie Pitts abgestoßene Manschetten flickte oder neue Knöpfe suchte, um die verlorenen zu ersetzen –, wann immer ihre Gedanken frei waren, gingen sie zu Matthew und dessen Schmerz, seiner Einsamkeit und dem Gefühl des Verlustes, das ihn ganz und gar gefangennehmen mußte. Selbst wenn sie Archie und Angus in der Küche Purzelbäume machen sah, lenkte sie das nur kurz von ihren Gedanken ab.

An den wenigen Abenden, die sie in letzter Zeit zusammengewesen waren, hatte sie Pitts Gesicht beobachtet und die Spuren der Anspannung gesehen, die auch dann nicht wichen, als der Mord an Susannah aufgeklärt war. Sie wußte, wie sehr ihn das mitgenommen hatte und daß seine Erinnerung an Arthur Desmond immer noch von Schuldgefühlen überschattet war. So gern hätte sie ihm geholfen, doch die Arme um ihn zu legen und zu sagen, daß sie ihn liebte, brachte nur oberflächliche Linderung. Sie war sich darüber im klaren, daß sie den eigentlichen Schmerz nicht erreichte.

An dem Tag, als Nobby zu Besuch kam und Charlotte klargeworden war, was Nobby tatsächlich verletzt hatte und wie sie handeln würde, beschloß Charlotte, Harriet aufzusuchen. Wie der Besuch auch verlaufen würde, sie konnte die Sache kaum schlimmer machen, und Harriet hatte es ebenso wie Matthew verdient, die Wahrheit zu hören. Ihr zukünftiges Glück – und das könnte beträchtlich sein – hing von der Entscheidung ab, die sie jetzt treffen mußte. Sie konnte sich für Mut, Verständnis und die Fähigkeit zu verzeihen entscheiden oder sich aber mit Schuldzuweisungen zurückziehen und in ihrem grenzlosen Zorn zu einer verbitterten, einsamen Frau werden, die niemanden liebte und keine Liebe empfing.

Doch sie mußte erfahren, worin die Wahl tatsächlich bestand, und durfte nicht nur die beschwichtigenden Worte von verlogenem Trost hören.

Dementsprechend kleidete Charlotte sich in ein schlichtes, aber hübsches grünes Musselinkleid mit blauen Litzen. Für den Sommer war es ungewöhnlich dunkel und dadurch um so auffallender. Sie nahm eine Droschke und ließ sich zu Matthews Stadtwohnung fahren, deren Adresse sie in Pitts Schreibtisch gefunden hatte. Dort bat sie den Fahrer zu warten.

Matthew war überrascht, sie zu sehen, bat sie aber freundlich herein. Er sah immer noch krank und ungewöhnlich blaß aus.

Sie schilderte ihm ihr Vorhaben und bat ihn, sie zu begleiten. Selbst wenn er Harriets Haus nicht betreten wolle, so solle er doch vor der Tür warten.

»Nein, nein!« Er wollte ihren Plan nicht gutheißen, der Schmerz der Zurückweisung stand in seinem Gesicht.

»Wenn ich sie nicht überzeugen kann, wird sie nie erfahren, daß Sie vor der Tür gewartet haben«, sagte Charlotte.

«Es wird nichts nützen«, erwiderte er mit tonloser Stimme. »Sie wird mir nicht verzeihen.«

»Haben Sie unrecht gehandelt?« forderte Charlotte zu wissen.

»Ich weiß nicht ...«

»Doch. Sie wissen es! Sie haben die einzig mögliche Entscheidung getroffen, die das Ehrgefühl verlangte, und das sollten Sie nie anzweifeln. Stellen Sie sich vor, Sie hätten nicht so gehandelt. Was wäre dann gewesen? Sie hätten Soames' Verrat durch Schweigen gedeckt, und zwar nicht, weil Sie glaubten, er sei im Recht, sondern aus Angst vor Harriets Reaktion. Könnten Sie damit leben? Wäre Ihre Liebe für Harriet unbeschadet geblieben, wenn Sie diesen Preis dafür gezahlt hätten?«

»Nein ...«

»Dann kommen Sie mit, lassen Sie uns den Versuch wagen. Oder sind Sie der Ansicht, daß ihr Verstand nicht ausreicht, um das zu verstehen?«

Er lächelte dünn und nahm sein Jackett. Weitere Worte waren überfüssig.

Sie ging voran zur Droschke und gab dem Fahrer Harriet Soames' Adresse. Als sie an dem Haus ankamen, drückte sie Matthew kurz die Hand, stieg aus und ging zur Haustür. Sie hatte vor, sich auf keinen Fall abweisen zu lassen. Als das Hausmädchen öffnete, sah sie ihm klar in die Augen und nannte ihren Namen. Sie fügte hinzu, daß sie Miss Soames etwas Wichtiges mitzuteilen habe und sehr dankbar wäre, wenn sie sie empfangen würde.

Das Hausmädchen blieb ungefähr fünf Minuten weg, und sagte, als es wiederkam, daß Miss Soames sich bedauerlicherweise nicht wohl fühle und keinen Besuch empfangen würde. Wenn Mrs. Pitt eine Mitteilung dalassen wolle, würde das Mädchen sie Miss Soames bringen.

»Nein, danke«, sagte Charlotte forsch und zwang sich zu einem Lächeln. »Es geht um eine private und sehr heikle Angelegenheit. Ich werde immer wieder kommen, bis Miss Soames bereit ist, mich zu empfangen. Ich kann das, was ich zu sagen habe, nicht durch eine dritte Person übermitteln, noch es schriftlich mitteilen. Würden Sie das bitte ausrichten? Ich bin mir sicher, Miss Soames ist eine mutige Frau. Eine Frau, die so stark ist, kann sich nicht für immer vor der Welt verstecken. Ich bin überzeugt, daß es nichts gibt, dessen sie sich schämen müßte – es ist nur die Scham an sich und der Wunsch wegzulaufen.«

Das Mädchen zierte sich. »Das ... das kann ich ihr nicht sagen, Ma'am.«

»Natürlich nicht.« Charlotte lächelte ihr ermutigend zu.

»Aber Sie können ihr sagen, daß ich das gesagt habe. Und wenn sie Ihnen teuer ist, wovon ich ausgehe, dann werden auch Sie wünschen, daß sie sich der Welt stellt und ihr offen ins Gesicht sieht. Jede Person von Charakter wird sie dafür bewundern. Die Leute sehen einen meistens so, wie man sich selbst einschätzt. Wenn man sich für unwert hält, übernehmen die Leute dieses Urteil und denken, daß man tatsächlich ein unwerter Mensch ist. Man muß den Menschen erhobenen Hauptes in die Augen blicken, und sie werden denken, daß man unschuldig ist, es sei denn, die Beweise sprechen gegen einen. Gehen Sie jetzt bitte, und wiederholen Sie, was ich gesagt habe.«

»Ja, Ma'am. Sofort, Ma'am.« Das Mädchen machte sich eilig auf den Weg, und ihre Sohlen hallten auf dem gewachsten Boden wider.

Charlotte atmete befreit auf. Großtante Vespasia wäre von dieser Rede beeindruckt gewesen! Sie glaubte an das, was sie eben gesagt hatte, aber die Arroganz und das Selbstvertrauen, die sie ausstrahlte, empfand sie keineswegs. Sie stand immer noch im Sonnenlicht des Eingangs und wollte nicht in der hübschen Halle Platz nehmen, obwohl es mehrere Sitzgelegenheiten gab. Es schien eine Ewigkeit zu dauern, bis das Mädchen wiederkam, obwohl sicherlich kaum zehn Minuten vergangen waren.

»Ja, Ma'am«, sagte das Mädchen, das eilenden Schrittes und mit gerötetem Gesicht nahte. Ihre Haltung drückte Respekt aus. »Miss Soames hat gesagt, sie wird sich die Mühe machen, Sie zu empfangen. Wenn Sie bitte mit mir kommen wollen.«

Charlotte folgte ihr zu einem kleinen Wohnzimmer, wo Harriet auf einer Chaiselongue mit goldfarbenem Samtbezug lag und auf dramatische Weise hinfällig wirkte. Sie trug ein Nachmittagskleid aus weißem Musselin, und ihr dunkles Haar fiel offen auf die Schultern. Das Bild wäre möglicherweise sogar ansprechend gewesen, wenn ihr Gesicht ein wenig Farbe gehabt hätte. So war es äußerst blaß und ließ auf ein echtes Leiden schließen, auch wenn es aus tiefer Verzweiflung rührte.

Sie sah zu Charlotte auf und bat sie, Platz zu nehmen. Das Hausmädchen schickte sie weg. Sie machte sich gar nicht erst die Mühe, eine Erfrischung anzubieten.

»Ihre Botschaft war sehr freimütig, fast schon beleidigend, Mrs. Pitt. Es ist bemerkenswert, daß Sie für sich das Recht in Anspruch nehmen, mich zu sehen. Wir sind nur flüchtig miteinander bekannt. Ein paar angenehm verbrachte Nachmittage berechtigen Sie nicht, mich in meinem Kummer zu stören, mir fortwährende Belästigung anzudrohen oder mich feige zu nennen. Was ist es, das Sie mir mitteilen wollen und Anlaß zu einem solchen Verhalten gibt? Ich habe nicht die entfernteste Ahnung.«

Charlotte hatte sich lange und gründlich überlegt, was sie sagen sollte, aber jetzt, da der Moment gekommen war, fand sie es viel schwieriger, als sie es sich vorgestellt hatte.

»Sie stehen vor einer äußerst wichtigen Entscheidung«, begann sie mit leiser, ruhiger Stimme, »die für den weiteren Verlauf Ihres Lebens prägend sein wird ...«

»Ich kann überhaupt keine Entscheidung treffen«, fuhr Harriet dazwischen. »Matthew Desmond hat mir jegliche Möglichkeit zu einer Entscheidung genommen. Mir steht nur noch ein Weg offen. Doch das geht Sie nichts an, Mrs. Pitt. Ihren Mann kann ich für das, was geschehen ist, nicht verantwortlich machen. Schließlich ist er Polizist und muß seine Pflicht tun. Aber ich kann ihn dafür hassen und Sie auch, weil Sie seine Frau sind. Wenn wir eine offene Sprache sprechen sollen, was ja Ihr Wunsch zu sein scheint, dann tue ich das hiermit.«

»Die Sache ist so wichtig, daß man unbedingt offen sein muß«, stimmte Charlotte ihr zu und beschloß spontan, das, was sie zu sagen hatte, anders auszudrücken. »Aber wenn Sie der Ansicht sind, daß ich dem Handeln meines Mannes aus reiner Loyalität zustimme, dann irren Sie sich. Es gibt Überzeugungen, an denen wir festhalten müssen, ungeachtet dessen, was andere denken, ob sie nun Väter, Ehemänner, politische Führer oder Kirchenmänner sind. Jeder Mensch hat eine Seele, sozusagen, die nur Gott Rechenschaft schuldig ist oder, wenn Sie nicht an Gott glauben, der Geschichte oder dem Leben, oder auch nur sich selbst. Diese Loyalität hat Vorrang vor allen anderen Verpflichtungen. Welche Wahrheit Sie auch immer für sich erkannt haben, Sie dürfen sie nicht verraten, egal zu wessen Schaden das ist.«

»Wirklich, Mrs. Pitt, Sie –«

»Sie finden das übertrieben?« unterbrach Charlotte sie. »Natürlich gibt es unterschiedliche Arten, etwas zu tun. Wenn man jemanden enttäuschen und sich gegen seine

Überzeugungen stellen muß, dann soll man das natürlich offen tun, nicht hinter seinem Rücken. Aber keiner kann von Ihnen verlangen, daß man die Treue zu diesem Menschen über die zu sich selbst stellt ...«

»Nein, natürlich nicht. Ich meine ... ich ...« Harriet sprach nicht weiter. Sie war sich unschlüssig, wohin ihre Zustimmung sie führen würde.

»In der Schule haben wir ein Gedicht aus der Zeit des *Civil War* gelesen«, fuhr Charlotte fort. »Es ist von Richard Lovelace und heißt ›An Lucasta, vor dem Abmarsch in den Krieg‹. Eine Zeile lautet: ›Ich liebt' dich nicht, mein Lieb, so sehr,/liebt' ich nicht Ehre mehr?‹ Damals habe ich darüber gelacht. Meine Schwester und ich haben uns lustig gemacht und gesagt: ›Wer ist denn Ehre mehr?‹ Aber inzwischen verstehe ich, was damit gemeint ist. Wenigstens glaube ich manchmal, es zu verstehen.«

Harriet hatte die Stirn gerunzelt, aber sie hörte zu.

»Je edler ein Mensch ist«, fuhr Charlotte fort, »desto mehr Charakterstärke. Verständnis und Mut hat er auch, und desto edler ist die Liebe, die er geben kann. Ich glaube außerdem, daß sie auch um so tiefer ist. Ein flaches Gefäß enthält wenig und geht schneller zur Neige, als man es sich wünscht.«

Harriet hatte Charlotte unverwandt angesehen.

»Was wollen Sie mir damit sagen, Mrs. Pitt?«

»Haben Sie Achtung vor einem Mann, der das, was er für richtig hält, beziehungsweise wovon er weiß, daß es das Richtige ist, nur dann tut, wenn es ihn nichts kostet?«

»Natürlich nicht«, sagte Harriet rasch. »Das kann jeder. Die meisten Menschen. Es ist sogar im eigenen Interesse, das zu tun. Erst, wenn eine Entscheidung einen Preis fordert, ist sie edel und ehrenhaft.«

»Dann beantworten Sie die Frage in Worten ganz anders als in Taten«, sagte Charlotte sanft und sah sie traurig, aber ohne jeden Vorwurf an.

»Ich verstehe Sie nicht«, sagte Harriet langsam, doch in ihrem Zögern lag vielleicht der Anfang ihres Begreifens.

»Wirklich nicht? Hätten Sie gewollt, daß Matthew etwas tut, das in seinen Augen falsch war? Hätten Sie das bewundert oder ihn dafür geliebt? Wenn er so schändlich handeln könnte, imstande wäre, das Vertrauen seines Landes zu verraten und die Ehre seiner Kollegen zu verletzen, nur um Ihnen zu gefallen? Zu welchem Verrat wäre er sonst noch fähig, sollte sich die Gelegenheit ergeben, nur um sich gegen Schmerz und Einsamkeit zu feiern?«

Harriets gepeinigter Gesichtsausdruck zeugte von dem schrecklichen Konflikt, den sie mit sich ausfocht. »Würde er Sie belügen«, fuhr Charlotte fort, »um sich nicht Ihren Ärger zuzuziehen oder von Ihnen zurückgewiesen zu werden? Welche Standpunkte vertritt er dann noch? Gibt es Wahrheiten und Versprechen, die unantastbar sind? Oder kann alles zurückgenommen werden, wenn der Schmerz, es einzuhalten, zu groß zu werden droht?«

»Hören Sie auf!« sagte Harriet. »Sie brauchen nicht weiterzusprechen. Ich verstehe Sie sehr gut.« Sie atmete schwer und verschränkte die Finger in ihrem Schoß. »Sie wollen mir sagen, daß ich unrecht habe, Matthew dafür zu beschuldigen, daß er so gehandelt hat, wie er es für richtig hielt.«

»Halten Sie es nicht für richtig?« Charlotte ließ nicht locker.

Harriet schwieg lange.

Charlotte wartete.

»Doch ...«, sagte Harriet schließlich, und Charlotte ahnte, wie schwer es ihr fiel. Sie wandte sich gewissermaßen von ihrem Vater ab und bekannte, daß er falsch gehandelt hatte. Gleichzeitig gab sie ihr Bemühen auf, eine Fiktion aufrechtzuerhalten, in der Gefühle und Vernunft in einem heftigen Widerstreit miteinander standen und sie verzehren würde. »Doch, doch, Sie haben recht.« Sie sah Charlotte mit einem ängstlichen Ausdruck an. »Glauben Sie, daß er mir ... mein vorschnelles Urteil ... und meinen Zorn verzeihen wird?« Charlotte lächelte und war sich absolut sicher.

»Fragen Sie ihn«, sagte sie.

»Ich ... ich ...«, stammelte Harriet.

»Er wartet draußen«, sagte Charlotte und versuchte vergebens, ihre Freude zu verbergen. »Soll ich ihn hereinbitten?« Noch während sie sprach, ging sie auf die Tür zu, ohne auf Harriets heiser geflüsterte Zustimmung zu warten.

Matthew saß zusammengesunken in der Droschke und sah mit mutlosem Gesicht nach draußen. Als er Charlottes freudige Erregung sah, kam wider alle Vernunft Hoffnung in ihm auf.

Charlotte blieb neben ihm stehen. »Harriet läßt fragen, ob Sie bitte zu ihr kommen wollen«, sagte sie sanft. »Und, Matthew ..., sie ... sie hat ihren Fehler erkannt. Ich glaube, je weniger man darüber spricht, desto schneller kann die Wunde verheilen.«

»Ja. Ja, natürlich. Ich ...« Er schluckte. »Danke!« Dann vergaß er Charlotte und eilte auf die Tür zu. Er stürmte hinein, ohne zu klopfen oder auf eine Aufforderung zu warten.

Charlotte ging auf dem Gehweg am Haus entlang und blickte schamlos durch das Fenster in den Salon. Sie konnte die Umrisse zweier Gestalten erkennen, die eng beieinanderstanden und im nächsten Moment zu einer verschmolzen, als wollten sie nie wieder voneinander lassen.

Nachdem sie Harriet Soames und Matthew verlassen hatte, kam Charlotte in euphorischer Stimmung nach Hause und freute sich, daß ihr Plan zu einem so glücklichen Ende geführt hatte. Aber es wartete noch eine Sache, bei der sie nicht einmal wußte, wie sie an sie herangehen sollte, geschweige denn, wie sie ausgehen würde. Angefangen hatte alles mit dem Tod von Arthur Desmond. Susannahs Tod war schmerzlich gewesen, weil sie sie gekannt hatte. Aber der Tod von Sir Arthur war der, über den Pitt nicht hinwegkam, weil er mit seinem eigenen Leben in enger Verbindung stand. Seine Trauer zog sich durch alles, was er tat und dachte. Und sie erkannte selbst in seinem Schweigen, daß Schuldgefühle ihn immer noch marterten.

Sie hatte einen groben Plan im Kopf, aber sie brauchte jemanden, der ihr half: jemanden, der Zugang zum Morton Club hatte und in keinster Weise mit der Polizei in Zusammenhang gebracht wurde, sondern als unschuldiges Mitglied kommen und gehen konnte. Dieser jemand mußte natürlich bereit sein, ihre Nachforschungen durchzuführen.

Der einzige Mann in ihrer Bekanntschaft, der die Kriterien wenigstens zum Teil erfüllte, war Eustace March. Aber sie war sich nicht sicher, ob er überredet werden konnte, sich für ihre Zwecke einsetzen zu lassen. Doch es gab nur einen Weg, das herauszufinden.

Also setzte sie sich hin und begann, einen Brief an ihn zu verfassen.

»Lieber ...«

Schon zögerte sie und wußte nicht, wie sie ihn anreden sollte: als »Onkel Eustace« oder »Mr. March«. Die erste Anrede schien zu vertraulich, die zweite zu förmlich. Ihre Beziehung war eher ungewöhnlich, eine Mischung aus entfernter Verwandtschaft, Schuld und Verlegenheit und auch Feindseligkeit anläßlich der tragischen Ereignisse am Cardington Crescent. Jetzt herrschte eine Art Waffenstillstand zwichen ihnen, der Eustace sehr nervös und überaus wachsam machte.

Sie brauchte seine Hilfe. Er selbst sah sich als einen Mann, der einer Frau in Nöten jederzeit beistehen würde. Das paßte sowohl zu seiner Vorstellung von den Rollen, die Mann und Frau innehatten, als auch zu seinem Bild von einem einflußreichen, ritterlichen Christen und einem wohltätigen Gentleman.

»Lieber Mr. March«, schrieb sie also.

»Verzeihen Sie, daß ich mein Anliegen so offen und ohne große Einleitung vortrage, aber ich benötige Hilfe in einer Angelegenheit von großem moralischen Ernst.« Sie lächelte und schrieb weiter. »Außer Ihnen kenne ich niemanden, an den ich mich in der sicheren Überzeugung wenden könnte, daß er helfen kann und bereit ist, es mit der erforderlichen Unerschrockenheit und äußerstem Taktgefühl zu tun. Schnelles Urteilsvermögen ist ebenso wichtig wie gute Menschenkenntnis und die Fähigkeit, Motive und Aufrichtigkeit einzuschätzen. Möglicherweise wird auch körperliches Eingreifen und ein bestimmtes Auftreten verlangt.«

Wenn ihn das nicht auf den Plan rufen würde, dann war es aussichtslos! Sie hoffte nur, sie hatte nicht zu dick aufgetragen. Pitt würde einen solchen Brief mit dem größten Mißtrauen lesen. Aber Pitt hatte auch einen Sinn für Humor, im Gegensatz zu Eustace March.

»Wenn ich Sie heute abend aufsuchen darf«, schrieb sie weiter, »kann ich Ihnen mein Anliegen genau schildern und auch erklären, wie wir es meiner Meinung nach im Interesse von Ehre und Gerechtigkeit bewältigen können.

Ich besitze ein Telefon und bin unter der obenstehenden Nummer erreichbar. Könnten Sie mir bitte mitteilen, ob Ihnen mein Besuch recht ist und Sie bereit sind, mir zu helfen?

Mit freundlichen und hoffnungsvollen Grüßen, Charlotte Pitt.«

Sie versiegelte den Brief und klebte eine Marke darauf, dann bat sie Gracie, ihn einzuwerfen. Er würde am Nachmittag zugestellt werden.

Die Antwort erhielt sie telefonisch. Es war eine begeisterte Zusage, die Eustace March feierlich und mit beträchtlicher Selbstsicherheit, um nicht zu sagen Selbstzufriedenheit, abgab.

»Nun, meine Gute«, sagte er, als sie in seinen Salon am Cardington Crescent geführt wurde. »Wie kann ich Ihnen behilflich sein?« Er stand vor dem offenen Kamin, in dem aber an dem warmen Sommerabend kein Feuer brannte. Es war einfach eine Angewohnheit, das Vorrecht des Hausherrn, sich den ganzen Winter über dort zu wärmen, und er hatte sich dort ohne Überlegung hingestellt. »Vielleicht sollten Sie mir das Problem ausführlich schildern.«

Sie setzte sich in den Sessel, den er ihr angewiesen hatte, und versuchte, die Erinnerung an vergangene tragische Momente in diesen Räumlichkeiten zu verdrängen.

»Es hat mit einem furchtbaren Todesfall zu tun«, sagte sie und sah ihn offen an; dabei versuchte sie, so anziehend wie möglich zu wirken, ohne jedoch auch nur ansatzweise zu flirten. »Doch es ist ein Fall, den die Polizei aufgrund ihrer gesellschaftlichen Position nicht lösen kann. Es ist so, daß Thomas sehr viel über den Fall weiß, aber die endgültige Antwort verschließt sich ihm, weil er den Tatort nur als Polizist betreten kann. Folglich hat es wenig Sinn, wenn er die Verdächtigen beobachtet, weil alle auf der Hut sein werden.« Sie brachte ein kleines Lächeln zustande. »Außerdem sind manche Leute nur dann bereit, mit der Wahrheit herauszurücken, wenn sie sich der Autorität und dem natürlichen Status eines Gentleman gegenübergestellt sehen. Sie verstehen doch, was ich meine, Mr. March?«

»Selbstverständlich tue ich das, meine Gute«, sagte er spontan. »Es ist einer der großen Nachteile, wenn man gesellschaftlich ...« In dem Moment fiel ihm auf, daß er im Begriff war, eine Beleidigung auszusprechen. Deutlich war Verunsicherung in seiner Miene zu lesen. »... eine gesellschaftliche Tätigkeit ausübt«, beendete er den Satz triumphierend, weil er sich geschickt aus der Affäre gezogen hatte. »Die Leute nehmen sich in acht«, fügte er zur Erläuterung hinzu. »Sie meinten, ich hätte Zugang zu einem bestimmten Ort?«

»Ja, zum Morton Club«, sagte sie verbindlich. »Ich weiß, daß Sie dort Mitglied sind, weil Sie davon gesprochen haben. Außerdem ist es einer der vornehmsten Clubs, und ich bin mir sicher, Sie würden, wenn nötig, auch als Gast eingelassen. Niemand würde sich über Ihre Anwesenheit wundern oder denken, Sie seien fehl am Platze, und ich kenne niemanden sonst, der das für mich tun würde und der so ... Verzeihen Sie, ich weiß nicht, wie ich mich ausdrücken soll, ohne übertrieben zu klingen.«

»Bitte, nehmen Sie kein Blatt vor den Mund«, bedrängte er sie. »Ich werde Sie weder für das, was Sie sagen, noch wie

Sie es sagen, kritisieren. Wenn die Sache tatsächlich so ernst ist, wie Sie andeuten, dann wäre dies ein schlechter Moment, um bei solchen Geringfügigkeiten Fehler zu suchen.«

»Danke, Sie sind wirklich sehr verständnisvoll. Man wird Gerechtigkeitsliebe und Mut dazu brauchen und bereit sein müssen, sie über die eigene Bequemlichkeit zu stellen. Solche Menschen gibt es nicht so häufig, wie man sich das wünschen würde.«

»So ist es«, sagte er betrübt. »Das ist das düstere Bild unserer Zeit. Und was genau soll ich Ihrem Wunsche nach tun?«

»Sie sollen herausfinden, was mit Sir Arthur Desmond an dem Nachmittag, an dem er starb, geschehen ist...«

»Aber das war doch ein Unfall oder Selbstmord.« Er verzog das Gesicht ein wenig. »Sich selbst das Leben zu nehmen geziemt sich weder für einen Christen noch für einen Gentleman, es sei denn, er hatte Schulden, die er nicht zurückzahlen konnte, oder er hatte sich einen schweren Ehrverstoß zuschulden kommen lassen«, schloß er.

»Nein, nein, Mr. March! Genau darum geht es ja, es war bestimmt Mord... Die Gründe dafür kann ich jetzt nicht darlegen.« Sie beugte sich vor und sah ihn mit forschendem Blick an. »Er steht im Zusammenhang mit dem Mord an Mrs. Chancellor.« Sie beachtete sein Erstaunen nicht.

»Und mit bestimmten Mitarbeitern des Kolonialministeriums, die ich hier nicht nennen darf. Um ehrlich zu sein, ich weiß nur den winzigsten Bruchteil, weil ich etwas aufgeschnappt habe, aber es geht um Großbritanniens Interessen und die des Empires, die hier aufs Spiel gesetzt wurden.« Jetzt war er baß erstaunt und machte große Augen.

»Sir Arthur wurde ermordet, weil er auf Dinge aufmerksam gemacht hat, die gewisse Leute in Verdacht brachten und ihren Ruf gefährdeten«, sagte sie.

»Gütiger Himmel! Was Sie nicht sagen!« Er atmete tief ein. »Meine Güte, sind Sie sich völlig sicher, daß Sie da nichts mißverstanden haben? Es scheint mir...«

»Mrs. Chancellor ist tot«, erklärte sie. »Und jetzt auch Mr. Chancellor. Haben Sie Zweifel, daß es um eine überaus wichtige Sache geht?«

»Nein, selbstverständlich nicht. Aber die Verbindung ...?«

»Es hat mit Afrika zu tun. Werden Sie mir helfen?«

Er zögerte nur einen winzigen Moment. Wie konnte er das Ansuchen ablehnen und die Gelegenheit versäumen, sich von seiner galantesten Seite zu zeigen? Er würde eine edle Rolle spielen und vielleicht sogar in die Annalen der Geschichte eingehen!

»Selbstverständlich«, sagte er mit Begeisterung. »Wann fangen wir an?«

»Morgen, so gegen Mittag?« schlug sie vor. »Ich kann natürlich nicht mit in den Club kommen ...«

»Gütiger Himmel, natürlich nicht!« pflichtete er ihr erschrocken bei. Das käme ja einem Sakrileg gleich.

»Ich werde also draußen warten müssen«, sagte sie und versuchte, sich ihre Irritation nicht anmerken zu lassen, obwohl sie dazu mehr Selbstverleugnung aufbringen mußte, als sie fähig zu sein glaubte. Es war absurd. Warum waren alle immer so entsetzt bei dem Gedanken, daß eine Frau in einen Club ging? Man könnte glauben, die Männer saßen da nackt herum! Der Gedanke erheiterte sie so sehr, daß sie ihr Lachen nur mit Mühe unterdrücken konnte.

Er bemerkte ihren Gesichtsausdruck und reagierte abwehrend.

»Ich hoffe, Sie haben nicht vor ...«

»Nein!« sagte sie schroff. »Natürlich nicht. Ich werde draußen warten, seien Sie beruhigt. Wenn Sie Zweifel haben, dann erinnern Sie sich, daß Thomas befördert worden ist. Es liegt mir sehr am Herzen, mich im Rahmen der Schicklichkeit zu verhalten und ihn nicht in Verlegenheit zu bringen.« Damit hatte sie die Wahrheit ziemlich strapaziert, aber sie war überzeugt, daß Eustace ihr glaubte.

»Selbstverständlich, selbstverständlich.« Er nickte wissend. »Verzeihen Sie, daß ich daran gezweifelt habe. Erzählen Sie mir doch, was ich herausfinden soll.«

»Zunächst einmal möchte ich wissen, wer an jenem Nachmittag da war, wo wer gesessen oder gestanden hat oder was auch immer man in so einem Club tut.«

»Das klingt nicht schwer. Das hätte Thomas doch auch von dem Steward erfahren können«, sagte er selbstzufrieden.

»Nein, anscheinend haben die alle Hände voll damit zu tun, die Gäste zu bedienen, daß sie solche Dinge nicht bemerken«, erwiderte sie. »Außerdem sprechen die Leute nicht gern mit einem Polizisten, vor allem dann nicht, wenn sie Angst haben, einen Freund ungerechterweise in Bedrängnis zu bringen.«

»Ich beginne zu verstehen ...« Er war skeptisch.

»Aber Sie werden nicht mit einem Polizisten sprechen müssen, Sie werden einfach nur mir berichten«, beruhigte sie ihn.

Charlotte überlegte, ob sie erwähnen sollte, daß Farnsworth nicht damit einverstanden war, daß Thomas sich mit dem Fall befaßte, fand aber, daß das unnötig riskant war. Eustace ließ sich von Autoritätspersonen schnell beeindrucken. Außerdem war es möglich, daß er demselben Ring des Inneren Kreises angehörte, und das wäre fatal.

»Ja, da haben Sie natürlich recht«, stimmte er ihr zu. Offenbar beruhigte ihn der Gedanke. Was sprach schließlich dagegen, mit ihm zu reden? »Also gut.« Er rieb sich die Hände. »Wir fangen also morgen vormittag an. Sagen wir um elf Uhr vor dem Morton Club?«

Sie erhob sich. »Ich bin Ihnen wirklich sehr dankbar, Mr. March. Vielen, vielen Dank. Ich war so frei, eine kleine Beschreibung der wichtigsten Verdächtigen zu verfassen«, fügte sie schnell hinzu und reichte ihm ein Blatt Papier. »Das hilft Ihnen sicherlich. Nochmals vielen Dank.«

»Keine Ursache, meine Gute, keine Ursache«, sagte er. »Ich muß sagen, ich freue mich darauf.«

Am nächsten Morgen, als er um zehn nach elf im Salon des Morton Clubs stand und sich nach einem Platz umsah, war er sich nicht mehr ganz so sicher, ob er sich über die ungewöhnliche Aufgabe freuen sollte, sondern fragte sich, wie er sie angehen könnte. Zunächst einmal erschien ihm das Ansinnen, bei Tageslicht an einem öffentlichen Ort betrachtet, als fürchterlich unhöflich. Man fragte andere Mitglieder nicht darüber aus, was sie getan hatten, und war es noch so fragwürdig. Das gehörte sich einfach nicht. Der eigentliche Sinn und Zweck eines Clubs bestand ja darin, den Mitgliedern einen Bereich zu schaffen, in dem sie sich unbeobachtet bewegen konnten, in dem sie gleichzeitig Gesellschaft hatten und für sich sein konnten, wo sie unter ihresgleichen waren und sich jeder an dieselben Verhaltensregeln hielt.

Als er sich in den Sessel setzte, in dem nach Charlottes Schilderung Sir Arthur gestorben war, fühlte er sich wie ein kompletter Idiot und war sich sicher, daß sein Kopf rot angelaufen war, obwohl die anderen Gäste keinerlei Notiz von ihm nahmen. Aber das war ja in einem anständigen Club die Regel. Er hätte sich niemals auf diese Sache einlassen dürfen, wie sehr Charlotte Pitt ihn auch bedrängte! Er hätte ihr höflich und freundlich erklären müssen, wie unmöglich ihr Plan war, und sie fortschicken sollen.

Doch dazu war es jetzt zu spät. Das Versprechen war gegeben! Er eignete sich nicht zum ritterlichen Beschützer. Und eigentlich entsprach auch Charlotte nicht unbedingt seiner Vorstellung einer bedrängten Jungfrau. Sie war zu klug, um ihm zu gefallen, zu wortgewandt.

»Guten Morgen, Sir. Was kann ich Ihnen bringen?« sagte eine diskrete Stimme an seinem Ellbogen.

Er schreckte auf, und sein Blick fiel auf den Steward.

»Aber ja, eh, ein kleiner Whisky wäre genau das richtige, eh ...«

»Ja, Sir?«

»Verzeihung, ich versuche, mich an Ihren Namen zu erinnern. Ich glaube, ich kenne Sie.«

»Guyler, Sir.«

»Ach ja, genau. Guyler. Ich eh ...« Er war völlig hilflos und kam sich wie ein Trottel vor, aber es gab kein Zurück. Unmöglich konnte er zu Charlotte gehen und ihr gestehen, daß er versagt, daß er nicht einmal den Mut gehabt hatte, es zu versuchen! Die Schmach, die er hier auf sich lud, konnte nicht größer sein. Seine Feigheit einer Frau gegenüber eingestehen zu müssen wäre schrecklich; ihr gegenüber wäre es unerträglich.

»Ja, Sir?« sagte Guyler geduldig.

Eustace atmete tief ein. »Das letzte Mal, als ich hier war – das war so Ende April, an dem Tag, als Sir Arthur auf so unglückselige Weise verstorben ist –, habe ich mit einem Herrn gesprochen, interessanter Mensch, kannte sich überall aus, besonders in Afrika. Wußte über die Besiedlungspläne Bescheid und so weiter. Aber sein Name fällt mir nicht mehr ein. Ich glaube, er hat ihn gar nicht genannt. Kann passieren, was?«

»Richtig, Sir«, pflichtete Guyler ihm bei. »Wüßten Sie gerne, wer es war?«

»So ist es!« Eustace war erleichtert. »Ich sehe, Sie verstehen mich auf Anhieb.«

»Ja, Sir. Wo saßen Sie denn? Das könnte weiterhelfen. Und wenn Sie den Herrn vielleicht ein wenig beschreiben könnten? War er älter? Dunkel oder hell? Groß oder eher nicht?«

»Eh …« Eustace versuchte sich krampfhaft an die Beschreibung zu erinnern, die Charlotte von den Hauptverdächtigen gegeben hatte. Leider waren sie sich alle recht ähnlich. »Nun, der fragliche Herr war ziemlich kahl, hatte eine kräftige Nase und ganz klare, blaue Augen«, sagte er mit Bestimmtheit. »Ich erinnere mich besonders an seine Augen. Sehr auffallend …«

»Afrika, sagten Sie?« fragte Guyler.

»Genau. Wissen Sie, wen ich meine?«

»Waren Sie im Leseraum, Sir?«

»Ja, ja, durchaus.« Er machte mit Absicht ein fragendes Gesicht.

»Dann könnte das Mr. Hathaway gewesen sein, Sir.«

»Der war an jenem Tag hier?«

»Jawohl, Sir. Nicht sehr lange.« Ein Schatten legte sich auf Guylers Gesicht. »Er fühlte sich nicht wohl, soweit ich mich erinnere. Er ging in den Waschraum und ist dann gar nicht mehr in den Leseraum gekommen, sondern gleich nach Hause gegangen, und in diesem Raum war er auch nicht. Sehr bedauerlich. Vielleicht war er es also nicht, Sir. Haben Sie lange mit ihm gesprochen, diesem Herrn, der soviel über Afrika wußte?«

»Nun ja, so kam es mir vor.« Eustace ließ seiner Phantasie freien Lauf. Noch nie hatte er die Unwahrheit gesagt. Er war dazu erzogen worden, immer die Wahrheit zu sagen, und wenn sie noch so unangenehm oder langweilig war. Mit reinem Gewissen frei phantasieren zu können hatte für ihn den süßen Geschmack der verbotenen Frucht. Es machte sogar Spaß! »Ach, ich glaube, es war noch ein anderer Herr da, der auch erstaunliche Kenntnisse besaß. Er war meiner Meinung nach soeben erst von einer Reise zurückgekehrt. War ganz sonnengebräunt. Blond, aber wettergegerbt. Großer, schlanker Mann, militärische Haltung. Mit einem deutschen Namen, glaube ich, vielleicht holländisch. Klang jedenfalls ausländisch. War aber Engländer, natürlich.«

»Könnte das Mr. Kreisler sein, Sir? Das klingt ganz nach ihm. Er war auch hier. Ich erinnere mich genau. Den Tag, an dem Sir Arthur Desmond starb, habe ich nicht vergessen. Ein sehr trauriger Tag.«

»Sehr«, sagte Eustace schnell. »Ja, das klingt, als sei es der Name, den ich meine. Kannte er Sir Arthur?«

»Nein, Sir. Sir Arthur hielt sich nur in diesem Raum auf, soweit ich mich erinnere, und Mr. Kreisler war die ganze Zeit im Leseraum. Er war sowieso nur kurze Zeit hier, wollte jemanden treffen, und ist dann nach dem Lunch wieder gegangen.«

»Er war gar nicht hier im Salon?« fragte Eustace. »Sind Sie da ganz sicher?«

»Aber ja, Sir«, versicherte Guyler ihm. »Mr. Hathaway übrigens auch nicht, also kann es keiner dieser beiden Herren gewesen sein. Es scheint, ich kann Ihnen nicht viel helfen, Sir. Das tut mir leid.«

»Oh, so schnell brauchen wir nicht aufzugeben«, sagte Eustace hastig. »Es waren noch ein oder zwei andere Herren hier, die in Frage kommen könnten. Einer war sehr belesen, wenn ich mich recht entsinne, aber ganz unauffällig im Aussehen: klein, gedrungen, und sein Kopf saß ohne Hals auf den Schultern.« Er benutzte Charlottes Worte und fühlte sich unwohl dabei. Er hätte diese Beschreibung nicht gewählt. »Runde Augen, kleine, fette Hände, dichtes Haar«, plapperte er weiter und spürte, wie ihm die Hitze in die Wangen stieg. »Angenehme Stimme.«

Guyler sah ihn neugierig an. »Klingt ein wenig nach Mr. Aylmer, Sir. Der weiß eine Menge über Afrika. Er arbeitet im Kolonialministerium.«

»Das ist er!« sagte Eustace begeistert. »Ja, das klingt genau, als wäre er es!«

»Ja, er war an dem Tag zwar hier«, sagte Guyler nachdenklich, »aber ich meine, er ist nur schnell hereingekommen und sofort wieder gegangen...«

»Aha, und wann war das wohl?« wollte Eustace wissen.

»Um die Mittagszeit, Sir. Könnte er das gewesen sein?«

Eustace fand immer mehr Gefallen an dem Spiel. Er bewältigte seine Aufgabe recht gut, fand er. Die Beweise häuften sich. Wenn er es recht bedachte, war er geradezu talentiert für solche Ermittlungen. Schade, daß sie bisher noch nicht sehr aufschlußreich waren.

»Also, es war noch ein anderer Herr hier«, sagte er und sah Guyler ganz offen an. »Es fällt mir gerade ein, wo ich mit Ihnen spreche. Großer Mann, dunkles, gewelltes Haar, auffällige Erscheinung. Schon leicht grau.« Er berührte seine eigenen ergrauenden Schläfen. »Sein Name fällt mir nicht mehr ein.«

»Tut mir leid, Sir, diese Beschreibung paßt auf einige unserer Gäste«, sagte Guyler mit Bedauern.

»Er hieß...« Eustace furchte die Stirn, als versuche er sich zu erinnern. Er wollte Guyler nicht zuviel verraten. Zu lügen war Sünde, aber frei zu erfinden, machte doch Spaß. »Sein Name hat etwas mit Füßen zu tun, glaube ich...«

»Mit Füßen, Sir?« Guyler war verwirrt.

«Erinnerte mich an Füße«, präzisierte Eustace. »Er klang nicht so, haben Sie verstanden?«

Guyler kam überhaupt nicht mehr mit.

»Verstanden ...« Eustace wiederholte das Wort, als hätte es eine tiefe Bedeutung für ihn. »Verstanden ... Verstand ... stand ... stand ...«

»Standish!« sagte Guyler aufgeregt und so laut, daß einige der schläfrigen Herren sich erzürnt umdrehten. Er errötete.

»Erstaunlich!« sagte Eustace bewundernd. »Meine Güte. Sie haben es genau getroffen. Nicht zu verachten!« Auch Schmeichelei galt als Sünde, aber sie war überaus nützlich, und es war überraschend, wie der Mann darauf reagierte. Vor allem Frauen lechzten natürlich sklavisch danach. Wenn man einer Frau ein wenig schmeichelte, war es wie Labsal für sie, und sie war bereit, alles für einen zu tun. »Sie haben vollkommen recht«, sagte er. »Standish war der Name. Zweifelsohne.«

»Nun, Mr. Standish war an jenem Tag mehrfach hier, Sir«, sagte Guyler und war sichtlich stolz, daß er so überschwenglich gelobt worden war. »Seitdem habe ich ihn nicht gesehen. Aber wenn Sie mit Mr. Hathaway sprechen möchten, Sir, ich bin mir sicher, daß er heute im Club sein wird. Er kommt gelegentlich zum Lunch.«

»Aha ...« Eustace war für einen Moment ratlos. »Nun ...« Er dachte in Windeseile nach. »Eh, bevor Sie Mr. Hathaway suchen, sagen Sie mir doch, ob Mr. Standish an dem Tag in diesem Raum war. Wissen Sie das noch?«

Guyler zögerte.

»Eine recht schwierige Frage, ich weiß«, gestand Eustace. »Ist auch schon eine Weile her. Ich bedränge Sie nur ungern. Sind ja eine Menge Fragen, die ich stelle.«

»Keineswegs, Sir«, sagte Guyler sofort. Seine Fähigkeit, sich an Gesichter erinnern zu können, gehörte zu seinem Handwerk. »Kein Tag, den man leicht vergißt, wo doch Sir Arthur plötzlich tot war. Ich habe ihn ja gefunden, Sir. Ein schrecklicher Moment.«

»Das glaube ich Ihnen«, sagte Eustace mit Anteilnahme. »Muß sehr erschütternd gewesen sein. Erstaunlich, daß Sie es so schnell überwunden haben.«

»Danke, Sir.« Guyler richtete sich auf.

«Eh ... und war er? Ich meine Standish?« hakte Eustace wieder nach.

»Nein, Sir, ich glaube, er hat mit Mr. Rowntree Billard gespielt, dann ist er nach Hause gegangen«, sagte Guyler, der konzentriert nachdachte.

»Aber er war im Club, am späten Nachmittag?« Eustace wollte ganz unbeteiligt klingen, was ihm aber nicht recht gelang.

»Ja, Sir, daran erinnere ich mich, wegen Sir Arthur. Mr. Standish war zu der Zeit auch hier. Ich habe ihn in der Eingangshalle gesehen, als der Arzt gerade kam. Ich erinnere mich ganz deutlich, jetzt, wo Sie davon sprechen.«

»Aber er ist nicht in diesem Raum gewesen?« Eustace war enttäuscht. Einen Augenblick lang hatte es so ausgesehen, als ob er alle Antworten beisammen hätte.

»Nein, Sir«, erwiderte Guyler mit wachsender Gewißheit. »Nein, Sir, bestimmt nicht. Es muß Mr. Hathaway gewesen sein, mit dem Sie gesprochen haben, und Sie müssen sich in dem Ort geirrt haben, wenn ich das sagen darf. Im Grünen Salon gibt es eine Ecke, die dieser nicht unähnlich ist, was die Anordnung der Sessel angeht. Haben Sie das Gespräch vielleicht dort geführt?«

»Nun ...« Eustace wollte sich nicht den Weg versperren, falls er eine andere Richtung einschlagen müßte. »Da könnten Sie durchaus recht haben. Ich will versuchen, mich genau zu erinnern. Ich danke Ihnen sehr für Ihre Hilfe.« Er holte eine Goldmünze aus seiner Hosentasche und gab sie Guyler, der sehr erfreut war.

»Der Whisky, Sir. Ich bringe ihn sofort«, sagte Guyler. »Danke ... natürlich, danke.« Eustace blieb nichts anderes übrig, als zu warten, bis der Whisky kam, und ihn dann ohne Hast zu trinken. Durch jedes andere Verhalten hätte er die Aufmerksamkeit auf sich gezogen als jemand, der keinerlei Anstand besaß und nicht in diesen Rahmen paßte. Das wäre ihm unerträglich gewesen. Dennoch drängte es ihn sehr, Charlotte alles zu berichten, was er in dieser doch sehr kurzen Zeit in Erfahrung gebracht hatte. Er war mit sich sehr zufrieden. Er hatte seine Aufgabe erfüllt, ohne den geringsten Verdacht zu wecken.

Er trank seinen Whisky aus, erhob sich und ging gemächlichen Schrittes zur Tür.

Charlotte stand draußen im Sonnenschein. Es ging ein recht frischer Wind.

»Und?« fragte sie, sobald er aus der Tür trat und noch bevor er die Stufen heruntergekommen war. »Was haben Sie herausgefunden?«

»Ziemlich viel.« Er griff nach ihrem Arm und klemmte ihn unter seinen, dann zerrte er sie praktisch mit sich, um den Eindruck zu erwecken, sie seien ein gewöhnliches Paar. Wozu sollte man die Aufmerksamkeit auf sich lenken? Schließlich war er Mitglied im Morton Club und wollte eines Tages sicherlich wieder dort eingelassen werden.

»Was denn?« fragte Charlotte drängend und drohte stehenzubleiben.

»Gehen Sie weiter, meine Gute«, raunte er ihr von der Seite zu. »Wir wollen nicht auffallen.«

Zu seiner Überraschung schien das Argument sie zu überzeugen, und sie glich ihre Schritte den seinen an.

»Also?« flüsterte sie.

Nach einem Blick auf ihr Gesicht beschloß er, sich kurz zu fassen.

»Mr. Standish war an dem Nachmittag anwesend, aber der Steward ist sich sicher, daß er nicht in dem Raum war, in dem Sir Arthur gesessen hat.«

»Sind Sie sicher, daß es Standish war?«

»Über jeden Zweifel erhaben. Kreisler war auch da, aber er ist zu früh gegangen, desgleichen Aylmer.« Ein Mann in einem Nadelstreifenanzug kam ihnen entgegen, der unter dem Arm einen zusammengerollten Regenschirm trug, obwohl es ein sonniger Tag war.

»Hathaway hingegen war da«, fuhr Eustace fort, »aber auch nicht im selben Raum. Anscheinend war ihm unwohl, und er ist in den Waschraum gegangen, hat dann eine Droschke rufen lassen und ist nach Hause gefahren. Er ist nicht in den Raum gegangen, in dem Sir Arthur saß. Ich fürchte, keiner Ihrer Verdächtigen kann der Schuldige sein. Es tut mir leid.« Es tat ihm wirklich leid, nicht für sie, sondern weil es eine Enttäuschung war, wenn auch die bessere Lösung.

»Einer muß aber der Schuldige sein«, beharrte sie und hob ihre Stimme an, um gegen den Verkehr anzukommen.

»Von denen kann es keiner sein. Wer käme sonst noch in Frage?« wollte Eustace wissen.

»Ich weiß es nicht. Jeder.« Sie blieb stehen, und da sie immer noch bei ihm eingehakt war, mußte auch er abrupt anhalten. Eine Dame mittleren Alters am Arm eines älteren Mannes musterte sie mißtrauisch und kritisch. Offenbar vermutete sie eine private Auseinandersetzung, die keine pflichtbewußte Ehefrau in der Öffentlichkeit austragen würde.

»Lassen Sie das!« zischte Eustace. »Wie peinlich. Die Leute starren uns schon an.«

Mit Mühe verschluckte Charlotte die Bemerkung, die ihr schon auf der Zunge lag.

»Verzeihung«, sagte sie und ging weiter. »Wir müssen noch einmal von vorn anfangen und uns mehr Mühe geben.«

»Womit mehr Mühe geben?« sagte er ungehalten. »Keiner der Männer, die Sie genannt haben, kann an Sir Arthurs Platz vorbeigegangen sein und ihm Laudanum in seinen Brandy geschüttet haben. Sie waren nicht einmal in demselben Raum wie er.«

»Und wo kam der Brandy her?« Ihr kam es gar nicht in den Sinn aufzugeben. »Vielleicht haben sie gesehen, wie ihm der Brandy gebracht wurde.«

»Und dann das Gift hineingegeben?« Ungläubig riß er die Augen auf. »Wie wenn? Meinen Sie, jemand hat im Vorbeigehen etwas in das Glas getan, während es der Steward auf dem Tablett trug? Das ist doch lächerlich. Kein Steward würde es gestatten, außerdem würde er sich nachher daran erinnern und eine Aussage darüber machen. Und überhaupt, wie konnte er wissen, daß das Glas für Sir Arthur gedacht war?« Er nahm die Schultern zurück und reckte sein Kinn in die Höhe. »Sie sind nicht sehr logisch, meine Gute.

Ich weiß, es ist eine weibliche Schwäche. Aber Ihre Ideen sind nicht sehr wirklichkeitsnah.«

Charlotte lief rot an. Er fragte sich, ob es Unmut war, den sie zu unterdrücken versuchte. Gefühlswallungen dieser Art waren nicht sehr attraktiv bei einer Frau, aber leider auch nicht so selten, wie er sich das wünschen würde.

»Nein«, sagte sie und senkte den Blick unterwürfig auf den Gehweg. »Ohne Ihre Hilfe komme ich nicht weiter. Doch wenn jemand die Unwahrheit sagt oder lügt, werden Sie das bestimmt entdecken, oder? Sie gehen doch noch einmal hinein, ja? Wir dürfen es nicht hinnehmen, daß die Ungerechtigkeit triumphiert.«

»Ich weiß wirklich nicht, was ich noch herausfinden soll«, begehrte er auf.

»Was genau geschehen ist, noch genauer, als wir es schon wissen. Ich wäre Ihnen so dankbar.« Ihre Stimme zitterte ein wenig, so als sei sie sehr bewegt.

Er wußte nicht genau, warum, aber sie war wirklich sehr attraktiv. Und es würde ihm große Genugtuung bereiten, sie in seiner Schuld zu wissen. Dann könnte er ihr ohne die fast unerträgliche Verlegenheit entgegentreten, die ihn jetzt übermannte. Er könnte endlich die Erinnerung an die gräßliche Szene unter dem Bett auslöschen!

»Also gut«, gab er klein bei, »wenn Sie meinen, es bringt uns weiter.«

»Oh, das meine ich, ganz bestimmt!« versicherte sie ihm und blieb stehen, um den Weg, den sie gekommen waren, zurückzugehen. »Ich bin Ihnen zu tiefstem Dank verpflichtet.«

»Ganz zu Ihren Diensten«, sagte er mit einer gewissen Selbstzufriedenheit.

Kaum war er wieder im Club, beschlich ihn erneut das Unbehagen. Es gab nichts, was er noch fragen konnte. Er kam sich töricht vor, als er Guyler erneut ansprach.

»Ja, Sir?« sagte Guyler zuvorkommend.

»Verzeihen Sie«, hob Eustace an, und die Farbe stieg ihm ins Gesicht. Wirklich. Charlotte verlangte zuviel. »Ich fürchte, ich bin geradezu aufdringlich ...«

»Keineswegs, Sir. Was kann ich für Sie tun?«

»Ist es nicht möglich, daß Mr. Standish an dem Nachmittag doch durch diesen Raum gekommen ist?«

»Ich kann nachfragen, wenn Sie das wünschen, aber ich glaube, es ist sehr unwahrscheinlich. Beim Billardspielen geht man nicht einfach davon, Sir. Es gilt als unhöflich, den Gegner warten zu lassen.«

»Ja, selbstverständlich. Das weiß ich!« sagte Eustace hastig. »Bitte machen Sie sich nicht die Mühe. Ich möchte nicht, daß Mr. Standish mich für unhöflich hält.«

»Nein, Sir.«

»Und, eh...« Am liebsten hätte er einen unterdrückten Fluch ausgestoßen und Charlotte verwünscht, aber der Steward hätte ihn gehört. Er steckte in der Klemme. Eine schreckliche Situation. »Mr.... eh... Hathaway. Sie sagten doch, er habe sich unwohl gefühlt. Sehr bedauerlich. Wann war das? Um wieviel Uhr?«

»Ich glaube, ich erinnere mich gar nicht daran. Sind Sie sicher, daß Sie den richtigen Tag meinen, Sir, wenn ich das sagen darf. Vielleicht waren Sie am Tag davor oder dem danach hier? Das würde eine Menge erklären.«

»Nein, nein. Ich meine genau diesen Tag. Ich erinnere mich genau daran – so wie Sie auch –, weil Sir Arthur gestorben ist«, sagte Eustace rasch. »Was, meinten Sie noch, ist mit Mr. Hathaway geschehen?«

»Er fühlte sich nicht gut und ist in den Waschraum gegangen. Dann muß er beschlossen haben, nach Hause zu gehen. Er hielt sich geraume Zeit im Waschraum auf, sicherlich, weil er meinte, die Unpäßlichkeit würde vorübergehen. Als das nicht eintrat, hat er geläutet, und einer der Stewards ist ihm zu Hilfe geeilt. Als er um eine Droschke bat, hat der Garderobenmann eine für ihn gerufen und ihn aus dem Haus und in die Droschke begleitet. Er ist dann überhaupt nicht mehr in die Clubräume gegangen, soviel ist sicher.«

»Ich verstehe. Ja, ich verstehe. Das waren nicht zufällig Sie?«

»Nein, Sir. Um die Wahrheit zu sagen, ich weiß nicht, wer es war. Ich habe ihn nur aus dem Augenwinkel gesehen und ihn nicht erkannt. Könnte Jones gewesen sein; sah aus wie er, etwas untersetzt und fast kahl. Ja, ich glaube, es war Jones.«

»Danke, ja, ich denke auch, daß er es war. Danke vielmals.« Eustace wollte dieses sinnlose Gespräch beenden. Charlotte mußte selbst hinter die Bedeutung von all dem steigen, wenn es denn eine gab. Er konnte nichts weiter herausfinden. Er wollte entkommen, ihm wurde minütlich unbehaglicher.

»Mr. Hathaway ist hier, Sir«, sagte der Steward. »Wenn Sie möchten, bringe ich Sie zu ihm, Sir.«

»Nein... nein, danke«, wehrte Eustace heftig ab. »Ich denke..., ich gehe einmal in den Waschraum, wenn Sie mich entschuldigen wollen. Ja, genau, das werde ich tun. Danke.«

»Keine Ursache, Sir.« Guyler hob die Achseln und ging davon.

Eustace floh in den Waschraum. Es war ein sehr angenehmer Raum, für den männlichen Geschmack und mit allem Komfort eingerichtet: Waschbecken mit reichlich heißem Wasser, saubere Handtücher, Spiegel, Rasiermesser und Streichriemen, mehrere Sorten Rasierseife und Rasierwasser, Makassar-Haaröl, Schuhputzzeug, bestehend aus Bürsten und Schuhcreme sowie weichen Tüchern zum Polieren, und über allem hing der angenehme Geruch von Sandelholz.

Er mußte die Toilette nicht benutzen und setzte sich auf einen der Holzsitze, die ein wenig an wohlgestaltete Kirchenbänke erinnerten. Er hatte die Räumlichkeiten ein- oder zweimal benutzt, und sie kamen ihm sehr vertraut vor. Hier mußte Hathaway, von Unwohlsein geplagt, gesessen und überlegt haben, ob er den Weg nach Hause ohne Hilfe schaffen würde. Eustace ließ den Blick schweifen. Neben der Tür war ein geschmückter Klingelzug. Es gab keine Beschriftung, aber die Funktion verstand sich von selbst. Ohne weiter nachzudenken, stand Eustace auf und zog daran.

Im nächsten Augenblick stand ein älterer Herr vor ihm,

der zwar keine Livree trug, aber auch nicht die Uniform der Stewards.

»Ja bitte, Sir?« sagte er leise. »Kann ich etwas für Sie tun?« Eustace war überrascht. Er brauchte nichts und dachte an Hathaway.

»Sind Sie ein Steward? Sie tragen eine andere Uniform.«

»Ja, Sir«, sagte der Mann. »Ich bin der Garderobenmann. Wenn Sie einen Steward wünschen, schicke ich nach einem, aber vielleicht kann ich Ihnen helfen, Sir. Das wäre das Übliche. Die Stewards kümmern sich um die Gäste in den Leseräumen und dem Salon.«

Eustace war verwirrt.

»Diese Glocke läutet nicht am Klingelbrett im Anrichteraum der Stewards?«

»Nein, Sir, nur in meinem Raum, der davon getrennt ist, Sir. Kann ich nichts für Sie tun? Geht es Ihnen nicht gut, Sir?«

»Wie bitte? O doch, mir geht es ausgezeichnet, danke. Nie besser.« Seine Gedanken überschlugen sich. War er möglicherweise im Begriff, eine wichtige Entdeckung zu machen? »Es ist nur so, daß ein Freund, vielmehr ein Bekannter, hier in diesem Waschraum einen kleinen Schwächeanfall hatte und einen Steward herbeirief, der ihm eine Droschke bestellen sollte.« Er wartete mit angehaltenem Atem.

»Nein, Sir«, sagte der Garderobenmann geduldig. »Das ist unmöglich, Sir. Diese Glocke hier läutet nicht im Anrichteraum der Stewards. Sie führt nur zu meinem Klingelbrett, das ist alles.«

»Dann hat er gelogen!« sagte Eustace triumphierend.

Der Garderobenmann sah ihn verwundert an, ohne die Gebote der Höflichkeit zu verletzen. Allerdings nicht wegen der Schlußfolgerung – die leuchtete ihm ja ein –, sondern wegen der Freude, die Eustace March daran empfand.

»Das scheint ein hartes Urteil, Sir. Aber er hat sich auf jeden Fall geirrt.«

»Es war Hathaway«, sagte Eustace und wagte sich vor, wo er noch vor wenigen Minuten große Zurückhaltung geübt hatte. »An dem Tag, als Sir Arthur Desmond starb. Haben Sie ihm da keine Droschke bestellt?«

»Doch, Sir. Einer der Aushilfsstewards sagte, Mr. Hathaway fühle sich unwohl, aber ich weiß nicht, wie er das wissen konnte.«

»Sie meinen einen der Bediensteten? Der Ihnen untersteht«, sagte Eustace.

»Nein, Sir, ich meine einen Aushilfssteward, aus einem der Salons. Und ich kann mir nicht vorstellen, woher er wußte, daß es Mr. Hathaway nicht gutging, wenn der im Waschraum war!« Er schüttelte den Kopf angesichts dieser Angelegenheit.

»Danke, ich danke Ihnen!« Eustace kramte in seiner Tasche und beförderte einen Schilling ans Tageslicht. Das war übertrieben, andererseits machte es einen schäbigen Eindruck, ihn wieder einzustecken und statt dessen ein Three-Penny-Stück zu überreichen. Er war in großherziger Stimmung und gab die Münze gerne.

»Danke, Sir.« Der Garderobenmann verbarg seine Überraschung und nahm die Münze, bevor Eustace es sich anders überlegen konnte. »Wenn ich Ihnen sonst noch behilflich sein kann, wenden Sie sich einfach an mich.«

»Ja, ja selbstverständlich.« Eustace warf ihm nur noch einen flüchtigen Blick zu, ging dann durch die Halle und trat auf die Straße.

Charlotte war ein paar Schritte entfernt; anscheinend war sie auf und ab gelaufen, vielleicht aus Ungeduld, vielleicht, weil sie nicht so offensichtlich als wartend zu erkennen sein wollte. Als sie seinen triumphierenden Gesichtsausdruck sah, eilte sie auf ihn zu.

»Ja? Was haben Sie entdeckt?« fragte sie.

»Etwas sehr Merkwürdiges«, sagte er, und in seiner Aufregung vergaß er die herablassende Art, in der er normalerweise zu einer Frau sprach. »Die Klingel im Waschraum ist nicht mit dem Anrichteraum der Stewards noch mit einem anderen Raum im Club verbunden!«

Charlotte verstand ihn nicht. »Sollte sie das?«

»Verstehen Sie denn nicht?« Er packte sie am Arm und ging den Gehweg entlang. »Hathaway hatte gesagt, er habe, nachdem ihm unwohl geworden war, vom Waschraum aus einen Steward gerufen, der ihm eine Droschke holen sollte. Das hat mir der Steward im Salon berichtet. Er sah einen Steward auf dem Weg nach draußen. Aber das ist nicht möglich, weil er das Läuten nicht gehört haben konnte.« Er hatte ihren Arm immer noch fest im Griff, während er den Gehweg entlangschritt. »Der Garderobenmann hat berichtet, ein Steward aus dem Salon hätte zu ihm gesagt, daß Hathaway einen Schwächeanfall gehabt hätte und nach einer Droschke verlangte. Hathaway hat gelogen!« Er merkte nicht, daß er sie schüttelte. »Verstehen Sie denn nicht? Er hat gesagt, Hathaway sei nicht zurück in den Salon gegangen. Zumindest hat das der Steward gesagt ..., aber er muß wieder in den Salon gegangen sein, wenn er einem der normalen Stewards gesagt hat, er solle ihm eine Droschke rufen!« Dann blieb er plötzlich stehen, und die Befriedigung schwand aus seinen Augen. »Obwohl ich nicht weiß, wofür das der Beweis ist ...«

»Wenn aber ...«, sagte Charlotte und brach dann ab.

Eine Dame mit Sonnenschirm ging an ihnen vorbei; sie tat so, als sähe sie sie nicht und lächelte.

»Ja?« fragte Eustace begierig.

»Ich weiß nicht ... Lassen Sie mich nachdenken. Und lassen Sie mich bitte los. Sie tun mir weh.«

»Oh! Oh ... Verzeihung.« Er errötete und ließ sie los.

»Ein zusätzlicher Steward ...«, begann sie nachdenklich.

»So ist es. Anscheinend heuern sie hin und wieder noch einen oder zwei an, wahrscheinlich, wenn jemand krank ist oder verhindert.«

»Und an dem Tag war einer da? Das wissen Sie ganz genau?«

»Ja. Der Steward, mit dem ich gesprochen habe, hat einen gesehen.«

»Wie sah der aus?« Sie schenkte den beiden angeregt plaudernden Frauen mit den hübschen Hutschachteln keine Beachtung.

»Wie der aussah?« wiederholte Eustace.

»Ja. Wie hat er ausgesehen?« Ihre Stimme wurde unwillkürlich lauter.

»Eh ..., etwas älter, gedrungen, sehr wenig Haare ... Warum?«

»Hathaway!« rief sie aus.

»Was?« Er beachtete den Mann nicht, der Charlotte erschrocken und mißbilligend ansah und sich dann rasch entfernte.

»Hathaway!« sagte sie und packte ihn am Arm. »Wenn nun der Ersatzsteward Hathaway war? Die perfekte Art, jemanden umzubringen. Als Steward wäre er praktisch unsichtbar! Er geht in den Waschraum, weil ihm angeblich nicht gut ist. Dort zieht er sich die Jacke einer Steward-Uniform an, geht dann in den Anrichteraum, nimmt sich ein Tablett mit einem Brandy, in den er Laudanum schüttet, serviert ihn Sir Arthur und sagt, jemand habe ihn dazu eingeladen. Dann sagt er, daß Mr. Hathaway im Waschraum einen Schwächeanfall erlitten und um Hilfe gebeten hat. Somit gibt er vor, daß Mr. Hathaway die ganze Zeit über im Waschraum war.« Ihre Stimme wurde immer aufgeregter. »Er geht wieder in den Waschraum, zieht sich die Jacke aus, und um sein Alibi zu untermauern, verläßt er den Club direkt vom Waschraum aus. Er läßt sich in die Droschke helfen, hat Zeugen für seinen Aufenthalt und war lange genug unsichtbar, um Sir Arthur die tödliche Dosis Laudanum zu verabreichen. Onkel Eustace, Sie sind grandios! Sie haben die Lösung gefunden!«

»Danke.« Eustace wurde vor Freude und Zufriedenheit puterrot.

»Danke, meine Gute.« Diesmal bemerkte er sogar das Kichern und die Blicke einer Gruppe Damen nicht, die in einem offenen Landauer vorbeifuhren. Dann verfinsterte sich seine Miene wieder ein bißchen. »Aber warum? Warum sollte Mr. Hathaway, ein angesehener Mitarbeiter im Kolonialministerium, Sir Arthur, einen ehemaligen angesehenen Mitarbeiter im Außenministerium, umbringen wollen?«

»Oh–« Sie atmete schneller. »Das ist ganz einfach, leider. Er muß der Vollstrecker des Todesurteils des Inneren Kreises sein ...«

Eustace wurde starr. »Der was? Wovon sprechen Sie, um Himmels willen?«

Ihre Miene veränderte sich. Der Triumph verschwand angesichts der bleibenden Gefühle von Zorn und einem großen Verlust. Erschrocken erkannte er die Heftigkeit ihrer Emotionen.

»Der Vollstrecker des Inneren Kreises«, wiederholte sie.

»Einer von ihnen. Er hatte den Auftrag, Sir Arthur zu töten, weil –«

»Was für ein Unsinn!« Er war entsetzt. »Der Innere Kreis, dessen Namen Sie nicht einmal kennen dürften, ist eine Gruppe von Gentlemen, die sich dazu verpflichtet haben, in der Gemeinschaft Gutes zu tun und sich für die Erhaltung von Ehre und einer weisen, wohltätigen Führung zum Wohle aller einzusetzen.«

»Humbug!« sagte sie darauf heftig. »Den neuen Mitgliedern wird das gesagt, und die sind davon auch ehrlich überzeugt. Sie glauben es, und Micah Drummond hat es geglaubt, bis er eines Besseren belehrt wurde. Aber der innerste Kern will Macht gewinnen und bewahren, um die eigenen Interessen zu sichern.«

»Meine gute Charlotte ...«, versuchte er, sie zu unterbrechen, aber sie beachtete ihn nicht.

»Sir Arthur hatte vor seinem Tod öffentlich gegen ihn Stellung bezogen.«

»Aber was wußte er schon?« wandte Eustace ein. »Er hat es sich ausgedacht.«

»Er war Mitglied!«

»Wirklich? Eh ...« Eustace war wie vor den Kopf geschlagen, und Zweifel regten sich in ihm.

»Ja. Er hat ihre Absicht durchschaut, Cecil Rhodes' Besiedlungspläne für Afrika auszunutzen, um Reichtümer für die eigenen Mitglieder anzuhäufen, und er hat versucht, das öffentlich bekanntzumachen. Aber es hat ihm keiner Gehör geschenkt, weil er nicht genügend Beweise hatte.

Und bevor er mehr preisgeben konnte, wurde er umgebracht. Das tun sie nämlich mit Mitgliedern, die sich nicht an die Vereinbarungen halten. Wußten Sie das nicht?«

Mit einem flauen Gefühl erinnerte sich Eustace an die Vereinbarung, die ihn verpflichtete, und den Treueschwur, den er geleistet hatte. Damals schien es ihm ein Spaß, ein großes Abenteuer, so etwas wie die Wache des Sir Galahad, bevor er zum Ritter geschlagen wurde; ein Zusammenspiel von Gut und Böse, wie es in romantischen Sagen vorkommt; wo jene Prüfungen zu bestehen haben, die große Abenteuer wagen. Doch wenn der Schwur nun ganz wörtlich gemeint war? Was, wenn der Kreis tatsächlich noch vor Mutter und Vater, vor Frau und Kindern oder Bruder kam? Was, wenn er seine Entscheidungsfreiheit abgetreten hatte und sein Leben aufs Spiel setzte, wenn er das Versprechen widerrief?

Sie mußte den Schrecken in seinen Augen gesehen haben. In ihren Zorn mischte sich Sanftheit, fast schon Mitleid. Beide nahmen ihre Umgebung nicht wahr, weder die Passanten, die an ihnen vorbeigingen, noch die Kutschen, die auf der Straße entlangrollten.

»Die Geheimhaltung gewährt ihnen Schutz«, sagte sie sanfter. »Sie zählen darauf, daß die Mitglieder ihr Versprechen nicht brechen, auch wenn sie es gegeben haben, ohne zu erkennen, welche Bedeutung es tatsächlich hat; ohne zu wissen, welche Konflikte daraus resultieren können, und daß sie ihre eigene Ehre verraten müssen, um es einzuhalten.« Ihr Gesicht drückte Verachtung aus, und ihr Zorn brach wieder durch. »Natürlich rechnen sie mit der Angst ...«

»Also, ich habe keine Angst!« sagte er wütend und steuerte auf den Eingang des Clubs zu. Er war zu aufgebracht, um Angst zu haben. Man hatte ihn zum Idioten gemacht und, was noch schlimmer war, sein Vertrauen in den Kreis verraten. Man hatte ihm vorgegaukelt, daß die Organisation all diejenigen Werte vertrat, die ihm am wichtigsten waren – Ehre und Offenheit, Uneigennützigkeit und Mut, Verteidigung der Schwachen und wahren Führungsgeist, des Engländers wichtigstes Erbe. Man hatte ihm eine Vision im Geiste Artus' gezeigt und ihn von seiner eigenen Rolle überzeugt – und hatte es dann verkehrt, beschmutzt, häßlich und gefährlich gemacht. Es war unerhört, eine Schande! Dazu würde er sich nicht benutzen lassen!

Er strebte die Stufen hinauf – Charlotte hinter sich hatte er schon fast vergessen –, stieß die Tür auf und eilte durch die Halle, ohne ein Wort an den Türsteher zu richten. Er öffnete die Türen in den Salon und sprach den ersten Steward an, der ihm in den Weg trat.

»Wo ist Mr. Hathaway? Ich weiß, daß er heute hier ist, weichen Sie also nicht aus. Wo ist er?«

»S-sir, ich... ich glaube...«

»Halten Sie mich nicht zum Narren, junger Mann«, stieß Eustace zwischen den Zähnen hervor. »Sagen Sie mir, wo er ist!«

Der Steward sah Eustace an, dessen Augen vor Zorn funkelten und dessen Gesicht vor Wut rot angelaufen war, und beschloß, daß Standhalten hier nicht angebracht war.

»Im Blauen Salon, Sir.«

»Danke«, sagte Eustace und marschierte wieder in die Halle. Dann fiel ihm ein, daß er nicht genau wußte, welches der Blaue Salon war. »Der Blaue Salon?« fragte er einen anderen Steward, der, ein Tablett auf einer Hand über dem Kopf balancierend, aus dem Anrichteraum trat.

»Zu Ihrer Rechten, Sir«, sagte der überraschte Steward.

»Gut.« Mit einem halben Dutzend Schritte hatte Eustace die Tür erreicht und riß sie auf. Dem Blauen Salon mag einst dieser Name gebührt haben, doch mit der Zeit war er zu einem sanften Grau verblichen. Das Blau hatte sich nur in den verdeckten Falten der schweren Vorhänge gehalten, wo das durch die hohen Fenster hereinströmende Sonnenlicht nicht hinkam. Im Laufe der Jahrzehnte war auch die Farbgebung des Teppichs verschossen, so daß die Rosa-, Grau- und Grüntöne fast farblos wirkten. In dumpfen Farben gehaltene Porträts berühmter ehemaliger Clubmitglieder, viele von ihnen aus dem siebzehnten und achtzehnten Jahrhundert, schmückten die Wände. Auf manchen waren die weiß gepuderten Perücken das einzige unterscheidende Merkmal.

Eustace war noch nie in diesem Raum gewesen, der angesehenen älteren Mitgliedern vorbehalten war, zu denen er sich eines Tages zu zählen hoffte.

Hathaway saß in einem großen Ledersessel und las die *Times*.

Eustace war so erzürnt, daß er sich der Unschicklichkeit seines Auftretens gar nicht bewußt wurde. Schließlich waren ganz andere Werte in den Schmutz gezogen worden. Er würde es keinem gestatten, sich hinter den Konventionen eines Clubs zu verschanzen. Er blieb vor Hathaways Sessel stehen, griff nach der Zeitung, riß sie weg und ließ sie raschelnd auf den Boden neben dem Sessel fallen.

Alle Köpfe drehten sich nach ihm um. Ein General mit Backenbart schnaubte empört. Ein Bankier räusperte sich gut hörbar. Ein Mitglied des Oberhauses stellte erstaunt sein Glas ab. Ein Bischof ließ seine Zigarre fallen.

Hathaway sah Eustace verdutzt an.

»Ich nehme Sie hiermit in Gewahrsam«, verkündete Eustace mit finsterer Miene.

»Hören Sie mal, mein Guter ...«, hob der Bankier an.

»Sind wohl beraubt worden, wie?« fragte der Bischof milde.

»Ein Taschendieb, was?«

»Das geht entschieden zu weit, einem die Zeitung wegzureißen«, sagte der Graf und musterte Eustace mit Mißfallen.

Hathaway blieb ganz ruhig in seinem Sessel sitzen und beachtete seine verkrumpelte Zeitung gar nicht.

»Was beunruhigt Sie denn, mein Guter?« sagte er ganz langsam. In einer anderen Situation hätte Eustace vielleicht den harten, eisigen Ausdruck in seinen Augen nicht bemerkt, doch in diesem Moment waren seine Sinne durch die Wut aufs äußerste geschärft. Fast dachte er, Hathaway würde ihn körperlich bedrohen. Er war bereit, würde darauf parieren, erwartete geradezu den Schlag.

»Ja, ich bin beraubt worden«, sagte er heftig. »Meines Vertrauens, meines ... meines ...« Er wußte nicht, wie er das

Gefühl, benutzt und beleidigt worden zu sein, ausdrücken sollte. Dann plötzlich sprudelte es in einer wortgewaltigen Tirade aus ihm heraus. »Ich bin meines Vertrauens in meine Mitmenschen beraubt worden, in diejenigen, die ich bewunderte und verehrte, ja, denen ich nachstrebte! Das haben Sie mir genommen. Sie haben es zerstört und verraten.«

»Hören Sie mal!« protestierte der Bankier und erhob sich. »Sie haben die Kontrolle verloren. Setzen Sie sich, und kommen Sie zur Ruhe, Sie machen einen Fehler ...«

»Das ist eine Lärmbelästigung!« sagte der General verärgert, und sein Backenbart sträubte sich. »Das geht zu weit, Sir!« Er strich seine Zeitung glatt und verbarg sein Gesicht wieder dahinter.

»Kommen Sie.« Der Bankier ging einen weiteren Schritt auf Eustace zu und streckte die Hand aus, um ihn zurückzuhalten. »Ein bißchen kaltes Wasser, und es geht Ihnen gleich besser. Ich –«

»Ich bin stocknüchtern«, stieß Eustace hervor. »Und wenn Sie mich anrühren, Sir, wenn Sie Hand an mich legen, dann schlage ich Sie zu Boden, das schwöre ich. Dieser Mann«, sein Blick war immer noch auf Hathaway gerichtet, »hat einen Mord begangen. Ich meine das nicht im übertragenen Sinne, sondern ganz wörtlich. Er hat einen Mann kaltblütig und mit voller Absicht durch Gift umgebracht.«

Diesmal unterbrach ihn keiner der Herren. Hathaway saß gefaßt lächelnd in seinem Sessel.

»Hat Gift in seinen Brandy gemischt, hier, in diesem Club ...«

»Also wirklich ... Hören Sie doch auf«, brummelte der Bischof, »das ist doch ...«

Eustace brachte ihn mit einem Blick zum Schweigen.

»Sie sind der Vollstrecker!« Eustace wandte sich wieder Hathaway zu. »Und ich weiß nun, wie Sie es gemacht haben! Sie sind in den Waschraum gegangen, haben sich das Jackett eines Stewards angezogen und sind wieder in den Salon gekommen, um Sir Arthur den vergifteten Brandy zu servieren, den Sie schon vorbereitet hatten. Dann sind Sie erneut in den Waschraum gegangen…« Er brach ab. An der plötzlichen Blässe, die Hathaway befallen hatte, erkannte er dessen Verunsicherung. Zum ersten Mal hatte Hathaway Angst. Das Geheimnis, das ihn schützen sollte, war kein Geheimnis mehr. Eustace sah die Angst in seinen Augen, aber auch die Gewalt. Die Maske war gefallen.

»Ich nehme Sie in Gewahrsam, weil Sie Sir Arthur Desmond vergiftet haben…«

»Völliger Unsinn«, sagte der Graf mit fester Stimme. »Sie müssen betrunken sein. Sir Arthur hat sich das Leben genommen. Wir wollen Ihre Entgleisung hier vergessen, March, wenn Sie Ihre Anschuldigungen sofort zurücknehmen und Ihre Mitgliedschaft aufgeben.«

Eustace drehte sich zu ihm um und erkannte in ihm ein weiteres Mitglied des Kreises. »Wenn Sie das wünschen, Sir«, sagte er, ohne einen Zoll zu weichen, »dann müssen Sie ebenso schuldig sein wie Hathaway. Sie haben Ihre Macht ausgenützt, Sir, und alles, was England groß gemacht hat, verraten. Sie haben die Menschen enttäuscht, die Ihnen ihr Vertrauen geschenkt haben und denen Sie die Position verdanken, die Sie jetzt mißbrauchen.«

Hathaway war aufgestanden und wollte an Eustace vorbeigehen. Der Graf packte Eustace am Arm und zog ihn zur Seite.

Dieser war außer sich. Er war kräftig und in bester Form. Mit der Faust landete er einen plazierten Schlag gegen den Kiefer des Grafen, so daß dieser rückwärts in einen Sessel taumelte.

Hathaway wollte entkommen und trat Eustace mit aller Wucht gegen das Schienbein, was sehr schmerzhaft war. Eustace drehte sich blitzschnell um, hechtete hinter Hathaway her und brachte ihn mit einem Griff zu Fall, der ihm vor Zeiten den Applaus seiner Rugby-Kameraden eingebracht hätte. Sie stürzten beide zu Boden, rissen einen kleinen Tisch krachend mit sich, wobei ein Tischbein zersplitterte und einige Tassen und Untertassen zu Bruch gingen.

Die Tür wurde aufgestoßen, und ein Steward starrte entsetzt auf den Grafen, der rücklings auf dem Sessel lag, und auf Eustace und Hathaway, die sich in erbittertem Kampf auf dem Boden wälzten, stöhnend und keuchend und mit Armen und Beinen um sich schlagend und tretend. Nie in seinem Leben war er Zeuge einer solchen Szene geworden. Er wußte nicht, wie er sich verhalten sollte. Er stand wie angewurzelt auf der Stelle und war unfähig zu handeln.

Der General gab Befehle aus, die keiner beachtete. Der Bischof äußerte sich mißbilligend, murmelte etwas von Ruhe und Weisheit und wurde gänzlich übergangen. Im Gang vor dem Salon wollte ein Richter des Obersten Gerichts wissen, was vor sich ginge, aber keiner antwortete ihm.

Jemand schickte nach dem Geschäftsführer. Ein anderer ließ einen Arzt holen, in der Annahme, daß einer der Gäste einen Anfall hatte und sich nur schwer beruhigen ließ. Einer hielt einen langen Monolog über die Vorteile von Mäßigung, während einer der Stewards ein Stoßgebet zum Himmel schickte.

»Polizei!« schrie Eustace, so laut er vermochte. »Schicken Sie nach der Polizei, Sie Dummkopf! Bow Street… Oberinspektor Pitt.« Dann versetzte er Hathaway einen heftigen Schlag gegen das Kinn, wobei sein Fuß gegen ein anderes Tischchen stieß, das gegen einen Teewagen krachte. Das Geräusch von zerbrechendem Glas war zu hören, als eine Brandy-Karaffe und ein halbes Dutzend Gläser auf dem Holzboden neben dem Teppich zerschmetterten. Danach war Stille.

Hathaway war in eine Ohnmacht gesunken, sein Körper lag kraftlos am Boden, die Augen geschlossen.

Eustace wollte nichts riskieren. »Holen Sie die Polizei«, wiederholte er, rappelte sich auf und setzte sich rittlings auf Hathaways Brustkorb.

Der Steward an der Tür eilte davon, um den Befehl auszuführen. Das war eine Anweisung, die er verstand und mit der er auch einverstanden war. Er begriff zwar nicht, was geschah, aber die Polizei wurde auf jeden Fall gebraucht, und sei es nur, um Eustace zu entfernen.

Dann wurde er Zeuge der schlimmsten Übertretung überhaupt. Plötzlich stand er einer Frau gegenüber, die einen Blick in den Blauen Salon warf und die entsetzliche Szene beobachtete. Es war eine junge Frau mit kastanienbraunem Haar und einer sehr attraktiven Figur. Obwohl ihre Augen vor Staunen riesengroß waren, schien sie auch dem Lachen nah.

»Madam!« sagte der Bischof entsetzt. »Dies ist ein Club nur für Gentlemen! Sie haben hier keinen Zutritt. Bitte, Madam, halten Sie sich an die Gepflogenheiten und entfernen Sie sich.«

Charlotte ließ ihren Blick über das Chaos gleiten: Scherben von Porzellan und Kristall, verschütteter Kaffee und Brandy, zerborstene Tischbeine und ein umgestürzter Sessel, dazu der Graf mit verrutschter Halsbinde und einer Prellung auf der Wange, die sich violett verfärbte, und Eustace, der auf dem reglos daliegenden Hathaway hockte.

»Ich habe mich schon oft gefragt, was Sie in so einem Club machen«, sagte sie freundlich, aber ihre Stimme klang ein wenig rauh, als könnte sie nur mühsam ein Lachen unterdrücken. »Bemerkenswert«, murmelte sie.

Der Bischof murmelte ein paar pietätlose Worte.

Eustace hatte jegliche Verlegenheit überwunden. Er strahlte, weil er moralisch und körperlich siegreich geblieben war. »Hat jemand die Polizei gerufen?« fragte er und sah alle der Reihe nach an.

»Jawohl, Sir«, sagte einer der Stewards sofort. »Wir haben ein Telefon. Es ist jemand von der Bow Street unterwegs.«

Charlotte wurde aus dem Raum gezerrt und überredet, in der Halle zu warten, wo man sie ausnahmsweise dulden würde. Der Blaue Salon lag jenseits des Möglichen. Meine Güte, er war selbst den jüngeren Mitgliedern verwehrt!

Eustace weigerte sich, Hathaway loszulassen. Erst recht, als der das Bewußtsein wiedererlangte, wenn auch mit kräftigen Kopfschmerzen, und obwohl dieser sich ruhig verhielt und keine Anstalten machte, sich zu befreien.

Als Pitt ankam, traf er zunächst auf Charlotte, die ihm berichtete, daß Eustace den Fall gelöst habe. Sie fügte bescheiden hinzu, daß sie ihm ein wenig geholfen und ein paar hilfreiche Tips gegeben habe, und erklärte, daß Eustace den Mörder festhielt.

»Aha«, sagte er zweifelnd. Als sie ihm genauer erklärte, wie sich alles zugetragen hatte, sprach er ihr und Eustace seine große Anerkennung aus.

Eine Viertelstunde später wurde Hathaway in Handschellen abgeführt und in einer Droschke in die Bow Street gebracht. Eustace erhielt von den anderen Clubmitgliedern großes Lob für seine Unerschrockenheit. Charlotte wurde gegen ihren Willen in einer Droschke nach Hause geschickt.

Auf der Fahrt in die Bow Street saß Pitt neben Hathaway. Letzterer war unbewaffnet und gefesselt, dennoch stand in dem unbeweglichen Gesicht mit der langen Nase und den kleinen, runden Augen ein Ausdruck von Stärke. Er hatte Angst – das war nur natürlich –, aber nichts deutete darauf hin, daß er gebrochen war oder die Verpflichtungen, die ihn an den Inneren Kreis banden, durchbrechen würde.

Dies war also der Mörder von Arthur Desmond. Hathaway war es gewesen, der das Laudanum in den Brandy gegeben und sich dann diskret zurückgezogen hatte, wohl wissend, was geschehen würde. Doch im Grunde genommen war der gesamte Führungskreis schuldig. Hathaway war der Vollstrecker des Urteils. Doch wer hatte es ausgesprochen und Hathaway den Befehl erteilt?

Das war der Mann, den Pitt eigentlich wollte. Nur so wäre – auch in Matthews Sinne – der Gerechtigkeit Genüge getan, und nur so würde, was noch wichtiger war, das Schuldgefühl weichen, das Pitt bedrückte. Dann könnte seine Erinnerung an Sir Arthur endlich Frieden finden.

Er glaubte zu wissen, wer der Drahtzieher war, aber auch Sicherheit nützte nichts ohne Beweise.

Er warf einen Blick auf die stille, fast reglose Gestalt neben ihm. Die kleinen, blauen Augen erwiderten seinen Blick mit Intelligenz und beißendem Spott. Da wußte Pitt, daß Hathaways Angst, seine Furcht vor dem Tode und dem, was darauf folgte, niemals stärker sein würde als seine Loyalität dem Inneren Kreis gegenüber.

Ihn fröstelte bei dieser Erkenntnis von der Stärke des Eides, der die Gesellschaft zusammenhielt, die nicht zu vergleichen war mit einem Club oder einer Vereinigung. Der Schwur hatte etwas Mystisches, fast Religiöses, und die Rache für Verrat überstieg das Menschliche. Lieber würde Hathaway allein den Tod durch den Strang auf sich nehmen, als einen anderen auch nur mit einem Wort zu belasten.

Oder glaubte Hathaway auch jetzt noch, daß ein anderes Mitglied, in der Position eines Richters, ihn auf irgendeine Weise vor der Todesstrafe bewahren könnte?

War sogar das möglich?

Das durfte Pitt nicht zulassen, und sei es nur, um Sir Arthurs willen. Pitt sah Hathaway wieder an, traf seinen Blick und erwiderte ihn lang und fest. Keiner von ihnen sprach. Pitt suchte nicht nach Worten oder Argumenten, sondern nach Gefühlen und Überzeugungen.

Hathaway zuckte weder mit den Wimpern, noch wandte er den Blick ab, und nach einigen Sekunden verzogen sich seine Mundwinkel zu einem winzigen Lächeln.

In dem Augenblick wußte Pitt, was zu tun war.

Als sie in der Bow Street ankamen, stiegen sie aus. Pitt bezahlte den Fahrer und führte Hathaway an dem konsternierten Schalterbeamten vorbei, der aufsprang und strammstand.

»Ist Mr. Farnsworth schon eingetroffen?« fragte Pitt.

»Jawohl, Sir! Ich habe ihm eine Botschaft geschickt, wie Sie gesagt hatten, Sir – daß Sie eine Festnahme im Zusammenhang mit dem Mord an Sir Arthur Desmond vornehmen würden...«

»Und?«

»Da ist er sofort gekommen, Sir. Er ist seit ungefähr zehn Minuten hier. Und Mr. Tellman ist auch hier, wie Sie gewünscht haben, Sir.«

»Ist Mr. Farnsworth in meinem Büro?«

»Jawohl, Sir. Und Tellman ist in seinem Zimmer.«

»Danke.« Pitt war plötzlich aufgeregt und spürte gleichzeitig, wie sich ihm die Angst wie eine Klammer um die Brust legte. Er wandte sich zur Treppe und stieg die Stufen empor, wobei er Hathaway praktisch vor sich her schob. Oben angekommen, öffnete er die Tür zu seinem Büro. Farnsworth drehte sich vom Fenster um, wo er gewartet hatte. Er sah Hathaway, und obwohl sein Ausdruck unverändert blieb, wich ihm das Blut aus den Adern. Sein Gesicht war um die Augen und den Mund kreidebleich.

Er öffnete den Mund und wollte etwas sagen, schwieg dann aber.

»Guten Tag, Sir«, sagte Pitt ruhig, als wäre ihm nichts aufgefallen. »Wir haben den Mann, der Sir Arthur Desmond ermordet hat.« Er lächelte und deutete auf Hathaway.

Farnsworths Augenbrauen gingen in die Höhe. »Er?« In seiner Stimme drückte sich ungläubiges Erstaunen aus. »Sind Sie da sicher?«

»Absolut«, sagte Pitt gefaßt. »Wir wissen genau, wie er es getan hat, und wir haben Zeugen. Man muß die Einzelheiten nur noch zusammensetzen. Sehr schlau und effektiv.«

»Das sind Sie wohl«, sagte Farnsworth kühl.

»Nein, Sir. Ich bezog mich auf Hathaways Mittel und Methode.« Pitt lächelte leicht. »Nur eine zufällige Beobachtung hinsichtlich der Klingel im Waschraum hat ihn überführt. Aber das reicht.« Er sah Farnsworth arglos an.

Farnsworth trat auf Pitt zu, legte die Hand auf dessen Arm und führte ihn zur Tür.

»Ich muß mit Ihnen unter vier Augen sprechen«, sagte er barsch. »Holen Sie einen Wachtmeister, der hier aufpaßt.«

»Selbstverständlich«, sagte Pitt. »Ich sage Tellman Bescheid.« Er hatte dasselbe vorgehabt und hätte es herbeiführen müssen, wenn Farnsworth nicht darum gebeten hätte.

»Ja, bitte, Sir?« fragte er, als sie in einem angrenzenden Raum waren und Tellman Hathaway bewachte.

»Hören Sie, Pitt, sind Sie sicher, daß Sie den Richtigen erwischt haben?« fragte Farnsworth ernst. »Ich meine,

Hathaway ist ein angesehener Mitarbeiter im Kolonialministerium, ein von Grund auf ehrenwerter Bürger, sein Vater war Kirchenmann ..., sein Sohn ist es. Warum sollte er Desmond töten? Er kannte den Mann nicht einmal, außer vom Sehen, als Mitglied desselben Clubs. Vielleicht haben Sie die Methode und die Mittel aufgedeckt, aber den falschen Mann festgenommen?«

»Nein, Sir. Das Motiv ist kein persönliches. Es reichte, daß er ihn nur vom Sehen kannte.«

»Wieso aber, um Himmels willen ...« Er beendete den Satz nicht und sah Pitt an.

»Ganz einfach.« Pitt sah ihm in die Augen und versuchte, möglichst arglos zu blicken. Farnsworth durfte keinen Verdacht schöpfen. »Sir Arthur wurde umgebracht, weil er den Schwur, den er dem Inneren Kreis geleistet hatte, brach und die Organisation verriet.«

Farnsworths Augen wurden fast unmerklich größer.

»Hathaway wurde zum Vollstrecker des Urteils bestellt«, fuhr Pitt fort. »Und er hat seine Aufgabe erfüllt. Eiskalt kalkuliert und präzise durchgeführt.«

»Mord!« Farnsworths Stimme hatte einen harten, kalten Klang. »Der Innere Kreis mordet nicht! Wenn Hathaway tatsächlich der Täter ist, dann muß es einen anderen Grund dafür geben.«

»Nein, Sir, wie Sie soeben selbst gesagt haben, er hat ihn nicht persönlich gekannt. Es war die Vollstreckung eines Urteils, und wir können es beweisen.« Er zögerte nur einen Moment. Hoffentlich konnte er Tellman vertrauen! Aber wenn es ein Mitglied der Polizei gab, für das er die Hand ins Feuer legen würde, daß es nicht Mitglied des Inneren Kreises war, dann Tellman. Dieses Risiko nahm er in dem Moment auf sich, als er mit einem direkten Blick auf Farnsworth sagte: »Doch das wird alles beim Prozeß ans Tageslicht kommen.«

»Wenn die Gesellschaft so ist, wie Sie es schildern, dann wird Hathaway durch den Strang sterben, ohne eine Aussage zu der Beschuldigung zu machen«, sagte Farnsworth mit Überzeugung und einer Spur von Spott.

»Oh, ich erwarte nicht, daß Hathaway ein Geständnis ablegt«, sagte Pitt mit ernstem Gesicht. »Ich bin mir sicher, daß Sie da recht haben. Er wird in den Tod gehen, ohne die anderen Mitglieder zu verraten. Und dann werden wir nie erfahren, wer sie sind«, sagte er und sah Farnsworth fest an. »Aber alle Männer und Frauen in London, die die Zeitung lesen können, werden wissen, was das für eine Gesellschaft ist! Denn das können wir beweisen, und wir werden es tun, in einer öffentlichen Verhandlung.«

»Ich verstehe.« Farnsworth atmete tief ein und stieß den Atem wieder aus. Er musterte Pitt ein wenig verblüfft, als wäre dieser über das hinausgegangen, was Farnsworth sich vorgestellt hatte. »Ich würde gern selbst mit ihm sprechen, allein, wenn Sie nichts dagegen haben.« Er sprach höflich, doch es war ein Befehl. »Das ist alles sehr unangenehm ..., schwer zu fassen.«

»Ja, Sir, natürlich. Ich muß ohnehin noch einmal zum Morton Club zurück, um die Aussage des Stewards aufzunehmen und mich um die anderen Zeugen zu kümmern.«

»Ja, tun Sie das.« Ohne eine weitere Bemerkung verließ Farnsworth den Raum und ging über den Flur zu Pitts Büro. Einen Augenblick später kam Tellman heraus und sah Pitt fragend an.

Pitt legte den Finger auf die Lippen, ging geräuschvoll die halbe Treppe hinunter und schlich dann leise wieder hinauf. Bewegungslos stand er neben Tellman. Gemeinsam warteten sie endlose fünf Minuten angestrengt lauschend, und Pitts Pulsschlag ging so rasend, daß er ein Zittern in seinem Körper spürte.

Dann hörte das Stimmengemurmel hinter der geschlossenen Tür auf, und ein dumpfer Schlag war zu hören.

Pitt riß die Tür auf, Tellman war direkt hinter ihm.

Farnsworth war über die ausgestreckte Gestalt Hathaways gebeugt. Der Brieföffner von Pitts Schreibtisch stak in Hathaways Brust, seine mit Handschellen gebundenen Hände lagen knapp darunter. Es waren Farnsworths Hände, die den Griff umfaßt hielten, und sein Körpergewicht hatte dem Stoß die Wucht verliehen.

Tellman keuchte.

Farnsworth sah auf. Einen Moment lang war sein Gesicht ausdruckslos, dann machte sich Entsetzen breit. Er fing an zu sprechen.

»Er ... er nahm den Brieföffner ...«, begann er. »Ich habe versucht, ihn daran zu hindern ...«

Pitt trat zur Seite.

»Sie haben ihn getötet!« sagte Tellman aufgebracht. »Da gibt es keinen Zweifel!«

Farnsworth sah Tellman an und erkannte den aufrichtigen Zorn in dessen Augen. Er sah wieder zu Pitt.

»Giles Farnsworth«, sagte Pitt mit einer Genugtuung, wie er sie selten bei der Aufklärung eines Falles gespürt hatte. »Ich verhafte Sie wegen Mordes an Ian Hathaway. Ich muß Sie belehren, daß jede Aussage, die Sie machen, bei einem Prozeß gegen Sie verwendet werden kann ... Und ich werde dafür sorgen, daß Sie den erleben, um den Tod von Sir Arthur zu sühnen.«